U0899634

王澄明 黎晓春 著

大唐的裂变

遍地胡虏

中国国际广播出版社

图书在版编目（CIP）数据

大唐的裂变. 遍地胡虏 / 王澄明，黎晓春著. —北京：中国国际广播出版社，2015.1（2015.7重印）
ISBN 978-7-5078-3760-5

Ⅰ.①大… Ⅱ.①王… ②黎… Ⅲ.①长篇历史小说—中国—当代 Ⅳ.①I247.5

中国版本图书馆CIP数据核字（2014）第223203号

大唐的裂变　遍地胡虏

著　　者	王澄明　黎晓春
责任编辑	赵　晶
版式设计	国广设计室
责任校对	徐秀英
出版发行	中国国际广播出版社（83139469　83139489[传真]）
社　　址	北京复兴门外大街2号（国家广电总局内） 邮编：100866
网　　址	www.chirp.com.cn
经　　销	新华书店
印　　刷	北京艺堂印刷有限公司
开　　本	710 × 1000　1/16
字　　数	300千字
印　　张	25.5
版　　次	2015 年 1 月　北京第一版
印　　次	2015 年 7 月　第二次印刷
书　　号	ISBN 978-7-5078-3760-5 / I · 501
定　　价	54.80 元

CRI 中国国际广播出版社　欢迎关注本社新浪官方微博　官方网站 www.chirp.cn

目　录

公元九二六年，后唐天成元年，吴顺义六年，吴越宝正元年，南汉白龙二年，契丹天显元年

公元九二七年，后唐天成二年，吴乾贞元年，吴越宝正二年，南汉白龙三年，契丹天显二年

公元九二八年，后唐天成三年，吴乾贞二年，吴越宝正三年，南汉大有元年，契丹天显三年

公元九四二年，后晋天福七年，南唐升元六年，后蜀广政五年，闽永隆四年，南汉光天元年、应乾元年，辽会同五年

公元九四三年，后晋天福八年，南唐保大元年，后蜀广政六年，闽永隆五年，殷天德元年，南汉乾和元年，辽会同六年

公元九二三年，唐天祐二十年，后梁龙德三年，后唐同光元年，前蜀乾德五年，吴顺义三年，南汉乾亨七年，契丹天赞二年

龟堂

中都之战中侥幸逃脱的几个梁兵，一逃回大梁，便向朝廷禀报道："王彦章被擒，唐军马上就要长驱而至了！"

梁帝朱友贞一听，登时魂飞天外，没了主张，大哭道："大梁气数完了！大梁气数完了！"

张皇后劝道："陛下莫哭，眼下得赶快召集群臣商议，尽快拿出个办法来。"

朱友贞连忙召集群臣。可是，文武百官到了朝堂之后，先是惊慌失措，乱哄哄地喧闹了半天；之后，便各怀心事，低头不语了。

朱友贞见状，只好遣内侍把敬翔召至大殿，恳求道："朕平常没听老爱卿之言，这才到了如今地步。眼下事情危急万分，请老爱卿莫要怨朕，看在先帝的分上，给朕出个主意吧！"

敬翔泣道："近三十年来，臣受先帝厚恩，常思报效。名为宰相，其实就是朱氏老奴，臣把陛下也当作郎君一般对待。臣也曾希望如诸葛武侯一般，鞠躬尽瘁，死而后已，辅佐陛下成就一番大业，故而多次献言，可

是陛下却从不采纳，而是唯小人之言是从，这才导致今日之局面。眼下，唐兵将至，段凝大军被黄河之水阻隔在大河之北，一时是难以救援大梁了。臣倒也有两个主意：一是请陛下速速离开大梁，西迁洛阳，以暂避敌锋；二是请陛下出奇兵与敌军决战，但臣料陛下是不会听从的。既是如此，即便张良、陈平再生，又能为陛下做什么呢？臣主意再多，又能有什么用呢？臣只愿先死，实在不忍看着朱氏社稷宗庙被沙陀糟蹋啊！”说罢，已是泣不成声。

朱友贞听罢，又悔又惧，也忍不住大哭起来。

群臣也都悲从中来，开始是呜咽抽泣，到了后来，干脆放声大哭。一时间，大殿之上，哭声雷动；玉阶之前，泪水湿地。君臣就这样一直哭了半个多时辰，方才散去。

朱友贞此时所能指望的就是段凝了，哭了半天，才让张汉伦去请段凝前来护驾。张汉伦领命出城后，急急地赶至黄河岸边，不想，竟从马上掉了下来，扭伤了脚踝，一步也走不动了，只能眼睁睁地望着奔腾的黄河之水捶胸长叹。

其实，此时的大梁城中尚有四五千控鹤军，皆为装备精良的精兵。指挥使朱圭听说唐军将要到来，一再奏请领军出战，但正如敬翔所说，朱友贞却总是不同意，反而命开封尹王瓒驱赶城中百姓上城守御。朱友贞一手持着传国宝，一手指着宫室对王瓒道：“能否保住此殿，朕就全指望爱卿了！”

王瓒含泪道：“臣只要有一口气在，也定保大梁宫室完好无损！”

朱友贞此时除了担心唐兵之外，还有一个担心，这便是邵王朱友诲！朱友诲聪颖明悟，为人仁厚，甚得人心。当他为陕州节度使时，就有人说他暗地里与朝廷宿卫军来往，阴谋作乱，朱友贞这才趁着康王朱友孜叛乱的时候，将他召回了大梁，把他与其两位兄长朱友谅、朱友能一齐软禁了起来。此时，他之所以不让朱圭率领控鹤军出战，而宁可让王瓒率领百姓守城，就是担心控鹤军会趁机将他伯父朱昱的这三个儿子救出来，与他争夺皇位。不仅如此，朱友贞还担心其他兄弟会乘危谋乱，故而，赵岩、赵鹄二兄弟建议，为防止变生肘腋，应立即消除祸根。

于是，朱友贞当日即密令赵岩，将朱友谅、朱友能、朱友诲连同他自己的同胞弟弟贺王朱友雍、建王朱友徽一块处斩了！

随后，朱友贞登上建国楼，亲自遴选亲信之人，对他们厚加赏赐，令他们手持蜡丸诏书，穿上百姓衣服前往段凝军中，催促段凝急速回军来救。但是，他万没想到，这些“亲信”们一出城门，即带着他赐予的金银财宝，逃得无影无踪了。

李振也劝朱友贞要么西迁洛阳，要么移驾段凝军中，若实在不愿意出大梁，就尽力集中大梁城中的梁军以对抗唐军。李振道：“若能如此，唐军即便能占据都城，其势也不会太久。”

控鹤都指挥使皇甫麟则劝道：“段凝原非帅才，他如今身居如此高位，全因陛下宠幸，现今危窘之际，指望他临机制胜，转危为安，末将以为很难。况且，段凝一旦知道王彦章军败的消息，他的胆都会吓破的，谁能保证他还能为陛下尽忠呢?”

赵岩也道：“眼下人心惶惶，情势纷乱，已不能轻信任何人了。圣上万不可离开此楼，一旦下了此楼，祸乱随时都会发生!”

朱友贞闻言大惧，也就打消了离开大梁的想法，只好再召宰相们商议。

宰相郑珏本为唐宰相郑启之孙，其父郑徽曾为张全义判官。郑珏少举进士屡屡不中，全靠张全义打通关节才得以中第。昭宗时，张全义又举荐他为监察御史；入梁之后，历任左补阙、中书舍人、翰林学士奉旨。朱友贞继位后，才拜他为宰相，但他一直寡言少语，很少参与朝政。此时，朱友贞脑中一片混乱，便问郑珏道：“爱卿身居宰辅，对如今情势难道连一策都没有吗?”

郑珏望着朱友贞手中的玉玺，低头想了想，说道：“臣是有一策，不知能行否?”

朱友贞眼前一亮，急道：“有何良策？爱卿快说!”

众大臣也都眼巴巴地看着郑珏。

郑珏嗫嚅道：“请陛下将传国宝交给臣，让臣代表陛下到唐军中诈降，以拖住唐军，等待救兵到来。”

朱友贞道："时至今日，朕也不是舍不得传国宝，不过，爱卿此策，真的管用吗?"

郑珏低头想了半天，最后说道："恐怕……也不会……不会管用。"

众大臣闻言，个个忍俊不禁，缩颈而笑。

朱友贞此时已毫无主意，只是捧着传国宝不撒手。到了晚上，朱友贞就将传国宝放在枕头下面，不曾想，第二日醒来，传国宝却不翼而飞了。不久，就有人来报："看到几个近侍手捧着传国宝去迎接唐军了!"

此时，大梁城中到处都在传言，说唐军已过曹州了！更有人说得邪乎，说唐军有数十万人之多，铺天盖地，尘埃蔽天，声势极大！赵岩一听，不禁大惧，他见大势已去，便对心腹说道："我待温韬甚厚，他必定不会负我，我们就去投奔他吧。"当日午后，他便换上百姓服装，翻出宫墙，直奔许州去投温韬了。

当晚，朱友贞才知道赵岩已经逃走，不禁大骂道："无耻小人，朕待他如此深厚，大难一来，他竟然置朕不顾!"

皇甫麟抱怨道："陛下此时才知小人，可惜太晚了。"

朱友贞道："太原李氏乃我世仇，我与其不共戴天，你们都能降他，我却不能投降于他，更不能等待他的刀锯。我无法自裁，就请卿帮一帮我吧!"

皇甫麟声泪俱下，恳求道："臣愿为陛下挥剑杀唐军，但决不敢奉此诏命。"

到了此时，朱友贞反而平静了下来，沉声道："爱卿抗旨，难道是想把朕卖给李亚子吗?"

皇甫麟闻听此言，惶恐万状，拔剑就要自刭。朱友贞抓住他的手，恳求道："我愿与爱卿一同赴死!"

皇甫麟无奈，只得紧闭双眼，挺剑刺入朱友贞的胸腹，然后自刎而死。

梁帝朱友贞原本为人温良恭谨，俭朴自约，继位以来，也从无荒淫、骄奢之失，但宠信赵、张等辈，纵容他们擅权作威，对于敬翔、李振等旧臣却敬而远之，不用其言，最后落得如此下场。

当初李继韬归附之时，朱友贞心中高兴，曾在赵岩、赵鹄的陪同下微服到集市上游玩，偶然看到有卖珍珠的，就买了十七颗，卖珠人恳求他多买几颗，但他不想再买了，口中连说：“珠数足了，珠数足了，不要了！”赵岩、赵鹄当时就觉得不吉利。没过几天，许州温韬献来绿毛龟，朱友贞以为祥瑞，特地在宫中建了一座房子来蓄养，命名为“龟堂”。年初，朱友贞又改名为“瑱”，有人拆“王”字为“一十一”，拆“真”字为“十月一八”。果然，朱友贞在其即位的第十一年的十月十八日而亡，时年三十六岁，史称梁末帝。

至此，朱梁在其立朝的第十七个年头“归唐”了。

次日天亮，李嗣源率军抵达大梁，命心腹王庆率第一队攻打封丘门。当初信誓旦旦的王瓒，竟一箭未发就主动打开了城门，迎接李嗣源进城。

就这样，李嗣源未损一兵一卒就进入了大梁城，他进城后的第一件事就是安民抚军。

当日下午，李存勖率四万大军抵达大梁城下，列队自大梁门入城。梁宰相郑珏亲率大梁文武百官出门相迎，并于李存勖马前跪拜请罪道：“我等世代都是大唐之臣，却不幸陷落在伪梁朝廷，所幸今日再睹中兴，虽死无恨。”

李存勖心中暗笑，口中却安抚道：“朕二十年血战，就是为了搭救众位爱卿，自此之后，诸公再也不用担心家门安危了，请诸公各复其位，各司其职。”

王瓒伏地请死，李存勖连忙将他扶起，安慰道：“朕与卿世代婚姻，人臣各为其主，公何罪之有啊？”

李嗣源、李从珂自然也出城恭迎，向李存勖称贺。李存勖喜不自胜，用手拉起李嗣源的衣襟贴在自己脸上，叹道：“我今日能有天下，全赖卿父子之功，朕定当与卿共享。”

话音刚落，突然有人冲出人群，一把抱住了李存勖，满脸是泪地连声叫道：“陛下，您可想死周匝了！”

李存勖一看，果然是周匝，不禁喜出望外，竟与周匝抱在了一起，又哭又笑地说道："好家伙，你还没死啊!"

周匝回身将两个年轻人拉到李存勖跟前，说道："陛下，这位是教坊使陈俊，这位是内园栽接使储德源。胡柳之战后，我被抓到了大梁，是他们两位救了我，您可要好好赏赐他俩啊！我看，至少也应该给个郡守当当吧!"

李存勖连连点头道："应该，应该。"

梁室文武众臣见状，面面相觑，不知此人是谁，更不知发生了什么事情。李嗣源见状，忙用手拉了拉李存勖的衣襟。

李存勖这才问道："梁主朱友贞何在?"

李嗣源答道："朱友贞已经被控鹤都指挥使皇甫麟弑杀了，皇甫麟自己也引剑自到了。"说着，即命左右献上了朱友贞的首级。

李存勖俯首看着朱友贞的首级，叹道："敌惠敌怨，不在后嗣。朕与梁主十年对垒，可惜他活着时却连一面也没见着!"叹罢，即对河南尹张全义道："请齐王收葬朱友贞尸身，将其首级用锦匣收敛，藏于太社之中。"

张全义唯唯称诺，心中暗暗松了一口气。

第三箭

李存勖入城之后，直奔梁宫。一进宫门，银枪都军士即将朱友贞的妃嫔们全都带到了殿前，李存勖见只有十三个妃嫔，问道："就这么几个?"

军将答道："全在这里了。"

李存勖早就听说过梁主朱友贞并不荒淫，如今看来，的确如此，心中不禁替他惋惜。李存勖令众妃嫔抬起头来，不想，大多相貌平平，只有两位女子还算秀丽，便令军士将此二女留了下来。一问左右，方知一位是朱友贞的郭淑妃，另一位却是贺王朱友雍的王妃，姓石。

李存勖指着石妃道："你们两个，今晚侍寝。"

不想，石妃突然昂起头来，厉声骂道："我皎皎千金之躯，岂能受你这沙陀狗贼侮辱？狗贼，你杀了我吧。"

李存勖恼羞成怒，冷眼看了一下效节军将。军将会意，一剑就把石妃斩杀了。李存勖转头问郭淑妃道："你呢？"

郭淑妃看着躺在血泊中的石妃，浑身抖个不止，只好连连点头。

李存勖进入梁宫的消息传到大梁刑部监牢后，狱吏连忙将范延光的桎梏全部除去，连声向他道喜。范延光感其救命之恩，拜别而出，先去拜见了李嗣源。李嗣源大喜，当即带其入宫，求见李存勖。

李存勖一见范延光，不禁大喜，当即拜其为工部尚书，对狱吏也厚加奖赐，随后即对李绍宏道："传朕旨意，命梁朝文武大臣明日到元德殿朝贺。"

李存勖此诏一下，梁朝众臣皆忐忑不安，不知次日是福是祸。李振连夜拜见敬翔，对敬翔说道："新君估计要对我等进行清洗了，咱们是否也一同去朝拜新君呢？"

敬翔朗声道："你我二人身为大梁宰相，君昏不能谏，国亡不能救，新君若问，我们将以何言应对？"

李振无语相对，回到家中，竟整夜都没有合眼……

次日天还没亮，就有人跑到高头里敬翔的府中，对敬翔说道："崇政殿李太保已经入朝了！老相公还不赶快动身，再迟，新君就要怪罪了。"

敬翔闻言，当时就愣住了，良久，方叹道："李振谬为大丈夫！朱氏与新君世代为仇，现今国亡君死，即使新君不诛，我等又有何面目出入建国门呢？"

敬翔从容地吃罢早餐，随后就在家中自缢而死了，时年七十三岁。

朱友贞继位后，敬翔一直称病在家。贞明年间，史臣李琪、张衮、郄殷象、冯锡嘉等奉诏修撰《太祖实录》，共三十卷。书成之后，朱友贞请敬翔审阅。敬翔发现书中叙述不太翔实，多有疏漏，便又另外编纂了三十卷《大梁编遗录》。敬翔自缢的当日，其妻"国夫人"刘姣娘即将敬翔所有文稿整理好，交给了家仆，嘱咐他一定仔细保存，然后也自缢而死。

当日，众梁臣至元德殿参见新君。令诸臣想不到的是，第一个入朝请罪之人竟然是李振！郭崇韬大感奇怪，悄声对李嗣源道：“人说李振乃一代奇才，今日一见，不过一寻常之人罢了！”

后人有感于敬翔夫妇之死与李振第一个参拜新君，作诗叹道：

才节双全敬书生，生死一念万世功。
刘姝谬称国夫人，不及李振首拜名。

段凝在卫州接到唐兵大败王彦章、突袭大梁的消息后，连忙率军五万自滑州渡过黄河，准备入援大梁，以诸军排阵使王宴球为前锋。

王宴球进至封丘，遇见一队唐军，主将乃李从珂。李从珂高声对王宴球道：“我大唐皇帝前日已进入大梁，梁主已经自尽，将军还不归降，意欲何为?”

王宴球大哭不止，连忙遣人报知段凝。次日，段凝率军抵达封丘，对王宴球道：“事已至此，还有什么可犹豫的？我等只能投降了。”当即遣使者去见李嗣源，请求归降。李嗣源大喜，连忙至郊外受降。五万梁军缴械后，段凝脱去铠甲，一身素服地亲率诸将径往大梁待罪。李存勖大喜，对其厚加抚慰，下诏厚赐诸将锦袍、御马、金币，随后又亲至北郊，慰劳降军士卒，令各将回本部待命。

次日，李存勖于元德殿下诏，贬梁宰相郑珏为莱州司户，萧顷为登州司户；翰林学士刘岳、任赞等九人皆被贬为司马、司户；其余朝官则各就原职。

梁朝旧臣本担心新皇帝会大加杀戮，却没想到只贬了十一位重臣的官爵，众臣皆暗自庆幸，大感欣慰。不料，段凝突然出班奏道：“梁朝权臣敬翔、李振、赵岩、赵鹄、张汉伦、张汉杰、张汉融、朱圭等人，助纣为虐，结怨于百姓，不杀不足以立新朝之威，圣政惟新，宜诛首恶。”

李存勖闻奏，连连点头，赞道：“段公所言甚是，皇朝宽政固然重要，但对于元凶之人也决不可姑息，敬翔、李振协助朱温祸乱大唐，赵、张等人蛊惑朱友贞，不杀不足以慰藉先皇及众英烈之心。”

段凝闻言，一脸的自得之色；梁室旧臣则人人恨得牙齿发痒，恨不得咬其脸，挖其心。

李存勖随即下诏，诏曰：

> 朕既殄伪庭，显平国患。好生之令，含弘虽切于予怀；惩恶之规，决断难违于众请。况赵岩、赵鹄等，自朕收城数日，布惠四方，尚匿迹以潜形，罔悛心而革面，须行赤族，以谢众心。其张汉杰昨于中都与王彦章同时俘获，此际未详行止，偶示哀矜。今既上将陈词，群情激怒，往日既彰于僭滥，此时难漏于网罗，宜置国刑，以塞群论。除妻儿骨肉外，其他疏属仆使，并从释放。敬翔、李振，首佐朱温，共倾唐祚，屠害宗属，杀戮朝臣，既寰宇以皆知，在人神而共怒。敬翔虽闻自尽，未豁幽冤，宜与李振并族于市。疏属仆使，并从原宥。朱圭素闻狡蠹，唯务谗邪，斗惑人情，枉害良善，将清内外，须切去除，况众状指陈，亦宜诛戮……其朱氏近亲，赵鹄正身，赵岩家属，仰严加擒捕。其余文武职员将校，一切不问。

当日，李振、赵鹄、张希逸、张汉杰、张汉伦、张汉融、朱圭并其妻子儿女，皆被斩于汴桥之下。敬翔虽已自尽，但他的尸体还是被拖到刑场之上，被斩首。

临刑之前，李振悔恨不已，叹道："早知如此，何必上赶着参拜？徒落万世骂名！"

诏命抵达许州，温韬当即就把赵岩斩杀了。赵岩临死前问道："赵某待你何等恩厚，你竟然如此无情！"

温韬冷笑道："朱氏待你之恩岂不更厚，你又是如何对待朱家的？"赵岩无语以对。温韬当即遣使将赵岩首级送到了大梁，并上书归降。

王瓒又惭又忧，竟暴病而死！李存勖为安抚其他梁室文臣武将，特意追赠王瓒为太子太师。

李存勖令卢质建制庙堂，并在李克用灵前祷告道："朱梁已灭，孩儿不负遗命，三桩大仇，尽已得报，父皇可以瞑目了！"遂将李克用留下的第三支箭折断。

梁西都留守、河南尹张全义回到洛阳后，亲自将大批金银、良马送到大梁。当初，张全义被李罕之击败之时，其弟张全武及其家属皆为晋兵所得。李克用本欲杀掉，却被李存勖拦住了，而且还给以田宅，让他们安家。李存勖袭位后，待之更厚。朱温驾崩后，张全义曾密遣人至太原访问。此时，李存勖便对张全义言道："卿家弟侄，终于可以相见了。"张全义俯首叩谢，老泪纵横。

张全义此时已年老体弱，无法登殿施礼，李存勖特意让人搀扶着他，之后又在后宫设宴犒劳。宴上，李存勖命皇子李继岌等以兄长之礼拜见张全义。张全义受宠若惊，连连敬酒致谢。

李存勖对张全义道："朱温乃先皇平生大敌，可惜，这个老贼已经死了，朕不能太便宜了他，明日朕就下诏掘其坟墓，斫其棺木，焚其尸体，以为先皇报仇。"

张全义沉吟半晌，方才说道："朱温虽为国之深仇，然其人已死，刑无可加，屠灭其家，足以为报。圣上若再斫棺分尸，已然于事无补，反而让人议论。"

李存勖想了想，就答应了他。不过，次日还是下诏铲平了朱温的坟墓，伐掉了坟墓周围的树木。

李存勖随即大封功臣、降将，郭崇韬、李嗣源封赏最厚，郭崇韬开府仪同三司，守侍中，兼真定尹、镇州成德军节度使，晋爵太原郡侯；李嗣源则被封为检校太傅，兼中书令、郓州天平军节度使、开国公。众降将也各有封赏：以段凝为滑州留后，赐姓名李绍钦；以王宴球为检校司徒、辉州刺史，赐姓名李绍虔；以霍彦威为保义军节度留后，赐姓名李绍真。

唐兵进入大梁后，将士兵卒倒还严守军纪，并未骚扰大梁百姓，倒是有一些宦官、伶人不遵守法纪，依仗着李存勖的恩宠，肆意欺辱大梁百姓和梁室旧臣，尤其是兵马都监夏彦朗，竟然侵占百姓房舍。郭崇韬奏请严加惩处，以儆效尤，李存勖准奏，下诏将夏彦朗斩首示众，宦官、伶人们这才有所收敛。

如此一来，大梁很快就安定了，李存勖当即遣使宣谕诸道，各藩镇诸侯速至大梁觐见。没过多久，梁朝所封节度使五十多人皆上表入贡，宋州节度使袁象先率先入朝，陕州留后霍彦威次之。

花见羞

袁象先自从与杨师厚合谋诛除朱友圭后，即被朱友贞授为检校太保、同平章事、开封尹，晋爵开国公，后来又被授为青州节度使，加检校太傅，不久，又移镇宋州，加检校太尉。其后，袁象先掌管宋州有十年之久。

梁太祖朱温在大唐节度四镇之时，拥兵数十万，威震天下，关东藩镇郡守大多为朱温部属，将吏补授也多由朱温保荐，于是，每日里皆有载着金银宝物之人，来往其门庭，如此情形，延续了十几年，渐渐变成了一种恶俗。上至藩侯牧守，下到衙官小吏，很难找到一个廉洁清白之人，人人皆对下收敛盘剥，对上贿赂权门。袁象先更是依仗皇亲国舅的威势，大肆侵夺搜刮，其家财不下千万之巨。

袁象先既为梁朝皇亲，又为藩镇节度，能否在新朝保得住性命，他心中也没有底，整日里惴惴不安。于是，他也像张全义一样，亲自将数十万珍货运至大梁，对刘玉娘及朝中权贵、伶官、宦者大肆贿赂，不到十天，朝廷内外就对他一片称誉之声了。

此时，大多梁将尚未复官，郭崇韬奏道："眼下梁室将吏尚未聘任新的官职，因而，他们上奏表章不敢称呼梁朝廷所授职爵，只能自称姓名，陛下若不尽早颁布规制，必会引起这些人的担忧疑虑。"李存勖深以为然，当即下诏命梁室将吏皆以原职待命，各安本职。至于袁象先，仍以其为宋、亳、耀、辉、颍等州节度使、检校太尉、同平章事，赐姓名为李绍安，令其归镇。

袁象先接到此诏，心中的重石这才落地，喜滋滋地回到了宋州，大肆庆贺。不想，乐极生悲，袁象先回到宋州的第三天就染上了重病，不久，就不治而亡，时年六十一岁。

河中节度使朱友谦也是亲自入朝，李存勖特意设宴招待，并赐其姓名为李继麟。接着，李存勖又任命康延孝为郑州防御使，赐姓名为李绍琛；温韬因擒杀赵岩有功，仍以其为许州匡国军节度使，赐姓名为李绍冲。

岐王李茂贞遣使致书，祝贺李存勖灭梁，不过，他俨然以叔父自居，辞礼甚为倨傲，李存勖大为不悦。

李存勖大宴勋臣于崇元殿，梁室故将也尽被邀请赴宴。酒酣之际，李存勖对李嗣源道："今日宴客，好多贵客皆我前日之劲敌，如今能坐在一起饮宴，这都是太傅的前锋之力啊！"霍彦威、戴思远等梁将惶恐万分，皆伏身叩头请罪，李存勖一一赏赐御衣、酒器等。

段凝、温韬故伎重演，以金帛、宝物大肆贿赂刘玉娘及权贵、伶官、宦官，果然大为奏效。不久，段凝即被任命为徐州泰宁节度使，温韬也只在大梁呆了十天，就又回到了许州。

郭崇韬闻听此事后，大为不满，奏道："国家为唐雪耻，温韬却遍掘唐陵，其罪与朱温有何不同？如今，不惩治他也就罢了，为何还要让他居于许州这样的天下名镇？段凝卖人国家，无才无义，陛下却恩赏重用，天下义士将如何看我？"

李存勖道："入汴之初，既已赦免其罪，怎可出尔反尔？"竟不听郭崇韬劝阻。

张全义想请李存勖移驾洛阳，他为朱友贞南郊准备的仪仗法物，此时正好派上用场，便说道："请陛下移幸洛阳，臣已有郊礼之备。"次日，李存勖即颁诏以张全义为尚书令、魏王、河南尹，并答应了他移驾洛阳的奏请，废除镇州北都称号，仍改为成德军；梁东京开封府则降为宣下军，仍称汴州；宋州宣武军更名为归德军；永平军大安府，也就是长安，仍旧为西京京兆府，并诏令文武百官先往洛阳。

李嗣源的原配夫人夏氏不久前病故，安重诲偶然听说刘浔之妾王氏甚有美色，便特意遣人详细打听王氏的底细，这才知道这位王氏确是大梁有名的美人，外号“花见羞”，本是邠州一家烧饼店老板的女儿，自小卖给刘浔为侍女。刘浔死后，她一直没有去处，至今还呆在刘浔府上。

安重诲将花见羞之事告诉了李嗣源，李嗣源大感兴趣，便找了个理由，特意到刘浔府上探查。李嗣源见花见羞果然是名不虚传，美丽动人，不禁喜出望外，当即把她纳为了妾室。

刘浔死后，花见羞得到了刘浔留下的许多金银。嫁入李嗣源府后，她便把这些金银全都拿了出来，赠给李嗣源左右及几个儿媳，故而，李嗣源全家皆赞誉王氏，再加上李嗣源夫人曹氏为人质朴，也不爱管事，故而，王氏渐渐就成了李嗣源府上真正的当家人。李嗣源不但对她宠爱有加，而且对她言听计从。王氏对李嗣源道：“刘公在世之日，对妾身有大恩。刘公留有三子，长子遂严已被梁帝所杀，其余二子现已长大成人，也颇有才干，但一直闲居在家。大人若有便利，请为刘公二子谋一养身之职。”

李嗣源本就钦慕刘浔为人，花见羞跟了他之后，心中也一直觉得有愧于刘浔。王氏说罢此事，他当即入宫求见李存勖，保荐刘浔二子刘遂凝、刘遂雍。李存勖也对刘浔甚为钦服，再加上是李嗣源保荐，于是便将刘浔二子分别用为隰州刺史和西京副留守，刘浔二子自是大喜。

李存勖见中原初安，便分遣使者前往吴、蜀、楚、闽、南汉、吴越、荆南等地，一为报捷，二为安抚，但各地反响并不一样。

李存勖使者到达长沙后，楚王马殷连忙遣其子马希范入朝觐见，表明归附之意，并将梁朝所授都统之印上交。马希范到达大梁后，李存勖见他仪表儒雅，风度翩翩，颇有好感，便问道：“闻听洞庭湖烟波浩渺，景色绮丽，不知洞庭湖究竟有多大?”

马希范答道：“若陛下车驾南巡，洞庭虽大，也不过仅够陛下饮马之用。”李存勖闻言，大加赞许。

楚王马殷以都军判官高郁为谋主，高郁也确实有经天纬地的才能，这才使得楚国日渐富强起来。但邻国皆对高郁既嫉妒又痛恨，必欲除之而后快，于是就不时地散布他的谣言。李存勖见马希范年少，正是血气方刚的年龄，也想趁机离间马殷、高郁，便手抚马希范之背故作长叹地说道："曾有谣传说马氏江山必为高郁所取，如今看来，马家有子如此，高郁又怎能得逞?"

马希范本就对高郁没有好感，尤其是对于高郁的贪婪与奢侈，很是不满。高郁与马殷皆起身于行伍，马殷喜欢节俭，高郁却崇尚豪华，据称，他嫌家中的水井不够清澈，竟用银叶子把整个井壁镶了一层，还美其名曰"拓里"。此时，马希范听到李存勖之言，深以为然。回到长沙后，他就把李存勖之言告诉了马殷，并请马殷速将高郁除掉。

马殷却笑道："咱们这位新主是经过了十几年征战才得到天下的，肯定惯于用谋。他见高郁帮助我成就霸业，便想离间我二人，就像大梁罢免王彦章兵权一样。若中其计，湖南必会败亡。你说要杀高郁，正说明你已经落入他的圈套了。看来你还是阅历太浅。为父告诉你，从今之后，万万不可再提此事。"马希范虽然嘴上答应，心中却不以为然，屡与其兄高希声言及此事。

马殷对于李存勖身为大国之主，却公然离间其属国君臣，大为不满，密对高郁道："我观中原新主，雄则雄矣，但其心胸太过狭隘，恐怕难称圣主。"高郁连连称是。

马殷称臣于李存勖，吴国却不然。李存勖的使者到扬州后，徐温对严可求抱怨道："之前，我欲沿海北上，以助胜者，你却劝阻于我。如今，我该如何应对?"

严可求笑道："闻听唐主得中原之后，志气骄满，御下无法，不出数年，必有内变！如今，我国只管卑辞厚礼，保境安民，以待其生乱。"

徐温一听此言，心中就有了主意，故而在唐使令吴王称臣接诏时，他没有让吴王杨溥接诏，只是以邦交之礼厚待唐使。唐使回到大梁后，李存勖大为不悦，竟以敌国之礼改换书信，称谓也换成了"大唐皇帝致书于吴国主"，徐温则让吴王回书"大吴国主上大唐皇帝"。

徐温遣司农卿、洛阳人卢频奉使洛阳，临行之际，严可求预料李存勖所问之事，皆将应对之辞告诉了卢频。卢频见到李存勖后，李存勖所问果然如严可求预料的一样，没有丝毫出入。

卢频回到扬州后，回报说唐主耽于唱戏围猎，吝啬财物，不纳忠谏，内外皆有怨言。徐温大喜，对严可求的预言就更加笃信了。

南汉主刘岩得知李存勖平梁后，当即遣宫苑使何词带着贺书前往大梁致贺，称“大汉国主致书上大唐皇帝”。李存勖向何词询问了一些南海的人情风貌后，说道：“朕已遣使臣前往你国，估计今年秋天就能到达，你主可愿归附中原?”何词道：“我主久闻皇帝英名，能为陛下之臣，实是荣耀之事。”李存勖大喜，赐予极为丰厚。但是，何词回到广州后，就把在大梁的所见所闻告知了刘岩。刘岩听罢，心中顿生轻视之心，当即遣人召回正在北上进贡的车船。

吴、汉虽不称臣，却表示结好，蜀国就不一样了，蜀主王衍不但拒不臣服，还公然示以敌意。李存勖的使者到达成都后，蜀主王衍即按敌国之礼接见，随后又按敌国之礼回书，虽称“大蜀国主致书上大唐皇帝”，但是，言辞中多有不逊之处。李存勖大为恼怒，自此，他就有了讨伐蜀国的想法。

吴越王钱镠则愿意归附，主动遣使修好上贡，贡献甚为丰厚，就连权要重臣都各有贿赂，并恳求唐帝赐以金印、玉册，准许他称国王。有司言道：“按照以往大礼，只有天子可以用玉册，王公皆用竹册；另外，自古以来，除四夷之外从来就没有封做国王的。”李存勖不听，竟一一答允了钱镠的要求。

闽王王审知也愿意归附，并遣使者随唐使薛昭文上表称贺。薛昭文大喜，取道江西回大梁。刘信听说后，亲自出城慰劳，问薛昭文道：“亚子知道刘信吗?”薛昭文道：“天子新有河南，尚不知刘公大名。”刘信道：“汉有韩信，吴有刘信，薛君回去后，请将此言告诉亚子，请他来与我在淮河之上一较箭法。”遂斟满大杯美酒，眼望着百步之外的旗杆顶部，对薛昭文道，“我将一箭中旗杆之顶，若中，请先生满饮此杯，否则，我将以此自罚。”话音刚落，箭已离弦，正穿过旗杆之顶!

薛昭文回到大梁后，将此事告诉了李存勖。李存勖道：“刘信何许人也，竟然敢向朕挑战！这一定是徐温的主意。”

伶官

李存勖灭梁的消息一传到江陵，王保义、司空薰、刘皞等就对荆南节度使高季昌说："为免新皇猜疑，主公须得尽早亲往大梁觐见。另外，新皇之祖名国昌，与主公同字同音，主公应更名避讳。"高季昌一听，当即更名为"季兴"，而且还要亲自去大梁觐见李存勖。

梁震却坚决不同意，劝道："梁、唐世为仇敌，夹河血战近二十年，现今新皇灭梁，而高公却是梁室故臣，手握强兵，身居重镇，新皇对高公能不疑忌吗？高公一旦只身入朝，梁某担心新皇会将高公羁留。新皇显然有吞并天下之志，我等严兵守险，犹恐不能自保，高公远行数千里入朝，岂不是自投罗网吗？何况，高公乃朱氏旧将，谁能保证唐帝不会以仇敌相待呢？"

高季昌道："高某之所以入朝，一是为了打消新皇的疑忌，二是看一下新朝的气象。此事我已考虑很久了，先辈就不要再劝了。"遂不听梁震劝阻，执意北上。

高季昌到大梁后，李存勖待之甚厚，加高季昌守中书令。李存勖问高季昌道："吴、蜀拒不称臣，朕欲用兵于吴、蜀，依高公之见，应该先攻哪一国？"

高季昌心中暗想，蜀道艰险，难以攻取，不如就建议他先伐蜀国，于是答道："吴国地薄民贫，克之无益，不如先伐蜀。蜀土富饶，而且蜀主荒淫，民怨沸腾，伐之必克。克蜀之后，再顺流而下，取吴易如反掌也。"

李存勖还以为他说的是真心话，竟用手抚着高季昌的后背连声赞道："好！好！公之所言，正合朕意。"

高季昌回到驿馆后，即命工匠在李存勖手扶之处文了个手印。李存勖听说后，问其是何用意。高季昌答道："此乃圣上手迹，高某回镇后，可引以为耀！"李存勖闻言大悦。

不过，高季昌在大梁呆了一个多月，李存勖始终没有让他回荆南的意思。无奈，他只好以荆南事务太多为由，主动恳求回镇。李存勖却道："不急，不急，朕打算近日迁都洛阳，还要举行郊天大礼，正有许多事要咨询高公呢！"

高季昌隐隐觉得，他已很难再回到荆南了，深悔不听梁震之言。

李存勖自幼喜好音律，自打少年时，就经常自敷粉墨，以"李天下"优名登台，与众伶人共戏。李克用去世后，李存勖在内忧外困的情况下继位为晋王，十几年来，连年征战于沙场之间，就很少有时间登台演戏了。进入大梁之后，他终于松了一口气，一有时间就"粉墨登场"。

李存勖对伶人一向宠爱宽容，待其如兄弟一般。一次，李存勖在后殿练嗓，高呼道："李天下，李天下！"敬新磨竟突然上前，打了李存勖两个耳光。李存勖大怒，众嫔妃、太监也相顾骇愕，敬新磨却从容言道："'理'天下者只有一人，你为何高呼两声？"李存勖闻言，不但转怒为喜，还对其厚加赏赐。

又有一次，李存勖在中牟围猎，驰马践踏了百姓庄稼，中牟县令罗贯拦在马前谏道："陛下既为百姓父母，为何要毁其所食？难道要让百姓死于沟壑吗？"李存勖大为扫兴，怒叱罗贯让路，罗贯却死活不让。李存勖气急败坏，当场就要杀了罗贯。敬新磨见状，怒气冲冲地走到罗贯跟前，厉声斥责道："你知道你犯了什么罪吗？"

罗贯怒道："下官所犯何罪？"

众伶人就好像事先排演过似的，齐声道："是啊，所犯何罪？"

敬新磨煞有介事地问道："你身为朝廷命官，难道不知道我家天子好围猎吗？"

众伶人齐声唱道："我家天子好围猎！"

罗贯一看众伶人拿他取乐，气愤至极，只好不说了。

敬新磨问道："没有场地，天子如何驰骋？"

众伶人唱道："天子无地怎驰骋？"

敬新磨又问："身为百姓父母官，你为何不留下田地供天子围猎，却故意怂恿百姓去耕种?”

众伶人齐声唱道:“怂恿百姓去耕种!”

敬新磨又问道:“说什么不耕种吃什么,不耕种赋税从哪里来,这纯粹是借口!”

众伶人齐喊:“借口!借口!”

敬新磨问道:“你诚心不让你县百姓留下此地!你诚心不让我家天子驰骋!你说该死不该死?”

众伶人齐喊:“该死!该死!”

李存勖大笑不止,指着众伶人道:“你们这帮家伙,真有你们的!”

因此,李存勖非但未治罗贯之罪,还将其调往河南任县令。

还有一次,李存勖知道敬新磨要来找他,便故意在殿中放了许多猛犬。敬新磨奏罢离殿,突有一犬自后追来,敬新磨狼狈而逃,李存勖大笑不止。敬新磨倚着柱子高声呼道:“陛下,快拦住你的儿女,他要咬人了!”

李存勖先祖乃夷狄,夷狄之人最忌讳骂人为狗了,敬新磨故意以此讥讽,李存勖大怒不已,拉开弓弦,架上箭矢就要射他。眼见得敬新磨就要命丧当场,敬新磨急呼道:“陛下不能杀臣!臣与陛下是一体的,杀臣不祥!”

李存勖问其何故,敬新磨答道:“陛下开国,改元同光,天下皆称陛下同光帝。同,就是铜镜的‘铜’,我就是‘新近磨光的铜镜’,若杀了敬新磨,‘铜’也就无光了。”

李存勖闻言大笑,这才饶了他。

李存勖对诸伶倍加宠爱,诸伶则依仗恩宠随便出入于宫掖、朝廷,经常侮弄缙绅、百官,致使群臣无不愤嫉,但又敢怒而不敢言。于是,就有不少人争相贿赂巴结诸伶人,以求上进,四方藩镇更是争相以财货厚结诸伶。

伶官之中,景进最为李存勖所信重。景进喜欢收集坊间细事奏闻于李存勖,李存勖也想知道宫外之事,特意委托景进为其耳目。景进每每奏事,李存勖常屏去左右细问,景进则常以自身好恶进谗,从而干预政事,因此，就连元勋大将、宰相重臣也对其颇为忌惮。

景进密对李存勖言道，外间常有议论，认为郭崇韬典掌国家机枢，却不熟悉朝廷典故，经常在朝典上闹笑话，应当用前朝名家加以辅佐。至于豆卢革，笑话就更多了：他虽然出身名门，却不好学问，就连升迁官吏的大事，也经常将品阶搞得颠三倒四，幸好有尚书郎萧希甫时时更正，才没出现更大的错漏。而且，他还喜好修炼长生之术，经常服用丹砂，有一次吃错了药，竟连着好几天呕血，差一点就丢了性命，一时传为朝野笑谈。

景进的这些话，正说中了李存勖的心事，李存勖对此早就有想法了，于是命众臣重新推荐宰相人选。有人推荐礼部尚书薛廷珪、太子少保李琪，认为此二人皆为耆宿名士，甚有名望，宜为宰相。郭崇韬却奏称薛廷珪为人倾险，无宰相器量；李琪为人浮华，又与赵岩有染，无士大夫风范。他认为尚书左丞赵光胤廉洁方正，自梁末时，就在北人之中甚有口碑，有宰相大才。豆卢革则推荐礼部侍郎韦说，认为其熟谙朝章，练达朝务，可堪重用。

李存勖遂拜赵光胤、韦说为宰相。然而，不久他就发现，赵光胤性格轻率，喜好自夸；韦说则谨小慎微，故步自封。二人为相，实在是力不从心。

赵光胤听说后，便经常去请教致仕在家的兄长赵光逢，而赵光逢自从辞去梁朝相位之后，就杜门不交宾客。起初，赵光胤前往求见，一见面就谈政事。后来，赵光逢便在其客厅中书写了一张纸条，其上写道：请不言中书事！

韦说登上相位之后，更是原形毕露，俗不可耐，举止轻狂无礼，而且，他还与豆卢革相互营私，毫无顾忌。豆卢革之子豆卢升、韦说之子韦涛俱为拾遗，父子同衙为官，大违规制，被人举报到李存勖跟前，李存勖便欲改授豆卢升、韦涛为员外郎。豆卢革却一再奏请以韦涛为弘文馆学士，韦说则奏请以豆卢升为集贤学士，二人就如市井买卖一般，丑态百出。

大亏本

李存勖在攻克大梁之后的第三个月，就起驾离开了大梁，前往新定的都城——洛阳。说来也巧，就在车驾西行的路上，原宰相卢程竟不幸坠马而亡。

抵达洛阳后，李存勖就接连下诏，先是命各藩镇皆恢复大唐旧名，接着就封拜各镇节度使，进封其长子李继岌为魏王、兴圣宫使，兼领镇州节度使。

李继岌接诏后，命推官李荛起草谢表。谢表起草好后，李继岌特意请参军李崧等人一起参详。李崧看罢，顿觉谢表文字不工、辞章乏味，便对掌书记吕琦道："魏王乃皇嫡长子，天下人人瞻望，尺牍往来，章表论列，必须文理合宜。李侍御起草的谢表，实在是不能尽善。此表一上，恐惹天下人笑话。"

吕琦道："既然如此，李公何不亲自起草呢？"

李崧也不谦让，当即提笔，竟是不假思索，墨舞笔飞，一气呵成。吕琦一看，果然是字字珠玑，笔笔有神，不禁大为赞叹。当晚，吕琦便将李崧此表拿去见卢质，请其品赏。卢质看罢，连连赞道："卢某久已不见如此文笔了，李崧真乃大才也！"赞罢，便问吕琦李崧此人的出身来历。吕琦介绍道："李崧是深州饶阳人，其父李舜卿，曾为本州录事参军。李崧幼时即聪敏过人，十三岁就会写文章了，家人也以为奇才。弱冠之时，即被聘为本府参军。李舜卿曾对宗人李璘道：'大丑生来貌奇气异，前途应不会居于徒劳之地，请兄长多多教诲激励。''大丑'乃李崧的小名，因其长相丑陋怪异而得名。"

卢质一听李崧也算世家子弟，不禁大喜，次日一早即手持李崧的谢表去见李继岌，并极力推崇李崧之才，建议李继岌重用李崧。李继岌从未见过名望高重的卢质如此赞赏一个人，当即将李崧聘为兴圣宫巡官，让他专门掌管奏记。

不久，晋州留后刘屺入朝觐见。刘屺在晋州八年，经常与潞州、太原之军交战于边境之上。李存勖一见他便笑道："刘侯无恙啊？你控制我河东南边的日子可不短了，朕早就想见你了！"刘屺顿首谢罪，李存勖遂正式授其节旄，移镇安州。临行之时，李存勖又特意将他召入宫中，咨问道："李继韬最近有什么动向？"

刘屺道："潞州城内谣言颇多，人心不稳，听说李继韬有北投契丹的想法。"

李存勖闻言大惊，连忙遣使前往潞州。

刘屺所言不错，此时的李继韬正如热锅上的蚂蚁，不知何去何从。他万没想到，他归附大梁还不到八个月，大梁就灭亡了，心中自然是既惊且悔，又惧又忧，整日里与众兄弟商量去向，最后才决定北投契丹。

就在李继韬要动身北上之时，李存勖的使者赶到了，给他带来了李存勖的诏书，令他前往洛阳觐见新皇。使者还告诉他，皇帝自入大梁以来，对于梁朝旧臣皆既往不咎，为政以宽为本，绝少杀戮，劝他迷途知返，想必不会有大难。

李继韬一听，当时就要动身赴洛阳，李继远却道："兄长犯的可是反叛大罪，这是皇帝最不能容忍的！依兄弟看，去与不去洛阳都是一样的大罪，倒不如深沟高垒，坐食积粟，如此尚可延长岁月。兄长若去洛阳，则必死无疑。"

众幕僚则对李继韬言道："先令公有大功于国，主上于公，季父也，前往洛阳，必然无虞。"

李继韬一时拿不定主意，只好将此事禀告给杨夫人。杨夫人听罢，沉吟了半晌，最后说道："死守城池乃绝路，即便延命，也不过百日而已；投奔契丹乃险路，何况路途遥遥，一路上关隘重重，到得了到不了都还难说。为今之计，活路只有一条，那就是前往洛阳谢罪，请求天子饶恕。"

李继韬忧心忡忡地说道："谋叛大罪非比其他，新天子岂能饶恕？"

杨夫人道："韬儿莫惧，母亲与你一同前往洛阳，老身必能保全你。"

李继韬这才下了决心，母子一起动身前往洛阳。临行之际，杨夫人又道："为保长久，你可带上两个儿子，以做人质。"

李继韬依言，把自己的两个儿子也带上了，但一路之上，李继韬总是忐忑难安，几次想回头，都被杨夫人劝住了。

杨夫人为人聪颖，尤善于蓄财，在潞州这些年，竟然积有百万之巨的家资。杨夫人此行，仅白银就带了四十万两，其他宝货更是不计其数。到了洛阳后，她让李继韬先不要入朝觐见，而是找了个偏僻之所居住下来，并嘱咐他千万不要出门走动。她自己则每天一大早带着钱财出门，直到傍晚才回到住所。十几天下来，她已走遍了所有权臣的府第，每日里都要送出去几万两钱财，尤其是伶人、宦官，动辄几万两。故而，伶人、宦官皆争着在李存勖面前为李继韬说好话："继韬初无邪谋，是被奸人迷惑的。嗣昭既亲又贤，功勋又著，陛下不可使其无后啊！"

杨夫人见时机差不多了，这才亲自入宫，求见李存勖，一见面就声泪俱下，请求赐其死罪，言语之间，一再提起李嗣昭。最后，李存勖终于被说动了，答应宽待李继韬。辞别李存勖后，杨夫人又带了八万两银票去见刘玉娘。刘玉娘也是爱财之人，立时就被说动了，也在李存勖跟前求情。一切都打点好了，杨夫人这才让李继韬入宫待罪。

李存勖果然原谅了李继韬，并留他在洛阳暂住一段时间，还让他经常陪自己游玩、唱戏、围猎、饮酒，看上去，对他的宠待更甚于从前。

此时，几乎整个洛阳都在为李继韬说好话，但有一人例外，此人就是李存勖之弟——滑州义成军节度使、同平章事李存渥！

李存渥总觉着李继韬生来一副反相，故而，常在李存勖跟前提醒："此乃反叛之人，决不可饶恕！"

李继韬听说后，本来放下的一颗心立时又提了起来。他担心夜长梦多，便再次让母亲贿赂李存勖左右，恳求他们代为求情，准许他尽早返回潞州。然而，一个多月过去了，李存勖仍然没有让他回去的意思。李继韬每日里如坐针毡，实在是忍不住了，便瞒着杨夫人密遣人至潞州去见李继远，让李继远怂恿军士们纵火作乱。他在密信中说道："一旦潞州军士作乱，天子必会让我回潞州安抚。"

李继韬哪里知道，李存渥早就在他寓居的周围安排下了眼线，因而，送书之人刚出寓馆，就被李存渥的人给拿获了。李存渥手持李继韬的书信连夜去见李存勖。李存勖读罢书信，当时就骂道："此贼又想故伎重施了，果然是天生的反种！朕本想再观察几天就放他回去，看来，此贼决不可留！"

当晚，李存渥即亲自率兵将李继韬连同他的两个儿子抓起来，次日就把他们父子斩首于天津桥南。

杨夫人哭得死去活来，仰天长叹道："四十万两白银，竟然换不来儿子一条性命，这个买卖真是把血本都亏进去了！是老身害了继韬啊！事已如此，我还有何面目苟活于世？"哭罢，即用白巾将自己悬挂在屋梁之上，幸亏邻人发现得早，把她救了过来。李存勖听说此事后，忙遣人将她送回了潞州。

李存勖又遣使者至潞州，诏命将李继远斩首，命李继达暂时负责潞州军政，同时又召李继俦前往洛阳觐见。

李继韬父子被斩的第二天，李继俦就得知了消息，他不但没有丝毫哀戚之状，反而遣家丁闯入李继韬家中，将李继韬的夫人、小妾、侍女连同家财全都抢到自己家中，并于当晚强奸了李继韬的夫人，也就是他的弟媳。

李存勖的诏命到达潞州后，李继达当即召集众兄弟商议对策，他万没想到，李继俦不但不来，反而忙着挑选妓妾、整理货财，正准备前往洛阳呢！李继达忍无可忍，对麾下百骑亲军高呼道："我家兄弟子侄已被人家杀死了四人，继俦身为长兄，竟然毫无骨肉之情，贪婪淫乱如此，真让人羞愧万分，留此人在世上实乃我家大耻啊！谁与我一起去杀了这个恶贼？"众亲军皆举手发誓："宁死跟随将军！"李继达当即率领众亲军攻入州府，随后又杀入李继俦家中，一刀将李继俦斩杀，随后占据了子城。

时为潞州节度副使的李继珂闻听叛乱，连忙在城中招募了千余百姓，准备围攻子城。李继达见势不好，连忙回到家中，将妻妾、儿女全部杀死，然后率领着亲军逃出了潞州城。亲将问道："将军意欲何往？"

李继达道："天地茫茫，哪里还有我等容身之地，眼下只好去投奔契丹了。"

亲将道："不可，将军如若去西蜀、西岐，甚至占山为寇，我等都愿跟随，唯有投奔外蕃，恕我等难以从命！"

李继达道："西蜀、西岐必会畏惧唐主，怎会收留我？唯有契丹，才是我安身之地。我意已决，诸位自便，我决不强留。"说罢，即驰马向北而去。

然而，才走了不到五里地，李继达回头一看，不觉大吃一惊：身后竟连一人一骑都没有！

李继达绝望至极，连叫数声"苍天"之后，便挥剑自刭了。

公元九二四年，后唐同光二年，前蜀乾德六年，吴顺义四年，吴越宝大元年，南汉乾亨八年，契丹天赞三年

大面子

洛阳毕竟是历代帝王之都，又经张全义数十年经营，市井繁华，人口稠密，宫室更是鳞次栉比，富丽堂皇，就连大梁都无法与其相比。李存勖迁都洛阳后，着实兴奋了一阵子。然而，不久烦恼就来了：洛阳的皇宫大内固然宏大阔敞，但宫宇深邃，十室九空，太监、宫女们皆言宫中常常见到鬼怪。李存勖大为骇异，便问其缘故，宫苑使王允平煞有介事地说道："我等在长安大内之时，六宫嫔御，将及万人，椒房兰室，无不人满。现今宫室大多空闲，鬼怪喜欢幽僻之地，所以经常现身。"李存勖大悟，立令李绍宏、景进、王允平等搜求天下美女，以充内宫。

没过多久，数千美女就被召入了宫中，不过，人一多，事也就多了。李绍宏趁机对李存勖说道："如今宫中美人太多，服侍之人却太少，请陛下下旨，增加宦者人手。"李存勖依其所言，下旨道："内官不应居于宫外，前朝内官、诸道监军连同藏匿的宦官，不分贵贱，一并来内宫报到。"

此旨一下，大唐昭宗时遣散的宦官们无不欢天喜地，个个笑逐颜开地

前往内宫报到。宫内原本有五百多个太监，不到一月，便增添了一千多人。李存勖对他们皆优厚待遇，依为腹心。天祐初年以来，内宫诸司长官一直由士人代任，至此，又被重新起用，宦官势力死灰复燃，不久就又开始干预政事了。李存勖又依照李绍宏建议，重新设置诸道监军，各节度使出征或驻守之时，军府之政皆由监军决断。这些宦官监军经常凌驾于主帅之上，仗势争权，因此，各藩镇皆愤愤不平，却敢怒不敢言。

段凝很快就发现李绍宏越来越受到李存勖的信重，其权势也越来越大，于是，便极力结交讨好，厚加贿赂。李绍宏也将段凝引为心腹，一有机会便在李存勖跟前夸赞段凝，甚至说他有盖世奇才，可委以大任，屡次请求加授兵权给他。

段凝要贿赂权贵，离了钱是不行的，私财用完了，就挪用藩镇库钱，而且窟窿越来越大。掌管金库的库吏大为担心，屡屡催促他偿还，段凝无法，只好去求李绍宏，李绍宏总是设法为他在账面上抹平。

春节过后，幽州来报，契丹人大举南侵，已经兵至瓦桥。李绍宏趁机向李存勖建议，应该以段凝为统帅，令其率军救援幽州。但郭崇韬坚决不同意，说道："段凝乃亡国败军之将，使奸行谄是其长项，若说用兵打仗，他是万万不行的。"李存勖也知道段凝此人不堪大任，遂以时为郓州天平军节度使的李嗣源为北面行营都招讨使，以陕州留后霍彦威为其副使，以李绍宏为监军，率军救援幽州。

大军北上的路上，先锋将安元信经常在李嗣源跟前取笑霍彦威，甚至拿他的独眼逗趣。霍彦威身为降将，自然是敢怒不敢言。李嗣源听说后，密对安元信道；"成败皆由天定，运来不由人力。当年，氏叔琮围攻太原，公又有何勇可说？现今国运兴盛，才使我等有如今富贵，你又怎可羞辱绍真公呢？"安元信大悟，连忙向霍彦威赔礼道歉。霍彦威对李嗣源极为感激，发誓要以死报效。

契丹人最怕的就是"横冲将军"李嗣源，一听说他率军前来，大掠一阵之后就退了回去。李嗣源依照诏命，命安元信、段凝与董璋分别率其部属戍守瓦桥关，他则率其他各军奏凯而回。

李存勖见国家已经初定，便依照张全义建议，准备举行南郊大礼，遣皇弟李存渥、皇子李继岌前往太原迎接太后、太妃。

李存渥、李继岌到太原后，太妃刘代云对曹太后道："祖宗陵庙在此，若我们姐俩都去了洛阳，到了年头岁尾，又有何人来祭祀先祖呢？"遂执意留在太原，曹太后只好答应了她。

曹太后一到洛阳，李存勖就举行了隆重的南郊祭祀大典，大赦天下。新罗、渤海、党项、回纥、黑水、回鹘等国皆遣使朝贺。

此时，高季昌已经离镇四个月了。四个月以来，几乎每天都有伶官、宦官到高季昌的寓馆里索求财物，高季昌所带来的银两、财宝早就被他们搜刮完了，因而，郊天大典一过，高季昌便再次上表，恳求放他回归荆南。李存勖此时已没有理由再留他了，只好召郭崇韬进宫商议。

郭崇韬一见到李存勖，便说应该立即放高季昌回荆州，李存勖道："朕观此人雄武有大志，放其归镇，无异于放虎归山啊！"

郭崇韬言道："天下已经安定，四方诸侯虽然相继奉表称贺，但多是遣其子弟和将吏前来拜见，只有高季昌亲自来觐见，可见他是真正尊崇陛下之人。若陛下不放其回去，天下人会怎么看陛下呢？一旦失信于天下，又有谁还会来归附陛下呢？再者说，高季昌即便有异心，荆南处于四战之地，地狭将寡，陛下遣一上将即可将其收服，又何惧之有呢？"

李存勖想想也是，便颁诏准许高季昌回荆南。

诏书刚一盖上玺印，郭崇韬即请中使连夜至驿馆向高季昌宣旨，并遣心腹带给高季昌四个字："旨至速离！"

高季昌又喜又惊，连忙率三百亲骑趁夜离开了洛阳，匆匆如漏网之鱼，一路飞驰，连早饭都不停下。左右大感奇怪，问道："既然陛下已有圣旨，我们何必如此匆忙？所谓君无戏言，难道皇帝还会反悔吗？"

"不错，若不是这样，郭侍中也不会让人来通知我速速离开。"

"若是如此，郭侍中岂不是对皇上不忠？"

"不然！"高季昌语气极为坚定，"此乃大忠！他定然知道陛下是在他的劝说下才勉强同意我离开洛阳的，明日必然反悔，那时，恐怕上天诸神也难以谏阻了。陛下必然会将我软禁在洛阳，自然也就失信于天下！他刚刚入主中原，就对诸侯做出这种不义之事，天下人又会怎样看他？他这个皇位还能安稳吗？”

左右在马上连连称是。

高季昌突然又叹道：“唉，高某此次前往洛阳，有两个大错啊！”

左右皆摸不着头脑，问他是何大错。高季昌道：“第一个大错是高某不该来，第二个大错是陛下不该放高某回！”

左右听了还是摸不着头脑。

果如高季昌所言，次日天还没亮，李存勖就让内侍去驿馆打探高季昌离开洛阳没有。内侍回报：“高季昌昨夜一接到诏书，就率领三百亲骑匆匆离开了驿馆，连好多行李都没带！”

李存勖一拍大腿，高声叫道：“不好，快派人把他追回来！”

内侍道：“人都走了一夜了，如何能追得上！”

李存勖一边骂着“蠢东西”，一边将一张刚刚写好的密旨交给内侍，说道：“令快马速速赶至襄州，命孔勍设法杀掉高季昌。”

当日傍晚，高季昌一行行至襄州，孔勍与其极为熟识，自然设宴热情款待。宴会刚开始，突然有人将孔勍叫了出去，等他再回来时，高季昌发现，他的脸上有些不自在了，而且总是顾左右而言他。高季昌知道，他肯定是接到了李存勖的密旨，只是心中还没想好怎么办。

宴罢，高季昌连驿馆也不回，就率领着众亲骑直奔襄州城门，杀掉守门兵士后，扬长而去。

孔勍无奈，只好遣使向李存勖请罪。李存勖知道此事根本就怪不着孔勍，只好不了了之。正在李存勖一个人生闷气之时，景进忽然求见，李存勖忙宣其觐见。

景进一进内殿，便拖着戏腔夸张地叫道：“李天下，可不得了了！”

李存勖精神一振，也拖着戏腔叫道：“有何事发生？”

景进正色道：“昨日，春闱张榜之后，落选举子皆有不平，纷纷冲进礼部贡院喧哗闹事，扬言知贡举礼部侍郎裴嗥只重门阀，不论学问，且有受贿之疑。此事已轰动了整个京城，街头巷尾，议论纷纷。”

李存勖知道，这是他即位之后的第一次春试，决不可掉以轻心，便命卢质对新科进士进行复试。不久，复试结果出来了，与裴皞的名单略有出入，前三名仍是原先的三个人，只是名次略有变化。状元与探花调换了一下，榜眼仍为桑维翰。李存勖见出入不大，便没有处分裴皞，只是叮嘱今后新进士及第，必须经过中书门下复查。

李存勖接见新科进士时，发现榜眼桑维翰长相实在奇特，五短的身材却有一张一尺宽的大脸，就有些忍俊不禁，便让景进打探一下此人的来历。景进很快就打探清楚了，忙向李存勖回禀。

桑维翰，字国侨，洛阳人，其父桑拱为张全义客将。桑维翰长大成人后，因为长相怪异，经常被人取笑。他常对镜自言道："七尺之躯，怎比我一尺之脸?"遂暗自发誓，决不能对不起他这张大脸，一定要出人头地。其实，在此之前，桑维翰已经多次应试，但主考官皆嫌他姓氏发音不好，故而，每次都被黜落。家里人便劝他不要再应试了，桑维翰却举着铁砚台对家里人发誓道："除非铁砚磨穿，否则决不改业。"还作了一篇《日出扶桑赋》，以明心志。

桑拱见儿子执意如此，故而在此次春闱之前特意找了个机会去求张全义，说道："犬子粗有文采，同仁们都约他今年应举赴试，张公看此事如何?"

张全义道："贵公子应举上进，这是好事啊!"

桑拱大喜，回家后，就让桑维翰带上数轴诗作去见张全义。张全义见到桑维翰后，也为其长相称奇。张全义本就懂得些相术，知道桑维翰日后成就不可限量，因此一有机会，便在朝臣中赞誉桑维翰。此次春闱前，他还特意向裴皞推荐，这才使得他高中榜眼。

李存勖像听戏文一般听完了景进的回奏，自言自语道："这个桑维翰倒是个有趣之人，前两天，石敬瑭曾让朕给他遴选一位掌书记，朕看就是这个桑维翰了。"

景进赞道："李天下果然英明!"

李存勖又道："张全义倒是会走门路，景进，你看张全义这个老叟怎么样啊?"

景进与张全义极为要好，有事没事就往张全义府上跑，听李存勖如此问起，便趁机说道：“在景进眼里，张老乃天下最忠于陛下之人，陛下万不可有丝毫怀疑。他经常对景进说：‘眼下，陛下最缺乏的就是治政之才，咱们可得多为陛下选一些能人。’”

李存勖笑了笑：“张老此话不错，他心中可有要举荐之才？”

景进道：“张老最近倒提起过一个人。此人乃昭宗时宰相杨涉之子杨凝式，诗、书、画堪称三绝，尤其是书法，堪称颜真卿后第一人。朱温时曾任集贤殿直学士、考功员外郎。后对朱温不满，被同僚所弹劾，幸亏张全义舍命相助，才保住了性命。”

李存勖击掌赞道：“好，此人可堪重用！传旨下去，授杨凝式为比部郎中、知制诰。”

景进大喜，当即遣人将此事告诉了张全义。张全义喜不自胜，又兴冲冲地向杨凝式报喜，不想，杨凝式不但连一句感谢的话都没有，还讥讽道：“齐王果然好大的面子，一句话就把我安排到朝中去了！不过，我既没有起草过圣命，也没有起草过诏告，我这个知制诰可不会当啊！”

张全义知道他散漫惯了，并没有怪罪他。不想，杨凝式第二天就得了失心疯，满嘴胡言乱语，甚至连人都认不清了。张全义知道他是装疯，这才明白他确实不想入朝为官，又担心硬逼着他入朝，万一他浑劲上来，惹怒了天子，自己也会受连累，于是，他只好求见李存勖，说杨凝式突然得了心疾，不宜在天子跟前任职。李存勖也没追问太多，便将杨凝式改为了给事中、史馆修撰，掌判史馆。

张全义将这一消息告诉杨凝式后，杨凝式当时就不疯了，躬身笑道：“齐王知我，掌判史馆还真是非我莫属！”

张全义只是苦笑。

骑虎者

郭崇韬素来廉洁，但一到大梁、洛阳后，他似乎就变了，对于藩镇的贿赂，竟然来者不拒！亲友们皆劝他不要贪财，郭崇韬却道：“你们只知其一，不知其二。我现在已然是将相一身，单是俸禄、奖赐就有上万缗之巨，又岂会在乎这些外财？现今河南藩镇，皆为梁之旧臣，他们在伪梁之时就养成了贿赂重臣的习惯。他们都曾为圣上之仇敌，必然想四处贿赂，以求自保。我现在掌典着机枢，若拒收这些人的贿赂，他们心中肯定会认为我在为难他们，他们能不害怕吗？我之所以收受这些人的贿赂，不过是把国家之所有暂时收藏于自家之私宅罢了。”

李绍宏等宦官劝李存勖将天下财赋分为内、外库，州县上供的财赋入外库，充作朝廷经费；方镇诸侯贡献的财赋及宝货则入内库，作饮宴、游玩、奖赐之用。李存勖认为此乃绝妙之法，当即准其所奏。自此，朝廷钱财就有内、外库之分了，不过，外库经常空虚，而内库却一直堆积如山。南郊祭祀之时，缺乏劳军之钱，郭崇韬首先贡献了十万缗犒劳诸军，并奏请李存勖道：“臣已倾家所有以助大礼，愿陛下也出内库之财以奖赐诸臣。”李存勖半晌不语，良久方道：“内库之钱另有用处，朕在太原自有储积，可令租庸使前往太原取来，以作奖赐。”军士们听说此事之后，皆有不满之意，渐生离心。

郭崇韬本为兵部尚书、枢密使，也就是说，在内朝掌典着决策大权，在外朝掌握着兵权。郊礼过后，李存勖又特意封他兼领镇、冀二州节度使，晋爵赵郡公，食邑二千户，赐铁券，恕十死。郭崇韬大为感激，暗自发誓要为朝廷鞠躬尽瘁，死而后已。自此，他更加以天下为己任，对朝政兢兢业业、尽心竭力，而且处事雷厉风行、公正无私，因而深得朝野好评。

然而，郭崇韬身为一人之下、万人之上的朝廷权臣，却丝毫不知前朝的惯例与策略，处理事情总是直来直去，丝毫不加转圜规避，再加上他生性刚急，有时行事难免操之过急，偏于孟浪。他明知李绍宏对自己颇为嫉恨，但对众宦官、伶人等嬖臣仍不讲求策略。宦官、伶人每每有求于他，他也经常是当面拒绝，致使不少宦官、优伶对他心有不满。李绍宏则趁机挑动这些嬖臣，一有机会就在李存勖跟前数落他的不是，好在李存勖对他极为信任，但郭崇韬知道，有这些嬖臣整日里煽风点火，自己早晚要遭殃，然而又苦于无法抑制，经常扼腕自叹。

郭崇韬虽然出身平平，却极崇尚门阀出身，他为此还自编了一套说辞，自称是汾阳王郭子仪的后代。豆卢革、韦说大感奇怪，曾经当面问他："汾阳王本为太原人，后来迁徙到华阴，郭公世代家居雁门，又怎会是汾阳王的后代呢？"

郭崇韬答道："后来遭乱，谱牒丢失了。我曾闻先人言，我乃汾阳王四代孙。"

豆卢革不无讥讽地说道："如此说来，郭公如今将相一身，实乃祖上之德了。"

郭崇韬并不为意，反而将豆卢革之言当作实据。自此之后，他便以名门之后自居了，用人也多以门第、名望来甄别，常常引用荐拔一些名门望阀之后入朝，致使好多浮华轻薄之人钻了空子。相反地，那些功勋卓著或有真才实学之人却常常被搁置不用。一些故旧好友向他求官，郭崇韬第一件事就是问其出身，一旦出身平平，他就会直言不讳地言道："我也深知公有功劳、有才能，但出身于寒门，我不敢用你，否则，定会为名流嗤笑的。"当时朝野之人对郭崇韬此举大为不解，坊间甚至有民谣唱道：

任你功勋有多著，不如有个好宗祖。
劝君莫修文武功，不如修个好宗谱。

因而，郭崇韬虽然位高权重，却"嬖幸疾之于内，勋旧怨之于外"，整日里如处水火之中。

郭崇韬深知位高身危之忧，担心早晚会为他人所谗害，便对诸子道："我辅佐主上，大事已成，眼下却为众奸人毁谤，我想尽早避开奸人，归镇常山，以为菟裘之计，你们看如何？"

其子郭廷说劝道："俚语云：'骑虎者，势不得下。'现今父亲权位已隆，而下多怨嫉，一旦失势，就如神龙离开了大海，连一只蝼蚁都能将它制服，此事还望父亲大人深思。"

门客故吏为郭崇韬献计道："满朝文武之中，侍中勋业当属第一，即便百官侧目，也未必能离间得了。侍中可于此时主动奏请辞去机务，圣上必然不允，如此，则既有辞避之名，又能堵塞悠悠之口。”

郭崇韬依计，屡次奏请将枢密使之职让于李绍宏，李存勖果然不答应。随后，他又奏请将枢密院之事，分给内宫诸司，以自轻其权，李存勖也没答应。郭崇韬如此讨好宦官，宦官们却不领情，仍对他毁谤不已。

郭崇韬郁郁不安，郭廷说又献计道：“现今，中宫未立，而主上却极为宠爱魏国夫人刘氏，父亲大人不如奏请立刘氏为皇后，如此，圣心必然大悦，刘氏必然感恩。随后，您再多制定一些利于天下之民的策略，然后再奏请辞退。天子肯定认为您有大功而无过，必不会让您离去。如此，外有避权之名，内有中宫之助，又为天下所悦，群阉、群伶虽有谗言，又怎能动您分毫?”郭崇韬大喜，当即上书奏请立刘氏为皇后。

正如郭廷说所言，李存勖确实想立刘玉娘为皇后，但碍于正妃韩夫人，再加上曹太后素来不喜欢刘玉娘，而且，郭崇韬过去也多次对此事谏阻，所以，一直未能如愿。他万没想到，郭崇韬竟一反常态，主动上书奏请立刘玉娘为后，不禁大为高兴。

次日早朝，郭崇韬又与豆卢革、韦说等率领百官共同奏请立刘氏为皇后，李存勖终于如愿以偿，册立魏国夫人刘玉娘为皇后，册封韩氏为淑妃，伊氏为德妃，“夹寨夫人”侯氏为汧国夫人，昭容夏氏为虢国夫人，昭媛白氏为沛国夫人……

册封大典上，刘玉娘乘坐着装饰有孔雀、雉鸡彩羽的翟车，在皇帝、百官的陪同下，鼓乐喧天地去太庙行罢拜谒大礼，又被前呼后拥地回到皇城，兴高采烈地昂首进入正宫。此时，天色已晚，她仍然没有睡意，想想自己出身寒微，如今竟也能贵为一国之母，越想越觉兴奋，便在宫中大摆宴席，宴请宫中要好的姐妹、伶官、宦官，一直折腾到深夜，方才散场。

刘玉娘卸罢浓妆，正准备就寝，一个苍老的声音突然在耳边响起：“孩儿啊，为父想你想得好苦啊!”

刘玉娘吓了一跳，连忙回头，不禁大惊——室内不知何时多了两个人。当先一人，头戴瓜皮帽，身穿打着补丁的蓝色长衫，面色蜡黄，下颏上一绺焦黄的山羊胡须，左手举着写有“神断刘半仙”的白布长联，右手提着“悬壶济世”的招牌，身挎药箱，腰间还别着个药葫芦。这个形象她太熟悉了，经常在她睡梦中出现，这不正是她的父亲刘山人吗？她一时呆住了，情不自禁地叫道：“爹爹，真的是您吗？”

刘山人这时已经是泪流满面了，唏嘘道：“是我啊，孩子，你看，你看，如今你都当皇后了，父亲怎么能不来看看你呢？”

刘玉娘此时也潸然泪下，哽咽道：“父亲，其实孩儿也很想念您，上次在魏州，我真想把您老接进去，可是，在这深宫之中，人人都在争宠，孩儿不敢让别人知道我的出身，怕人家瞧不起，这才狠着心不敢认您。过后，我越想越内疚，又担心您老想不开，偷偷哭了好多次……您老没怪女儿狠心吧？”说着说着，已经是泣不成声了。

就在这时，突然有人“扑哧”一声笑了出来！刘玉娘睁眼一看，却是她父亲身后跟着的童子。她的酒登时就醒了一半，许多疑问一下子涌了上来。她定睛一看这个童子，虽然穿得衣衫褴褛，手里还拿着个破帽子，脸上都是污灰，长相却富贵雍容，眉清目秀，依稀就是她的亲生儿子“和哥”李继岌！再回头看她的父亲，虽然妆化得很像，但还是依稀能够看出他就是当今的皇上——李存勖。

刘玉娘这时酒已经全醒了，一把夺过李继岌的破帽子，朝着他的背部边打边骂：“你这个不孝的坏孩子，整日里也不学个好，净跟人家学着整治你的亲娘！”李继岌抱头就跑，假扮刘山人的李存勖笑得捂着肚子也走了出去。

次日，此事就在宫中传开了，一时，人人皆为笑乐。

刘玉娘出身寒微，更知道钱财的重要。她在魏州时，就一心聚财，当时贵为晋王夫人的她，竟然做起了买卖，遣其手下之人为商贾，大到粮食、食盐、铠甲，小到柴火、果品、衣服、首饰，什么生意都做。如今，她当上了皇后，买卖自然不能再做了，也不用再做了，她只需将四方贡奉进献的财物一分为二就行了，一份归天子，一份归中宫。如此一来，整个中宫很快就变成了一个大仓库。刘玉娘望着堆积如山的财货、宝物，整日里乐得合不拢嘴。

刘玉娘认为，她之所以能当皇后，全赖佛祖保佑，故而，她的这些财货，大多用来书写佛经，施舍尼姑、法师。久而久之，李存勖也开始笃信佛法了。一次，自于阗来了一位胡僧，李存勖竟亲率皇后及诸皇子迎拜。胡僧游五台山，李存勖又遣中使陪同，专门负责他的供需，所到之处，竟是倾城而动。又有一位僧人，法号诚惠，自称有降龙之能。他曾路过镇州，赵王王镕对其不理不睬，诚惠当时就怒道："我有毒龙五百，当遣一龙揭一片巨石，常山之人，将皆成鱼鳖。"恰好，次年滹沱河发大水，冲淹了镇州关城，故而人们皆信以为神。诚惠到洛阳后，李存勖、刘玉娘竟亲率诸皇子、妃嫔对其下拜，诚惠却端坐不起，因此，朝士、百姓不分贵贱都对其恭谨下拜，唯有郭崇韬始终不拜。

此时，皇太后及皇后各与藩镇来往通款，太后之命称"诰令"，皇后之命称"教命"，与皇帝的诏书、圣旨并行于各藩镇。这可忙坏了各藩镇，他们谁都不敢得罪，诏书、诰令、教命都得奉行。一时之间，路途之上，皇帝及两宫的使者络绎不绝，而太后、皇后的使者甚至比皇帝的使者还多，但他们的使命多半是收聚钱财，其名义更是五花八门，大多是各类节日以及太后、皇后、皇子、皇亲、公主的诞日之类。各藩镇虽然厌烦，却不敢违命，有些藩镇还主动巴结。许州节度使温韬听说皇后信佛后，便主动奏请以其府第做佛寺，为皇后祈福，故而，深得刘玉娘欢心。

李存勖乃行伍出身，不喜欢整天呆在宫中，故而，一有闲暇，便驾幸郭崇韬、元行钦等人的府第，而且经常和刘皇后一同前往。一次，李存勖驾幸张全义府第，酒酣之际，刘玉娘奏道："臣妾孩幼之时即遇大乱，失去了父母，臣妾欲拜魏王为义父，不知可否？"李存勖正在兴头上，就点头答应了。张全义却不敢当，奏道："皇后乃万国之母，皇后此言乃古今未有之事，臣无地自处。"李存勖再三逼迫，张全义不得已，这才接受了刘玉娘之拜。自此之后，张全义便经常遣其姬妾出入于中宫，问安、馈赠，从不间断。

张全义自收皇后为义女后，一改过去谨小慎微的习性，渐渐变得骄横无忌、为所欲为。河南监军曾经得到卫王李德裕的一块平泉醒酒石，李德裕的孙子李延古托张全义要回来，监军却愤然道："自黄巢之乱后，洛阳园宅都不能守护，何况平泉一块石头了！"张全义曾为黄巢部属，便认为监军此言是在讥讽他，不禁大怒，竟命人将监军活活打死了。李存勖听说后，只是微微一笑。

到了年底，凤翔来使报丧：秦王李茂贞病逝！李存勖即以其子李继曮权知凤翔军府事。客省使李严主动请求为使，前往凤翔主丧，李存勖大喜，便让他顺便出使蜀国，探听虚实。

李严降晋后，一直在晋阳宫教习李继岌。他本是文武兼备、大志在胸之人，如今才觉着有了出头的机会，暗自发誓，此行一定要有一番作为。

李严到凤翔后，见李继曮为人柔弱谦恭，甚有才学，尤其擅长书画，颇有文士之风，不禁大为喜爱，因而在上表朝廷时，就为其美言了不少。

不久，李存勖下诏，正式授李继曮为凤翔节度使。

入草人

李严到成都后，以朝廷使者之礼与王衍相见。王衍见李严身材高大，仪表威猛，与以往的文弱使者大有不同，甚觉有趣。待其陈述来意，又发现他口若悬河、滔滔不绝，先是说朱氏篡唐之时，诸侯皆无勤王之举；后又谈及唐帝李存勖兴复之功，更是志气飞扬，颇有文采，给王衍印象最深的是一联警句："才过汶水，缚王彦章于马前；旋及夷门，斩朱友贞于楼上。"声韵清亮高亢，蜀国文武百官无不愕然。

宋光嗣见李严夸夸其谈，心中很不是滋味，便问他唐国朝廷近来之事。李严答道："皇上前年四月即位于邺宫，当月即攻下郓州。十月四日，亲统万骑袭破中都，乘胜鼓行，遂诛除朱梁孽贼。当时，朱梁尚有精兵三十万，谋臣猛将，无不解甲倒戈。西至甘、凉，东达海外，南逾闽、浙，北极幽陵，牧伯侯王，尽来称藩，家财入贡，府实上供。淮南杨氏承累世之强，凤翔李公恃先朝之旧，也都遣子入侍，稽首称藩。淮、海之君，卑辞厚贡，湖湘、荆楚、浙越、闽汉，异货奇珍，终日供奉不绝。当今皇上则以恩德宽怀来者，以恩威款待逆顺。顺则涵之以恩泽，逆则问之以干戈，四海车书，大同非晚。”

宋光嗣听李严满是威吓之意，又说道：“荆、湖、吴越我不知晓，但就我国熟知的岐下李公来看，本与我有婚姻之好，然而观其心，则是反复多端、专谋跋扈，是绝对不可凭信的。听说契丹部族，近来日渐强大，贵国难道就毫无顾虑吗?”

李严反问道：“你说契丹强盛，那么，契丹与朱梁相比，谁更强盛?”

宋光嗣低声答道：“契丹似乎不如朱梁。”

李严朗声道：“皇帝灭梁如摧枯拉朽，契丹又怎可与朱梁相比？圣上视契丹如蚤虱一般，因其无关大局，不过是瘙痒之疾罢了。大唐良将劲兵遍布天下，劳一郡之兵、一校之众，即可令其悬首稾街，尽为奴虏。不过，上天既生四夷外族，当置其于外以生存，既然不在九州之本，何必一定要穷兵黩武呢?”

宋光嗣无言以对，满朝文武皆有惧色。李严退出后，王宗寿以其言语多有恐吓之词，请求将李严斩首，以立国威，但王衍没有答应。宣徽北院使宋光葆言道：“从李严言语中不难听出，唐帝已有侵凌我国家之志，陛下应尽快选将练兵，屯戍边境，广积军粮，大造战舰以为防备。”王衍认为宋光葆所言在理，便以宋光葆为梓州观察使，充武德节度留后。

王衍虽然没有听从王宗寿的话杀掉李严，但也没有准许李严马上回洛阳。李严无奈，只好寓居下来，整日里无所事事，便时常到街市上了解蜀地的民俗风貌。他很快就发现，蜀地风俗大异于中原，而且颇为有趣，尤其是蜀主王衍，有不少奇怪的嗜好。

蜀人富裕，又喜欢游玩，王衍身为天子，更喜欢四处游乐，经常微服出游民间。起初，蜀人皆喜欢戴小帽子，而且，互相攀比，看谁的帽子更小，到了后来，帽子小到仅仅能覆盖住一小块头顶，稍一低头，就掉到了地上，蜀人还为此帽取了个名字，叫做“危脑帽”。王衍听说后，以为不祥，竟下令在国内禁戴此帽。他自己则喜欢戴大帽子，每当他微服出游时，民间便以大帽子来辨认他，他知道后，便令全国都戴大帽子。王衍又喜好在头上裹丝巾，而且裹扎成尖尖的形状，看上去就像一把锥子。王衍命宫女皆戴金莲花冠，身穿道士服，服装上皆饰有云霞图案，看上去飘然若仙。酒酣之时，宫女们便摘掉莲花冠，露出高高的蓬云发髻，酥胸半露，怡态万千。宫女们平常两腮上涂着厚厚的胭脂，号称“醉妆”，国中之人也竞相效仿，王衍还为此专门作了一首《醉妆词》，词曰：

者边走，那边走，只是寻花柳。
那边走，者边走，莫厌金杯酒。

王衍还有一个奇怪的癖好，每当他与韩昭、顾在珣、潘迎等狎客一起游乐的时候，全都打着叉手，一边左摇右晃地迈着方步，一边大摇其头，命宫女手挽着手，袅袅婷婷地高歌相随。

王衍好道，特意兴建了一座上清宫，塑有王子晋之金像，甚至还尊称王子晋为圣祖至道玉宸皇帝，在其两侧塑了两尊雕像，一尊是他的父亲，也就是蜀先主王建；一尊则是他自己。父子二人侍立于王子晋左右，并于正殿塑有玄元皇帝及大唐诸帝的圣像。王衍经常大摆法驾，前往朝拜。

王衍整日里莺歌燕舞，四处游乐，一应政事则全都委托给了“花蕊夫人”顺圣太后徐氏。徐氏姐妹把持内宫，又与朝官沟通，大肆搜刮钱财入宫，以供姐妹二人挥霍。先是卖官聚钱，自刺史以下，均可买卖，每有官缺，必有数人争买，谁出的钱多，谁便可得到官位。然后，姐妹俩又命人在通往成都的大镇上建店设馆，大做国民生意。徐氏姐妹也喜欢游玩，经常驾辎车于绿野，拥金翠于青山，四处驱使奴役，频频增加经费。凡经过之处，皆设宴建宫，到处题留诗章。自秦汉以来，妃后巡游，从未有如此之盛况。

李严在朝殿上的一番鸿篇大言，令王衍很不高兴，蜀国众文武更是不争气，不但没给他这个蜀国天子争脸，还个个面现惧色。于是，王衍决定，让李严陪同他一起游览青城山，好让他看看蜀中人物。徐氏姐妹听说后也游兴大发，执意一同前往。于是，蜀主王衍、太后、太妃皆大摆銮舆，起驾离开成都，前往青城山。随从护卫兵士竟有万人之众，仪仗、车驾更是极尽铺张之能事，豪华至极。上千名宫女人人头戴金莲花冠，身穿云霞道服，一路之上手挽着手，缓步而行，齐声歌唱王衍御制的《甘州曲》：

画罗裙，能解束，称腰身。
柳眉桃脸不胜春，薄媚足精神。
可惜沦落在风尘。

围观百姓闻听此曲缠绵哀怨，音调凄惶愁惨，皆有不祥之感。王衍与徐氏姐妹却不觉得，还洋洋自得，一路之上，吟诗唱和，好不快乐。

青城山之行，王衍自觉得意无比，不时地问李严道："贵使看我蜀地风貌，与中原相比如何？"

李严答道："果然是山河秀丽，不错，很好！"其实，李严在回答王衍之时，心里一直在盘算着一个问题，那就是他回到洛阳后，该如何劝说唐帝立即出兵伐蜀！但王衍丝毫没有觉察，整日里只知带着他最为宠爱的元妃韦氏游山玩水，嬉笑取乐。

王衍为太子时，王建为其聘娶了兵部尚书高知言之女为太子妃，但他一直不喜欢高氏。即位之后，徐耕的孙女锦儿，也就是太后、太妃的侄女入宫来拜见姑姑。王衍一见，惊为天人，当时就想纳其为妃。太后、太妃姐妹俩担心朝廷内外议论她一门三女皆入宫中，便声称锦儿为韦昭度的孙女，这才将其纳入宫中，初为婕妤，没过多久就加封为元妃了。

韦氏入宫之后，王衍对高妃更加疏远，从青城山回到宫中后，干脆把她打发回家。高知言听说后，当时就惊骇晕倒，醒来之后，竟绝食而卒了。

王衍听说后，竟然毫不在意，仍然继续游乐。他喜好用丝锦围成长宽各达数百步的屏障，在其中蹴鞠。到了夜里，就燃上各色香烛，因此能够昼夜不停地游玩。路过之人见到如此阔大的屏障皆惊讶万状，但不知道是天子在此娱乐。不久，他对此也厌倦了，便又琢磨出新花样：用丝绸扎结成大山的形状，号称“缯山”，并在其上建有宫殿楼观，遇到刮风下雨，“缯山”稍有损坏，就马上命人用新的丝绸扎结。王衍经常与众狎客、妃嫔在其中欢饮取乐，有时，一连十几天都不下“缯山”。王衍还专门在“缯山”之前修筑了一条水渠，可以直通禁宫，他常常乘船夜归，令宫女们手持上千台蜡炬立于前面的船上，将水面照得如同白昼。

枢密使宋光嗣等为了自己能专权独断，千方百计地满足王衍的行乐之欲，潘在迎等人甚至劝王衍诛杀进谏之人，不让人“毁谤”国家。如此一来，就连宰相王锴、庾传素等都不敢进谏，更不用说其他大臣了。

王衍不仅骄奢淫逸，而且越来越残暴无道。军使王承纲之女甚有丽色，王衍听说后，竟令人在其出嫁的头一天，强行掳入宫中。王承纲奏请说女儿夫家逼迫甚急，恳请放女儿回家，王衍竟一怒之下将王承纲流放到了茂州。王承纲之女听闻其父因自己而获罪，便于宫中悬梁自尽了。

李严在成都呆了将近一个月，一再对王衍说：“蜀国山河秀美，百姓安居乐业，李某定当力劝大唐皇帝与蜀国修好。”王衍大喜，不久即放李严归国。然而，一回到洛阳，李严便鼓动李存勖尽早出兵伐蜀。

李严去蜀国的时候，带了很多名马，本想向王衍交换些奇珍异宝以充实后宫，到了蜀国后，才知道蜀国严禁丝锦、绸缎、珍宝、奇货进入中原，只允许粗糙、品质极差的货物东出剑门，并称之为“入草物”，故而，李严几乎是空手而回，只换来二百两黄金，还有一些地衣、毛布。

李存勖大怒道：“物归中原，谓之‘入草物’，难道王衍他就不怕自己做‘入草人’吗?”

李严趁机说道：“王衍年少乏能，荒纵骄奢，不亲政务，排斥功勋，亲昵小人。其掌权之臣王宗弼、宋光嗣等，皆为谄佞、阿谀之辈，个个专横跋扈，贪得无厌。整个蜀廷贤愚易位，刑赏紊乱，君臣上下奢淫成风。依臣来看，大兵一到，蜀国立时就会土崩瓦解。”李存勖一听，当时就决定出兵伐蜀，责令郭崇韬全权负责，并限期在一年内准备就绪。

李存勖为麻痹王衍，又遣李彦稠为使者，前往蜀国，主动提出修好。王衍大喜，竟信以为真地不再防备唐国了，不但裁撤了威武城的戍守，召关宏业等二十四军回成都，还裁撤了武定、武兴招讨使刘潜等三十七军，之后又将金州王承勋等七军也撤回了成都。

王宗寿见蜀主失德，蜀国已是危机四伏，知道国亡之日不远了，便只身前往深山隐居了起来，专心修习道法。王宗寿离开成都后，王宗弼为了讨好宋光嗣、景润澄等人，趁机对二人说道："宗寿曾让我除掉你们，我执意不肯，他这才不乐而去，他走了，我等便可高枕无忧了。"宋光嗣等人信以为真，皆跪拜泣谢。王宗弼之子王承班听闻此事之后，对夫人叹道："总有一日，我家定有族灭大难！"

王衍自从与王承休之妻严美娘有染后，王承休便青云直上，不到三年，即从一介军使飞升为宣徽北院使。王承休在诸军中遴选了一万二千名骁勇之士，把他们分配在龙武军之中，并提高了龙武军的兵械配置，扩充成步骑四十军，用王承休的话说："龙武军乃蜀军精锐中的精锐！"当然，龙武军将士的待遇也优于其他各军。王衍大喜，特意颁旨，令王承休兼任京城内外马步都指挥使兼龙武军指挥使，王承休推荐裨将安重霸为副使。

安重霸，云州人，原本为河东军校，因违反军规逃奔到大梁。后来，又在大梁犯了杀人罪，只好逃奔到西蜀。安重霸虽然长相威猛，但为人诡谲多智，尤善于迎合奉承，很快就得到了蜀先主王建的赏识，王建擢升他为亲骑都将，并让他专门训练亲骑。王衍继位后，安重霸见王承休备受王衍的重用，便寻机投奔到了王承休的门下，对其百般逢迎，并很快取得了他的信重。

王承休因美妻与天子有染而成为朝廷禁军的统帅，本就让元勋宿将、文武大臣们心有不服，如今，安重霸一介逃犯竟被破格擢升为了宿卫军副统帅，就更让人不服了。一时之间，朝廷内外议论纷纷，元勋旧将认为安重霸无尺寸之功而骤得大位，无不感到愤慨、羞耻，整日里吵嚷不休。王承休、安重霸皆感不安，安重霸暗对王承休道："成都人都在议论，听唐使李严的意思，中原皇帝想要伐我蜀国，若果真如此，成都必成险地！既然朝野都在议论明公，所谓眼不见，心不烦，明公何不奏请外出为官呢？"

王承休问道："我也想耳根子清静，去哪里好呢？"

“若能远远地离开成都去做一镇诸侯，那是最好不过！依安某看，秦州最好。”

王承休道：“王某现在仅为宣徽院使，要求为秦州节度使，是否太让陛下为难了？”

“当然不能明着说了！”安重霸将满脸的络腮胡子靠近王承休，嘀咕了半天。王承休听罢，连称妙计！当即入宫，对王衍说道：“臣听说秦州有许多美貌女子，臣请前往秦州为陛下采择，以献内宫。”王衍大喜，当即改任王承休为秦州天雄节度使，进封鲁国公，让他率领龙武军前往秦州为其选美——如此一来，整个龙武军也就成了王承休的牙兵。

王承休离开成都后，京城内外马步都指挥使，也就是朝廷禁军统帅一职就空了出来，按理说，此职应由王宗弼等元勋兼任，但王衍却将此职授给了太后之兄徐延琼！徐延琼毫无战功，却仗着外戚裙带替代了王宗弼，高居众多旧将之上，因而，朝廷内外皆有不平之意。

不久，王衍念在张格当初劝立太子之功又将张格召回，并重新拜为宰相。

天子心

郭崇韬权势日重，但宦官、优伶对他的诽谤也日渐增多。为求自固，他故意当着李绍宏、景进的面对李存勖说道：“臣跟从陛下屯军朝城之时，曾为陛下献计破梁，陛下当时抚着臣背许诺道：‘大事成功之日，当赐爱卿一镇。’现今已经天下一家，满朝皆是才俊贤者，臣已疲惫至极，唯愿陛下依约许臣一镇，好让臣归养天年。”

李存勖明白他的用意，说道：“朝城之约，朕确曾许诺过赐卿一镇，但朕当时并未许诺让卿离开朕呀。卿正当壮年，就要舍朕而去，卿于心何忍啊？”

郭崇韬见李存勖如此说，知道他是真心舍不得自己，便将早已准备好的二十五条治国方略呈献给了李存勖。李存勖一看，全都是鼓励农耕、兴修水利、强兵修备等有利于天下安定、利国利民的实事，不禁连声夸赞道："卿果然是治国贤才，朕没看错，朕的江山怎能少了卿呢？"自然全都照准，并让他加紧施行。

郭崇韬内心终于安定了下来——有了李存勖的信重，他也就不用太顾忌伶宦的毁谤了。如此一来，朝廷之内他就可暂时放心了，不过，外藩之中却有一人，让他一直感到不安，此人就是幽州节度使——"再世杜预"符存审！

符存审身为诸将之首，屡立大功，但未能得到攻克大梁的首功，因而心中一直感愤不已。他本来就有病，再加上负伤累累，为此，他的病势就更加严重了，屡屡上表奏请入朝觐见。郭崇韬起初不同意，后来终于答应了他。符存审这才拖着沉重的病体，千里迢迢地赶到了洛阳。

符存审一见李存勖，当时就哭倒在了大殿之上，郭崇韬连忙把他搀起，也有些不能自已，泪水滚滚而出。李存勖也是百感交集，对他厚加抚慰，劝他安心养病。

李存勖当晚特意设宴为符存审接风，符存审心存感激，强扶病体出席，但终究难撑太长时间，李存勖只好命人把他送回了驿馆。符存审走后，李存勖叹道："与朕一起披荆斩棘的故人已经零落殆尽了，所存者唯有存审了。可惜他又衰疾如此，看来是不能再回幽州了。幽州乃国家北门，不知何人可替代存审？"说着话，抬头看见了李存贤，立时就想起了一件往事。

李存勖初为晋王之时，论马上功夫，李存贤不是李存勖的对手；但若论摔跤，李存勖就稍逊于李存贤了。李存勖不服，就要求与李存贤徒手比试摔跤。李存贤无奈，只好答应，但碍于身份，李存贤总是不尽全力。李存勖当时就说道："你若能胜了我，将来我就授你一座藩镇。"李存贤这才尽力，把李存勖摔倒在地。

李存勖此时想让李存贤去镇守幽州，便问他愿不愿意。李存贤自然求之不得，满口答应了下来。次日，李存勖即正式颁诏，授李存贤为幽州卢龙节度使。李存贤临行之际，李存勖特意为他设宴饯行，并说道："手搏之约，朕没有食言吧!”李存贤连连致谢。

符存审知道后，心中怅然不悦，郁郁寡欢地离开了洛阳，回幽州而去。

郭崇韬心中不忍，对李存勖道：“陛下授存贤为幽州节度使，将置审公于何地？审公功高盖世，现已疾病缠身，陛下应将他调回中原，以便延医治病。”李存勖大悟，当即颁旨：改授符存审为汴州宣武军节度使、诸道蕃汉马步总管。但是，诏书尚未到达幽州，符存审就病逝了，时年六十三岁。

符存审之子符彦超、符彦饶、符彦卿、符彦能、符彦琳遵照遗命，将他的遗体葬在了太原。李存勖闻听噩耗，心中大震，诏命辍朝三日，追赠符存审为尚书令，以其长子符彦超为汾州刺史。

符存审自小就在军中，深晓机略，预知机变；行军出师，法令严明；决策制胜，从无遗悔，因而百战百胜，从无败绩，素有“常胜将军”之誉，功勋、名望与周德威不相上下，为当世之良将。符存审经常告诫诸子道：“父亲出身贫寒，少年时即手提一剑离开乡里，四十多年来，四处征战，经常是九死一生，仅开骨取箭就有百余次之多，这才位极将相。”他将从自己身上取出的一百多个箭头交给诸子，让他们收藏起来，叮嘱道，“你等生于膏粱之家，当知你父起家是如此之不易，决不可奢侈挥霍……”

此时，许多勋臣皆畏惧伶宦谗言，心不自安，纷纷自请解除兵权，就连张全义、李嗣源也要求解除自己的兵权。于是，李存勖便以年龄尚不满十七岁的皇子李继岌接替张全义掌判六军诸卫事，张全义则改封太尉，兼中书令、河阳节度使、河南尹。但是，李存勖没有答应李嗣源的请求，仍以其为蕃汉内外马步副总管。

李存勖自从在大梁门口答应了伶官周匝的请求后，就想擢拔陈俊、储德源为刺史，但被郭崇韬给拦下了。郭崇韬谏道：“陛下之所以能取天下，全赖英豪忠勇之士奋勇苦战。现今大功刚成，对他们尚未封赏一人，就先以伶人为刺史，恐怕会让他们寒心的，若如此，天下之心也就失去了。”后来，李存勖又几次提起此事，都被郭崇韬给劝谏住了。

此事就这样拖了下来，如今，已经过去一年多了，众伶人又在李存勖跟前提起此事。李存勖无奈，只好对郭崇韬道："所谓君无戏言，既然朕已经许诺周匝了，迟早都是要兑现的。如今，朕都不好意思见此三人了。朕也知道郭公所言乃正理，但也好歹照顾一下朕的情面，屈意而为吧。"

郭崇韬见李存勖如此说，也就不好再坚持了，只得以陈俊为景州刺史，储德源为宪州刺史。

此时，就连跟从李存勖出入百战的亲将，都有很多人没被擢升为刺史，因而，陈、储二人的任命诏书一公布，立时就引起了很多人的愤慨与不满。

王庆是第一个率军渡过黄河的亲军队长，也是第一个进入大梁城门的队长。进入大梁之后，他曾当面请求李存勖为他升官，李存勖也曾点头许诺过。过了几个月，王庆见没有动静，就又奏请李存勖兑现诺言，李存勖却一直未予理睬。此时，既然陈俊、储德源都升了刺史，也该轮到王庆了吧，但李存勖还是没有给他升职。如此一来，就连李嗣源都看不过去了，竟亲自求见李存勖，为王庆抱屈。

李嗣源奏道："王庆作战勇敢，又曾为陛下亲军队长，功劳颇多，理应擢拔。即便没有实职，找个虚名也行啊!"

李存勖却道："朕也知道王庆功劳不小，可是，不知为什么，朕一见到他，心中就不自在，朕又怎会赐给他官职呢？太宗有诗言道：'待余心肯日，是汝命通时。'天子主宰天下生灵赏罚，圣明如太宗者尚且如此说，可见进退确实是人的命运。"

李嗣源听罢，虽然如坠云雾，但也知道李存勖是决不会奖赏王庆的，心中很不以为然，但也不好再说什么。不过，让李嗣源想不通的是，对于朱友谦，李存勖却总是有求必应：先是朱友谦奏请掌管安邑、解县盐池，李存勖同意了，让他充制置两池榷盐使，晋爵西平王，还赐给他免死铁券；后来朱友谦又为其子朱令德、朱令锡求官，李存勖也以节度使相授，以朱令德为遂州节度使，以朱令锡为许州节度使，其他儿子只要自己能穿衣服的，也都授予了官职，以至于朱友谦之子，无论嫡庶，皆受封赏——

朱友谦一家，一门三节度使、七个刺史，就连五个不满十岁的儿孙也被封为将校之职，恩宠之盛，可说是无人能比。

李嗣源叹道："看朱友谦一家之荣耀，恐怕这就是陛下所说的命运吧！"

契丹屡屡进犯，李存勖便命各镇挑选精兵前往北方边境，以抵御契丹。潞州也接到了圣旨，潞州节度副使李继珂连忙挑选了三千精兵，准备发往涿州戍守，此事引起了潞州牙将杨立的注意。

李继韬对杨立有恩，李继韬被杀之后，他就一直在寻找机会为李继韬报仇。此时，他见机会来了，便对准备发往涿州的三千士卒们言道："我等在故使麾下二十多年，衣食丰足，在此之前，潞兵从未戍守过边境，现今朝廷却驱使我等到北边荒绝之处，显然是不想让我们再回潞州了。我等与其暴骨沙场，不如据城自守，事成则共享富贵，万一不成也可占山为王。"

众军士本就不愿离开潞州，经杨立一鼓动，立时就群情激奋，齐声呐喊着冲向了子城东门，大肆焚掠。李继珂与监军张弘祚慌忙弃城而逃，杨立遂自称留后。

李存勖闻讯大怒，当即下诏，命李嗣源为招讨使，元行钦为部署，帐前都指挥使张廷蕴为前锋，率军征讨潞州。

张廷蕴接旨后，当即率前锋军直奔潞州。到达潞州时，天色已暗。此时，李嗣源、元行钦的大军正陆续前来，忙于安营扎寨，李嗣源、元行钦尚在途中。张廷蕴当晚突然摸到了潞州城下，自作主张地率领麾下百余人悄悄地翻过堑壕攀城而上，杀了守城之兵一个措手不及，然后就大开城门，延请诸军进入了潞州城。因此，等到第二天天亮李嗣源、元行钦到达城下时，潞州城已然被攻陷了。

捷报报至洛阳，李存勖大喜，当即下诏以李嗣源为汴州宣武节度使、蕃汉内外马步总管，以元行钦为宋州归德节度使，以张廷蕴为申州刺史，并命元行钦将杨立及其亲党十余人押往洛阳，全都凌迟于镇国桥。

杨立之乱平定后，潞州牙兵皆分配到从马直军中，郭威也在其中。郭威天性聪敏，喜好笔札，军旅之余就阅览兵书战策。郭威见密友李琼经常端坐读书，便问他所读何书。李琼道："此乃《阃外春秋》，所记载的皆是些以正守国、以奇用兵的典故、史实，比较存亡治乱，记述贤愚成败，确实值得一读。"说罢，便将《阃外春秋》送给了郭威。自此之后，郭威便将此书随身携带，一有空闲便孜孜阅读。

元行钦回到洛阳后，对李存勖建议道："现今许多州城城池高深，心怀叵测之徒动不动就占据城池要挟朝廷，潞州就是个例子，陛下须得下诏，让各藩镇撤除城防。"李存勖深以为然，当即下诏，诸道全部降低城墙高度，撤除防城之备。

次日，李存勖特意在内殿大宴群臣庆贺潞州平定，酒酣之际，李存勖大谈平生战阵之事，谈到兴头上，自然就说到元行钦，但总是看不到他，便问左右道："绍荣怎么不在啊？"

有司奏道："奉旨宴请宰相，绍荣乃散官，按礼，宴上不能为其设位。"

李存勖大为生气，当即离席而去，次日早朝，即拜元行钦同中书门下平章事，也就是说元行钦封拜为宰相了。自此之后，李存勖就再也不召文臣进入内殿了，只有武臣，方在内殿宴请。对于元行钦，李存勖更是恩宠备至，经常与太后、皇后一同驾幸其府第。

李存勖有一位爱姬，小名怜儿，不但长得美貌动人、楚楚可怜，而且为李存勖生了一个皇子，因而，皇后刘玉娘一直对她又妒又恨。恰在此时，元行钦的夫人去世了，刘玉娘当时就有了主意，特意命元行钦入宫宿卫。一日，李存勖问元行钦道："爱卿丧妻之后，可曾再娶？如若未娶，朕可为你做媒。"

李存勖话音刚落，刘玉娘趁机指着怜儿说道："大家既然怜惜绍荣，何不将怜儿赐给他为妻呢？"李存勖大为尴尬，但当着元行钦的面又不好说不行，只好含糊其词地"嗯"了一声。刘玉娘心内暗喜，当时就催着元行钦赶快谢恩。元行钦谢恩起身，抬头看怜儿时，早已被皇后拉着上了轿，被人抬着快步出宫了。

李存勖就像被人割去了心上肉一般，难受了好多天，既不吃饭，也不见人。

不久，幽州传来噩耗，卢龙节度使李存贤病逝了！

李存贤到幽州之后，契丹人多次来犯，城门之外，烽尘交警，一日数战。李存贤性格忠谨周慎，昼夜戒严，废寝忘食，以致忧劳成疾，卒于幽州，时年六十五岁。

公元九二五年，后唐同光三年，前蜀咸康元年，吴顺义五年，吴越宝大二年，南汉白龙元年，契丹天赞四年

避暑楼

李存贤逝世后，阿保机趁机遣契丹兵侵扰幽州，李存勖只得命李嗣源率军前往幽州抵御契丹。此时，李嗣源军中有许多将士的铠甲都已经破损了，他知道魏州军库中存有不少铠甲，而且这些铠甲都是专门供奉禁宫的，制作极为精细，因而，路过魏州之时，便致书东京副留守张宪，要求领取五百副铠甲。张宪以为这是军需，也未深想，又来不及奏请，何况又是总管李嗣源的要求，就将铠甲照数拨给了他。不想，李存勖知道此事后，大发雷霆，怒道："张宪没见圣旨，就擅自将朕的铠甲给了嗣源，他的胆子也太大了。"遂下旨罚了张宪一个月的俸禄，并责令张宪自己前往李嗣源军中取回铠甲。

郭崇韬劝阻道："张宪若去讨要铠甲，肯定会引起总管疑心，军中之人也会抱怨陛下的。与其如此，倒不如让总管回军，请陛下三思。"李存勖这才没再坚持讨回铠甲，但也没让李嗣源回军。

此时，李嗣源的家眷大多还在太原，而养子李从珂却为卫州刺史。李嗣源想，若李从珂能在北京太原任职，就可照顾其家人了，便上表奏请以

李从珂为北京太原内牙马步都指挥使。不想，李存勖读罢表章，火冒三丈，怒道："嗣源手握兵权，位居大镇，难道还不知足吗？军政之事乃朕考虑的，他如此为儿子索要兵权，是何用意？"因而，不但没有答应李嗣源的奏请，反而将李从珂降为了突骑指挥使，让他率领数百人去戍守石门镇。

李嗣源大为尴尬，这才知道李存勖对他已有了疑忌之心！他不知道，对他有疑心的不单是李存勖，还有郭崇韬！郭崇韬曾密对幕僚道："总管功高名重，绝非久为人下者，我遍观皇家诸子弟，皆不及其万一也。我敢断定，总管早晚会为祸朝廷！"于是，便经常密劝李存勖召李嗣源回朝，罢免他的兵权。有时，甚至暗示李存勖，应该及早将李嗣源除掉，以免后患。李存勖虽然对李嗣源有疑忌之心，但他认为李嗣源已近花甲之年了，而自己刚入壮年，何况李嗣源白丁一个，不会有多大能为的，因而，就没有答应郭崇韬，但心中非常赞赏郭崇韬对自己的忠心。

李嗣源既忧且惧，连忙上表解释。李绍宏素与李嗣源交好，也帮着他说了不少好话，李存勖这才没有治李嗣源之罪。

自段凝决开黄河阻挡唐兵以来，郓州、濮州到处都是汪洋、沼泽、泥泞之地，两州百姓流离失所，耕地皆荒芜不堪。李存勖遂命青州节度使符习修治酸枣河堤，不久，他又亲往东京魏州巡视。

定州义武节度使王都闻听李存勖正在魏州巡视，连忙奏请前往魏州觐见，李存勖大喜。他早就听说王都擅长蹴鞠，而且技艺非凡，李存勖也是此中高手，正好趁此机会和他比试一下。可是，魏州原有球场却在前年登基之时修建即位坛占用了，李存勖便命张宪将即位坛拆除，将球场恢复成原样。张宪一听，当即谏阻道："即位坛乃王者兴发之地，历代帝王都极为看重，汉朝鄗南、魏朝繁阳的即位坛，至今仍在。因此，即位坛绝不可毁坏，臣恳请陛下于邺王宫西另建球场。"

李存勖一听有理，便答应了他，命他抓紧修建新的球场。过了不几天，王都就要到了，新球场却还没建好，李存勖很是着急，命张宪赶紧拆掉即位坛，把球场清理出来。张宪无奈，只好去找郭崇韬，言道："即位坛是主上祭接天神受命之所，除非是风吹雨淋，绝不可人工毁坏。请郭公劝阻圣上，莫要毁了此坛!”

郭崇韬依言劝阻，但李存勖根本不听，硬是命人将即位坛给拆了。张宪暗地里对郭崇韬言道：“忘天背本，不祥莫大焉!”

王都到魏州后，与李存勖各率一队比试蹴鞠。迎合事人本就是王都的长项，两队比试了五场，李存勖自然全都赢了，但每场比分都相差无几。李存勖大为高兴，特意留王都在魏州住了十几天，日日饮宴，不但赐予丰厚，还加封他为太尉、侍中。周元豹暗对李存勖道：“此人形若鲤鱼，难免刀匕之灾，请陛下远离此人。”李存勖不但不听，还因为他是李继岌岳父的原因，待王都更为深厚，王都所请，也无不应允。

不久，李嗣源奏报，大败契丹于涿州，斩首三千多级，生擒契丹酋长三十人。李存勖大喜之余，也有烦忧：契丹屡屡进犯，防不胜防，他想寻找一个一劳永逸的策略，便咨问郭崇韬有何良策。

眼下，威名宿将已零落殆尽，新近任命的卢龙节度使赵德钧威望素轻，又难当大任，郭崇韬于是建议道：“契丹人最为忌惮之人第一是陛下，第二便是总管，不如就让总管镇守镇州，以为赵德钧声援。”

其实，李存勖早就有此想法，但郭崇韬兼领着镇州节度使，他又不愿郭崇韬平白无故地没了封地，故而一直没有下决心。此时听郭崇韬如此说，便想让郭崇韬与李嗣源交换一下，让他兼领汴州宣武节度使。不想，郭崇韬推辞道：“臣眼下内掌枢要机密，外掌朝廷大政，富贵已极，又何必再兼领藩镇呢？何况，群臣之中，许多人跟从陛下多年，身经百战，所得也不过一州。臣无汗马之劳，只是跟从陛下侍奉左右，就得到如此高位，心中已然忐忑不安了。如今，若能在委任勋将贤人之时，使臣能解除旄节，实为臣心中大愿。汴州乃关东冲要之地，土地肥沃，人口众多，臣既然不能到治所亲自掌理，就只能让他人代为管理，这又与空城何异呢？如此，又岂是巩固国家基业的长久之计呢?”

李存勖却道：“朕深知卿忠心尽职，然而，卿为朕出谋划策，袭取郓州，力保河津，后又建议乘虚而入，直趋大梁，这才使得朕成就帝业。这些功劳，又岂是百战之功可以相比的！如今，朕已贵为天子，岂能让卿连尺寸之地都没有呢?”

郭崇韬仍然执意推辞，李存勖只好把此事搁下了，只是改任李嗣源为镇州成德军节度使。

李存勖此次驾临魏州，还有一个不为人知的目的，就是搜集美女入宫。宦官王允平，伶官景进、郭门高、史彦琼、周匝等一到魏州，就分头出动，近至卫州、贝州，远至太原、幽州、镇州，四处秘密寻访民间女子，最后搜集了不下三千名美女。一时间，各州接连报案，天天都有民间女子失踪。张宪奏道：“各地妇女失踪者有上千人之多，臣担心扈驾诸军有人裹挟隐匿，请陛下下诏彻查。”李存勖却顾左右而言他，始终不予答复。张宪知道其中必定有鬼，但苦无证据，只好作罢了。

李存勖在魏州住了四个多月，方才离开。张宪发现，在浩浩荡荡返京的护驾诸军之中，平白地多了近千辆牛车，而且每辆牛车都蒙着厚厚的丝布，张宪猜想，那些牛车之中，多半就是那些失踪的女子。

车驾自德胜渡过黄河后，李存勖率领群臣游历了杨村、戚城、胡柳等地，指点当年苦战之处，与群臣谈笑为乐。回到洛阳后，李存勖即下诏以长安为西京，洛阳为东都，太原为北都，魏州改为邺都，与北都并为次府。

唐末丧乱以来，后妃之制日渐荒废，李存勖此时，后宫之数比盛唐时还要多，设有昭容、昭仪、昭媛、出使、御正、侍真、懿才、咸一、瑶芳、懿德、宣一等名号，真正是数不胜数。当然，每一位妃嫔都需要一座宫殿来安置，郭崇韬见花费太巨，不时地提醒宫苑使王允平，应该尽量节省开支。进入夏季后，李存勖难耐酷热，只好在宫中选择高凉之处避暑，但仍然无法忍受。王允平趁机说道：“臣在长安宫中，见大唐全盛之时，大明宫、兴庆宫内，楼观数以百计，现今圣上连个避暑的地方都没有，宫殿的规模还不如当时公卿的府第呢。”

李存勖气呼呼地说道：“天子富有天下，难道连一座楼也不能兴建吗?”于是，便命王允平另建一座高楼，专做避暑之用。

王允平道：“郭崇韬肯定会以用度不足来谏阻的，臣担心，陛下想建避暑之楼，终究是建不成的。”

李存勖道：“朕只使用内府钱，不使用外库经费，他还能说什么?”

李存勖虽然如此说，但仍旧担心郭崇韬谏阻，遂遣中使对郭崇韬言道：“今年暑天异常酷热，朕当年在黄河两岸，与梁人相斗，行营又低又湿，还常常身披厚厚的铠甲，也没有感觉如此酷热。现今，朕居深宫之中，却感到热气蒸腾，难以忍受，这该如何是好?”

郭崇韬回话道：“陛下当年在大河上下，强敌未灭，心中常想的只是如何报仇雪耻，哪还顾及盛暑之热呢?如今，外患已除，海内宾服，故而，即便是珍台闲馆，也会感觉闷热不堪的。陛下若能不忘艰难之时，则热气虽盛，尤觉清凉。”李存勖闻言，默然无语。

王允平道：“崇韬之府第，无异于皇室，故而，他并不知道陛下的感受。”李存勖遂下了决心，命王允平建造避暑之楼，每天都要驱使上万人，耗费很是不菲。

郭崇韬果然谏道：“现今天下大旱，军粮不足，请圣上暂停施工，待明年丰收，再建不迟!”李存勖哪里肯听。

避暑之楼正在兴建之时，太原突然传来噩耗：太妃刘代云薨逝了!

刘太妃自与曹太后在太原分别之后，思念不已，竟郁郁成疾。曹太后听说后，天天遣中使前往太原看望，送医送药。刘太妃病情稍有加重，曹太后便吃不下饭去，经常对李存勖道：“我与太妃恩如姐妹，情同手足，如今，她在太原病了，我必须前去探望，好陪着她聊聊天。”李存勖常以天热道远为由，苦苦劝阻，并遣皇弟李存渥前往太原迎接刘太妃来京。不想，李存渥刚刚离开洛阳，刘太妃便病逝了。

曹太后乍闻噩耗，当时就昏倒在地，好几天吃不下饭，睡不着觉，每天只是哀伤哭泣，不久也病倒了，不到一个月，就死在了长寿宫中。

李存勖哀痛不已，竟有五天不进粒米。

天狗落

进入七月后，天气突然大变，竟一连下了十几天的暴雨，致使黄河多处决口，许多道路被冲毁。李存勖担心太后的坤陵被淹，便亲自前往位于寿安的坤陵工地视察。不想，一路上泥泞不堪，河桥也多有损坏，李存勖不禁就动了气，问左右："谁是此地主官？"景进答道："此地属于河南县，自然是河南县令罗贯主管。"

李存勖一听罗贯之名，气就不打一处来。

罗贯为政清明，为人正直，且不避权豪，铁骨铮铮。自打他被任用为河南县令后，伶宦经常遣人带书信给他，要么让他替他们办事，要么向他索要财物。罗贯不但一概不理，还把这些书信送给了郭崇韬，郭崇韬又把此事奏明给李存勖。因此，伶宦皆对他恨得咬牙切齿。河南尹张全义也对罗贯的耿直深恶痛绝，经常遣婢女向他的义女，也就是皇后刘玉娘诉说罗贯的不是。刘玉娘便与伶宦们一起，经常在李存勖跟前诋毁罗贯，久而久之，李存勖就对罗贯厌恶了，一直想找个机会整治他。

这一次，李存勖终于找到了机会，当时就把罗贯打入了狱中。

罗贯入狱之后，景进等人指使狱吏对罗贯滥施酷刑，当日就把罗贯鞭打得体无完肤。次日一早，李存勖即颁下诏书：将罗贯斩首示众！

郭崇韬闻讯大惊，连忙入宫求见李存勖，谏道："罗贯失职于桥道不修，按律，尚不至死罪。"

李存勖怒道："太后灵驾将发，天子朝夕往来，他却连桥道都不修，他眼里还有太后和朕吗？卿却言其无罪，朕看你这是在包庇罗贯！"

郭崇韬连连叩首道："陛下身为万乘之尊，却为一介县令治气，让天下人皆认为陛下用法不平，此乃为臣之罪。"

李存勖气怒不已，哂道："既然罗贯是郭公所爱，那就任凭郭公裁判好了。"说罢，就气咻咻地拂衣而起，扬长入宫去了。郭崇韬见状，只好紧跟在李存勖身后，论奏不已，又是摆说罗贯的政绩，又是讲按照律法应该如何处置，想保住罗贯一条命，但李存勖执意要杀罗贯，竟气哼哼地亲自将殿门关闭，把郭崇韬挡在了殿外。郭崇韬无法进入，只能望门而叹。

所谓君让臣死，臣不得不死，罗贯终究还是被乱棍打死了，并且暴尸于府门之前。朝野之士皆认为罗贯死得太冤，暗地里对李存勖颇有怨言。

经过郭崇韬近一年的准备，出兵伐蜀终于万事俱备了，只有主帅一职还没有确定。李存勖特意召集重臣商议主帅人选。李绍宏推荐段凝任主帅，他言道："绍钦有盖世奇才，虽孙、吴在世，也有不如，可堪大任。"

郭崇韬却坚决不同意，说道："段凝乃亡国之将、奸谄小人，决不可托信。"

众大臣则大多举荐李嗣源，李存勖也有此意。

郭崇韬却另有心思，他也知道李嗣源任伐蜀主帅最为合适，但他有两个想法：一是担心李嗣源一旦兵权在握，会更难约束；二是自己因受伶宦谗言，一直想立大功以自固，如此良机，他又怎会错过？于是说道："契丹为患北边，非总管不可抵御，因而，总管一天也不能离开河朔。依臣看，魏王继岌身为国家储君，但还没有立下特殊功勋，况且，唐朝历来以亲王为元帅。请圣上依唐朝故事，以魏王为伐蜀都统，以成其威名。"

李存勖一听，当时就明白了郭崇韬的想法。此时，他也有意让郭崇韬离开京城一段时间，省得他在眼前整日里约束自己，于是说道："郭公此议甚佳，不过，继岌年幼，还不能独自前往，当为他配一位合适的副帅才可。"众臣一听，皆觉愕然，但还没等他们回过味来，李存勖又对郭崇韬言道，"依朕看，这个副帅，满朝之中恐怕没有比卿更合适的了。"

李绍宏一听，不禁一阵狂喜，连连说道："圣上英明，郭公实乃不二人选！"

郭崇韬一见李绍宏如此，当时就明白了他的想法，心中隐隐觉得有些不妙，但口中说道："臣定当鞠躬尽瘁，死而后已！"

众臣见状，皆各有心思，但谁都没有再说什么。如此一来，伐蜀主帅及众将总算是确定了下来：魏王李继岌为诸道行营都统，郭崇韬为副都统，但军政之事皆由郭崇韬全权处理；凤翔节度使李继曮为转运应接使，陕州节度使康延孝为排阵斩斫使，西京留守张筠为安抚应接使，华州节度使毛璋为左厢马步都虞候，邠州节度使董璋为右厢马步都虞候，客省使李严为西川管内招抚使，张廷蕴为中军步军都指挥使，周知裕为骑军先锋使，工部尚书任圜、翰林学士李愚参与都统军机。

消息传至河中，朱友谦觉得这正是他们朱家建功立业的好机会，连忙上表奏请愿以其子朱令德率军跟从。李存勖大喜，即以同州节度使朱令德为行营副招讨使。

消息传到江陵，高季昌连忙遣人求见宰相韦说，请他奏请让荆南出兵攻取峡内。韦说在江陵之时，高季昌待其颇厚，韦说为宰相之后，也经常与高季昌互通书信。因此，韦说一接到高季昌的书信，就连忙求见李存勖，转奏了高季昌的请求。李存勖想，攻取西蜀的策略本就是高季昌最先提出的，若高季昌能在蜀国东面峡路发兵夹击，自然可以减轻大军的正面压力，故而很爽快地答应了他的请求，以高季昌为东南面行营都招讨使，并许诺道："卿如能攻取夔、忠、万三州，当以其地为荆南属郡。"高季昌接诏，自是大喜。

伐蜀大军临行之际，郭崇韬因孟知祥当初有推荐之恩，便对李存勖言道："孟公为人诚信厚重，又深有谋略，一旦西川为我所有，依臣看，坐镇西川之人，非孟公莫属！"饯行之际，郭崇韬又对李存勖言道："邺都副留守张宪为人恭谨稳重，见识不凡，实为宰相之材。"李存勖一一答允。

出军前一日，李存勖又在嘉庆殿置酒宴请征西诸将，举酒对郭崇韬道："继岌不熟悉军政，爱卿常年随朕征伐，西面之事，就全赖爱卿了。"

郭崇韬又一次说道："请圣上放心，崇韬定当鞠躬尽瘁，死而后已！"

九月十八日，大军自洛阳出发。当日，漫天阴云，北方天际突然发出滚滚之声，俨若闷雷，又似战鼓；野外山鸡争鸣，群鸟乱飞。按照民间说法，此乃"天狗落"。

再说王承休一到天水，即依照安重霸的建议，将府衙拆掉，改建成天子行宫，随后又强取民间美女，教以歌舞，令画工为每位美女画像，然后将画像送至成都，请韩昭转交给蜀主；随后又献上花木图，盛称秦州山川风土之美，请王衍尽快至秦州游乐。

王衍大为心动，又惦念王承休之妻严美娘，便决定到秦州一游。满朝文武百般谏阻，王衍却一概不听；王宗弼上表谏阻，王衍竟将其表章扔到地上；太后花蕊夫人涕泣拦阻，甚至以绝食相威胁，王衍仍是不听。

前秦州节度判官蒲禹卿上表近两千言，说："先帝艰难创业，欲传之万世。陛下自小长于富贵之中，整日里荒色惑酒。秦州地方偏僻，人情极为复杂，其中又有羌、胡异族杂处，其地多有瘴疠，万众困于奔驰，郡县罢于供亿。凤翔久为我仇敌，必会趁机生衅；唐国刚刚和我通欢，但还心怀疑贰。先皇从来不会无故出游，陛下却率意而为，频频离开宫阙。请陛下不要忘记，秦始皇东狩，銮驾再没能回到宫阙；隋炀帝南巡，龙舟再没有回到京城。蜀都虽然强盛，边亭暂无烽火之虞，但境内却有腹心之疾，百姓失业，盗贼公行。当年，李势屈服于桓温，刘禅投降于邓艾，都说明蜀中虽然山河险固，却并不足以凭恃，请陛下万勿掉以轻心！"

韩昭对蒲禹卿恨恨地道："你的表章我一定会好好收藏的，待主上归来，定当让狱吏一字一字地盘问于你！"

蜀司天监称彗星见于舆鬼，长达丈余，并预言蜀国将有大灾，右补阙张云上疏："百姓怨气上彻于天，故而彗星出现。此乃亡国之征，不是祈禳所能消弭的。"王衍则认为这是群臣为了阻拦自己找的借口，不禁大为恼怒，竟将张云流放黎州，致使张云忧惧交加，病死在流放的路上。

几乎是与六万唐军从洛阳出发同时，王衍率领着五万兵卒自成都北上了！临行之际，群臣为王衍饯行，王衍颇有醉意，竟亲自吟唱韩琮的《柳枝词》：

梁苑隋堤事已空，万条犹舞旧春风。
那堪更想千年后，谁见扬花入汉宫。

内侍宋光溥则趁机吟咏胡曾的诗讽谏道：

吴王恃霸弃雄才，贪向姑苏醉醁醅。

不觉钱塘江上月，一宵西送越兵来。

王衍觉得扫兴，大怒不已，当即罢宴上车，率大队人马离开了成都。

蜀道

伐蜀大军离开洛阳的当日，李严对郭崇韬言道："李某愿先行一步，前往陕州向李绍琛宣旨!"

郭崇韬道："郭某正有此意，请李公转告绍琛公，绍琛公既为征蜀大军先锋，就应当开路先行，李公就暂时留在绍琛公军中参谋军事吧!"李严大喜，当即飞马驰往陕州。

李严抵达陕州时，康延孝正率领百姓修建金天神祠。李严宣读圣旨后，康延孝一声未作，即将陕州公务转交给了从事赵莹，随后即与李严一道驰马直奔军营，当日午后便集结了三千骑兵、一万步兵。康延孝登高言道："尔等幸运，陛下圣旨已下，尔等已是伐蜀先锋兵士了，尔等有机会建功立业、光宗耀祖了！我给尔等两个时辰准备，今日酉时出发。"众兵士皆踊跃欢呼。就这样，从李严抵达陕州到康延孝整军出发，前后不过四个时辰。

康延孝与李严率前锋军行至宝鸡，先锋判官陈乂突然上书称病，请求留下治病。康延孝遣使将此事上报给郭崇韬，郭崇韬问李愚该如何处理。他万没想到，一向恭谨自守、谦谦如君子一般的李愚，竟然满脸怒色，厉声说道："陈乂见利则进，惧难则止。现今大军涉险而行，人心极易摇动，应将陈乂斩首示众，以儆效尤!"郭崇韬依言而行。当陈乂血淋淋的人头传示诸军之时，将士兵卒无不凛然生惧。自此，军中再也没有徘徊顾望者了。

大军西行的路上，郭崇韬的心中一直惴惴不安。朝野、军中都知道，伐蜀大军名义上的主帅是魏王李继岌，但李继岌还是个孩子，大军真正的主帅，其实就是他郭崇韬！郭崇韬明白，此次若能功成，太子之位将非李继岌莫属，他自己在朝中的地位也不会再动摇了。然而，蜀道险峻，易守难攻，而且拥有带甲雄兵近四十万，唐兵虽然勇悍，但凭区区六万人，要想攻取偌大一个蜀国，谈何容易！尤其是六万大军的粮草，可谓一个让人头疼的大问题，且不说粮草的筹集如何艰难，单是粮草的转运，就需要大量的人力物力——毕竟，蜀道太难了！因此，郭崇韬整日里与李愚、任圜等人商议进军策略。李愚认为：取人之国，必须攻心为上，故而，唐兵进入蜀境之后，郭崇韬一再重申军纪：禁止兵士焚烧庐舍，剽劫财物，骚扰百姓，违者处以极刑。唐军士卒无不凛遵，一路上秋毫无犯。果然，蜀人以其为德，纷纷为唐军提供军情，引领路径。

蜀凤州武兴节度使王承捷探知唐军已经进入蜀境，不禁大惧，连忙遣使向王衍上奏，说唐兵已经西进，请车驾赶快回成都。王衍仍认为是群臣合谋欺骗自己以阻止他北上游乐，竟举着奏表对群臣大笑道："唐兵来得正好，朕正要与唐兵一决雌雄、耀我威武呢!"于是，继续北上。

一路之上，王衍与群臣赋诗唱和，歌舞饮宴，好不快乐。王承捷听说后，心中大为不满。

按照李存勖的诏命，凤翔节度使李继曮负责为伐蜀唐军供给粮草，李继曮不敢怠慢，将凤翔的存粮倾库而出，全部运往唐军军中。然而，凤翔存粮毕竟有限，根本就无法满足六万大军的军需，因而，没过多久，军粮就跟不上了。郭崇韬、李愚、任圜等大为忧虑。更为可怕的是，军粮缺乏的消息很快就传遍了全军，致使伐蜀大军人心摇动，一进入散关，将士们就有些畏首畏尾、迟疑不前了。郭崇韬大急，特意驰马站在散关之上，用马鞭指着群山对众将道："我等若不成功，就再也回不到此地了！眼下，我军已是有进无退，诸位须当破釜沉舟、尽力一决!"

然而，诸将却七嘴八舌、纷嚷不休，皆认为蜀道艰险，防守稳固，不宜长驱直入，应按兵静观，伺机而动。郭崇韬见状，回头问李愚道："李公有何看法?"

李愚手捋短须，从容言道：“李某听李严公说，蜀人怨望其主荒淫，皆不能为其所用。眼下，我军正应乘其人情崩离之时，若骤风横扫一般雷霆出击，我料蜀军必会闻风丧胆。蜀地虽险，蜀军虽众，但又有谁会为一介荒淫之君卖命坚守呢？因而，李某认为，用兵之势，决不可迟缓！”

郭崇韬连连点头，又问道：“眼下我军粮食将尽，大军人心摇动，依李公看，我军又该如何用军呢？”

李愚道：“凤州乃蜀军屯粮之地，不如令绍琛公前军先攻取凤州，取其粮草。”

郭崇韬也有如此想法，当即遣使令康延孝率军攻取凤州。

康延孝接到郭崇韬军命后，率军星夜疾驰至威武城下，正欲发兵攻打，不想，蜀指挥使唐景思就开城出降了。康延孝进入威武城后，直奔粮仓，打开仓门一看，不禁大喜过望：这里竟有存粮二十万斛！

军报报至中军，郭崇韬大喜过望，对李愚道：“李公料敌如此，我复何忧！”遂将此喜讯遍传诸军，并令大军倍道而进。唐军众将士一听，皆欢欣鼓舞，士气大振。

李严向康延孝献计道：“蜀凤州节度使王承捷原本有兵近二十万，去年，圣上诈意与蜀主修好，王衍便把大军撤回了。眼下，王承捷守兵只有万余，听说，他对此一直不满，对王衍也颇有怨言。李某去年使蜀之时，曾与他有一面之缘，不如让李某致书，向他晓以利害，劝其投降。”

康延孝道：“如此最好，就有劳李公了。”

李严当即修书，遣人前往凤州。令郭、李二人没有想到的是，王承捷一接到李严的书信，就毫不犹豫地带着凤、兴、文、扶四州的印符出城迎降。如此一来，唐军登时就平添了八千多精兵、四十万斛军粮！

李严对康延孝道：“从威武、凤州的蜀兵情形看，蜀军士气极为散落，现在最要紧的就是抓住这个机会。”

康延孝也道：“不错，现在就是一个字：快！发挥我骑军优势的时候到了！”遂令偏将率领步军随后跟进，他则亲率骑军先行。

康延孝军报报至中军，郭崇韬便信心十足了，对李愚道：“此行必能平定西蜀！”郭崇韬进入凤州后，即以都统的名义任命王承捷暂领凤州武兴节度使。

王衍的车驾抵达利州后，正遇见从威武城逃出的蜀军，他这才知道唐军确实已进入蜀境，当时就吓得脸色煞白，手足无措。韩昭等众狎客也个个大惊失色，连忙劝王衍赶快回成都，只有王宗弼还算冷静，说道：“陛下勿慌，唐军远来，蜀道奇险，粮草肯定难以为继，现今我东川、山南兵力尚完整无损，陛下可以大军扼守利州，只要阻住唐军，唐人是决不敢悬兵深入的！万望陛下不要回撤，一旦陛下退却，必会扰乱兵士之心。”王衍这才稳住心神，命随驾清道指挥使王宗勋、王宗俨、王宗昱为三招讨使，率兵三万迎战唐军。

此时，随驾蜀兵从成都，到汉州，再到利州，千里跟随，皆有怨愤。王衍任用三招讨使抵御唐军的诏命刚一颁布，军中就抱怨开了：“龙武军的军粮数倍于其他军，如今天子将龙武军闲置在秦州不用，却用其他军御敌，实在有失公允！”

三招讨使虽有不满，但还是率军出发了。不想，刚一出利州城，败报就接连不断地传到军中：康延孝率军越过长举，蜀兴州都指挥使程奉琏率其部属投降；没过几天，兴州刺史王承鉴、成州刺史王承朴皆弃城而走，康延孝兵不血刃地占领了兴州、成州。

终于，蜀三招讨使在三泉遭遇了康延孝。

两军对阵之际，三招讨使一见康延孝之军，不禁大奇：一路破城袭关的康延孝之军，竟然只有三千骑！三招讨使虽然心内窃喜，但也不敢轻视，立令各军严阵以待。

唐军阵上，康延孝见蜀军有三万人之多，心中不禁产生惧意，转头对身边的李严道：“蜀军十倍于我，我军又是孤军深入，依李公看，我军是战是撤？”

李严笑道：“我军一路横扫，威声正盛，蜀军早已闻风丧胆了！眼前蜀军虽众，又能奈我何？我军此时若退，蜀军士气必会重振，伐蜀大业也就功败垂成了。依李某看，眼前蜀军都是王衍驾前的御用之军，平素锦衣玉食惯了，不会有太大的战力，未必能抵御得了我三千铁骑的冲击。一旦我军取胜，蜀境之内，还有谁敢撄我之锋？如此，两川不就唾手可得了吗？说不定，此战就是伐蜀的最后一战了！绍琛公功名，在此一战矣！”

康延孝大受鼓舞，当即与李严率三千精骑呐喊着杀入了蜀军阵中。

正如李严所料，康延孝和唐军精骑刚一杀入蜀军阵中，蜀军军阵就被冲乱了。三招讨使高声呵斥，却不管用，蜀军兵士根本就无心迎战，皆夺路而逃，不到半个时辰，战斗就结束了。此战，蜀军仅被斩首者就达五千多级，余众皆溃散逃去。

三千唐军大胜三万蜀军的消息很快就传遍了蜀国全境，唐军威名因而更盛，蜀军只要一听到“李绍琛”之名，皆吓破了胆。

康延孝于三泉又得到粮食十五万斛。至此，唐军粮食便绰绰有余了。郭崇韬笑对任圜、李愚道：“原本我还担心蜀道艰险，军粮转运太过困难，没想到，王衍早就为我储备好了，根本就不需要转运嘛！”说罢，三人皆哈哈大笑。

王衍闻听三招讨使兵败，康延孝正率军昼夜兼程地向利州赶来，慌忙留下王宗弼率大军坚守利州，并令他将三招讨使斩首，他自己则匆匆离开利州，倍道西走，并烧掉了桔柏津浮桥。

三招讨使兵败后，各路蜀军士气大落。蜀梓州武德留后宋光葆主动致书郭崇韬，言道：“唐兵只要不入东川之境，宋某定当举巡属各州归附；倘若不能如约，宋某将背城决战。”郭崇韬回书对其大加安抚。不久，魏王李继岌率大军抵达兴州，唐军声势更巨。宋光葆大惧，赶忙举梓、绵、剑、龙、普五州归附了唐军，紧接着，武定节度使王承肇举洋、蓬、壁三州归附，山南节度使兼侍中王宗威举梁、开、通、渠、麟五州归附，阶州刺史王承岳举阶州归附……一时间，蜀国诸将吏竞相开城出降。

消息传到天水，秦州节度使王承休当时就想率龙武军东出，掩袭唐军，安重霸却劝道：“主公万万不可贸然出击，龙武军虽是国家精锐，但唐军军势更盛，若东出远袭，一旦失利，必将动摇国本。”

王承休道：“我受国家厚恩，又岂能坐观国家危殆？”

安重霸道：“蜀中尚有精兵十万，更有天下奇险可以依仗，可说是固若金汤！依安某看，唐兵虽然勇悍，但要度过剑门天险，恐怕难于登天！”

王承休道：“依安公之见，龙武军就这样按兵不动吗？”

安重霸闻听此言，心中一动，当时变了主意，说道：“主公忠义之心可动日月，是啊，国家有难，怎可不赴？安某愿跟随主公一起归国御敌。”

“我们如何归国呢？”

“可以取道文州、扶州，南归成都。”

“文、扶之道常有羌人出没，恐怕不易通行。”

“不妨，安某这就遣人贿赂羌人，请求他们不要骚扰。”

王承休一向信重安重霸，就采纳了他的建议。一切准备就绪后，他亲自率领龙武诸军出了天水城，准备取道文、扶，南回成都。不想，王承休、安重霸并辔出了天水城门后，安重霸突然跳下马来，跪在了王承休的马前。王承休大为不解，问道：“安公这是何意？”

安重霸两眼含泪地泣道：“国家倾尽全力才得到秦、陇二州，主公若率军南归，二州势必得而复失。安某考虑再三，决定还是留下来为主公守御二州。只要安某有一口气在，定当保此二州不落入敌手。待主公击退唐兵后，主公再奏凯而回，如此，也可让主公后顾无忧地全力杀敌了，不知主公意下如何？”

王承休虽然心中不悦，但此时大军已经上路，也无法回头了，只好说道：“如此，秦、陇二州就拜托安公了！”

王承休遂率龙武军自文、扶二州南下，急往成都赶去。然而，所过之处，皆为不毛之地，寒风袭来，一万二千龙武军皆无遮无蔽，再加上羌人不时地出兵袭扰，致使蜀军只能且战且行。一路上士卒冻饿而死者甚多，就连王承休的妻子严美娘也没能幸存……

令王承休万万想不到的是，他刚一离开秦州，安重霸就举秦、陇二州投降了李继岌。

牵羊君

高季昌一直想攻取长江三峡，但畏惧蜀峡路招讨使张武的威名，故而一直不敢贸然进犯。唐军大军进入蜀境后，他当即乘着唐兵伐蜀的威势，率军西出，令其子、行军司马高从诲掌管军府之事，他则亲自率水军逆水而上，攻取施州。

张武接到军报后，当即遣军用铁索隔断了江上之路。高季昌率水军抵达后，战船无法行进，无奈，只好命敢死之士乘战船砍斫铁索，不想，敢死军正在砍斫铁索之际，江上忽然刮起大风，而且风向变成了东南风，荆南战船被铁索绊住，进退不能。张武见状大喜，立令蜀军发射火箭，霎时间，荆南战舰纷纷起火，不到半个时辰，就全被焚毁了。高季昌乘坐小舟，狼狈地逃回了江陵。回去的路上，高季昌不禁想起了上次夔州之战，时隔十几年，竟又一次败在了张武的手里，而且，就连战败的情形几乎都是一样的！他心中沮丧至极，不禁仰天长叹：“难道连上苍都不愿我拥有三峡之地吗？为何每每在关键之时，风向就变了呢？”

张武击退高季昌后，就接到了北路诸州相继失陷的消息，他知道蜀国灭亡之日已经不远了，竟也举夔、忠、万三州遣使向李继岌投降了。

李愚对郭崇韬道：“两川各州皆望风而降，明公何不以魏王名义致书王宗弼等蜀国重臣，对他们详陈利害，劝他们尽早归降呢？”

郭崇韬喜道：“李公所言极是，眼下蜀地人心散乱，蜀君臣也只有出降一条路了。”遂遣使前往利州。王宗弼接到郭崇韬书信后，心中大动，次日一早，即率大军离开利州回成都去了。因而，当康延孝到达利州的时候，利州已是一座空城了。

王宗勋、王宗俨、王宗昱三招讨使在白芳追上了王宗弼。王宗弼一见三人，即从怀中掏出王衍的诏书，说道：“主上令我杀了你们，但我实在是不忍心啊。”三人相对而泣，皆感谢王宗弼的活命之恩，并与王宗弼一起谋划投降唐军之事。

王衍终于又回到了成都，但此时的成都已是人心惶惶、谣言四起，哪还有往日繁华的影子。王衍一回到宫中，就将文武众臣召到了文明殿。君臣一见，人人泣号不止。就这样，君臣整整哭了一个多时辰就散去了，自始至终，竟无一人一言以救国难！王衍此时唯一能做的就是每日登楼北望，盼着王宗弼尽快回京！

到了第四天，王宗弼终于率军回到了成都，王衍这才心中稍安，连忙遣内侍去召王宗弼入宫商议对策。然而，一连召请三次，王宗弼都没有入宫，不仅如此，内侍还回报说，王宗弼正在大玄门严兵自卫，看样子似有异动。王衍大惧，只好去见太后花蕊夫人。

花蕊夫人对王宗弼的情况已有耳闻，心中也是万分疑惧，对王衍道："为今之计，咱母子只有屈尊去慰劳王宗弼了，只望他能看在先皇与国家厚恩的分上，同心同德，共救国难。"

说罢，王衍与太后大摆銮驾，直奔大玄门。不想，一向恭谨谦和的王宗弼见到他们母子后，竟一反常态，对他们骄慢倨傲，毫无君臣之礼。

花蕊夫人强压怒火，温声问道："首辅辛苦了，闻听唐军前军已至利州，好在人数并不是很多，何况还有绵江、鹿头关等关隘相阻，因而，尚有足够的时间布置城防，召集各地勤王之军前来。成都乃坚城，城中又有数万精兵，哀家虽不知军，但自保还是完全可以的。哀家想，只要首辅能坚守十日，各地勤王之兵定会云集城下。唐兵远来深入，粮草转运极为困难，到那时，谁胜谁负，也就很难说了。不知首辅可同意哀家这个想法？"

王宗弼听罢，竟冷冷地说道："宗弼身为首辅，军政之事定当尽心竭力，此事就不劳太后费心了。"

王衍再懦弱，一听此话，也不禁火上心头，斥责道："卿为人臣，有这样和国母说话的吗？"

王宗弼不语，却暗暗在身后挥了挥手。亲军们见状，竟纷纷冲出，将王衍、花蕊夫人围在了当中。王衍大惊，颤声问道："尔等意欲何为？"

王宗弼道："陛下勿忧，眼下京城纷乱，臣让他们护驾回宫。"

王衍半信半疑，但又不敢违拗，只好在王宗弼亲军的“护驾”下回到了宫中。然而，一回到宫中，亲军们就把王衍、太后、太妃及后宫诸王全都赶到了西宫之中，并强行夺走了王衍的玉玺印绶。随后，又将内库所有的金钱、丝帛、财宝，全都运到了王宗弼的府上。天一擦黑，王宗弼之子王承涓又持剑闯入内宫，硬是把王衍的几个宠姬劫持走了。

次日，王宗弼便发布公告，自称西川兵马留后。

康延孝率军抵达利州后，很快就修好了桔柏津浮桥，率军渡河南下。昭武节度使林思谔闻讯，连忙遣使请降；武信节度使兼中书令王宗俦也举遂、合、渝、泸、昌五州归降了唐军。

康延孝率三千骑疾驰至绵州，这里的仓库、民居已为蜀兵焚烧一空，绵州城已成一片废墟。他此时最担心的就是绵江浮桥了，连忙赶至江边察看，果然，绵江浮桥已被烧断了！无奈之下，他只好令唐军去寻找渡船，但寻找了半天，却没有找到一只船。

绵江江水又深又急，唐军骑军根本就无法渡江！康延孝率众立马于江边，望江兴叹，一时不知如何是好。众将皆道：“我等只能先修建绵江浮桥，等候大军到来后再一起渡江。”

康延孝却道：“我军三千人悬军深入，利在速战。此时，蜀人已经破胆，我军哪怕能有一百骑闯过鹿头关，蜀人也定会纷纷迎降。若要修缮桥梁，一定会逗留数日，若此时有人劝王衍坚闭近城关隘，挫我兵势，哪怕是迁延十天，胜负也就难以预料了。”

李严也道：“为今之势，恰如利箭在弦，只可快发，不可迟延。”

康延孝终于下了决心，对众将士道：“所谓生死有命，富贵在天，眼前的形势明摆着，我们只要渡过绵江，平蜀大业即告成功，诸位的荣华富贵也就享用不尽了。本将决定，伤病、独子者留在绵州修复浮桥，等候大军，其他人皆乘坐战马随我漂浮渡江，能过去一个算一个。不愿冒险渡江者，本将也不勉强，公等可有异议？”

三千精骑皆道：“我等誓死跟随绍琛公！”

就这样，除二百多位伤者外，近三千骑军全都策马进入了江中。但绵江江水实在太过湍急，大多军士溺水而死，最后渡过绵江的仅有一千零三个人！

康延孝率领着侥幸渡过绵江的一千零二位骑士行至鹿头关下，守关蜀军一看见唐军军旗，便误认为唐军大军到了，竟主动打开关门，迎接他们入关。康延孝马不停蹄，率队直达汉州城下，一鼓而将汉州占据。三天之后，后军才陆续抵达。

消息传到成都，王宗弼连忙遣人带着大量财物、马牛、美酒送至汉中，以犒劳康延孝军士，并以王衍的名义致书李严道："李公若来成都，我当即刻归降。"

李严读罢书信，当即决定只身前往成都。康延孝劝道："李公首献伐蜀之策，蜀人恨公可谓深入骨髓，依绍琛看，李公决不可只身前往！"

李严哈哈笑道："若以我一己之身，能免一国之难，李某虽死无憾！再者说，我料蜀国君臣也不敢对李某怎样，绍琛公尽管放心好了。"遂单人单骑直奔成都。

正如李严所料，当李严单骑抵达成都时，王宗弼早已率文武群臣在城门口迎接他了。李严满面笑容地安抚劝谕官吏百姓，并称大唐大军随后就会抵达。

王宗弼亲自陪着李严入宫觐见王衍。王衍见到李严后，竟含泪说道："母亲、妻儿之命，就托付给李公了。"说罢，亲自引领着他去见太后、太妃。花蕊夫人见到李严后，一声不吭，只是不住地叹息。

李严出宫之后，当即令王宗弼将城头上的箭楼弓橹全部撤除，王宗弼唯唯称命。

不几日，李继岌、郭崇韬率大军抵达绵州的消息传至成都。王衍即命翰林学士李昊起草降表，又命中书侍郎、同平章事王锴起草降书，遣兵部侍郎欧阳彬持降表、降书迎接李继岌、郭崇韬。

王宗弼对李严道："我国君臣早就想归附大唐了，只是内枢密使宋光嗣、景润澄，宣徽使李周辂、欧阳晃等人蛊惑蜀主，不肯归附。"李严知道他这是在趁机排除异己，他也正想清除一些对王衍较为忠心之人，便命王宗弼将宋光嗣、景润澄、李周辂、欧阳晃等人全部斩首，并将首级传送给李继岌。

王宗弼随后又指斥文思殿大学士、礼部尚书、成都尹韩昭奸佞阿谀，将其枭首于金马坊门。王宗弼此时已大开杀戒，只要是平常与其不睦者，皆借机杀掉。内外马步都指挥使兼中书令徐延琼、果州团练使潘在迎、嘉州刺史顾在珣及诸贵戚见王宗弼已经杀红了眼，皆惶恐万状，连忙倾其家财、妓妾贿赂王宗弼，这才保住了性命。

几个月前，成都就有童谣："我有一帖药，其名为阿魏，卖于十八子。"王宗弼原本姓魏，名弘夫。至此，人们才明白其意。

李继岌、郭崇韬到德阳后，王宗弼遣使奉笺，称已迁蜀主于西第，成都军民皆翘首北望，以待魏王之师。随后，王宗弼又遣其子王承班携带大批王衍后宫宫女及珍宝贿赂李继岌与郭崇韬，求为西川节度使。李继岌却不领这个情，说道："这些已经是我家的东西了，何必要他来献?"郭崇韬却照单全收。

康延孝在汉州等了八天，才等到李继岌、郭崇韬。消息传到成都，王宗弼竟亲至汉州拜谒，并亲自为李继岌引路，率大队唐军抵达成都城下。

李严引领王衍及百官仪卫出城，称降于升迁桥。蜀主王衍身穿一身白衣，身后倒系着国旗，口衔玉璧，手牵乳羊，头上绕着草绳；文武百官则身穿丧服，腰扎麻带，抬着棺材，赤脚而行，号哭着等待接见。魏王李继岌从王衍口中接过玉璧，郭崇韬解开王衍的绑缚，烧掉棺材，以天子之命赦免其罪。王衍君臣则面朝东北叩头拜谢——至此，蜀国灭亡。

唐军自出师之日至灭蜀之时，仅仅用了七十天，共得十镇节度、六十四个州、二百四十九个县、三十余万兵士，铠仗、钱粮、金银、缯锦数以千万计。

自大唐大顺二年王建入成都为西川节度使，经天祐五年九月建号立国，至后唐同光三年蜀灭，王氏在川共三十五年，花蕊夫人有诗叹道：

蜀朝昏主出降时，衔璧牵羊倒系旗。

二十万人齐拱手，更无一个是男儿。

诗僧远公有《伤废国》诗云：

乐极悲来数有涯，歌声才歇便兴嗟。
牵羊废主寻倾国，指鹿奸臣尽丧家。
丹禁夜凉空锁月，后庭春老漫开花。
两朝帝业都成梦，陵树苍苍噪暮鸦。

蜀国灭亡的消息传到江陵之时，高季昌正在用餐，当时就惊得将筷子掉到了地上，悔道："此乃老夫之过也！高某不该怂恿唐主先伐蜀啊！"

梁震却道："明公不足为虑，依梁某看，唐主得蜀之后，定会更加骄狂，丧亡之日已经不远了。唐灭蜀国，说不定就是明公的福音！"

川帅

李继岌、郭崇韬进入成都后，将唐军分作三处驻扎：康延孝屯军于城西，毛璋屯军于城东，董璋屯军于城中。论平蜀之功，康延孝当属首功，其职位又在董璋之上，但是，董璋因一直与郭崇韬交好，故而郭崇韬经常召其商议军事。康延孝、毛璋皆心中不平，经常向董璋寻衅，康延孝甚至当面指斥董璋道："绍琛有平蜀之功，你等不过相从参战，却置喙于郭公之门，搬弄是非。绍琛既为都将，你就不怕绍琛按军法处斩你吗？"

董璋大为不安，便将康延孝此话添油加醋地转告给了郭崇韬。郭崇韬大为恼怒，竟上表奏请李存勖以董璋为东川节度使，让他不再受康延孝的管制。

康延孝知道后，心中大为不平，抱怨道："我甘冒白刃，陵越险阻，平定两川，董璋却坐享其成，真是岂有此理！"竟然直接求见郭崇韬，当面说道，"东川重地，需能文能武之人镇守，尚书任圜为文武全才，应请他来为东川之帅，董璋何功何能，能当此大任？"

郭崇韬一听，当时就暴跳如雷，怒道："你有大功就想造反吗？竟公然干涉国家用人大事！"

康延孝大惧，没敢再吭声。

李继岌、郭崇韬率军离开洛阳之时，李存勖曾遣宦官李从袭、李廷安、吕知柔等随军而行随侍李继岌，并当着郭崇韬和众宦官的面嘱咐李继岌："你虽为伐蜀都统，但年纪还小，又没经过战阵历练，军政大小事务应交给郭崇韬决断。"故而，李继岌一直遵从李存勖的嘱咐，从不过问任何军政事务。郭崇韬日理万机，每天都有不少将军、官吏、宾客找他议事，真是门庭若市；而魏王的都统帐前却是门庭萧索，除了每天早上有几个大将问安外，就很少有人走动了。李从袭等人看在眼里，心中极不舒服。破蜀之后，蜀国的权贵、大臣、将校争先恐后地向郭崇韬及其儿子郭廷诲运送金银、宝物、妓乐，郭崇韬此时为了稳定蜀人之心，一如他在大梁时一样，对蜀人的贿赂来者不拒；而魏王所得，只不过几匹马、几束帛、几个痰盂、几把扫帚而已。李从袭等人就更加愤愤不平了，经常在李继岌跟前抱怨，说郭崇韬父子收受贿赂，眼里根本就没有魏王。好在李继岌明白事理，对他们说道："整个蜀国都是我家的了，还在乎那些财物干吗？郭公功大，你们不可太计较。"

李从袭等人虽然当面唯唯称是，但私下里一直遣人紧盯着郭崇韬。

王宗弼眼下仍是西川留后，但他心里明白，他这个"西川留后"是自封的，李继岌、郭崇韬对此一直不置可否，于是，他便经常重贿郭崇韬，想让他表奏自己为西川节度使。郭崇韬为了稳住他，每次提起此事，都是满口答应，却一直不上表请奏。时日一久，王宗弼就有想法了，误认为郭崇韬自己想要做西川节度使。为了讨好郭崇韬，他竟自作主张地纠集了不少蜀地要人，列队求见李继岌，恳请将郭崇韬留下来主掌两川。

李从袭等人趁机对李继岌言道："郭公父子专横恣肆，现在又让蜀人请自己为两川之主，魏王不可不防啊！"

李继岌也觉得郭崇韬此举太过，便特地召见郭崇韬，对其说道："主上倚仗侍中如同山岳，郭公决不可离开庙堂，父皇也决不会弃元老之臣于蛮夷之地的！况且，此事也绝非本王应该知道的，就请郭公让诸人亲自到朝廷自述吧。”郭崇韬云里雾里，不知他所言何事，竟以为是小孩子之言，再加上公务实在繁忙，所以并没将李继岌的话放在心上，也就没有再深问下去。李继岌见他不置可否，竟真的以为他想要做两川之主，心中不禁对他有了疑忌之心。

不久，宋光葆从梓州抵达成都，向郭崇韬诉说了王宗弼公报私仇、借机诬杀宋光嗣等人一事。郭崇韬本就对王宗弼背主之事有些不齿，听罢宋光葆的哭诉，心中就有了除去王宗弼的想法。

次日，郭崇韬将王宗弼召至衙署，当着众人的面向王宗弼征收数万缗钱，说是用于犒赏军士。王宗弼爱财如命，哪里舍得，竟支支吾吾地不愿缴纳。郭崇韬趁机让人在军中大造谣言，说王宗弼扣发军饷，抢劫蜀宫财宝、美女。城内士卒听说后，自然是群情激奋，纷纷聚至王宗弼府前，又是放火，又是喧闹。徐延琼、潘在迎等蜀将及被王宗弼杀害的蜀国众臣的亲族、部署纷纷至郭崇韬及魏王衙署，一再要求惩治王宗弼。

郭崇韬见火候已到，当即求见李继岌，说道：“王宗弼趁乱谋私，滥杀无辜，已惹起蜀人众怒，此人不杀，蜀地难以平静。”

李继岌也早有此意，当即以都统的名义遣人将王宗弼及王宗勋、王宗渥等人锁拿入狱，历数其不忠之罪，将其灭族、抄家。

王宗弼被杀后，蜀人争食其肉。花蕊夫人听说此事后，对王衍叹道：“朝中有如此不忠不孝、贪婪愚蠢之人，能不破国吗？”

不久，王承休好不容易回到了成都。李继岌听说后，特意召见了王承休，问道：“将军既然在秦州手握重兵，为何不战？”

王承休道：“末将畏惧大王神武，不敢当其锋。”

李继岌又问道：“既是如此，为何不及早投降？”

“只因王师没有进入所辖之地，想要投降，却无有门路。”

“你部初入蕃部有多少人？”

“一万两千人。”

“生存而回者，还有多少人？”

“只有数百人。”

李继岌道：“今天，你该为这一万多人偿命了。”

当日，王承休父子就被斩首示众了。

李从袭将郭崇韬欲为两川之帅的事密奏给了李存勖，李存勖看罢，心中有些狐疑不定。伐蜀大军临行前，郭崇韬曾向他推荐孟知祥为西川节度使，张宪可为宰相。如此看来，郭崇韬至少在当时还没有留在成都的想法，难道他现在改变主意了？看来，两川节度使一事必须得赶紧定下来。想到此，他当即颁下诏书，诏命北都留守孟知祥为西川节度使、同平章事，并催促孟知祥立即来洛阳觐见。

李存勖本想依照郭崇韬的推荐，诏命张宪入朝为相，但李绍宏等人素来不喜欢张宪，认为他行事太过公正，自然不想让他入朝，皆劝李存勖道："张宪虽有宰相之器，但国家新得中原，宰相在天子眼前，即便事有得失，也可以及早更改。北都太原乃国之根本，又直接关系到北边安危，相比之下，北都留守一职比宰相之位还要重要，非张宪不可。"

李存勖一想也是，遂以张宪为太原尹，知北都留守事，以户部尚书王正言为兴唐尹，知魏州邺都留守事，并以武德使史彦琼为邺都监军。王正言老迈昏耄，魏、博等六州军旅、金钱、粮食之事，实际上皆取决于伶官史彦琼。

不久，李存勖诏书到达成都，诏命原蜀国所署四品以上官员依次下调品级，五品以下官员可择才而用，其余官员全部回乡；先降者及有功者，由郭崇韬全权负责奖赐、任用。李存勖还特意颁诏书给王衍，大意是说："朕决不会亏待你，定当裂土封爵。苍天在上，决不相欺。"

王衍看罢诏书，心中大慰。

郭崇韬一向对宦官深恶痛绝，西征路上，他曾经对魏王李继岌密言道："大王他日若君临天下，千万不可任用宦官！这些人就像阉马，决不可骑乘，应当全部驱除，专用贤达士人。"不想，这话被吕知柔听到了。吕知柔随后又把郭崇韬此话转告给了众宦官，因此，宦官们对郭崇韬皆切齿痛恨。

此时，成都虽为唐国所有，但蜀中盗贼趁乱而起，山林之间，匪寨林立。郭崇韬深恐大军离去后盗贼成患，便命任圜、董璋、张筠等分道招讨，因此，一直逗留未还。李存勖特意遣宦官向延嗣前往成都催促郭崇韬回京，郭崇韬不但没有出城相迎，而且见面之后倨傲少礼，致使向延嗣怀恨在心。

李从袭听说后，趁机对向延嗣道："郭崇韬专权跋扈，旁若无人。其子郭廷诲整日里率领大队人马进进出出，俨然如王者一般，还经常与军中将校、蜀地豪杰日夜欢饮，谈天论地。听说，他曾劝郭崇韬奏请自己为蜀主，还说蜀地富饶，父亲当善自为谋。眼下，诸军将校皆郭氏之党，魏王寄身于虎狼之口，一旦有变，我等就不知葬身于何地了。"说罢，即相对垂涕，号哭不止。

向延嗣回到洛阳后，便将李从袭的话转告给了皇后刘玉娘。刘玉娘大为担心李继岌的安危，哭诉于李存勖跟前，哀求李存勖尽快将李继岌救出"死地"。

自打李存勖听说蜀人请郭崇韬为帅之事后，心中就疑虑重重，听罢向延嗣添油加醋的奏告后，就更加不放心了。于是，他调来蜀国府库账册亲自查阅，发现共得士兵三十万、马九千五百匹、兵器七百万、粮二百五十三万石、钱一百九十二万缗、金银二十二万两、珠玉犀象二万、文锦绫罗五十万匹。

李存勖看罢，问向延嗣道："朕早就听说蜀中珍宝、财货不计其数，账册上却为何如此之少？"

向延嗣趁机说道："臣已问过蜀人，蜀人皆道蜀中金银宝物入了郭崇韬之门，据称，郭崇韬得黄金万两、白银四十万两、名马一千匹、王衍爱妓六十人、乐工一百人、犀玉带一百条，其他财物更是不计其数。郭廷诲有金银十万两、犀玉带五十条、绝色艺妓七十人、乐工七十人。而魏王府所得，只不过几匹马而已。"

李存勖听罢，不禁怒形于色。

向延嗣回到洛阳的第二天，孟知祥也到了，李存勖亲自设宴为其接风。酒酣之际，说起从前趣事，君臣皆大为感慨。李存勖叹道："眼看着继岌也能为朕平定两川了，真是岁月飞逝，时不我待呀！孺子固然可喜，但也让我等感到老年将近，不能不让人感怀啊！想想先帝弃世之时，疆土侵削，仅保一隅，谁又能想到朕会有天下呢？如今，九州四海，珍奇异产，皆入我府中。两川乃天下富裕之地，孟公与我既为亲戚又为至密，唯有你，才能让朕放心托付啊！”

孟知祥连声称谢。李存勖随即小声言道：“听说郭崇韬有异志，你到成都后，替朕把他杀了！”

孟知祥大吃一惊，良久方道：“郭崇韬乃国家勋旧之臣，是决不会心存异念的！臣到成都后，一定细细考察，若其没有异志，最好还是让他先回朝再说。”李存勖答允了他。

次日，孟知祥即满腹心事地离开了洛阳。

孟知祥刚走，李存勖又遣宦官马彦珪驰马前往成都。马彦珪临行前，李存勖对其言道：“你此去成都就是帮朕再去问一下郭崇韬，若郭崇韬能够立即奉诏回京，就什么都不要说；若他有任何拖延跋扈的迹象，则可令魏王相机将他除去。”

马彦珪离京之前，又去拜见了刘皇后，故作紧张地说道：“臣听向延嗣说起蜀中之事，好像已十分急迫，朝夕之间，就可能有大事发生，而陛下让魏王相机行事。所谓成败之机，间不容发，当断不断，必受其祸！”

刘玉娘大急，对马彦珪道：“大家既有此话，你等只管做就是了，谁也没让你们来回三千里请命啊！”

马彦珪会意，驰马直奔成都。行至石壕，便追上了孟知祥。马彦珪匆匆与孟知祥打了个招呼，就连夜先行了。

孟知祥暗自叹道：“看来要出大乱子了！”遂昼夜兼程，赶往成都。

公元九二六年，后唐天成元年，吴顺义六年，吴越宝正元年，南汉白龙二年，契丹天显元年

宦毒

春节一过，李继岌、郭崇韬便让李继曮、李严将王衍君臣送往洛阳。王衍、花蕊夫人及蜀国宗亲走在最前面，蜀宰相王锴、张格、庾传素、许寂，翰林学士王仁裕、李昊等及诸将佐家族随从而行，一行三千多人，再加上数千押送的将士，将近上万人之多。所过之处，百姓们皆闻讯而出，夹道观看，指着王衍议论、叹息、取笑，一路上扰攘不止。王衍起初还有些难为情，头低得很低，过了几天也就习惯了，慢慢地开始与他的“臣下”有说有笑起来。

行至剑阁，王衍见群山莽莽，陡崖峭壁，不禁诗兴大发，吟道：“不缘朝阙去，好此结茅庐。”众人闻听，皆窃笑不止。

李严打趣道：“听说殿下喜欢迈着方步叉手摇头，不知是何模样？”

王衍念周宣帝歌词道：“自知身命促，把烛夜行游。”说罢，故作惆怅地长叹了一声。

此时，成都虽然已经平定，但仍有不少地方还不安稳，再加上诸功臣之间纷争不已，郭崇韬担心魏王年龄太轻，难以控制局势，故而打算等孟

知祥到成都后，再离开成都。然而，这却给众宦官、伶官落下了口实。

李存勖也不明白郭崇韬为何不速回洛阳，便召景进咨询。景进说道："听说郭崇韬之所以留在成都迟迟不回，是想与河中勾结，内外相应，阴谋造反。"

李存勖这才似有所悟，不禁对朱友谦也生了疑心。

朱友谦之所以被宦官、伶官诬陷，是因为朱友谦的权位实在是太高了！朱友谦一家三镇七刺史，伶官们便认为朱家钱财富足，经常遣人索要财物。朱友谦起初还能满足，但是伶宦们贪得无厌，变本加厉，索要越来越频繁，胃口也越来越大。朱友谦自以为他与李存勖有旧，且有大功，并没把他们放在眼里，开始还婉言推谢，后来，则干脆予以拒绝。伶宦们恼羞成怒，一直在伺机报复。

大军伐蜀之时，朱友谦曾大举阅兵，选拔精壮，命其子朱令德率军跟从。景进当时就对李存勖进谏道："继麟闻大军西行，还以为朝廷要讨伐他呢，故而阅兵自卫。等发现朝廷是要征伐王衍时，才让朱令德率军随行，一来可掩饰他仓促会兵的真正用意，二来想趁机捞点军功。"李存勖当时只当作笑谈，并没放在心上，如今，景进旧话重提，说道，"当初继麟确实是准备自卫的，后来得知大军要征讨两川，这才让其子率军跟从，一来掩人耳目，二来护卫郭崇韬。"李存勖将信将疑，密遣人前往河中探察。

朱友谦听说后，心中大惧，当时就要亲自入朝以明忠心，亲吏们则担心伶宦趁机加害，劝其不要前往，朱友谦却道："郭侍中的功劳难道比我低吗？还不是遭人谗害。如今情势危急，我必须去面见圣上，说明原委，决不可让谗佞小人得逞!"说罢，即驰马直奔洛阳。

朱友谦到洛阳后，李嗣源恰巧也在洛阳述职。李嗣源因与朱友谦有旧，便在家中设宴招待，李存勖的七个兄弟邕王李存美、永王李存霸、薛王李存礼、申王李存渥、睦王李存乂、通王李存确、雅王李存纪也在座，元行钦、朱汉宾等将末座相陪。

人称"朱落雁"的朱汉宾本为梁将，归降以后，起初一直不得重用。一次，李存勖围猎回京，偶然路过朱汉宾的府第，朱汉宾之妻敬酒上菜，奏家乐以娱之。李存勖见朱汉宾的妻子美丽动人，大为兴奋，一直在朱家呆到二更才回宫。自此，朱汉宾之妻经常被召进宫里，李存勖也经常驾临朱家，而朱汉宾则好运连连，职位一路飞升，一直升至左龙武统军。

此时，朱汉宾见朱友谦坐在李存霸上位，心中颇为不满。酒酣之际，便借酒发难，手持大杯起身走到朱友谦跟前，挑衅道："麟公虽然名显位高，但终归是臣下，如此坐于皇弟之上，恐怕于礼不妥吧！朱某与公曾经俱在梁朝为官，因属同宗，一直视你为兄长，朱某曾经三次发函问候，你却连一个字也不回，如此藐视于我，你不觉得太过分了吗?"朱友谦气得满面通红，正要起身理论，元行钦生怕事情闹大，连忙起身劝解，双方这才安定下来，酒宴不欢而散。

李克用有十位亲生之子，李存勖为长子，李存矩、李存霸、李存渥、李存纪与李存勖同母，皆为曹太后所生，李存美、李存乂、李存确、李存礼皆为庶出。李存乂历任建雄、保大二军节度使，娶郭崇韬之女为妻。

此时，有一位叫做杨千郎的魏州人自称有墨子之术，能驱使鬼神，可在帽子里招来食物、果实等东西，还能猜中人们手握之物，并有炼化丹砂、水银的异术。李存勖颇以为神，拜其为检校尚书郎，赐紫衣。按照唐朝官制，五品以下着绿衣，五品以上着绯衣，三品以上才能着紫衣。也就是说，杨千郎一介术士，竟然成了朝廷重臣。自此之后，杨千郎之妻经常出入内宫，深得李存勖宠幸，许多士人凭借杨千郎夫妇得以加官进爵，李存乂、李存渥等也常常在其家相会。

郭崇韬见李存勖催促太急，只得将军政事务全都委托给了任圜，让他暂时掌管西川，等待与孟知祥交接，自己则亲率大军护送李继岌回京，并定于正月八日离开成都。

诸军部署已定，将要出发之际，马彦珪突然到了！

马彦珪一到成都，即向魏王李继岌传达了皇后的教命，让他立即杀掉郭崇韬！李继岌大惊，说道："大军明日就要出发，崇韬也无任何抗旨的举动，本王怎可做此负心之事？你等不可多言，况且又没有父皇的圣旨，单凭皇后的口传教令就杀堂堂的柱国之臣，本王决难从命！"

李继岌话音刚落，身边突然响起了一片哭声，李从袭、李廷安、吕知柔等人声泪俱下地说道："郭崇韬反迹已露，万一皇后教令透露出去，郭崇韬必会在半路上发动叛乱。到那时，魏王不但难以掌控，恐怕还会有性命之忧。再者说，即便郭崇韬不反，大军回到洛阳，皇后又何以自处？所谓箭在弦上，不得不发，此事既已至此，只能是有进无退了。"

众宦官你一言，我一语，把李继岌说得晕头转向，他只好含含糊糊地应承了下来。

次日一早，李从袭以魏王李继岌之命召郭崇韬商议回军之事。李继岌根本不想看到其实也害怕看到郭崇韬，所以他一见郭崇韬只身一人若无其事地进了魏王牙署，就连忙转身上楼回避。郭崇韬看到李继岌，一边高叫着："魏王！臣来了！"一边紧走几步，准备拾级上楼。郭崇韬的右脚刚一迈上第一道台阶，李继岌的侍卫李环就从郭崇韬身后突然抡起铁挝，一铁挝就把郭崇韬砸得脑浆迸溅，郭崇韬到死都还蒙在鼓里！

随后，李从袭又将郭崇韬在成都的两个儿子郭廷诲、郭廷信给杀了。

可怜郭崇韬因功高而惹祸，竟在大功告成之时死于阉宦之手，后人有诗叹道：

雁门寒子郭崇韬，耿介拔俗志刚标。
初投潞州称干吏，后入中门谓名僚。
帐中最明亚子志，河边独识梁英豪。
马家渡中矢如雨，中都城外剑出鞘。
虽非战阵天煞将，新朝皆赞功最高。
骑虎早把猛虎防，打狼谨防恶狼咬。
四十万军如草芥，怎如宦伶计更高。
锦官城外浣溪水，曾闻代州松风涛。

李继岌急召都统推官李崧前来商议后事。李崧一听郭崇韬被杀了，一时还回不过神来，良久方才对李继岌抱怨道："眼下，大军远离京都数千里，又没有圣旨，殿下却擅杀平蜀将帅，一旦兵变，将如之奈何？大王为何行此险事？有什么事情，大王就不能先忍着，到洛阳之后再说吗？”

李继岌一脸的懊丧，说道：“公言是也，我现在也后悔不已。”

李崧当即让人召来数名书吏，书吏们一上楼，李崧就让人搬走了楼梯。李崧随即让魏王亲兵手持钢刀逼迫着书吏们伪造诏书，随后又用蜡炬仿制成玉玺，加盖在“诏书”之上。一切办好之后，李崧这才让魏王召集众将前来，当众宣读“诏书”，大意是说郭崇韬父子屡违诏命，逗留成都，欲图谋逆，特命魏王继岌相机除之。

将士们闻听之后，群情涌动，好在并没发生什么大乱子。郭崇韬的左右亲信则相继逃匿而去，唯有掌书记张砺不但没有逃走，反而只身前往魏王府恸哭不已。李继岌知道后，不但没有怪罪，还密派人加以保护，以防宦官们加害。

李继岌随后即命任圜接替郭崇韬掌管军政大事。

孟知祥进入蜀地后，见果如传言所说，江山处处险固异常，而且物产丰富，人口稠密，心中就隐隐有了长留此地的念头。抵达成都时，已到了傍晚，城门早已关闭，孟知祥无奈，正要在郊外寻旅馆歇息，刚好有一人推着小车子经过，其货物皆用布袋盛着。孟知祥见状，上前问道：“你这车子能装几袋货物？”推车人随口答道：“尽力不过两袋。”孟知祥一听“两袋”二字，心中不知为何，突然想到了“两代”，还莫名地想到了刘备父子以及王建父子……

次日，孟知祥一进入成都，就听说郭崇韬被杀了，不禁大为哀痛，心想：这肯定是宦官们所为！

此时的成都正如一口沸锅，人人惊惧不安，城中更是谣言四起，随时都有可能发生动乱。孟知祥连忙慰问将士，出榜安抚吏民，大行犒劳赏赐，这才使得成都城安定了下来。

魏王李继岌将马步都指挥使李仁罕、马军都指挥使潘仁嗣、左厢都指挥使赵廷隐、右厢都指挥使张公铎、衙内指挥使武璋、骁锐指挥使李廷厚留了下来，协助孟知祥戍守成都，其他各军皆拔营离开了成都，命康延孝率一万二千人为后军。

奇怪的是，大军离开成都后，康延孝总是有意无意地与中军保持着三十里左右的距离。

免死铁券

马彦珪回到洛阳后，向李存勖禀报了诛杀郭崇韬一事，李存勖虽然有些吃惊、惋惜，但还是下诏公布了郭崇韬之罪。郭崇韬共有五个儿子，其中两个已在成都被杀，李存勖此时又下旨将其另外三个儿子郭廷说、郭廷让、郭廷议一并杀掉。郭廷诲、郭廷让各有一个幼子，郭崇韬的夫人周氏带着两个孙子，艰难地回到了太原，总算保住了郭氏的血脉。

郭崇韬父子被杀，使得朝野之间一片骇然，朝廷内外、街市酒坊，到处都议论纷纷。李存勖令宦官们暗地里观察动静，若有人为郭崇韬鸣冤，格杀勿论。

郭崇韬的女婿睦王李存乂，闻听郭崇韬被害，生怕株连到自己，只好闭门谢客，紧闭双唇，一字不言。但是，即便如此，仍未能躲过大劫。宦官们意欲尽除郭崇韬之党，竟对李存勖言道："存乂在杨千郎家里饮宴时，故作酒醉，振臂哭号，为其丈人喊冤，言辞满是怨望。"

李存勖闻言大怒，连问都不问，就将李存乂囚禁了起来，不久，又密遣人将李存乂与杨千郎一起杀掉，严密封锁消息。

景进对李存勖言道："河中有人来告，河中发生变乱，听说李继麟与郭崇韬本来就阴谋反叛，郭崇韬死后，他又与存乂串谋。"宦官们共劝李存勖尽早除去朱友谦，李存勖依言将朱友谦改为滑州义成节度使。当夜，李存勖又遣蕃汉马步使朱守殷率兵包围了朱友谦在洛阳的府第，将朱友谦赶出徽安门外，随后又命人将其杀掉，下诏恢复其原来姓名。

李存勖随即又下诏书，命魏王李继岌将朱令德诛杀于遂州，命郑州刺史王思同将朱令锡诛杀于许州。

李存勖随后又命河阳节度使夏鲁奇前往河中，诛杀朱友谦家人。夏鲁奇接到诏命后，立即率军前往河中。夏鲁奇到河中后，发现河中街头到处都在传说一件怪事：头天晚上，河中牙城门将见有数十名妇人，皆身穿黑衣，浓妆艳抹，带着大队奴仆，在牙城外驰马炫耀，然后直奔牙城门而去，个个欢声笑语。门将不知她们是何人，不敢盘问，眼睁睁地看着她们从牙城门排骑而入，门锁却完好无损，门将这才知道是一群妖鬼。天亮之后，夏鲁奇即率军到达了。

朱友谦的妻子张氏早就率家人二百多口在家等候，一见夏鲁奇率军入府，即从容地对夏鲁奇道："夏公既有皇命，灭我宗族，我宗族不敢抗旨，只愿夏公不要滥杀，莫要殃及平常百姓。"

夏鲁奇原本也是这样想的，便将朱家奴婢、仆人一百多口全部释放，朱友谦宗族一百多口则一一被斩杀。张氏临刑之前，取出李存勖赐给朱友谦的免死铁券出示给夏鲁奇，惨笑道："这是皇帝去年赐给我家老爷的，我乃一介妇人，不认识字，不知其上写的是什么，请将军看看。"

夏鲁奇看罢免死铁券，心中甚觉惭愧，但也不好说什么。后人有感于此，编曲唱道：

天子之信何用物？地上生民皆共睹。
免死铁券谁免死？大功勋报大灭族。

朱友谦麾下旧将史武、薛敬容、周唐殷、杨师太、来仁、白奉国等六人时下正为各州刺史，也被连坐灭族。

李存勖称帝后，众伶人一直觉得李嗣源功勋最大，在军中的威望也最高，因而对李存勖的威胁也最大。除掉朱友谦后，景进便想趁此机会将李嗣源也一并除掉，遂又诬告李嗣源与郭崇韬来往密切，近来频频调动兵马，恐有所动作。此时，李嗣源正在洛阳述职，李存勖明白这是假话，没有理睬。

景进大失所望，只好另想办法，他绞尽脑汁，终于想起了一件事：当年王彦章攻取德胜南城之后，李嗣源曾密劝李存勖将朱守殷治罪。他终于有了计策，于是对李存勖说道："臣接到密报，总管今夜好像有秘密集会，请会儿将军去总管府看一下吧。"李存勖答应了他。

景进大喜，连夜将李嗣源当年的密书找来，然后亲至朱守殷府上，将密书出示给朱守殷，让他设法陷害李嗣源。

景进万没想到，他刚一离开朱守殷的府第，朱守殷就直奔李嗣源在洛阳的府第，密对李嗣源道："总管功高震主，应该马上离开洛阳，回归藩镇，以远离灾祸。"

李嗣源素来看不上朱守殷，一听此话，便朗声说道："嗣源心怀坦荡，不负天地，灾祸要来，我也无所回避，一切全都认命就是了。"朱守殷连声长叹，怏怏地告别而去。不过，他见到李存勖后却说道："总管并无异动，请主上放心!"

李嗣源不知道，他已经有好几次差一点就被伶宦给算计了，幸亏李绍宏极力周旋回护，他才逃过多次劫难，此次又是如此，李绍宏一再对李存勖道："契丹屡屡进犯，总管不可离开河北太久，须得让他尽早回镇。"就这样，李嗣源终于躲过了此次劫难，安全地回到了镇州。

李嗣源虽然出身行伍，认字也不多，却对百姓宽仁明敏，在镇州治政有方，经常与幕僚、门客谈论民间利害及为政得失，有时还亲自决断判罚。一次，一位店妇与军士上堂诉讼，店妇说她在门口晒谷子，被军士的战马给吃光了，要求军士赔偿；而军士却坚持说，他只是路过，战马没有吃谷子，两人一时争执不下。李嗣源对审讯的官吏道："可将战马杀了，刳马肠检视。若有谷子，则军士诛，如无谷子，则妇人死。"官吏依照此言，将战马杀掉，马肠中没有谷子，因而，便将店妇斩杀了。

此事传出，境内一片肃然，竟再也没有敢欺人之事了。

郭崇韬被杀后，李存勖诏命李绍宏接替郭崇韬为枢密使，以郓州节度使、永王李存霸为河中节度使，以滑州节度使、申王李存渥为郓州节度使，以景进为银青光禄大夫、检校右散骑常侍，守御史大夫。

因郭崇韬被杀所引起的朝野震动，终于慢慢平息了。然而，人祸看似安定了，天灾所带来的危害，却难住了朝廷。去年，大旱之后又逢大汛，河南之地几乎颗粒无收，到处都是流亡的饥民，税赋自然无法足额收缴。再加上道路泥泞，多有中断，漕路陆路运输皆极为艰难。洛阳的仓库早已空竭，租庸使孔谦每天都在东门外巴望着各州的漕运，漕运一到，立即就分配给焦急等待的各军、各衙。

朝廷宿卫军军士经常缺粮断炊，甚至有不少军士卖妻卖子，家中老弱则到野外挖野菜度日，不少人饿死于荒野之中。一时间，军营之中到处都是流言、怨声，但李存勖仍然四处游乐，甚至经常发生陪从官吏冻倒在雪地之中的怪事。伊州、汝州一带，饥荒最为严重，而李存勖所到之处，仍令护卫军士督责县吏供奉军饷。百姓们都快要饿死了，又哪里有钱上缴？军士们气急败坏，竟将百姓的家什器具乱砸乱摔，房屋则拆掉做薪柴，其危害甚至比盗贼还要厉害，致使不少县吏一听说皇帝要来，便吓得跑到山谷之中，躲藏起来。

李存勖也以军粮不足发愁，连连召集群臣商议，豆卢革等人却一筹莫展，毫无办法。时为吏部尚书的李琪上疏奏道："自古以来，量入为出，计农而发兵，所以，虽有水旱之灾而无匮乏之忧。近代以农税养兵，只有农富，兵才能足；农若贫，兵也难以丰饱。眼下，即便不能免除租税，也要免除折纳、纽配之法，如此，农人也可小休了。"李存勖甚为赞赏，就有了以李琪为宰相的心思，令有司按李琪所言办理。但李琪这些话，说起来中听，施行起来就不知从何入手了，有司颇感为难。

当年，李存勖与梁军相战于德胜之时，曾招募勇士挑战梁军。伶人郭门高曾自告奋勇，率领几十名勇士，闯入梁军大营，一阵冲杀后，带着几个俘虏回到了军中。自那之后，李存勖便对其刮目相看，特意让他更姓名为李从谦，以其为从马直军使。

李存勖称帝之时，特意从诸军中挑选了一些骁勇者，补充在银枪效节军中，组建成亲军，军号"从马直"。从马直共由四军组成，每军皆有一千多名军士。当时的唐军都知道，唐军最为精锐之军乃李存勖的亲军，从马直又是李存勖亲军中的精锐，自然是人人彪悍，个个骁勇。唐军与梁军相战于黄河两岸之时，李存勖经常依仗他们冲锋陷阵，屡立奇功。李存勖当时就曾许诺，灭梁之日必定对从马直大加赏赐。河南平定之后，李存勖确也依约对他们进行了赏赐。

郭门高自加入从马直之后，就很少再与伶人们往来了。他立志要建一番功业，因而屡立战功，从军使一直升至指挥使。郭崇韬主政之时，郭门高服其为人，又是同姓，便以叔父之礼相待。后来，李存义又将其收为养子。

此时，就连从马直士卒的家中也揭不开锅了，人人心中怀有怨言。郭崇韬被灭族后，郭门高一直愤愤不平，经常拿出自己的钱财送给其属下军校，当着他们的面痛哭流涕，为郭崇韬鸣冤叫屈。从马直军校王温等人也对郭崇韬之死不满，竟暗暗联络了五位军校，趁夜将各自的军将暗杀，准备天明作乱。不想，消息走漏，王温等五人皆被斩首示众。

李存勖听说后，对郭门高半开玩笑地说道："听说你对朕不满，为崇韬鸣冤叫屈，还教王温造反，你不会也想谋反吧？"郭门高大为惊惧，密对诸校道："主上因王温之故，已对你等起疑心了，听说要将你等全部活埋。你们赶快把家里的东西变卖了吧，买酒买肉，过一天算一天，别再考虑长远之事了。"

自此，从马直亲军惴惴不安，人人自危。

赌徒

朱友谦之子朱建徽此时为澶州刺史，李存勖密令邺都监军史彦琼将其除掉。史彦琼接旨后，连夜赶往澶州，魏州守门兵士向邺都留守王正言禀告道："史武德半夜驰马出城，却不说到哪里去。"

此时，天下人尚不知郭崇韬之罪，民间皆传言："郭崇韬攻占成都后，就将魏王李继岌杀了，他想要自己称王于蜀，这才被灭族。"史彦琼离开魏州后，魏州又有传言："刘皇后将魏王之死归咎于皇上，已将皇上弑杀了，所以才急召史彦琼议事。"魏州之人闻听此言，个个惊惧不安。

恰在此时，魏博指挥使杨仁政率所部五千兵士戍守瓦桥关一年期满，换防回镇。行至贝州，李存勖担心魏州空虚，戍军到魏州后会发生变乱，便令杨仁政暂时屯兵于贝州。此时，魏州境内谣言满天，杨仁政担心魏博兵会受影响，当晚特意到各营巡察。行至一个军帐前，突然从帐中冲出来一个兵士，口中嚷嚷着："老子没钱了！不玩了。"

杨仁政借着灯光见此人一脸的横肉，满脸的络腮胡须，当时就认出此人乃武勇都兵士皇甫晖。此人虽然武艺过人，但整日里酗酒赌博，打架生事，因而当兵五六年了，还是一个普通兵士，看情形，刚才肯定输急了眼，想要赖账。杨仁政喝道："夜间赌博，你已违犯军规，却还在这里胡闹！"说着，对随行亲兵道，"把他抓起来，关他禁闭！"

众亲兵正要上前，皇甫晖突然一个箭步蹿到杨仁政跟前，一伸手揽住了杨仁政的脖颈，叫嚷道："你们谁敢上来？"

众亲兵投鼠忌器，皆喊道："皇甫晖，你以下犯上，想找死啊！快点把杨指挥放了！"

皇甫晖左右看了看，此时各帐军士都惊动了，纷纷出帐看热闹，遂高声叫道："兄弟们，你等且听我说。主上之所以能有天下，还不是靠了我魏博军卖力卖命。十几年来，魏军将士甲不离身，马不解鞍，现今天下已定，天子却不念我等旧劳，反而对我等猜忌起来。我军背井离乡远戍边关一年多，好不容易才换防回家，如今，家乡近在咫尺，却又不让我等与亲人相见。听说皇后已经将皇上弑杀，京师已经大乱，这才怕我等回魏州作乱。杨指挥，兄弟们只想回家和父母妻儿在一起，您就带我等回家吧。如若天子真的不在了，朝廷要兴兵问罪，杨指挥您也不用惧怕，我们魏博的兵力足以与朝廷相对抗，咱们保着您求一场大富贵！"

许多军士跟着哄叫道："是啊，皇甫晖说得有道理，我等现在就要回家！杨指挥，您就带我等回去吧！"

皇甫晖见状，当即放开了杨仁政，抱拳赔罪道："杨指挥，兄弟冒犯您了，多有得罪。"

杨仁政揉着脖子说道："你等想得也太简单了！也实在是太愚蠢了！现今，英主在上，天下一家，从驾精兵不下百万，西平巴蜀，威震华夷。

你等各有家族，就不怕被灭族吗？我看你等最好还是各守本分，赶快回帐睡觉。皇甫晖违犯军纪在前，煽动军心在后，不处罚何以治军！”说着，挥手示意其亲军拿下皇甫晖。

几个与皇甫晖过往甚密的军士突然手执兵器冲出来，将杨仁政围了起来。皇甫晖说道：“三军怨怒，皆欲谋反，将军若不听从，可就别怪属下无礼了。”

杨仁政大骂道：“你们这帮犯上作乱的贼子，只要杨某有一口气在，你们就休想得逞！”

皇甫晖大怒，拔出刀来，一刀就把杨仁政砍倒了，嘴里嚷道：“兄弟们，咱们反了，你们谁愿意带头？”

众人面面相觑。皇甫晖抬头在人群中扫了半天，最后目光落在小校陈亮的身上。皇甫晖持刀走到陈亮跟前，恶声问道：“你愿意领着大家造反吗？”陈亮浑身发抖，颤声道：“这是……灭……灭九族的大罪……我……不敢。”皇甫晖气急败坏，一刀又把陈亮杀了。

杨仁政的一位亲兵说道：“效节指挥使赵在礼今日来犒军，他现在还没走，正在帐中睡觉呢！”

皇甫晖闻言，当即将杨仁政、陈亮的首级割下，一手拎着一个血淋淋的头颅，率领乱兵朝赵在礼的营帐走去。没走多远，众人突然看到一个人影向围墙跑去，有人喊道：“那人好像是赵军使！”

原来，院中的吵闹声早就惊醒了赵在礼，他侧耳倾听了一会儿，隐约听到他们要造反，还把杨仁政、陈亮给杀了，连外衣都来不及穿，就慌慌张张地跑了出来，想要翻墙逃跑。刚刚爬上墙头，皇甫晖等人就追到了，拉着他的脚把他拖下墙来，皇甫晖故意举着两颗血淋淋的人头在他眼前乱晃，一大群乱兵人人手持白刃将他围了起来。皇甫晖问道：“赵军使愿意为我等统帅吗？若是答应，定可长保富贵；若不答应，你的项上人头可也要落地了！”

赵在礼吓得心胆俱裂，只好点头答允。

乱兵遂推举赵在礼为魏王，连夜冲进了贝州城内，四处放火抢劫。说来也巧，皇甫晖闯到一百姓家中，问其主人姓什么，百姓答道：“姓国。”

皇甫晖狞笑道："我就是要破'国'！"遂将国氏一家全都杀掉。又到一家，问其何姓，答道："姓万。"皇甫晖狂叫道："我就是要杀掉'万家'！"又将万家满门灭绝……

天亮之后，皇甫晖等拥着赵在礼离开了贝州，向魏州进发，每到一处，即大肆剽掠。

消息传到魏州，都巡检使孙铎等连忙求见史彦琼，恳请他发给盔甲，登城防备。史彦琼却担心孙铎等与皇甫晖里应外合，说道："据探报说，乱军今天才到临清，按行程计算，尚需六天才能到魏州，到时候再设防备，也不晚啊！"

孙铎道："兵士既然作乱，必会乘我不备来袭，必然是昼夜兼程而来，怎可按照承平之时来计算行程呢？请史武德率众登城，我打算从城中募集一千人埋伏于王莽河，伏击乱军。乱军受挫之后，必然四分五裂，然后就可以搜寻讨伐了。若等到他们到了城下，万一有奸人为内应，那就危险了！"

史彦琼道："你只管严兵守城，何必出城迎战？"

孙铎闻听此言，才知道史彦琼对自己起了疑心，就不好再说什么了。

果然不出孙铎所料，当夜下半夜，乱军前锋就抵达了魏州城下，而且一到城下，就向北门发箭。此时，史彦琼正率所部兵士宿于北门城楼之上，一听到乱军喊叫声，便慌忙乘马从魏州南门逃了出去。

守城兵士一见史彦琼逃走，皆没了斗志，何况乱军本为魏人，各有亲朋故旧在魏州军中，故而，魏州城池虽坚，乱军还是很快就攻入了城里。孙铎见势不妙，只好带着母亲自水门逃了出去。

赵在礼占据魏州宫城后，当即自称留后，任命皇甫晖为马步都指挥使，纵兵大掠。

乱军攻城之时，兴唐尹王正言正伏案草写奏章，奏章写罢，便召官吏前来，准备送往朝廷，其家人皆道："乱军业已入城，正在街市之上大肆杀掠，官吏们早就逃散了，您还叫谁呀！"

王正言惊道："真的吗？什么乱军？怎么入城的？"问了半天，方才弄明白叛兵入城之事，连忙寻找坐骑想要逃走，却没有找到，只好率领魏州官吏步行出门去拜谒赵在礼。赵在礼一见王正言，连忙跪地下拜，说道："兵士们想回家，这才不得已起事，尚书德高望重，末将可不敢让您老屈身下拜。"安慰了半天，才遣人将他送回了家中。

送走王正言后，赵在礼即连夜给朝廷上表，奏明事情始末。

史彦琼逃回洛阳后，添油加醋地向李存勖奏明了魏博叛乱之事。李存勖大怒，当即让李绍宏择将前往魏州平乱。李绍宏再次推荐段凝，李存勖这次倒是答应了，并让段凝奏明平叛方略。李存勖一看，段凝所奏请的偏将、裨将，要么是梁朝旧将，要么是他所喜好之人，不禁起了疑心，当即就放弃了起用段凝的想法。刘皇后道："此乃小事，不用麻烦大将，绍荣就可把它办好了。"

李存勖遂命元行钦率两千铁骑，前往魏州招抚叛军，同时征调诸道兵马，以防乱军不服。

李存勖不知道，就在魏州发生兵变的同时，两川又有大事发生了。

郭崇韬被杀后，康延孝讥讽董璋道："郭公已死，董公现在又想投到谁的门下呢?"董璋大惧，连连向其谢罪。魏王李继岌的大军行至武连后，遇到了朝廷使者，使者将朱友谦谋反被诛之事告诉了李继岌，并遣使梓州，令董璋率兵前往遂州诛杀朱令德。

此时，康延孝率领后军驻扎在魏城，闻听皇上不委派自己去杀朱令德，却委派董璋，不禁大惊。当日，董璋率军耀武扬威地从康延孝军营前经过，别说拜谒康延孝了，竟连马都没有下。康延孝大怒，借着酒劲对诸将道："国家南取大梁，西定巴蜀，皆是郭公之谋。当年，康某去逆效顺，与国家掎角以破大梁，则是朱公之功。现今，朱、郭皆被无罪灭族，回京之后，恐怕就轮到我了。"他这时已决定起事，故而不再自称"绍琛"，而是改称"康某"。

随之，康延孝仰天而呼道："冤哉！枉也！时乎？命乎？奈何？奈何?"

康延孝所率之兵多为河中兵，闻听朱友谦被灭族，无不激愤。河中将焦武等闻听康延孝所言，也都放声大哭，齐集到军门前高声叫道："西平王何罪？竟被满门杀戮！我等若回去，一样会被诛杀，我等决不可东返了！”

此时，魏王李继岌已经抵达泥溪，见后军仍在三十里外，连忙遣人催康延孝速行。康延孝告诉来使：“请转告魏王，河中将士皆号哭不止，将要作乱。”

康延孝随即率军西返，移檄成都，诈称奉诏命接替孟知祥为西川节度使。蜀人不明真相，又心服康延孝之胆勇，故而纷纷响应，不到三日，竟会集了五万多兵卒。魏王李继岌大军到达利州后才听说此事，不禁大恐，又听说康延孝已遣人烧断了桔柏津浮桥，连忙任命任圜为副招讨使，率步骑七千，与都指挥使梁汉颙、监军李廷安一起追讨康延孝，并遣使者前往梓州，令董璋出兵征讨。董璋接到魏王之命后，当即率兵二万屯守绵州。

任圜回军南下，先令别将何建崇攻击剑门关。何建崇经过一昼夜苦战，方才将剑门关攻下。

康延孝在前往成都的路上，恰好遇见了朝廷使者崔延琛。崔延琛对康延孝道：“崔某奉诏召孟郎回京，绍琛公若缓兵等待，西蜀必为绍琛公所有。”康延孝信以为真，特意遣快马将崔延琛送往成都。

令康延孝想不到的是，崔延琛一到成都，即将康延孝反叛来攻成都之事告诉了孟知祥。孟知祥大惊，一面令人挖掘城壕，树立栅栏，加固城防；一面遣李仁罕率步军四万，赵廷隐率骑军两千出城迎战康延孝。

赵廷隐对麾下骑兵说道：“我军此次出师，不用三十天，必能破贼！所谓养兵千日，用兵一时，此乃立功求赏的大好良机。少壮勇锐并愿意立功求富贵者，站到东面！老弱病残不愿死战者，站到西面！”结果，只有七百人站到了东面。赵廷隐就率领着这七百骑士直奔汉州，一鼓而将康延孝西寨攻破。

当日，任圜、董璋会兵后也抵达了汉州城下，掌书记张砺献计道：“李绍琛用兵粗糙冒进，可将精兵埋伏于后，以羸弱之兵引诱其入伏。”任圜依计而行，命董璋率东川羸弱之兵先战而退。

保命者

正如张砺所料，康延孝认为任圜乃一介书生，根本就没把他放在眼里，又见其兵羸弱不堪，一触即退，便全力追击，不想，追进了任圜的伏击圈。只听一阵鼓响，伏兵四面而起，叛军大败，被斩首六千多级。康延孝死命杀出重围，回到汉州后，就闭城不出了。

汉州没有城堑，康延孝只好以树木做成围栅。任圜见状，便令军士纵火焚烧围栅。康延孝无奈，只好率军突围，与唐军大战于金雁桥。此时，属下军士皆知他是朝廷叛将，临战之时，纷纷倒戈投降。康延孝无奈，只好率领亲军杀开一条血路，直奔绵竹。不想，其亲军也纷纷弃他而去，等到抵达绵竹城下时，他身边只剩下了十来骑。董璋率军追来，康延孝走投无路，只好弃械投降。

孟知祥亲至汉州犒赏诸军，与任圜、董璋等置酒高会。酒酣之际，任圜命人将康延孝的槛车推到宴席之中。孟知祥亲自斟了一大杯酒，举到康延孝嘴前，说道："明公当初自梁朝脱身来归，平定汴州后，圣上即以明公节制陕州；伐蜀之时，圣上又以明公为前锋；明公克平两川，战功卓著，归朝之后，定当授爵册勋，执掌巨镇，谁能与明公相争呢？为何一念之差，步邓艾之后尘，自毁功勋而入此槛车呢？孟某深为明公痛惜！"说着，亲自喂康延孝饮酒。

康延孝饮罢，叹道："我何尝不知富贵已极，官职已足，然而，郭崇韬佐命元勋，辅成大业，兵不血刃，收获两川，功勋之大，谁能企及？谁能想到，他却被无罪灭族！像康某这样的人，又如何能保得住首领？不是康某心存异念，实在是康某不敢回朝廷啊！别说什么富贵了，康某此举，仅仅是为了保命！事已至此，也是天命，夫复何言？"说罢，含泪吟道：

枷槛索围紧，虎长困不伸。

百年原是梦，卅载枉劳神。
一点聪明天，两朝孤苦身。
何须虎贲骑，蜀道平如茵。
勋爵莫所急，保命最要紧。

孟知祥、任圜、董璋面面相觑，皆沉默不语。

孟知祥深有所悟，回到成都不久，即将河中将陕虢都指挥使李肇、河中都指挥使侯弘实锁拿入狱。但是，没过多久，他又悄悄把二人给释放了，而且还任命李肇为牙内马步都指挥使，侯弘实为副使。

此时，蜀中群盗犹未平息，孟知祥遴选廉吏治理州县，免除暴赋，招安搜集流散军卒、百姓，颁布宽大政令。随后，孟知祥又遣赵廷隐、张公铎率兵剿除群盗，境内渐渐安定了下来。

赵在礼占据魏州后，邢州步兵直小校赵太率四百兵士趁机叛乱，自称邢州留后。李存勖接到军报，只得命霍彦威率兵征剿赵太。霍彦威奉诏，率五千步卒赶到邢州，一阵急攻，就破城进入了邢州，将赵太等人生擒。随即，又押着赵太直奔魏州，扎营于魏州城西北，令兵士牵着赵太等二十一人在城下游行示威，然后将他们统统斩首。

不久，元行钦也率军抵达魏州城下，一面发兵攻其南门，一面遣人手持圣旨进入魏州城招抚乱军。

赵在礼大惧，连忙送出大批酒肉，犒劳元行钦之军，并在城楼上对元行钦施礼言道："将士们因思家太切，才擅自回来，相公若能可怜我等，请代为转奏圣上，只要能免我等一死，我等定将改过自新！"

元行钦道："你等皆有功于朝廷，此乃小过，天子必会赦免你等……"

元行钦话还没有说完，身旁的监军史彦琼却手指着赵在礼大骂道："该死的反贼，现在知道害怕了，城破之后，定将你等碎尸万段！"

皇甫晖转头对众人道："兄弟们听听，史彦琼的意思是皇上并未赦免我等啊！"众人闻言大怒，连声高骂，并从赵在礼手中夺过圣旨，当场撕成了碎片，抛撒到城下。自此之后，众人齐心协力，死守城池。元行钦连着攻了十多天，始终无法攻克，只好上奏朝廷，恳请尽快增兵。

李存勖阅罢表章，直气得暴跳如雷，大怒道："克城之日，定当鸡犬不留！"遂决定发大军征讨魏州，令元行钦暂时撤至澶州，等候大军到来。

不久，诸道援兵一万多人相继抵达澶州。元行钦率军再度向魏州发起攻击。乱军此时已经明白，朝廷是绝不会赦免他们了，也就打消了投降的心思，铁了心坚守魏州。

元行钦冲锋陷阵可说是所向无敌，但对于攻坚取城，却是一筹莫展，万余大军昼夜急攻了二十多天，魏州城依然是纹丝不动。

正在这时，沧州又发生了叛乱，小校王景戡率军平定后，竟自称留后。河北不少州县见状，纷纷仿效，相继发生了变乱。李存勖知道，如果不能将魏州尽早平定，河北必将互相仿效，后果不堪设想，遂决定御驾亲征。但是，众宰相、枢密使等朝廷重臣皆言京师乃根本之地，车驾绝不可轻率离京。

李存勖道："朕又何尝不知？继岌之军尚远在西蜀，诸将之中，又有谁能替朕去平定魏州之乱呢？"

李绍宏奏道："陛下以谋臣猛将取得天下，眼下不过一州之乱就说无兵无将了，这是何故？总管李嗣源乃陛下宗臣，创业以来，一直跟随陛下艰难百战，其锋芒所指之处，能有何城不克？能有何贼不平？'横冲将军'之名，早已威震夷夏！若陛下委其专征，邺城之寇，又何足为虑？"

李存勖本来心宽量大，很少猜疑，但是，自从魏州称帝之后，疑心越来越重，诛杀郭崇韬、朱友谦之后，更是不敢再让大臣掌兵了，尤其是李嗣源！故而，虽然李绍宏如此推荐，他仍是顾虑重重，说道："朕正要仰仗嗣源宿卫朝廷，众位爱卿，看看还有没有其他人可以为帅？"

众宰相、枢密使几乎是异口同声地答道："依臣等料之，非总管公不可！"

张全义也劝道："河朔乃多事之地，时日越长，其患越深，若依赖绍荣等人，不知何时才能成功，望陛下深思。"

李存勖见朝廷内外都推荐李嗣源，这才下了起用李嗣源的决心，但他不用李嗣源的镇州兵，而是命李嗣源率领朝廷宿卫亲军去讨平魏州！他认为，只有这样，才最为稳妥。

李嗣源在镇州接到诏命后，星夜赶赴洛阳，然后率领从马直宿卫军向魏州进发，不过，临行之际李存勖又以宿卫朝廷的名义特意留下了郭门高一军，毕竟，他对郭门高也不太放心。

李嗣源率军抵达魏州后，屯兵于魏州城西南。此时，元行钦率军一万扎营于魏州城正南。李嗣源连遣高行周、张虔钊等七人前往元行钦、霍彦威等军营，让各军与他相会。元行钦却怀疑李嗣源有诈，竟将使者扣留，传令各军紧闭寨门，不予理睬。因此，诸军之中，只有霍彦威率军与李嗣源会合。

李嗣源与霍彦威会合之后，当即传下军令，次日天亮攻城。但是，他万没想到，当夜，从马直突然反了！

从马直军校张破败率数百人杀掉都将、烧了营舍之后，就直奔李嗣源的中军大帐。李嗣源闻听骚乱，连忙率亲军迎战，但寡不敌众。乱兵见势，更为嚣张，加入到乱军队伍中的人也越来越多。

李嗣源气恼至极，他身跨战马，越众而出，威声呵斥道："你等究竟想干什么?"

张破败答道："将士们提着脑袋跟从皇上十几年南征北战，好不容易才夺得天下，皇上却背信弃义，任用奸谄小人，听信宦官、伶人，郭侍中何罪之有，竟遭灭族惨祸！魏州戍守的兵士回家，本是人之常情，皇上不但不加赦免，还说克城之后，将魏博之军全部活埋！前些日子，从马直只有王温等五个兵士酒醉闹事，皇上却要将我等全都杀了！我等本来并无反叛之心，只想保住性命。眼下，我等已经商议好了，欲与魏州城中联合，共同击退诸道之军，拥戴总管在河北为帝，至于皇上，我等也不难为他，就请他在河南为帝好了。恳请总管令公看在河北军民的分上，答应了我等。"说罢，已是声泪俱下。众军士闻言，皆跪倒在地，眼含热泪地高叫道："令公就救救我等吧！"

李嗣源闻言，知道他说的是实情，也含泪言道："将军所言乃常情，不过，却非国家大义。为今之计，只有等攻下魏州，由嗣源亲自向陛下求情，赦免城中之军。若陛下不准，嗣源情愿以死相报。"

乱军不答应，张破败恳求道："所谓箭在弦上，不得不发。我等既已反叛，皇上又怎会饶了我等？"

李嗣源怒道："你等既然不听我的，就只好任你等所为了，我自己回京师去。"

乱兵闻言，纷纷起身拔出兵器，将李嗣源围了起来。张破败道："总管莫怪，他们皆是虎狼之辈，不能辨别尊卑，再者说，令公回京师又能怎样呢？"

安重诲、石敬瑭、霍彦威连忙拉了拉李嗣源的衣角。李嗣源明白，所谓好汉不吃眼前亏，只好点了点头。众军见状，竟一拥而上，裹挟着李嗣源等人就向魏州城走去。

皇甫晖在城上见有大队朝廷兵士前来，正要命军士射箭，张破败大声叫道："我等乃从马直亲军，现已跟从总管令公造反了，请将军快将城门打开，我等合兵一处，共退朝廷之军。"

皇甫晖有些不信，说道："我又怎知真假？请放总管令公一人入城，以取信于我。"

张破败怒道："岂有此理！我等既已造反，哪里还有生路？总管入城，我等又该怎么办？"

皇甫晖道："你等且在城外稍候，待我问明情由，再接你等入城。"

张破败想了想，就答应了皇甫晖。皇甫晖担心众军趁乱拥入，便亲率一千军出城迎接李嗣源。张破败果然有此想法，他见城门一开，当即拥着李嗣源、霍彦威向城门冲去。皇甫晖连声喝止，从马直军哪里肯听。皇甫晖大怒，拍马舞枪直奔张破败，一枪正中张破败咽喉。从马直军大惊，又见城中大队人马杀出，慌忙四散逃去，却撇下了李嗣源、霍彦威。

赵在礼早就得到军报，连忙亲率众军校迎接李嗣源入城，泪流满面地谢罪道："将士们有负令公，我等定当唯令公之命是从！"

李嗣源诈言道："要想成就大事，须得有兵才行啊！现今城外之兵全部流散，无所归依，不如让我等出城，为赵公召集这些兵士。"

赵在礼毫不怀疑，竟真的将李嗣源、霍彦威送出了魏州城。李嗣源出城之后，当晚宿于魏县，果然有不少散兵闻讯来投。

元行钦听到李嗣源进入魏州的消息后，当即率军离去。前直指挥使侯益闻听李嗣源已经造反，也悄悄地逃出了魏州，赶往洛阳。

皇后计

魏州的春夜仍有凉意，李嗣源独自在魏县县衙的庭院中来回踱步，不时地抬头仰望着天上的缺月，连声叹息。此次奉旨平乱，他自己竟糊里糊涂地成了“乱臣”。李存勖本就对他疑心重重，元行钦回到洛阳后，他更是百口难辩。他此时既不想回魏州做“叛臣”，更不敢回洛阳去“受死”，一时之间真不知如何是好，不禁仰天叹道：“老天啊，嗣源究竟做错了什么，非要让我到如此绝境！难道只能回镇州吗?”

“万万不可!”李嗣源闻声回头，不知何时，安重诲、霍彦威、石敬瑭已站在了身后，显然他们也睡不着，说话的是安重诲。

李嗣源道：“嗣源明日就回镇州，上表请罪，等待圣上裁判，这有何不可？如今嗣源已成是非之人，还请诸公早早离开，以免受到株连。”

石敬瑭注意到李嗣源的眼中已含着泪光，遂道：“石某与安公本就是总管属下，所谓一荣俱荣，一损皆损，有何株连之说?”

安重诲则道：“总管刚才所言甚为不妥！令公身为主帅，不幸为乱军劫持。元行钦不战而退，回到朝廷，必会以令公为借口。令公若回镇州，就有了占据藩地、要挟皇上的嫌疑，这就给进谗之人留下了口实。为今之计，不如连夜前往京师，面见天子，还有可能把事情说明白。”

霍彦威一只独眼突然在月光下露出异样的光亮，说道：“霍某自从投诚以来，总管从不以投降偷生之人对待霍某。说实话，霍某早已将此生暗自许给了总管。霍某也认为安公之言有理。霍某麾下五千步兵当能拼死护卫总管。”

李嗣源沉思良久，决定听从霍、安、石三人的建议，对霍彦威道：

“马坊使康福曾为我麾下偏将，他是胡人，极善养马，去年被圣上遣往相州牧马，我们路过相州时可去找他帮着弄些战马来。”

霍彦威大喜。次日一早，李嗣源一行即离开了魏县，抵达相州时，康福正在城门口等着呢。康福身材高大，浓须深眼，长相甚为豪壮，但说话声音却非常柔和。他对李嗣源道：“总管令公之事，康福已经听说。相州到处都有传言，说总管已经反了。令公您要是真反了，能不能带上康福啊？主上自从进入大梁后，就像换了一个人。总管您要不反，早晚会有人反！”

李嗣源沉下了脸，低声喝道：“莫要胡说！我李嗣源岂是造反之人？”

霍彦威道：“总管说得不错，我等正要护卫总管去洛阳面见天子。不过，霍某属下全是步军，走得太慢……”

康福打断了他：“这个好办，康某是养马的，现在正好有两千匹战马，本来过几天就要送往洛阳了，霍公正可代劳！”

霍彦威大喜，这样一来，他们就算有了一支骑军。

李嗣源刚离开相州，就有消息传来：元行钦并没有回洛阳，而是率军退保卫州，并已上表奏知“李嗣源谋反”一事。安重诲道：“总管若再前行，元行钦必会出兵拦截，到时候就更说不清了，现在只有遣使者上表辩解了。”李嗣源无法，一日之间，连遣多名使者前往洛阳。李存勖见过李嗣源的使者后，当即召见李嗣源的长子李从审。

所谓有其父必有其子，李从审确实像极了李嗣源：平时为人忠勇沉厚，言语也不多，但是，每逢战阵则像换了个人似的，摧坚陷锐，奋不顾身，而且武艺高强，军中很少有人能与其匹敌，就连元行钦都大为叹服。李存勖一直对其既器重又赞赏，李从审也对李存勖既敬佩又忠诚。

此时，李存勖对李从审道：“朕深知你父亲忠厚，决不会造反。朕这就让你去见你父，说明朕的意思，让他千万不要多心。”

李从审领命北上，路过卫州时，元行钦却将其扣住了，当时就想把他杀了。李从审道：“公等既然不能为我父辩明冤情，我又无法见到父亲，只好求将军放我回京，再去宿卫圣上。”元行钦闻言，这才将他释放。

李从审回到洛阳后，李存勖对其更为爱怜，赐名继璟，待之如亲子一般。

自此之后，李嗣源所有表章，皆被元行钦拦截，无法上达。李嗣源迟迟不见李存勖的回音，心中更加疑惧，便不敢再回洛阳了。

石敬瑭道："大凡大事皆成于果决而败于犹豫，古往今来，谁曾听说上将与叛卒进入贼城，而他日还能保全的？大梁，乃天下之要地，总管又曾为其节度使，属下愿率三百骑先行前往，为总管取之。若侥幸拿下大梁，总管当率后军疾进，如此，总管才可自全。"

突骑都指挥使康义诚道："主上无道，军民怨怒，总管若能顺从军民之意，则可生；若固执守节，必死无疑。"

李嗣源叹了一口气，说道："唉，你等这也是求生之路，我怎会不从？只愿我等进入大梁后，主上能给我机会解释，莫要真成了叛逆！"

安重诲道："不过，咱们兵力实在太少了！眼下，齐州防御使王宴球、兖州节度使段凝、贝州刺史房知温皆屯兵于瓦桥，北京右厢马军都指挥使安审通屯兵于奉化军，令公可以总管之命召他们前来。"

李嗣源此时别无他法，只好令安重诲移檄会兵。

张全义自从推荐李嗣源为平定魏州的主帅之后，心中就一直惴惴不安。李嗣源进入魏州的消息刚一传到洛阳，张全义就吓晕了过去，醒来之后，竟连饭都吃不下了。不久，张全义即病逝于洛阳，时年七十五岁。

张全义出身贫寒，却在大齐黄巢，大唐僖宗、昭宗、昭宣帝，后梁太祖、朱友圭、梁末帝及后唐李存勖八位君主、四个皇朝中，风雨不倒，历任显耀，位至太师、中书令，数次封王，食邑一万三千户，先后掌领洛阳、郓州、陕州、滑州、宋州，三临河阳，两掌许州，历经二十九任内外官职，共四十多年，并于乱世之中寿终正寝，不能不说是一大奇人了。

朝廷连连用兵，外库钱粮眼看着就耗尽了，租庸使孔谦无奈，只好奏请李存勖命河南府预借一些今年夏秋的租税。李存勖准其奏请，让河南百姓年初就把夏秋的税赋缴上来。此举对贫困不堪的百姓们来说无异于雪上加霜，京畿之民，走投无路，只好在路上号泣，皆盼着刘盆子复生，救苦救难。不仅如此，孔谦为弥补仓储，还经常克扣军粮，致使军中流言甚多。到了后来，孔谦也有些害怕了，只好去求宰相豆卢革，说道："如今兵民皆怨声载道，相公可否给主上说说，从内库中借一些钱粮应急。"

豆卢革不知内情，问道："朝野都在传言，内库钱粮甚多，本相却不相信。孔公莫以传言误我。"

孔谦道："孔某亲眼所见，内库各仓，全都是满满当当的，又怎敢虚言呢?"

豆卢革大为恼火，当时就要求见李存勖，行近宫城，火气便消了，又折返回府，直至次日早朝，他才率领百官向李存勖奏道："眼下，外库已经枯竭，内库却丰满有余，诸军将士连养家都不能了，若不及时赈济救助，臣等担心军心散乱，弄不好会出大乱子。为今之计，恳请陛下先从内库暂借一些钱粮，以解燃眉之急，待过了凶年，再将钱财收集于内库。"

李存勖听罢，也有些心动，当即让众宰相在便殿等候，他则入内找皇后刘玉娘商量。刘玉娘却道："我夫妇君临万国，虽然凭借的是陛下的武功，但也是天命所为。命既在上天，凡人又能奈我何?"

李存勖为难地说道："宰相与大臣们正在便殿等朕回话呢，你让朕如何面对他们?"

刘玉娘笑道："亏你还是至尊，却拿大臣们没办法。你不要出去，看我如何打发他们!"

宰相们正在便殿等着李存勖，突然环佩叮咚，由内而外传来，随着一股扑鼻的香气，皇后刘玉娘袅袅婷婷地走了出来，身后还跟着几个宫女，其中三位宫女每人怀抱着一个幼子，其他人则捧着妆具，拎着银盆子。

众臣大为诧异，连忙跪地行礼。刘玉娘先是长叹了一声，随后说道："人人都说宫中积蓄很多，其实，四方贡献的钱物，早就赐给功臣了，剩下的就只有这些妆奁和这三个皇子了。你们就把这些东西，还有这三个小皇子，一同卖了去赡养军士吧!"

众臣一听，人人惊慌失措，个个冷汗直冒，战战兢兢地告罪而退。

皇后既然不愿开内库，皇帝李存勖也没办法，只好令宦官、伶官集资，李存勖自己也拿出了一些金银、布帛，赏赐给亲军。此时，军士们家里早已缺粮断炊了，只能靠妇孺挖野菜度日，不少军士的家里已有人饿死，所以当军士们得到赏赐后，丝毫没有感恩的意思，反而指着金银财物抱怨道："老婆孩子都饿死了，要这些东西还有什么用呢?"

改字

元行钦听说李嗣源正在征调各军，担心他率军南下，对朝廷不利，当即率军离开了卫州，回师洛阳。李存勖闻讯，竟亲至耀店迎接犒劳。此时，从西川运来的四十万两白银终于到了洛阳，李存勖连忙将其分配给各军，各军这才安定下来。

元行钦道："总管率邺都乱兵已经占据了博州，正欲渡河攻袭郓州、汴州，请陛下赶紧驾幸关东招抚。"

李存勖正有此意，临动身时，景进等人对李存勖道："魏王尚未到达，康延孝刚刚平定，西南尚未安宁，王衍族党遍布两川，若他们听说车驾东征，臣担心两川会有变乱，不如先将王衍除掉。"

李存勖道："朕曾经下诏给王衍，许诺不伤其性命，朕身为天子，怎可出尔反尔?"

景进道："现在都什么时候了，陛下还要顾及这些!"

李存勖终于还是听了景进的，立遣中使向延嗣持圣旨前往长安，诛杀王衍一族。圣旨颁好后，李存勖让张居翰加盖玉玺。张居翰接过圣旨，快速浏览了一遍，见其上写道："王衍一行，并从杀戮。"张居翰大吃一惊，悄悄地将圣旨按在殿柱上，将"行"字抹去，改为"家"字。改此一字，使得蜀国文武百官及王衍仆从、宫女两千多人，逃过了一劫!

向延嗣到长安后，即将王衍宗族全部斩杀于秦川驿。

花蕊夫人临死前仰天高呼道："我儿以一国迎降，却仍然不免灭族之祸。赦免诏书犹在，煌煌上天犹在，如此弃信背义，难道就不怕报应吗?"

当她眼睁睁地看着已然昏死过去的王衍被刽子手斩去头颅时，她灵光忽现，笑道："我知道了，唐主的死期也就在眼前了！不过，孩儿啊，可惜我母子已经看不到了！"

王衍宠妃刘氏有倾国之色，一头如云的乌发，更是色如墨玉、柔若丝缎，真乃千古难见的美人。行刑之时，刽子手看着她那双水汪汪的大眼睛，实在是不忍下手，就连监斩官也不忍就此毁了上天如此完美的赐予，也想免其死刑。刘氏却道："家国丧亡，义不受辱！"竟从容地将她那纤美的脖颈伸向刑台，刽子手闭着眼睛落下了屠刀……观者无不惋惜。后人有诗叹道：

柔柔乌云铺木台，汪汪墨珠映瑶台。
不学妲己惑主媚，纤颈偏迎寒光来。

其后，蜀国文武百官一部分被押往洛阳，一部分则星散而去。王仁裕又回到了故里天水，整日里闭门著书，著有《归山集》五百首，在《题麦积山天堂》一诗中，他借景抒怀道：

蹑尽悬空万仞梯，等闲身共白云齐。
檐前下视群山小，堂上平分落日低。
绝顶路危人少到，古岩松健鹤频栖。
天边为要留名姓，拂石殷勤身自题。

蒲禹卿在成都家中闻听王衍一家被杀后，恸哭道："蜀人自此重不幸也！"遂携其全家逃往深山隐居起来。临行，他特意在城门前题写了一首诗，曰：

我王衔璧远称臣，何事全家并杀身。
汉舍子婴名尚在，魏封刘禅事犹新。
非干大国浑无识，都是中原未有人。
独向长安尽惆怅，力微何路报君亲。

王衍一家被杀后，向延嗣随后又宣读李存勖圣旨，命魏王诛杀康延孝。李从袭担心任圜大功独占，将来对魏王不利，想留着康延孝以牵制任圜；任圜则同情康延孝，不忍下手，一时拿不定主意。张砺却对任圜言道："因康延孝叛乱，才使得大军归期推迟了。回京后，一旦康延孝被释放，对明公来说，岂不是破槛放虎，自留其患吗？明公若难以决断，我亲自去杀了他。"任圜闻听此言，恍然大悟，这才将康延孝杀了。

李存勖率军东进至汜水关，遣元行钦先率骑兵沿黄河东进。此时，跟从李存勖的李嗣源亲党，纷纷逃亡而去，有人劝李从审尽早脱身，李从审却丝毫没有离开的意思，就连李存勖都多次劝他去投靠其父亲，李从审却固辞不从，甚至要以死明志。当李存勖听说李嗣源在黎阳后，便硬逼着李从审渡河去召李嗣源来见，李从审这才不得不离开了李存勖。

半路之上，李从审又遇到元行钦。元行钦问他意欲何往，李从审答道："奉旨前往黎阳，召父亲觐见圣上。"

元行钦问道："有无圣旨？"

李从审道："陛下口谕，并无圣旨！"

元行钦怒道："你这逆贼，欺我无知吗？分明是要背主投父，却以此言糊弄我！"

李从审叹道："唉！事已至此，我无话可说。烦请绍荣公转告陛下一句话：父亲大人是何用意从审不知道，但从审誓死不背弃圣主！"说罢，抛下兵器，翻身下马，束手受缚。元行钦当即将其斩首。后人有诗叹道：

忠臣怎背君，孝子难弃父。
若全忠孝身，累人寄刀斧。

魏州兵变的消息传至镇州后，镇州虞候王建立深恐监军李绍丰对李嗣源一家下毒手，一直率兵暗暗护卫着。后来传来了李嗣源起兵黎阳的消息，王建立当机立断，抢先动手，将李绍丰杀掉。

王建立，辽州榆社人。李存勖曾遣宫女前往代州祭墓，宫女仗势侵扰代州百姓，被时任代州刺史的王建立一顿鞭笞。宫女回宫后哭诉于李存勖，李存勖大怒，当时就想杀了王建立，幸亏李嗣源拼命劝阻，王建立这才保住了一命。李嗣源移镇镇州时，王建立特意至镇州投靠了李嗣源。

王建立杀掉李绍丰后，当即遣使至石门镇，请李从珂率军南下。不久，李从珂率部抵达镇州，王建立当即率数千镇兵与其合兵一处，一同赶至黎阳李嗣源军中。如此一来，李嗣源就有近二万兵士了，便决定从白皋渡河南下。

次日晚间，汴州节度使孔循突然有使者到来，送给李嗣源一封密信，信中言道："孔某举汴州而待总管，望总管速来！"

李嗣源对孔循所言半信半疑，安重诲却道："不论孔循真心与否，都不可错过这一良机！"李嗣源认为有理，当即抽调了三百精骑交给石敬瑭，让他作为前驱，先往汴州。

李嗣源率军抵达白皋之时，正遇见几艘齐州贡船，船上全是上贡的绝好丝绢，李嗣源便将这些贡船扣了下来，让安重诲把丝绢全都赏给将士们。将士们大为感激，皆暗自发誓："誓死跟从总管！"

安重诲从贡船上还得到一个消息：青州节度使符习被其监军赶了出来，现正驻扎在淄州以西。

原来，李存勖即位后，多以近侍宦官为诸道监军，这些人依仗着李存勖的恩宠与节度使争权夺利，各镇节度使只能忍气吞声。魏州军变的消息传至青州后，青州节度使符习奉诏率青州军赴魏州平乱。进入魏境后，便听说了从马直溃乱和李嗣源进入魏州的消息，他马上改变了主意，率军掉头回青州。不想，行至淄州时，突然遭到青州军的拦截。符习大为不解，青州监军杨希望遣使责问他："令公奉诏平叛，未得圣上诏命擅自回军便是抗旨，难道令公也想反叛吗?"符习大惧，只好率军西回，但他实在不想与李嗣源为敌，行至淄州以西二十里处，便停了下来。令符习想不到的是，杨希望回到青州后，竟率兵将符习的府第围了起来，准备屠杀符习的家人。指挥使王公俨劝道："内侍尽忠于朝廷，此时应以守城为重。符习素有人望，若杀其家人，定会激起内乱。待杀了符习后再杀符习家属，方可万全。"杨希望对王公俨一向信重，便依其所言，分兵守城。杨希望吩咐完毕，正要回府，王公俨却趁其不备，手起刀落，当场把杨希望杀了，然后乘机占据了青州。符习听说后，一时弄不清王公俨是何用意，又担心其家人安危，进退两难。

安重诲请李嗣源遣使召符习前来，李嗣源虽然同意了，但心中并不抱任何指望，对安重诲道："我等人不过二万，马不足三千，谁会与我等冒险起兵？我现在想的是，只要能进入大梁，依靠其坚城宽壕，能多活几日也就满足了。"

正在这时，探马报来两个消息：一是皇帝御驾亲征，正在向大梁进发；一是李从审已被元行钦斩杀！李嗣源大为哀痛，误认为是李存勖的旨意，手指洛阳方向恨声道："我父子不曾负你，你为何杀我爱子？"又跺脚骂道，"好你个冠八方，竟一丝一毫不念昔日之情！我定将你碎尸万段！"他此时再不犹疑，当即下令，"全军立即渡河，尽早进入大梁！"

军令一下，诸军争相渡河。安重诲的家仆安全福连忙去找渡船，竟与军士争执了起来，安重诲知道后，当即将安全福斩首示众。军士们见其如此，立时肃然听命，全军这才井然有序地渡过黄河。

李嗣源率军抵达胙城后，符习率领青州兵也到了。李嗣源大喜，待符习以上宾之礼。然而，符习见李嗣源兵马实在太少，担心他难以成事，便想率军离开。霍彦威知其用意，特意请其饮酒，对其说道："伶宦们曾对主上说：有十大功臣在，主上就休想安静！主上起初不信，后来却信了，便决定要将十大功臣全部杀光！"

符习大感好奇，问道："哪十大功臣？"

霍彦威道："我也不甚清楚，但只知道前四个，他们是郭崇韬、朱友谦、康延孝……"

符习追问道："第四个是谁啊？别卖关子了。"

"第四个就是符公您啊！"

符习信以为真，这才定下心来跟随李嗣源。

当日，又有北京右厢马军都指挥使安审通率领数百骑前来与李嗣源会合。

安审通乃安金全的养子，安金全不久前对安审通言道："主上疑忌之心越来越重，为父屡立大功，主上不但不赏，还一直有疑忌之心。为父与总管颇有交情，总管为人宽厚，顾念旧情，你等可去投奔他，以求庇护。”此时，安审通正戍守奉化军，闻听李嗣源起兵，当即率数百骑军来投奔。

愁台

曾为大梁都城的汴州开封再次成为天下人关注的焦点！天下人都知道，总管李嗣源一旦进入汴州，他就有了一个根据地，便可化解眼前的重重危难；皇帝李存勖如果进入汴州，登时就可稳定四处起火的江山，渡过眼前的危机。因而，李存勖率兵急速东进，兵锋直指汴州，前锋乃“冠八方”元行钦；李嗣源则昼夜南下，也是直奔汴州，前驱乃“病太岁”石敬瑭。而汴州节度使孔循则骑墙两望，一边遣使奉表西迎李存勖，一边遣使北上密会李嗣源。

元行钦却不知道此中的利害关系，竟率三千骑军沿黄河不疾不徐地进发。李存勖此时越来越意识到汴州的重要，到荥阳后，即命龙骧指挥使姚彦温率三千骑兵火速前往汴州，言道：“你等皆是汴州人，之所以不让其他军为前驱，就是怕骚扰了你等的家人。”姚彦温指天发誓，说一定要赶在总管之前进入汴州。然而，姚彦温一离开荥阳，就直奔中牟，竟率军投靠了李嗣源，并将李存勖正急速赶往汴州的消息告诉了李嗣源。李嗣源大急，赶忙令全军轻装疾进。

孔循此时准备了两套迎接的人马、法仗，北门迎总管李嗣源，西门迎天子李存勖，供应、仪仗竟然一模一样，甚至还对幕僚说道：“这就看天意属谁了，谁先到达，孔某就迎谁入城！”

冯道服丧期满，奉诏入朝，此时恰好行至汴州。孔循劝冯道留在汴州，先观察一下局势再说，冯道却说道：“冯某奉诏回京，怎可擅自逗留？”说罢，即直奔洛阳而去。

曹州刺史西方邺此时正率州兵一千人屯于汴州，看到孔循所为，大为不满，责问道：“主上灭梁，对你有不杀之恩，你此时不思报效，为何还要迎接总管?”孔循面色通红，无法回答。西方邺偶然得知，石敬瑭之妻，也就是李嗣源之女，此时正在汴州，便想：只要杀了此女，孔循也就不敢迎接李嗣源、石敬瑭了！他忙率军前往之前的总管府，不曾想，孔循已有准备，早就把石敬瑭之妻藏在了自己府中。西方邺无可奈何，只好率麾下之兵离开汴州，西迎李存勖去了。

西方邺离开不久，石敬瑭就抵达汴州城下，立令裨将李琼、郭威率数十人突入封丘门，孔循根本就不抵抗，主动打开城门放李琼、郭威入城。石敬瑭进入汴州后，一面令李琼、郭威、李守贞、张彦泽等亲将各率数十人登城严备，遍插总管旗帜；一面遣人禀告李嗣源，催其速来。

石敬瑭刚刚进入汴州，元行钦就抵达了汴州城下。石敬瑭立于城头之上，面色从容地笑道：“绍荣公别来无恙啊?总管令公已在城中等候你多时了，怎么现在才到啊?请绍荣公稍候，石某这就出城迎接。”说罢，即让门将大开城门。

元行钦真的以为李嗣源已经入城了，自己区区三千骑怎敢入城，只好说道：“圣驾马上就要到了，请石将军转告总管令公，请他准备接驾，末将这就回去护驾了。”说罢，即令三千骑军勒转马头，向西迎接李存勖。

此时，李存勖的大队人马已经过了万胜镇，距汴州只有五里，正遇着西方邺。李存勖闻听孔循所为，不禁大怒，立令全军轻装疾行。不想，大军刚一动身，就见“冠八方”元行钦率三千骑军匆匆而来。一听说李嗣源已进入汴州，李存勖脸色当时就变了，口中不自觉地喃喃道：“完了，完了，一切全完了!”

李存勖登上路旁一个荒冢，刚好有百姓路过，便打问荒冢有无名称，百姓答道：“乡里人都叫它‘愁台’。”

李存勖在“愁台”之上，眼中不觉流下泪来，望东而叹道：“看来，朕真的不行了!”只好下令全军班师回洛阳。众将大为不解，议论纷纷：“主上这是怎么了，听说总管之兵并不太多，且大都是乌合之众，护驾之军近三万，且都是百战精兵，再不济，守御应该是没有问题的，总管虽有坚城，又能奈我何?”

“是啊，一旦勤王之兵云集，总管困守孤城，不降又能怎样?”

“其实，总管至今反旗未举，所谓王者无敌于天下，陛下不需一兵一卒，只需一纸诏书，总管就难办了!”

“想当年，与梁军相战于黄河两岸之时，主上是何等的英勇，经常只率百余骑甚至十余骑就横冲敌阵，现在这是怎么了?”

“唉，现在的主上还是当年那位英勇无敌的晋王吗?咱们还是想想自己的去路吧。”

当日就有很多人离开了大队，当晚，回到汜水关后，又有不少人离开。李存勖出关之时，扈从之宿卫兵有二万五千人，一日之内竟走了一万多人!

次日，李存勖留下秦州都指挥使张唐率步骑三千驻守汜水关，车驾继续西回。

李嗣源进入汴州后，对孔循深为感激。姚彦温对李嗣源道：“眼下，京师极度空虚，主上为伶宦蛊惑，人心已分崩离析，宿卫之兵都不想再为主上效劳了。总管须得速速进京，早登大位，以定人心。”

李嗣源当时就拉下了脸，怒道：“你自己可以不忠，却不可说如此悖逆的话!”当即就将姚彦温的三千骑军全都分配给了其他将领，下令道，“主上未体谅嗣源之心，这才使得军情动乱，嗣源当急速赶往京师，把事情说明白。”

不久，房知温、王宴球也相继率军到达汴州，归附了李嗣源。至此，李嗣源麾下已经会集了五万多人马，众将士皆斗志昂扬，屡屡恳请发兵西进。李嗣源知道，他和天子之间已经没有第二条路可走了，只有兵戎相见，才有机会把话说清楚，遂率领大军大举西进。

此时，李存勖西行正至罂子谷。李存勖驰马前行，对众卫士和颜悦色地安抚道：“适才洛阳来报，魏王又运来西川金银五十万两，回到京城后，朕定当全都发给你们。”

卫士们却答道："陛下不觉得这些赏赐太晚了吗？兄弟们谁还会再感谢圣恩呢？陛下还是留着给皇后吧！"李存勖闻言，眼泪直在眼眶里打转转。

暮春的夜晚，寒气尚未消尽，随驾官吏大多年长，阵阵北风吹过，皆有些瑟瑟发抖。李存勖见状，对内库使张容哥说道："离京之时不是带了一些备用的锦袍吗？去拿几件来，赐给年长的官吏。"

张容哥说道："只带了几件锦袍，早就颁发完了。"

众卫士闻言大怒，对张容哥呵斥道："陛下关心臣下，你等却推三阻四。主上若失去社稷，皆是你们这些阉货所为！"说罢，纷纷拔刀欲杀张容哥。张容哥吓得抱头鼠窜，赶忙躲到李存勖身后。

张容哥对宦官们泣诉道："皇后吝惜钱财，才到如此地步，如今，兵士们却都归咎于我等。万一大事不测，我等必被碎尸万段！唉，我又何必等到那个时候呢？"当日午后，张容哥就跳河而死了。

车驾行至石桥西，天色已黑了下来，李存勖吩咐就地扎营，自己草草地吃了点东西，即在一棵大树下生起一堆篝火。李存勖让元行钦召集上百名军将围着火堆席地而坐，并令人给每位将军斟满酒杯。

李存勖举起酒杯，望着火光中众将们满是忧愁的脸，只说了一句："众位爱卿，请满饮此杯！"眼泪就突然夺眶而出。众将见状，也都觉着鼻翼发酸，眼泪忍不住夺眶而出。良久，李存勖叹道，"你等跟随朕以来，无论是急难之时，还是富贵之后，莫不是同甘共苦。如今，朕已经到了如此地步，难道你们就连一点办法都没有了吗？"

李存勖话音刚落，元行钦等将皆齐刷刷地站起身来，跪倒在地，又齐刷刷地从靴筒中拔出短刀。李存勖大惊，以为他们要自杀，忙道："你等要干什么？"

一向威猛强悍的冠八方突然间呜咽道："陛下，我等无能，只知道为陛下舍身拼杀，其他什么都不懂。事已至此，我等只知拼死护卫陛下，上苍作证，决不违誓！如有负恩，有如此发！"说罢，一手解开发髻，一手挥起短刀，"嚓"的一声，将黑发齐中割断。诸将也照着他的模样，挥刀断发，扬手撒出，丝丝缕缕的黑发便在夜风中飘散而去……李存勖连忙将元行钦扶起，哭道：“朕知道，你等皆是忠义之士，但又何必如此呢？来，来，我们喝酒。”

百余名大汉见天子如此，再也忍不住了，竟一齐放声痛哭，哭声在夜色下的旷野中传得很远很远……

众人好不容易稳定下来，又披散着头发围坐在李存勖周围低头喝酒，就在此时，一片树叶落在了李存勖的酒杯里，李存勖仰脸透过黑黢黢的树叶看满天的繁星，叹道：“春日将尽了!”

他抬眼望着周围披发流泪的将领们，眼前不自觉地闪现出当年跃马疆场的一位位骁将的身影，心中感慨万端，不禁低声唱道：

一叶落，搴朱箔，此时景物正萧索。
画楼月影寒，西风吹罗幕。
吹罗幕，往事思量著。

乐火

自从三月十九日车驾离开洛阳东进，到二十八日傍晚再度回到洛阳，十日之间，李存勖似乎经过了好几个轮回，但总算又回到了宫中。次日一早，军探回报：石敬瑭已经进驻汜水关，正在大肆收纳散军；李嗣源正率大军西进，声势甚大。李存勖连忙召集众臣商议对策，豆卢革奏道：“魏王率伐蜀大军马上就要到了，圣上宜亲自率军控扼汜水关，收抚散兵以等待魏王。”

李存勖也认为：他李嗣源能收服各军，朕乃天子，只要诏书一下，各军又怎敢不奉圣旨？因而，就同意了豆卢革的奏请。正午时分，他特意登上东门城楼检阅骑兵，并宣告次日天亮出兵讨伐李嗣源。

第二天天刚放亮，各军皆整装待发：蕃汉马步军指挥使朱守殷率骑兵列阵于宫城宣仁门外，蕃汉雄武军指挥使李绍英率步兵列阵于宫城五凤门外。

就在各军等候李存勖出宫的当口儿，从马直军却突然发难了！

从马直指挥使郭门高此时仍不知睦王李存乂已死，欲奉请李存乂为天子，竟率领从马直军士手持兵器呐喊着冲出了军营，与黄甲两军合兵一处，攻打宫城兴教门。

李存勖正在进早餐，闻听吵嚷之声，当即起身对元行钦道："朕去看看发生了什么事，你去喜庆殿护卫皇后。"

元行钦并未多想，一边朝喜庆殿走去，一边遣人去召麾下骑兵。

李存勖率领诸王及散员都指挥使符彦卿，宿卫军校何福进、王全斌等数百人驰马而出，并对内侍李聪聪说道："会儿正率骑军在宣仁门外等朕呢，你快去召他来护驾！"

李聪聪领旨，驰马直奔宣仁门，远远地就看见朱守殷正在马上巴巴地朝宫城里面张望，于是高喊道："乱军已冲入宣教门，陛下危急，命朱公速去救驾！"

朱守殷说了声"知道了"，即转身驰至骑兵列阵前，高喊道："陛下有旨，命我等至北邙等候圣驾！"说罢，率领骑军匆匆而去。

李聪聪大急，连声高喊："错了！错了！陛下让朱公入宫救驾！"朱守殷哪肯理会，竟驰至北邙茂林之中休息去了。

郭门高率领乱兵将兴教门烧掉后，气势汹汹地闯进了内宫！宦官、伶官、近臣、宿卫一见情势不好，纷纷脱掉铠甲，四散而逃，只有符彦卿、何福进、王全斌等十余人拼死护着李存勖。李存勖大怒，骂道："该死的从谦，你真的要置朕于死地啊？"当即翻身下马，手持银枪冲入乱军之中，一枪扎入一个乱兵的咽喉，涌出的鲜血喷溅到他的脸上，一股浓浓的血腥味直冲他的鼻翼——这是他熟悉但久违的味道！就在这一瞬间，他似乎又回到了黄河两岸那腥风血雨的岁月，霎时间热血奔涌，血脉贲张，一杆银枪如虬龙翻空般四下翻飞，眨眼之间，数十名乱军就送了性命。众亲兵看到他们久违的"晋王"又回来了，大受鼓舞，纷纷杀入阵中，不一会儿，就杀掉了数百乱军。

郭门高在冒着黑烟的城楼之上看得清楚，一看到当年的“晋王”复活了，不禁大惧，慌忙举箭对准李存勖，只听“噗”的一声，一箭正中李存勖胸口。李存勖应声扑倒，符彦卿等与乱兵听到李存勖的惨叫，皆停下厮杀，愣在了当场。

鹰坊人善友见李存勖倒了下来，连忙冲了过去，搀扶着李存勖走到绛霄廊下。李存勖吃力地叫着：“水！水!”善友连忙让伶人蒋百花去通知刘皇后，并让他找些水来。

刘玉娘此时正忙着在喜庆殿收拾黄金、珍宝，她让元行钦在院子里护卫，留一名叫做钱多进的心腹太监在宫门口观察外面的动静。

蒋百花很快就找到了喜庆殿门口，对钱多进说道：“快去禀告皇后，圣上受了重伤，快不行了，要水喝呢!”

钱多进连忙进殿，将蒋百花之言告诉了刘玉娘。刘玉娘正在往箱子里装财宝，不耐烦地说：“没看见我忙着吗？这时候到哪里去找水啊？喔，那边有一些奶酪，你给皇上送去吧!”

钱多进取了奶酪交给蒋百花，蒋百花无奈，只好回到善友身边。善友两眼含泪，默默地给李存勖喂奶酪。不一会儿，李存勖就因流血过多，死在了善友的怀中……

符彦卿、王全斌、何福进见李存勖已经驾崩，只好拜了三拜，恸哭而去，剩下的几个亲兵也相继散去。

善友想找些东西盖住李存勖的尸身，却只在廊下找到了几件乐器，善友只好将这些乐器堆放在李存勖的尸身之上，擦着火石，把李存勖火化了……李存勖时年只有四十三岁!

李存勖好伶，而被弑于伶人出身的郭门高，被焚以整日里为他伴奏的乐器，所谓“君以此始，必以此终”，斯言不谬也!

薛居正在《旧五代史》中评道：

庄宗（李存勖）以雄图而起河、汾，以力战而平汴、洛，家仇既雪，国祚中兴，虽少康之嗣夏配天，光武之膺图受命，亦无以加也。然得之孔劳，失之何速？岂不以骄于骤胜，逸于居安，忘栉沐之艰难，徇色禽之荒乐。外则伶人乱政，内则牝鸡司晨。靳吝货财，激六师之愤怨；征搜舆赋，竭万姓之脂膏。大臣无罪以获诛，众口吞声而避祸。夫有一于此，未或不亡，矧咸有之，不亡何待！静而思之，足以为万代之炯诫也！

后人有诗叹道：

朱梁威势凌河朔，天降奇儿兴沙陀。
晋宫谈笑内难平，夹寨挥手强敌灭。
北边一朝退夷虏，大河十年流炽火。
三箭已断王业成，狐鼠忽居帝王阁。
吝物皇后国作闺，伶官偏嗜功臣血。
英雄乐物皆成烟，亚子天下戏人说。
后来四代称孤者，何人不唱庄皇歌。

申王李存渥见李存勖已经驾崩，连忙奔到喜庆殿，对刘玉娘言道："圣上驾崩了！皇后快走！再不走来不及了。"刘玉娘连忙让元行钦、钱多进将黄金、珍宝系在马鞍之上，依依不舍地望着那些带不走的财宝对李存渥道："这些好东西，绝对不能便宜了那些叛贼，快把喜庆殿烧了！"李存渥依其所言，放火烧了喜庆殿。就这样，刘玉娘、李存渥在元行钦及七百骑兵的护卫下，从师子门逃离了洛阳。

正在北邙"休息"的朱守殷遥见宫中火起，当即遣人去禀告李嗣源，他则率领骑军又回到了洛阳。朱守殷一入城门就得知了李存勖驾崩的消息，连忙率亲军闯入内宫，挑选了三十多名美貌宫女和大量乐器珍玩，带回自己家中。主帅如此，诸军自然竞相仿效，皆在都城大肆抢掠，致使洛阳城一片骚乱。

李嗣源行至罂子谷，正遇见朱守殷的使者，他这才知道李存勖已经驾崩，不禁恸哭失声，对诸将道："主上素得士心，只为奸小蒙蔽蛊惑，才到如此地步。现在，我该如何是好呢?"

安重诲道："京城此时必定大乱，总管须得赶快进城，安抚百姓为要。"

李嗣源知其所言有理，连忙率军向洛阳疾进。进城之后，他却不进内宫，而是回到了自己在洛阳的府中，并以总管的名义下令禁止焚烧、劫掠。随后又令人于灰烬之中收拾好李存勖的遗骨，按照帝王之礼盛殓。

侯益见李嗣源对李存勖礼重，便径至李嗣源府第，自缚请罪。李嗣源道："你能为臣尽节，我高兴尚且不及，又怎会怪罪于你呢？"西方邺也请罪受死，李嗣源也对其大加褒赞，厚加抚慰。

李嗣源对朱守殷道："朱公好生巡视抚慰，等待魏王来京。淑妃、德妃尚在宫中，你可千万照顾好了。待先帝山陵完毕，社稷新君即位，嗣源当尽早回归藩镇，为国家防御北方。"

朱守殷道："总管恩威，天下尽知，先帝既已驾崩，人望尽在令公，总管若不顺从军民之意，天下之乱将从此而始了。"

李嗣源双手捂耳，摇头道："此乃悖逆之言，嗣源不敢听。魏王乃先帝嫡长子，我等还是耐心等他回京承继大位吧！"

朱守殷大为失望，连忙四处奔走，联络众大臣，共推李嗣源为帝，众臣也有此意。次日，首相豆卢革即率文武百官上笺劝李嗣源即位。李嗣源对豆卢革道："嗣源奉诏讨贼，不意部属叛乱，本想入朝自诉，又被元行钦所阻隔，这才猖狂来此。嗣源本无他心，众人擅自推从，极为不妥，请千万莫再提及！"豆卢革等执意请进，李嗣源却死活不答应。

元行钦率兵护送皇后刘玉娘、李存渥出洛阳不久，刘玉娘便对李存渥动了春心，特意让元行钦率领百余骑留下来拦阻追兵，命李存渥率领其余军士护送她前往太原。

元行钦等了一天一夜，并未见追兵前来，便想前往河中投奔永王李存霸。众军士不愿意，相继散去。元行钦也不阻拦，到达平陆时，就只剩下七名亲从了。元行钦愁闷至极，喝得酩酊大醉，七名亲从竟趁机把他捆了起来，先是折断了他的双足，然后押着他回洛阳而去。

国号

洛阳的文武百官见李嗣源执意不肯称帝，只好退而求其次，枢密使李绍宏、张居翰，宰相豆卢革、韦说，马步军指挥使朱守殷，青州节度使符习，徐州节度使霍彦威，宋州节度使王宴球，兖州节度使房知温等联名上表，恳请李嗣源监国。李嗣源也担心，国家无主，必会大乱，再三推辞了之后，这才以监国名义入居兴圣宫，接见文武百官。下令称教，百官称其为殿下。

监国李嗣源以安重诲、张居翰为枢密使，以范延光为宣徽使，以进奏官冯赟为内客省使，以镇州别驾张延朗为枢密副使。张延朗乃张宪之侄，安重诲之儿女亲家。

李嗣源随后又令各地访求李存勖诸弟、诸子。有人密告给安重诲："通王李存确、雅王李存纪藏匿于百姓家里。"安重诲与霍彦威商议道："现今殿下已监国典丧，诸王宜及早除去，以令人心归一。殿下性格慈厚，决不可让他知道。"于是，二人便暗地遣人到百姓家中，将李存确、李存纪杀掉了。

当初，李存勖迁都洛阳后，曾命吕思奇、郑在满两位太监到太原，一位监军，一位监库。二人到太原后，骄纵恣肆，为所欲为，太原将吏无不畏之如虎，想方设法地讨好二人，就连太原留守张宪也对二人极为畏惮。魏州兵变后，李存勖又命汾州刺史符彦超为北都巡检。李存勖驾崩的消息传到太原后，太原推官张昭远便请张宪立即遣使致书劝李嗣源即位，张宪却道："我乃一介书生，从布衣一直到金紫，皆出于先帝之恩，如今，怎可为了偷生而不顾脸面，为此自愧之事呢?"

张昭远泣道："此乃古人所行，公若能效仿，实属忠义不朽之事。"

恰好，李存沼从洛阳逃至太原，密与吕、郑两位太监商议，准备杀掉张宪和符彦超，占据太原。有人就将此事密告给了符彦超，符彦超又告诉了张宪，并建议先下手为强。张宪却道：“我受先帝厚恩，不忍杀先帝亲属。事已如此，只好听天由命了。”

符彦超无奈，只得将李存沼、吕思奇、郑在满所谋之事透露给了太原军士，军士们早就不满于吕、郑二监，当天晚上就冲入牙城，将吕、郑二监连同李存沼一并杀掉了，太原整整乱了一夜。张宪趁乱逃出了太原，准备奔往忻州。

李嗣源的信使到达太原后，符彦超连忙号令士卒，城中这才安定下来，太原军府之事，暂由符彦超掌管。张宪闻讯，又回到了太原。消息传至洛阳，有司却弹劾张宪有弃城之罪，张宪因此被赐死在了太原的千佛院，幼子张凝也被军卒害死。

张宪为人沉静寡欲，喜爱收藏图书，家中藏书五千多卷，公务之余，常亲自勘校。张宪还弹得一手好琴，不喜欢饮酒，宾客相聚只是论文吟诵，士人皆重其为人。张宪死后，太原人皆觉惋惜。

皇后刘玉娘与申王李存渥在逃奔太原的路上，大行苟且之事，叔嫂之间通奸淫乐，毫不避讳，一路丑名远扬。两人到太原后，符彦超只放皇后刘玉娘入城，却将李存渥拒之门外。李存渥无奈，只好四处奔走，行至凤谷，就被随行兵士杀掉了。

河中节度使、永王李存霸得知李嗣源已为监国后，连忙率领一千多部属逃奔太原。不想，他还未到太原，随从之人就已经逃光了，只剩下他孤身一人。李存霸大惧，只好剃了个光头，身穿僧服去拜谒符彦超，说道：“我愿出家为僧，请符公可怜，保我一命。”军士们争着要杀李存霸，符彦超道：“六相公既然来了，你等必须等候朝廷旨意。”军士们却不听，竟将李存霸杀死在帅府门口的石碑下。

皇后刘玉娘到太原后，便出家为尼了。李嗣源恨她因吝啬钱财而致国乱、因谗害功臣而失人心、因无忠无义见皇帝重伤而不施救、因乱伦淫乐而使皇家蒙羞，故而，特意派人到太原将她绞死在尼庵之中。

李存勖的弟弟、薛王李存礼及李存勖的幼子李继嵩、李继潼、李继蟾、李继峣等，皆不知所终，只有邕王李存美居于太原，因患病疯癫，这才保住一命。

不久，元行钦被押至洛阳，李嗣源责问道：“嗣源有什么对不起你的？偏要杀我爱子！”

元行钦怒目圆睁，须发张扬，怒视着李嗣源道：“先帝又有什么对不起你的？你偏要夺了他的江山！”

李嗣源大怒，当即下令将其斩首示众，恢复其姓名。

李嗣源此时最担心的还是征蜀大军会发生变乱，遂拜石敬瑭为保义军节度使，赐号“竭忠建策兴复功臣”，兼六军诸卫副使，镇守陕州；以李从珂为河中留后，令二人速速率军赴镇。随后又命李中为华州都监，令其应接西征大军。

石敬瑭一到陕州，就见到了赵莹，二人一见如故，石敬瑭遂以其为从事。

枢密使张居翰恳求回乡养老，李嗣源挽留不住，只好答应。霍彦威便推荐孔循，说其有才可堪重用，李嗣源遂以孔循为枢密使。李嗣源随后又颁下教命，历数租庸使孔谦奸佞侵刻、穷困军民之罪，将其斩首示众，凡是孔谦所制定的苛捐暴敛之法，一律罢黜，同时取消了租庸使、内勾司等职，依旧恢复为盐铁、户部、度支三司，委托宰相兼管。接着，又罢免了诸道监军使，李存勖因宦官而亡国，故而，命诸道将宦官全部斩杀。

一时间，朝野大悦，但众人又担心李嗣源监国不能长久，尤其担心魏王李继岌一旦到京，李嗣源会以其为君，故而皆不愿李继岌回京。

魏王李继岌率领伐蜀大军行至兴平就听到了洛阳兵乱、李存勖驾崩的消息。李继岌既惊且哀，与李从袭等宦官商量了整整一夜，天亮后才决定掉头西行，准备据守凤翔，再看下一步动向。大军西行至武功，李从袭又改变了主意，劝李继岌道：“祸福尚未可知，为今之计，退不如进，请大王速速东行以救内难。”李继岌根本就没什么主意，只好令大军掉头东行。

大军行至渭水，西都留守张筠之弟张篯故意将浮桥拆掉了，大军只好漂浮渡河，当日到达渭南。此时，李继岌身边的腹心之人吕知柔等皆已逃走，只剩下李从袭等几个宦官，不过，李从袭对李继岌说道：“如今大势已去，奴才也帮不了您了，何去何从，大王您就自己拿主意吧。”

李继岌徘徊无助，只是哭个不停，哭累了，就让侍卫军将李环将自己杀死。李环迟疑良久，对李继岌乳母道：“我不忍眼见魏王惨死，魏王若真的无路求生了，当蒙上脸等待。”李继岌明白其意，当即俯身而卧，将头埋在枕头里，李环先将其缢杀，随后，自刭而死。

任圜率军赶到后，闻听李继岌已死，大哭了一场，把他葬在了华州的西南山上，然后，率大军继续东行。

李嗣源遣使命石敬瑭前往西征大军慰问安抚，石敬瑭与李中一同到达军中后，即将洛阳之乱的始末告诉给将士们，军心这才安定下来。但是，李中却自作主张，不但逼迫华州节度使史彦镕入朝，而且杀了同州节度使李存敬全家，随后又把西川行营都监李从袭也杀了。

史彦镕到洛阳后，向安重诲哭诉。安重诲忙遣史彦镕返回藩镇，召李中立即回朝。

霍彦威认为李嗣源一向厌恶威胜节度使段凝、太子少保温韬，便也自作主张，将二人拿获，并想杀了他们。安重诲对霍彦威道：“温韬、段凝的罪恶皆是在梁朝犯下的，现今监国殿下刚刚平定内乱，肯定希望朝野尽早安定下来，又怎会为公报私仇呢?”霍彦威这才没有杀段凝、温韬。果然，监国李嗣源不久即下令，温韬、段凝皆恢复其姓名，放归田里。

李继岌死亡的消息一传到洛阳，众臣再次恳求李嗣源即皇帝位，李嗣源此时再也没有推托的理由了，只好点头同意。众臣大喜，便开始商议即位之礼，霍彦威、孔循认为既然唐运已尽，就应当另建国号。

李嗣源听说后，问众臣道：“嗣源没读过书，请问众位，什么是国号?”

孔循答道：“先帝姓氏为唐帝所赐，继承昭宗，为唐复仇，故称唐。今梁朝之人皆不欲殿下称唐。”

李嗣源道：“嗣源十三岁跟随献祖，献祖认我为宗属；又跟从武皇近三十年，武皇视我为养子；后来又跟随先帝近二十年，谋划攻战，从未缺席，先帝认我为兄弟；武皇之基业就是我之基业，先帝之天下就是我之天下，哪有同家而异国的道理?”遂令众臣重新商议。

李琪说道：“若改国号，则先帝就如同路人一般，其梓宫又将如何托付?不只是殿下忘了三世旧君，就连我等为人臣者也难以心安！历朝历代，已有许多以旁支继承大统的先例，就以本朝而言，睿宗、文宗、武宗皆以弟兄相继，即位柩前。依臣看，殿下可采用此礼即位。”

众臣再无异议，监国李嗣源遂自兴圣宫赴西宫，服斩衰丧服，于李存勖灵柩之前即皇帝位，更名为亶，史称后唐明宗皇帝。

之后，李嗣源身着皇袍，头戴朝天冠受册，百官身着吉服山呼“万岁”朝贺，大赦天下，改元天成。

郭雀儿

李嗣源即位之时，发现后宫中仍有上千妃嫔、宫女，便令李绍宏将她们全都放出宫去，李绍宏却遴选了一些年轻美貌的妃嫔留了下来。

李嗣源问道：“留她们何用?”

李绍宏答道：“宫中事务太多，还是少不了她们的。”

李嗣源道：“宫中事务，可依照惯例处理，她们又知道什么?”

于是，只把年老的宫人留了下来，年轻的宫女则全都放出宫去，令其各寻亲属，没有亲戚者则帮助她们选配婆家，蜀中所送宫女也照此处理。

李嗣源此举本来是一片好意，哪里知道，洛阳宫中的宫女大部分离家不远，尚可各自回家；而从成都来的宫女，大多离家有数千里之遥，再加上处处兵荒马乱，让她们回乡，实在是太难了！无奈之下，她们只好就近嫁人，也有许多人沦落到烟花场所。王衍当初在《甘州曲》中曾道：“可惜沦落在风尘。”本意是神仙落凡尘之意，如今这些宫女却真的成了风尘女子，真正是一语成谶！

宫人之中有一位柴姓女子，本为庄宗皇帝李存勖的嫔妃，其兄长柴守礼与其妻特意自邢州龙岗老家到京城来接她回家。三人行至黄河岸边，正遇大雨，当晚只好宿于旅店之中。

次日，柴氏倚门看着门外的风雨，想着回乡以后该如何生活，不觉有些发呆。恍惚之间，忽见风雨之中有一位魁梧的军官自店外走入，两人目光交逢之际，皆是一愣。柴氏见此人目光炯炯，不怒而威，甚有气魄；军官见柴氏清秀俊目，仪态雍容，惊为天人。待军官入住后，柴氏悄声问店主道："刚才进入的那位军爷是何许人也？"店主道："此乃马步军使郭威，人称'郭雀儿'，刚从河北办理完军务，正要回汴州，因天降大雨，昨日午时才宿于本店。"

柴氏心中一动，竟产生了要嫁给此人的想法。她知道这是在旅途，机会难得，也就顾不上矜持了，当即去请兄嫂提亲。嫂子不同意，说道："你本是皇帝身边的人，我家又是世代大族，回家之后至少也要嫁给一州刺史，怎可嫁给一个小小的军使呢？"

柴守礼却道："妹妹眼光不错，我也见到此人了。我观此人，将来贵不可言，决不可错失。"

嫂子还是不同意，柴氏道："既然如此，行囊之中的东西可一分为二，一半给兄嫂，另一半给我，你们只管回家，我定要嫁给此人！"

嫂子知道柴氏的性格，向来是说一不二，既然她和丈夫都已经定了心，那就谁也劝说不了了，无奈之下，只好到郭威客房去提亲。

郭威自从见到柴氏之后，也一直在想如何得到柴氏，本想请店主去提亲，又怕人家不愿意，正在苦恼之际，柴守礼夫妇却找上门来。听罢来意，郭威不禁喜出望外，当即满口应承。次日，郭威即与柴氏随柴守礼夫妇一起上路。到邢州龙岗后，郭威拜见了柴氏父母，择吉日举办了婚礼。

柴守礼喜气洋洋，到了婚礼这一天，更是乐得合不拢嘴。家人甚为奇怪，问他为何如此高兴，柴守礼此时已经醉了，眯着一双小眼说道："昨夜我到冥司去了，阎君说，郭郎当为天子！你们说，我能不高兴吗？"

柴守礼有一儿子，单名一个荣字，此时尚不满六岁，不仅长得眉清目秀，而且聪慧过人，一家人甚为疼爱，郭威也非常喜爱，于是，柴守礼便撺掇着郭威认他做了养子，改姓名为郭荣。

郭威回大梁之时，柴守礼不顾妻子的反对，执意要郭威夫妇带上小柴荣，郭威也非常乐意。

郭威带着柴荣回到大梁后，闲暇之时便亲自教柴荣一些武艺，还特意给他请了位先生。此时的郭威年轻气盛，喜好饮酒赌博、打架斗殴，不拘小节。柴氏便时常告诫，郭威倒也听从。一次，郭威午睡之际，柴氏见有五色小虫出入于郭威鼻孔之间，知其丈夫确非凡人，便倾其积蓄四处托人，硬是把郭威调到了洛阳，在石敬瑭的心腹爱将刘知远麾下任军使。

李嗣源即位之后，大行节俭养民之政，诏命后宫只留宫女一百人、宦官三十人、教坊一百人、鹰坊二十人、御厨五十人，诸司使有名无实者皆废除。诏命诸军就近采办军粮，以节省馈运费用。随后又罢除了夏、秋税赋，节度使、防御使等只在四节时进贡，平时不需进贡，刺史以下官员不需进贡，中外之臣禁止贡献鹰犬奇玩之类的东西，更不准暴敛百姓。

不久，任圜率征蜀大军二万六千人到达洛阳，李嗣源亲自出城慰问、安抚，随后即令各军返回了原来的军营。

任圜一回来，李嗣源的朝廷百官也就定下来了：宰相豆卢革进位左仆射，韦说进位门下侍郎兼户部尚书，二人仍旧为宰相；又增设了两位辅相，一位是原太子宾客郑珏，以其为中书侍郎兼刑部尚书、同中书门下平章事，一位就是任圜，以其为中书侍郎兼工部尚书、同中书门下平章事，判三司；朱守殷加同平章事，充河南尹，掌判六军诸卫事；安重诲、孔循并为枢密使；以张砺为翰林学士，以和凝为殿中侍御史……

随后，李嗣源又对各藩镇节度使进行了调整：以霍彦威为郓州节度使，以符习为青州节度使，皆兼侍中；以王建立为镇州节度使，以张筠为山南西道节度使，以安元信为徐州节度使，以毛璋为邠州节度使，以安金全为安北都护、振武节度使，皆加同平章事；以夏鲁奇为河阳节度使，以房知温为兖州节度使，以王宴球为宋州节度使，以石君立为邢州节度使，以戴思远为洋州节度使，以安审通为齐州防御使，以符彦超为晋州留后，以康义诚为汾州刺史，以索自通为忻州刺史，以高行圭为云州节度使……幽州节度使、检校太保赵德钧加检校太傅、同平章事。

李嗣源一生习武，识字不多，所有奏章皆令安重诲读给他听。但是，安重诲所知也很有限，不但好些典故不知道，而且连一些生僻字也不认识。安重诲倒也有自知之明，对李嗣源奏道："臣只凭一颗忠心服侍陛下，陛下却谬用臣位居枢机要位，臣实在是勉为其难，当今之事尚能粗晓，至于古代之事，臣所知实在有限。请陛下仿效前朝侍讲、侍读，近代直崇政、枢密院设置，选文学之臣供事，以备应对。”李嗣源遂设置端明殿，以翰林学士赵凤为端明殿学士，教习李嗣源认字识文。

百官皆得到了安置，但有一人一直闲居在家，此人就是冯道。冯道丁忧回京后，正赶上洛阳内乱，李嗣源忙着平乱、监国、称帝，也就没顾上他。幸好安重诲提起，李嗣源才想起了他。李嗣源问安重诲道：“先帝时冯道任何职?”

安重诲道：“翰林学士。”

李嗣源道：“我素知此人不仅有才，而且为人淳正，他才是我的真宰相呢!”

孔循听到这话后，奏道：“内难之前，冯道回京，路过汴州，臣曾劝他留在汴州以待陛下，但他执意要回洛阳，陛下决不可重用此人。”

李嗣源笑道：“当时先帝为君，冯道为先帝之臣，冯道此举，正说明此人乃忠臣，卿不可对此耿耿于怀。”孔循无言以对。

李嗣源心中明白，他之所以能即位至尊，安重诲实在是居功至伟，便想赐给他一座大镇，让他兼领山南东道节度使。不想，安重诲固辞不受，并说襄阳乃战略要地，既不可无帅，更不宜兼领。李嗣源大为赞赏，仍以刘训为山南东道节度使，自此，对安重诲更加信重了。然而，安重诲虽然对李嗣源忠贞不贰，对群臣却变得越来越骄横。一次，殿直马延不小心冲撞了他的前导，安重诲竟当场将马延斩首了。御史大夫李琪听说此事后，大为不满，连连上表弹劾安重诲。安重诲大惧，哭诉于李嗣源跟前。李嗣源为维护安重诲，竟下诏说马延侮辱朝廷重臣，按律当斩。

安重霸跟随征蜀大军回到洛阳后，很快就看出了朝政的核心人物乃安重诲，便故伎重施，想方设法地厚结安重诲。安重诲也对其颇为看重，将其举荐给李嗣源。安重霸大展逢迎拍马之才，颇得李嗣源喜爱，被任命为阆州团练使。

安重诲忠上欺下，豆卢革、韦说两位宰相却是欺上瞒下，二人自恃是前朝宰相，在李嗣源跟前奏事，竟是毫无顾忌，盛气凌人。他们不知道，李嗣源对他们两位早就看不顺眼了。安重诲知道后，授意谏议大夫萧希甫上表弹劾二人，萧希甫会意，当即上表奏称：“豆卢革、韦说不忠于前朝，阿谀取宠，经常强夺民田，纵田客杀人；韦说强夺邻居水井，藏纳赃物。”李嗣源趁机降旨将豆卢革贬为了辰州刺史，将韦说贬为了溆州刺史，最后，又将豆卢革流放陵州，韦说流放合州。豆卢革之子豆卢升、韦说之子韦涛也都被罢免了官职，同时厚赐萧希甫金银、布帛，擢拔其为散骑常侍。

符习被任命为青州节度使后，当即率青州军东回。王公俨听说后，扬言符习治理军政既严又急，说军府众将吏皆不愿他回来。符习怎肯理睬，继续东进。王公俨无奈，只好命将士上表奏请自己为青州节度使。不想，李嗣源接到奏表后，却以其为登州刺史。王公俨大为不满，竟上表推说自己为将士所留，无法去登州赴任。李嗣源大怒，当即将符习与霍彦威交换，改任霍彦威为青州节度使，命其聚兵于淄州，准备攻伐王公俨。王公俨大惧，这才动身前往登州赴任。霍彦威到青州后，立即出兵追赶王公俨，将其生擒而回，连同其亲族、党羽一并斩首。

青州支使、北海人韩叔嗣乃王公俨幕僚，也被斩首。韩叔嗣之子韩熙载为避灾祸，准备逃往吴国，并将此事密告给了好友李谷。李谷送韩熙载一直至正阳，两人饮酒惜别。

韩熙载含泪对李谷道：“身为人子，中原杀我生父，此仇不报，誓不为人!”

李谷劝道：“王公俨谋乱，殃及尊父，韩兄怎可怨及中原呢?”

韩熙载恨恨地说道：“杀父之仇不共戴天，此去吴国，吴国若用我为宰相，我定当长驱而进，平定中原，以为我父报仇雪恨。”

李谷正色道：“韩兄若果真如此，到时候，我若为中原宰相，取吴国当如探囊取物耳。”

二人话不投机，不欢而别。韩熙载几经辗转，终于抵达扬州，并特地向吴主杨溥献上一篇自我举荐的《行止状》。此状文采斐然，气势恢宏，虽然是在举荐自己，但丝毫没有乞求之意，不卑不亢，畅述平生之志。

然而，《行止状》献上去后，却迟迟没有回音。韩熙载极为纳闷，他在驿馆中看到，此时从中原南来的许多名士，大都得到了擢用，而自己却迟迟没有人理会。直到两个月后，才有吏部行文到达驿馆，而且是让他去滁州做从事。

韩熙载无奈，只好前往滁州。到任之后他才知道，吴国此时实际当权的乃徐温，中原名士一到扬州，首先要拜见的不是吴主杨溥，而是徐温，他却直接上书给杨溥，这自然引起了徐温的猜忌，遂将其外放到了滁州。好在韩熙载生性洒脱，并不以此为意，反而怡然自得，正好游山玩水，吟风弄月。

中原大变，两川却显得格外平静。李嗣源即位后，加封孟知祥为西川节度使兼侍中，董璋为东川节度使、检校太傅。

孟知祥在查阅府库时，意外地得到了二十万副铠甲，便趁机另外建置了十六营牙兵。说是“营”，实则按“都”的编制，即每营有一千兵士！这些牙兵全都屯扎于牙城内外，以护卫帅府，也就是王衍留下的蜀宫。郭崇韬在成都时，曾将原蜀国兵士重新建制：骑兵分为左、右骁卫等六营，共三千人；步兵分为左、右宁远等二十营，共二万四千人。孟知祥又在此基础上增置了左、右冲山等六营，共六千人，扎营于罗城内外；增置了义宁等二十营，共一万六千人，分别戍守各州县；增置了左、右牢城四营，共四千人，分别戍守成都境内；之后，他又增置了左、右飞棹兵六营，共六千人，分别戍守长江沿岸诸州。就这样，短短一年时间，成都的兵力就猛增至近十万人马，与平蜀之初相比，整整扩充了三倍！

李继岌、郭崇韬在成都时，曾令蜀中富户贡奉犒军赏钱五百万缗，当时，督责得极为紧急，有些富户都被逼得自杀了。郭崇韬得到这一大笔钱财后，犒军之余，还剩下了二百万缗。对于此事，任圜知道得一清二楚。此时，中原朝廷新建，连年战乱和内难已使得内外困竭，朝官俸禄和军饷拖欠甚巨。任圜既然兼掌三司，自然就想到了在成都还没有用完的二百万缗军钱。考虑到成都乃天下富都之一，是朝廷最大的财源，必须遣一干员前往成都办理。最后，他选派了盐铁判官、太仆卿赵季良兼三川都制置转运使，让他前往成都办理此事。

赵季良到成都后，孟知祥自然不愿将如此巨财贡献给朝廷，对赵季良道："府库所存乃他人积聚，应当贡献，至于州县租税，是用来赡养十万镇兵的，绝不可上贡。"赵季良本就与孟知祥有私交，故而全都听从了孟知祥的，只将二百万缗库存钱发到了洛阳，但对制置转运一事，暂时搁置了下来。

安重诲认为，孟知祥、董璋皆占据险要，拥有强兵，日久恐难以节制，何况孟知祥还是李存勖的婚姻近亲，实在是新朝的一大隐患，便建议李嗣源选派一名重臣前往两川监督，李嗣源深以为然。时为客省使的李严毛遂自荐，主动请求为西川监军，自认为一定能制服孟知祥。李嗣源大喜，下诏以李严为西川都监，文思使朱弘昭为东川都监。

李严之母甚为贤明，李严动身之前，对李严说道："之前，你第一个献灭蜀之谋，今日再去成都，必会以死相报蜀人！你还是不要去了。"李严却不以为然，执意前往。

述律后

契丹天皇王阿保机屡次南侵，虽然每次都空手而回，但对中原虚实越来越了解了。过去，他只是为了劫掠中原财货，自此之后，便有了南窥中原之志，但又担心女真、渤海等部落掩袭其后方，于是决定先平定渤海，安定后方，再伺机南侵中原。他这样想，便认为汉人也是如此想的，担心中原会乘虚北上，于是就想先稳住中原，遂遣使者梅老鞋里至洛阳通好。李嗣源求之不得，当即遣供奉官姚坤至契丹回访。

姚坤到西楼时，阿保机正在东攻渤海之辽东，刚刚攻取扶余城，并以其为附属国——东丹国，以其长子人皇王突欲为东丹王。

姚坤只好至慎州与阿保机相见。

身高八尺的阿保机接见姚坤时，身披锦袍，大带垂后，与其妻述律后对坐于穹庐之中。一见姚坤入帐，还未等他开口，阿保机就劈头问道：

“听说你们黄河南、北有两个天子，是真的吗？”

姚坤道：“今年四月，您所说的河南天子因魏州军乱，命河北总管率兵讨伐，不料，洛阳突发变乱，天子不幸遇难。总管返兵河北，赴难京师，上下一心，共推总管即位，如今，已顺应人望登基为帝了。”

阿保机闻言，突然仰天大叫，声泪俱下地说道：“晋王与我约为兄弟，河南天子，也就是我的儿子。前些时候，闻听中原有乱，我本想以五万骑兵救助我儿，只因渤海未平，没能如愿。不想，我儿竟真的身遭不测了。”说罢，又莫名其妙地仰天叫道，“冤哉！枉矣！”

姚坤听着，不禁啼笑皆非。

阿保机假意哭了一会儿，又厉声问道：“当今的中原天子，既然知道洛阳有难，为何不及时救援？”

姚坤道：“只因地远，无法赶到。”

“我儿既然没了，理当与我商量，新天子怎能擅自自立？”

姚坤答道：“新天子率兵二十年，位至大总管，所领精兵三十万，众口一心，共同拥戴，天时人事，怎可违反？并不是不想禀明大王，只是人心如此。”

突欲在旁厉声问道：“使者无须多言，牵牛踏人田地，虽然踏田的是牛，但牵牛的人就没有过错吗？”

姚坤朗声道：“应天顺人，岂能与匹夫之事同日而语？比如天皇王当时，建国而不代王，难道也是强取豪夺吗？”

阿保机闻言，连忙好言抚慰姚坤，说道：“先生之言，也是正理！我中原儿子既有此难，我已明白其中原委了。听说我这个儿子有宫女两千人、乐官一千人，整日里放鹰走狗、唱戏嗜酒，任用不肖，不爱惜人民，使得天下皆怒，才导致如此结局。一月之前，就有人来报，知道我儿有事，我便举家禁酒，释放鹰犬，遣散乐官。我也有诸部乐官上千人，非举行公宴，决不使用。我的所作所为若如我儿一般，也不会长久的！我定当以此为戒。”说着，又想起一件事来，问姚坤道，“听说中原已将蜀国收回，是真的吗？”

姚坤道：“去年九月出兵，十一月十六日收复东、西两川，得兵马三十万，金银布帛不计其数。”

阿保机脸上隐隐闪现出一丝忧惧之色，但随即就镇定了下来，又问道：“听说两川有剑阁之险，不知兵马是如何过去的？”

姚坤道：“蜀道虽险，但是先朝收复河南之后，精兵已有四十万，战马十万骑，只要人能去得，兵马自然也能去得，因此，我军视剑阁就如平地一般，何险之有？”

阿保机低头沉思了一会儿，方才对姚坤道：“我也能讲汉话，但从不对契丹人说汉话，就是担心他们会说我仿效汉人，会变得怯弱的。”接着，他又说道，“中原儿子与我虽是父子，但也曾互为仇敌，互有恶意，我与你们的当今天子从无仇怨，完全可以言欢结好。贵使若能将黄河之北让给我，我契丹百万铁骑从此就不再南下了。”

姚坤道：“此事重大，这不是使臣能决定的。”

阿保机大怒，当时就翻了脸，把姚坤囚禁了起来。不过，过了十来天，阿保机又主动召见姚坤，说道：“既然黄河之北难得，使者如果能将镇、定、幽三州给我，我也愿意修好。”说罢，即将纸笔拿出，让姚坤立据。姚坤坚持不从，阿保机恼羞成怒，便想杀了姚坤。韩延徽死命谏阻，这才又将姚坤囚禁了起来。

所谓天有不测风云，没过几天，阿保机突然染上了伤寒，一下子就病倒了，而且再也没能站起来！九月六日，阿保机在扶余城病逝，时年五十五岁。

述律后亲自率军护着阿保机的灵柩回到西楼，姚坤也随队而行。到达西楼后，述律后率众臣将阿保机葬在了木叶山，谥号大圣皇帝。

丧礼举行过后的当天下午，述律后就将平常较难管束的一些将领、酋长召在一起，双眼含泪地问道：“你们怀念先帝吗？”

众酋长、将军全都答道：“我等受大圣皇帝厚恩，怎能不怀念？”

述律后道：“既然你们怀念先帝，又是先帝最亲近者，就应该去陪着先帝啊！”

话音刚落，伏兵突起，竟将这些将军、酋长全都捆绑起来。这些人全都是来参加葬礼的，根本就没想到一向慈和的述律后会对他们突然下手，因而皆没带兵器，虽有数百人之多，但事起仓促，皆没有还手之力，只好束手就擒。随后，述律后又把这些人的妻子全都召在了一起，故作悲泣地说道："我如今已成寡妇了，你们难道就忍心吗？按理，你们也应该和我一样才行啊！"女人们闻言，不知她什么意思，只是面面相觑。

随后，述律后即将被绑缚之人一一带到阿保机墓前杀掉。每杀一人，述律后都跪在旁边，高声喊道："大圣皇帝，某某酋长自愿陪你来了！"一连杀了三百多人。

当轮到平州人赵思温时，赵思温立定双脚，挣扎着不往前行，述律后柔声问道："你是先帝身边最亲近之人，为何不愿陪同先帝？"

赵思温答道："要说先帝身边最为亲近之人，谁能比得过述律后您啊？您若前往，臣当立即跟随。"

述律后平静地说道："我并不是不想跟从先帝于地下，只因考虑到嗣子幼弱，国家无主，无法前往啊！"说罢，挥刀就将自己的左腕砍掉了。在场之人皆失声惊叫，述律后强忍着剧痛，下令让人把自己的手腕置于阿保机墓中。

不过，述律后随后即停止了杀戮，赵思温因此逃过了一劫。

阿保机共有三个儿子，长子为人皇王突欲，即东丹王；次子为元帅太子德光，少子为安端少君。述律后令少子安端少君前往渤海国接替突欲回来，突欲为长，按理应为国主，但德光素为部族所钦服，述律后也对其最为钟爱，心中其实是想立德光为主。德光本名为耀屈之，因其羡慕中原文化，才改名德光。

两难之下，述律后便想了个计策，命德光与突欲各自乘马，一边一个立于帐前，然后对诸酋长道："两个儿子，都是我的亲生骨肉，皆我所爱，我也不知道立谁，你等可自己选择，想立谁就执谁的马辔。"

结果，所有的酋长都走到了德光的马前，手执德光的马辔，并欢声跳跃道："我等愿跟从元帅太子。"而突欲的马前，却一个人都没有，突欲神色尴尬至极。

述律后道："既然是大家的心愿，我又怎敢违拗？"遂立德光为天皇王。突欲恼羞成怒，当天晚上便欲率领数百亲骑南下投奔中原，但被巡骑拦了回去。述律后也没有对他治罪，只是责令他立即回东丹国。

天皇王耶律德光即位后，尊述律后为太后，一应国事皆听从太后决策。述律太后又将其侄女嫁给了德光，立为天皇王后。

耶律德光深慕中原的忠孝之道，对述律太后极为孝顺。太后一旦生病，太后不吃他也不吃，整日侍奉于母亲跟前，应对稍不如意，只要太后一扬眉，他马上就会谢罪而出；若母亲不召见，他也决不敢相见。

耶律德光继位后，仍以韩延徽为政事令，并听从韩延徽之言，将姚坤放回了中原，还遣其臣阿思没骨馁前往洛阳报丧。

姚坤、阿思抵达洛阳后，李嗣源才知道阿保机已经逝世，趁机遣密使前往平州，劝契丹卢龙节度使卢文进归国。卢文进麾下皆是汉人，早就想回国了，于是，卢文进一接到李嗣源密旨，就突然起兵，将在平州的契丹人全部斩杀，率领着十五万部属、八千顶车帐南下归国。行至幽州，卢文进先遣使上表道：

> 顷以新州团练使李存矩，提衡群邑，掌握恩威，虐黎庶则毒甚于豺狼，聚赋敛则贪盈于沟壑，人不堪命，士各离心，臣即抛父母之邦，入朔漠之地。几年雁塞，徒向日以倾心；一望家山，每销魂而断目。李子卿之河畔，空有怨辞；石季伦之乐中，莫陈归引。近闻皇帝陛下，皇天眷命，清明在躬，握纪乘乾，鼎新革故，始知大幸，有路朝宗，便贮归心，祗伺良会。臣十月十日，决计杀在城契丹，取十一日离州，押七八千车乘，领十五万生灵，十四日已达幽州。

卢文进随后前往洛阳觐见，李嗣源对其赏赐甚厚，并以其为滑州节度使、检校太尉、同平章事。

卢文进投靠契丹以来，多次引契丹人攻掠于幽、蓟之间，并教授契丹人纺织、建设、制造、种植等技艺，致使契丹人越来越强大。唐军屯兵涿州以御契丹，每年都需要运送大量的财物，自瓦桥关至幽州，严兵守御，仍不时为契丹所劫掠，契丹为中原之患达十多年之久，皆是因卢文进之故。卢文进南来之后，自知有负于中原，心存愧疚，故而，屈身晦迹，为人恭谨，礼接文士，谦谦礼让，所谈话题多为近代朝廷仪制、台阁故事，从不谈兵事，对于契丹之事，更是只字不提。

朝廷内乱、李嗣源称帝的消息传到福州后，时为昭武节度使的王延翰就举着《史记》对众将吏说道："这上面记载，古时候闽就称王国了，我今日不称王，更待何时?"军府众将吏也随声附和，上书劝进。随即，王延翰即正式建国称王，自称大闽国王，立宫殿，置百官，威仪文典皆效仿天子之制，百官称王延翰为殿下，追尊其父王审知为昭武王，不过，年号仍和中原朝廷一样。

王延翰，字子逸，是闽王王审知的长子。后唐同光三年王审知去世，他便承袭了王审知的福州节度使之位。王审知起身于行伍之间，为人俭约，礼贤下士，常常脚穿麻履，身着布衣，衙府住舍极为简陋，很少修缮，并一直在境内施行宽刑薄赋的仁政，因而公私富实，境内承平。王延翰继位后，却骄奢淫逸，凶残暴虐。

王延翰身材修长，面美如玉，活脱脱一个美男子，奇怪的是，他的妻子崔氏却奇丑无比。更让人不可理解的是，王延翰虽然对外凶残，对崔氏却极为惧怕，在她跟前就如孺子一般，俯首帖耳，不敢违拗半分。王延翰曾背着崔氏选了不少女子为妾，崔氏知道后，竟然大发淫威，稍有姿色的女子，都被她幽禁了起来，戴上枷械，施以酷刑。她还特意用木头刻成人手的形状，用这些"木手"狠掴这些女子的面颊，然后再用铁锥子乱刺这些女子的面部、下阴、乳房。不到一年的时间，被崔氏折磨致死的女子就达八十四人之多！王延翰知道后，也无可奈何。

所谓恶有恶报，王延翰建国不久，崔氏就病了。卧病之际，她一闭上眼睛，眼前尽是那些被她折磨致死的女子，她们个个满身血污、面目狰狞地找她索命，不久，她就因惊吓过度而死了。

崔氏一死，王延翰好像要补偿损失似的，让书吏疯狂地为他采选民间美女入宫。其胞弟泉州刺史王延钧实在看不过去了，便屡屡上书劝谏。王延翰不但不听，还回书大骂。自此，兄弟二人就有了隔阂。

建州刺史王延禀为王审知收养的养子，原本姓周。王审知在的时候，他就与王延翰不睦，此时，也上书劝阻，王延翰自然也回书大骂。王延禀恼羞成怒，当即与王延钧联络，意欲联兵讨伐王延翰。王延钧也有此意，二人一拍即合。

王延禀率军沿建水顺流而下，先一步抵达福州。福州指挥使陈陶率众迎击，被王延禀击败。当夜，王延禀率精壮兵士百余人抵达西门，搭上云梯，翻墙入城，将守门将士拿获，打开兵库，取出兵器，直奔寝门。王延翰闻乱大惊，慌慌张张地藏匿到一间密室中，但还是被王延禀找到了。王延禀当众公示其罪恶，并称王延翰与其妻崔氏共谋弑杀了先王，晓谕百官、百姓，将王延翰斩于紫宸门外。

正午时分，王延钧率军抵达城南，王延禀大开城门，迎接王延钧入城。王延禀明白，自己只是王审知的养子，而王延钧却是王审知的嫡生次子，只好拥推王延钧为威武留后。王延钧假意推让了三次，终于还是接受了，遣使上表中原朝廷，奏明事情缘由。刚刚即位为帝的李嗣源当即拜王延钧为福州威武军节度使，加检校太师、中书令，封闽王。

王延禀见诸事已毕，便准备回建州，王延钧特意为其饯行于郊外。王延禀临别，对王延钧道："请贤弟好好继承先王遗志，别让老哥哥我再来了!"

王延钧闻听此言，虽然满口应承，心里却很不舒服。

公元九二七年，后唐天成二年，吴乾贞元年，吴越宝正二年，南汉白龙三年，契丹天显二年

臣国

洛阳内乱，庄宗李存勖被弑杀，首乱之人就是郭门高！然而，若没有这个郭门高，去年的天子、总管之争如何了结，谁都难以预料，说不定还会引发更大的内乱。因而，李嗣源对这位伶人出身的军将，一直暗存感激。若没有郭门高，他至少难以名正言顺地率军进入洛阳。按照当时的情况，他和李存勖之间已经是你死我活之争了，说不定，还必须与李存勖真刀真枪地拼个高低，若真是那样，即便他胜了，他也得担负篡位弑君的恶名，哪能像如今这样堂而皇之地成了平乱之主，而且还是忠义之主呢？因此，如何处置郭门高，李嗣源确实是大费周折，他真想把此事一直就这么拖下去。但是，半年多来，总有人上书提及此事，说郭门高有弑君大罪，须得尽早惩治。李嗣源知道此事不能再拖下去了，只好问计于安重诲。

安重诲道："郭门高以下犯上，弑君背恩，若不杀，必令妄人心生侥幸，更会让天下人对陛下有微言，甚至会有人认为郭门高是受陛下指使的，因而，此人不杀，陛下难安。"

李嗣源叹道："如今情势，也只好如此了。"

安重诲又道："只是他现在仍然典掌从马直亲军，须得先解除其兵职，

然后再杀掉他。”

李嗣源依计，下旨任命郭门高为景州刺史。

半年多来，郭门高的内心也是几经波折。洛阳内乱平定之初，他整日里提心吊胆，生怕魏王等庄宗皇帝的皇子承继皇位，他落个弑君造反的灭九族之罪。李嗣源即位后，他连称侥幸，甚至还认为自己有大功于朝廷，冀望新君能够擢升赏赐他，不想，新皇帝对他既不赏也不罚，好像没他这个人似的。他很是失望，但也不敢有任何怨言。新朝稳定后，就开始有人提及他弑君一事，而且惩治弑君之贼的呼声一日高于一日，几乎遍及朝野内外，他自然由惊转惧，近来更是惶惶不可终日了，因此，改任他为景州刺史的诏书一下，他就匆忙离开洛阳，到景州赴任去了。不想，他在景州尚未安定下来，李嗣源的诏书又到了，公布其弑君大罪，将其满门抄斩。

郭门高被杀之后，朝野终于安定了下来。李嗣源在征求过安重诲、孔循二位枢密使的意见后，下诏封拜任圜、郑钰、冯道、崔协同为宰相。

任圜身为首相，又兼掌三司事务，真正是位极人臣了！他自然更加殷勤竭力，忧公如家，大力选拔贤俊，杜绝侥幸，不久，即使府库充实，军民皆足，朝纲粗立。随后，任圜又奏请李嗣源厚葬郭崇韬，恢复朱友谦官爵，将两家的货物、财产、田地、房宅，全部予以归还，并为张宪昭雪，为其正名。然而，正当朝廷威望迅速提升、大有欣欣勃发之象时，荆南突有使者带着高季昌的表章抵达洛阳。

高季昌在奏表中竟公然要求将夔、忠、万三州划为荆南属郡。李嗣源不禁大怒，正要下诏申斥，安重诲谏阻道：“国家初定，不宜动兵。季兴既然已经称臣，还是不要得罪为好。”李嗣源闻言，虽然口中说他这是趁火打劫，但还是答应了高季昌的要求。不想，高季昌却得寸进尺，竟然再次上表，奏请三州刺史不需朝廷任命，由他自己任用兄弟、儿子担任。李嗣源一听，当时就火冒三丈，下诏予以痛斥。

不想，高季昌不但置若罔闻，还发兵突入夔州城，将朝廷戍兵全部杀死，接着又发兵攻袭涪州。高季昌之子高从诲劝其不要与朝廷为敌，高季昌却死活不听。

当初，魏王李继岌令押牙韩珙等护送蜀之珍宝、金银、布帛四十万，顺长江而下，准备取道荆南回洛阳。此时，韩珙正行至峡口，高季昌闻讯，便在峡口设伏，将韩珙等人杀死，劫掠了所有财物。朝廷遣使责问，高季昌却答道："韩珙等人乘舟而下，远涉数千里，欲知舟覆人溺之故，应该去问水神，为何来问高某?"

李嗣源再也忍不住了，当即下旨削夺了高季昌的所有官爵，任命山南东道节度使刘训为南面招讨使，许州忠武节度使夏鲁奇为副招讨使，率步骑四万讨伐高季昌。随后又任命东川节度使董璋充东南面招讨使，夔州刺史西方邺为副使，率蜀兵沿江而下，会同湖南军三面攻伐荆南。

刘训率兵抵达荆南，楚王马殷遣都指挥使许德勋率水军屯于岳州。高季昌见朝廷军势大，只好坚壁不战，并遣使向吴国求救。徐温当即遣水军救援荆南。

江陵地势低洼，到处都是河泽水泊，再加上连绵阴雨，刘训麾下皆是北方兵士，难以适应。不久，军中就发生了瘟疫，连刘训自己都病倒了。李嗣源闻讯，只得遣孔循前往探视，顺便考察攻战之策。

孔循一到江陵，即亲自率军攻城，却也没有攻克，只好遣人入城劝说高季昌认罪归附。高季昌却出言不逊，将使者赶了出来。孔循无可奈何，只好请李嗣源下诏召回大军。

高季昌见朝廷军退去，就更加有恃无恐了。楚王马殷之前曾遣中军使史光宪进贡，到达洛阳后，李嗣源赐给马殷骏马十匹、美女二人。史光宪恰在此时路过江陵，自然被高季昌截获了，骏马、美女全被其转送给了徐温，高季昌趁机请求举镇归附吴国。高从诲劝谏，高季昌却听不进去。

徐温一时拿不定主意，只好问计于严可求。严可求道："为国者当务实效而去虚名，高氏事唐已久，洛阳离江陵又近，唐人无论是步兵，还是骑兵，要攻袭江陵，都比较容易，而我却只能以水军逆流而上，救援很难。若荆南成为我之臣国，臣国有难又不能相救，一旦臣国危亡，我能问之无愧吗?"

徐温大悟，故而只接受了高季昌的贡物，却谢绝了他称臣的请求，并暗示他最好还是归附唐国。

刘训无功而返，西方邺却大败荆南水军于峡中，重新夺回了夔、忠、万三州。李嗣源遂升夔州为宁江军，以西方邺为宁江军节度使。接着，又将当初把夔、忠、万三州划属荆南一事，归罪于豆卢革、韦说，赐二人自尽。随后又将刘训流放濮州，温韬流放德州，段凝流放辽州。

楚王马殷趁此机会遣使至洛阳，奏请立国。安重诲便以让马殷牵制高季昌为由，说服了李嗣源。李嗣源遂下诏，封马殷为楚国王。马殷大喜，当即以潭州为长沙府，并按天子礼仪建国承制，自置官属，或者稍有改动，譬如：翰林学士称文苑学士，知制诰称知辞制，枢密院称左、右机要司，群臣称马殷为殿下，圣旨称教。以姚彦章为左丞相，许德勋为右丞相，李铎为司徒，崔颖为司空，拓跋恒为仆射，张彦瑶、张迎判机要司。其弟马宾为静江军节度使，长子马希振为武顺军节度使，次子马希声判内外诸军事。

蜀刀

荆南的事情尚未平息，西川又起风波。西川掌书记毋昭裔及诸将吏皆请孟知祥奏请朝廷不要让李严来川，孟知祥却道："这又何必呢？你等放心，我自有办法对付这个李严。"遂遣官吏专程至绵州、剑州迎接李严。恰在此时，遂州节度使李绍文病逝，孟知祥竟自称曾受天子密诏，准许他便宜从事，先任命内外马步军都指挥使李敬周为遂州留后，然后才对朝廷奏知此事。

孟知祥自认为当年对李严有旧恩，故而在迎接他的时候，盛陈甲兵，耀武扬威，希望他知难而退。不料李严却大大咧咧，不以为意，还高声说道："孟公养这么多兵士有何用？王衍养了数十万蜀兵，还不是一朝覆灭！"众将皆面有怒容，孟知祥却甚是平静。

孟知祥大摆酒席，宴请李严。李严到宴后，刚刚落座，孟知祥便笑着问道："李公此来，是奉了朝廷之命呢，还是自己请命来的？"

李严随口答道："自然是奉了圣上之命。"

孟知祥立时就沉下了脸，大声呵斥道：“胡说！圣上即位以来，天下藩镇皆无监军，圣上又怎会独独让你来为我监军?”

李严见孟知祥突然翻脸，一时没有反应过来，干张着嘴，说不出话来。

孟知祥又道：“你前番奉使王衍，回去后即请兵伐蜀，先帝用你之言，致使两国俱亡。现今，你又来成都，你只知蜀人胆怯，畏你如虎，却不知，蜀刀也是会杀人的!”

李严闻言，不禁惊惶失措，吓得面无人色，连连哀求孟知祥：“恩公饶命!”

孟知祥哂道：“这时才认得孟某这个恩公，可惜晚了！你已犯了众怒，不可挽回了。”遂令客将王彦铢将李严拉出，一刀将其头颅斩了下来。

孟知祥随即上表，诬奏道：“李严假传口谕，说是要接替臣为西川节度使，让臣回京面圣，还擅自许诺将士厚加封赏，臣已将其诛杀了。”

李嗣源明知李严之死乃孟知祥故意为之，却不敢问罪，只好不了了之。

李严当年降晋之时，因不愿为李继岌之师，曾惹恼了李存勖，幸亏孟知祥说情，才从刀下捡回一命，但李严最终还是死在了孟知祥的刀下，后人有感于此，作诗叹道：

八尺伟男称书生，仗剑入蜀笑群英。
一入剑门亡人国，再进鹿关泯恩情。
成败莫怪萧反复，生死只问韩热冷。
莫道蜀刀不饮血，姜维夜夜对月惊。

内八作使杨令芝此时刚好有事入蜀，行至鹿头关，闻听李严被杀，吓得连夜逃了回去。朱弘昭此时正在东川巡察军事，听到李严被杀一事后，不禁心惊肉跳，正在琢磨如何才能逃回洛阳，董璋却趁机说有紧急军事需要请奏天子，朱弘昭会意，趁机逃离了东川，因此保住了一命。

此前，孟知祥已遣牙内指挥使武漳前往太原，迎接其夫人琼华长公主及儿子孟仁赞。行至凤翔，凤翔节度使李继曮刚刚听说孟知祥杀李严一事，便把他们拦住，上表奏知李嗣源。李嗣源了解孟知祥，他若想反，又岂会在意妻儿？再说琼华长公主与他一向交好，怎好以其要挟孟知祥，于是遣使命李继曮放琼华长公主母子去成都。

孟知祥素与赵季良有旧，趁机奏请将赵季良留在西川。朝廷不得已，只好以赵季良为西川节度副使。李嗣源随后又遣客省使李仁矩前往西川，传诏安抚孟知祥及官吏百姓。至此，因李严被杀所引起的风波，总算是暂时平息了下来。

李存勖灭梁，其肇始乃朱友贞分魏而导致的魏兵叛乱；李存勖败亡，则是由魏州的皇甫晖、张破败之乱引起的。李嗣源即位后，擢升赵在礼为滑州节度使，然而，赵在礼却一直未能赴任，其主要原因就是皇甫晖等魏将不让赵在礼离开魏州。他们担心赵在礼一旦离开魏州，朝廷就会治他们当初的叛乱之罪，故而一再威胁赵在礼，不准他离开魏州。赵在礼急于避祸，只好密遣心腹前往洛阳，请求朝廷妥善安置。李嗣源知道魏州兵将心中皆有不安，更担心魏州兵士叛乱，因而，对魏州之事格外慎重，特意与安重诲、孔循及众宰相商量了很长时间，最后才决定：擢升皇甫晖为陈州刺史，赵进为贝州刺史，赵在礼则改任沧州横海节度使，命皇嫡长子李从荣出镇魏州，并命宣徽北院使范延光率兵护送李从荣。

范延光护送李从荣抵达魏州后，又遵照朝命从魏州奉节军中抽调了九位指挥使，令他们各自率领数百名部属前往卢台戍守，共有三千五百名军士，以军校龙晊为统帅。戍兵们出发之际，按例皆不发给铠甲、兵器，只是将旗帜系在长竿之上。半路之上，孟知祥杀李严一事传到了军中，军中议论纷纷。抵达卢台不久，即赶上朝廷让乌震来接替房知温为卢台军帅，卢台军中一时谣言四起。

房知温对于乌震的突然到来非常不满，因而没有马上将符印交给他。次日，乌震设宴召请房知温、齐州防御使安审通及魏州九指挥使到东寨相聚，想当着安审通及九指挥使的面让房知温交出符印。房知温明白他的用意，便在路上对九指挥使说：“乌震带着朝廷密诏而来，想要将你们魏州兵一分为二，一部分由龙晊率领前往平州戍守，一部分留在卢台。”九指挥使信以为真，竟在酒正酣时，借酒生事，将乌震杀死在宴席之上。

安审通不明就里，趁乱逃出，夺了一只小船渡过河去，紧急召集骑军。房知温也想逃走，趁乱上马出门，九指挥使见状，揽住他的马辔问道：“房公当为我等作主，您这是要到哪里去啊？”

房知温假意说道：“骑兵皆在河西，不收取来，单有步兵，怎能成事？”九指挥使尚未明白他此话是何用意，他已跃马登舟渡河而去。

房知温一到河对岸，正遇见安审通率三千骑兵东来。房知温高叫道：“魏州兵已然叛乱，请安公赶快平乱！”

安审通信以为真，竟跟着房知温挥军出击乱兵。九指挥使这才明白上了房知温的当，一边大骂房知温无义，一边率领属下之兵向南奔逃。房、安二将则率领着骑兵不紧不慢地跟在乱兵后面，远远看去，乱兵徒步在荒野里拼命奔逃，骑兵大队则像赶羊群似的好整以暇地尾随。乱军相顾失色，拼命地奔窜，一直跑到半夜，已是人人困乏、饥饿至极，只好停下来在荒野之上扎营歇息。骑兵们似乎不急着进攻，也停下来安营歇息。

第二天天刚放亮，乱兵们尚在睡梦之中，突然间，杀声四起，房知温、安审通率领骑兵从四面八方杀向了乱兵。乱兵们哪敢抵抗，只好再次拼命奔逃。但双腿哪比得上快马，大多数乱兵死在了屠刀之下，侥幸逃脱的少数乱兵又掉转头向卢台旧寨奔逃。好不容易逃到旧寨，不想安审通早已将旧寨放火烧掉了，乱兵们进退维谷，只好溃散而去，藏匿在树丛、浅沟、田埂之间。不久，骑兵们又四面围杀了过来，九指挥使及大多乱兵皆被斩杀，幸存者寥寥无几。

范延光护送李从荣到魏州后，不久就离开了魏州，赶回京城复命。刚刚抵达淇门，就听到了卢台兵乱的消息。范延光担心魏州兵会借机生乱，便一面从滑州调发了五千兵卒，急急赶往魏州；一面遣使飞报朝廷。李嗣源一接到卢台之乱的消息，就连夜下旨，命李从荣将卢台的乱兵家属满门抄斩。圣旨到达魏州后，李从荣即在魏州大开杀戒，九指挥使被满门诛灭，三千五百兵士的家属则全被赶到了石灰窑，一万多人被斩首。一时间，血腥之气遍布魏州城中，愁云惨雾，笼罩四野，就连永济渠之水都变成了血红色。

后来，李嗣源才听说卢台军乱的首恶乃房知温，九指挥使及魏州兵士皆是被冤枉的，但却没有证据。为了安定朝野，他不但未治房知温之罪，而且还加封他兼侍中。

妖人

卢台之乱平息后，朝廷权臣又产生了内斗——枢密使安重诲与首相任圜两位重臣之间陡生嫌隙。

此事的起因并不大，安重诲与任圜一向交好，来往也较为密切。一日，安重诲前往任圜府第拜望，任圜自然置酒相待。宴上，安重诲看上了一名歌妓，便开口向任圜相求，任圜却没有答应他，此事令安重诲很下不来台。

任圜性格刚直，又依仗着自己与李嗣源有旧交，故而做事毫无顾忌，大刀阔斧，雷厉风行，致使一些权臣、幸臣都对他既畏惧又痛恨。按照旧制，馆券应由户部发放，安重诲却奏请从内宫发放，任圜不同意，二人竟在朝堂之上当着李嗣源的面大声吵嚷起来，声色俱厉，互不相让，连内宫都听见了。退朝之后，“花见羞”王德妃问李嗣源道：“刚才是谁与重诲争论?”

李嗣源答道：“宰相任圜。”

花见羞说道：“他们这样争吵，眼里就没有皇上吗?”

李嗣源本来就有气，听花见羞如此说，就更加生气了，当即决定听从安重诲的奏议。任圜大为不满，赌气说自己不管三司的事了。李嗣源见他如此，气就更大了，当时就答应了他，次日即命枢密承旨孟鹄掌管三司。任圜见李嗣源如此，也更加不满了，再次赌气说：“臣既然不能胜任三司，中书之事就更加不能胜任了!”

李嗣源一听，火更大了，吼道：“公既然不愿掌典中书，朕也不强求!”此话，就等于罢免了任圜的宰相之位。

任圜气恼至极：“既是如此，臣就只好致仕回家了!”

李嗣源强忍怒气，说道：“公既想休养，朕又怎敢不答应?”当即令李琪起草诏书，让任圜以太子少保致仕。

一腔热血的任圜就这样怏怏地离开了洛阳，回磁州闲居去了。

孟鹄，魏州人，为人圆滑灵巧，善于逢迎。李存勖初定魏博之时，以其为度支孔目官。李嗣源即位后，以其为租庸勾官，但他一直觊觎三司。任圜赌气一走，李嗣源便以其为三司使。所谓三司，乃盐铁、户部、度支，也就是说，三司使掌管着朝廷的所有财政，其权位仅次于枢密使、宰相。可是，没过多久，孟鹄就嫌三司太过费神，请求李嗣源让他离京外任。安重诲也觉得他掌典三司有些勉为其难，便劝李嗣源答应了他的要求，改任他为许州节度使，三司使一职则由宣徽北院使张延朗充任。

一场枢密使与首相的争斗，就这样以任圜的失败而告终了，朝廷暂时安定了下来。李嗣源是个闲不住的人，此时便想到汴州等地巡视，安重诲大为赞同。

然而，车驾刚一离开洛阳，不知为何，朝野间突然流言四起，有人说皇上名义上是东巡，其实是要御驾亲征，准备讨伐淮南；也有人说皇上东巡的目的是要重新调整东方诸侯。流言传至汴州，时为汴州宣武节度使、检校侍中的朱守殷就坐不住了，他又疑又惧，忙召宣武判官孙晟商议对策。

孙晟，又名孙忌，高密人，自幼聪慧过人，不到二十岁即登进士第，而且颇有诗名，但他口吃，性格怪异，好计善谋。年轻时曾为道士，住在庐山简寂观，他自己画了一幅贾岛的肖像，悬挂在居屋的墙壁之上，每日上香膜拜。后来被观主发现，误以为他是妖人，用木棍将他赶了出来，一时为世人所嗤笑。孙晟无奈，只得脱掉僧衣换上儒服，前往魏州去谒见当时刚刚称帝的李存勖。李存勖见其颇有才学，当即拜受他为秘书省著作郎。豆卢革为宰相时，也知道孙晟之才，特地让他任汴州判官。

此时，孙晟对朱守殷道：“闻听当年明公在德胜南城兵败之时，当今圣上就曾劝先帝杀了明公；后来，先帝遇难，明公带头拥戴当今圣上，圣上却又认为明公不忠不义。此时，圣上无故东来，很可能就是针对明公的，一旦圣上进入汴州，明公恐怕就要大祸临头了！依孙某看，明公此时不如先发制人。”

朱守殷原本是李存勖身边的一介背箭侍从，根本就没有主见，他一听孙晟之言，就信以为真，竟一面增强汴州防御，一面遣使者劝李嗣源车驾回洛阳。都指挥使马彦超大为奇怪，好心劝道：“圣上驾幸汴州，正是对明公的信重，明公如此做法，与谋反何异？这不是自取大祸吗？”朱守殷竟以谋乱之罪，将其斩首。

朱守殷使者在荥阳见到了李嗣源。李嗣源听罢来意，心中大感蹊跷，当即遣宣徽使范延光前往汴州劝谕朱守殷。范延光却道：“不可，朱守殷此举实际上已经反了，若去劝谕，他必会严加防备，若不尽早出击，汴州城一旦防备完善，就难以攻取了，请陛下给臣五百骑前往汴州。”李嗣源答应了他，命他与随驾指挥使侯益一同前往汴州。

范延光、侯益日暮出发，一夜驰行二百里，到达大梁城下时，天才刚刚放亮。范延光突然挥军急攻，汴人皆以为天降神兵，不禁大惊失色。不过，范、侯二将人马实在太少，又都是骑兵，只能在城外驰马骚扰、威吓，却无法破城。李嗣源车驾行至京水，又遣御营使石敬瑭率亲兵倍道赴援。

年初，李嗣源在选拜宰相时，孔循、安重诲皆推荐崔协，任圜却竭力阻拦，故而崔协耿耿于怀，一直在寻机报复。此时，他便对安重诲言道：“失职在外之人，心中必有怨望，我担心任圜会乘此机会作乱，应先将任圜除去。”

安重诲深以为然，请求李嗣源赐任圜自尽，李嗣源当即准奏。

端明殿学士赵凤听说后，声泪俱下地责问安重诲道：“任圜乃义士，怎肯负君叛逆？公滥刑如此，何以安国？”安重诲也觉有些过分，但只是苦笑。

朝廷使者到达磁州后，向任圜宣读圣旨道：

太子少保致仕任圜，早推勋旧，曾委重难，既退免于剧权，俾优闲于外地，而乃不遵礼分，潜附守殷，缄题罔避于嫌疑，情旨颇彰于怨望。自收汴垒，备见踪由，若务含弘，是孤典宪，尚全大体，止罪一身。宜令本州于私第赐自尽。

任圜听罢，一言不发，从容地接过圣旨，将其家人召集在一起，酣然饮酒，酒宴散罢，就自缢而死了，自始至终，神情从容不迫，一句怨言都没有……

石敬瑭率军抵达汴州城下后，汴州城里人心惶惶。孙晟为防止有人与外联络，每日里身披重甲，手持兵刃，率十几位骑兵，耀武扬威地巡行于汴州街市之上，稍有不满，即当场斩杀，不少无辜百姓因此被害。汴州人对其切齿痛恨，背地里皆骂道："妖人无事生非，上天定会惩戒他的!"都巴不得圣驾速来汴州。

终于，李嗣源率大军抵达大梁，他一到大梁立命石敬瑭四面围攻。郭威率先举旗登城，城上士兵望见天子大旗，竞相开门出迎。朱守殷见大势已去，反倒醒悟了，仰天叹道："好好的诸侯不做，竟然昏乱到以卵击石，自寻死路！天乎？命乎？先帝啊，会儿对您不忠不义，报应来了!"叹罢，竟一剑一个，将自己的妻子、儿子、女儿全都杀了，然后又伸出脖颈，让属下将自己也杀了……

孙晟见城池已陷，竟抛妻弃子，隐姓埋名，逃出了汴州，亡命于陈、宋之间。安重诲认为朱守殷之反，始作俑者乃孙晟，遂灭其家族，到处张贴其画像，悬重赏捉拿。

李嗣源厚赐石敬瑭，以其为汴州宣武军节度使、侍卫亲军马步军都指挥使兼六军诸卫副使，进封开国公，赐号"耀忠匡定保节功臣"。石敬瑭见郭威文武双全，特意将其招至麾下，令其掌管军籍。

李嗣源嘉叹马彦超之死，以其子马承祚为洺州长史。随后即下诏，将朱守殷鞭尸，枭其首级悬挂于汴州街市，满七日后，传送洛阳。凡跟从朱守殷的主犯，一律处斩，由石敬瑭监刑。

临刑之时，石敬瑭突然发现汴州军校景延广也在其中，便暗地里将其藏匿了起来，事情过后，又命桑维翰将其招至麾下，录为客将。

青州平卢节度使霍彦威闻听李嗣源平定了朱守殷之乱，特意遣使者快马献来两支箭以示祝贺，李嗣源竟也回赐了两支箭。夷狄之法，起兵均以传箭为号令，然而，下属一般不得送箭给上司。李嗣源出身于夷狄，而霍彦威又是武人，故而，君臣皆不知礼，就连安重诲也是一知半解，经常闹出笑话。

安重诲见汴州已经安定，便建议趁机攻伐淮南，李嗣源有些举棋不定。正在此时，李璘恰巧抓获了一名淮南奸细，奸细言道："徐知诰欲举其国归附称藩，愿得安公一言以为凭证。"李璘信以为真，即引奸细见安重诲。安重诲也信以为真，不禁大喜，竟将自己价值千缗的玉带赐给了奸细以作凭证，令其带信给徐知诰。由此，安重诲便打消了征伐吴国的念头。

奸细回到扬州后，宋齐丘把玩着安重诲的玉带，对徐知诰笑道："人言安重诲多智，看来不过尔尔，区区小计，就让他坠入彀中了，我国从此无忧也!"

孙晟微服逃到扬州后，徐知诰不禁喜出望外。孙晟口吃，初见人面，连寒暄话都说不出来，但是，一旦坐定，口齿便渐渐利落起来，而且谈笑风生，令听者兴趣盎然，不觉疲倦。因此，他很快就博得了徐知诰的信重，与徐知诰商议大事，也深合其意，遂被用为幕宾，一时之间，名声大噪。

吴国大丞相、都督中外诸军事、诸道都统、镇海宁国节度使兼中书令、东海王徐温本想率诸藩镇节度使前往扬州，准备再次劝吴王称帝，不想，临行之际，突得重病，竟不治而亡了!

严可求、徐玠等曾屡次劝说徐温以亲生之子替代徐知诰，徐温临死前终于答应了他们，遗命徐知询留在扬州，并接替徐知诰掌管朝政。

徐温刚一咽气，徐玠便手持徐温遗书急急赶往扬州报丧。徐知询一听到噩耗，当时就要赶往金陵奔丧，徐玠与其客将周廷望劝他立即接替徐知诰，赶快把军政大权接管过来。徐知询却死活不听，执意要去金陵。

徐玠见徐知询难成大事，便改变了主意，转而去拜谒徐知诰。

徐知诰此时也正想前往金陵奔丧，其夫人宋福金道：“此乃非常之时，当以国事为先，不可前往金陵!”

徐知诰道：“东海王待知诰犹胜亲生，若不前往金陵尽孝，岂不为世人唾骂?”

夫妇二人正商议间，徐玠到了。徐玠把徐温遗命徐知询接管朝政的事情告知徐知诰后，徐知诰不禁大恐。徐玠见状，趁机劝其留在扬州，徐知诰假意推辞了一下，就不再坚持了。

次日，吴主杨溥追赠徐温为齐王，谥号忠武。

徐知诰遂率诸道节度使、文武百官，上书奏请吴主称帝。杨溥依其所请即皇帝位，大赦，改元乾贞。追尊杨行密为武皇帝，杨渥为景皇帝，杨隆演为宣皇帝，尊其母太妃王氏为皇太后。拜徐知诰为太尉、中书令、都督中外诸军事，以徐知询为辅国大将军、金陵尹、镇海宁国节度使兼侍中。立兄庐江公杨濛为常山王，弟鄱阳公杨澈为平原王，立杨隆演之子南昌公杨珙为南阳王。立皇子杨琏为江都王，杨璘为江夏王，杨璆为宜春王。

杨溥称帝的消息传到大梁后，安重诲这才知道上了淮南的大当，深为赠淮南奸细玉带一事感到羞愧，遂迁怒于李璘，将其贬为兖州行军司马。

公元九二八年，后唐天成三年，吴乾贞二年，吴越宝正三年，南汉大有元年，契丹天显三年

君臣怨

安重诲与孔循同为枢密使，安重诲对孔循是倾心相交，言听计从，孔循却不然，他见李嗣源对安重诲信重备至，心中大为嫉妒，一直在寻机离间。李嗣源想让皇子李从厚娶安重诲之女为妻，孔循却对安重诲道："安公位居要职，已与圣上至近至密，不宜再与皇子为婚，以免天下人非议。"安重诲以为他是真心替自己着想，便婉言推辞了李嗣源。李嗣源嘴上没说什么，但心中甚是不悦。

安府众幕僚劝安重诲道："孔循善于挑拨离间，安公需多加提防！"安重诲却将其一顿责骂。孔循听说此事后，密遣人厚结王德妃"花见羞"，求王德妃纳自己的女儿为李从厚之妃。王德妃奏请李嗣源后，李嗣源当即就同意了。就这样，孔循反而成了皇帝的亲家翁。

安重诲听说后，这才看清了孔循的真实面目，不禁又悔又怒，当时就想将孔循调出京城，对李嗣源说道："孔循乃两面小人，臣实在不愿与其共为枢密使。"李嗣源不好驳他的面子，只好将孔循调往许州，以其为忠武节度使兼东都留守，心中却对安重诲很是不满。

郑珏在相位碌碌无为，又病又聋。孔循的枢密使之职解除后，郑珏也

不自安了，连忙上表辞职，请求致仕养病。李嗣源一再挽留，但郑珏连上四道表章，李嗣源只好应允，准其以左仆射致仕，赐郑州庄园一座。

安重诲尽忠职守，做事果断，但性格暴烈，刚愎自用，许多事情他都在决断之后再决定是否奏知李嗣源。久而久之，四方奏事，都先禀告安重诲，然后才奏闻皇上。河南县令进献嘉禾，一茎五穗，安重诲看罢，说道："假的！"当即将其人一顿鞭笞，赶出了京城。夏州节度使李仁福进献白鹰，安重诲自作主张先退了回去，次日才对李嗣源奏道："陛下命天下不得进献鹰鹞，李仁福却明知故犯，违诏献鹰，臣已经退回去了。"李嗣源虽然口中赞赏，心中却连叫："可惜！"安重诲退出后，李嗣源即密遣人追上李仁福的使者，将白鹰取入了宫中，并叮嘱左右道："千万别让重诲知道啊！"宿州进献白兔，安重诲道："兔子既阴险又狡诈，即便是白色的，又有什么用呢?"当场将其退了回去，事后也没回奏李嗣源。

李嗣源为人虽然宽厚，但毕竟是夷狄出身，又曾经是百战之将，杀人对他来说就如家常便饭一般。称帝之后，李嗣源这一习惯仍没有多大改变，其他大臣皆不敢劝阻，唯有安重诲经常犯颜直谏，因此也救了不少人的性命。马牧军使田令方所养之马瘦弱不堪，而且死了不少，被御史弹劾，李嗣源大怒，当时就要将田令方处死，安重诲谏道："天下人若知道陛下因为马瘦而杀一军使，肯定会说陛下贵畜生而贱人命的！"田令方因此而保住了性命。一次，李嗣源令回鹘人侯三急速回国传命，沿途换马，不得迟延。侯三到达醴泉县换马时，醴泉县因为地势偏僻，没有驿马，又恰逢县令刘知章出城围猎，来不及提供马匹，侯三便将此事奏明了朝廷。李嗣源大怒，遣人将刘知章押至京师，准备斩首。又是安重诲谏阻，刘知章才没有被杀。

秦州节度使华温琪入朝，奏请留在朝廷。李嗣源很是高兴，升其为左骁卫上将军，每月另外加赐钱粮。不久，李嗣源即对安重诲道："华温琪乃勋旧之人，应当为他选一重镇。"安重诲回说："没有空缺。"没过几天，李嗣源又说起此事，安重诲竟生气了，"臣已说过了没有空缺，只有我这枢密使，还可替代！"李嗣源也有些生气，赌气道："也不是不可！"安重诲无言以对。

华温琪听说此事后，吓得好几个月都没敢出门。

安重诲与镇州成德军节度使、同平章事王建立素有嫌隙，此时，二人关系更加紧张，安重诲上奏说王建立与王都交往密切，恐有异志；王建立则奏称安重诲专权肆威，请求入朝当面说明其情状。李嗣源一开始没答应王建立，后来见安重诲越来越霸道，便想借王建立来挫一挫他的锐气，便答应他入朝。

王建立到大梁后，对李嗣源言道，安重诲与其亲家、宣徽使、判三司张延朗互相表里，作威作福，大臣们对此早有微言了。李嗣源随即召见安重诲，脸色极为难看地说道："朕想赐予卿一座藩镇，让卿休息一下，张延朗也不宜再掌三司，可出任外官，你看如何？"

安重诲仍执迷不悟，高声道："臣披荆斩棘服侍陛下数十年了，陛下即位之后，臣又典承机密，所幸数年来天下无事，现今陛下却要将臣赶出朝廷，弃之外镇，臣想听听，臣究竟犯了什么罪？"

李嗣源闻听此言，大怒而起，拂袖而去。次日，李嗣源把宣徽使朱弘昭叫到跟前，问他该如何处置安重诲。朱弘昭素来依附安重诲，便道："陛下平日待重诲如左右手，为何因些许小事而弃之呢？愿圣上三思，切不可因为他犯颜直谏就罢免了他，以免落下一个不能容忍直臣的恶名。"

李嗣源这才冷静下来，仔细想了想，安重诲确实没什么大过，对自己也确实忠心耿耿，只是有些耿直罢了，若因此而处置他，只恐众臣不服。自己即位日短，朝政尚不稳定，还真不能轻易就弃用股肱之臣。

李嗣源本来就是个直爽之人，此事想通之后，当即就把安重诲召入宫中，对其好声好气地抚慰了一番。

王建立听说后，心中甚觉恼火，就想尽快离开大梁回镇州，当即入宫向李嗣源辞别。李嗣源却不准许他离开大梁，说道："卿不是说要入朝为朕分忧吗，为何又要回镇？"

王建立赌气道："朝中有了安重诲，又何必有我王建立？"

李嗣源笑道："你和重诲都是朕的股肱之臣，眼下，郑珏已经致仕，你就接替他为宰相吧！"遂以王建立为右仆射兼中书侍郎、同平章事，判三司。王建立喜出望外，自此，就留在了朝廷之中。

王建立升任宰相之后，各大藩镇也进行了较大的调动：镇州节度使改由枢密使范延光充任；邺都留守李从荣则改为河东节度使、北都留守；宣武节度使石敬瑭改为邺都留守、天雄节度使，加同平章事；河南尹李从厚改任宣武节度使，判六军诸卫事；华温琪充任华州节度使，进封平原郡开国公；李嗣源同时又让安重诲兼河南尹。

李嗣源与安重诲君臣之间的一场风波，终于暂告平息了。

楚王马殷建国之后，为报史光宪被劫之仇，遣六军副使王环率水军攻伐荆南，以其子马希瞻为监军。高季昌闻讯，一面遣使向吴国求救，一面亲自率荆南水军迎战。徐知诰当即遣右雄武军使苗璘、静江统军王延章率一万多吴国水军攻袭岳州，以牵制楚军。

王环接到高季昌亲率水军前来的探报，连夜将数十艘战舰埋伏在刘郎洑。次日清晨，高季昌果然率水军抵达刘郎洑，王环当即率十余艘战舰迎战，边战边退，一直将荆南军引入了伏击圈。楚军伏兵突然杀出，荆南军大败，损失了数千人。王环率军乘胜而进，一直追至江陵城下。高季昌大惧，连忙遣使请和，并将史光宪放回了楚国。王环准其所请，率军班师而回。

王环回到长沙后，马殷大为生气，责问王环道："将军既然大胜，兵临江陵城下，为何不趁此机会攻取荆南?"

王环从容答道："江陵北有唐，东有吴，西有蜀，南有我楚国，是名副其实的四战之地，也是我楚国北面最好的屏障，殿下为何要自行撤除这么好的屏障呢?"马殷闻言，转怒为喜。

王环身材不高，却极为勇悍，每遇战阵，必身先士卒，与将士同甘共苦。他还精于医道，座旁经常放着针药，每次战罢，即将伤兵聚集到帐前，亲自为他们疗伤。因而，楚国士卒皆以能为王环麾下为幸运，一旦隶其麾下必会相互庆贺道："我等死得其所了!"因而，王环之军所到之处，必立战功。

此时，吴军尚不知高季昌败军之事，苗璘、王延章依然率军向岳州挺进。马殷闻报，当即遣右丞相许德勋与王环一道率千艘战舰抵御吴军。

许德勋对王环道：“吴人本想掩我不备，见我大军，必会惊惧而走，若是如此，我军还有何功？不如将大军先掩藏起来，如何？”

王环连呼：“妙计！”

许德勋一面将大军潜藏在角子湖，一面令王环率战舰三百艘，连夜前往杨林浦埋伏，以断绝吴军归路。

次日一早，苗璘率吴军行至荆江口道人矶，突然号炮连响，杀声四起，许德勋率数百艘战舰突然杀出。苗璘大惊，见楚军势大，赶忙令战舰掉头，不想，许德勋早就令战棹都虞候詹信率三百轻舟绕到了吴军之后，吴军大败，苗璘被当阵生擒。王延章率残军死命杀出重围，正在暗自庆幸，忽然又是一阵号炮响起，王环率三百艘战舰杀到，王延章走投无路，只好束手就擒，吴军几乎是全军覆没。

徐知诰闻报大惊，欲起倾国之军伐楚，宋齐丘谏阻道：“不可，圣上刚刚称帝，国内局势不稳，何况中原皇帝早有南侵我国之意，我国一旦与楚国相持，必会陷入南北大战的危局。楚王新近立国，正可罢兵求和。”徐知诰大悟，连忙遣掌书记冯延巳前往楚国求和。马殷因南汉、荆南虎视眈眈，也有所顾虑，遂愿意与吴国修好，并将苗璘、王延章释放回国，命许德勋设宴为其送行。

送行宴上，许德勋喝多了，竟对苗、王二人言道：“楚国虽小，但是旧臣宿将都还健在，吴国千万不要再擅自兴兵了。”苗、王二人连连点头，许德勋随后又说道，“如果吴国一定要兴兵，也一定要等我们这些老将都不行了，那时众马驹必会争栈槽，你们也许会有机会。”

苗璘、王延章听得一头雾水。他们不知道，许德勋此言是有所指的。原来，马殷内宠很多，嫡子庶子又没有区别，而且诸子皆骄奢淫逸，故而，许德勋认为，一旦马殷不在人世，楚国必会内乱。

高季昌闻听吴国援军全军覆没，心中过意不去，便再次恳请称藩于吴国。徐知诰这次答应了他，并加封高季昌为秦王。消息传到大梁，李嗣源不禁大怒，立命楚王马殷出兵讨伐荆南。马殷不敢不听，只好遣许德勋率兵攻伐荆南，以其子马希范为监军。许德勋进军至沙头，刚刚安下营寨，荆南军就到了。高季昌之侄、云猛指挥使高从嗣自恃勇猛，单骑至楚营门外，高叫道：“马希范，你出来，本将军要与你单挑。”

许德勋劝马希范不要应战，由他来对付高从嗣。马希范执意不从，也要单骑出营。副指挥使廖匡齐高声道：“杀鸡焉用牛刀，末将去去便来!”也不待许德勋、马希范同意，上马挺枪直奔高从嗣。二人战了不到十个回合，高从嗣便被廖匡齐拉下马来，当场刺死了。高季昌大惧，连忙再次遣使者求和，马殷又答应了他，令许德勋班师回军。

楚军刚刚退去，高季昌又突然兴兵南犯，于白田生擒了岳州刺史李廷规，并将李廷规送往吴国。

高季昌正要乘胜继进，却突然感到身体不适，只好回军。回到江陵后，高季昌病情日渐加重，没过几天，就病逝了！噩耗传至扬州，徐知诰即请吴帝杨溥下旨，以高季昌长子高从诲为荆南节度使兼侍中。

高季昌逝世的消息传到大梁后，李嗣源对赵凤叹道：“高氏原本孤儿，为李七郎童仆，竟能位兼将相，以至封王，也算是一代枭雄了!”

高季昌享年七十一岁，有子九人。高季昌在世的时候，高从诲就经常劝阻高季昌不要与唐为敌，袭位之后，即对梁震道：“唐近而吴远，唐强而吴弱，舍近臣远，舍强就弱，怎算良策?”梁震也有同感，遂请楚王马殷代为转奏李嗣源，谢罪于唐；同时又致书山南东道节度使安元信，恳求保奏，重新向唐国进贡称臣。不久，李嗣源答允了高从诲的请求。高从诲大喜，自称前荆南行军司马、归州刺史，上表恳求归附，李嗣源遂以高从诲为荆南节度使兼侍中。

高从诲随后遣使扬州，推说坟墓在中原，担心唐兵讨伐，吴兵救援不及，故而只好归附唐国。徐知诰大怒，当即遣兵讨伐，但被王保义率荆南兵击退了。自此，荆南与吴又成敌国。

曲阳之战

庄宗皇帝李存勖在位时，唐朝廷对义武节度使兼中书令王都恩赏极厚，不但刺史以下官职皆允许他自行任命，而且所得租赋也不用上缴朝廷，可全部用来养军。然而，李嗣源对这个弑父篡位的王都却一直不喜欢，故而，他即位之后，即命安重诲用朝廷法规约束王都，和其他藩镇一样，郡县以上官职皆由朝廷直接任免，所得租赋也必须按一定比例进贡朝廷。王都自然不满，心中怨愤越来越深。

因契丹人屡犯边塞，自庄宗皇帝时，朝廷就在幽、易之间屯有不少驻军，也经常有军将往来调动。起初，王都虽然暗加防备，但表面上一直迎来送往，礼数甚为周全。不过，朝廷驻军调度实在太频繁了，久而久之，王都就有些懈怠了，后来，干脆就不再迎送。李嗣源听说后，对他就产生了猜疑。

王都担心，朝廷迟早会把他迁到其他藩镇去，节度判官和昭训也经常劝他早设自全之计，言道："主上新有四海，其势尚不安稳，现在还无法顾及主公，一旦朝廷大局安定了，主上必会将主公迁徙到其他方镇，主公应趁此时早作良图，以求自安。"王都深有同感。

朱守殷叛乱、王建立与安重诲不和的消息传到定州后，王都便认为时机到了，先是以厚财美女贿赂平州的王郁，请其疏通与契丹的关系，同时又与幽州节度使赵德钧结成了婚姻之好，接着又遣使与镇州的范延光约为兄弟之盟，并建议他恢复河北旧制。范延光假装应允，转脸则密奏给了李嗣源。王都随后又用蜡丸致书青、徐、潞、益、梓州五节度使，想要离间他们与朝廷的关系。

此时，幽、易朝廷驻军的统帅乃北面副招讨使、宋州节度使王宴球，王都自认为一切都准备好了，便遣和昭训贿赂、劝说王宴球，不想，王宴球勃然大怒，痛斥和昭训道："朝廷好不容易统一北方，王都现在却想自立，这与割裂疆土、谋逆叛反何异？回去告诉王都，他本是陉邑弃子，能有今天不容易，希望他好自为之，老老实实地做一方诸侯。若有不轨之心，王宴球第一个就不容他！"

和昭训回到定州后，王都恼羞成怒，竟以重金收买王宴球侍卫，令其将王宴球杀掉。不想，消息走漏，被王宴球识破。王宴球遂上表朝廷，奏称王都阴谋造反。

李嗣源大怒，当即下诏削夺王都的所有官爵，以王宴球为北面招讨使，兼领定州节度使，以沧州横海节度使安审通为副招讨使，以郑州防御使张虔钊为都监，以宣徽使朱弘昭为监军，会兵攻讨定州。

安审通接到诏命后，当即率军北上准备与王宴球会合，不想，半路上突患重病，死在了军中。李嗣源接到噩耗，只得以皇子李从敏接替安审通。

王宴球接到诏命后，也不等诸军到来，即率本军星夜兼程地抵达定州城下，一鼓攻占了北关城。王都大惊，忙遣和昭训带着大批财物前往平州去见王郁，让王郁再次重赂契丹，请求契丹主率军救援。

契丹天皇王耶律德光与述律太后不禁大喜，当即遣驻扎在平州附近的奚族酋长秃馁率六千骑军率先进入定州。

王宴球此时只有数千人马，接到探报后，就担心被王都、秃馁里外夹击，只好率军往曲阳退去。王都大喜，与秃馁联兵后，大举追击。不想，刚追至嘉山之下，只听一声号炮，王宴球伏兵突然大起，登时烈焰腾空，飞箭如蝗，王都、秃馁被杀了个措手不及，丢下三千多具尸体及数千伤残，狼狈地逃回定州去了。王宴球率军乘胜追击，一直追至定州城下，并一举攻占了西关城。

定州不但城坚壁高，而且防备甚为严整，王宴球知道一时难以攻取，便增修西关城以为行府，打算收缴三州赋税，以供军需，等待各路唐军到来。然而，诸道唐军尚没等到，却等来了契丹酋长托诺率领的五千骑军。而且，王宴球还探听到，契丹各路骑军正源源不断地向定州发来。他担心被围，只好再次率军离开了西关城，前往望都。王都、秃馁和托诺这次没敢追击。

不久，张虔钊、符彦卿、高行周、朱弘昭等率军赶到了定州，王宴球便命张虔钊进驻新乐，以为掎角之势。

新乐城小，又无防御设施，张虔钊只好命朱建丰率步军先行，赶往新乐修筑城防。不想，城防尚未修筑好，托诺与王都就率领契丹、定州联军抵达了新乐城下，昼夜急攻。朱建丰防备不及，守城兵又少，不到两天，城池即被攻陷，朱建丰也阵亡了。

张虔钊闻讯，只好率军与王宴球会兵于行唐，准备向曲阳进发。王都乘胜而进，率领定、奚与契丹骑军二万多人，与王宴球相遇于曲阳城南。

王宴球与诸军会合之后也只有一万多人，两军列阵相对，敌众我寡，军士们皆有惧色，但王宴球异常镇定，他将诸将校全部召至身边，高声道："王都轻狂而骄慢，我军可一战而擒之！此时，乃诸君杀敌报国之时，现在听我军令：全军抛弃弓箭，只用短兵器击杀，只管努力向前，逡巡不前、往后回顾者，立斩!"说罢，一拍战马，即率先奔敌中军杀去，其亲骑也呐喊着紧随其后；符彦卿率龙武左军冲向敌军左阵，高行周率龙武右军直奔敌军右阵。三路骑军高喊着杀声，奋棝挥剑，直冲敌阵，张虔钊则率领着步军手挺长枪随后跟进。

血战了一个多时辰，契丹骑军被杀死了一多半，余下的见唐军个个如疯魔一般，皆心胆俱裂，纷纷夺路北走。王都与秃馁在数名骑军护卫下，好不容易才逃得性命。幽州卢龙节度使赵德钧闻听唐军大胜，当即从幽州出军，截击契丹逃军。北逃的契丹军此时斗志全失，都被杀死在荒野之中，竟无一生还！

各路唐军一直追杀到定州城下。诸军正要攻城，王宴球却突然传令：各军原地扎营，不得擅自攻城！朱弘昭不解，问道："我军新胜，敌军已经胆寒，正应乘胜攻取定州，招讨使为何要停止攻城?"

王宴球道："敌军虽败，但定州城坚壁高，防备甚严，不易急攻。"

朱弘昭道："曲阳之战，王公何其勇猛，怎么到了城下，反而畏敌了?如今，王都已经力竭，定州军内已是人心惶惶，只要我军急攻，定州定可唾手而得，请王公赶快下令攻城。"

朱弘昭乃朝廷重臣，他如此说，王宴球又怎敢违抗，只好下令攻城。不料，一连冒雨急攻了三天，定州城不但丝毫无损，定州军士反而越来越顽强，而朝廷将士却在定州城下伤亡惨重，单是死亡的将士就达三千多人！

恰在此时，探马又来禀报，契丹酋长惕隐又率七千骑军前来，已经快到定州了！朱弘昭建议，应该立即退军至曲阳，王宴球却道："若如此，契丹援军将源源而至，定州将不复为我所有了。此时必须杀退契丹，令契丹人再也不敢南来，定州失去指望，才可为我所有。诸位将军，谁去杀退契丹军?”

一位黑面短须的中年将领应声而出：“末将愿往!”

王宴球闻声望去，见是马军指挥使侯益，他早知道此人不但骁勇善战，而且颇有谋略，遂令其率三千骑军去迎战惕隐。

侯益领命北上。路上突然又下起了大雨，侯益令唐军冒雨而进。渡过唐河后，侯益突然下令：全军就在唐河北岸扎营。副指挥使杜重威说道：“敌军势大，我军背水，一旦战况不利，我军岂不是连后路都没有了?”

侯益笑道：“背水之战，当然没有后路了！再者说，难道我们还需要后路吗?”

没过多久，契丹军大至。侯益一看到契丹的旗帜出现在雨雾之中，就高喊一声“杀”，拍马直奔契丹军杀去。主将如此，将士们怎敢怠慢，也都高喊杀声，杀入了敌军之中。契丹远来，本就疲倦至极，而且又没有想到此处会有唐军，大多没有防备，当时就给杀蒙了！耳中听到的都是杀声，雨雾之中又弄不清有多少唐军，惊骇之余，纷纷掉头奔逃。侯益率军急追，一直追至易水。此时，连天大雨，河水猛涨，契丹军被唐兵俘获、斩首及溺水而死者，不可胜数。

契丹残兵只好北走。道路泥泞，人马饥疲，进入幽州境后，赵德钧又遣牙将武从谏率精骑迎击，分兵扼守险要，生擒惕隐等六百多人，剩下的则被村民们用棍棒追打而死，最后，就只有十几人侥幸逃了回去。

自此之后，契丹人一听王宴球、侯益之名，皆魂飞胆丧，一时再不敢轻易南犯了。

契丹直

侯益率军又回到了定州城下，王宴球命军士将俘虏的数百契丹人用长绳串起来，一边牵着他们绕城巡游，一边高喝道：“契丹人已经被我杀光了，再也不会有契丹人南来了，你等再不投降，还等什么？”

其实，王都早就得到了契丹军全军覆没的消息，心中大感绝望，对和昭训说道：“看来，我等只有投降一条路了！”

和昭训对王都道：“主公难道忘了‘庄宗太子’了？”

王都猛然一醒，拍腿叫道：“是啊，我怎么把他给忘了？”

和昭训所说的“庄宗太子”姓李，名继陶。当年，庄宗李存勖在河北征战之时，曾得到一个幼儿，养在宫中，长大后，便赐姓名为李继陶。李存勖攻占大梁后，因此子骄劣顽皮，一气之下将其赶出了内宫。李继陶出宫后，只好逃往河北，不久就投靠了王都。此时，王都见王宴球攻城甚急，便亲自登上城楼，命唐军去把王宴球叫来，让他拜见“庄宗太子”。

王宴球大奇，拍马至城门前，抬头观看，只见一位少年身穿黄袍，端坐在城楼上，身侧站着王都、和昭训。

王都对王宴球道：“此乃庄宗皇帝之子，已登基即皇帝位。王公受先朝厚恩，难道不怀念先帝吗？”

王宴球莫名其妙，问左右道：“此是何人？”

符彦卿倒是认识李继陶，便将此事的来龙去脉告诉了王宴球。王宴球笑道：“王都已成黔驴了！”遂高声对王都道，“公自堕身份，认此小儿为君，有何益处？我现在给你两条出路：要么率众决战，要么束手出降，其他再无求生之计了！”

王都此计不成，只好死守定州了。此时，定州再也没有契丹援军了，城内军士顿感无望，皆有厌战之心。王都很快就觉察到了，命亲军严密伺察，并将一些想要逾城而出的士卒斩首示众，定州兵士们这才死了心坚守城池。

王宴球四面扎营，看起来并不急于攻下定州，李嗣源大为不满，特意遣使者催促王宴球尽早攻城。使者传达圣旨后，王宴球没有说什么，却与使者一起联骑巡视。他手指着定州高高的城墙对使者说道：“尊使请看，定州城墙如此高峻，即便是城里人听凭外兵登城，也不是单靠云梯就能上达城墙的。因此，我军若贸然强攻，只能白白损失精兵，却对贼人丝毫无损。定州早晚为我所取，我军又何必急在一时呢？请尊使奏明圣上，不如以三州之租养军，爱民养兵以等待，时日一久，王都必生内乱，到那时，定州将不攻自陷。”

朝使回到大梁后，将王宴球所言和定州的情况如实地禀奏给了李嗣源，李嗣源只得听从王宴球之计。

不几日，惕隐等契丹俘虏共六百五十人被押送到大梁。文武众臣皆对契丹人切齿痛恨，纷纷奏请将他们全部斩杀。李嗣源却道：“俘虏中的骁将、酋长全都是契丹人崇尚的武士，若将他们杀了，契丹人必然怨恨，其属下、部落必会为其报仇，与其如此，不如将他们留下来，以缓解边界压力。”遂下诏赦免惕隐及酋长、将校共五十人，并将他们置于朝廷宿卫军中，号称“契丹直”，其余六百契丹俘虏则尽被斩首。

契丹此次救援王都，损失了一万多骑，又失去了惕隐等名将，耶律德光和述律太后既震惊又后悔，连连遣人赴中原打探消息，当得知惕隐等人还活着时，连忙遣梅老季素为使者带着大量的钱财宝物和书信前往大梁。书信中言语异常恭谨，恳请朝廷原谅他们的冒犯之罪，表示愿意入贡修好，并请求将惕隐等将放回契丹。李嗣源看罢书信，当即下旨将梅老季素等使者全部斩首。契丹人闻讯，大为惊惧。

自此之后好长一段时间，契丹人也没敢再兴兵南犯，当此之时，中原之威大有重振之势。

卢文进降唐之后，契丹主以蕃汉都提举使张希崇接替卢文进为卢龙节度使，镇守平州，并遣亲将率三百骑对其监督。

张希崇本为书生，后来陷落于契丹之中。张希崇到平州后，一直表现得俯首听命，并与监视他的契丹军将过往密切，对其有求必应，看上去确实对契丹人忠贞不贰。时日一久，契丹军将见其性格温和平易，为人也较为软弱，便放松了对其的监视。

契丹军连连惨败的消息传到平州后，张希崇便觉得时机已经到了，即召其属下密谋南归。属下皆含泪言道：“我等日夜都想回归故乡，可是，贼虏对我监视太紧，一旦我等逃离平州，契丹铁骑必会急追，我等将如之奈何？”

张希崇一反平常儒雅怯懦的神态，异常坚定地说道：“诸位不用担心，明天我就把契丹军将杀了，契丹军将一死，契丹兵必然溃散。此地距契丹虏帐有千余里之遥，等他们知道消息发兵前来时，我等早已进入幽州境内了。近来，我唐军连败贼虏，契丹人已经胆寒，只要我们进入幽州境内，契丹兵就不敢南进了。”众人闻听，连声称好。

当天夜里，张希崇命人在庭院之中挖了个陷阱，陷阱中装满了石灰。次日，张希崇即像往常一样邀请契丹军将饮酒，契丹军将毫不设防，竟与随行契丹兵卒皆喝得酩酊大醉，张希崇遂将契丹军将连同其随行者一并杀掉，投入陷阱之中。接着，即亲自率领早就集合在外的数千精壮之士，手持木棒直奔城北的契丹军营，契丹军群龙无首，皆溃散而逃。张希崇遂率全城二万余人离开平州，南下进入幽州，安全地回到了中原。李嗣源闻讯，大加褒奖，以张希崇为汝州刺史。

定州连连大捷、契丹人闻风丧胆、平州百姓安全归国，这些大喜事一件连着一件，让李嗣源着实兴奋了一阵子，于是，他便想好好地庆祝一下。

李嗣源即位以来，因为朝事繁忙，很少有时间在宫里消遣一下，更别说出城了。李嗣源为将帅之时，最喜爱的就是围猎，此时，他既然已经即位为尊，亲自带兵厮杀的机会也就不多了，但是，他极怀念驰骋疆场横冲敌阵的日子，于是，便带着一队宿卫军出了大梁城，来到围场。

李嗣源披挂整齐，正要跃马驰骋，青州使者却给他带来了一个噩耗：青州平卢节度使、晋公霍彦威病逝了！李嗣源当时就愣住了，他的眼前不自禁地就闪现出当年在魏州这位“独眼将军”护卫他的情形，不禁热泪滂沱。此时，他哪还有心情围猎，当下就脱下铠甲，换乘銮舆，一路涕泣地回到了大梁。回城之后，李嗣源哀痛至极，一连几日吃不下饭去，下令辍朝三日，一月之内，免除所有的宴饮娱乐。

霍彦威享年五十七岁，李嗣源追赠其为太师、晋国公，以三公之礼厚葬，谥号忠武，并命李琪为其撰写神道碑文。霍彦威本为梁朝故将，李琪也曾为梁朝宰相，故而，李琪叙述霍彦威在梁朝之事时，没有称“伪梁”，为此，冯道对其大加驳斥。中书也奏道："李琪不分真伪，混淆功名，应令其重新撰写。"李嗣源准奏，但没治李琪之罪。

霍彦威逝世后，李嗣源让王建立接替霍彦威为青州平卢节度使。

霍彦威葬礼举行过后，李琪上表奏道："臣窃见先朝时，皇弟、皇子皆喜俳优，入则厚饰美姬艳妾，出则跨乘仆从之马，如此习尚，怎能贤明？诸皇子宜精择师傅，屈身拜师，以师礼事之，讲礼义之经，论安危之理。古者人君即位则建太子，以明嫡庶之分，塞祸乱之源。今卜嗣建储，臣未敢轻议。至于恩泽赐与之间，婚姻省侍之际，嫡庶长幼，宜有所分，示以等威，绝其侥冀。"

李琪此表，正说中了李嗣源的心事。这段时间以来，屡有大臣进言，说皇子李从荣门客众多，良莠不齐，经常有人怂恿他做一些有违朝纲的事情。李从荣为邺都留守时，李嗣源就曾对安重诲说道："从荣左右竟然有人篡改朕的旨意，说是朕不让他与儒生接触，怕减弱了他的志气。朕只是认为从荣年纪尚轻就掌管大镇，故而，欲择名儒对其辅导，没想到，奸人竟敢如此误导!"李嗣源气愤不已，当时就要杀掉李从荣的幕客高辇等人，幸亏安重诲谏阻，高辇等人才逃过一劫，但被下旨严斥了一番。

李从荣改任太原留守后，李嗣源知道内官李彦远素与李从荣交好，便遣其前往太原，令其与李从荣亲密相处，慢慢开导他。不想，李彦远一到太原，竟密对李从荣道："河南相公恭谨好善，亲礼端士，有老成之风；相公年长，也应时时鞭策自励，不要使自己的声望在河南相公之下。"

李彦远所说的"河南相公"是指河南尹李从厚。李从荣闻听此言，心中大为不悦，对步军都指挥使杨思权抱怨道："朝廷之人皆推崇从厚，对我却横加指责，难道父皇是要废我吗?"

杨思权道："相公手握强兵，且有思权在，何忧之有?"并劝李从荣多多招募兵将，大置盔甲、兵器，以备自固。杨思权还对李彦远道："李公总是赞誉皇弟而贬低皇兄，难道我等就不能帮助皇兄吗?"李彦远大惧，将杨思权之言告诉了副留守冯赟。冯赟密将此事奏知李嗣源，李嗣源当即将杨思权召回了朝廷，因碍着李从荣的面，并没将其治罪。

李嗣源虽然一再叮嘱李从荣多习政务，不要附庸风雅，但李从荣依然我行我素，频与文士来往，自己也常有诗作。李嗣源大为困惑，心想：说不定从荣真有文辞天分呢！

一次，李嗣源寿诞，李从荣献上贺寿诗六首，李嗣源便问左右道："你等看从荣诗写得怎么样啊？"

忽有一人怪声说道："别管他诗好不好，反正他阿爷爱作诗！"李嗣源循声望去，发现说话的人乃敬新磨。敬新磨虽为伶人，却没有恶迹，庄宗在世时，还时常劝谏，李嗣源即位之后就将他留在了身边。

公元九二九年，后唐天成四年，吴大和元年，吴越宝正四年，南汉大有二年，契丹天显四年

两川忧

定州城被围困已近半年，眼见得内外交困，日渐艰难，王都、秃馁几次想突围，都没得逞。二月三日，定州都指挥使马让能大开城门，迎接唐军入城，王都走投无路，只得举族自焚。王宴球率军入城后，秃馁及契丹骑军两千多人皆被生擒。秃馁等被押至大梁斩首于市，李继陶则被戮于邢州。

李嗣源听说，王宴球在定州城下的半年时间里，经常以家财慰劳将士，自始至终，没杀过一个兵卒，不禁大为赞赏，遂以其为郓州天平军节度使。

定州平定后，李嗣源想回洛阳举行南郊大礼。不想，车驾刚一离开大梁，宰相崔协就突然得了中风，不治而卒。

时为洛阳留守、太子少傅的李琪一听说天子就要回京了，连忙率领百官前往偃师县奉迎车驾，还特意写了一道贺表。不过，这道贺表的一句话却给他带来了麻烦，表中言道：“败契丹之凶党，破真定之逆城。”一句话犯了两个错误，误将契丹当作了“凶党”，将“定州”写成了“真定”。

李嗣源看罢贺表，当即下诏讽刺道：“契丹即为凶党，真定不是逆城，

李琪也不是庸臣，罚一月俸禄。”随后，又令其以太子太傅致仕，回家养老。

李琪博学多才，为人率真任性，重承诺，喜欢说人好话，尤其自负于文章，曾在牙版上刻有金字“前乡贡进士李琪”，放在座侧。他以才学自负，却在文章上闹出如此笑话，自觉无脸见人，致仕之后，整日里郁郁寡欢，次年，就病逝在了洛阳福善里的宅第之中，时年恰好六十岁。李琪生前将自己在内署时所起草的制书诏命编为《金门集》，共十卷，广为流传。

车驾回到洛阳后，李嗣源即将两位皇子进行了对调，将太原留守李从荣调回了身边，以其为河南尹、判六军诸卫事，李从厚则调至太原，以其为河东节度使、北都留守。以赵凤为宰相，以符习为汴州节度使，并命安重诲、冯道、赵凤等加紧准备郊天大礼。

安重诲知道，郊天大礼需要大量的钱财赏军，遂遣客省使李仁矩出使两川，诏令西川献一百万缗，东川献五十万缗。不料，孟知祥与董璋讨价还价，皆以军用不足为借口，最后，西川只贡献了五十万缗，而东川更少，只献了十万缗！

李仁矩到梓州后，董璋不敢怠慢，特意设宴相待。但是，满衙的宾客一直等到正午，仍未看到李仁矩的面。董璋只好遣亲将去驿馆相请，不一会儿，亲将回报，说李仁矩刚刚起床，正在驿馆搂着妓女酣饮呢。董璋忍无可忍，立令亲军将其强行拉到帅府。李仁矩到帅府后，董璋没有让李仁矩直接进入衙厅，而是让他站在阶下，满脸怒容地呵斥道：“当年我为魏博都监，你不过是个通引小将；今日我已为一镇诸侯，你衔君命前来，便是朝廷使臣。我大张筵席地待你，你却给脸不要脸，眼见得日已过午，还不前来，犹自与风尘女子取乐。你身为朝臣，对于王事竟敢如此不恭，你知不知道，西川已经斩了一位李客省，难道我东川就没有快刀斩你这位李客省吗？”

李仁矩大惧，“扑通”一声就跪在了地上，涕泪交流地连连请罪，说道：“董公息怒，我昨日多饮了些，误了时辰，请董公饶我一命。”董璋见他如此，这才消了气，亲自下阶将其扶起，搀入厅内入宴。宴席之上，董璋就像换了一个人似的，对李仁矩连连赔罪，殷勤相待。李仁矩离开梓州时，董璋又送给他不少金银，李仁矩也答应一定在天子和安重诲跟前为其美言。

然而，李仁矩一回到洛阳，就对李嗣源和安重诲进谗道：“董璋阴蓄兵马，不臣之心已生，早晚必反，请朝廷早作防范。”

李嗣源大惊，连忙又遣通事舍人李彦珣前往东川探查董璋动向。李仁矩听说后，当日即赶到李彦珣府上，与李彦珣密谈到半夜后方才离去。李彦珣微服西行，一进入东川境内，就故意怂恿从人无故打伤了路人，董璋不知情，将其从人抓了起来。李彦珣假装骇怕，连夜逃回了洛阳，向李嗣源禀奏说：“董璋怂恿人将臣赶了回来，臣还探听到，戍守东川的鄜州兵服役期满，想要回归本道，董璋竟擅自将青壮者留下，让老弱者回归，并没收了他们的盔甲、兵器!”

李嗣源信以为真，连忙召枢密使、宰相等重臣商议对策。冯道等人皆认为两川刚刚安定，对董璋、孟知祥应以安抚为主，不宜大动，安重诲却献计道：“为防董璋谋逆，可将阆、果二州从东川划割出来，重新建置一军，看看董璋是何反应。”冯道皱了皱眉，想说什么，却忍住了。李嗣源遂依安重诲之计，在阆、果二州另外建置了一支保宁军，其节度使就是李仁矩!

众臣退出后，冯道对赵凤道：“安公此举，必会使两川心怀恐惧，我担心两川又要不宁了!”赵凤未置可否。

安重诲让绵州刺史武虔裕护送李仁矩前往阆州赴任。武虔裕曾为李嗣源故吏，乃安重诲之表兄。临行之际，安重诲密令李仁矩勘查董璋造反的证据，李仁矩到阆州后，即夸大其词，诬称董璋将要谋反。李嗣源信以为真，命武信节度使夏鲁奇加紧修筑遂州城防，增兵戍守。董璋听说后，不禁大惧。

此时，又有传言说，朝廷还要割出西川所属的绵、龙二州，另建一镇，设置节度使，孟知祥也大为担心。过去，长江峡路的粮草常常由西川供应，孟知祥任节度使后，却以本道兵多、难以奉养其他藩镇为借口，不再供应峡路粮草了。李嗣源自然不答应，屡屡督促，孟知祥奏称财力缺乏，竟然不奉诏命。

董璋素与孟知祥有隙，在此之前，二人从无来往。此时，董璋知道，朝廷将要对自己用兵，便主动遣使到成都向孟知祥提亲，请求让儿子董光嗣娶孟知祥之女为妻，并致书孟知祥，言称自己为朝廷猜忌，将有接替，一旦离开东川必然会丧家亡族；若坚持留在东川，又会被朝廷征讨，而东川地狭兵少，独力难当，愿以小儿结婚爱女，东、西两川并成一家，且愿唯孟公马首是瞻。

孟知祥问赵季良该不该答应董璋，赵季良言道："董璋所言甚为诚恳，也是实情。朝廷一旦将两川割为四镇，孟公也就危险了。此时，两川合则强，分则弱，确实应该摒弃前嫌，合力对抗朝廷。"

孟知祥深以为然，便应允了董璋的婚事，自此之后，孟、董二人往来密切，并达成了协力对抗朝廷的意向。董璋因而底气大增，加紧布置东川防御，并在剑门关修筑了七座军寨。

孟知祥遣赵季良前往梓州拜访董璋，赵季良回到成都后，对孟知祥道："眼下，朝廷步步紧逼，两川不得不戮力同心。但是，我观董公贪残好胜，志大谋短，日后定将为我西川之患，主公不可不防。"

恰在此时，突然有位尼姑拜访孟知祥，密告说都指挥使李仁罕、张公铎二人将要在两天后宴请孟知祥，意图在酒宴之上谋害他。孟知祥暗加探查，却没有发现丝毫谋害他的迹象。然而，两日后，李仁罕、张公铎竟真的送来了请柬，邀他赴宴。左右皆劝其不要前往，孟知祥却道："李、张二公岂是阴暗之人？莫听僧尼传言！"于是，故意连一个亲兵都没带，就只身前往了。李仁罕听说此事后，对孟知祥大为感佩，叩头流涕道："老兵只能尽死力，以报主公恩德。"此事传开之后，诸将对孟知祥皆心悦诚服，誓死跟从。

孟知祥、董璋同时上表，奏道："两川闻听朝廷相继于阆中建节度使，增兵绵、遂二州，无不忧恐万分，不知圣上意欲何为？"李嗣源没有解释，只是遣使对二人大加抚慰。

董璋担心安重诲心腹武虔裕窥探东川，上表奏请以武虔裕兼东川行军司马，安重诲为了稳住他，就答应了他。然而，武虔裕一到梓州，董璋就把他软禁了起来。武虔裕无奈，只好按照董璋所说的办，接连向安重诲致书，说孟知祥居心叵测，意图谋反，而董璋却忠心耿耿，完全可以信用。安重诲见武虔裕如是说，竟然信以为真了。

如此一来，李嗣源与安重诲的看法就发生了变化：李嗣源认为，孟知祥与董璋都有异志，尤其是董璋，最不可信；安重诲却认为，孟知祥最为可疑，倒是董璋对朝廷颇有忠心，当倚重董璋，以防备孟知祥。

自此之后，董璋每有奏请，安重诲总是尽量满足。

农家难

眼下除了两川略有隐忧之外，国内已见承平之态，李嗣源很想从根本上对国家进行整治，使百姓尽快富足起来。自从他与安重诲有过一段不快之后，他常常暗夜静思：自己原本一介武夫，斗大的字认不了几个，是个不折不扣的“白丁皇帝”，要想把国家治理好，单有安重诲这样的心腹勋臣是不够的，还必须倚重一些真正博学多识的文臣能吏。于是，他便经常主动地宣召冯道、赵凤、和凝、李愚、李崧等人入宫，与其探讨治国之道。

冯道认为：“民以食为天，要想富国，必须先富民，要想富民就必须大力推行农耕。”

李嗣源深表赞同，让他赶快制定奖励农耕的国策，并对冯道说道：“寡人虽是白丁，所幸四方无事，百姓安康，近年来，上天又特别眷顾，天无大灾，年年五谷丰登，也算是近代以来的康盛之年了。”

冯道听其话音中颇有自得之意，便提醒道：“臣常常记得当年在先皇幕府的一件事情：臣奉使前往中山，经过井陉险道，臣当时担心马会蹶倒，小心翼翼地执辔，直到出了井陉也没发生什么事情。到了平路上，臣便信马由缰，任其自驰，反而失蹄跌倒。臣想，为天下者当与此类似！陛下万勿因承平丰熟而放纵逸乐，应兢兢业业防微杜渐啊！”

李嗣源深以为然，说道：“不管怎么说，丰年总是好事，百姓日子肯定安逸!”

冯道道:“不然,其实对于农家来讲,凶年、丰年皆有难处。”

“这是为何?”李嗣源大为不解。

“唉!”冯道长长叹了一口气,继续道,“农家碰上凶年,则死于流亡饥饿;农家遇着丰年,则伤于粮谷低贱。无论是丰是凶,农家皆有难处。臣记得聂夷中曾诗云:‘二月卖新丝,五月粜新谷。医得眼前疮,剜却心头肉。’语虽浅近,却道出了农家人的难处。农人于四种人之中最为勤苦,身为人主,不可不知啊!”

李嗣源大受启发,特意让人将聂夷中的这首诗抄录下来,挂到殿堂之上,时常对诗吟诵。

冯道言事言简意赅,浅显易懂,这正对李嗣源的脾气。李嗣源曾对侍臣道:“冯道性格纯俭,当年在德胜寨只住一间茅屋,与从人同器而食,及丁父忧退归乡里,又自耕樵采,与农夫杂处,从不以贵贱介怀。这才是真正的士大夫啊!”

冯道自己也喜爱作诗,其诗作也如其人一般,朴实无华,通俗易懂,但颇有深理,民间多有流传,如:

穷达皆由命,何劳发叹声。
但知行好事,莫要问前程。
冬去冰须泮,春来草自生。
请君观此理,天道甚分明。

又如:

莫为危时便怆神,前程往往有期因。
须知海岳归明主,未必乾坤陷吉人。
道德几时曾去世,舟车何处不通津。
但教方寸无诸恶,狼虎丛中也立身。

公元九三〇年，后唐长兴元年，吴大和二年，吴越宝正五年，南汉大有三年，契丹天显五年

福将

李嗣源与安重诲君臣之间的一段风波平息之后，李嗣源对安重诲反而更加信重了，对其几乎是言听计从，而安重诲却依然我行我素，甚至比以前更加霸道了，李嗣源却总是听之任之，有时候看上去，甚至有些“惧怕”安重诲。

孔循来京办理李从厚与其女儿的婚礼，趁机厚结“花见羞”王德妃，并恳请留在洛阳。安重诲极力谏阻，并将孔循阻止自己女儿嫁给皇子一事的前前后后向李嗣源禀明了，李嗣源这才知道孔循的居心，不禁大为气愤，婚礼一完，即令其离京归镇了。

时任飞龙使的康福善讲胡语，李嗣源退朝之后，经常召其入便殿咨询时事，康福惧怕安重诲，常常以胡语应答。安重诲听说后，大不高兴，当面警告康福道：“不要认为你讲胡语我就不懂，你只要有一点妄奏，我就会斩你之首!”

康福大惧，便想离开朝廷以躲避安重诲，他对安重诲道：“若安公能放康某出京，康某定将感恩不尽。”

刚好，安重诲有一件为难之事：前几日，灵州有表报来，一为报

丧——朔方节度使韩洙病逝了，二为请帅——定远军使李匡宾占据保静镇作乱，朔方甚是不安，韩洙之弟韩澄恳请朝廷尽快任命新的节度使。众人皆认为灵州深入胡境，为帅者多被杀害，都不愿前往朔方为帅。既然康福想要离京，不正好解决这一难题吗？遂以康福为朔方、河西节度使。

康福知道安重诲这是存心害他，连忙求见李嗣源，恳请辞职。李嗣源命安重诲重新为康福选一座藩镇，并说道："康福就是一个养马的，又不懂军政，你让他去朔方，不是让朔方更乱吗？"

安重诲却道："康福无功而升为节度使，难道还不满足吗？况且，成命已经发出，哪能更改呢？"

李嗣源不得已，只好对康福说道："重诲不愿意，朕也无法。"

康福无奈，泣道："听说前往灵州的路上，时常有胡兵出没，臣恐怕还没到灵州，就横尸荒漠了！臣只好与陛下诀别了。"

李嗣源道："这个你不用怕，朕可以作主，朕会让牛知柔、卫审余等率兵一万护送你。"

康福只好离开了洛阳，战战兢兢地西行赴任。行至方渠，羌胡果然出兵袭击，牛知柔、卫审余等率兵将其击走。其后，一连下了几天的大雪，行至青岗峡，正要进谷，康福猛然见峡谷中有青烟冒起，便令大军原地休息，他则率领向导及牛知柔、卫审余等将登上山梁，俯首观望。只见在险峻的山梁之间，有一大片谷地，谷地之上竟密密麻麻地散布着上千顶被白雪覆盖的帐篷，每顶帐篷前都有许多异族兵士在生火烤羊。康福等人大为惊异，便问向导他们是什么人，向导回答道："他们是吐蕃兵士，看帐篷之数，少说也有三万人！"

回到驻地后，康福对卫审余、牛知柔道："趁着吐蕃人没有防备，康某与二位将军各率一军突袭他们！"二将遵命。

吐蕃人正围坐在火堆旁大快朵颐地吃着烤羊，突然之间，三道人马如三股旋风般杀了过来，吐蕃人一下子就愣在了当场，反应快的有的忙拿兵器，有的撒腿就跑。唐兵几乎就如游玩一般，在雪地上杀戮、追逐，不到一个时辰，就将吐蕃人全都杀光了。原本白茫茫的一片峡谷，登时就成了散发着血腥味的屠场。

杀戮过后，唐军得到了大量的玉璞、财宝、羊马，向导告诉康福："从这些东西上看，这好像是吐蕃的野利、大虫两个部族。"

三万吐蕃兵被康福杀光的消息就如凛冽的寒风般吹遍了整个西域，康福一时威名大振，其他胡兵皆闻风丧胆，哪里还敢出兵袭扰康福？康福就这样顺利地进入了灵州。不久，康福又出军攻克保静镇，将李匡宾斩首。西域诸国皆被慑服，纷纷前来归附。李嗣源大慰，赐康福"耀忠匡定保节功臣"称号。

安重诲得意洋洋地对李嗣源道："怎么样？臣当时就认定唯有康福才能胜任！"李嗣源心中苦笑，但还是对他满口褒赞。

康福真是有"福"之将，自从他进入灵州后，可以说是好运连连，当年秋天灵州便是难得的一个大丰之年，不但仓储充盈，而且良马千驷。安重诲听说后，心中极不舒服，对李嗣源道："臣经常听使臣说，康福兵精粮足，又与西域诸国来往频繁，隐隐有自立之意。"

李嗣源将信将疑，特意遣密使对康福说："朕何曾负于你？你却怀有异心！"

康福大惊，上奏道："臣受国重恩，甘愿以死报国，岂敢有反叛之心？这必定是有人向圣上进了谗言。"并请求入朝觐见。李嗣源没有答应，将他改任为泾州彰义军节度使。

南郊大礼举行过后，李嗣源大赦天下，改元长兴，封皇子李从荣为秦王，李从厚为宋王。凤翔节度使兼中书令李继曮入朝参罢大礼，李嗣源即将其改任为宣武节度使，宣徽使朱弘昭则改为凤翔节度使，原来的宣武节度使符习以太子太师致仕了。

符习心中明白，他之所以被罢职，是因为他得罪了安重诲。其实，符习对安重诲的飞扬跋扈早就有看法了，经常顶撞安重诲。安重诲怀恨在心，密遣人求其过失，说符习擅自加税，厚敛汴州百姓，上奏给李嗣源，李嗣源这才让他回乡休养。

符习临离汴州之际，突有一位商人前来求见，一问之下，方知道此人姓李名震，说是赵王之子已经长大成人，特意带来拜见。符习一听是故主之子来了，连忙出府相迎。李震便将当初搭救赵王王镕之子王昭诲的经过，详详细细地告诉给符习，并请符习安置王昭诲。符习大为感慨，当日即将此事上奏给朝廷。李嗣源大奇，特意将王昭诲召至洛阳，拜其为考功郎中、司农少卿。随后，符习又将女儿嫁给王昭诲为妻，让她好好服侍王昭诲。

李嗣源为李震的义举所感动，特意将其召至朝堂之上，予以褒奖，并要厚赐李震。李震却坚辞不受，告别而去。

李震受人之托，忠人之事，又不求回报，时人皆称其为“义商”。

符习回到昭庆老家后，李嗣源以其子符令谦为赵州刺史，以奉养符习。但符习毕竟无罪而罢职，心中好不窝囊，整日里酗酒纵猎，一年之后，就中风而卒了。

李嗣源即位以来，一直未立皇后，一是因为李嗣源拿不定主意，既想立曹淑妃，又想立“花见羞”王德妃；二是曹淑妃与王德妃互相谦让，曹淑妃对王德妃道：“我本赵地一介村妇，又有病在身，身体虚弱，不喜欢应接，请妹妹代我为后。”王德妃却道：“皇后是与皇帝一样的至尊之位，妾身出身低微，不敢妄自僭越!”最后，李嗣源还是立了曹淑妃为皇后，册封花见羞为王淑妃。

曹氏被立为皇后之后，王淑妃对其更为恭谨，李嗣源早朝之前，梳洗穿衣，都是王淑妃在左右服侍；罢朝之后，李嗣源与皇后用餐，王淑妃也殷勤服侍，直到餐罢，方才退去。日日如此，从不曾有丝毫懈怠。李嗣源、曹皇后对她也极为信重，将宫中之事全都交给她掌理。

李嗣源本来喜爱节俭，但久而久之，宫中用度也渐渐铺张起来，安重诲常常规劝、谏阻。王淑妃是安重诲推荐给李嗣源的，故而，对其颇为感激，但是，安重诲动不动就唠叨、规谏，时间一长，王淑妃也有些不耐烦了。王淑妃想取外库丝锦制作地毯，安重诲又是一阵切谏，还拿庄宗皇帝李存勖的刘皇后做例子，让她引以为戒，自此，王淑妃便对他有了嫌怨。

正在这时，吴越王钱镠有表章到达洛阳，说自己已近耄耋之年，又患有眼疾，奏请朝廷立其第五子钱传瓘为嗣子，并将两镇节度使授给钱传瓘。李嗣源答应了他，并令供奉官乌昭遇、韩玫出使吴越宣诏。

之前，钱镠曾致书安重诲，字里行间，颇有倨傲之气，令安重诲甚为不快。韩玫、乌昭遇素来不和，到达杭州后，韩玫依仗安重诲之势，多次凌辱乌昭遇，甚至借酒撒泼用马鞭抽打乌昭遇。钱镠看不过去，欲上奏其事，乌昭遇却认为这样做有辱国体，没有同意。

乌昭遇万没想到，回京之后，韩玫竟然对安重诲告恶状道："乌昭遇谒见钱镠时称臣拜舞，竟称钱镠为殿下，还将机密国事密告给钱镠。"

安重诲当即上奏给李嗣源，李嗣源信以为真，下诏赐乌昭遇自尽，同时命钱镠以太师致仕，并削夺其所有官爵，凡是吴越在京的进奏官、使者，也一并治罪。

钱镠大怒不已，令钱传瓘等上表诉冤，安重诲却置之不理。自此，钱镠便生了与中原绝交的念头。

强臣

李嗣源在镇州的时候，有一次李从珂酒喝多了，与安重诲发生争吵，李从珂举手要打安重诲，安重诲躲开了。李从珂酒醒之后，大为后悔，特意为此事向安重诲赔了罪，但是，安重诲始终记着这事。此时，李从荣、李从厚皆对安重诲心存畏惧，与其往来均小心翼翼，丝毫不敢怠慢，而身为河中节度使的李从珂，却丝毫没把安重诲放在眼里，对其一直爱理不理。安重诲大为恼怒，屡屡在李嗣源跟前诋毁李从珂。

李从珂不仅在沙场上勇猛善战，是名闻军中的"拼命二十三郎"，而且为人恭谨忠厚，颇与李嗣源相似，因而，他虽是李嗣源的养子，却深得李嗣源喜爱，无论安重诲如何说李从珂的不是，李嗣源总是充耳不闻。

安重诲无奈，只好密遣心腹至河中搜集李从珂的过失，但李从珂一直奉公守法，治政有方，再加上他为人谦恭，待人至诚，士卒百姓皆对其赞誉有加，安重诲竟一点把柄都没有找到。安重诲无奈，竟然诈称奉李嗣源之命，命河东牙内指挥使杨彦温想办法将李从珂逐出河中。

杨彦温见是天子之命，不敢不遵，遂趁李从珂前往黄龙庄检视养马之机，将城门关闭。李从珂回来后，杨彦温故意闭城不纳，李从珂责问道："我待你不薄，为何如此？"

杨彦温答道："彦温决不敢有负殿下恩德，只是枢密院有命，请殿下入朝述职。"

李从珂半信半疑，他隐隐觉得这是安重诲在作怪，但也只好前往洛阳。行至虞乡，河中记室李专美突然有所感悟，对其言道："殿下既没有圣旨，又没有枢密院的公文，贸然回京，就是擅自离镇，一旦圣上责问，殿下将百口莫辩！"

李从珂道："是啊，我也有此想法，这该如何是好？"

李专美道："只好让卑职先往京城，将此事向主上奏明，再作打算了。"

李从珂无奈，只好依其所言。

李专美到洛阳后，费了好多周折才见到李嗣源。李嗣源闻听此事，大为吃惊，当即召安重诲问道："是谁擅自让从珂入朝的？杨彦温说是枢密院，卿给朕说说，这是怎么回事？"

安重诲心中有鬼，支支吾吾地答道："臣……没有让殿下回京呀？臣估计是有奸人妄言，杨彦温……看来是要作乱，请陛下……尽早处置。"

李嗣源心生疑窦，便想诱杨彦温进京，当面讯问其事，故而特意颁旨擢升杨彦温为绛州刺史，让他来京述职。安重诲闻讯大惊，执意请求发兵征讨。李嗣源拗不过他，只好命西都留守索自通、步军都指挥使药彦稠率兵讨伐，并密令药彦稠道："卿一定要让杨彦温活着来京，朕有些事要当面讯问他。"

李嗣源随即召李从珂回洛阳，李从珂这才确信自己是被安重诲构陷了，连忙飞马赶往洛阳，想向李嗣源言明此事。

安重诲知道，一旦李从珂见到李嗣源，真相定会大白，连忙入宫求见李嗣源道："河中之事还没有弄清，为免非议，陛下此时不宜与河中殿下见面。"李嗣源也想等问过杨彦温之后再说，故而，李从珂到洛阳后，便让其先回府第等待，不必入朝请安。

索自通、药彦稠等率军临出发时，安重诲密对索自通道："见到杨彦温后，不必与其交谈，把他杀了就是。"

杨彦温闻听朝廷军前来，当时就大开城门请朝廷军进城，索自通却不由分说，当场就将杨彦温斩杀了，并将其首级传送洛阳。李嗣源大怒，责问索自通、药彦稠为何不生擒杨彦温。药彦稠不明就里，索自通当着安重诲的面也不敢明言，二人立此"大功"，不但没有奖赏，还挨了一顿责骂，只好自认倒霉。

杨彦温自关闭城门拒绝李从珂入城，到被灭族，前后只有十三天。不少人议论，当时四海承平，河中又不是边城，近在朝廷门口，杨彦温竟敢如此狂悖，皆因为安重诲弄权，杨彦温愚昧，为人所用，这才引来灭门之祸。其实，李嗣源也不是没有觉察，只是苦无证据，无法澄清。

安重诲必欲置李从珂于死地，又怂恿冯道、赵凤等道："蒲帅失城，难道不应治罪吗？依照律法，该当如何处置？"

冯道、赵凤不明真相，次日便奏道："按照旧例，藩镇主帅失守，须当治罪，以激励藩守，从珂殿下擅自离镇，致使奸人谋乱，不可姑息。"

李嗣源道："我儿为奸党所构陷，事情原委尚未查明，你等即发此言，是不是不想让我儿活在这个世上了？我想，这不是你等的本意吧？"二人面面相觑，惶恐而退。

过了几天，赵凤又提起此事，李嗣源不愿回答，只好顾左右而言他。安重诲见二人不能说服李嗣源，只好亲自上奏道："从珂失镇，如不治罪，恐天下人不服。若如此，国家律法，将形同空文！"

李嗣源流泪道："当年，朕为小校之时，从珂尚幼，家中贫穷，全靠他拾马粪养活。如今我贵为天子，反倒不能庇护他了！卿想怎么处置就怎么处置吧。"说罢，已是泪如雨下。

安重诲见状，不敢逼得太紧，只好说道："陛下父子之间，臣何敢言？唯陛下圣裁！"

李嗣源泣道："既然如此，只要能让他闲居家中，我也就无话可说了！"

安重诲只好答应，遂以索自通接替李从珂为河中节度使。索自通到河中后，按照安重诲的意思，在军府中搜集了一些铠甲、兵器，派人送至朝廷，诬说是李从珂私造的。李嗣源知道，此事已不能善了了，但他实在不忍心杀了李从珂。曹皇后见亲生儿子就要大难临头了，连忙哭着求王淑妃想办法保护。王淑妃本就嫌怨安重诲，故而一再向李嗣源求情。李嗣源终于豁出去了，对安重诲道："只要能保住从珂一条性命，其他一切皆按照安公之意办吧！如果安公非要将从珂置之死地，朕也就只好避位让贤了，安公择贤另立吧！"

安重诲无奈，李从珂这才保住了性命，但是，自此之后，朝廷百官谁都不敢再与李从珂来往，人人避而远之，唯有时为礼部郎中、史馆修撰的吕兖之子吕琦，因离李从珂府第很近，常常前去拜见。李从珂每月入宫问安，也都是咨询过吕琦之后，才敢递上奏表。

李从珂的门客幕僚也大多相继离去，除王淑妃时常遣武德使孟汉琼前往探视、安抚外，只有李专美与河中观察支使马胤孙没有离开他。

李从珂之事刚过，安重诲又准备对王建立下手了，说王建立前往潞州时经过魏州，曾有煽动之言，意图不轨。李嗣源在李从珂一事上存了私念，便不好再回护王建立了，只好让他以太傅致仕。

安重诲如此专横跋扈、排斥异己，自然引起了不少人的不满，但众人又慑于其权势，皆敢怒不敢言。四五年间，安重诲独当大任，近卫、贵戚、妃嫔、宦官等没有一人敢干预政事。但朝野之人私下里都认为物极必反，安重诲早晚会遭倾覆之祸。

捧圣军使李行德、十将张俭见安重诲越来越嚣张，竟连皇帝都敢欺辱，皆有些愤愤不平，经过一番谋划，决意拼死也要帮天子消除这一巨患。他们认为，主上早就有意罢黜安重诲，只是没有把柄，要想扳倒此人，唯有谋逆大罪才能让圣上对其治罪。二人遂趁着李嗣源看望朝廷宿卫军的良机，密奏道："据枢密承旨李虔徽的门客边彦温说，李虔徽曾告诉他：'重诲私自招募兵士，制造盔甲、兵器，说是要亲自伐吴，并与淮南细作私相往来，还将占相者请到家中为其算命。'"

李嗣源当即召安重诲问道："朕听说，卿培植心腹，私买兵仗，想要亲自征讨淮南，可有此事？"

安重诲惶恐万状，奏道："兴师命将，唯有圣上才能裁决，臣有何胆，敢如此僭越？一定是有奸人构陷，臣愿为陛下查明此事。"

安重诲的这一回答，李嗣源根本不信。可是，李嗣源咨问了几位朝廷重臣，又让左右亲近之人去考察，却是众口一词，都为安重诲辩解，就连侍卫都指挥使安从进、药彦稠都说："此乃奸人想要离间陛下勋旧重臣。安公跟随陛下三十多年，好不容易才有如此富贵，何苦要谋反呢？臣等愿以宗族担保。"

李嗣源这才怀疑李行德、张俭诬告。

安重诲一再追问是何人构陷自己，李嗣源不想说出李行德、张俭，只得说是边彦温之言，安重诲当即叫来边彦温当廷对质。边彦温看出了此事的蹊跷，他担心皇帝会牵连其中，便将一切事情全都揽在了自己身上，说道："为臣看不过安重诲跋扈，故意编排的。"

李嗣源只得将边彦温斩首，对安重诲温言慰抚。

后人有诗赞边彦温道：

强臣非奸邪，圣明日偶昏。
大忠边彦温，舍身为国稳。

安重诲得理不饶人，必欲找出诬陷之人，竟连上三表请求辞去中枢要务。李嗣源没有答应，说道："朕对卿毫不怀疑，朕已经将诬告者杀了，卿为何还要如此？"

安重诲道："臣出身贫寒低贱，蒙陛下恩宠，才得如此高位，却被人诬以谋反，若非陛下圣明，臣早就被灭族了。不过，臣总是才薄任重，担心早晚难以抵挡浮言，请陛下赐给臣一座藩镇，以保全余生。"

李嗣源不答应，安重诲却屡次强求，李嗣源生气了，怒道："你要走便走，朕也不愁无人辅佐！"

前成德节度使范延光劝李嗣源将安重诲留下，说道："重诲若离开，谁能替代他?”

李嗣源道:“卿难道就不行吗?”

范延光惶恐道:“臣受陛下驱策时日尚短,何况才能远远不及重诲,怎能当如此重任?”

然而,李嗣源最终还是将范延光任用为枢密使,至于安重诲如何安排,李嗣源一时也拿不定主意,只好遣武德使孟汉琼前往中书商议安重诲一事。冯道言道:“诸公若是真爱安公,确实应该解除其枢务要职。”

赵凤连忙说道:“冯公失言了。”随后即上疏奏道,“大臣不可轻易调动。听说近来有奸人诬陷大臣,动摇国家柱石,圣上须得严惩。”

李嗣源无法,最后不得不将李行德、张俭、边彦温三人灭族。至此,李嗣源与安重诲君臣之间的第二次风波,才终于平息。

不久,洛阳突然来了一队奇怪的客人,为首之人竟是契丹东丹王突欲!

突欲因没能继位为契丹天皇王,整日里闷闷不乐,几经思量,便率领着四十名亲兵离开了东丹。他们乘坐一艘大船,自扶余出发,在海上漂泊了一个多月,方才在登州登岸。登岸之后,突欲回望大海,知道他此生恐怕再也难以回到故国契丹了,便命人将一棵大树劈开,大书了二十个字:

小山压大山,大山全无力。
羞见故乡人,自此投外国。

突欲一行弃船乘马,赶到了洛阳。李嗣源大喜,先赐其姓为东丹,后赐姓李,更其名为赞华,随后又赐在定州所俘“契丹直”众人以姓名,惕隐为狄怀惠,抯列为列知恩,则剌为原知感,福郎为服怀造,竭失讫为讫怀宥,以李赞华为滑州义成军节度使。

夏鲁奇奏称,庄宗虢国夫人夏氏自从投奔自己以来,一直没有归宿,李嗣源此时便将其赐给李赞华。

契丹人喜欢喝人血,李赞华左右姬妾经常刺其臂让李赞华吮吸。李赞华为人极为粗暴，左右之人稍有过失，即挖眼、割肉。夏夫人自小生活在宫中，哪能忍受得了如此凶残之人，多次请求离婚，李嗣源却一直不准。

不过，李赞华虽然为人凶残，却极为好客，还能绘画，也喜欢读书。李赞华从契丹带来了数千卷契丹书，时为宣徽北院使的赵延寿常常借去阅读。赵延寿发现，契丹医书、医经，与中原大异，不禁大感兴趣。

蜀关

安重诲屡屡进言，说陇右节度使、“蓟门战客”王思同沉溺于诗文，政事常常荒废。李嗣源只好召王思同入京述职，并在接见王思同时，特意让安重诲一起聆听。李嗣源自然问到了秦州边境之事，王思同答道：“秦州与吐蕃接壤，蕃部之人经常违反法度。臣设法招安怀柔，并于边境要害之地建置了许多军寨，业已建置了四十多所。臣还颁布了一系列针对蕃人的法令，蕃人若来境内贸易，到边界时，必须先交出器械，因而汉蕃相处一直颇为融洽。”说着，即用手在舆图上指划秦州山川各处要害控扼处，何处建置了军寨，每处军寨驻扎多少兵士，主将姓名，道路、民情、物产、气候，皆向李嗣源进行了详尽的介绍，言简意赅，条理明晰。李嗣源、安重诲听来，犹如身临其境，一直是兴趣盎然。王思同告退后，李嗣源对安重诲道：“有人说思同好文，不管事，不作为，显然是在胡说！若不作为，能如此明晰吗?”安重诲面色通红，唯唯称是，李嗣源遂授王思同为右武卫将军、京兆尹、西京留守，让他暂留京城，听候调用。

李嗣源留下王思同，实际上是为征伐两川做准备。安重诲则认为，王思同资历尚浅，不宜做伐川主帅，他认为伐川主帅人选当以石敬瑭为佳，李嗣源也没有异议。

两川也知道他们与朝廷之间必有一战，也在加紧备战。董璋担心东川兵力不足，到处张榜招募民兵，并在剑门关以北建置了一处关口——永定关，关上及沿途布列多处烽火台。孟知祥割据之心早就有了，他甚至暗地里盼着这一天早一点到来，他见朝廷只是在两川边界频频调军，却干打雷不下雨，便累次上表，奏请将云安等十三处盐监划归西川，打算以售盐的收入，赡养宁江屯军，想以此激怒朝廷。安重诲果然大怒，当时就想发兵征讨，李嗣源却答应了孟知祥的要求。安重诲甚为不满，李嗣源道："政事，朕听卿的；军事，卿听朕的。"安重诲不懂军事，知道李嗣源这样做肯定有他的道理。

董璋见朝廷答应了孟知祥，也上表要求朝廷撤除保宁军，将阆、果二州重新划归东川，李嗣源这一次却没有答应。董璋大怒，当即发兵袭掠遂州、阆州戍军的军饷与资粮。朝廷大恐，连连向遂、阆二州增兵。董璋、孟知祥同时上表抗议，词语甚为不敬。一时间，朝廷与两川之间，情势极为紧张，战争大有一触即发之势，东北商旅更不敢再进入两川了。

董璋之子董光业为宫苑使，此时尚在洛阳，董璋遣人送书于董光业，说道："朝廷先是割我支郡为藩镇，后来又屯兵三千，看来是一定要杀为父了。你去求见枢要重臣，将我的话带给他们：朝廷若再增发一兵一骑入斜谷，我必将起兵造反！为父也只好与你永别了，你好自为之吧。"

董光业连忙手持书信去找枢密承旨李虔徽，李虔徽当即将董璋的话告诉了安重诲。安重诲这才知道，董璋果然是要反了，不禁怒道："董璋如此威胁朝廷，这本身就是造反！"竟又遣别将荀咸乂率兵前往阆州。

董光业对李虔徽道："此兵一出，我父必反。到如今，我的性命也难保了，只求莫让此兵入川，若能如此，我父定然不会生事！"李虔徽又将此言转告给安重诲，和凝也主动拜谒安重诲，劝说安重诲不要再遣兵入川，以免激怒两川。安重诲不但执意不从，还催促荀咸乂赶快率军入川。

荀咸乂尚未进入川境，利、阆、遂三镇的表章就相继到达了洛阳，三镇皆奏称董璋已经反了，正在召集兵将，准备攻打三镇。

安重诲对李嗣源道："臣早就知道董璋会有这一天，只是陛下宽容，不讨伐他罢了。"

李嗣源笑道："人不负我，我不负人；人若负我，我必讨之！"

西川进奏官苏愿遣人送书给孟知祥："朝廷即将大举发军讨伐两川了，请主公尽早定下万全之策。"

孟知祥收到此信的次日，正是九月九日应圣节，也就是明宗李嗣源的诞日，孟知祥照例设宴为李嗣源庆寿。开宴之前，他眼望着洛阳方向，伏地拜了两拜后，就俯伏在地呜咽不止，良久方才起身，对众将吏哽咽道："朝廷对我恩重如山，我实在不愿负恩造反，只是箭已在弦，不得不发！两川互为唇齿，东川若亡，西川如何能存？"说罢，已是泪流满面。满座将吏也有同感，皆流泪不止。

孟知祥问赵季良有何良策，赵季良建议道："两川先出兵攻取遂、阆二州，然后再联兵守御剑门关，若能如此，朝廷大军即便来了，我等也可无内顾之忧。"孟知祥认为此计可行，遂遣使约董璋共同举兵。董璋大喜，当即向利、阆、遂三州发布檄文，指责三州离间朝廷与两川，两川将联兵征讨。

随后，董璋率军一万出击阆州。孟知祥则兵分两路，一路以李仁罕为主帅，赵廷隐为副帅，张公铎为先锋，率兵三万攻遂州；一路以侯弘实为主帅，孟思恭为副帅，率兵四千会同董璋之军攻阆州。

董璋率东川兵抵达阆州之时，李仁矩正在阆州，而戍守阆州的只有一千多唐军，指挥使姓姚名洪。对于姚洪，董璋再熟悉不过了——董璋为梁将之时，姚洪即为其麾下亲兵。董璋当即密遣人送书信入城，劝姚洪开城投降。不想，姚洪看罢书信，竟将书信扔进茅厕，并对李仁矩道："董璋蓄谋已久，并以大量黄金、布帛激励士卒，此来必然是锐气十足，我军只宜紧闭城门、深沟高垒以挫其锐气。不用十天，朝廷大军一到，贼军必会自行溃散！"

李仁矩却道："蜀兵懦弱，怎能抵挡我朝廷精兵？"竟亲自率兵迎战董璋。李仁矩万没料到，朝廷军刚一出城门，见东川兵十倍于己，皆心惊胆战，尚未交锋就溃散而逃了。

东川兵见朝廷兵如此不堪一击，不禁士气大增，昼夜急攻，不到三天，即将阆州攻陷了，李仁矩、姚洪皆被生擒。董璋将李仁矩全家尽数屠戮后，又令兵士将姚洪押上来。董璋责问姚洪道："你本为普通士卒，要不是老夫提拔你，你哪来的今天？今日为何要如此负我？"

姚洪须发张扬，破口大骂道："老贼！你过去曾为李七郎之奴仆，整日里打扫马粪，能得些残汤剩羹，就该感恩无穷了。当今天子用你为节度使，有什么负你的了，你却要谋反？你既然有负天子，我又受你什么恩了？还大言不惭地说我负你！你本为奴才底子，自然是无耻至极；我本义士，又岂能为你所用？我宁为天子死，决不为人奴生！”

董璋恼怒至极，命人架起一口铁锅，烧了一锅开水，又命十名壮士从姚洪身上一块一块地割下肉来，边煮边吃……姚洪至死，骂声不绝。

此事传到洛阳后，李嗣源大为感动，当即将姚洪的两个儿子召入宿卫军中，厚赐其家属。

李嗣源随即下诏，削夺董璋所有官爵，将董光业及其家属全部诛杀，以孟知祥兼西南面供馈使，以天雄节度使石敬瑭为东川行营都招讨使，以夏鲁奇为副使，以王思同为西都留守兼行营马步都虞候，起兵讨伐东川。

石敬瑭一直认为两川不可讨伐，却碍于安重诲，不敢上表劝阻。此时朝廷却偏偏任用他为征伐两川的主帅，他只好领命而行，一路上走走停停，行进得异常缓慢。

“蓟门战客”王思同却昼夜兼程，直奔剑门关。王思同久闻原蜀国翰林学士王仁裕之名，行至潼关，特意遣心腹前往天水邀请王仁裕出山。王仁裕也早就知道王思同乃文武全才，便随着王思同的心腹直奔军中，至兴元追上了王思同的前锋军，二人一见如故。

自此，王仁裕便留在了王思同的幕府之中。

董璋占领阆州后，率军直扑利州。不料，半路上突然下起了大雨，道路泥泞不堪，粮食也难以及时跟进，董璋无奈，只好又率军返回了阆州。孟知祥听说后，不禁大惊失色，对赵季良道：“董公既然已经攻占了阆中，就该乘势攻取利州。利州兵帅不懂军备，必会望风而遁。我军即可得其粮仓，占据漫天之险。如今，董公却呆在偏僻的阆州，放弃剑阁，如此绝非良策！”赵季良深以为然。

于是，孟知祥遣使向董璋提出，西川愿意提供三千精兵，协助东川军守御剑门，董璋却推辞道：“董某在剑门已布有重兵，可以说固若金汤，有劳孟公牵挂了。”

孟知祥知道董璋心有疑忌，也就不再坚持了。

随后，董璋率东川兵连连出击，相继攻陷了征、合、巴、蓬、果五州。孟知祥又命原蜀国镇江节度使张武率水军东下，相继攻占了渝州、泸州，遣先锋将朱渥分兵攻取黔州、涪州。

李仁罕率西川军抵达遂州后，遂州节度使夏鲁奇兵少，只好率军固守城池。孟知祥命都押牙高敬柔率资州民兵二万人，修筑长墙，想要困围遂州。夏鲁奇担心长墙修成后，遂州将不战而亡，只好遣马军都指挥使康文通率军出战。不想，康文通刚一出城，就听到了阆州失陷的消息，竟率军投降了李仁罕。

一时间，两川兵势大振！

伐蜀

石敬瑭率征川大军终于到达了散关，此时，王思同的前锋军已抵近剑门关了。剑门关本就是难以逾越的天险，董璋又在剑门关以北的永定关设有多处烽火台，只要朝廷军一露面，剑门关的七座东川兵寨、数千兵士就会将剑门防守得滴水不漏。正如董璋所说，朝廷军要想渡过剑门关，真正是比登天还难！

王思同一筹莫展，只好召集王仁裕、阶州刺史王弘贽、泸州刺史冯晖与步军都指挥使赵在礼商议，众人商量了半天也没结果，都认为正面强攻不是办法，即便有百万大军也不够东川兵杀的，只有另觅他道，绕过剑门关。王思同命人向当地百姓打听，看看有没有道路能绕过剑门关。不久，一名亲军带了一位老者来到王思同帐中，老者说道："听先辈们说，从人头山的后面可以绕到剑门关之南，不过，人头山很难翻越，只听说有药农曾经翻越过。"

王思同大喜，当即将三千骑军留给了王仁裕、冯晖，他和王弘贽则率七千步军长途跋涉，直奔人头山。

果如老者所言，人头山不但山势崎岖险峻，翻越起来极为艰难，而且深涧一个连着一个，稍不留意，就会坠入万丈深渊。王思同在药农的引导下，率军进入人头山后，一路之上，不时地听到坠崖的惨叫声，令人毛骨悚然。然而，唐军在将上千条性命扔在了深渊之中后，还是有五千多人翻过了人头山。

翻过人头山后，王思同惊奇地发现，此时他们已经到了剑门关的南面，也就是说他们已经到了剑门关守军的后面！王思同大喜若狂，连忙集合唐军，悄悄地行进到东川军阵后，突然发动攻击。东川兵万没想到他们身后竟有朝廷军队来袭，被打了个措手不及，当阵就被斩杀了三千多人，剩下的皆抱头鼠窜。都指挥使齐彦温逃得慢了些，被唐军活捉。剑门关遂被王思同占据，王仁裕、冯晖随后率骑军进入关内。

王思同一面飞马告知石敬瑭，一面遣赵在礼率军攻袭剑州。

剑州守将尚不知道剑门关已失，所以毫无防备，被赵在礼一阵急攻，只好弃城而逃。赵在礼占领剑州后，见朝廷大军迟迟未到，又听说两川军正赶来剑州，担心被围在孤城之中，只好将钱财粮草全部取走，焚烧掉所有房舍，又退回了剑门关。

王思同闻听赵在礼退出了剑州，当时就要将赵在礼以军法处置，王仁裕劝道："赵在礼乃圣上旧人，杀之无益，还是另遣人把剑州抢过来吧。"王思同连叹数声，只好遣王弘贽率军直奔剑州。

朝廷这时才知道，孟知祥跟董璋一起反了，李嗣源大怒，下诏削夺了孟知祥的所有官爵。

董璋闻听剑门关丢失，惊惧不已，连忙遣使者至成都告急。孟知祥一听剑门丢失，也是大惧，仰天叹道："董公果然误我！"忙遣李肇率兵五千增援东川军，临行之际，孟知祥叮嘱李肇道，"你等需倍道兼行，只要占领了剑州，北军也就难有作为了。"

孟知祥接着又遣使者前往遂州，令赵廷隐率一万军士会同李肇屯守剑州；随后，又遣原蜀国永平节度使李筠率兵四千赶往龙州，镇守要害。

赵廷隐接到军令，当即率军北上。此时已到深冬季节，天气极为寒冷，士卒们听说朝廷大军占据了剑门关，皆异常恐惧，观望不前。身材矮小的赵廷隐流着眼泪对士卒们说道："现今北军气势正盛，你等若不力战退敌，不但你等性命难保，你等的老婆孩子也将成为别人的了！"众军士这才又振作起来。

董璋对孟知祥颇有歉意，也率东川兵自阆州北上，屯于木马寨。

此时，两川之军分路北上，决意要守住剑州等要地。孟知祥暗自祈祷，希望各军能在朝廷军之前占据剑州。

王思同攻占剑门关之时，西川牙内指挥使庞福诚、昭信指挥使谢锽正率数百名兵士在来苏村驻扎，一听说剑门关失守，二将马上就意识到了剑州的重要，庞福诚对谢锽道："若让北军再得到剑州，两川就完了。"二将当即率领一千多人间道向剑州赶去。

庞、谢二将率军刚刚进入剑州，王弘贽率领一万多朝廷军就抵近了剑州城。此时，已是日暮时分，王弘贽见剑州城头人影幢幢，知道剑州又被两川军占领了，不禁跺脚懊丧。此时，军士们经过长途跋涉，又饿又累，一时疲惫至极，只好依山扎营，想等到天亮后再攻城。

庞福诚、谢锽站在剑州城头，远远望着唐军扎营，当时就明白了朝廷军的用意。二人商议道："敌众我寡，若被朝廷军围困，天一亮，我等必会全军覆没，趁着现在天色昏暗，朝廷军心中不安又难以判断我军人数之时，尽快以奇计击退之。"于是，庞福诚率百余名兵士趁着夜色爬到北山之上，在朝廷军营后大声呐喊，击鼓鸣号；谢锽则率领其余兵士手持短兵向朝廷军急攻。朝廷军以为两川军前后夹击，相顾失色，当时就乱成了一团，王弘贽无奈，只得弃营而去，又退回了剑门关。

孟知祥听说后，不禁大喜过望，对左右言道："起初，我认为赵在礼既已占据剑州，必会坚守剑州，或者率军直扑梓州，董公必会放弃阆州南奔，我军将失去援助，只能解了遂州之围。若如此，我等内外受敌，两川必然震动，大势危矣，却没料到，赵在礼竟然焚毁剑州，运粮东归剑门，驻兵不进，如此，我大事可成了！"孟知祥随后又听说，董璋遣前陵州刺史王晖率兵三千协助李肇等屯兵于剑州南山。孟知祥掐指一算，此时，在剑州周围，已经部署了四万多川军！

北线总算侥幸稳定了下来，孟知祥的南线，此时也是异乎寻常地顺利。虽然张武病逝于渝州，但是袁彦超、朱渥相继攻占了涪州、黔南、丰都等镇。

王思同占领剑门关两个多月后，石敬瑭的大军才抵达剑门关。石敬瑭听罢王思同的介绍，瘦削而蜡黄的脸上竟然露出了一丝笑意，对诸将言道："也好，如今两川精兵尽在剑州，我军正可与其决战，一战而定两川！"

次日，朝廷军与两川军列阵相对。石敬瑭率六万大军屯于剑州北山；两川军则列有两座军阵：赵廷隐列阵于牙城后山，李肇、王晖列阵于河桥。战前，赵廷隐特意挑选了五百名弓箭手，埋伏于朝廷军的来路上，也就是说，他已经做好了朝廷军败退的准备。

石敬瑭先令步兵攻击赵廷隐，两军刚一交锋，赵廷隐即举旗擂鼓，两川军大举出击，朝廷军则纷纷后退，不少兵士滚坠下山，伤亡百余人。

石敬瑭见步兵无法突破，只好令骑兵冲击河桥。李肇的利箭强弩很快就组成了密集的箭网，朝廷骑军根本就无法前进。如此一来，两军又呈僵持之状。日落时分，石敬瑭担心两川军夜间来袭，自己又不熟悉地势，只好率军回撤。赵廷隐见状，趁机率军追击，朝廷军大恐，皆夺路逃窜，很快就进入了赵廷隐预先埋伏的弓箭兵的箭程，如飞蝗一般的箭雨霎时就罩住了惊恐万状的朝廷兵士，朝廷军纷纷中箭，死伤近千人。

石敬瑭退回剑门后，就不敢再轻易南下了，每日里只是南望两川，无可奈何。

石敬瑭伐蜀无功，却将责任推到粮草输送上。每有使者从军前回到朝廷，皆称道路艰险，粮草匮乏，大军很难继续南下。石敬瑭此话倒也是实情——朝廷大军在剑门关驻扎，粮草却要从关右输送，关右之人皆疲于转运。潼关以西，粮价本不太高，但经百姓肩扛背驮，运至利州，仅运费，就使粮价增加了十几倍。故而，常常有人带着钱物逃匿到山谷之中，沦为盗贼。

李嗣源深为忧虑，只好召集众臣商议大军粮草转运之事，问道："关西过度劳扰，却仍不能满足剑门大军的供应，不知谁可为朕操办此事？"

众臣皆低头不语。李嗣源见状，看着安重诲的脸叹道，“实在不行，朕只好亲自去办理了。”

安重诲知道，此时已不能不说话了，只好说道：“臣职掌军机密务，军威不振，是臣的过错，臣请求亲自前往督战，顺便督运粮草。”

李嗣源等的就是他这句话，拍手道：“有安公亲往，大事必成！”当即下诏，命安重诲前往剑门督军。

安重诲倒也雷厉风行，说走就走，当日就离开了洛阳，一路星夜疾驰赶往剑门，每日驰行竟有数百里之多！西部各藩镇听说后，无不惊惶震骇，连忙加紧办理转运，不分昼夜地将粮草运往利州，每天皆有不计其数的人畜坠毙在山谷之中！

石敬瑭闻听安重诲已经离开京城，这才敢上表奏论，认为两川不可征伐，李嗣源这时也有了撤军的念头。

雨税

楚王马殷日渐衰老，只得命其子武安节度副使马希声代其执掌军政，总管内外诸军事务，自此，国政皆先经过马希声，然后才闻于马殷。高季昌在世的时候，曾多次遣人前往楚国境内大造流言，离间高郁，但马殷一直不为所动。后来，高季昌改变了策略，遣使送书信于马希声，盛赞高郁功勋、名望，并希望与高郁结为同姓兄弟。

此时，马希声的妻兄杨昭遂为行军司马，他早就想取代高郁了，因而对马希声言道：“听人说，高季昌常言：‘马氏政事皆出自高郁，马氏子孙将来必定有忧，应该及早与高郁结交。’”马希声信以为真，心中便有了除掉高郁的想法。杨昭遂还经常在马希声跟前诋毁高郁，说高郁奢靡僭越，外交邻近藩镇，必为心腹大祸，撺掇马希声将高郁尽早除掉。马希声把他的话转告给了马殷，马殷却坚决反对，对马希声道：“我能成就如此功业，全靠了张佶、高郁之力，如今，张佶已经老了，不问事了，就只能靠着高郁了!”马希声这才作罢，却执意要解除高郁的兵权，马殷无奈，只好将高郁降为行军司马。

高郁降职后，对其亲属道：“赶快去西山收拾收拾，我即将告老归养。如今马驹子们已经大了，会踢人了。”不料，这话被杨昭遂知道了，他连忙添油加醋地转告给马希声。马希声大怒，当即命杨昭遂杀了高郁。

次日一早，高郁正要出门上殿议事，杨昭遂突然率兵将其围了起来，诈称奉楚王马殷之命，将高郁杀死在府第门外。随后，又张榜公布其罪行，诬称高郁谋叛，接着又将其全族诛灭，亲朋好友受牵连者竟有上百人之多。

直到傍晚，也没有人将此事禀告马殷，这时天突然降下大雾，马殷隐隐觉得浓雾之中有滚滚怨气，便对左右道：“当年，我跟从孙儒渡淮，孙儒每次杀无辜之人，都有此异兆。难道，现在也有冤死的人吗?”次日，官吏将高郁的死讯禀告给马殷，马殷当时就昏了过去，良久方醒，捶胸恸哭道：“我不中用了，管不了事了，孺子们大了，竟使我勋旧之臣横遭冤酷!”

马殷又对左右道：“我再赖着不死，实在是碍人眼啊!”当日，马殷因气恼哀痛病倒了，而且日渐沉重起来。

马殷自知大限将至，只得着手安排后事，特意遣使至洛阳，奏请传位于其子马希声。李嗣源误以为马殷已经逝世了，遂诏命马希声为武安节度使兼侍中。使者回到长沙后，马殷将诸子召集到祠堂，手持宝剑厉声说道：“我死之后，诸子须按照长幼顺序，依次继位，若违吾命，可共戮之!”诸子皆唯唯称诺。

不久，马殷就病逝了，享年七十九岁。后人有诗赞曰：

> 孙儒残存龙骧旗，湘潭龙蛇霸图戟。
> 若非张佶做作情，世人谁识马王旗。

诸将商议应该先遣兵守卫各处边境，然后再举丧，兵部侍郎黄损却道：“我国虽已丧君，但已有新君，有何可防备的?此时应该立即遣使前往邻道，告丧称嗣。”

马殷有十几个儿子，嫡长子马希振最为贤明，却无意于政事，早就弃官为道士了，其次为马希声、马希范，二人同日而生。马希声之母袁夫人甚有美色，深得马殷宠爱，故而，马希声先立。

马希声袭位之后，遵照马殷遗命，去建国之制，复称藩镇。李嗣源大为高兴，下诏以其为武安、静江节度使，兼中书令。

马希声平生最敬仰之人乃梁太祖朱温，平素里也时常模仿朱温的样子，就连饮食都跟朱温一模一样。朱温喜欢吃鸡，马希声袭位之后，每日竟然要杀五十只鸡为餐。居丧期间，马希声脸上毫无悲戚之意。马殷葬于衡阳，出丧之际，马希声仍在津津有味地吃鸡肉，一连吃了五六盘，才打着饱嗝去参加葬礼。前吏部侍郎潘起听说后，讥讽道：“当年，阮籍居丧食蒸豚，今日，希声出丧食烹鸡，真是江山代有贤人出，何朝何代都不乏‘贤人’啊！”

也许是吃鸡太多的缘故，马希声袭位不到一年，就得暴病，不治而亡了。六军使袁诠、潘约等遵照马殷的遗命，把朗州镇南节度使马希范接到长沙，立为楚帅。

马希范好学，善作诗，与廖光图、徐仲雅、李皋、拓跋常、李铎、潘屺、李庄、徐收、彭继英、廖图、邓懿文、李松年、卫酽、彭继勋、萧铢、何仲举、孟玄晖、刘昭禹十八学士来往密切，常有诗词唱和。然而，马希范喜好奢侈，廖光图等人也喜欢饮酒嬉游，唯独拓跋常为人沉厚，经常上书劝谏。

马殷、马希声相继薨逝的消息传到扬州后，徐知诰叹道：“楚王起于行伍，战阵之间不知有多少人亡于他的剑下，竟能以耄耋之年寿终正寝，也算是异数了。不过，楚王一生忠厚，其诸子却都是纨绔骄奢之辈，定然难守父业，楚国自此无宁日矣！”

此时，左仆射、同平章事严可求刚刚病逝，武昌节度使兼侍中李简也病了，并请求回江都养病，徐知诰同意了，不料，李简行至采石矶，就病重而逝了。

李简之婿徐知询擅自将李简的两千亲兵留在了金陵，并上表推荐李简之子李彦忠接替其父，节镇鄂州。徐知诰没有答应他，而是以龙武统军柴再用为鄂州武昌节度使，徐知询大为生气。

徐知询自认为自己手握重兵，又占据金陵上游要地，屡屡与徐知诰争权。徐知诰大为担心，内枢密使王令谋道："公辅政日久，挟天子以令境内，谁敢不从？知询年纪尚轻，恩信未施于人，现在尚难有所作为，公须尽早除去。"

王令谋此言倒是不错，不要说别人了，徐知询对待他的几个弟弟都负礼寡义，而且，诸弟对他也都有怨言。吴越王钱镠赠给徐知询一些金玉、鞍辔、器皿，上面皆饰有龙凤图案，徐知询不以其为忌讳，照常使用。徐知询典客周廷望劝道："明公若能拿出一些宝物来结交朝中勋臣，使其皆归心于明公，那么，谁还能与明公相争呢？"徐知询倒是听了他的，并命周廷望亲自前往扬州办理。

周廷望与徐知诰的亲吏周宗一向交好，一到扬州，他就去找周宗，将徐知询的所作所为都告诉了他，让他转告徐知诰。反过头来，周廷望又将徐知诰的一些密谋也告诉了徐知询。徐知询召徐知诰前往金陵为徐温服丧，徐知诰不但推说吴主不准他离开没有去金陵，反而让周宗设法把徐知询召到扬州来。

周宗对周廷望道："朝中有人指责徐知询有七大不臣之事，请他赶快入朝谢罪！"周廷望回到金陵，便将此事禀告给了徐知询。徐知询大惧，只好到扬州申辩，徐知诰趁机将徐知询留在了扬州，以其为统军，领镇海节度使。接着，徐知诰又遣右雄武都指挥使柯厚将金陵之兵召回了扬州，自此，徐知诰才真正掌握了吴国的军政大权。

徐知询后悔不已，怒冲冲地跑到徐知诰府上，指责徐知诰道："先王去世，兄长既为人子，却不尽孝临丧，能说得过去吗？"

徐知诰反唇相讥道："你挺剑等候，我怎敢前往？你既为人臣，留着皇帝御物，又能说得过去吗？"

二人互相揭短，相互指责。争吵了一会儿，二人都大为奇怪：自己的机密事宜，对方怎么都知道啊？

徐知诰便问道："这些事情皆是无中生有，是什么人如此中伤我？"

徐知询脱口而出："是周廷望亲耳听说的，还会有假？"

徐知诰当时就明白了，遂对徐知询道："你的所作所为，也是周廷望告诉我的。"

二人大悟，次日便找了个理由，将周廷望给斩杀了。

二人将此事说开之后，大为高兴，徐知诰特意宴请徐知询，并以伎乐助兴。宴酣之时，徐知诰用金盅斟满酒，举杯敬徐知询道："愿弟弟长寿千岁！请喝了这杯酒。"

徐知询怀疑酒中有毒，就又拿了个金盅，将酒平分，回敬徐知诰道："愿与兄长各享五百岁！"

徐知诰脸色大变，左右环顾，不肯接杯，徐知询见状，举酒强逼。左右宾客皆不知兄弟二人是什么意思，各举酒杯，僵持在当场。

徐知诰极为尴尬，不知如何收场，正在为难之际，突然，从乐队中走出一个人来，伸出两手将二人金盅夺过，笑道："如此美酒，两位相公太客气了，谁都不忍先饮。我实在馋极了，不好意思，两位相公就赐给我享用吧！"说罢，两手同时举起金盅，倒在口中，然后手拿金盅跑了出去。

徐知诰一看，此人正是自己的三孔笛师申渐高！

徐知诰暗暗遣人持解药去救申渐高，却哪还来得及，申渐高早已七窍流血而死了！

申渐高生性诙谐幽默而晓大义，去年扬州久旱不雨，徐知诰问申渐高道："别处都下雨，为何唯独京城不下雨呀？"

申渐高答道："扬州赋税太高，想必雨也怕收税，所以不敢入城！"徐知诰当时就明白了，连忙降低了赋税。

申渐高死后，徐知诰请吴王追赠其为司空。徐知诰亲制挽联，曰：

笛声清越，扬州今岁雨丰。
乐音和谐，人间原本酒香。

徐知诰大权稳固之后，也想像当年徐温一样出镇金陵，以其长子大将军徐景通为兵部尚书、参知政事，并欲以王令谋、宋齐丘为丞相，辅佐徐景通。宋齐丘自认为资望尚浅，难以服人，应该先退让以成盛名，然后方能立威，于是，便主动辞职离开了扬州，前往九华山中应天寺“隐居”。

宋齐丘走了没几天，徐知诰即请吴主杨溥下诏请其回扬州任丞相。宋齐丘没有答应，如此一来，淮南境内几乎无人不知宋齐丘之名了，他辞相之举更被传得沸沸扬扬，威望果然大增。徐知诰见状，忙遣徐景通亲自入山相请，宋齐丘这才风风光光地又回到了扬州。为此，吴主杨溥还特地下诏，将应天寺更名为征贤寺。

不久，镇南节度使、同平章事徐知谏病逝，徐知诰趁机让吴主下诏，让徐知询顶替他，并赐爵东海郡王。徐知询在前往江西的路上，遇到了徐知谏的灵柩，徐知询抚棺痛哭道：“贤弟啊，如今大权皆被知诰夺去，我又有何面目见父王于地下啊?”

徐知诰一切安排就绪，这才上表吴主杨溥，奏称自己辅政多年，恳请去金陵养老。吴主便以徐知诰为镇海、宁国节度使，出镇金陵，其余官职依然如故，正如徐温当年一样，总管朝政；以其子兵部尚书、参知政事徐景通为司徒、同平章事，掌管中外诸军事，留在扬州辅政；以内枢使、同平章事王令谋为左仆射，兼门下侍郎；以宋齐丘为右仆射，兼中书侍郎，并同平章事，兼内枢使。

公元九三一年，后唐长兴二年，吴大和三年，吴越宝正六年，南汉大有四年，契丹天显六年

撤军

遂州孤城被围困三百多天，夏鲁奇粮尽兵绝，终被西川将李仁罕攻陷，夏鲁奇自刎而死，时年四十九岁。李嗣源闻听噩耗，恸哭不已，厚赐其家，赠太师、齐国公。

夏鲁奇为人忠义，爱民惜兵。他从河阳移镇许州之时，孟州之民感其恩德，竟然有数万百姓扶老携幼将道路拦住，有些百姓跪在他的马前，有些百姓卧在他家眷的车轮前，苦苦挽留，致使他在孟州整整滞留了五天，无法离开。当时，百姓们还推举了一些德高望重的长者前往洛阳，恳请皇上将夏鲁奇留在河阳，李嗣源感动得热泪直流，冯道、赵凤好说歹说，才将长者们劝回，然后又遣中使亲往孟州对百姓抚慰劝说，夏鲁奇方才离开孟州。夏鲁奇自杀的噩耗传到河阳后，河阳百姓如丧考妣，人人垂泪，并兴建了许多祠堂，供奉夏鲁奇。

李嗣源为报夏鲁奇之仇，命石敬瑭无论如何也要进入两川。石敬瑭无奈，只得再次率军进攻剑州，将大军屯于北山之上。孟知祥命李仁罕枭下夏鲁奇首级，遣人高举着向朝廷军示威。此时，夏鲁奇的两个儿子也在军中，一见其父首级，皆哀哭不止，一再请求石敬瑭准许他们出战，夺回父

亲的首级。石敬瑭道："孟知祥乃长者，必会礼葬你父亲的，这不比身首异处要强吗?"

次日，孟知祥果然将夏鲁奇收葬，礼数甚为周全。

石敬瑭几次与赵廷隐相战，皆不利，只好率军再次退回剑门。

凤翔节度使朱弘昭因依附安重诲，才连得大镇。安重诲路过凤翔时，朱弘昭自然亲自出城迎接，拜倒在安重诲马前，并将其接到府衙居住，还将他请到寝室，让妻子、儿女参拜，礼节极为恭谨。安重诲大为满意，密对朱弘昭道："我几次三番被小人构陷，差一点就让他们得逞了，幸亏主上明察，这才保住了我的宗族。"说罢，已是声泪俱下。

安重诲万没想到，他一离开凤翔，朱弘昭即上表奏道："重诲对朝廷满腹怨望，一再口出恶言，臣担心，一旦重诲到达行营，必会褫夺石敬瑭的兵权，大事将难以预料，陛下千万不可让他进入行营。"接着，他又遣人送书信于石敬瑭，言道，"重诲举措孟浪，若至军前，朱某担心将士会疑忌惊骇，不战自溃，石公应设法阻止他进入军中。"

石敬瑭大惧，当即上表朝廷，奏道："重诲若来军中，恐怕军情会有变化，请陛下尽快召其回京。"

不久，武德使孟汉琼自关西回京，也上奏安重诲的种种过恶。孟汉琼本为赵王王镕的家奴，李嗣源为镇州节度使时，将其召在府中。孟汉琼见王淑妃备受宠爱，便极力奉承结交，因而深得王淑妃的信重，渐升为武德使。

李嗣源见朱弘昭、石敬瑭、孟汉琼皆指责安重诲，心中便对安重诲生了疑心，忙颁下诏书召安重诲回京。

安重诲行至三泉，便接到了让他回京的诏命，他心知有了变故，当即掉头回京。路过凤翔时，朱弘昭这一次就像换了个人似的，竟然紧闭城门，不准他入城。安重诲心想，小人见风使舵，看来自己真的不妙了，连忙马不停蹄地向洛阳赶去……

石敬瑭在剑门又坚持了一个月，真正是进退维谷，他心想：遂州、阆州已经失陷，粮运又跟不上，大军即便能前进，也意义不大了。与其在剑门干耗着，不如退军，遂下令烧营北归。

赵廷隐当即遣人送书于孟知祥，向他禀告朝廷军烧营北归的好消息。孟知祥看罢赵廷隐书信，心中狂喜不已，脸上却故布愁云，对身边的赵季良诈言道："前线不利，朝廷军正在缓慢推进，这该如何是好？"

赵季良道："主公不必担心，朝廷军到不了绵州，必会北归。"

孟知祥问道："先生何出此言？"

赵季良道："我逸彼劳，彼悬军千里，粮草已尽，能不北归吗？"

孟知祥哈哈大笑，这才将赵廷隐的书信递给赵季良……

自此，孟知祥将赵季良视为智者，遇事首先与其商议，俨然如军师一般。

两川兵见石敬瑭退兵，便趁机发兵追击。追至利州，昭武节度使李彦琦弃城而走，两川兵趁机又占据了利州，孟知祥当即以赵廷隐为昭武留后。赵廷隐正要与孟知祥告别，突有军探来报："东川节度使董公前来劳军了！"

赵廷隐密对孟知祥道："赵某观董璋久矣！此人颧高颌窄，恩寡诈多，可以同忧，不可以共乐，他日必为主公之大患。主公可趁此机会将其除掉，如此，两川一体，主公即可纵横于天下了。"

孟知祥道："赵公所言极是！不过，此时两川结盟，董公尚无背义之举，孟某岂可先他失义？"

就这样，赵廷隐眼睁睁看着董璋进入孟知祥的军营，留宿一夜之后又安然离去了。

赵廷隐望着董璋的背影，长叹道："主公不用我谋，两川祸难未了啊！可怜两川的百姓了！"

孟知祥随后又以李仁罕为峡路行营招讨使，命其率水军沿长江向东攻略。赵廷隐请求率兵向北攻略，攻取兴元及秦、凤诸州，孟知祥以兵疲民困为由，没有答应。赵廷隐无奈，只好留下五千兵戍守利州，与李肇会合后，率兵回成都去了。董璋听说后，也留下三千兵戍守果、阆二州，率军回到了梓州。

不久，李仁罕相继攻占了忠、万、夔三州。

自无常

自从安重诲离开洛阳后，李嗣源无日不收到弹劾安重诲的奏表。他这才知道，安重诲早就犯了众怒，遂下诏罢免了安重诲的枢密使，改任其为河中护国节度使。赵凤却不同意，劝李嗣源道："重诲本为陛下家臣，一向对陛下忠心耿耿，他是决不会背叛主人的！重诲只是做事情不够周密，才被人谗害，陛下若不能明察其心，重诲死期恐怕不远了。"李嗣源不但不听，反而误认为赵凤是安重诲的朋党。

解除安重诲枢密使的诏书刚刚发出，李嗣源即迫不及待地召见李从珂，含泪说道："若依重诲的主意，我儿哪还有机会见我啊!"李从珂终于重见天日，跪在李嗣源脚下，涕泣滂沱，泣不成声。

李嗣源随即对朝廷重臣进行了调整，以李从珂为同平章事，充西都留守，以李愚为中书侍郎、同平章事、集贤殿大学士，以赵延寿为枢密使，以朱弘昭为宣徽南院使，以石敬瑭兼六军诸卫副使，以王思同为山南西道节度使，以孟汉琼充宣徽北院使，掌管内侍省，以相州刺史孟鹄为左骁卫大将军，充三司使，并重新拜受钱镠为天下兵马都元帅、尚父、吴越国王。

此时，范延光、赵延寿同为枢密使，二人深知安重诲是因为刚愎自用而得罪的，均以其为鉴，遇事不敢独自作主，全凭孟汉琼与王淑妃居中决断。一时间，朝廷内外对孟汉琼、王淑妃极为畏惮。安重诲掌政时，宫中用度稍稍超支，安重诲就会上奏李嗣源，因此，非分之求几乎都被杜绝了。此时，孟汉琼却可以直接以中宫之命领取府库财物，不用请示枢密院及三司，也没有文书凭证。所取之物，不可胜计。

安重诲到河中后，整日惴惴不安，便上表请求致仕归养，以试探李嗣源之意。不想，李嗣源当即答应了，准许他以太子太师致仕，并让保义节度使李从璋接替他为河中节度使。

李从珂知道，此时再加上一把火，才能将安重诲置于死地，以免他日后死灰复燃，遂令吕琦遣人鼓动安重诲的两个儿子安崇赞、安崇绪前往河中去看望安重诲。安崇赞、安崇绪不明就里，果然离开了京城。

李嗣源听说安重诲二子擅自逃离了京城，果然大怒不已，当即遣步军指挥使药彦稠率兵前往河中探查此事。

安崇赞、安崇绪到达河中后，安重诲大惊道："你们怎么来了?"随即，他心中就明白了一切，叹道，"我知道了，这绝不是你们的意思，定是李从珂派人教唆。所谓打蛇不死，必被蛇咬。看来，他们是不会放过我了，我以死殉国，问心无愧，夫复何言?"便将两个儿子绑了，遣人押送京城。

次日，朝廷使者到达河中，一见安重诲，即恸哭不已。安重诲问其原因，中使道："人言令公有异志，朝廷已遣药彦稠率兵前来了。"安重诲却神色从容，说道："我既然被国家怨恨，一死不足以相报，又怎敢有异志?还要麻烦国家发兵，为主上添忧，罪就更重了。我死不要紧，只恨没有为国家将李从珂除去，将来，此人必乱圣上江山!"

安崇赞、安崇绪刚被押至陕州，朝廷诏书就到了，命将二人就地打入监牢。李嗣源又遣皇城使翟光邺前往河中考察，说道："安重诲若真有异志，你就把他杀了。"

翟光邺本就讨厌安重诲，一到河中就与李从璋密谋。次日，李从璋率兵将安重诲府第围了起来，然后，亲自入见安重诲，并于庭院中向其下拜，口中说道："安公别来无恙?从璋给您施礼了!"

安重诲大惊，连忙降阶答拜道："殿下礼过了，安某不敢当。"

就在安重诲低头施礼的一瞬间，李从璋突然举起铁挝砸在安重诲的头上，安重诲惨叫一声，当时就脑浆迸裂而死了。安重诲之妻张氏见状，惊叫着扑到安重诲的尸身之上，哭喊道："令公早晚有一死，殿下为何如此着急?"

李从璋举起铁挝，又将安重诲之妻击杀，然后将夫妇二人的衣服剥光，并排放在走廊上，二人之血流了一地。判官李迁实在看不过去了，便向李从璋恳求，愿以自身衣服覆盖安重诲夫妻尸体，李从璋初始不允，后来李迁一再坚请，李从璋才不得已而应允。李从璋随即搜抄安重诲之家，他万没想到，安重诲所有积蓄仅有数千缗！

李从璋身材修长，白面短须，待人接物，颇为有礼。自此之后，人们才知道，此人残忍好杀，与其平日所为，判若两人，因而私下皆称呼他为“白无常”。

随后，李从璋、翟光邺联名上奏，说安重诲有谋逆之志，已被除掉。李嗣源随即下诏：安重诲离间孟知祥、董璋、钱镠等，并以征伐淮南为由意图掌控兵权，而且遣人擅自将二子带回本道，罪大恶极，不杀不足以平民愤，连同其二子，一并诛杀！

后人有诗叹安重诲道：

志大才犹疏，木华根不固。
枉陷杨彦温，潞王祸未除。
屈死乌昭遇，吴越心不服。
二李惹川衅，投膏火更速。
不识任圜忠，竟为孔循误。
明宗欲始终，莫言君如虎。

李嗣源诛杀安重诲后，群臣纷纷上书，奏请惩治安重诲党羽。李嗣源知道，安重诲掌典朝政日久，若是惩治其党羽，株连必定甚广，为安定朝政，他只是将安重诲的亲家——潞州节度使朱汉宾降职为上将军，并罢免了赵凤的宰相，改任其为邢州安国军节度使，其他朝臣一律赦免。因而，朝廷并未因安重诲之死而发生任何动荡。

最重要的是，安重诲之死让李嗣源召回石敬瑭大军有了个合适的借口。他当即令西川进奏官苏愿、东川军将刘澄各回本道，让他们告诉孟知祥、董璋：伐川之事皆是安重诲所为，现今安重诲已经伏诛，两川之罪自然可以赦免，希望两川罢兵停战，归顺朝廷。

苏愿到成都后，孟知祥闻听他在京城的亲属全都安然无恙，心中甚感安慰，当即遣使邀请董璋一起上表谢罪，重新归附朝廷。不想，董璋对西川使者怒道："孟公的家人皆平安无事，当然可以重新归附。我董璋的儿孙却全被朝廷杀死了，我还有什么可以谢罪的?"因而没有答应孟知祥，孟知祥甚是不悦。

自此，两川又有了隔阂。

公元九三二年，后唐长兴三年，吴大和四年，南汉大有五年，契丹天显七年

董无头

石敬瑭大军虽然撤回了朝廷，但王思同的先锋军还驻扎在山南西道。赵季良与诸将商议，准备遣昭武都监高彦俦率兵攻取壁州，以防王思同进入山后诸州。掌书记李昊却道："朝廷已遣苏愿等人西归，赦免了我等之罪，如今，我等不但尚未答谢，还要擅自发兵，天下人将如何看待主公？再者说，主公若不顾忌在北方的祖宗坟墓、亲戚好友，何不直接发兵攻取梁州、洋州？又何必多此一举去攻壁州呢！"孟知祥大悟，遂打消了攻取壁州的念头。不过，自此之后，赵季良对李昊有了看法。

董璋既然不愿重新归附朝廷，孟知祥便想单独派遣使者向朝廷谢恩，但是，东川兵占据着绵州，使者北上必然瞒不过董璋，于是，便与赵季良等人商议，欲让使者绕道扬子江进京。李昊阻止道："此事终究是瞒不过董公的，若如此，负约的责任就在于我们了。还是再与董公商量商量，最好能使两川一同上表。"

孟知祥随后又遣使者前往梓州去劝说董璋，道："朝廷既然已经礼待两川，我等若不奉表谢罪，朝廷必然又会兴兵来讨。此前，是朝廷不公在前，朝廷将相内外不一，两川军民因而众志成城；如今，则是我等理亏，

川内川外必有微词，将士们必不能尽力用命，一旦朝廷大军来讨，两川定会生灵涂炭，永无宁日。”

但是，董璋仍很坚决，任凭使者如何劝说，他就是不答应。

使者回到成都后，孟知祥只好遣李昊亲自前往梓州，向董璋晓以利害。不想，董璋见到李昊后，不但没有答应向朝廷谢罪一事，还口出恶言，辱骂李昊，说李昊“首鼠两端，没有信义”，并声称：“除非蜀山俱陷、扬子西流，否则，董某决不再向洛阳称臣！”

李昊又气又恼，回到成都后即向孟知祥言道：“董璋执意不从，根本没有商量的余地，而且还有窥视我西川之意，主公应早作防备。”

李昊此言，并非空穴来风，此时，董璋确有图谋西川的想法了。李昊刚一离开梓州，他即大会诸将，商议可否袭取成都。众将皆道定可马到成功，唯有前陵州刺史王晖有异议，说道：“剑门之南，虽说有万里之长，但诸镇之中，唯有成都最为强盛。此时，盛夏快到了，蜀中天气酷热，根本不利于用军！何况，我军师出无名，人心不服，恐怕难以成功，请主公三思！”董璋却听不进去，竟亲率大军，径直向成都杀去。

军报报至成都，孟知祥不禁大惊，他万没料到董璋说翻脸就翻脸，这么快就起兵来攻了，连忙遣马军都指挥使潘仁嗣率三千人前往汉州，探察东川兵动向。

董璋率东川兵进入西川之境后，一举攻破了白杨林镇，生擒西川名将武弘礼。消息传开，西川境内大震，许多西川将吏见东川兵如此强盛，心中皆惴惴不安，大多抱着先观望一阵的想法。

赵廷隐、李昊等人也惶惶不安，孟知祥见状，只好故示闲暇，亲自写书信给董璋，劝其为两川生灵着想尽快退兵。但是，他毕竟心中有事，一落笔就写错了字，误将“董”字写成了“重”字，心中大为不安。恰在此时，赵季良走了进来，他见孟知祥正在手持笔管低头长叹，神色间一副懊恼的样子，连忙低头一看，不禁面露喜色，竟将众将全都召集过来，说是要向孟知祥道贺。孟知祥莫名其妙，抱怨道：“大战在即，成败未知，有何可贺之事？”

赵季良喜道：“董璋的‘董’字为‘艹’头下一个‘重’。今大王去

‘艹’书‘重’，这不是‘董’已无头了吗？看来，天意已定，此乃必胜之兆也！”诸将听罢，皆欣然欢呼，斗志顿生。孟知祥趁机对诸将说道：“刚才午睡，迷糊之间见一金衣神人，手持如意敲着我面前的书案道：‘董璋不忠不义，天授明公锄奸！’惊醒之后，便想手书一函劝阻董公，不想，一下笔就出了错。如此看来，竟是天意了！”

诸将闻言，全都振臂大呼：“董璋不义，明公锄奸！”

孟知祥随即召集众将商议迎敌之策。赵季良道：“董璋为人好勇寡恩，士卒对其并不忠心。若其守城，我军确实难以攻克；但若论野战，董璋必会被擒！如今，董璋不守其巢穴，却率军外出，主公已经胜券在握了。董璋用兵，喜欢把全部精锐作为前锋，主公当反其道而行之，以羸弱之兵诱他深入，以精壮之兵待机而动。如此，起初也许会有些小败，之后必会大捷。另外，董璋乃名闻天下的勇将，素有威名，今举兵骤然而至，人心必定不稳，主公当亲自率军迎敌，以安众心。”

赵廷隐深以赵季良之言为然，也道：“董璋轻狂无谋，举兵必败，末将愿为主公擒之。”

孟知祥心中这才稍稍安定，遂以赵廷隐为行营马步军都部署，率三万人迎战东川军。

赵廷隐整军完毕，向孟知祥告辞，恰好董璋的檄书也到了，还有给赵季良、赵廷隐的书信，并诬称赵季良、赵廷隐已经与他合谋，召他率东川兵前来。孟知祥将书信递给赵廷隐，赵廷隐看都不看，便将书信扔到了地上，哂笑道：“此信之中不过是反间罢了，好让主公将副使与末将杀了。”说罢，向孟知祥行了一个军礼，随即转身头也不回地走了。

孟知祥看着赵廷隐那矮壮的背影，长出一口气道：“大事可成也！”

其实，董璋给每位西川将都去了一封信。李肇在剑州自然也接到了董璋的书信，他虽然不识字，但仍然假装看了一遍书信，对左右说道：“董璋想让我反主公。”说罢，即将董璋使者囚禁了起来。左右皆知，李肇此时已暗生了静观局势的打算。

董璋起兵攻讨孟知祥的消息传到兴元后，山南西道节度使王思同就连忙遣王仁裕将此事奏告给朝廷。李嗣源接报后，心中喜忧参半，连忙召群臣商议对策。

冯道认为："董璋已成反臣，孟知祥却欲归附，圣上须尽快发兵，协助孟知祥剿灭董璋。"

范延光却道："无论是董是孟，两川若合并于一人之手，一旦此人招抚众军，扼守险要，朝廷再要攻取就难了。如今，两川反目，实在是上天垂顾圣上啊！眼下，陛下当趁双方交战相争之时，及早相图。此乃天授良机，万不可错过。"李嗣源深以为然，立命王思同率兴元之兵伺机进取。

董璋率军抵达汉州，潘仁嗣率军迎战于赤水，西川军大败，潘仁嗣不敌董璋，竟被当阵生擒。潘仁嗣乃西川军中知名的骁将，连他都被董璋生擒了，消息传出，西川军大为气馁，一时间，东川军威势更盛！不到两天，东川军即将汉州攻陷了。

孟知祥听从赵季良建议，亲自率兵八千前往汉州。此时，赵廷隐、张公铎已经在镇北扎下了营寨。次日，孟知祥即令赵廷隐率二万羸弱兵士列阵于鸡踪桥，令张公铎率数千骑军和近万名精壮步卒列阵于赵廷隐阵后。

正午时分，董璋率二万余东川军抵达，他见西川兵两倍于自己，担心寡不敌众，意欲先退至武侯庙旁，稍作休息后再战。不想，董璋帐下亲兵却大声嚷道："现在烈日当空，何必要曝晒我等？不如速战速决！"

董璋不好坚持，怕挫伤了将士斗志，只得率军冲击。前锋刚一交手，东川右厢马步都指挥使张守进即投降了孟知祥，并对孟知祥说道："董璋之兵，尽在此地，已经没有后继之军了，明公应赶快出击，一战而定两川！"

孟知祥依张守进之言，登上一处高坡亲自督战，西川兵见状，皆踊跃向前。董璋驰马直奔鸡踪桥，亲自杀入战阵。董璋不愧是中原名将，果然是骁勇至极！一柄长枪神出鬼没，所过之处，西川兵皆披靡而倒。眼看着董璋就要冲过桥来了，西川左明义指挥使毛重威赶忙迎上，挺枪直刺董璋。董璋躲都不躲，抡枪就砸向毛重威的枪柄，只听"啪"的一声山响，毛重威的长枪脱手飞出，断枪还砸倒了两个西川兵。董璋也不回枪，枪尖陡然上挑，直透毛重威后背……西川左冲山指挥使李瑭大惊，趁董璋还没从毛重威身上拔出枪来，抡起钢槊就向董璋头上砸去。董璋大喝一声，竟用枪挑着毛重威近二百斤的身子扫向了李瑭。李瑭正斗之间，突见毛重威胡须浓密、眼球凸出的狰狞面孔冲向自己，登时心胆俱裂，口吐绿汁，被当场吓死了！

西川兵见董璋如此神勇，纷纷后窜躲避，赵廷隐连忙下令放箭，一时间，董璋被裹在了密密的箭雨之中，只好舞动长枪将自己罩住，不过，他也因此再难前进分毫了。之后，赵廷隐亲自率军连冲了三次，都被东川兵击退了。孟知祥大惧，连忙用马鞭示意后阵出击。

张公铎早就等得不耐烦了，当即率领后阵精兵大声叫喊着向东川兵杀去。董璋又飞马来战，张公铎舞刀敌住，来来回回好几个回合，董璋仍无法将张公铎打下马来。赵廷隐见状，也加入了战阵，董璋之子、东川中都指挥使董光嗣连忙拍马拦截赵廷隐，不想，只一个来回就被赵廷隐生擒了。孟知祥在高处看得清楚，当即下令，全军进击。霎时间，近三万西川步骑皆高声呐喊着出击。东川兵此时已疲乏至极，西川却全是精壮生力之军，因而，东川兵坚持了一个时辰后即溃散了，数千人被杀，仅被擒获的战将就有八十余人。

五留后

董璋和张公铎打斗之时，瞥眼望去，只见满山遍野都是西川之兵，而他的东川军却寥寥无几了，尤其是他的数千骁勇精骑，几乎是一个不剩！他不禁叹道：“我的精骑难道都死光了吗？若是如此，我还有什么指望呢？”一边自言自语，一边撇开张公铎，驰马北去了，剩下的七千东川军见董璋已经逃走，只好弃械投降，潘仁嗣则趁机逃了回来。

孟知祥心中明白，此时决不可让董璋跑了，否则，后患难消，遂紧急下令各军：“各军乘胜追击，务必生擒董璋！”

西川兵很快就进入了汉州，四处搜寻董璋。不过，董璋尚未找见，西川兵就开始争夺董璋的军资了，致使董璋趁乱逃离了汉州。赵廷隐闻讯，又追赶至赤水，招降了三千多东川兵。

孟知祥只好令其婿董光嗣去劝降董璋，以保其家族。董光嗣哭道："自古岂有出卖自己生父而独自求生的儿子，事到如今，愚婿只有和父亲一同赴死了！"

孟知祥感其所言，命李昊一面起草榜文抚慰东川吏民，一面致书信于董璋，声称将亲自前往梓州，当面咨问其负约和征伐西川的缘由。

董璋终于又回到了梓州，他自觉无颜再见梓州士民，特意让人找来一顶小轿，四面用黑布蒙着悄悄入城。行至城门口，王晖已在那里恭候多时了，他一见董璋，就假装诧异地问道："太尉率全军出征，如今怎么只回来了这么几个人?"董璋满脸羞愧，无言以对。

董璋回到府上，更衣之后正准备用餐，突见三百多人吵嚷着冲了进来，为首之人正是王晖与董璋之侄、牙内都虞候董延浩！董璋大惊，连忙领着妻子从后门出府，逃至北门楼，命指挥使潘稠率兵平乱。潘稠却趁着董璋不备，突然手起刀落，将董璋给斩杀了，随即割下董璋首级交给王晖，王晖遂举城投降，迎接赵廷隐进入梓州。董光嗣到达梓州后，闻听其父已经被杀，也自缢而死了。

赵廷隐进入梓州之后，连忙下令封锁府库，遣人去迎接孟知祥。

孟知祥率兵行至新都，正遇见赵廷隐的使者。使者献上董璋首级，孟知祥一见，心中顿时百感交集，只觉头脑发蒙，"扑通"一声就栽倒在地。到了晚上，孟知祥终于醒了过来，但说话极为困难，甚至连饭都吃不下去了。中门副使王处回知道，此时乃非常时期，一旦孟知祥病重的消息传扬出去，人心必然恐慌，众将难保不生异心。王处回当机立断，严令左右封锁消息，一切皆如平时一般，凡庖厨送进来的食物，必让人全部吃完后，才将空碗、空碟送出。万幸的是，当赵廷隐率领众将吏到达新都迎接孟知祥的时候，孟知祥的病势已经轻多了，也能够进食了。

王处回的担心不是多余的，李仁罕在遂州闻听东川已被平定，竟擅自离开遂州，策马直奔梓州而来。赵廷隐闻讯，亲至板桥迎接。不想，李仁罕见到他后，不但只字不提赵廷隐攻取东川之功，甚至言语之间，还满是讽刺挖苦。

过了两天，孟知祥已经完全康复，这才率军进入梓州犒赏将士，抚慰百姓。

至此，东川遂告平定！消息传至剑州，李肇这才将囚禁在监牢里的东川使者斩首，并遣秀才句龙逢向孟知祥致贺。

句龙逢见到孟知祥后，当即献诗一首，诗曰：

唇齿论交岁月长，岂其率意忽颠狂。
元戎统领三军战，巨孽奔冲一阵亡。
莫讶潼江刚入寇，都缘锦浦合兴王。
武功盖世光前后，堪向青编万古扬。

孟知祥康复之后，听王处回说起李仁罕无故擅离遂州之事，并没太放在心上，反而当面问李仁罕、赵廷隐道："两位将军，你们谁能为我镇守东川?"

李仁罕一拍胸脯，大大咧咧地说道："别说东川了，令公就是再把西川交给我，李某也能胜任!"

孟知祥大为愕然，赵廷隐却脸现不满之色。

孟知祥想从赵、李二将中选一人为东川留后，李昊却道："当年，梁祖、庄宗皆曾兼领四镇，如今既然二将各不相让，主公何不亲自兼领？此时，主公应该立刻回成都，再与赵仆射商议此事。"

孟知祥依其所言，命李仁罕暂回遂州，留赵廷隐巡检东川，以李昊暂时掌管梓州军府之事。李昊却推辞道："二虎方争，李某不敢受命，只愿跟从主公回成都。"孟知祥无奈，只好以都押牙王彦铢为东川监押，暂时掌管梓州之事。

孟知祥刚刚回到成都，就听说赵廷隐也率兵离开了梓州，正在西归。孟知祥满面忧容地对李昊道："东川虽然已经为我所有，不过，其忧患更深了。"

李昊奇道："这是为何？"

孟知祥道："自我离开梓州，短短几日内，就连得仁罕七条诉状，皆称：'主公宜自领东川，不然诸将不服。'廷隐来信却说：'赵某本不敢掌管东川，只因仁罕相争，赵某才有相争之心。'你看，二将如此相争，若不妥善处置，其后果将不堪设想。为今之计，只好请李公替我告诉廷隐，我将再于阆州建置保宁军，并将果、蓬、渠、开四州划归其辖属，请他前往镇守。我将亲自兼领东川，以绝仁罕之念。"

李昊将此言转告给了赵廷隐，赵廷隐犹有不平，请求与李仁罕决斗，胜者为东川之帅。李昊苦口相劝，赵廷隐这才接受了任命。

正如李昊所想，孟知祥见到赵季良后，赵季良说道："明公不但应该兼领东川，还应及早称王于两川。"

孟知祥这才答应兼领两川节度使，却不同意称王。

李嗣源万没想到，从董璋起兵攻讨西川到他兵败身死，连十天都不到，此时，王思同征调的兵士连二万人都不到，更不用说发兵南进了。消息传到洛阳，李嗣源不禁大惊，眼见得东、西两川尽归了孟知祥，他素知孟知祥有大志，如今看来，其割据蜀地只是迟早的事了。

李嗣源忧心忡忡，只好召集群臣商议应对之策，范延光道："知祥虽然占据两川，但其士卒皆为中原人，知祥肯定担心人心思归而发生变乱，也肯定想倚靠朝廷以威慑其众。如今，陛下若不屈意安抚，知祥便无自新之路。"

李嗣源虽然心中赞同范延光，嘴上却说道："知祥乃我故人，被人离间，才至如此地步，又有什么屈意的？"于是，遣李克宁之子、供奉官李存瑰前往成都，并让他带话给孟知祥："董璋狐狼之心，自遭族灭之祸。爱卿陵园、亲戚皆保安全，当成家世之美名，守君臣之大节。"

孟知祥以其子孟仁赞为行军司马，总辖两川牙内马步都军事，并想以武泰军留后赵季良、武信军留后李仁罕、保宁军留后赵廷隐、昭武军留后李肇、宁江军留后张公铎"五留后"的名义起草奏章，请求朝廷加封自己为蜀王，以墨制任用官吏。

李昊劝谏道："前些时候，诸将谁攻取了方镇，谁就想占有其地，现在明公又让他们为他们自己请求朝廷的节钺及明公的封爵，若如此，诸将肯定会认为明公的权益及封爵都是由他们自己争取来的，定会助长诸将之骄气。既然如此，主公何不亲自向朝廷请命?"

孟知祥恍然大悟，于是，命李昊为自己起草奏章，请求朝廷准许自己使用墨制任免两川刺史以下官吏。

自从孟知祥斩杀李严之后，朝廷每次任命两川刺史，皆以"牙队"的名义，以朝廷之兵护送赴任，之后，这些朝廷兵便留了下来，因而，两川之内羁留了不少朝廷兵士，少则五百人，多则上千人，像夏鲁奇、李仁矩、武虔裕等，则各有数千人。因此，当孟知祥攻克遂、阆、利、夔、黔、梓六镇之后，不但尽占其地，还得到了超过三万人的朝廷兵。孟知祥担心朝廷会将这些兵士召回去，便主动奏请朝廷将这些兵将的妻儿送来两川。

李嗣源接到孟知祥的奏章后，立即召集众大臣商议，一连商议了三天，最后不但同意了刺史以下官吏皆由孟知祥任用，而且同意两川节度使也由他任免，只需奏明朝廷备案即可，朝廷也不再对两川任命官吏，同时许诺，将不再召回朝廷留川兵卒。

李存瑰带着朝廷的诏书再次到达成都，孟知祥见朝廷对自己如此，心中不禁感到愧疚。当他从李存瑰手中接过诏书时，竟再也忍不住了，两眼热泪直流，"扑通"一声就跪在了地上，面向东北方向趴伏在地，呜咽不止……

白丁皇帝

人老觉少，此话一点都不假。这天明宗皇帝李嗣源醒来的时候，天兀自灰蒙蒙的，起床后强撑着吃了一点东西，然后就背着双手踱进了寝殿后面的曦园。自从安重诲死后，他几乎每天都是这样，宫人们也习惯了，都在园外候着，远远地看着他在园内踱步。

李嗣源虽然也是沙陀三部落之人，出身却甚是寒微，他的父亲原本只是李国昌帐前的一名小卒，连个姓氏都没有。在他还不满十三岁的时候，父亲就去世了，当时镇守雁门的李克用见他骑射功夫过人，就把他收在了帐下，不久又把他认作了义子，他这才有了姓氏、名字，并成了沙陀军中人人羡慕的“大太保”。自那之后，他先后跟随李克用、李存勖父子，东征西讨、南征北战，大小战役，他几乎就没落下过。由于他作战勇猛，经常不要命地冲杀，很快就博得了一个“横冲将军”的威名。

李嗣源为人宽厚，又不善言辞，也没有什么大志，他万没想到，在他花甲之年，会阴差阳错地登上了皇帝宝座！也许是年纪大了的原因，他当上皇帝后，既不贪恋女色，也不像庄宗皇帝李存勖那样有那么多嗜好，几乎把所有的精力都用在了打理朝政上，充其量也就是偶尔打打猎、放放鹰。再加上他在位这些年，上天也格外垂青，年年风调雨顺，很少有大灾大害，因而国库充盈，百姓富足，也算得上是太平安逸之年了。

不过，毕竟年龄不饶人，近段时间以来，李嗣源明显感觉到身体有些不妙了，年轻时在沙场上拼杀留下的满身创伤时有发作，而且越来越频繁。他知道，自己的时日不多了，谁来接替自己继位为尊的大事，不得不开始考虑了。

李嗣源共有四位亲生皇子，依次为李从审、李从荣、李从厚、李从益。长子李从审已为元行钦所杀。许王李从益为宫嫔所生，此时尚幼。秦王李从荣现为河南尹，判六军诸卫事，于诸皇子中年龄最长；宋王李从厚现为河东节度使、北都太原留守，二人皆为李嗣源已经病逝多年的原配夫人夏氏所生。除此之外，他还有两位养子，一位是潞王李从珂，现为凤翔节度使，其母曹氏现已过世，被追封为宣宪皇后；一位乃人称“白无常”的洋王李从璋，现为河中节度使。

李从荣、李从厚两位嫡生皇子虽然各有所长，但性格大不相同。秦王李从荣正当华龄，不仅长相儒雅，风度倜傥，而且文武双全，颇有大志。宋王李从厚，小字菩萨奴，自小就喜好《春秋》，为人温厚恭谨，不但相貌最像李嗣源，就连性格也与李嗣源最为相似，因而深得李嗣源信重，虽然只有十八岁，但已掌典太原重镇了。

安重诲死后，朝政由范延光、赵延寿等人主持，内政则主要由孟汉琼、朱弘昭、王淑妃掌典。然而，李从荣压根儿就看不上范、赵、孟、朱等人，遇事很少与他们商量，这自然引起了孟、朱等人的嫉恨。李从荣常对门客们说道："眼下朝中权臣个个贪恋安逸，故步自封，毫无进取之心。"有了如此想法，他自然不会礼敬这些内外权臣了，再加上他做事不拘小节，率性而为，因此，朝臣们大多对他敬而远之，朝廷重臣之中几乎没有一人与他亲近。

宋王李从厚却与他刚好相反，为人谦和有礼，对众权臣也礼让有加，对李从荣更是恭谨备至，处处谦让，因而，深得朝臣们喜爱，群臣大都愿意与他亲近来往，京城内外，人人都说宋王为人厚道，与物无争。李嗣源耳中更是灌满了宋王如何如何仁爱、如何如何贤明的好话，至于秦王，无论内臣、外臣，竟无一人提及。李嗣源有时候主动提及秦王，想听听权臣们的意见，范延光、赵延寿却总是顾左右而言他，而孟汉琼、朱弘昭更甚，竟如听到毒蛇猛兽般借故告辞，而且还夸张地脸现惊恐之色。李嗣源心想，李从荣年轻气盛，志向远大，他刚刚参政，肯定会得罪一些勋旧老臣，磨炼一段时间，也许会好的，因而，便没将此事太放在心上，倒是李从荣与石敬瑭的关系，让他极为关注。

李从荣与石敬瑭的夫人永宁公主本是一母所生的亲兄妹，按理说，石敬瑭与李从荣也算是至亲了，二人应该是亲密无间的。其实不然，李从荣与永宁公主虽为兄妹，但二人素来不睦，犹如仇敌一般，互相憎恨。受此兄妹二人的影响，石敬瑭也与李从荣很少往来。眼下，此二人一位是宿卫军统帅，一位是宿卫军副统帅，但极少见面，更不用说在一起商议事情了。范延光、赵延寿等朝廷重臣也对李从荣、石敬瑭之间的不和心知肚明，皆隐隐地感到朝局将有动荡之事发生，而且他们根本就无力控制，更怕城门失火，受池鱼之殃，故而，皆向李嗣源奏请辞去机要之位。李嗣源虽然不明白原委，但也隐隐感到李从荣与石敬瑭的不和影响整个朝局了。

昨日早朝，李从荣突然奏道："近来北部边境频频奏报，契丹人移帐于边境附近，吐谷浑、突厥已屡次侵我边地，眼下，北边朝廷戍兵虽有很多，但尚缺乏称职的统帅，应当尽早命一勋旧重臣前往，以安定云、朔诸州。”显然，李从荣这是要将石敬瑭外放出京。李嗣源当时不好表态，只说道：“你去和群臣们好好商量一下，明日再议此事。”

这天李嗣源又在园中边踱步边沉思，不知不觉间，一个时辰就过去了。此时，一缕阳光透过殿角映射到园中的秋菊之上，水池中的水雾正渐渐消散，不禁令李嗣源感到这有些凉意的清晨多了些许的暖意。他长长地呼了一口气，伸了个懒腰，顿时就感到清朗了许多。此时，好多问题还没有想清楚，但他知道，早朝的时间到了，他必须上朝了。

随着一声“皇帝驾到”，李嗣源故作迅捷地进入了朝堂，稳稳地坐在了龙椅之上，面含微笑地接受罢群臣的山呼之后，开口问道：“杨光远来了吗?”

话音刚落，一位身着四品朝服的独臂大臣就应声出班，叩首道：“臣冀州刺史杨光远恭祝吾皇安康吉祥，万岁、万岁、万万岁!”

李嗣源关切地问道：“爱卿平身，听说爱卿染恙，不知痊愈否?”

杨光远在新城与契丹之战中失去一臂，庄宗念其战功，特意擢升他为幽州马步军都指挥使、检校尚书右仆射，令其戍守瓦桥关。李嗣源即位后，又先后擢升他为妫、瀛、易、冀四州刺史。杨光远虽不识字，却颇有辩才，精于政务，也颇有政声。前段时间，杨光远得了秃疮，一直在家养疾，故而，李嗣源才有此一问。

杨光远听罢，心中大为感激，泣声道：“谢陛下挂怀，臣恙已然愈可，只是……臣头发已掉光了，臣，臣现在是个秃子了。”

群臣皆窃窃私笑，李嗣源也有些忍俊不禁，对他安慰了一番后，说道：“近来，契丹遣使者迭罗卿前来，贡奉之余，又恳求释放惕隐、则剌等契丹五十将，群臣们皆不同意，赵德钧也来信说，契丹之所以这几年不敢犯我边境，数次前来求和，就是因为这些人在中原，若将他们放回，边患必然复生。朕知道，卿对契丹谙熟，想听听你的看法，这才把你召来咨询，你看此事该如何处理啊?”

杨光远收住泣声，朗声答道：“回禀陛下，则剌是契丹有名的骁将，又曾帮助王都阴谋危我社稷，幸好将其擒获，契丹失之如丧手足，陛下既然已经免其死罪，恩赐就算很深了。再者说，这些人在朝廷数年，也早知咱中原虚实，若放其回去，祸患必会更深。臣敢断言，则剌等人只要一出北塞，就会回头向南放箭，到那时，悔之无及矣！因而，决不可放则剌等人归国！”

李嗣源闻言，低头沉思了一会儿，然后才道：“卿既然也如此说，看来则剌等人是放不得了，不过，人家一再来使恳求，咱们也得给人家一点脸面啊！依朕看，五十个人一个不放也不好，不如就让迭罗卿把则骨舍利带回去吧！诸位爱卿看，如此办理可好?”

众臣闻言，皆大呼：“陛下英明!”

许王之母

议毕遣回契丹军将之事，赵延寿奏道：“臣听说，李赞华待虢国夫人夏氏凶残暴虐，夏夫人生不如死，之前曾多次奏请离婚，请陛下念在夏鲁奇忠烈为国的义举上，答应夏氏之请吧。”

李嗣源低头想了想，然后说道：“既然如此，朕就准其离开李赞华，但不可再婚，以免李赞华名声有损，不如就准其出家为尼吧。”

杨光远又奏道：“陛下此举果然是圣明至极！如此一来，李赞华的面子也保住了，他应该满意了。李赞华虽然是契丹王子，但既然已定居在我文明之邦，就应该入乡随俗，习我朝文化，去夷狄陋习，咱也不可对他太迁就了。”

李嗣源频频点头，杨光远又奏道：“近年来，契丹虽然没有大举南侵，却经常出兵骚扰北边，幽州境内诸州经常被其劫掠，无一幸免。幽州城门之外，更是虏骑充斥，民不聊生。朝廷每次从涿州运粮入幽州，契丹人都会伏兵于阎沟，大肆劫掠。赵公德钧自为幽州节度使后，就在阎沟构筑城镇，遣兵戍守，建置良乡县，这才使得粮道重新通顺起来。幽州城东十里之外，百姓们皆不敢出门打柴、放牧，赵公又于州东五十里处，构筑潞县城，遣兵戍守，周围百姓这才又能耕种粮食了。不久前，赵公又于州东北一百多里处，构筑三河县城，打通了蓟州运路，契丹骑兵几次前来骚扰，皆被赵公击退。赵公之功德甚巨，请陛下下诏，予以褒奖，以激励臣下倾心于国事。”

杨光远此言一出，李嗣源当时就感到有些为难了。此时，赵德钧身为幽州节度使，又被封为北平王、检校太尉；其子赵延寿身为驸马，升迁更快，短短几年，就从汝州刺史升迁到了河阳节度使、宋州节度使，然后又以上将军、宣徽使入朝，最近又执掌枢密院，可说是权倾内外了。李嗣源对赵氏父子也几乎是言听计从，此时可以说是封无可封了。因而，杨光远奏罢，李嗣源便笑道：“爱卿此奏，倒是给朕出了个难题。德钧父子已经位高至极，一时还真不知道如何封赏他们……”

杨光远道：“这有何难？俗话说，父功子袭，赵公不是还有孙子吗？”

杨光远所说的赵德钧的孙子，就是赵延寿的儿子，也就是李嗣源的外孙。此子名匡赞，字元辅，自幼就聪慧过人，李嗣源对他这个外孙更是喜爱至极，破例准其与诸皇孙一同养育于六宅之中。一次，李嗣源到六宅检查诸皇孙学业，在数十名小儿当中，李嗣源最为满意的就是赵匡赞了，并对“花见羞”王淑妃道：“此儿真乃大器，年龄才刚满七岁，就已能诵书二十七卷了，所谓神童，不过如此吧！”

故而，赵匡赞“神童”之名很快就传遍了朝野。杨光远此时既然为赵德钧请功，李嗣源当即下诏：“都尉之子，太尉之孙，幼能诵书，弱不好弄，克彰庭训，宜锡科名，可特赐童子及弟，仍附长兴三年礼部春榜。”也就是说，七岁的赵匡赞已被李嗣源钦点为进士了！

此诏一下，众臣虽感错愕，但也没说什么。赵德钧、赵延寿、赵匡赞可说是一门三代同荣，一时间，誉满朝野。

封罢赵匡赞，李嗣源又下诏，擢升杨光远为振武节度使，令其率军戍守蔚州。

杨光远谢恩过后，枢密使范延光出班奏道：“陛下，夏州有捷报，康福、药彦稠大破党项十九族，党项已皆归附我大唐朝廷！”

李嗣源闻奏大悦，群臣也欢欣鼓舞，纷纷向李嗣源表示庆贺。李嗣源道："感谢苍天眷顾，此乃万民之福啊！康福让安重诲赶鸭子上架，竟也成了彪炳后世的名将！看来，我朝的军力确实算得上强盛啊！"

范延光道："这都是陛下盛德、上天恩泽所至，实乃可喜可贺。"

李嗣源像是突然想起了什么，笑问范延光道："朝中宿卫之兵，现有战马多少？"

范延光道："回陛下，宿卫兵中现有战马三万五千匹！"

听罢此言，李嗣源突然低下了头，半晌不语。众大臣甚为惊诧，范延光道："怎么了陛下，难道有什么不妥吗？"

李嗣源抬起了头，缓缓说道："没什么。朕是在想，朕在军中四十多年，武皇在太原时，只有七千匹战马，庄宗取河北后，与朱梁相战于黄河两岸，也只有一万匹战马。现在朕有战马三万五千匹，却仍不能一统天下，看来，朕真的是老了，马再多，又有什么用呢？"

范延光说道："臣曾经计算过，一匹战马的耗费，可以养步兵五人，三万五千匹战马，即可养十七万步兵！"

李嗣源道："是啊，不要肥马而瘦人，爱卿可重新制定方略，减骑军而增步兵……"

"不可！"李嗣源话未说完，一个声音突然打断了他。李嗣源大为惊诧，一看说这话的人正是李从荣，便问道："从荣有何话说？"

李从荣好像特别激动，说道："此乃故步守成之举，父皇万不可如此！这些年来，我朝得上天眷顾，年年风调雨顺，现今百姓富足，国库充盈，国力强盛，军士用命，党项归附一事便是明证。我朝正可趁此发奋，一举攻伐淮南，进而完成一统天下、重振大唐的伟业。"

李嗣源注意到，李从荣在说这些话的同时，范延光、赵延寿、孟汉琼、朱弘昭等一班老臣面面相觑，皆有不以为然之色，因而故意问道："听说你已让府中之人制作《檄淮南书》，其志向固然可嘉，你且问问朝中这些前辈是何想法。"

范延光等人闻听此言，皆跪地叩首，诚惶诚恐地说道："臣等唯陛下之命是尊！"

孟汉琼道："秦王所言，乃天大之事，此事尚需从长计议。"

李从荣一听，登时转脸面对孟汉琼，大声问道："从长计议，多长是长？所谓人生如白驹过隙，良机就在眼前，怎可坐失？"

孟汉琼低头不语，李嗣源叹道："自中和年间，天下历经黄巢、秦宗权、朱温之乱，数十年间，诸侯纷争，遍地战火，致使生灵涂炭，民不聊生。朕自即位以来，一直谨慎用兵，就是为天下百姓着想。其实，朕又何尝不想廓清玉宇呢？只是朕深知自己智能有限，一旦不能如愿，必然致兵戈再起，徒令万千生民受苦受难罢了。如今朕已老了，此事就不用再说了。"

李从荣道："父皇春秋正盛，怎可言老？父皇当年人称'横冲将军'，其英气至今令儿臣仰慕不已，如今这是怎么了？"

李嗣源摆了摆手，说道："此事到此为止，休要再说了！"

李从荣无奈地叹了口气，说道："好吧，孩儿不再多言了，只是昨日所奏眼前之事，父皇须得及早定夺：契丹骚扰北边，早晚会大举南侵，我与契丹边界漫长，须得一位柱石勋臣前往北边统筹提调，方能策应万全，不知父皇心中可定下人选没有？"

李嗣源心中暗道：终于来了！故意反问道："依皇儿看，谁去最合适啊？"

李从荣回答道："帅臣之中，唯石敬瑭最为可行。"

石敬瑭当即出班奏道："臣愿北行。"

石敬瑭话音未落，范延光、赵延寿几乎是同时出班，异口同声地奏道："石公万不可离京！康义诚可以前往。"

李嗣源对石敬瑭道："卿能为朕去北边防御，当然最好不过，可是，朝廷宿卫也不能没有爱卿啊！"又转头面对着范延光、赵延寿说道，"康义诚现为山南东道节度使，两位爱卿既然推荐他去北边，那么，谁又去接替他呢？"

范延光奏道："宣徽使朱弘昭可以前往。"

朱弘昭当即出班奏道："臣愿往。"

李嗣源低头沉思了良久，才说道："好吧，弘昭你先去把康义诚接替回京，至于谁去北边，等你们商量定了之后再说吧。”

散朝之后，朱弘昭拉着石敬瑭落在了众臣的后面，低声道：“秦王好文，交游者多为词客，此子一旦南面为君，我们这些武臣恐怕就死无葬身之地了，不如尽早图之。”石敬瑭闻言，心中大为错愕，一声没吭地就急急离开了。

不想，朱弘昭此话恰好被一位躬身路过的宫女听到了，这位宫女恰巧就是许王李从益的生母！

李嗣源即位之初，他在镇州宠幸过的一位王氏婢女恰好为他生下一子，当时他不想让外面知道他与王氏之间的关系，便让“花见羞”王淑妃认这个婴儿为子，这个婴儿就是现在的许王李从益，而其生母王氏却成了自己的乳母。前些日子，王氏见李嗣源已是年老多病，而秦王李从荣却掌握着朝廷兵权，便想，一旦天子驾崩，继位为尊者将非李从荣莫属，故而，想方设法结交李从荣，以为自己母子的长久之计。自那之后，她一面在王淑妃跟前唠叨说秦王喜爱许王，一面特意教年仅四岁的李从益学说：“我要找秦王哥哥玩！”李从益倒也听话，当李嗣源来看他的时候，他竟稚声对李嗣源说道：“父皇，我想跟秦王哥哥玩，让嬷嬷带我去吧。”

李嗣源老年得子，自然对李从益十分溺爱，可以说是有求必应，遂让王氏有空就带李从益去秦王府上游玩。其实，王氏此时尚不满二十岁，颇有姿色，因而，李从荣一见到她，就注意上她了，再加上李从荣也想让王氏为他伺察宫中的动静，故而，就在王氏第二次带着李从益到秦王府上的时候，二人就成就了好事。

王氏听罢朱弘昭对石敬瑭的密语，当天下午就带着李从益到了秦王府上，将此事告诉了李从荣。李从荣听罢，不禁大惊，连忙召高辇等商议对策。高辇眼露凶光，献计道：“殿下须得先下手为强！依高某看，秦王可上表称病，碍于礼节，这些老臣即便心中不愿，也不得不前来问候，殿下即可于病榻之后埋伏壮士，出其不意地将他们除掉！如此，殿下方可转祸为福。”

李从荣犹豫道：“至尊在上，一旦如此，父皇能不治我之罪吗?”

高辇道："子弄父兵，其罪最多就是一阵鞭笞，若不尽早动手，秦王恐怕就有性命之忧了。"

李从荣仍是犹豫不决，又召六军诸卫推官、虞部员外郎赵上交商议此事。没想到赵上交不但不赞同，反而高声说道："殿下名位尊严，又居上嗣，为何行此不齿之事呢？不要以为父子至亲可以仰仗，殿下难道不知道恭世子、戾太子之事吗？"李从荣闻言大怒，一气之下就把赵上交赶出了秦王府，贬为泾州判官。不过，他虽然对赵上交如此，却也没有听从高辇之计。

高辇无奈，只好说道："殿下既然不能痛下杀手，就必须让石敬瑭尽快离开京城。虽然侍卫军主帅是殿下，石敬瑭是副帅，但此人在军中颇有威信，一旦他与内臣联手，后果将不堪设想。"

李从荣道："不知怎么搞的，我一见到这位妹夫那蜡黄的'尊容'，就犯腻味。军中都传说，他是个特别能冲锋陷阵的英雄，真不知传言是真是假。高公说得对，此人在京师，的确是个麻烦。我这就进宫去说服父皇，让他去太原。"

一个巴掌

石敬瑭回到府中，越想朱弘昭之言，越是坐立不安。他心中明白，朱弘昭这些朝臣并不可太过相信，他们不过是想利用自己铲除异己罢了。从朱弘昭的话中，他还听出了另外一层意思——朝中重臣之间的争斗已经到了你死我活的地步，自己若不及早离开京城这个是非之地，迟早会被牵连进去。思前想后，他离开洛阳的决心就更加坚定了，而且事不宜迟，必须尽早脱身！眼下，重臣之中，最反对他离开京城的就是范延光、赵延寿。他也明白，他们是想让他留在京城牵制秦王，好让他们自己有进退的余地。他知道，要想离开京城，必须想办法让范、赵二人改变主意，那么，让谁去劝说范、赵二人呢？他召来心腹亲将刘知远商议。

刘知远一听，本来就有些发紫的脸上紫气就更重了。他低头沉思了半晌，然后说道：“听说枢密直学士李崧与范延光交往甚深，明公何不请李学士前往劝说呢?”

石敬瑭大悟，当晚即携带重金前往李崧府上，向他说明了来意。李崧倒也爽快，当时就答应了他。

石敬瑭离开后，李崧连夜直奔范延光府上，对范延光道：“眼下朝局激流暗涌，群臣皆惴惴不安，范公可知道因哪两人而起?”

范延光脱口而出：“一个是秦王，一个是石敬瑭!”

李崧拍手说道：“是啊！俗话说，一个巴掌拍不响，二人中若有一人离开朝廷，另一人必然心安，这于朝局稳定岂不有利？范公为何要阻拦石公北去呢?”

一语惊醒梦中人，范延光恍然大悟。次日一早，他就把此话转告给了赵延寿，赵延寿也认为李崧之言在理，确实应该让石敬瑭尽早离开京城，因而，次日朝班之上，当李嗣源问及北帅人选的时候，重臣们几乎异口同声地推荐了石敬瑭!

李嗣源终于下诏：以石敬瑭为北京太原留守、河东节度使，兼大同、振武、彰国、威塞等军蕃汉马步总管。同时对内、外朝及相关藩镇也进行了相应的调整：宋王李从厚改任魏州天雄军节度使，康义诚入朝任侍卫亲军马步都指挥使，兼领河阳节度使，朱弘昭兼领山南东道节度使，原西京留守、同平章事李从珂改任凤翔节度使，三司使孟鹄改任许州忠武节度使，许州忠武节度使冯赟则入朝充宣徽南院使，兼判三司。

冯赟，太原人，其父冯璋曾为李嗣源的门人。冯赟小的时候，甚是机灵听话，一直深得李嗣源喜爱。李嗣源为节度使的时候，就以冯赟为进奏官，即位之后，先后以其为客省使、宣徽北院使、许州节度使，此时又让他入朝执掌朝廷财政。

李嗣源随后又赐石敬瑭“竭忠匡运宁国功臣”称号，在中兴殿特意设宴为其饯行。石敬瑭举觞为李嗣源祝寿，并奏道：“臣虽然不勇，但决不敢不尽忠竭力！北边之事，陛下只管放心。只是臣远离玉阶，无法再随时问安了，请陛下一定要保重龙体。”说罢，已哽咽落泪。李嗣源也极为伤感，不禁老泪纵横，左右大臣皆责怪石敬瑭太过感伤了。

石敬瑭深感李崧相助之恩，临行时密遣人谢李崧道："为浮屠者，必合其尖。公之大恩，敬瑭日后必报。"

石敬瑭到太原后，听从刘知远、郭威、周瑰等人的建议，在太原励精图治，强兵敛财，并以刘知远、周瑰为都押牙：刘知远典掌军事，周瑰则掌判财政。

石敬瑭、孟鹄等离京不久，冯赟、康义诚相继抵达洛阳。康义诚回到洛阳的府第，见院中杂草丛生，便令一老兵为其打扫。老兵体弱，动作不免有些迟缓，康义诚见状，不禁大为生气，当即大声呵斥，举起马鞭作势要打。老兵吓得跪在地上，连连向其赔罪，满脸泪水地连声求饶道："令公饶命！令公饶命！"

康义诚突然发现这位老兵有些面熟，忙问他姓什么，老兵答道："姓康。"康义诚一听同姓，又问他是哪里人，老兵答道："代北三部落人。"康义诚大为惊奇，此老兵竟与自己同乡！接着又问其乡土、亲族等，最后方知此老兵竟然就是自己失散多年的亲生父亲！父子二人不禁百感交集，相拥而哭。

此事很快就传到了李嗣源的耳朵里，他当即召康义诚父子入宫，对康父百般安慰，并赏赐了许多金银、财帛，面嘱康义诚要好好孝敬老父。康义诚深感其恩，满面泪水地发誓道："臣定当竭尽愚忠，为陛下粉身碎骨、肝脑涂地，以报陛下天恩于万一！"

康氏父子退出后，李嗣源不免唏嘘了好一阵。正在这时，突有吴越使者来报，说吴越王钱镠眼疾恶化，双目已不能视物，请求让其子钱传瓘代掌吴越军政。李嗣源知道，钱镠已是年过八十的人了，竟然还能一直亲掌军政，而自己才六十多岁，就已经力不从心，不禁叹道："看来，人真不能比人啊！"遂答应了钱镠的请求，并遣翰林学士和凝为使，携带重金厚礼前往吴越慰问钱镠。

和凝接旨后，驱车东行，从青州弃车登船，在海上泛舟十多天，才进入钱塘江，趁着钱塘涨潮之际，逆江而上，很快就抵达了杭州。

钱镠闻听中原皇帝遣使来慰问自己，而且使臣竟然是名重天下的和凝，不禁大为兴奋，亲自设宴招待和凝一行。和凝见钱镠虽已至耄耋之年，但除了一双眼睛不能视物外，仍然精神矍铄、思路清晰，言谈之中，豪气仍存，不禁大为慨叹。

酒酣之际，钱镠对一位相陪的僧人说道："契盈大师，您若能让本王一睹和夫子的风采，本王即便当时就死，此生也无憾了！"

原来，钱传瓘为让父亲安享晚年，一直遍求名医医治钱镠的双目。这位法号契盈的僧人就是从闽中专程来杭州的，他自称能用针灸医治内外障眼。

契盈听罢钱镠之言，起身说道："贫僧已经说过，大王此疾治愈容易，不过，大王不是常人，此疾乃上天所赐，可保大王长寿；若强行医治，便是违背天理，恐怕会折损大王寿命，还请大王三思。"

钱镠朗声说道："本王起身行伍，位至诸侯，如此富贵，我也满足了。只要两眼能够视物，即便为鬼，也当是快乐之鬼！请大师这就动手吧。"

契盈见钱镠说得坚决，当即离席走到钱镠身边，从随身的包裹中取出一根银针，照着钱镠的头部扎了下去……须臾，契盈拔出银针，钱镠连眨了几下眼睛，不一会儿，竟豁然开朗了！和凝儒雅飘逸的面庞很快就映入了钱镠的眼眸。钱镠狂喜不已，连声叫道："看见了！看见了！本王看到和夫子的真面目了！"和凝、钱传瓘及满座宾客亲眼目睹这一神奇之举，无不暗暗称奇，皆大声高呼："高僧妙手！大王洪福！"

钱镠更是亢奋不已，当时就要以万金赐给契盈，契盈却坚辞不受。

次日，钱镠亲自陪着和凝、契盈游览杭州山水。

钱镠乍能开眼视物，自然欣喜异常。他站在碧浪亭上，俯望着潮水初满的钱塘江，只见波光粼粼，百舟扬帆，便对和凝叹道："吴越距京师三千多里，谁能知道，一水之利能有如此好处呢？"

此时，因有吴国阻隔，吴越进贡唐国，须从钱塘出海，经过海路到青州，然后再西行到京师，故有三千里之遥。

契盈答道："真可谓：三千里外一条水，十二时中两度潮！"

钱镠、和凝闻言大惊，赞道："真是绝妙佳对，大师竟有如此文采！"

行至虎跑泉，钱镠对和凝言道："久闻和夫子妙笔生花，文采湛然，此地茂林灵泉，夫子何不赐诗一首？"

和凝也不推辞，当即吟道：

万山岚霭簇洋城，数处禅斋尽有名。
古柏八株堆翠色，灵泉一派逗寒声。
暂游颇爱闲滋味，久住翻嫌俗性情。
珍重支公每相勉，我于儒行也修行。

果如契盈所料，和凝、契盈离开杭州不久，钱镠就病倒了，而且病势日重。钱镠心想：契盈真乃神人，自己为图一时之快，竟搭上了一条性命！时日既然已经不多了，必须及早安排后事，遂召集众将吏至病榻前，说道："我自知不起，诸儿皆愚懦，诸位看，我死之后，谁可继任为帅？"

众人皆泣道："两镇令公仁孝有功，谁不爱戴，非其莫属！"钱镠遂将印绶、玉册交给了钱传瓘，嘱咐道："众将吏皆推举你，你当尽心竭力，莫负厚望。你要记住，钱氏子孙一定要善事中原，不管中原如何易姓，都要向中原称臣，只有如此，方可保我宗族国家长安，切记，切记。"

不久钱镠就薨逝了，享年八十一岁。

钱镠出身寒微，刚一生下，就差点被溺死，谁能想到他竟成了吴越霸主，而且寿高正寝、子孙享国，怎能不让人感叹？当时就有书生作歌唱道：

泽国婆留水龙王，波翻涛卷江山享。
三万雄兵鏖太湖，五千铁弩射钱塘。
罗隐仙去西湖瘦，贯休尘来越州长。
息兵山水社稷功，衣锦草木恩泽享。
只为一见和夫子，宁可舍寿换日光。

陈子龙有诗赞钱镠道：

草草群雄事，纷纷割据年。
斗牛占王气，屠贩出豪贤。
地屈孙刘势，形支江海边。
爪牙多健勇，参佐集神仙。
本奉中原朔，时分属国天。
锦城开邸第，大木拥旌旃。

公元九三三年，后唐长兴四年，吴大和五年，闽龙启元年，南汉大有六年，契丹天显八年

传衣钵

钱传瓘袭位之后，更名为元瓘，兄弟之中，名中有“传”者皆改为“元”。遵照钱镠遗命，出行、颁令均不再使用国仪，而是改用藩镇礼仪。钱镠薨逝、钱元瓘袭位的消息报到洛阳后，李嗣源当即加封钱元瓘为吴越王、中书令。

钱镠宁可舍寿也要见和凝一面之事，很快传到了李嗣源的耳中。和凝一回到洛阳，李嗣源即以其为翰林学士，掌典本届春闱。

贡院旧例，放榜之日都要关上院门，并在门口放上荆棘，以防落第者吵闹喧哗。本年放榜之日，和凝却令人撤除荆棘，大开贡院之门。说来也怪，金榜张贴后，参加春闱的士子无论中与不中，皆肃然无哗。朝野之士大为称道：看来和凝所取，定然为一时之秀了。

不想，有一人很不以为然。此人姓范，名质，字文素，大名宗城范家营人，生于后梁乾化元年，自幼聪明好学，九岁能诗文，十三岁读诗经，十四岁就开始收徒做师了，当真是名副其实的神童。范质认为，凭他的文章，当在三甲之列，但他万没想到，金榜出来后，他却仅仅名列第十三位！他有些纳闷，和凝本届所取，堪称至公，难道自己试文中有纰漏

不成?

范质虽然满腹狐疑，但还是依照惯例前往和府去拜谢座师。令他称奇的是，他一进和府，和凝竟然亲自起身相迎，还满脸含笑地对众人说道："本座的'衣钵'来了!"

后来，范质才知道，和凝阅卷之时，就对他的文章赞不绝口，称其文"辞理独殊，文风颇健"，本想点为头名状元，后来故意把他列在了第十三名——因为，和凝当年应举登第正是名列第十三!

场屋之间，历来有一种风俗，座师往往把本场中他最为满意的士子列在座师当年中第的名次上，这就是所谓的"传衣钵"，其意与禅宗之意大致相同。范质这才释然，他年仅二十二岁就高登金榜，而且位列享有殊荣的"传衣钵"之位，心中自是大喜。

和凝放榜去荆棘、范质登第"传衣钵"的事情被传得沸沸扬扬，李嗣源听说后特意召见了和凝，笑对范延光、赵延寿等人道："和卿此次主贡举，果然不同凡响，传至后世，也堪称我朝一段佳话了。"

众臣皆连声附和，君臣们闲谈了好一阵，才转到另一个话题上。范延光奏道："河西来报，夏州节度使李仁福病逝了，其子李彝超竟然自称留后。"

李嗣源道："此前，河西诸镇皆称李仁福密与契丹人来往，朕就一直担心他会与契丹人联合，侵吞河右，然后再南侵关中。李仁福既然不在了，此时正可将李彝超调离夏州，改为延州留后。"

众臣皆认为可行，李嗣源遂下诏，改李彝超为延州留后，以延州节度使安从进为夏州留后，命邠州静难节度使药彦稠率兵五万送安从进赴任，以宫苑使安重益为监军，并以"夏州乃穷困边境，李彝超年少，难以防御，故将其迁往延安"的圣旨，抚慰夏、银、绥、宥等州将士吏民，同时又在诏书中对李彝超言道："若遵从朝命，则像凤翔李继曮一样，有富贵之福；若违抗朝命，则像定州王都一样，有灭族之祸。"

不想，诏书到达夏州后，李彝超以军士百姓拥戴挽留为由，拒不奉命。李嗣源多次遣使劝说，李彝超不但不听，反而遣其兄阿啰王率军把守青岭门，大集境内党项、胡人之兵，准备对抗朝廷军。

药彦稠率军护送着安从进抵达芦关后，李彝超竟然遣党项军将其粮草及攻城器械全劫走了。药彦稠无奈，便想率军从芦关退往金明，安从进却坚决不同意，高声叫道："彝超小儿，竟然如此自不量力！药公若退，朝廷颜面何存?"力劝药彦稠率军向夏州进发。

药彦稠说道："朝廷尚无出战之命，我等怎可擅自用兵?"

安从进道："当年牛知柔、卫审余护送康福公赴镇，能够成就大功，不也是擅自用兵吗？我等执行朝命赴镇，又怎能说是擅自用兵呢?"

药彦稠看着安从进那张黑中透红的脸上，一双豹目炯然生光，心中叹道：果然是初生之犊，不知深浅！但他心中也明白，安从进所说并非没有道理，只好率军向夏州进发。

刘浔之子刘遂凝此时为隰州刺史，闻听此事后，当即遣人飞马驰往洛阳献策，说夏州辖内绥、银二州之人皆心向朝廷，请任命二州刺史以招降二州之人。李嗣源咨问众臣意见，范延光道："不可！王师问罪，本在彝超，夏州若破，绥、银岂用考虑！若不破夏州，即便得到绥、银，也是守不住的。"李嗣源知道范延光所言在理，故而，没有答应刘遂凝之请。

刘遂凝随后又遣使奏请，说他愿意亲自驰入夏州去说服李彝超出降，范延光又道："不可！若仅仅是遂凝私人拜访，一旦不测，牵扯也不会太大，但是遂凝此去代表的是朝廷，一旦有失，朝廷的体面也就失去了，这却是天大的事！"

此时，王淑妃正在用事，因为刘浔的关系，刘遂凝兄弟正蒙恩宠，李嗣源对其所言也一直是无所不听，而大臣们也因为王淑妃的缘故，多不敢与刘家兄弟相争，唯独范延光经常与其争论。

夏州城为赫连勃勃当年所筑，真正是坚如铁石，即便是斧斫钎凿，也无法损害其分毫。安从进、药彦稠率军五万围攻夏州十几天，竟然毫无进展，而一万多党项骑军，却整日里徜徉于四野之上，不时地劫掠粮饷，再加上山路险峻狭隘，关中百姓运输一斗粮食、一束柴草就要耗费数缗金钱，军粮供给已越来越艰难了。

李彝超兄弟登城对安从进道："夏州贫瘠不堪，又没有珍宝蓄积可以供奉朝廷，只是因为祖辈、父辈守此疆土，彝超才不想失去它。小小孤城，安公即便胜了，也是胜之不武，又何必麻烦国家如此劳费呢？烦请安公上表奏明圣上，若能许我改过自新，我定当忠于朝廷；若圣上命我征伐，我愿为众军先锋，效命于阵前。”

安从进此时已然泄气，只好将李彝超之言上奏给李嗣源。李嗣源知道安从进已然没有办法了，只好命安从进率军退回。后来，有一位知道李仁福心事的人说道：“李仁福担心朝廷将他调离夏州，这才放出谣言说与契丹相通，其实，契丹并未与他有任何交往。”

自此之后，夏州虽然又归顺了朝廷，却对朝廷有了轻视之念，经常有叛臣与其勾结，以博得好处。

李嗣源本来身体就有病，此次征伐夏州又无功而返，一时军中流言很多。朝廷为平息流言，只好奖赐了一些钱财，但因奖赐无名，士卒们反而更加骄纵了。

李彝超得理不饶人，趁着上表谢罪的机会，又要求朝廷为其平反昭雪。李嗣源无奈，只好以李彝超为夏州定难军节度使。孟知祥趁机又要求兼领东川，李嗣源也只好满足了孟知祥的要求，以孟知祥为东、西两川节度使，晋爵蜀王，以赵季良、李仁罕、赵廷隐、李肇、张公铎“五留后”为五镇节度使。

夏州、两川之事让李嗣源心中大感窝囊，致使病情日渐加重，遂将一应政事全都委托给了秦王李从荣，并加封李从荣守尚书令，兼侍中，同时以端明殿学士刘煦为中书侍郎、同平章事。

刘煦奏请为各皇子选任师傅，李嗣源准奏，并很快选定了各皇子的师傅，只有秦王李从荣的师傅迟迟定不下来。

秦王李从荣不仅掌握天下兵权，武略也颇为自负，更令他自夸的还是他的文才，他自认为章句独步于一时，整日里与高辇、刘陟、江文蔚、李浣、苏瓒、鱼崇远、司徒诩、王说、王居敏、郭浚等名士互相唱和，还自编了一册诗集，叫做《紫府集》，收录了自作的上千首诗作。因此，一般人物又怎能做他师傅呢？故而，众臣皆不敢为秦王推荐师傅，李嗣源只好让李从荣自己选任师傅。

秦王府判官、太子詹事王居敏向李从荣推荐兵部侍郎刘瓒为秦王傅，李从荣虽然认为多此一举，但既然各王都选任了师傅，自己也不好例外，只得上表奏请以刘瓒为师傅。李嗣源大喜，当即下诏，以刘瓒兼秦王傅。

刘瓒接诏后大为恐惧，一再以才能不足为由，奏请降职，而且每次都是声泪俱下，但李嗣源就是不答应，刘瓒无奈，只好到秦王府供职。

秦王府幕僚大都是新进得意的年轻文人，整日里与李从荣饮酒赋诗，高谈阔论，刘瓒却一再提醒李从荣要勤政务实，厚德爱民，没过多久，李从荣就对他极为厌烦了。刘瓒名义上是师傅，但李从荣对其就如其他僚属一样。刘瓒常常面有难色，李从荣也觉察到了，特地告诉守门人，每月只准刘瓒入秦王府一次。

寒雪

入冬之后，李嗣源的病势日渐沉重，一连十几日都不能会见群臣。一时间，京都谣言四起，人情恼惧，有些人甚至逃进了山野，也有人寄寓在军营之中，有司根本无法禁止。有人劝范延光应该以严厉之法制止动荡，范延光却道："制动当以静，请少安毋躁。"

范延光随后求见李嗣源，奏道："眼下，京城内外，人心纷乱，臣斗胆请圣上上朝，以安民心。"李嗣源无奈，只好硬挺着上朝，在广寿殿接见百官。致仕在家的太仆少卿何泽见李嗣源病重，而秦王李从荣的权势正盛，便觉得自己再被重用的机会到了，竟自作主张地率先上表，奏请立李从荣为太子。群臣听说后，不甘落后，也纷纷上表。李嗣源硬撑着病体听罢群臣表章，误认为这是李从荣的意思，瘦弱的脸上不禁老泪纵横，对左右叹道："群臣请立太子，看来朕确实是老了，该回太原旧第养老了。"

李嗣源不得已，只好命宰相、枢密使商议立太子一事。李从荣听说此事后，入宫对李嗣源说道："孩儿听说有奸人欲立儿臣为太子，儿臣年纪尚轻，只愿学习治军治民之道，不愿当此虚名。"

李嗣源认为他是在故作退让，叹道："这是群臣的想法。"

李从荣退出后，就去见范延光、赵延寿，抱怨道："执政群臣欲立我为太子，其实是醉翁之意不在酒，分明就是想夺我的兵权，这与把我幽禁在东宫之内有何区别?"

范延光、赵延寿闻言大惧，连忙把李从荣的话照实转奏给了李嗣源。李嗣源无奈，为了安慰李从荣，只好加封李从荣为天下兵马大元帅。

李从荣随后又奏请将严卫、捧圣步骑两军，作为自己的牙兵，李嗣源也答应了。李从荣一直对执政重臣守成保守的策略极为不满，曾多次对心腹说道："这些权臣只知道安享富贵，毫无进取之心，我一旦南面为君，为了一统天下，必须重用一些有为之士，这些保守之臣必须全部驱逐出朝!"范延光、赵延寿听说后，心内大惧，再次请求李嗣源将他们外放，以避灾祸。李嗣源却误认为他们见自己生病了，要丢下他离开，不禁大为生气，赌气道："你们想走，走就是了，何必还要上表?"

赵延寿的夫人齐国公主看望李嗣源的时候，再次替赵延寿提出此事，说道："延寿确实有病，已难以胜任机要重务了。"次日，范延光、赵延寿二人再次对李嗣源道："臣等不敢畏惮劳苦，只是想与勋旧重臣交替执政。也不敢一同离开，可由一人先出京。若新人不称职，陛下再召臣来，臣当召之即来。"李嗣源这才勉强答应，放赵延寿出朝，以其为汴州宣武节度使，并让朱弘昭立即回朝，准备让他接替赵延寿为枢密使。

圣旨到达兴元后，朱弘昭竟也上表推辞，说自己资望不深，难以执掌机枢。李嗣源大怒，对其使者呵斥道："他们都不愿在朕身边，朕蓄养他们还有什么用?"朱弘昭这才不敢多说，连忙回到了京城。

朱弘昭一到洛阳，范延光就趁机去求孟汉琼、王淑妃帮忙，恳求外放出京。李嗣源无奈，只好答应了他，以其为镇州成德军节度使。

范延光临行之时，李嗣源特意设宴为其饯行，李嗣源道："爱卿一直想要离开京城，好像这京城是虎狼之地似的，难道京城真的这么危险吗?今日爱卿就要远离京城了，有什么事，总可以对朕尽言了吧!"

范延光不敢多说，只是含含糊糊地提醒道："臣走之后，朝廷大事，愿陛下与内廷久辅重臣共同参决，切勿听群小之言。"说罢，已是满脸泪水，依依惜别。此时，孟汉琼正用事内廷，广植朋党以蔽惑圣听，范延光不敢言及秦王李从荣，只以此事提醒李嗣源。

赵延寿、范延光相继离京，李嗣源大为惆怅，他认为亲军都指挥使康义诚为人朴实忠厚，故而对其信重有加，并任用冯赟为枢密使。

此时，要近之官多求外出，以避秦王，康义诚自己无法脱身，只好令其子投靠秦王，以保自全。

一连三天三夜的大雪，让洛阳城平地积雪有没膝之厚，宫苑殿阁更是一片素白，殿角飞檐间皆垂着厚厚的冰挂，干枯的树枝也被厚厚的白雪包裹着，就连投照其上的一缕缕阳光，也透着冰冷的寒意。

李嗣源起床后，突然感觉身体很好，一连喝了两碗小米稀粥，还吃了一个花卷。吃罢早餐，他就要让王淑妃陪着出宫去观赏雪景。王淑妃劝道："大家龙体还未痊愈，大雪之后异常寒冷，大家万万不可出殿！"

李嗣源却执意出殿，说是好久没到外面走走了，在这寝宫里面实在是憋闷至极，一屋子的药味，好人都给熏病了，不如到外面透透气。王淑妃还是不同意，李嗣源当时就拉下了脸："朕还没咽气呢，你就敢抗旨了！"王淑妃大惧，再不敢坚持了，只好扶着他出了寝殿。

李嗣源出殿之后，精神果然大振，竟甩开王淑妃的搀扶，信步走出宫门，登上了宫西的士和亭。他凭栏遥望着白雪覆盖的山野，笑对王淑妃道："爱妃你看，朕的江山如此之美！可惜，朕不懂文辞，要是从荣在这里，定会吟诗诵景的。朕这个白丁皇帝，真是有负如此江山啊！"

王淑妃听李嗣源口中说到秦王之名，心中一动，正要遣人去召李从荣前来，突然见李嗣源身子摇了一下，眼看就要栽倒。王淑妃大惊，赶忙上前扶住，大叫道："大家，您怎么了？"内侍们也都惊叫着赶了过来，只见李嗣源已经面如白纸、气若游丝了。

李嗣源被抬回寝宫时，太医们早就闻讯赶了过来，好不容易才把李嗣源救醒。王淑妃大急，忙问情况如何，太医们个个脸色凝重，说道："陛下寒气内侵，染上了伤寒，恐怕……"

王淑妃又悔又急，连忙遣人召李从荣、朱弘昭等入宫。李从荣、朱弘昭闻讯，也是大急，慌忙入宫探望。短短一会儿工夫，李嗣源就晕死过好几次，好在都被救醒了。当李从荣进入寝宫的时候，李嗣源刚刚被又一次救醒。王淑妃趴在他的耳边低声说道：“从荣在此！”李嗣源没有应声。过了一会儿，朱弘昭等重臣也到了，王淑妃又附在他耳边说道，“弘昭等在此！”李嗣源还是没有应声。

就这样折腾了整整一天，天很快就黑了下来。众臣皆告辞而去，李从荣正要告辞，孟汉琼却建议道：“陛下危甚，随时会有不测，秦王还是不要回去了，就住在宫里吧。”李从荣想想也有道理，就点了点头，并按照孟汉琼的安排，当晚就住在了雍和殿。

夜里，李从荣翻来覆去地睡不着，耳边不时地听到从李嗣源寝宫中传来的哭声，他几次要到李嗣源寝宫去看看，可是，殿门口都站满了卫士，说是奉王娘娘、孟公之命，内宫已经戒严了。到了后来，整个宫中都是哭声，一阵紧似一阵，很显然，圣上已然驾崩了！李从荣大急，几次要冲出雍和殿，都被卫士们拦住了，说是没有王娘娘、孟公之命，决不敢放殿下出殿！李从荣无奈，只好眼睁睁地望着李嗣源寝宫的方向流泪叹息，一夜都没合眼。

其实，夜半之后，李嗣源就苏醒了，而且还坐了起来。他环顾寝殿，见周围竟然一个人都没有，好不容易才发现远远地在殿角有一位叫做玉荣的守漏宫女在打瞌睡，便高声问道：“夜漏到几时了?”

玉荣惊醒过来，随口答道：“四更了!”

李嗣源高声问过后，突然就是一阵猛咳，随即吐出几片像肺叶一般的肉片，还排出了一斗有余的尿液。玉荣这才发现皇上醒了，连忙跑到榻前，喜道：“大家没事了吗?”

李嗣源嗫嚅道：“朕……也不知道。”

不一会儿，皇后、王淑妃等六宫妃嫔都到了，一见李嗣源如此，皆面露喜色，相贺道：“大家还魂了!”李嗣源喝了一碗粥，到天明时分，精神渐渐好了起来。

李从荣此时还蒙在鼓里，他不知道，夜中的哭声都是孟汉琼让宫女假扮的。李从荣好不容易等到了天亮，便让卫士急召孟汉琼前来。孟汉琼到后，李从荣问道："父皇怎样了？"

孟汉琼故作悲戚状，含含糊糊地答道："不，不怎么样。"

李从荣道："我要见父皇！"

孟汉琼道："圣上可有圣旨召见元帅？"

李从荣随口答道："没有。"

孟汉琼道："既然没有圣旨，元帅还是先请回秦王府等待吧。"

李从荣已隐隐感到事情蹊跷，他见眼前情势不利，巴不得赶快出宫回府。

天津桥头

李从荣认定，他的父皇已经晏驾了，而内廷显然已被孟汉琼控制！身为父皇钦定的执政皇子，他怎能坐视不管？因此，一回到秦王府，他就对等了一整夜的众幕僚道："大事不好，父皇十有八九已经晏驾，内宫已被奸人控制了，我必须率兵入宫，以制服权臣！"

王居敏劝道："万万不可，没有圣旨就擅自率兵入宫，此乃谋反大罪。"

李从荣大叫道："父皇都已经不在了，权臣们正在谋乱，本元帅身为执政皇子，岂可坐视不管？"

高辇沉吟道："为今之计，不妨先将此事通报众位宰相，看看他们是何想法。"

李从荣稍一沉吟，也觉得高辇所言有理，当即遣都押牙马处钧传话给朱弘昭、冯赟："本王欲率牙兵入宫服侍父皇，以备万一，众位看，本王应当将牙兵驻扎在何处为好？"

二人皆回话道："请秦王自己选择。"随后，又密对马处钧道，"主上万福，秦王应竭尽忠孝，不可妄听浮言。"

马处钧回到秦王府将二人回话转给李从荣。李从荣勃然大怒，再次遣马处钧对二宰相道：“公等难道不爱护自己的宗族吗？为何要拦阻我？”朱、冯二人闻言大惧，连忙入宫告诉王淑妃、孟汉琼，并说道：“秦王马上就要率军入宫了，要想拦住他，须得侍卫兵相助，此事非康义诚不可。”

王淑妃一听就惊呆了，孟汉琼却暗自冷笑，当即遣人急召康义诚商议。不一会儿，康义诚就到了。不想，他听罢事由，竟不痛不痒地说道：“义诚不过一介将校，不敢参与议论，仅听宰相们差遣就是了。”说罢，就匆匆地走开了。

孟汉琼看着他的背影，暗对身边的骑军指挥使朱洪实道：“此人首鼠两端，肯定指望不上。”

朱洪实低声道：“孟公放心，一切已准备就绪。”

朱弘昭听罢康义诚所言，疑心康义诚不想在人多的时候表态，于是紧跟着康义诚出了宫，走到无人之处，悄悄地向其咨询。他万没想到的是，康义诚所言竟与在宫中完全一样，朱弘昭大感失望。

此时的秦王府，就好像开了锅似的，众幕僚、门客七嘴八舌，争吵不休：有人劝李从荣在府中静候消息，少安毋躁；有人认为秦王应该只身入宫，像往常一样问安请旨；王居敏认为应该联络宰相、重臣一同入宫；高辇等人则坚持秦王应该立即率兵入宫，迟则生变……数百人从早上争到中午，又从中午吵到傍晚。眼见得日已偏西，李从荣心中急躁万分。他确信李嗣源已经晏驾，众大臣正在密谋不轨，再不动手就来不及了。最后，他终于下了决心，召集严卫、捧圣两军一千多步骑兵，准备前往宫城。他自己特意换了一身白衣，正想要亲自率军出府，就见一人身穿丧服跑了过来，“扑通”一声跪在了李从荣的马前，高声叫道：“秦王万万不可率军入宫!”

李从荣一看，此人正是秦王府判官、太子詹事王居敏，便问道：“本王前去铲除叛逆，你这身装束是何用意?”

王居敏泣声道：“率军入宫，乃谋逆大罪，秦王万不可如此。否则，定有不测大祸发生!”

李从荣大怒，骂道：“老匹夫，你竟敢如此诅咒本王！来人，先将此人关押起来，待我大事定下，再斩此人狗头!”

亲军一拥而上，就将王居敏拖走了。王居敏一边挣扎一边高叫：“秦王三思啊！宫内奸佞之人正等着您入瓮呢!”李从荣不理，当即率军直奔宫城。

路上，李从荣对并辔而行的高辇、刘陟说道：“明日此时，大事就定下来了，到时候一定要把这个王詹事诛杀了，看他还聒噪不聒噪!”高、刘二人大笑。

李从荣率军一路疾行，百姓见后，都不知发生了什么事情，有消息灵通的就传开了：“皇帝驾崩了，宫城已被孟汉琼控制起来，秦王这是要攻打宫城!”百姓们一听，大惊失色，纷纷奔走相告。不少人想要逃离京城，但是城门已经关闭，无奈之下，只好紧闭家门，在家中等待着将要发生的不测之事。

李从荣率军抵近宫城后，一看到夜色中那庄严肃穆的宫城城墙，耳边突然又响起了王居敏的叫喊声。是啊，没有圣旨就率军入宫毕竟是谋反的大罪啊！他不能不有所顾忌，遂下令全军停了下来。

高辇见状，大为不解，问道：“殿下这是何意?”

李从荣低声道：“万一父皇尚在，我这罪可就大了，不如再等等看。”

高辇道：“箭在弦上，不得不发，到了此时，殿下万不可再犹豫了。”

李从荣道：“你看宫中静悄悄的，不如再等等看。”于是传令，就地歇息。高辇一再苦劝，李从荣就是不听。一直等到黎明时分，宫城之中仍然一点动静都没有。李从荣心中没底，只好又遣马处钧前往冯赟府第，告诉冯赟道：“秦王今日决定入宫，打算住在兴圣宫。公等各有宗族家人，处事要考虑周全，是祸是福只在须臾之间。”然后又遣马处钧去通知康义诚，康义诚这次回答得倒是干脆：“秦王只要起事，末将定然奉迎!”

冯赟听到李从荣的传话，不禁大惊，连忙乘马入宫。一进入右掖门，就见朱弘昭、康义诚、孟汉琼及三司使孙岳正站在中兴殿门外的竹林下商议，冯赟将马处钧之言全都告诉了他们，并责问康义诚道：“秦王说‘是祸是福只在须臾之间’，此事你可知道？康公不要以为儿子在秦王府，就可以左右顾望、首鼠两端。主上擢拔我等自布衣至将相，若使秦王之兵进入此门，将置主上于何地？我辈尚能有遗种吗？”康义诚正欲回答，守门将吏却匆匆前来，说是秦王已率兵到达端门之外了。

孟汉琼大急，手指着自己的朝服对众人道：“今日之事，已经危及君父，公等难道还要左右观望寻找有利吗？我孟汉琼本就是贱命一条，没有什么退路好想，定当亲自率兵相拒，以报答圣上大恩。”说罢，即走入殿门。朱弘昭、冯赟随后跟进，康义诚不得已，也只好随后跟入。

孟汉琼一进入寝宫，就对坐在病榻上的李嗣源道：“从荣反了，正率兵进攻端门呢！宫中眼看着就要大乱了！”

李嗣源大惊，手指上天，潸然泪下，哆嗦着嘴唇半天说不出一句话来。良久，李嗣源方才叹道：“从荣这又是何必呢？”又问朱弘昭等，“真有此事吗？”

朱弘昭、冯赟皆连连点头：“确实如此。”

李嗣源长叹道：“唉……不想，朕今日也成了‘刘窟头’！”

过了好一会儿，李嗣源才对康义诚道：“此事就由卿全权处置吧，但是，千万不要惊动百姓啊！”

康义诚点了点头，退出了寝宫。

此时，李从珂之子、控鹤指挥使李重吉也在现场，李嗣源对其言道：“我与你父冒矢石平定天下，你父数次救朕于危厄之中，从荣等人又有何力？他今日为此悖逆之事，定是受人教唆，我也知道此子不足以托付大事，应当把你父叫来，将兵柄授给他。你快快前去，先将诸门给朕守好了。”

李重吉当即退出，率领控鹤兵把守住了各处宫门。

孟汉琼穿戴上盔甲、战袍，乘马而出，遣人去找康义诚，却遍寻不见，只好令其心腹朱洪实率领五百骑跟随自己出宫，直奔左掖门而去。

此时，一身白衣儒服、头戴王冠的李从荣正在天津桥头端坐于胡床之上，也在遣亲兵寻找康义诚。但是，端门已经紧闭，亲兵只好去叩左掖门，从门缝中往里窥视，刚好看见孟汉琼、朱洪实率骑兵呼啸而来，连忙去向李从荣禀告。李从荣大惊失色，急命左右取来铁甲裹在胸前，张弓搭箭，瞄着左掖门。

眨眼之间，左掖门大开，朱洪实率领骑兵如疾风般席卷而至，李从荣见状大惊，连滚带爬地上了马背，急匆匆地逃离天津桥，其余僚佐见秦王逃走，也四处逃窜，找地方躲藏。秦王牙兵们则一哄而散，在嘉善坊大肆劫掠一阵后，纷纷溃逃而去了。

李从荣刚刚逃回秦王府，皇城使安从益就率军追到了。李从荣与其妃刘氏藏在床下，被安从益拉了出来，一句话都没来得及说，就被安从益一刀一个地斩杀了。安从益犹不罢休，随后又将秦王之子也一个一个地杀掉了。来不及逃走的众幕僚、门客，也都死在了乱军之中。一时间，秦王府血流成河，往日嘉宾云集的华丽殿堂，眨眼间就变成了一座血腥的地狱……

躲在端门侧面的康义诚，见秦王不战而逃，知道秦王大势已去，当即率军策马而出，四处搜捕秦王之党。行至善和坊，他看见一人一骑正在前行，他认得此人乃三司使孙岳。孙岳一向与他不和，屡屡与他作对，有此良机，他怎会放过，竟然张弓搭箭，一箭把孙岳射死了！

康义诚射杀孙岳后，率军直奔高辇府。高辇早已逃走，康义诚率军将高辇一家大小三十余口尽数诛杀后，又下令四处搜捕。

此时，高辇正藏匿在一百姓家中，悄悄地剃光了头发，找了一件僧衣，准备假冒僧人逃出城去，但最终还是没逃出康义诚的毒手，被康义诚的亲兵找到了，带到了康义诚跟前。康义诚见此人是僧人打扮，一时难以辨认，便让其戴上巾帻，穿上绯色官服，这才确认此人正是高辇。康义诚当即下令，将高辇施以腰斩之刑。

屠刀落下之后，半截身子的高辇一时还没咽气，神色仍如平常一般，口中还念道：

朱衣才脱，白刃难逃！

去年年底，诗僧齐已曾拜谒秦王李从荣，并与李从荣、高辇等吟诗唱和。当他得知李从荣败亡的消息后，大为感慨，作诗叹道：

良夜如清昼，幽人在小庭。
满空垂列宿，那个是文星。
世界归谁是，心魂向自宁。
何当见尧舜，重为造生灵。

宝皇

李从荣一家被杀的消息很快就奏报给了李嗣源，李嗣源一听，差一点就从御榻上掉下来，随即就晕了过去。醒来之后，病势又加剧了。

此时，李从荣尚有一子，因年龄还小，正养在宫中，孟汉琼奏请将其除掉，李嗣源含泪言道："从荣谋逆，此子又何罪之有？"但是，最终还是把他交了出来……

次日，冯道率群臣入见李嗣源于雍和殿。李嗣源泪如雨下，哽咽道："我家事至此，真是羞于见各位爱卿！"

孟汉琼道："为今之计，须得赶快接宋王回京，臣愿前往魏州迎接宋王。"

李嗣源点了点头，便以孟汉琼为魏州天雄军节度使，让他接替宋王李从厚，命李从厚速速回京，并颁诏追废李从荣为庶人。

执政重臣随后又商议李从荣属官之罪，朱弘昭、康义诚等皆主张：凡秦王府幕僚应该尽数诛杀！冯道却不同意，说道："从荣所亲者高辇、刘陟、王说而已，任赞到官才半月，司徒诩有病告假已半年，怎会参与其谋？王居敏尤为从荣所恶，听说昨日从荣率兵出发之际，与高辇、刘陟并辔而行，从荣就曾指着上天说道：'明日此时，王詹事已经被诛了。'由此可知，王居敏不会是其同谋，怎能全部诛杀呢？"

朱弘昭道："假使从荣攻入光政门，任赞等人当如何任用呢？而我等还能有命吗？况且，按照律法，首犯从犯只差一等之罪，现在首犯已经被杀，若从犯皆不问罪，主上能不认为我等是在庇佑奸人吗?”

冯赟说道：“秦王谋反，其幕府众人也难辞其咎，但是，此事只是秦王与高辇之谋，其余众人罪不至死。”

李嗣源道：“冯爱卿之言乃老成之见，诸位就照此议罪吧。”就这样，元帅府判官、兵部侍郎任赞，秘书监兼秦王傅刘瓒，从事苏瓒，记室鱼崇远，河南少尹刘陟，判官司徒诩，推官王说等人全部流放，河南巡官李浣、江文蔚等人勒归田里，六军判官、太子詹事王居敏，推官郭晙等贬官。

江文蔚本为建安人，一离京城，便逃奔吴国去了。徐知诰久知其名，对其厚礼款待。

秦王败亡的次日一早，刘瓒即身着白衣令人驾好驴车，等待流放。侍从们大为不解，皆说道：“秦王待大人疏远，秦王造反又与大人何干?最多就是免官而已，又怎会流放呢?”刘瓒叹道：“岂有天子冢嗣见杀而宾僚只是免官的呢?老夫能够不死，就是大幸了!”诏命下来，果然是将其流放岚州。

两年后，刘瓒虽然又被召回，但行至石会关，就因病而逝了。

秦王一事，让李嗣源心力俱疲，已然是油尽灯枯，只是硬挺着一口气等待宋王李从厚来京，然而，他最终还是没能挺住，十一月二十六日，李嗣源崩逝于雍和殿，享年六十七岁。

李嗣源虽出身夷狄，但为人淳朴，宽仁爱人，与物无争，即位之时已年过花甲。即位之后，他曾一连几天都在宫中焚香祷告上天道：“我本胡人，因世乱被众人所推，愿上天早生圣人，为百姓作主。”即位之初，即减罢宫人、伶官，废除内藏库，四方贡献财物皆归有司。广寿殿火灾，有司请加丹雘，李嗣源喟然叹道：“上天以火戒我，岂可再增加丹雘呢?”有一年稍旱，后来又降大雪，李嗣源欢呼雀跃，命武德司不得打扫宫中之雪，说道：“此乃上天所赐。”他经常向冯道等咨问民间疾苦，一听说丰收，民无疾疫，则欣然道：“我何其有幸，当与公等多为百姓做好事，以报上天。”官吏若有贪赃，便重刑治罪，并道：“此为百姓之蠹虫!”还经常以诏书褒奖廉吏孙岳等，以昭示天下。李嗣源在位七年，不近声色，不乐游畋，不到万不得已决不兴兵，因而年年五谷丰登，百姓富足，五代之中，也算是小康之世了。

李嗣源驾崩后的第四天，宋王李从厚才抵达洛阳，当日即于李嗣源柩前即皇帝位，时年二十岁，史称闵帝，尊李嗣源为明宗皇帝，改明年为应顺元年。

李从荣被杀之后，李从益生母王氏心中大为不平，一有机会就对人说秦王冤枉。朱洪实平秦王之乱有功，被封为司徒，其妻入宫看望朱洪实，正好被王氏撞见。王氏一见朱妻，就讥讽道："你家夫君好功劳啊!"朱妻见王氏语气不善，便问道："夫人何出此言?"

王氏抱怨道："秦王为人之子，生父有病，却不让他在左右侍候，才导致此大祸，这是他的罪过。至于说他有大逆之罪，恐怕是对他的诬蔑。秦王其实是想入宫护卫天子，朱司徒心中不是不知道，他屡受秦王大恩，当时却不为他辩解，这能说得过去吗?"

朱妻听罢，当时没有言语，但见到朱洪实后，就把王氏之言转告给了他。朱洪实闻言大惧，连忙拉着康义诚将此语奏告给了新皇帝李从厚，并声称王氏暗地里与李从荣有染，常常为他打探宫中之事。李从厚一听，当时就下诏将王氏赐死了。

李从厚早就听说王淑妃素来厚待于李从荣，因而对她也颇有疑心，欲将其迁往至德宫，但考虑到曹太后与她交好，怕伤了太后的心，这才不得不作罢，然而，对待已成为太妃的花见羞，礼仪却薄多了。

中原朝廷内乱之时，东南的福、建二州也兵祸胎结了。

王延禀夺得福州后，因自己只是王审知养子，而不得不将闽王之位拱手让给王延钧。回到建州后，他越想心中越不甘，一直在寻机将闽王之位夺回来。然而，王延钧对他一直礼敬有加，再加上福州防备也比较严密，建州兵马又太少，王延禀并未有必胜的把握，故而一直没有下手。眼看着王延钧继位已经七年多了，他实在是忍不住了，竟趁着王延钧生病之时，突然发兵，攻袭福州。

王延禀让次子王继升、三子王继伦留守建州，他则亲率水军攻袭福州。抵达福州城下后，他又将建州兵分为两路，一路由长子王继雄率领，攻打福州东门；一路由他自己亲自率领，攻打福州西门。王延钧闻报大惊，病一下子就好了，当即遣其养子、楼船指挥使王仁达率水军迎战建州军。

王仁达领命之后，将数十名军士埋伏在舟中，然后驾舟驶向东门，高举白旗向王继雄请求投降。王继雄大喜，竟登上王仁达之舟安抚，不想，船舱内伏兵突起，王仁达趁机一刀将王继雄的脑袋砍了下来，随后又将其首级悬挂于西门城楼。王延禀正在纵火攻城，一见到亲生儿子的首级，当时就惊呆了，一时心痛不已，不禁放声大哭。王仁达见王延禀已然乱了方寸，趁机率兵出击，建州兵顿时就溃不成军了，王仁达驰马直奔王延禀，将其生擒。

当王仁达将王延禀带到王延钧面前时，王延钧讥讽道："兄长还记得七年前对兄弟的嘱托吗？兄弟还真是不屑，果然又麻烦老哥哥再来福州了！"

王延禀又羞又悔，无言以对。王延钧遂将其囚禁了起来，遣使者至建州招降王继升。不想，建州众将把使者杀了，护着王继升、王继伦兄弟离开建州，往吴越投奔钱元瓘去了。

王延钧一怒之下就在福州街市将王延禀斩首了，并恢复其姓名周彦琛。随后，王延钧又遣其胞弟王延政前往建州抚慰吏民，并以其为建州刺史。

王延钧虽然为人宽厚，却甚是愚昧，尤其喜好神仙之术。道士陈守元、巫师徐彦等趁机作祟，鼓动他大兴土木兴建宝皇宫。宝皇宫建成后，王延钧便以陈守元为宫主。陈守元等人对王延钧道："宝皇有命，若大王能避位受道，当可做六十年天子。"王延钧笃信不疑，竟将一切军政大事全都委托给了其子王继鹏，他自己则避位受箓，还取了个道名，叫做玄锡。

不过，王延钧避位不久就耐不住寂寞了，又问陈守元道："替我问问宝皇，我既然能做六十年天子，那么，之后又当如何呢？"次日，陈守元回道："昨晚我已上奏，得到宝皇旨意，主上为人间六十年天子后，当为大罗仙主。"徐彦等人也道："北庙崇顺王曾见过宝皇，其言与守元所说一样。"

王延钧闻听此言，就更加自负了，竟然开始谋划称帝，并上表中原朝廷道："钱镠既然已经薨逝，朝廷何不以臣为吴越王？马殷既然已经不在了，朝廷何不以臣为尚书令？"自此之后，王延钧就不再向中原朝廷进贡。中原朝廷此时正乱着，哪有工夫顾及他？

春节这天，陈守元等人唆使几位宫女、太监到处吵嚷说看到真封宅上有黄龙升腾，王延钧信以为真，当时就将真封宅更名为龙跃宫，随后即举行了登基大典，更名为璘，国号大闽，改元龙启。以其僚属李敏为左仆射、门下侍郎，其长子王继鹏为右仆射、中书侍郎，二人并为宰相；以亲吏吴勖为枢密使。

说来也巧，就在王延钧称帝的第三天，福州突然发生了大地震，房舍倒塌无数，百姓死伤有数万人之多。王延钧大为恐惧，以为是上天对他的警示，连忙避位"隐居"于宫中，潜心修道，命其子王继鹏主持朝政。

公元九三四年，后唐应顺元年、清泰元年，吴大和六年，后蜀明德元年，闽龙启二年，南汉大有七年，契丹天显九年

槛车

王延钧“避位”了没几个月，便再度复位，以嬖臣、福建中军使薛文杰为内枢密使、国计使，并将一应政事全都委托给了他。薛文杰为人巧佞，知道王延钧喜欢奢侈，便暗地里寻求富豪们的过失，趁机抄没其家财，富豪们稍有怨言，即施以重刑，动不动就用大锤砸其前胸后背，然后再用铜斗烫熨。

建州首富吴光家财甚巨，薛文杰垂涎其财物，就遣人搜寻了不少吴光的“罪证”，准备敲诈他，但被吴光探知了消息。吴光大惧，只得率其家族、仆从一万多人逃离福建，投奔吴国信州去了。

薛文杰为独揽大权，不仅大肆整治富族豪绅，还劝说王延钧要提防宗室子弟，必须对他们多加抑制。王氏宗室多有怨言，王延钧之侄王继图忍无可忍，便想起兵诛灭薛文杰，不想，消息走漏，反被薛文杰以谋反之罪斩杀了，因此而连坐者多达一千余人。

薛文杰对王延钧道：“圣上左右奸臣很多，凡人虽然难以识别，但鬼神一清二楚。臣听说有一奇人，姓盛，名韬，经常与鬼神来往，陛下何不

召他入朝，命他考察百官呢?”

王延钧大喜，当即将盛韬召入宫中。自此之后，薛文杰只要看谁不顺眼，就让盛韬假借鬼神之语诬其为奸臣。一时之间，福州朝野人人自危，群臣皆惶惶不可终日。

枢密使吴勖对薛文杰的所作大为不满，屡屡进言于王延钧，让他提防薛文杰，这自然引起了薛文杰的怀恨，必欲除之而后快，他一直伺机除去吴勖，但表面上对吴勖恭谨备至。没过多久，机会便来了：吴勖突得重病，一连好几天都无法上朝。薛文杰特意前往“探望”，假装关切地对吴勖说道：“主上因为吴公久病，想要罢免吴公的枢密之职，薛某对主上说，吴公只是头痛小病，马上就要痊愈了。”吴勖信以为真，连声致谢。薛文杰又道：“主上若遣使来问，吴公一定要说是头痛病，千万不要说是其他病症！否则，主上一定会怪罪我的。”吴勖千恩万谢，满口答应了他。

次日，薛文杰即让盛韬对王延钧道：“刚才，臣看见北庙崇顺王正在审讯吴勖谋反一事，并用铜钉钉其脑，用金椎击打他的头顶。”

王延钧将信将疑，便将此事告诉了薛文杰。薛文杰假惺惺地言道：“吴公久事圣上，怎会负恩谋反呢？盛韬之言有时也不可信，圣上可以抚慰为名，遣使者前去探问，若吴公确是头痛之疾，方能证明盛韬之言不假。”

使者回来后，果然说吴勖得了头痛之疾。王延钧自是确信不疑，不禁大怒，当即令人把吴勖捉拿了起来，并令薛文杰亲自审讯。

薛文杰见了吴勖之后，只是问了一些无关痛痒的琐事，吴勖心中坦然，问什么答什么，一连“审问”了十几天，供状竟有上百张之多。薛文杰暗暗将一张事先伪造好的承认谋反的供状夹在其中，吴勖直到此时，还认为薛文杰在救他呢，签字画押时初时还看看，后来则连看都不看了，给一张画一张，而薛文杰上呈给王延钧的恰恰只有那张伪造的供状。就这样，吴勖以谋反之罪被判处了极刑，其妻子、儿女十几口人全被诛杀。

可悲的是，吴勖到死都不知道是薛文杰谋害了他！

王仁达智勇双全，极善用兵，自从他擒杀王延禀父子后，其威名更著。王仁达为人直爽，性格慷慨，商议事情想到哪里就说到哪里，毫无避讳。王延钧曾问王仁达道：“赵高指鹿为马，愚弄秦二世皇帝，果有此事吗?”王仁达道：“秦二世愚蠢，所以赵高才能指鹿为马。陛下不用担心，朝廷之官不满一百，其起居动静，陛下皆一清二楚，若有人敢作威作福，灭其族也就是了。”

王延钧闻听此言，顿时就生了嫌恶之心，曾密对薛文杰言道：“仁达智勇，我尚能御之，但绝非少主之臣。”薛文杰深领其意，不久即诬以谋叛之罪，将王仁达灭族。

吴勖、王仁达之死，令福州人大为不满，皆以为二人冤屈。

吴光率全族一到信州，即将一半家财送给了吴信州刺史蒋延徽，请他发兵为其报仇。蒋延徽贪其巨财，竟不等吴主之命，就引兵会同吴光攻伐建州。

蒋延徽率吴军大败闽兵于浦城，随即南下，围攻建州。建州刺史王延政一面遣使向闽主王延钧告急，一面遣使请求吴越救援。王延钧闻报，当即遣上将军张彦柔、骠骑大将军王延宗率兵万人救援建州。

王延宗率军行至中途，士卒们突然停兵不进了。王延宗大奇，忙问为何停军，士卒们齐声高呼道：“不得薛文杰，决不前进讨贼!”

王延宗无奈，只好遣人飞马驰回福州，奏闻王延钧。一时间，福州城内大为震恐。薛文杰闻讯大急，连连向王延钧叩头哀求，王延钧也舍不得薛文杰，便去请太后向军士说情。太后含泪言道：“我的话你从来就没听过，你自己想办法吧。”

薛文杰大惧，悄悄地出了宫门想找个地方藏匿起来。不想，王继鹏早就料到了，正埋伏在启圣门外等着他呢，一见他出来，便举起笏板当头砸去，一下子就将其击倒在地，随后命人把他装上槛车，遣人押往军前。

槛车行至街市之上，市民、路人一见是薛文杰，皆破口大骂，争相以瓦块、鸡蛋、菜叶投掷。

不久前，薛文杰认为古制槛车太宽敞了，于是重新设计，小得如同木匣一般，内里还装有锋尖朝内的铁刺，犯人稍一动弹，铁刺就会扎入体内。此时，他亲自设计的新式槛车刚刚造成，薛文杰万没想到，自己竟成了第一个坐这种槛车的人。

薛文杰善术数，路上，他对押送他的士卒们说道："我已问过宝皇，宝皇说薛某有三天的灾厄，三天一过，薛某就化险为夷了。请你们路上尽量拖延，千万不要在三天内赶到军中，只要你们善待于我，将来薛某不会亏待你们的。"

不想，士卒们一听此言，竟突然加快了脚步，而且星夜兼程，连吃饭都是边走边吃，因而只用两天就到了军中。

薛文杰一到军中，士卒们人人欢呼雀跃，个个拿着事先准备好的小刀冲向了他，每人割下一片肉，烹煮着吃了。第三天，王延钧的使者果然急急地赶到了军中，宣布闽主旨意，赦免薛文杰死罪，但此时的薛文杰已经只剩一副骨架子了……

王延钧听说薛文杰已死，甚为无奈，一气之下，竟将盛韬也杀了。

李花结子

蒋延徽正在围攻建州之时，徐知诰的使者突然来到军前，严令吴军速速回军。此时，蒋延徽也已接到斥候消息，王延宗正率闽兵前来增援，吴越援军也正向建州赶来，无奈之下，只好解围撤兵。闽军随后追击，吴兵伤亡三千多人。蒋延徽此次出兵，无功而回，还损失了不少士卒，只好归罪于都虞候张重进，将其斩首，徐知诰趁机将蒋延徽贬为了右威卫将军，并遣使与闽修好。

徐知诰之所以召蒋延徽回军，倒不是怕蒋延徽兵败，恰恰相反，而是怕蒋延徽真的取了建州！蒋延徽本为杨行密之婿，与临川王杨濛素来交好，徐知诰因而担心蒋延徽会在攻克建州后将杨濛接至建州，对自己不利。

近年来，徐知诰在金陵大兴土木，将金陵城扩建至周围二十多里，同时又在金陵修建宫城，重建私第，并依宋齐丘之计，劝吴主迁都金陵。吴主杨溥虽然心中不愿，但也不敢有异议。然而，吴人多不愿迁都，就连都押牙周宗都坚决反对。周宗对徐知诰言道：“若主上迁来金陵，明公您势必又要东迁扬州，不但劳费甚大，而且会违逆众心，何苦来哉?”徐知诰一时也拿不定主意。

吴主见众臣反对迁都，便遣宋齐丘前往金陵，让他和徐知诰商量取消迁都一事。

宋齐丘到达金陵后，徐知诰当着宋齐丘和周宗的面，对着铜镜捋须叹道：“你们看，我都有白须了，真是时光短暂，人生易老！而今国家已经安定下来，我却日渐衰老，如之奈何?”

宋齐丘知道徐知诰此言之意，便劝道：“主上无丝毫失德之处，而且颇得人心，若是强行传禅，定会惹得众心不服。此事也只能等待后嗣之君了，还请明公想开些。”

徐知诰闻听此言，大感错愕，一时无言以对。

周宗却道：“主上正值华年，且身体甚为康健，若待后嗣之君，岂非画饼充饥？周某认为，既然早晚会行禅位，时不我待，何必定要等到嗣君之时呢?”

宋齐丘不置可否，徐知诰一见，不禁大失所望。

宋齐丘回扬州的次日，周宗便请求亲自去扬州，将传禅之意告诉吴主和众臣，探查一下众人是什么反应。徐知诰心内甚喜，准其便宜行事。

周宗当即赶至扬州，将传禅之意透露给了吴主杨溥，同时请宋齐丘加紧办理。

不想，杨溥还没说什么，宋齐丘便亲自致书徐知诰，劝他不必着急，说是天时人事皆不是时机。不仅如此，过了不几天，宋齐丘竟亲自赶到金陵，一见面就请求徐知诰将周宗斩首，以向吴主谢罪。

徐知诰万没想到，第一个反对禅位的竟然是他最信任的宋齐丘！碍于形势，他不得不将周宗贬为了池州副使。然而，时隔不久，节度副使李建勋、行军司马徐玠等皆在杨溥跟前称颂徐知诰功业卓著，劝其尽早顺从民望，禅位给徐知诰。徐知诰大喜，当即将周宗召回了金陵。自此之后，徐知诰对宋齐丘就渐渐疏远了。

吴主既然不准备迁都了，徐知诰只好又迁回金陵牙城，也就是新建的宫城。不想，他刚刚迁入宫城，宫城就接连发生了几次大火。徐知诰大为惊疑，怀疑有人故意放火，连忙加强了护卫。

恰在此时，徐知询病逝了。徐知诰心中窃喜，一面令周宗等人加紧准备受禅之事，一面让他们设法除掉临川王杨濛。周宗当即遣人上告吴主说杨濛藏匿亡命之徒，先是遣人在金陵纵火，意欲加害徐知诰；后又遣人放毒，害死了徐知询；而且还擅自制造兵器，阴谋叛乱。吴主杨溥虽然不信，但周宗早就准备好了人证物证，杨溥无奈，只好把杨濛降为了历阳公，并将他幽禁在和州，命控鹤军使王宏率二百兵士严加看护。

此时，扬州、金陵、升州到处都流传着一句童谣："东海鲤鱼飞上天。"还有一首打油诗也人尽皆知：

江北杨花作雪飞，江南李树玉团枝。
李花结子可怜在，不似杨花无了期。

徐知诰本姓李，这在淮南已经是家喻户晓的了。童谣和打油诗明显是在暗示：杨家就要灭亡了，李家快要崛起了！

徐知诰担心宋齐丘在扬州会阻碍禅位之事，便将他召回了金陵，虽然以其为诸道都统判官，加司空，但所有军政事务皆不让他参与。宋齐丘甚觉没趣，多次请求隐退，徐知诰也觉得过意不去，就将南园赐给了他。一次，徐知诰借着吟竹对宋齐丘道：

栖凤枝梢犹软弱，化龙形状已依稀。

宋齐丘明白他的意思，但并没说什么。吴主杨溥见大势已去，只好加封徐知诰为大丞相、尚父，嗣齐王，加九锡，徐知诰却假意不受。

徐知诰随后又将其长子徐景通召回了金陵，以其为镇海、宁国节度副大使、诸道副都统，判中外诸军事；以次子徐景迁为左右军都军使、左仆射、参政事，留在扬州主持国政。

徐知诰担心徐景迁太过年轻，特意令尚书郎陈觉前往扬州辅佐徐景迁。临行之际，徐知诰对陈觉叮嘱道："我年轻时曾与宋齐丘商议事情，一时争执难下，当时的情形是，要么我放弃齐丘让他回家，要么齐丘自己拂衣而去。后来，齐丘背着行囊眼望秦淮门徘徊难定，我最后还是暗地里让守门官把他拦了回来。现在，我已经老了，仍然不能完全明了时事，何况景迁年纪轻轻就执掌国家大事，只好委屈先生对其多加教诲了。"陈觉唯唯称诺。

不久，吴主即依照陈觉之言加封徐知诰为尚父、太师、大丞相、大元帅，以升、润、宣、池、歙、常、江、饶、信、海十州为齐国，进封齐王，大赦，改明年为天祚。徐知诰上表接受齐王封号，但辞去了尚父、大丞相的称号。

太白山神

所谓"一朝天子一朝臣"，李从厚继位之后，自然也想让自己的心腹入朝执政，不过，他离开魏州来京的时候太过急迫，身边并没带太多的幕僚，唯有魏州左都押牙宋令询跟随他来京。

宋令询跟从李从厚最久，李从厚对他也最为信重，此时便想任命他为枢密使。然而，朱弘昭自认为诛秦王、立新帝皆为自己之功，欲独专朝政，当然不希望李从厚的旧人与他分权。因而，李从厚刚一透露出让宋令询为枢密使的想法，朱弘昭便说道："宋令询资历尚浅，对朝政也不熟悉，不宜升迁过速，否则，定会引起朝野非议。"并坚持将宋令询外放出京，说是让他先出去历练历练，然后再授以要近之职。李从厚心中虽然不愿，但他初入朝廷，根基全无，怎敢得罪朝廷勋旧，只好让宋令询先去磁州任刺史。如此一来，朝廷重臣之中，李从厚竟连一个亲近的旧属都没有了，几乎全是明宗皇帝李嗣源的班底：康义诚为六军诸卫使，掌典朝廷军权；朱弘昭、冯赟为枢密使，掌管中枢朝政。

朱弘昭大权在握，便趁机大排异己，安插自己的心腹。他素来不喜侍卫马军都指挥使安彦威、侍卫步军都指挥使张从宾，就找了个理由将二人调出了京城，以安彦威为护国节度使，以张从宾为彰义节度使，转而让其心腹捧圣马军都指挥使朱洪实、严卫步军都指挥使皇甫遇分别接替了安彦威、张从宾，也就是宿卫军的骑军统帅和步军统帅。

李从厚虽然忠厚，但毕竟年轻气盛，自己既然做了皇帝，当然不能碌碌无为，便暗暗发誓做一个大有作为的明君。亲政一个月不到，他即召端明殿学士、翰林学士们研读《贞观政要》、《太宗实录》，大有一展抱负、中兴社稷的志气。远在成都的孟知祥闻听此事后，私对李昊言道："菩萨奴太过年轻，为人又极为柔弱，却雄心勃勃，欲干一番大业；而朝廷执政者皆为胥吏小人，个个只想安享富贵，毫无进取之心。如此君臣，安能不乱?"李昊道："明公所言甚是，既然中原大乱将至，明公何不尽早称帝，以保两川之民不受其所累呢?"孟知祥言道："我也正有此想，且请拭目以待：朝廷生乱之日，便是我蜀国崛起之时也!"

翰林学士李愚眼见得新皇帝虽有大志，处理事情却总是不得要领，心中深以为忧，私对同列道："圣上遇事只和几位重臣商议，做事只听从权臣的，却从来不与我等商议，而权臣们又各怀心事，很少顾及大局，如此下去，大事实在堪忧啊!"众同仁皆屏住呼吸，不敢应对。

然而，朱弘昭、冯赟却认为朝中大局已定，该考虑藩镇的问题了。朱、冯认为，天下藩镇之中，有两个人最让他们放心不下：一位是凤翔节度使兼侍中、潞王李从珂；一位是北京太原留守、河东节度使，兼大同、振武、彰国、威塞等军蕃汉马步总管石敬瑭。此时，李从珂的长子李重吉为控鹤都指挥使，朱、冯自然不想让他在朝廷宿卫军中任职，便找了个理由，将其调出了京城，以其为亳州团练使。李从珂之女此时在洛阳出家为尼，法号惠明，朱、冯将她召入宫中，软禁了起来。

朱弘昭、冯赟既对李从珂心怀顾忌，又对石敬瑭不放心，同时又想召回孟汉琼。二人计议良久，终于制定出一套自认为高明的策略：将镇州成德军节度使范延光改为魏州天雄节度使，让他接替孟汉琼；将潞王李从珂改任为河东节度使，兼北都留守，让他接替石敬瑭；而石敬瑭则改任镇州成德节度使；让河中节度使洋王李从璋前往凤翔，接替李从珂。为防止凤翔、太原、镇州三镇互通信息，李从珂、石敬瑭、范延光的任命皆不颁布制书，而是分遣使臣手持圣旨前往三镇当面宣读，并让各使臣监督三人接到圣旨后立即离镇，前往新藩镇赴任。

朱、冯不知道，所谓“一朝被蛇咬，十年怕井绳”，李从珂自经安重诲陷害一事后，一提起京师，就不自觉地浑身发抖。朝廷重臣相争、秦王之乱的消息传到凤翔后，他更是日日忧惧、天天心惊，巴不得朝廷把他忘了，就连李嗣源驾崩，他都没胆量赶赴洛阳奔丧，更不用说让他离镇换职了。然而，怕什么来什么，偏偏朝廷一刻也没有“忘记”他，而且还让“白无常”李从璋来凤翔接替他！

一提起“白无常”李从璋之名，李从珂立时就想起了惨死的安重诲夫妇。忧惧之下，他只好召集他的五位心腹将吏前来商议。这五位心腹将吏是：节度判官韩昭胤，掌书记李专美，牙将宋审虔，客将房暠，孔目官、妻弟刘延朗。五心腹皆道：“当今主上年纪尚轻，政事皆出于朱、冯，潞王功高震主，一旦离开凤翔，大祸必至，因此，决不可接受朝命。”

李从珂便让房暠去问一下太白山神有何说法。

原来，房暠信奉鬼神巫祝之说。有一位叫做张蒙的盲人，自称是太白山神崔浩的奴仆，所言吉凶，无有不中。房暠第一次将他引见给李从珂时，张蒙一听到李从珂的声音，就惊叫道：“听此声音，绝非人臣之音！”

明宗皇帝驾崩的噩耗传至凤翔后，李从珂当即让张蒙去咨问太白山神有何旨意。张蒙当时念了一段偈语：

> 三珠并一珠，驴马没人驱。
> 岁月甲庚午，中兴戊己土。

张蒙当时也不晓其义，此时，李从珂就更想听听太白山神有何意旨，张蒙这一次却直言回复道：“王当有天下，可无忧！”

李从珂明白，太白山神这是明示他抗拒朝命，起兵造反。其实，他又何尝没有想过呢？但他太明白自己的处境了：眼下，凤翔满打满算也只有五千兵卒，军粮更是少得可怜，就是再节省，恐怕也很难支撑一个月，他凭什么去抗拒朝命？又拿什么去造反？

但是，遵从朝命又能怎么样呢？李从珂知道，石敬瑭费尽了心力才得以前往太原，好不容易才当上了蕃汉大总管，掌握着北边的军权，他又怎会轻易地离开太原呢？他预感到，自己只要一离开凤翔城，立时就会有性命之忧。自己既然已经无路可走，又为何不听太白山神的旨意呢？

李从珂想了两天两夜，终于下了决心，决定抗旨起兵。不过，他还是想问问观察判官马胤孙的看法，因为马胤孙此人虽然寡言少语，却为人持重，对自己也极为忠诚。于是他将马胤孙召入王府中，问道：“我如今若前往京师，当以什么方法最为方便？”

马胤孙答道：“君命相召，临丧赴镇，又何必多疑？诸人为乱之谋，决不可行。”

五心腹闻听此言，哂笑不已，纷纷出言讥讽马胤孙太过愚昧、迂腐。但李从珂知道，马胤孙所言也并非没有道理，故而，非但没有责怪他，反而对他更加信重了。不过，这并没有改变李从珂抗旨起兵的决心，遂命李专美立即制作檄文。

潞王

李专美很快就制好了檄文，大意是说：朱弘昭、冯赟趁先帝有病，杀秦王而立宋王。新帝年少，小人用事，离间骨肉，专制朝权，动摇藩镇，致使社稷有倾覆之虞。现今，从珂将入朝以清君侧之恶，但力不从心，难以独力承当，恳请邻藩协助，以安社稷。

檄文发出后，李从珂随即又派出数十路使者，分别前往各藩镇游说，希望能得到各藩镇的支持。他明白，这些藩镇之中，最为重要的还是长安。因为，长安将是他东进道路上第一道同时也是最为要害的一道屏障。西都长安留守乃人称“蓟门战客”的王思同，若王思同能与他一同起事，那自然是最好不过了；若是王思同与他为敌，那他几乎就没有一丝一毫的胜算了。若是如此，他无论如何也不敢起兵东进的，且不说长安的数万精兵，就是长安那固若金汤的城墙，单凭他凤翔的五千军马，要想攻克它也是万万不能的。因而，他接连派遣了推官郝诩、押牙朱廷乂等前往长安，向王思同说明自己的处境，陈明得失利害，并忍痛将自己最为喜爱的多名美女歌妓送给了王思同。

王思同的反应恰恰就是李从珂最不愿想到的！郝诩、朱廷乂一到长安，就被王思同绑缚了起来，王思同对二人言道："王某受先帝大恩，若与凤翔同反，即便事成而富贵，仍然是一时之叛臣；假使事败而受辱，那更会成为流传千古之丑迹！"

西都判官王仁裕劝王思同道："眼下朝廷主少臣骄，乱迹已显，潞王举兵成败难料，令公何不再等等看呢?"

西京副留守、刘浔之子刘遂雍也劝道："王判官之言有理，现今朝中重臣各怀心事，潞王一旦事成，王公将何以自处?"

王思同道："新帝刚立，人心思定。我为人臣，决不可首鼠两端，请先生莫再劝我。"随后即将郝诩、朱廷乂等人囚禁了起来，上表奏明朝廷。

其他各邻道藩镇的反馈更是让李从珂绝望至极：大多藩镇皆明确表示反对，也都像王思同一样，将他的使者囚禁了起来，虽然有几个藩镇放回了使者，但不置一词，既不表示支持，也不表示反对。李从珂知道，这些藩镇正在左右观望。

唯有陇州防御使相里金明确表示倾心相附，并遣判官薛文遇亲自到凤翔与李从珂商议起事之事。李从珂久闻薛文遇之名，此人足智多谋，人称"再世诸葛"。李从珂此时可以说已经身处绝境，有了相里金、薛文遇的支持，他的心中还算有一点安慰。

薛文遇一到凤翔，就手摇着羽扇慢条斯理地对李从珂言道："薛某听说，除陇州之外，天下竟无一镇响应潞王！长安的王思同更是厉兵秣马，铁了心要与潞王您为敌，看起来好像潞王已处绝境了！依薛某看则不然，所谓成大事者，必冒奇险，潞王正其时也！"

李从珂满面愁容地说道："檄文已出，天下人皆知我反矣！再想收回来，已无可能了，眼下，我该怎么办呢？请先生教我。”

薛文遇道：“潞王已别无他路！依薛某预料，讨伐潞王的朝廷大军不日就会大集于凤翔城下！为今之计，潞王须得及早加固城防，募兵征粮，以做坚守准备。薛某估计，只要潞王能坚持一个月，朝廷军心必会涣散，朝廷之中也必将有大事发生！到那时，潞王就会转危为安，大事也就立等可成了。”

李从珂将信将疑，但他此时已经是开弓之箭，再回头已是万万不能了，只有拼死一搏，便依照薛文遇所言，加紧加固城防、征兵募粮。

王思同的使者到达京城后，李从厚一听李从珂抗旨造反了，当时就惊得脸色煞白，手足无措，呆了半晌，方才醒过神来，连忙召朱弘昭、冯赟、康义诚等人商议对策。朱、冯二人却喜道：“臣等正等着他反呢！主上不必担心，臣等早有准备，这就出军讨伐凤翔，以为陛下消除这一隐忧。”

李从厚心有忧惧，问道：“朕与潞王并无嫌隙，不如遣使抚慰，何必一定要兵戎相见呢？倘若失利，将如之奈何？”

朱弘昭圆乎乎的胖脸上满是不以为然，奏道：“陛下新立，对藩镇决不可示弱！凤翔弹丸小城，统共不到五千兵士，朝廷大军一到，定可一举而破，正可以其立威于天下，以杜绝不臣之人的妄想！”

李从厚一听，眼中一亮，欠身问道：“朱公说凤翔只有五千兵士，这是真的吗？”

“千真万确！”朱弘昭高声答道。

李从厚脸上愁云顿散，问道：“如果是这样，潞王不是自寻死路吗？”

“谁说不是呢！”朱弘昭一边回答，一边哈哈大笑。

“既然如此，谁可为大军统帅？”

朱弘昭转向康义诚，正要说话，康义诚却抢先说道：“所谓兵贵神速，可任命王思同为主帅，就近调集各镇兵马，命羽林都指挥使侯益为虞候前往督战，命河中、山南、邠州、武定、泾州诸镇就近会兵征讨。”康义诚知道，朱弘昭一直在打朝廷军权的主意，他一旦离开朝廷，军权定会旁落，故而不愿亲自出京，这才抢先推荐王思同为主帅。

朱弘昭也认为康义诚所言有理，当即请李从厚下诏：以王思同为西面行营马步军都部署，侯益为行营马步军都虞候，前静难节度使药彦稠为副部署，前绛州刺史苌从简为马步都虞候，严卫步军左厢指挥使尹晖、羽林指挥使杨思权等皆为偏将。令河中节度使安彦威、山南西道节度使张虔钊、邠州节度使康福、武定节度使孙汉韶、彰义节度使张从宾等会兵讨伐凤翔节度使、潞王李从珂，共计起兵八万。

不想，圣旨刚刚颁下，侯益就连夜上表，竟然称病不行。朱弘昭大怒，当即把他降为了商州刺史。

前往凤翔准备接替李从珂的“白无常”李从璋行至关西后，就听到了李从珂抗旨拒命的消息。这一次，他一反常态，竟掉头回河中去了。

以八万对五千，李从厚这时底气也足了，遂又依照朱弘昭之计，遣殿直楚匡祚前往亳州，将李从珂之子李重吉抓捕起来，并把他囚禁在了宋州。李从厚此时再无顾忌，就等着王思同的捷报了。

不想，遣往长安的朝廷使者刚离开洛阳不到两天，长安的使者就急急地抵达了京城，给李从厚带来一个惊天坏消息——就在潞王李从珂的檄文颁布不久，成都的两川节度使、蜀王孟知祥竟然趁机即位称帝了，国号为大蜀（史称后蜀或孟蜀），以武泰节度使赵季良为宰相，以中门使王处回为枢密使，并改元明德。

李从厚又是一场大惊，朱弘昭此时倒沉得住气，劝李从厚道：“孟知祥不臣之心久矣！此事迟早都会发生，陛下无须惊恐。只待王思同及五镇节度使平定了凤翔，我大军即可乘胜挥兵南进，一举荡平成都逆贼。”

李从厚闻听此言，心中才又平静了下来。

菩萨天子

尹晖、杨思权率领的朝廷宿卫军及五节度使之藩镇兵相继抵达凤翔城下，王思同待各军到齐之后，便分布各军把凤翔城围了起来，随后即令各军轮番攻城。

李从珂登城俯望，只见凤翔城四周全都是朝廷大军，正如潮水般一浪一浪地向小小的凤翔城涌来。凤翔城墙低矮，城外走马射箭都可射入城内，凤翔的五千守军早已疲于应付了，眼看着一批批地倒在城墙之上。李从珂大急，急召“再世诸葛”薛文遇，却遍寻不见，绝望之下，他只好再次遣房暠去问太白山神，张蒙又传“神言”道：“王兵太少，东兵是来迎王的。”

李从珂这时已是将信将疑了，到了正午，情势更加危急，东、西关城相继被攻陷，守城兵士死伤达三成以上。

朝廷军占领东、西关城后，稍事休整，王思同即命各军再度全力攻击，务必要一鼓作气，当日就要拿下凤翔！凤翔守军此时已成了惊弓之鸟，士气极为低落，眼看着凤翔就撑不住了！

李从珂彷徨无计，无奈之下，只好再次登上西城墙，对着城外的朝廷军士急呼道：“各位将士，我是从珂，请暂缓攻击，听我一言好吗?”

朝廷将士大多认得李从珂，见他如此，甚觉奇怪，都想听听他说什么，于是皆停手不攻，站在原地望着他。

李从珂两眼含泪地说道：“本王自少年时，即跟从先帝南征北战，出入于生死之间，满身都是创伤，这才创立下今日之江山社稷。你等当时也都是和我一同征伐的生死兄弟，也都曾亲眼目睹当初的征伐是何等的艰难！现今，朝廷信任谗臣，猜忌我骨肉弟兄。本王地处偏远小城，一向谨小慎微，只求一条活路而已，又有什么罪过，贼臣们却非要置我于死地!”说到伤心之处，已然是痛哭失声，哽咽难言，凤翔守军人人泪如雨下，就连朝廷军士也有不少人暗自抹泪。曾跟从过李从珂的将士更是热泪盈眶，窃窃私语。

李从珂摘下头盔，放下兵器，披发而立，泣道：“本王已下令凤翔军卒停止抵抗，你等只管入城，取下本王头颅去交给朝中佞臣，本王决不怪你等。”

李从珂此言一出，朝廷宿卫军中的严卫、羽林军士面面相觑，一时不知如何是好。

主攻城西南的主将张虔钊性子本来就急，他见李从珂的一番话，就让军士们停下了攻城，不禁大急，连声呵斥属下兵士急速攻城，但他万没想到，士卒们却依然站着不动，有几个士卒还掉头回撤。张虔钊气急败坏，拔出宝剑，作势要斩杀后退的士卒，高喝道："全力攻城，违令者，杀无赦!"此言一出，士卒们突然大怒，纷纷出言责骂，竟掉过头来向张虔钊扑去。张虔钊一看不好，连忙拍马逃出了战阵。

羽林指挥使杨思权见状，趁机对李从珂大呼道："大相公才是我等之主，我等怎可和他兵戈相见?"竟率先脱掉盔甲，抛下兵器，羽林兵士也纷纷效仿，其他诸军见状，也相继解甲投兵，请降于潞王。李从珂见状，连忙下令将凤翔西门打开，把自愿投靠的朝廷军士接进了凤翔城。

杨思权进城后，悄悄写了一张纸条，遣人送给李从珂。纸条上写道："愿大王进京之日，以臣为节度使，不要以臣为防、团使。"李从珂当即在纸条后写道："思权可为邠宁节度使。"杨思权大喜，当即遣心腹去告知尹晖，让他临阵倒戈。

王思同此时尚不知西门发生的事情，犹在催促士卒攻城，尹晖却突然大呼道："城西军已入城受赏了。"众军一听，竟也争先恐后地弃甲而降。一时间，欢呼声夹杂着兵器落地的碰撞声，竟是震天动地，呼啸连天。

到了午后，愿意投降李从珂的朝廷军兵士都已进入了凤翔城，不愿投降的也相继溃散而去。王思同及其他五节度使见状，也各怀心事，相继遁去了。

后人有诗叹道：

凤翔城下起兵祸，太白神台灯明灭。
潞王危城几滴泪，数万貔貅尽倒戈。

王思同、药彦稠等人率亲军撤至长安城下，不想，刘遂雍紧闭城门，不准他们入城。王思同大怒不已，连声责骂，但守城兵士充耳不闻，任凭他如何气恼，就是不开城门。无奈之下，王思同、药彦稠只好绕道而行，率军奔潼关而去。

小小的凤翔城一下子就多了四五万朝廷军士，李从珂惊喜之余，不免又有些发愁：喜的是正如太白山神所说“东兵是来迎王的”，他如今实力大增，完全可以发军东进了，这也说明朝廷人心已失，他李从珂威望正盛；忧的是这些宿卫军士早就让明宗皇帝养成了动不动就要高薪厚赏的坏习惯，如今的凤翔城不要说库存了，就连潞王府中也早就一贫如洗了，到哪里去给这么多人发赏金呢？李从珂别无他法，只好倾城中将吏士民之财以犒赏降军，就连鼎釜、锅碗都作价赏军了。即便如此，军士们还是面露不满之色，李从珂无奈，只好许诺，待进入洛阳后，每人再奖赐百缗赏钱，军士们这才面露笑容，高呼道：“我们愿随潞王东征，及早打回洛阳!”李从珂担心日久生变，次日一早，即建置大旗，整军东行。

李从珂此时最担心的就只有一件事了，那就是王思同等人会并力据守长安，挡住他东去的要道。不想，大军一到岐山，就有刘遂雍的使者求见，他这才知道刘遂雍不纳王思同之事。使者告诉李从珂，为避免大军骚扰长安百姓，刘遂雍特意恳请潞王不要让军士进入长安城，并说已经让开了他东进的道路。李从珂自然满口应承，并遣使抚慰刘遂雍。刘遂雍大喜，竟将府库之财全都运到了城外，军士一到城下，便发放赏钱令其通过。因而，等李从珂到达长安时，前面的军士皆已赏遍了，竟然没有一兵一卒进入长安城。

李从珂见到刘遂雍后，这才知道王仁裕劝阻王思同之事。此时的王仁裕，文名播于天下，李从珂慕名久矣，听说他能如此，自然大喜过望，连忙登门拜访，延请王仁裕入幕。王仁裕也不推辞，当即随李从珂而去。

步军都监王景从凤翔军前急急地逃回洛阳，给朝廷带回了朝廷军在凤翔城下临阵倒戈的消息。一时间，朝廷内外，一片惊骇。李从厚更是不知所措，对朱弘昭、冯赟、康义诚以及刚从魏州回京的孟汉琼抱怨道：“先帝晏驾之时，朕外守藩镇，当时，谁为嗣君，全取决于诸公，朕本来就无心与人相争。继位之后，朕年幼智浅，国事皆委托诸公。朕与众兄弟本无嫌隙，诸公却以社稷大计为由，非要讨伐潞王，朕当时又怎敢违拗？发军之初，诸公皆夸大其词，认为会马到成功。眼下，事情到了如此地步，诸公还有什么办法可以消弭祸患呢?”

众人皆俯首看地，不出一言。李从厚见状，心中又气又恼，只好说道：“既然诸公无策可施，朕只好亲自去迎接潞王了，当面将大位让给他，即便死了，朕也心甘情愿了。”朱弘昭、冯赟闻言大惧，但仍是一声不吭。

康义诚闻听此言，心中就盘算开了：看这个架势，这个小皇帝是当不了多久了，与其如此，还不如自己亲自率领着宿卫兵去投靠潞王呢！说不定还能保住自己的军权。想到此处，康义诚开口了，满脸诚恳地对李从厚言道：“西征大军惊溃，皆因主将失策。现今朝廷宿卫诸军还有很多，臣愿亲自率军前往，扼守冲要之地，招集离散军士，以对抗潞王之军，请陛下不必太过担忧!”

李从厚道：“康公能如此想，朕心甚慰！只是这些朝廷宿卫军实在难以让朕放心：在凤翔城下，正是杨思权、尹晖率领着他们先降了潞王。朕担心这些宿卫兵一出洛阳，立时就会倒戈。与其如此，还不如召石敬瑭前来呢!”

康义诚心想：小皇帝倒还不算太傻，口中却说道：“陛下言过了，这些宿卫兵还是忠于陛下的，这主要还得看主帅。臣以全家性命担保，只要臣亲自前往，保管能让宿卫军上下一心，合力将潞王击退。若说宿卫军不能信任，难道太原军就能信任了？再者说，谁又能保证石总管不是另一个潞王呢?”

李从厚闻听此言，立时警悟过来，只好答应了康义诚的请求，令其率领所有宿卫军立即西进，务必要将李从珂挡回凤翔。

时为宿卫骑军统帅的朱洪实闻听此事后，心中暗想：宿卫军本已毫无斗志，又都不愿与潞王为敌，康义诚却硬要将他们全部带走，显然是别有用心。于是，他紧急求见李从厚，对李从厚道：“征西之军只是小败，却无一骑东回，由此可知人心皆已倒向了凤翔。臣担心，宿卫军一旦西去，互相影响之下，必会再投潞王。如今最好的办法就是以不变应万变，不如令宿卫军不要出京，潞王虽胜，也只得了张虔钊一军，杨思权、尹晖的宿卫军只有区区千人，这样算来，潞王统共不过数万人。只要诸军严加布防，一路上关防重重，潞王就凭他区区数万人也敢前来京师吗?”

李从厚一听，当时就有些犹豫了，正要遣人去召请康义诚回来，就听得殿外有人高喝道：“朱洪实大胆，你此言与谋反何异?”

李从厚一惊，抬头一看，只见一身戎装的康义诚正怒气冲冲地迈进殿来。原来，早有人将朱洪实求见皇上之事报告给了康义诚。康义诚顿感不妙，连忙赶了过来，刚走到大殿门口，就听到了朱洪实后边之言，这才怒声喝问。

朱洪实一见康义诚如此擅闯内殿，既感到错愕，又证实了自己的想法，也高声叫道：“康公私心，你自己明白！自己欲反，竟然还说别人造反。”

康义诚当即令殿外的心腹宿卫军士进殿将朱洪实绑了起来，然后对李从厚道：“陛下，朱洪实乃见利忘义的卑鄙小人！他原本是秦王的心腹，曾受到秦王的厚待，但自从弘昭公为枢密使后，他又认弘昭公为叔父，成了弘昭公的心腹。秦王勒兵于天津桥时，他却替孟公杀了秦王！这些事，朝野之人都非常清楚。如此朝秦暮楚之人，实乃朝廷祸乱的奸贼，有此贼在，朝廷休想安宁!”

一向寡言少语的康义诚，一口气竟说了这么多，更为要命的是，他说的这些事还确实是事实，朱洪实一时无法反驳。康义诚不等他回过神来，连忙对宿卫军士使了个眼色，说道：“你们还等什么，还想留着此贼再祸乱朝廷吗?”

军士明白，手起刀落，将朱洪实的头颅砍了下来，李从厚一句“等等”还没说出口，朱洪实的头颅就滚到了他的脚下……

朝廷宿卫军

朱洪实被康义诚斩杀的消息很快就在宿卫军中传开了，军士们闻听此事后，皆有愤怒之色。

事已至此，李从厚反而不敢怪罪康义诚了，只好亲自召见宿卫将士，对他们大加慰抚，不但将府库中的财物全部取出，犒劳诸军，而且还许诺凤翔平定后，每人再赏二百缗，若府库不足，便以宫中的珍玩奖赐诸军。军士们一听此话，就更加骄纵了，皆身背李从厚奖赐的财物走出京城，边走边传言道："到了凤翔，我们还能得一份奖赐。管他主上是谁，咱们都能两头得利！"

康义诚离开京城后，李从厚便以侍卫马军指挥使安从进为京城巡检。然而，李从厚万没想到，安从进此前就归附潞王了，此时他便趁机在朝廷内外大布腹心，散布流言。

朱弘昭见过李从厚后，越想越觉窝囊，竟遣楚匡祚赶往宋州，将李重吉杀死在了狱中。李重吉临死前，被楚匡祚一阵毒打，被逼交出了所有家财。随后，朱弘昭又指派人将惠明杀死在了宫中。

此时，李从珂已经到达昭应，听说前军擒获了王思同，便对刘延朗道："思同虽然失策，但他尽心奉主，忠心可嘉，千万不要难为他。"行至灵口，前军将王思同押至，李从珂责问道："从珂并无过错，王公为何率兵来讨?"

王思同答道："思同起身于行伍之间，蒙先帝擢拔，位至节度使，常自愧于心，无功以报大恩。思同也知道，归附潞王就能立得富贵，协助朝廷就是自取祸殃，但我更担心死后无面目见先帝于泉下。如今虽然身败，却能心安，只请潞王早赐思同一死!"

李从珂听罢，不禁大为改容，当时就想赦免他，而杨思权、尹晖等人却无颜与王思同相见，大军路过长安之时，尹晖已将王思同的家财及妓妾全都据为己有了，故而屡次劝刘延朗道："若留思同，恐怕会失去军士之心。"

刘延朗也有此意，遂趁着李从珂酒醉之时，擅自将王思同一家全都杀掉了。李从珂酒醒之后，才知此事，不禁勃然大怒，连声责骂刘延朗。但人死不能复生，李从珂此时也不想因王思同之事得罪刘延朗、尹晖、杨思权等人，只好作罢。

李从珂率军行至华州，只一鼓就将华州攻克了，药彦稠也被生擒。一时间，潞王军威大振。朝廷前后所发诸军，一遇西军就都弃械投降了，竟然没有一人迎战。

李从珂行至灵宝，河中护国节度使安彦威、同州匡国节度使安重霸全都不战而降，唯有陕州保义节度使康思立欲固守陕州城，以等待康义诚大军。

陕州城原有朝廷宿卫军一千五百人，其中捧圣兵五百人、羽林兵一千人。王思同讨伐凤翔之时，康思立将一千羽林兵全都交给了王思同。一千羽林兵投降李从珂的消息传到陕州后，康思立本想将羽林兵的家属都杀了，但心中又有些不忍，正在犹豫之际，李从珂的先锋军就到了，而先锋军恰好就是康思立原先派出的一千骑羽林兵。羽林兵一到城下，就高呼道："十万西兵已尊奉新天子了，就凭你们捧圣兵区区五百人，难道还想阻止新天子大军吗？还不赶快投诚，难道你们要将陕州人陷于死地才甘心吗？"五百捧圣兵一听，竟争相出城迎接，康思立根本就无法禁止，万般无奈之下，只好亲自出城迎接潞王大军。

李从珂到达陕州后，刘延朗等僚佐说道："现今主公马上就要抵达京畿，有传言说小皇帝已经离开了京城，大王宜在此暂留，先颁布通告以抚慰京城官吏、百姓。"李从珂依其所言，通告洛阳文武百官、士卒百姓，除朱弘昭、冯赟两族不赦外，其余一律不问。

康义诚大军到达新安后，所部兵士即自相结队，多则数百，少则数十，皆放弃甲兵，争先恐后地前往陕州归降去了。一时间，数万朝廷宿卫军士散布于沿路之上，络绎不绝地向西而去。百姓们一见，皆大为惊奇，纷纷议论道："看装束好像是朝廷宿卫军啊，宿卫军不是宿卫京城的吗？他们不在京城，怎么往西边跑呢？"有知道消息的说道："听说是去讨伐潞王的，但看着不像啊，怎么连兵器都不拿呢？不知这个统帅在搞什么鬼？"康义诚听到议论后，连忙脱去将袍，装扮得如同普通将校一般，等他到达干壕时，他的麾下就只剩下数十人了。在干壕，刚巧遇到了潞王李从珂的十几骑斥候，康义诚当即解下所佩弓箭，作为信物，请斥候带给潞王，请求归降。

李从厚闻听潞王已到达陕州，康义诚及其所领宿卫军皆投靠了潞王，这才知道中了康义诚之计，不禁忧恐万分，急遣中使召朱弘昭商议。朱弘昭闻听李从厚相召，对中使言道：“天子如此急急召我，肯定是要治罪于我，既然如此，朱某也不敢劳烦主上了！”说罢，就跳井而死了。

安从进闻听朱弘昭已死，当即率军冲入了冯赟府第，将冯赟一家尽数屠灭，随后即遣人将朱弘昭、冯赟的首级飞马传送给李从珂。

李从厚见大势已去，洛阳肯定是呆不下去了，他想来想去只有逃回魏州一条路，于是，连忙遣人急召孟汉琼，想让他先去魏州安置。孟汉琼闻听李从厚相召，不但没去见李从厚，反而单骑出了洛阳，直奔陕州投奔李从珂去了。

此时，朝廷重臣死的死，逃的逃，宫中只剩下李从厚孤零零的一个人了。他望着空空的大殿，心中感到空落落的，不知如何是好，眼泪直在眼眶里打转。哭了一会儿，他才想起一个人来，此人就是他在藩镇时的亲信牙将慕容迁，现为控鹤指挥使。李从厚连忙走出大殿，四处寻找，找了半天，才找到一个小太监，让他赶快去把慕容迁找来。

不一会儿，慕容迁到了，李从厚把自己意欲北渡黄河前往魏州的想法告诉了他，并让他率领控鹤兵守御玄武门，慕容迁满口应承下来。当晚，李从厚率领他在魏州时就跟随他的弓箭库使沙守荣、奔洪进及五十名亲骑奔往玄武门，对慕容迁道：“朕暂且先往魏州，然后再徐图兴复，你可率领控鹤骑军随我而去。”

慕容迁高声答道：“无论生死，慕容迁都会跟着圣上的！陛下尽管前去。”李从厚心中稍安，见其召集军士，便先行出了玄武门。

然而，李从厚刚出城门，慕容迁就突然下令：将城门紧闭，任何人不得出城！李从厚听见动静，回头一看，城门正在缓缓关闭，慕容迁却站在城楼上向他摇了摇手。

李从厚心中一凉，此前他已相继见过了康义诚、朱弘昭、孟汉琼等人的所为，早已心如死水，见慕容迁如此，什么都没说，只是深深地叹了一口气……

次日一早，冯道、刘昫、李愚等大臣像往常一样入朝，走到端门，就听到了朱弘昭、冯赟的死讯，随后又听说天子已经出了宫城，也有人说天子已经离开洛阳北去了，不免大为惊异。喧嚷了好一阵，众人才静下来，冯道及刘昫便想回府等候消息，李愚却道："天子出宫，我等身为臣子却不知其去向，已经有失臣道了。现今太后尚在宫中，我等当前往中书，遣小黄门去征求太后的旨意，此乃为人臣子应尽的义务。"

冯道说道："为人臣者当唯君而奉，主上既然已经失守社稷，我等无君而入宫城，恐怕不妥吧！如今潞王已经处处张榜，不如回府等待太后教令。"说罢，即率众臣离开了端门。

一行人行至天宫寺，正碰上安从进遣人来告："潞王正倍道而来，马上就要到了，宰相们应当率领百官前往谷水奉迎。"

冯道、刘昫闻听此言，当时就遣人召集百官前来，他们则在天宫寺等候。

中书舍人卢导到后，冯道急道："我等等舍人很久了，现在当务之急是劝潞王继位的文书，请舍人赶快起草。"

卢导却道："按照礼仪，潞王入朝，百官列班相迎即可。即便有废立之事，也应该等到太后教令颁下后再起草劝进文书，岂有大臣们擅自劝进的道理呢？"

冯道道："非常时期，当务实对待。"

卢导道："古往今来，哪有天子在外，人臣却以大位劝人的？倘若潞王守节，仍然称臣于当今天子，必会以大义责备我等，我等将以何辞应对？冯相公不如率领百官前往宫门，进名问安，取太后旨意后再行定夺，如此方为上策。"

冯道正要说话，安从进又遣人来催道："潞王马上就要到了，太后、太妃已遣中使前往迎接慰劳了，你们怎么还在这里磨蹭？潞王入京，怎可没有百官前往迎接呢？"

冯道等人听罢，慌忙前往。行至上阳门外，却不见潞王的影子，三位宰相气喘吁吁地停下来休息。卢导从身边走过，冯道把他叫住，又让他起草劝进文书，卢导仍然坚持要等太后旨意。

李愚道："舍人之言乃正理，我等之罪，已经是擢发难数了，冯相公就不要一错再错了。"

众臣们争论不止，其实，潞王李从珂此时尚远在陕州呢！

卫州驿

康义诚到陕州后，李从珂一见到他，即怒声斥责道："先帝晏驾，立谁为嗣全取决于诸公，圣上年幼，政事也全由诸公执掌，诸公为何不能善始善终，陷我弟至如此地步呢?"康义诚闻听此语竟与李从厚一样，不禁大惧，连连叩头请死。李从珂素来恶其为人，恨不得当时就杀了他，但考虑到眼前情势，只好暂且饶过他。

随后，马步都虞候苌从简、左龙武统军王景戡相继被其属下擒获，押了过来，二人无奈，只得投降了李从珂。至此，朝廷宿卫军便全都归附潞王李从珂了。李从珂特意遣人前往京城，送笺于太后，请示进退旨意。

太后此时能有什么主意，只好让他速速进京。李从珂这才动身离开陕州，率大军往洛阳进发。

李从厚率五十骑亲军离开京城后，直奔魏州而去，当行至卫州之东七八里处，迎面遇见了一队人马，亲军呵斥让道，对方不但不避开，反而也呵斥让道。李从厚见状，只好令沙守荣去打问是谁的兵马。不一会儿，沙守荣回报："挡路者乃镇州成德军节度使石敬瑭，他正要前往京师奔丧!"

李从厚一听，不禁喜出望外，连忙下马，让石敬瑭来见。

石敬瑭一听说是当今天子来了，心中虽有很多疑问，但还是赶忙下马前来，一见李从厚即行参拜大礼。李从厚将他扶起时，早已是泪如雨下了，石敬瑭也放声痛哭。李从厚道："潞王反了，康义诚等人皆叛我而去，我已无所依靠，长公主教我沿路迎你……”遂将事情的来龙去脉哽咽着告诉了他。

石敬瑭听罢，低头不语，只是连声长叹，半天没说一句话。

沙守荣是个急性子，连声问道：“天子播迁至此，总管手握重兵，总该有个办法吧！是去魏州，还是去太原，全在总管一言！”

石敬瑭这时好像有了主意，说道：“卫州刺史王弘贽本为宿将，又通晓事理，不如与他商议一下，然后再作定夺。”

李从厚无奈，只好与石敬瑭一起进入了卫州城。入城之后，石敬瑭令牙内指挥使刘知远先安排李从厚一行到驿馆安身，他则率领亲将陈晖等去见王弘贽。

奔洪进望着石敬瑭的背影，悄声对沙守荣道：“依我看，总管是靠不住了，我等死期到了。”

沙守荣惊道：“奔兄何出此言？”

奔洪进道：“石总管既然手握重兵，又典掌着北都，去北都还是去邺都，全在他一言，何必要找什么王刺史商议？”

沙守荣将信将疑……

卫州刺史王弘贽一见石敬瑭，不禁大为惊奇。见礼完毕，石敬瑭便将来意说了出来，最后说道：“主上危迫，我乃戚属，当何以图全？”

王弘贽道：“天子播迁，自古就有，总管也不必太过惊慌。主上身边有多少人？”

“只有五十二骑亲军。”

“可有将相大臣扈从？”

“没有。”

“可有国宝、乘舆、法物？”

“也没有。”

王弘贽叹道：“所谓大树将倒，不是一根绳子就能拉住的。万乘之主，只以数十骑出奔，而将相大臣却无一人扈从，可知人心所向了。即使想要兴复，也是难上加难啊！”

石敬瑭直到三更时分才回到卫州驿，并将王弘贽之言如实地转告给了李从厚。李从厚尚未答话，沙守荣一听果然如奔洪进所料，不禁火冒三丈，上前指着石敬瑭呵斥道："总管乃明宗皇帝爱婿，富贵既然共享，忧患也应共担。今天子播越，寄希望于公，以图兴复，你却以此为借口，莫不是想要归附叛贼、出卖天子吗?"说罢，即抽出佩剑作势欲刺石敬瑭。陈晖早有防备，挥剑将沙守荣的佩剑挡开，与沙守荣战在了一起。石敬瑭趁机躲了出去，奔洪进正要拦阻，刘知远却率兵杀了进来，将沙守荣、奔洪进团团围住。沙、洪二人寡不敌众，沙守荣战死，奔洪进只说了一句"陛下保重"就自刎而死了。李从厚早就吓得面无人色，怔在当场。

李从厚所率领的五十亲骑听到打斗声，纷纷出屋想要来助，不曾想，刘知远早就在院子里布满了弓箭手和手持长枪的太原兵，眨眼工夫，五十名亲骑就全被射杀了。随后，刘知远又下令将驿馆内所有住客、官吏尽行杀戮，直到确认没有活口之后，才率兵扬长而去，只剩下李从厚一人，木然地站在满是尸体、血污的驿馆之中。

李从厚醒过神来后，跌跌撞撞地逃出了已满是血腥的卫州驿馆，失魂落魄地站在驿馆门口。天亮之后，卫州之人见他穿着华丽，却满身血污，长相雍容，却神色呆滞，忙将他送到了州府之中。王弘贽一见，知道他就是当今天子，却并不相认，只是让他住在府厅之中，派人好生服侍……

石敬瑭本想继续前往镇州，掌书记桑维翰道："先帝尚未安葬，主公身为人婿，若不奔丧，于理不合，此时当去洛阳。"

石敬瑭依言，率队直奔洛阳而去。

李从珂当初遭安重诲陷害被罢职闲居洛阳之时，王淑妃曾多次遣孟汉琼前去探望、抚慰，孟汉琼便自认为对李从珂有旧恩，这才决定西投潞王。行至渑池西，正遇见李从珂大军。孟汉琼一见到潞王，就如同见到了亲人一般，号啕大哭，急着要倾诉，不想，李从珂神色极为漠然，说道："不用说了，许多事情，不说我也明白。我虽不知你对秦王做了什么，但秦王之事，罪魁祸首就是你！若不杀你，天理不容。"说罢，即下令将其就地斩首。

孟汉琼连呼冤枉，李从珂却根本不予理睬。就这样，孟汉琼被当即拉到路边斩首了。

后人有诗讥讽孟汉琼道：

天朝本无事，奸人故乱为。
明宗小康意，一朝成流水。
秦王恨犹在，潞王心尚悲。
旧恩未忘怀，奈何民声沸。

李从珂率军行至蒋桥，早有百官在此列班相迎了。冯道、刘煦等皆上笺劝其继位，李从珂则要求先见太后，太后却遣人告诉他："未拜梓宫，不可相见。"

李从珂遵照太后之命，进入内宫直奔明宗皇帝李嗣源灵柩前大声恸哭，倾诉自己来京的缘由。

冯道等再次上笺劝其进位，李从珂却道："从珂此次来京，实在是情非得已。待父皇葬礼完毕，从珂当即刻回凤翔，诸公所言之事，实在是不知从何说起！"冯道等人闻听此言，大为尴尬。

次日，太后下令：废闵帝李从厚为鄂王，命潞王李从珂权知军国之事。百官前往至德宫门前待罪，李从珂则命百官各按原职待命。

数日后，太后又下令：潞王宜即皇帝位！

既有太后之命，李从珂也就不再推辞了，便于李嗣源灵柩前即皇帝位，改本年为清泰元年。

继位大典之上，李从珂一听册书中言道"维应顺元年，岁次甲午，四月庚午朔"，心中登时一动，大典一完，即对房暠道："太白山神之言，这不是应验了吗？但不知'三珠并一珠'作何解释？"房暠道："这也不难理解，'三珠'便是'三帝'，亦即庄宗、明宗、闵帝，'驴马没人驱'，是指闵帝失位。"李从珂点头称是，当即任命张蒙为将作少监，赐着金紫。

大典刚刚举罢，卫州刺史王弘贽的使者就到了，带来了闵帝李从厚在卫州的消息，李从珂当即密遣王弘贽之子、殿直王峦前往卫州将其鸩杀。

王峦到卫州见到李从厚后，李从厚问他来卫州所为何事，王峦无法回答，只是顾左右而言他。王弘贽多次敬酒，李从厚知道酒中有毒，坚持不饮，王峦无奈，只好将李从厚缢杀了。

闵帝李从厚在卫州的日子里，只有磁州刺史宋令询曾遣使问安。李从厚遇害的消息传到磁州后，宋令询不禁大哭，哭过之后，即自刭而死了。

王峦回到洛阳后，李从厚之妃孔氏尚在宫中。李从珂遣人问孔妃道："吾儿重吉、吾女惠明何在?"孔妃知道自己难逃一死，当晚就自缢而死了，李从珂随后又将其四个儿子一并处死了。

接着，李从珂又将康义诚灭族，将药彦稠斩首。康义诚连呼冤枉，说自己迎驾有功，李从珂对众臣道："康义诚实乃首鼠两端、见风使舵的小人，此人在世，实为朝野之奇耻大辱!"

康义诚临死前对其父言道："早知今日之祸，当时就不该相认了，也免得老父遭我连累。"

康父从容言道："骨肉相认，乃天伦之礼。至于今日之祸，原是天意。"当时之人闻听康父之言，无不感叹不已，坊间有人作歌道：

骨肉相认乃天伦，莫怪天意怪自身。
若是首鼠能保全，秦王兄弟怨何人?

生铁天子

李从珂见朝廷已然安定，特意在宫中大设家宴。酒酣之际，王淑妃突然举酒说道："皇帝，我有一事相求。"

李从珂问道："太妃有何事啊?"

王淑妃道："请求皇帝准许我去做比丘尼。"

李从珂大惊："好好的，太妃为何要出家?莫不是，朕做错了什么事?”

王淑妃道：“小儿从益如今已经侥幸逃过性命，若陛下不能容他，我身死之日，将有何面目去见先帝？故而想逃入空门。”说罢，已是泪如雨下。李从珂也觉凄然，说道：“太妃有恩于我，请您放心，我一定会保全许王的。”王淑妃听后，这才放下心来。

此事之后，李从珂对王淑妃就更加敬重了，待其一直颇厚。

次日朝班，突有刘遂雍使者自长安来报：山南西道节度使张虔钊、武定节度使孙汉韶各举其镇投靠两川了。

李从珂大奇，忙问究竟。长安使者奏道：“张虔钊、孙汉韶从凤翔逃回兴元后，心中一直惴惴不安，陛下继位的消息一传到兴元，二人更是惊惧万分，遂举两藩镇之地投靠了两川。”

得其二人来投，孟知祥自然大喜过望，遣张公铎率兵一万屯于大漫天以迎接二人，张虔钊、孙汉韶皆举族迁往成都。不久，阶州刺史赵澄、文州都指挥使成延龟也相继投降了蜀国。兴州刺史刘遂清闻讯，担心蜀兵来犯，便将三泉、西县、金牛、桑林之兵皆撤回到散关以北。

刘遂雍的使者还用槛车押来了刘遂清，向朝廷请罪，一为没有在凤翔时及时投靠，二为散关以南的所有州镇全都被他放弃了。

李从珂考虑到刘遂清能主动回归，又念在他是刘遂雍的堂弟，刘遂雍又有大功于己，故而没有对其治罪。

李从珂从凤翔出发之时，曾许诺进入洛阳后再给每位军士百缗赏钱，因而在抵达洛阳的当日，他就问三司使王玫府库中还有多少存钱。王玫当时回答说还有数百万之多。李从珂认为有五十万缗赏军也就足够了，既然还有这么多钱，心中也就踏实了。如今既然已经登基为帝，自然就该兑现当初的许诺了，但他万没想到，内外库都翻遍了，统共才有三万缗!

李从珂既惊又怒，对王玫好一通责骂，呵斥道：“府库为何枯竭到如此地步？你又为何谎报库存欺瞒朕?”

王玫答道：“臣早就知道陛下在凤翔的赏军之诺，也很清楚府库已经枯竭。先帝在世时，确曾府库充盈，但经秦王之事后，好多钱都用来赏军了。后来，宋王为讨伐陛下，又几乎倾府库所有来赏赐军士。陛下入京之时，大事尚未定下，臣不想以此烦扰陛下，这才斗胆谎报府库充盈，事已至此，臣也只能请求陛下治罪了。”

李从珂一听，这才释然，说道：“卿原本也是好意，何罪之有？不过，朕已经许诺赏军，怎好失信于军士？”

王玫道：“陛下勿忧，圣上如今已经贵为天子，不就是区区几十万缗钱吗，以国家之大，想想办法也就筹措来了。”

李从珂想想也是，便问道：“卿有什么好办法？”

王玫道：“可向京城百姓借钱啊！天下都是陛下的了，百姓们还能不借钱给朝廷？”

李从珂此时也没有其他好办法了，只好同意，责令王玫速去办理。然而，好多天过去了，王玫却只借得了数万缗，李从珂自然又是一顿责骂。李从珂知道，这个王玫是指望不上了，只好召集冯道、刘煦等执政重臣商议。李从珂对重臣们道：“军不可不赏，人不可不恤，但府库没有金银，如之奈何？”

刘煦道：“王玫的办法是不错的，不过，空口白牙，朝廷又连经大乱，谁还会主动向朝廷借钱呢？不如按照房屋大小向百姓借款，无论士民、百姓，皆按照其房屋的大小，预借五个月的租金。”

李从珂大喜，当即责令王玫按此法办理。然而，京城百姓还是不愿借款，十几天过去了，统共才凑到六万缗！李从珂大怒，立令军士随着有司一块去催逼。军士们一听说这钱是给他们筹集的，自然极为用心了，一个个身披铠甲、手持白刃，如临大敌般簇拥着有司官员挨家挨户地去催逼，昼夜督责，并限令时日交钱，若有抗命、拖延者，立时就锁拿入狱。一时间，整个京城鸡飞狗跳，人人自危，洛阳牢狱很快就人满为患了，更有不少人被逼得上吊、跳井。而军士们却个个喜气洋洋，耀武扬威。市民们皆暗地里骂道：“你们为主上立功，倒让我们鞭子抽胸、棍杖击背，出钱赏你们，你们反倒洋洋自得，难道就不觉得有愧于天地吗？”

最后，倾尽库藏旧物及诸藩镇供奉，甚至连太后、太妃的用品、衣服、首饰都拿出来了，再加上向百姓“借”来的钱，总共才凑了二十万缗，仍有近三十万缗的缺额，李从珂不禁忧心忡忡。

当天夜里，李从珂翻来覆去睡不着觉，只好起身走到殿外，在月夜之下低着头来回踱步。正在他唉声叹气地思量着如何筹钱时，猛然看到有一个黑影走进了内宫，他借着月光定睛一看，原来是尚书库部郎中李专美。

李从珂一直认为李专美甚有才学。天成年间，李从珂镇守河中时，他就被安邑榷盐使李肃聘为推官。一天夜里，李从珂做了一个梦，梦见明宗皇帝李嗣源强逼着他和李从厚削发。他甚觉怪异，便在次日中午宴请李肃、李专美等文吏，咨问他们主何吉凶，当时在座之人皆无人能解。宴罢，李专美主动留了下来，悄悄对他言道："此梦大吉，将来大王必为嗣主。"自那之后，李从珂便把他召入了幕府，后来，他一直跟在李从珂左右。李从珂留守长安时，以其为从事；移镇凤翔后，又将其升迁为记室；即位后，则以其为尚书库部郎中，充枢密院直学士。

李从珂问李专美为何入宫，李专美说他今夜当值，李从珂不无抱怨地说道："卿乃士人子弟，又颇具才术，如今我为赏军之事愁得连觉都睡不着，卿却不能让我渡过难关，卿之才术又有何用呢？"

李专美闻言，不禁惶恐万状，连称有罪，沉思良久，方才奏道："臣才力驽劣，陛下录任太高，无法裨益于圣朝。不过，府藏空虚，军赏无法施行，倒并非微臣之罪。依臣来看，长兴末年时，赏赐就已过度，这才导致府库空竭。宋王临朝之后，纲纪大坏，纵有财赋无限，也不能满足骄军之欲壑，所以才使得陛下虽孤立于西岐却能得到天下。臣以为，国之存亡，仅有赏赐是不够的，还必须有法度，须以刑政立于上，耻格行于下，有功当赏，有罪当罚，如此才是正道。若陛下不改覆车之辙，为赏赐无赖之骄军，而使无辜之百姓遭殃，则前途实在堪忧，事关存亡，陛下不可不察。为今之计，可将现有钱财平均分配，何必一定要践行前言呢？"

李从珂闻言，心中豁然开朗，次日即颁下诏命：凡在凤翔归附的宿卫军，杨思权、尹晖等军将各赐二匹马、一头骆驼、钱七十缗；普通士卒各赐钱二十缗；在京军人各赐钱十缗。

此诏一下，军士们大为不满，军营内怨言满天，甚至还有军士作歌谣讽刺道：

> 春去夏来，日头太热。
> 除去菩萨，扶立生铁。

意思是说，闵帝李从厚宽仁柔弱，俨然一尊菩萨；而新帝李从珂却刚愎严肃，就好像生铁一样，暗示他们已有悔心了。

不管怎么说，赏军一事总算是对付过去了，李从珂终于可以专注于朝政了。他先立沛国夫人刘氏为皇后，随后就定下了内阁的班底，当然是以五心腹执掌机要：以韩昭胤、房暠为枢密使，刘延朗为副使，以李专美、薛文遇分别为比部郎中、职方郎中，皆为枢密院直学士，以宋审虔为侍卫步军都指挥使。也就是说，宋审虔掌兵，李专美、薛文遇主谋，而韩昭胤、房暠、刘延朗则共掌机密。仍以冯道、刘煦、李愚为宰相，以皇子左卫上将军李重美为镇州成德节度使、同平章事，兼河南尹，判六军诸卫事，相里金、杨思权、尹晖等军将皆依照当初的许诺擢升为节度使。随后，又召范延光为枢密使，以马胤孙、王仁裕为翰林学士……

李从珂感念当年吕琦在洛阳时的相访之义，特意颁诏，拜吕琦为知制诰、给事中、枢密院直学士、端明殿学士。

新朝廷终于安定了下来，但有一人，心中越来越不安，此人就是石敬瑭！

病秧子

石敬瑭进京之后，李从珂对他一直不冷不热，既不改任，也不放他回太原，这让他整日里坐卧不宁、忧心忡忡。晋、梁相争之时，李从珂与石敬瑭皆以骁勇善战而闻名军中，是李嗣源最为倚重的左膀右臂，但二人都不相敬服，故而一直很少往来。李从珂即位后，石敬瑭不得已而入朝，李嗣源的葬礼早就完了，但李从珂绝口不提放他回太原之事。他心中忐忑，更不敢主动要求归镇，久而久之，就郁郁得病了。

太后及已被封为晋国长公主的石敬瑭之妻心内着急，多次在李从珂跟前提及此事，李从珂也知道此事不能一直拖着，只好召亲近众臣商议，但亲近众臣看法截然不同：韩昭胤、李专美认为赵延寿既然在汴州，他们同是李嗣源的驸马，不可独留石敬瑭；而刘延朗、薛文遇等人却坚决不同意放石敬瑭出京。

李从珂无奈，只得召见石敬瑭，想听听他的想法。不想，李从珂见到石敬瑭后，不禁吃了一惊：他脸色蜡黄，形销骨立，瘦得已不成人形了，而且一说话就咳喘不止，走起路来更是浑身哆嗦，行礼之后，竟连站都站不起来了，跪在地上浑身颤抖。李从珂心想：这哪里还是三个月前那位英气勃勃的蕃汉大总管呢？如此一介病夫，又能对自己有什么威胁呢？

李从珂心中不忍，便对石敬瑭道："石郎不只是近亲，而且还曾与我同过患难，现今我已是天子了，我不依靠石郎还能依靠谁呢？"于是，当即下诏，令石敬瑭赶快回太原，职爵一律如前。

石敬瑭临行之际，李从珂特意设宴为其饯行，说道："石郎，朕可将整个北边都交给你了。朕向你发誓：只要朕在，终生都不会让你离开太原！你可要给朕守护好了。"

石敬瑭泪流满面，颤颤巍巍地答道："陛下放心，臣定当……竭尽……心力，粉身……碎骨以报……陛下。"

就这样，石敬瑭终于被人用四乘小轿抬着离开了洛阳。

说也奇怪，石敬瑭刚一渡过黄河，立时就像换了个人似的，生龙活虎地弃轿换马，哪还有一点病夫的模样！

李从珂素来不喜欢冯道，总觉着此人太过圆滑，不久就把他外放出京了，以其为同州节度使。

刘煦与冯道本为亲家，冯道一走，朝中就只有刘煦、李愚两位宰相了。刘煦性格谨密，李愚则为人刚直，二人意见多有不合，常常争吵。朝政策略每有变动，李愚便讥讽刘煦道："此乃贤亲家所定，改动合适吗？"

刘煦因此对李愚大为忌恨，到了后来，两人竟然动不动就互相对骂，还经常闹到李从珂跟前，让李从珂为他们评理，致使许多朝政都被耽搁了。李从珂初时还能忍受，后来实在忍无可忍了，就萌生了更换宰相的想法，让刘延朗等人推荐宰相人选。众人推举尚书左丞姚颐、太常卿卢文纪、秘书监崔居俭为宰相，李从珂一时不能决定，便索性将三人的名字置于琉璃瓶中，然后顺次取出，先得卢文纪，次得姚颐，遂以卢文纪、姚颐为中书侍郎、同平章事，李愚、刘煦则同时被罢免了宰相。

李愚罢相之后，心中很是郁闷，没过多久就得了重病，不治而亡了。

李从珂考虑到新任宰相卢文纪、姚颐资历尚浅，一时难孚众望，便又把范延光、赵延寿召回朝廷，以范延光兼中书令，以赵延寿兼枢密使。不久，又对拥立功臣进行了调整，以房暠为枢密使，李专美为兵部侍郎，马胤孙为礼部侍郎，吕琦为知制诰，薛文遇为给事中，刘延朗、薛文遇皆为枢密副使、枢密直学士。对一些名望素重的朝廷旧臣，李从珂也稍稍调动了一下，原端明殿学士李崧改为户部侍郎，原礼部侍郎卢导则改为尚书右丞。

李从珂为报亲生爱子李重吉被杀之仇，决意将楚匡祚斩首示众，但韩昭胤却不同意，劝道："陛下为天下之父，天下之人皆为陛下之子，因而用法宜存至公。楚匡祚受命查抄重吉家财，也是迫不得已。现在即便是把楚匡祚灭族，也无益于死者了，徒让天下人议论。"李从珂一想也是，只好将楚匡祚流放登州。

李从珂见朝廷已基本稳定了下来，便欲向孟知祥问罪，发兵征讨西蜀，李专美劝道："孟知祥为人谨慎，他既然敢立国称帝，必定已筹划得很周详了。朝廷刚刚经过内乱，尚无力征讨，不宜再生事端。"李从珂想想也是，只得作罢。不想，没过几天，长安就有使者来报：孟知祥突得大病，不治而亡了！李从珂及满朝文武全都额手相庆，认为此乃上天护佑新朝廷。

其实，孟知祥乃劳累过度导致风疾复发不治而逝，享年六十一岁。孟知祥死前，特意立其第三子孟仁赞为太子；以同平章事赵季良、武信节度使李仁罕、保宁节度使赵廷隐、枢密使王处回、捧圣控鹤都指挥使张公铎、奉銮肃卫指挥副使侯弘实六人为辅政大臣。

王处回知道，李仁罕一向骄横恣肆，又掌握着宿卫兵权，孟知祥驾崩的当晚，他便建议孟仁赞先不要对外宣告噩耗。孟仁赞也有此想，并命其连夜出宫找赵季良商议对策。

王处回一见到赵季良即泣不成声，赵季良却正色道："现今强将握兵，专等时机变乱，应当赶快让嗣君即位，以绝他人觊觎，非常时机，还不是哭的时候!"王处回连忙收住眼泪。

赵季良特意让王处回前往李仁罕府第，并嘱咐他："先探查一下仁罕的动向，然后再决定是否向其报丧。"

王处回赶到李仁罕府第后，李仁罕磨蹭了半天，才有备而出。王处回见势不对，只是问候了一番，没有将孟知祥驾崩的消息告诉他。

次日一早，赵季良先在大殿四周严布甲兵，然后才以孟知祥的名义，召请李仁罕等中外大臣上殿。待众臣到齐以后，王处回才突然宣布孟知祥驾崩的消息，并依照孟知祥遗命，请太子孟仁赞继皇帝位。

孟仁赞时年只有十六岁，继位后更名为昶。

李仁罕自恃功高，又是孟知祥钦命的顾命大臣，便想趁机把军权掌控在自己手中。回府之后，他一面令进奏官宋从会将此意告知枢密院，一面亲至学士院等着孟昶的诏书。孟昶无奈，只好下诏，加李仁罕兼中书令，以其为宿卫六军指挥使；以赵廷隐兼侍中，为宿卫六军副使。

五节度使之一的剑州昭武节度使李肇闻听孟知祥驾崩后，一直拖了十多天，才前往成都吊丧。行至汉州，又与亲友们饮酒作乐，一直到入冬，方才进入成都。入朝之时，他又诈称足部有伤，要求拄拐拜见，见了孟昶也不行参拜大礼。

孟昶气愤至极，对赵季良道："李肇跋扈无礼，他眼里根本就没有我这个皇帝，赵公有何计策惩罚他？帮我出出这口恶气。"

赵季良道："为人君者，当有容人之量。李肇乃张狂小人，无能为也！当前大患乃李仁罕，此人骄横跋扈，又掌握军权，此人不除，朝野难安。"

孟昶大悟，说道："此事就有劳赵公了。"

次日，赵季良、赵廷隐等趁李仁罕入朝之际，突然发难，命武士将其当殿擒杀，随后即下诏公布其罪行，李仁罕之子李继宏及宋从会等数名心腹也被斩首。

正如赵季良所料，在李仁罕被杀的当日，李肇就像换了个人似的，拐杖也不拄了，足部也没伤了，竟一溜烟地跑到大殿之上，见了孟昶即趴在地上乖乖地行参拜大礼，口中连称有罪。赵廷隐等皆想趁机将李肇也杀了，孟昶却听从赵季良之言赦免了他的死罪，让他以太子少傅的名义致仕，迁往邛州。

石敬瑭回太原后，李从珂越想越不对劲，隐隐感到上了石敬瑭瞒天过海的大当，他甚至怀疑石敬瑭根本就没有病！如果是这样，那此人的心机就更为可怕了，而且此人必有所图！他此时真有些后悔了，常常对李专美、李崧、吕琦、薛文遇等人说道："真不该放石郎回太原啊！"

其实，石敬瑭虽然回到了太原，但也知道李从珂对自己并不放心，因而经常遣人刺探朝廷动向。此时，石敬瑭的两个儿子右卫上将军石重殷、皇城副使石重裔皆为宿卫军使，而石敬瑭的夫人晋国长公主的母亲正是曹太后。石敬瑭便重贿曹太后左右之人，令其伺察朝廷的动向。故而，李从珂与众臣密谋的大小事情，石敬瑭皆一清二楚。他便又经常在宾客前装得弱不禁风，对外散布说自己疾病缠身，已经活不了多久了，希望能以此消除李从珂对自己的疑忌。

此时，朝廷有不少禁军屯驻在幽州、并州等地，石敬瑭便依照桑维翰、刘知远的计策，令各处边将有事没事就上报说契丹人入寇。此举一来可分散朝廷的注意力，二来可趁机请求朝廷增派戍兵、增运军粮。李从珂不知详情，再加上幽州的赵德钧也屡屡要兵、要粮，只好将大批军粮源源不断地运往两地。即便如此，还是不能满足两地的要求，太原、幽州隔几日就上表催要军粮，致使朝廷诸臣整日里为了北边军粮之事疲于奔命。后来，李从珂实在不胜其烦了，下诏让他们自己筹措军粮，而且还同意石敬瑭可以向河东百姓借粮。

他万没想到，此诏一到太原，桑维翰一张尺余宽的大脸上就满是阴笑，对石敬瑭道："明公可将此诏命转发河东各镇，不过，须将诏书中'可向河东百姓借粮'的'可'字改为'命'字。"

石敬瑭会意，当即将"诏命"通告河东全境。果然，河东百姓一见此"诏命"，便对朝廷生了怨望，道路之间，流言不绝于耳。石敬瑭不久又上表，说河东百姓存粮不多，难以应付军用，而且，天气已经转暖，军中急需布帛赶制春衣。李从珂无奈，只好诏命镇州向石敬瑭的总管府运送五万匹绢帛和大量军粮。

诏命到达镇州后，镇州节度使李重美不敢怠慢，命镇、冀军民动用了一千五百辆马车将布帛、粮食运往代州。石敬瑭犹嫌不够，又接连上表催逼，李从珂无奈，只好又诏命魏州刺史尽快筹集军粮，以供军需。去年，魏州等地刚刚经过大旱，百姓本就饥困不已，哪里还有余粮上缴？石敬瑭却不管不顾，不断遣使严加督促，致使魏州等地到处都是流散的饥民，怨声载道，苦不堪言，大乱一触即发。

公元九三五年，后唐清泰二年，吴天祚元年，后蜀明德二年，闽永和元年，南汉大有八年，契丹天显十年

三不开

石敬瑭得到魏州百姓怨声满天的密报后，自以为新皇帝已不得人心，便认为时机已到，也就不再装病了，竟亲自到各军去检阅，第一站是忻州。不想，石敬瑭刚进入忻州营门，就听到军营内传来了“万岁、万岁、万万岁”的欢呼声，其声势惊天动地，甚是骇人。石敬瑭大惊，忙问左右是怎么回事，左右回报：“朝廷使者正在向军士们颁发夏装，士卒们感念天恩，故而齐声高呼。”

石敬瑭一听，当时心里就“咯噔”了一下：他万没想到，军士们对朝廷还如此拥戴！军士们每呼一次“万岁”，他的心就沉一下，脸色也变得越来越难看。幕僚段希尧见状，悄声建议道：“明公不如将带头欢呼之人杀了，看看众军士是何反应。”

石敬瑭当即命刘知远将挟马都将李晖等三十六人以喧哗军中的罪名给斩首了，诸军见状，皆不明所以。此事传到京城后，李从珂便对石敬瑭的疑心更重了，当即任命武宁节度使张敬达为北面行营副总管，令其率兵屯守代州；同时，又致书振武节度使杨光远，对其厚加奖赐、抚慰。李从珂

希望能以此二人牵制石敬瑭。石敬瑭听说后，心中悔恨不已。

此时，赵延寿、房暠同兼枢密使，然而，二人所言却很少能被李从珂采用，十条之中，最多能采纳三四条。倒是枢密副使刘延朗、薛文遇的话，李从珂经常听从。赵延寿新近入阁，不愿多事；房暠虽为凤翔五心腹之一，却遇事不置可否，从不先开口，故而，每次太原、幽州的使者入奏，枢密院众臣围坐商议之时，房暠常常是低头瞌睡，等他醒来时，使者与众臣早就散去了。

不久，李从珂又立其子李重美为雍王，以马胤孙为中书侍郎、同平章事。马胤孙生性谨重，升任宰相之后，遇事就更加慎重了，致使中书之事多被凝滞，时人皆称其为“三不开”，即口不开、印不开、门不开。如此一来，上呈奏章、任命官吏等朝廷大事，几乎全由刘延朗包办了。诸道节度使、刺史到朝廷后，必先去贿赂刘延朗，然后再进贡朝廷。贿赂厚的就能先入朝，就可以到内地州、镇任职；贿赂薄的只能晚入朝，也只能到边陲州、镇任职。如此一来，无论是先入朝者，还是后入朝者，也无论是到内地任职者，还是到边陲任职者，都心怀怨愤，对朝廷满腹怨言，但李从珂全然不知。

蜀国金州防御使全师郁率兵围攻金州，很快就将金州水寨攻陷了。监军陈知隐见蜀军有数万人之众，金州城中却只有千余士卒，竟率领三百水兵弃城逃走了。防御使马全节却坚守不走，并倾尽家财奖赏守城士卒，因而金州军民众志成城，竟将蜀军击退了。消息传到京城，李从珂对马全节大为赞赏，当即召其入朝，准备委以重任。刘延朗却趁机遣人向马全节索求贿赂，马全节守城之时把家财全都赏给军士了，早已是两手空空，哪还有钱给刘延朗？刘延朗却根本不管这些，竟将马全节改为了绛州刺史。不想，马全节的任命一出，就惹得朝廷一片哗然，群议沸腾。李从珂听说后，大感不妥，只好亲自下诏，任命马全节为沧州横海军节度使，朝廷这才安稳下来。

经此一事，李从珂终于有所警觉，这才将刘延朗降职为本卫上将军，充宣徽北院使，兼枢密副使，但枢密使一职却给了刘皇后的另一个弟弟刘延皓！

九龙帐

中原皇帝的枢密院掌控在国舅手中，地处东南的闽国皇帝也不遑多让。

王延钧与其兄王延翰一样，不爱美女爱丑女。王延钧原本娶了两位刘氏夫人，一位出身于刘氏名门望族，另一位却是南汉皇帝刘岩的女儿清远公主。两位刘氏夫人一个比一个美丽端庄，可是，王延钧偏偏不喜欢，反而对闽太祖王审知的丫环陈金凤情有独钟。更为奇怪的是，陈金凤长得鼻孔朝天，眼睛细小，兔唇龅牙，毫毛又黑又密，真正是奇丑无比，令人目不忍睹。而且，陈金凤淫欲奇盛，夜夜都需四五次房事，每每把王延钧折腾个半死。王延钧却对其百般宠爱，呵护备至，最后竟立其为皇后。所谓爱屋及乌，陈金凤的两位族兄陈守恩、陈匡胜自然飞黄腾达起来，一个被任命为枢密使，一个被任命为殿使。

王延钧对陈金凤可谓言听计从。王延钧之子、福王王继鹏早就与宫女李春燕私通，想娶其为妻，便将这一想法告诉了陈金凤。陈金凤巴不得宫中美女都离开呢，当即让王延钧将李春燕赐给了王继鹏。李春燕之兄李仿也因此得以飞升，从一介布衣，一跃而成为了皇城使。

陈金凤长相虽然丑陋，却颇有文才。为取悦王延钧，她亲自设计督造了数十艘彩舫，于西湖中编排了一整套变化多端的水阵。端午节这一天，陈金凤拉着王延钧乘坐龙舟前往观赏。只见碧波荡漾的西湖之上，数十艘五颜六色、造型各异的彩舟在水面上来往穿梭，令王延钧大声称妙。兴致正浓之时，陈金凤又让众宫女同声高歌她亲自谱写的《乐游曲》，词曰：

龙舟摇曳东复东，采莲湖上红更红。
波淡淡，水溶溶，奴隔荷花路不通。
西湖南湖斗彩舟，青蒲紫蓼满中洲。

波渺渺，水悠悠，长奉君王万岁游。

所谓乐极生悲，王延钧游湖回到宫中的当晚就得了中风，身体每况愈下，眼看着就不行了。王延钧嬖臣归守明，长得美若处子，深得王延钧宠爱，称其为“归郎”。王延钧得病不久，陈金凤便与归郎染上了，但陈金凤淫欲太盛，归守明根本就不能满足她，只好又将百工院使李可殷介绍给了她。

陈金凤在床上花招百出，恰如翻江倒海，普通御床根本就不够她折腾的，为此，王延钧特地让锦工制作了一架又宽又大的“九龙帐”。自此，陈金凤便与归守明、李可殷整日里在“九龙帐”中宣淫，淫浪之声又奇又大。三人之丑闻很快就传到了宫外，国人作歌道：

国母口味奇，声喧云雨急。
谁谓九龙帐，惟贮一归郎。

朝野之人皆对三人深恶痛绝，却敢怒不敢言。

李可殷曾在王延钧跟前诋毁过李仿，而陈匡胜则曾经得罪过王继鹏，李仿、王继鹏皆怀恨在心。王延钧病势加重后，常对王继鹏说看到王延禀向他索命，李仿听说后，误认为王延钧命不长了，便令几位壮士手持白梃将李可殷击杀了。

不想，没过多久，王延钧的病势竟有所好转了，陈金凤便将李可殷被杀之事告诉了他。王延钧大惊，强忍病痛上朝，责问李可殷被杀的真相。李仿大为惊惧，索性一不做二不休，退朝之后即率领着所部兵士冲进了内宫。王延钧闻听兵变，连忙躲藏到“九龙帐”中，乱兵用兵器一阵乱捅，将王延钧逼了出来。王延钧此时尚未咽气，满身的创伤犹自四处喷血，太监陈问春见他痛号着在大殿之上滚来滚去，只好将其一刀毙命。

李仿与王继鹏随后将陈金凤、陈守恩、陈匡胜、归守明等人全都斩杀，王继鹏还顺便把他的亲弟弟王继韬也杀了。

陈金凤被杀之后，寓居于闽国的前大唐翰林学士韩渥曾作诗叹道：

泪滴珠难尽，容残玉易销。

倘随明月去，莫道梦魂遥。

当日，王继鹏自称皇太后有教令，命其监国。次日，王继鹏即宣布继位，更名为昶，遣使奉表于中原唐国，大赦境内，立李春燕为贤妃。

王昶继位之后，任命李仿判六军诸卫事，执掌兵权。不想，李仿得志后，渐渐跋扈起来，不但专制朝政，为所欲为，还暗地里蓄养死士，意图对王昶不轨。王昶很快就觉察到了，便命拱宸指挥使林延皓等想法将其除掉。林延皓当即诈附了李仿，李仿将他视作心腹。不久，林延皓即趁李仿上朝之机，突然发难，将其斩首。王昶随即下诏，说李仿弑杀王延钧、王继韬，已被枭首正法，并任命建王王继严掌典六军诸卫，任命六军判官叶翘为内宣徽使、参知政事。

叶翘博学多才，为人质朴刚直，王昶对他一直以师礼相待，闽宫中皆称其为“国翁”。但是，王昶即位之后，也变得骄纵起来，很少再与叶翘商议国事。一天早上，王昶正在练剑，看见叶翘身穿道士服从内庭向外走，登时大悟，连忙遣人将他叫了回来，并以学生之礼拜道：“军国之事正多，孤久未与师傅相商，是孤的过错。”

叶翘顿首道：“老臣辅导无方，致使陛下即位以来无一事可以称道，愿陛下准我回乡养老。”

王昶道：“学生政令若有不善，师傅尽管指教，为何要弃孤而去呢?”叶翘这才又留了下来。

王昶原配乃梁国夫人李氏，为宰相李敏之女。王昶因宠幸李春燕，待李夫人甚薄，而且还想立李春燕为皇后。叶翘谏道：“夫人乃先帝之甥女，聘之以礼，为何因新爱而弃之?”王昶大为不悦，自此，对他又渐渐疏远了。不久，叶翘又上书言事，王昶趁机在其上批道：

春色曾看紫陌头，乱红飞尽不禁愁。

人情自厌芳华歇，一叶随风落御沟。

叶翘明白他的意思，当即请求告老归田，王昶这一次很痛快地同意了。叶翘头天刚走，王昶第二天就下了一道圣旨：册立李春燕为皇后。

王昶对陈守元仍然极为信重，而且与王延钧相比有过之而无不及，不但赐号天师，而且连更换将相、刑罚、选举等大事，都要与他商议。陈守元虽然没有朝职，但他的一言一行，都能决定闽国的朝政，因此，闽国朝野上下纷纷趋附，一时之间，陈守元门庭若市。

公元九三六年，后唐清泰三年，后晋天福元年，吴天祚二年，后蜀明德三年，闽通文元年，南汉大有九年，契丹天显十一年

和亲计

正月十日是李从珂的诞日，也就是千春节，石敬瑭夫人晋国长公主从太原专程赶来洛阳上寿。李从珂在宫内大置酒宴，宴罢，晋国长公主与李从珂拜辞，并请求次日就回太原，李从珂却借酒戏言道："长公主何不多留些时日呢？如此急着回太原，是不是赶回去与石郎一起造反啊？"

晋国长公主一回到太原，就把此话告诉了石敬瑭。石敬瑭心内大惧，连忙加快了起事的步伐，并以军费紧张为借口，遣人将在洛阳及其他地方的私财相继运到了太原。此时，朝廷之中，几乎人人皆知他要造反了，李从珂更是深信不疑，日夜与近臣商议对策，众臣往往是沉默不语，顾左右而言他，李从珂大为不悦，君臣经常不欢而散。

李从珂无奈，只好召吕琦、李崧商议，并对二人道："石郎与朕本为至亲，按理，朕不该对他有疑心，但是朝廷内外，流言纷纷，也不能不防。万一与其翻脸，当以何策应对？"二人唯唯称是，但支吾了半天就告辞而出了。

出宫之后，李崧对吕琦道："我等深受陛下厚恩，决不能像诸公一样

一味观望，吕公足智多谋，不知可有良策?”

吕琦沉思道：“河东若有异谋，必会勾结契丹。契丹之母因李赞华在中原，屡屡请求和亲，但因多次要求将则刺等人放回，朝廷没有答应，故而和亲之事一直被拖了下来。如果朝廷能放则刺等人回国，然后再与契丹和亲，河东便无法得到契丹的援助，也就没有能力变乱了。”

李崧一听，拍手叫好：“若如此，国家即可安定，何乐而不为呢？不过，此事需要耗费不少钱粮，钱粮皆由三司支出，还得与张公商议才行。”李、吕二人遂又一同拜访三司使张延朗，将他们的意思告诉了他。

张延朗听罢，也十分赞同，拍手说道：“吕学士真乃妙计！若能依学士之计，朝廷不但可以制服河东，还能节省十分之九的边费，真乃上上策！若主上能够听从，张某定当竭尽全力去办理，而且决不动用军费!”

李崧、吕琦大喜，当晚便入宫求见李从珂。李从珂一听，不禁喜出望外，并让二人立即着手准备。二人兴奋不已，回到端明殿后，即连夜起草《遗契丹书》。

李从珂随后又将此计告诉了枢密直学士薛文遇，但他万没想到，这位“再世诸葛”当即表示反对，大睁着双眼说道：“以天子之尊，屈身供奉夷狄，岂不是奇耻大辱？再者，若契丹人依照惯例要求迎娶公主，陛下又将如何回绝？戎昱在《和蕃》中曾道：社稷依明主，安危托妇人。我堂堂大邦怎可以一弱女子来求得苟安呢？这岂不是让后人耻笑吗？李崧、吕琦实乃千古罪人！该杀!”

李从珂一听此言，主意当时就变了，紧急召见李崧、吕琦。

二人刚刚起草好《遗契丹书》，忙兴冲冲地赶往后宫。他们万没想到，李从珂一见他们，竟是满面怒容，劈头盖脸地骂道：“你等皆号称博古通今的大学士，却给朕出这样的馊主意！朕只有一女，尚在乳臭之年，你等却要将她抛弃到沙漠之中，还要将朕的养军之钱作为彩礼运往酋虏之处，你们究竟安的什么心？是为国家所想，还是为敌虏设计?”

二人一听，皆大惊失色，张口结舌地说道：“臣等只想竭尽愚忠以报答君国之恩，怎会为敌虏设计呢？恳请陛下详察。”两人不停地叩头谢罪，但李从珂火气很大，久久不能平息，一直在责骂。两人只好不住地叩头，数十个头叩过之后，吕琦有些累了，一时气喘不已，便想直起身来喘口气，李从珂一见，怒气更大了，呵斥道："吕琦，你的脖子倒是硬得很，难道你真的不把朕当人主了吗?"

吕琦此时也有些生气了，抬头说道："臣等既然所谋不妥，陛下治臣之罪也就是了，拜得再多，又有何用呢?"李从珂闻言，本要大发雷霆，却突然想起了当年他在洛阳闲居之时吕琦前来探望的情景，怒气登时消了不少，便让二人不要再拜了，随后各赐了一卮酒，就让二人回去了。

经此一事，群臣谁也不敢再提和亲之事了。随后，李从珂即将吕琦降为了御史中丞，对他也渐渐疏远了。

此时，李从珂之母曹氏已被追封为宣宪皇太后，其陵墓自然也该按照皇太后的规格扩建，但曹太后的陵墓在太原。石敬瑭听说后，当即上奏说曹太后的陵园与百姓的冢墓紧挨着，土地太过狭小，难以建立寝宫，奏请李从珂下诏，命百姓迁墓。李从珂一见表章，当时就怀疑石敬瑭别有用心：他肯定是想趁曹太后扩建陵墓之机，毁坏百姓之墓，以让百姓迁怒于自己。

石敬瑭用心如此歹毒，李从珂忍无可忍，终于决定将他调离太原，改任为郓州节度使。房暠、李崧、吕琦等人听说后，皆竭力谏阻，提醒道："一旦让石敬瑭移镇，石敬瑭必会立时生乱!"司天监赵延义也称天象失度，宜安静以消灾。李从珂一听，又有些犹豫了，但薛文遇摇着羽扇说道："俗话说：'当道筑室，三年不成。'群臣们皆为自身考虑，谁都不会尽心，此事还得由圣上乾坤独断。依薛某看，河东移镇也反，不移镇也反，只在朝夕之间！既然他要反，晚反不如早反，不如趁其准备不足之时，除此祸患!"

李从珂前几天刚刚听张蒙说，国家今年应有大贤辅佐，能出奇谋，定天下。李从珂当时认为，这个"大贤"就是这位"再世诸葛"。此时听罢他的一番言论，李从珂更加确定，说道："爱卿之言，甚合朕意，无论成败，朕决心已定。"

次日，李从珂即命学士院起草圣旨，改任石敬瑭为郓州天平节度使，罢免其蕃汉兵马总管一职。圣旨一出，满朝文武大臣皆大吃一惊，再一听圣旨中竟对石敬瑭直呼其名，更是相顾失色。李从珂随后又以张敬达为西北蕃汉马步都部署，以马军都指挥使、河阳节度使宋审虔为河东节度使。也就是说，让张敬达接掌石敬瑭的兵权，让宋审虔接掌石敬瑭的政权，并遣使催促石敬瑭立即前往郓州赴任。

圣旨一到太原，石敬瑭当即召集众幕僚、将佐商议对策，他满是怨气地对众将吏言道："我回河东之时，主上曾当面许诺，终我一身不再替代。如今却突然有此朝命，看来，千春节时主上对长公主所说的话，确非戏言。当今天子任用皇后之族，委重奸邪之臣，沉湎荒惑，目昏耳聩，失刑失赏，万机停壅，此时不亡，更待何时？应顺中少主出奔之日，我就看到朝廷人心已失，但我却没有扶危持颠，三年多来，每每想及于此，心中后悔不已。如今，我并无异志，朝廷却自启祸端；我不想兴兵，朝廷却逼我起兵。难道我就这样束手待毙、死于道路之上吗？何况太原乃险固之地，积粮甚多，为今之计，只好先上表称疾，以观朝廷动向。若朝廷宽限，我仍会视其为朝廷；若朝廷加兵于我，我也只好另图他策了。诸公可有异议？"

石敬瑭一向沉默寡言，此时，竟滔滔不绝地说了这么多，众将吏皆感诧异。

节度判官赵莹劝道："主上此举只是试探令公之意，并非存心要害令公，再说，主上既然如此下旨，说明朝廷已经有了应对之策。太原兵少，令公若贸然起兵，形势实在堪忧，依卑职愚见，不如奉旨移镇，以保子孙平安。"

刘知远却道："明公一直统兵，深得士卒之心，如今占据形胜之地，士马精悍强盛，若此时起兵，传檄四方，帝业立等可成，何必自投虎口呢？"

掌书记桑维翰知道，石敬瑭早就有问鼎之志了。有一件事，他记得很清楚：从洛阳回到太原不久，石敬瑭曾当着众幕僚的面说道："昨日午休，我做了一个梦，梦见我和天子并骑走在洛阳大街上，经过天子旧日府第时，天子请我入府，我一再谦让，不得已才骑马而入。行至厅前下马，进入正厅，西向而坐，不想，天子已乘坐马车离去了……不知此梦主何吉凶？”当时，众幕僚都没有回答，但其实心中都明白他的意思。

此时，桑维翰便说道：“主公去年入朝之时，主上岂会不知主公乃当世之蛟龙，也决不会不知道‘决不可纵蛟龙入海’的道理，否则，主公又怎会羁留京城长达三个月之久呢？然而，主上最后还是将河东交给了主公，这是为何？这就是天意！上天就是要将利器交给主公。明宗遗留仁爱在世间，当今主上却并非明宗嫡亲之子，故而，群情并未真心归附。主公乃明宗之爱婿，如今主上既然以反叛对待主公，就绝非叩首谢罪所能善了的，只有全力自保，方可使主公转祸为福。契丹主素与明宗约为兄弟，现今其部落就在云、应之间，主公若能与其诚心交往，一旦有危机，便可朝呼夕至，何患大事不成？”

桑维翰的一席话，让石敬瑭终于下定了决心。不过，有一人始终让石敬瑭放心不下，此人便是河东节度副使、太原副留守杨彦询。明眼人都知道，他正是朝廷特意安排来监督石敬瑭的！石敬瑭知道，杨彦询乃耿直之人，必须倾心以对，才能得到他的支持。于是，他亲自登门造访，并将实情告诉了他，咨问他有什么想法。杨彦询听后，却反问道：“敢问总管，河东所存兵粮有多少？真的能与朝廷相抗吗？”

石敬瑭故作哀状，说道：“我不想让小人前来接替我，我决心已定！”杨彦询知道已经拦不住了，便不再言语。左右将吏皆劝石敬瑭干脆将杨彦询杀了，以免后患，石敬瑭却道：“其他人皆可杀，唯有副使一人，我将以信义担保，你等今后再也不要提此事了。”

燕云十六州

李从珂遣中使前往太原之后，心中一直忐忑不安，既盼着石敬瑭的表章快快到来，又怕其表章真的到来。终于，石敬瑭的表章到了，不过只有十二个字：“帝，养子，不应承祀，请传位许王！”

李从珂看罢，直气得浑身发抖，当时就将表章扯得粉碎，恨恨地扔到地上，连声骂道："逆贼！病夫！竟真的反了！"

随后，李从珂即以诏书讥讽道："卿与宋王确为至亲，然而，卿在卫州所为之事，天下谁人不知？卿如今抬出许王来，天下又有何人肯信？"

李从珂当即下诏削夺了石敬瑭的所有官爵，调集各路军马征讨太原：以张敬达为太原四面招讨使，掌管太原行府；以杨光远为副使；以高行周为太原四面招抚使；以河阳节度使张彦琪为马步军都指挥使；以安国节度使安审琦为马军都指挥使；以保义节度使相里金为步军都指挥使。同时，改任刘延皓为魏州节度使，令其负责为各军输运粮草。

张敬达接命后，当即将三万营军全都集结到了晋安乡，并大建营栅，以安顿各路大军。

安金全之侄、西北先锋马军都指挥使安审信一向与石敬瑭交好，一听说石敬瑭要反了，便拉着雄义都指挥使安元信一块投奔了太原。石敬瑭见"二安"前来投奔，不禁大喜过望，心中感激万分，特意问安元信道："眼下，朝廷强大，河东弱小，安公为何舍强归弱？"

安元信道："元信不懂得什么观星识气，行事只看人和事。大凡帝王之所以能统御天下，最重要的莫过于一个'信'字。如今主上既然失大信于令公，像令公您这样的至亲权贵尚且不能自保，何况我等非亲非故、地位卑微之人了。主上败亡，翘首可待，何强之有？"石敬瑭闻言大悦，当即委以重任。

石敬瑭随后又令赵莹密召振武西北巡检使安重荣。赵莹虽然对石敬瑭公然对抗朝廷有看法，但是石敬瑭既然决定了，他也不好再说什么。石敬瑭了解他的为人，这才让他办理如此机密之事。赵莹领命之后，当即前往振武军中。

安重荣，小字铁胡，朔州人，世代镇守边城，有万夫不当之勇。此人虽然长相粗鲁，看上去像个猛夫，却粗中有细，颇有智计。他与石敬瑭交往甚深，因而见过赵莹之后，就有了投奔太原的想法，但他的母亲和兄长极力反对，并想杀了赵莹。安重荣对其母与兄长道："其实，我也拿不定主意，此事只好让上天决定了。"说罢，即在地上插了两支箭，然后走到百步之外，张弓搭箭，高声说道，“石公若为天子，左箭中。”话音未落，箭已飞出，只听“砰”的一声，左箭应声而倒。安重荣又将箭搭在弦上，说道，“我若能为一镇诸侯，右箭中。”果然，右箭又被射中倒地。其母、兄见状，皆认为此乃上天之意，只好同意了他。安重荣大喜，当即率巡边千骑投靠了太原。

安元信、安审信、安重荣皆是名震北疆的猛将，有此“三安”相助，石敬瑭的底气就更足了。

不久，戍守虎北口的彰圣军指挥使张万迪也率领五百骑投奔了太原。李从珂闻报大怒，当即将张万迪满门抄斩。

石敬瑭有两个儿子此时正在京城任职，一位是右卫上将军石重殷，一位是皇城副使石重裔。二人一听说其父将要举兵造反了，连忙逃出宫中，藏匿到百姓家，准备寻机逃出京城，但终究没躲过朝廷宿卫军的搜寻，二人皆被斩首示众。藏匿石氏兄弟的百姓也被满门抄斩。

石敬瑭之弟、沂州都指挥使石敬德此时也在京中，一听到石敬瑭起事的消息，他便把妻子、女儿全部毒杀了，准备只身逃往太原，但最后也没逃过追捕，被投入了大牢，没几天就病死在狱中。石敬瑭的堂弟、彰圣都指挥使石敬威知道大祸难免，召集亲属说道：“人有生有死，这是常理。我兄长正要举大事，我也不可偷生待辱，让人取笑。”说罢，自刎而死。

眼看着朝廷与太原的大战迫在眉睫，而新任魏州天雄节度使刘延皓却依仗自己是皇后的兄长，一到魏州即以募集军粮的名义强行夺人财产，削减将士用度、军饷，整日里欢宴狂饮、花天酒地，不到一月，即惹得魏州军民怨气冲天。捧圣都虞候张令昭遂趁着天色未明之际，率领其麾下兵士攻入牙城，将刘延皓赶出了邺宫。张令昭随即上奏朝廷：“延皓不治军务，大失众心，导致魏州军乱。臣已率军平息，现暂时掌管军府，请朝廷赐予旌节!”

刘延皓狼狈地逃回洛阳后，李从珂大怒不已，当时就要将其革职流放。刘皇后听说后，忙为其说情，李从珂最后只罢免了他的官爵，令其回家反省。

李从珂担心张令昭会举魏州投靠石敬瑭，为了稳住他，只好下诏任命他为右千牛卫将军，命其率军回洛阳。张令昭知道，他一旦回到洛阳，定是凶多吉少，便以军士尚未集结完毕为由，逗留不走。李从珂只好改任他为齐州防御使，张令昭则以士卒强行挽留为借口，仍不动身离开魏州。李从珂无奈，只好遣中使前往抚慰，催促其上路，张令昭一怒之下竟将中使杀了，公然举起了反旗。

太原的大战已是一触即发，不曾想，魏州这时先反了，真是火上浇油！李从珂只好任命中书令范延光为魏博四面行营招讨使，任命西京留守李周为副招讨使，命二人率军讨伐张令昭。

范、李二人大军刚刚北上，云州又有使者到京——云州也出事了！

尹晖自从在凤翔城下倒戈后，便认为自己有大功于李从珂，而李从珂却只封了他一个应州彰国节度使，故而，心中一直不太满意。石敬瑭起兵造反的消息传到应州后，他便乘云州节度使沙彦询前往子城之机，突然发动叛乱，率兵占领云州城，并举起了反旗，响应石敬瑭。随后又率军围攻子城，沙彦询率亲军死命突围，好不容易逃至西山，据守在雷公口。正在尹晖自认为大功告成之时，沙彦询于次日又突然杀回了云州，云州节度判官吴峦趁尹晖慌乱之机，率兵将其生擒，打开城门，将沙彦询接进城去。如此，云州又重新安定了下来。

云州安定的捷报刚报至洛阳，范延光的捷报也到了：范延光只用两个时辰就把魏州攻克了，张令昭也被当阵斩杀。李从珂长出一口气，对即将到来的与太原的交战就更加有信心了，当即下诏以范延光为魏州天雄节度使，以李周为汴州宣武节度使。

云州乱而复安，魏州之乱举手之间就被平定，这让原本颇有信心的石敬瑭不禁倒抽冷气：他万没想到，朝廷之兵竟还如此强盛！而且，自从石敬瑭遣出多路使者前往总管属下的各镇、各军以来，除了“三安”、张万迪来投之外，其他军、镇竟无一人明确表示归附。看来，人心都还向着朝廷。如今，真正能为他石敬瑭效力的就只有太原和“三安”、张万迪的属兵了，满打满算也只有六千军士；而朝廷方面，单是屯扎在晋安的张敬达、杨光远就有近四万军马，何况朝廷各路军马正源源而至呢！如此来看，太原真的成危绝之地了！此时，石敬瑭真的有些后悔了——放着一镇节度使不做，何必要自寻死路呢？

然而，石敬瑭也知道，他此时已经没有退路了，只能孤注一掷，遂令桑维翰起草表章，向契丹称臣，愿以父子之礼敬奉契丹主耶律德光，并许诺，事成之后，不但每年向契丹进贡巨量的金银、布帛，还将幽州一道及雁门关以北的幽、蓟、瀛、莫、涿、檀、顺、新、妫、儒、武、云、应、寰、朔、蔚十六州全都割让给契丹。

不想，众将吏一听说此事，大都觉得太过了，就连刘知远也不同意，谏阻道："称臣可以，以父礼对待似乎太过；既然每年供奉巨量金、帛，就已经足够他们养兵的了，何必再割让那么多的土地呢？我担心日后契丹必为中原之大患，到那时就后悔莫及了。"

石敬瑭此时只想契丹来援，哪还顾得了那么多，故而，无论刘知远等人如何谏阻，他还是执意如此，并遣赵莹手持表章前往契丹，向契丹主请求救援。

赵莹抵达西楼的当天中午，契丹主耶律德光正在午睡，忽见一神人从天而降。神人容貌俊美，头戴花冠，身着白衣，腰系金带，身后还跟着长相、服饰皆十分怪异的十六个怪人。十六个怪人皆走到耶律德光跟前，每人伸出右手，手上皆蹲着一只黑毛兔子。怪人们皆将右手探入耶律德光怀中，再取出来时，黑毛兔子便都不见了。神人对耶律德光言道："石郎派人来召唤你，你一定要去！"

耶律德光醒来后，赵莹就到了。耶律德光看过石敬瑭的表章，不禁大喜过望，连忙禀告给述律太后。述律太后也没想到石敬瑭竟会将"燕云十六州"主动割让，也高兴得眼泪直流，对耶律德光说道："你父皇后半生多次深入中原，但每每失利，到死都心有不甘。如今中原内乱，石敬瑭竟然如此慷慨，你一定要帮助他当上中原皇帝。"

耶律德光道："母后放心，看在'燕云十六州'的面子上，儿子一定倾尽全力，帮助石郎夺得中原皇位！"

耶律德光当即遣三千骑随赵莹南下增援，并让赵莹带话给石敬瑭，说他即刻召集全国兵马，大约在仲秋之际，即可倾国赴援。

汾曲之战

太原西北有一座山，当地人称其为架山，山势并不太高，也不太险峻，然而，将要在山脚下发生的一场大战，竟影响了中国数百年的历史进程。

赵莹回到太原后，石敬瑭一见耶律德光的回书，心中大感宽慰。此时已是八月，石敬瑭估计，再有一个月，契丹的大队人马就会到了。他立时信心大增，便以刘知远为马步都指挥使，统掌各军固守太原；命契丹三千骑驻扎在柳林，以为外援。

不久，朝廷各路大军也相继抵达太原城下，足有十万之众！张敬达当即挥军围攻太原城。

契丹主对石敬瑭的许诺很快就传到了李从珂的耳中，李从珂赶忙遣吕琦前往太原军前犒军，并让他督促张敬达率军急攻，命其一定要在中秋节前攻下太原。杨光远挥舞着一只独臂对吕琦言道："请学士回京后转奏陛下，请陛下放宽心，叛贼若无援军，立时即可平定；若契丹南下来援，也不必遣兵拦阻，尽管放其深入，定可一战而破之。"

吕琦回京后，将杨光远之言转告给了李从珂，李从珂大感欣慰。

张敬达不敢怠慢，亲临军前指挥各军不分昼夜地急攻，怎奈刘知远善于防御，任凭朝廷军如何急攻，始终无法破城。张敬达无奈，只好下令各军绕太原城掘沟修垒，将太原城围了起来。刘知远待太原守军及契丹、"三安"、张万迪之兵公平无私，毫无偏向，致令各军人无二心，皆拼力死守。石敬瑭也亲自登城督战，昼夜坚守在城墙之上。一时之间，太原各军士气大增，人人奋不顾身。

刘知远对石敬瑭道："依知远看，张敬达筑高垒、挖深堑，是想打持久战，好像并没有什么奇策。太原城坚壁厚，军精粮足，张敬达此计能奈我何？守城之事甚为容易，有知远就够了，明公不用亲冒矢石，还是多多派出使者，想办法联络各地诸侯好了。”

石敬瑭大为感激，抚摸着刘知远的后背，口中不住地致谢，说道：“全靠刘公了，有劳刘公了！”

中秋节刚过，契丹主耶律德光就亲率三十万铁骑南下了！

契丹大军自扬武谷入境，旌旗连绵不绝，长达五十多里，如滚雷一般的马蹄声直震得山川摇动，远在十几里外都能听得到。代州刺史张朗、忻州刺史丁审琦已经接到“一旦契丹人南来皆不拦阻”的朝命，只是拒城坚守。

耶律德光见沿路未受到唐军任何阻截，心中大感怪异，当即传命：“只管向太原疾进，不可擅自攻伐！”

如此一来，契丹人驰马自城下而过，契丹人不攻城，唐军也不出击，眼睁睁地看着契丹人耀武扬威、高声叫喊着向南呼啸而去。

契丹大军到达虎北口后，耶律德光突然传令各军停止前进，一面令各军列阵备战，一面遣精骑突破唐军重围进入太原，带话给石敬瑭道：“我想今天就与唐军决战。”

石敬瑭一听，心中大急，忙让使者回去，带话给耶律德光道：“南军军势强盛，万不可轻敌，皇帝远来疲惫，请休息一晚，明日再战不迟。”然而，使者见到耶律德光时，耶律德光早就率领契丹大军抵近太原城下了。

当斥候将契丹大军抵近的消息告知张敬达后，张敬达当即撤了太原之围，并将大军撤至架山脚下，严阵以待。

耶律德光见唐军列阵相迎，当即遣契丹三千轻骑冲击唐军军阵。这些契丹骑士故意扒掉上衣，个个赤裸着上身，一边挥舞着弯刀，一边呜哩哇啦地怪叫着，朝唐军军阵冲了过去。张敬达见状，当即命高行周率三千左厢骑军、符彦卿率三千右厢骑军同时出击，三千契丹骑军一见，皆勒转马头后退。高、符二将知道契丹骑军是在诱敌，故而没有追击。过了一会儿，契丹军又举旗攻来，这一次足有八千骑之多，高行周、符彦卿再次率军迎战，不想，刚一交阵，契丹军又退去了。如此三番，契丹人一触即退，高行周心中便有些犯嘀咕，对张敬达道：“小心契丹人有诈。”张敬达当即命全军严阵以待，不可擅自出战。

契丹骑军冲到唐军阵前，见唐军不再出军相迎，便懒洋洋地退去了。其后，又试着冲了几次，但唐军丝毫不为所动，契丹骑军好像也觉无趣似的，终于不再前冲了。就这样，数十万大军皆屏息宁立，两军就这样僵持了下来。

直到太阳偏西，契丹军一直没有再出战。张敬达见天色将晚，兵士们又累又饿，便对高、符二将道：“今日天色已晚，看样子，契丹人不会再来了，传令撤军回营吧。”

高行周、符彦卿皆道：“契丹人迟迟不出军，必有古怪，我军若退，必会心生懈怠，万一契丹铁骑前来冲击，怎么办?”

张敬达哈哈笑道：“夷狄之人仗着马快兵多，又懂得什么战法？两位将军不必犹疑。”

符彦卿建议道：“即便我军要退，也应该令长枪兵、弓箭兵、骑兵混合列锥形之阵，全军逐次退出，方可万全。”

高行周也道：“符将军所言甚是，契丹大军始终未动，行周实在不安!”

张敬达不听：“二位将军太过谨慎了，不必那么麻烦。”

“独臂将军”杨光远也道：“二位将军多虑了，斥候来报，契丹大军远来疲惫，正在虎北口安营扎寨呢！之前的契丹骑军只不过是来试探我军军情的。”

高、符二将只好听命，遂令骑军收阵，步军押后。不想，骑军刚行出二三里，契丹军突然间又来了，这一次，竟有两万骑之多。张敬达见状，立令步军全阵压上，弓弩齐射，契丹军纷纷落马，只得仓皇后撤。

张敬达笑对高行周道：“这就是高公担心的契丹人的‘古怪’吧，我就说嘛，自打庄宗皇帝起，契丹军什么时候胜过我们？高公现在该放心了吧?”

高从周答道：“看来，高某还真是多虑了。”

唐军一时士气大振，争相追逐契丹军。追至汾河转弯处，契丹骑军只好涉水北渡，唐兵继续沿着河岸穷追不舍。

高行周又觉得有些不对了，对张敬达道："契丹骑军涉水如此慢慢腾腾，显然是在诱军，请张公下令不要让步军渡河。"

张敬达哪里听得进去，说道："此时正可挫一下契丹人的锐气，此远来疲惫之军又有何能?"立令全体步军涉水而过，全力追击契丹人。

不想，唐军步兵刚刚渡过河去，就听见一阵地动山摇般的隆隆之声，契丹大军自东北铺天盖地地冲杀过来！张敬达登高一望，灰蒙蒙的竟一眼望不到边！他虽然久在军阵，但也没见过这么多的骑军，竟有数十万之多！一时间，烟尘滚滚，遮天蔽野，呜哇刺耳的怪叫声、隆隆的马蹄轰鸣声、凄厉刺耳的羊角号声交杂在一起，直震得人耳鸣头昏，手脚颤抖。

已渡过河的唐军步兵和将要渡河的唐军骑兵立时就惊呆了，张敬达眼睁睁地看着数万唐军步兵眨眼间就被灰色的浪潮吞没了，不到半个时辰，数万唐军步兵就被杀戮殆尽。唐军骑兵人人魂飞魄散，哪里还敢渡河相救?

张敬达一时没了主意，杨光远好不容易才冷静下来，立命骑军向晋安旧寨逃奔。

契丹军屠戮罢唐军步兵后，正要渡河追击唐军骑兵，却突然传来耶律德光的军令："不得过河追击，全军赶紧撤回虎北口！"

眨眼之间，契丹军竟又撤得干干净净！

此一战，唐军步兵死伤三万多人，几乎全军覆没，侥幸活下来的一千多步兵只好弃械投降，契丹人因为急着退军，便将他们全都移交给了石敬瑭处置。正当他们暗自庆幸之时，石敬瑭却突然下令："将被俘朝廷兵士统统处死！一个不留!"

石敬瑭一向瘦弱多病，人们一见均禁不住生怜惜之心。他说此话时，却像换了个人似的，既无情又冷漠，就连刘知远等人都觉得他有些陌生。

张敬达、杨光远、高行周、符彦卿、安审琦等收集败军，退保晋安。当得知契丹兵全都撤回了虎北口后，杨光远不住地叹道："契丹人竟也会用兵了！看来，这个耶律德光于阿保机有过之而无不及啊！”

众将皆唏嘘不已，高行周叹道：“中原自此无宁日矣！”

当晚，石敬瑭连夜自北门出城，前去虎北口拜见契丹主耶律德光。

石敬瑭一见耶律德光，不觉一愣，他万没想到，耶律德光竟然如此年轻，看上去也就是三十岁刚过的样子，而自己却已经四十四岁了。按照约定，他应该称耶律德光为“父皇”，但他实在是叫不出口。耶律德光似乎没想那么多，上前拉着石敬瑭的手，嘘寒问暖，倍加热情，大有相见恨晚之意。

石敬瑭故作谦恭地问道：“敬瑭有一事不明，想请教皇帝。”

耶律德光笑吟吟地问道：“何事啊？”

石敬瑭道：“皇帝远道而来，人马本已疲倦至极，却执意要与唐军大战，敬瑭的心一直提着，不曾想，皇帝却大获全胜了。敬瑭不解，这是什么原因呢？”

耶律德光笑道：“我率军南来之时，认为唐兵必会阻断雁门各处要道或者是伏兵于险要，我军怕是少不了恶战，便先遣逻骑侦探，我万没料到，各要道竟然一个守军都没有，一路之上也没遇着伏兵，我军故而可以长驱直入。那时，我就知道大事必成了。两军相接之际，我军气势正锐，而敌军气势却已开始衰落，若不乘机急击，一旦旷日持久，胜负就很难说了。这就是我急战而胜的原因。所以说，打仗的事是决不能以劳逸常理来论的。”石敬瑭大为赞叹。

晋安寨

耶律德光早就听阿保机说过，中原之军极善防御，尤其是其军营、城池，不到万不得已，不要强攻，因而他对晋安寨根本就不打算强攻，而是将晋安寨团团围了起来。晋安四周，长达百余里、纵深五十里内，皆驻扎着契丹大军，而且到处都设有响铃、绊索、猎犬、陷阱等，就这样，晋安唐军大营被围得水泄不通、飞鸟难过了。

此时，晋安尚有五六万唐军士卒，骑军也有一万多骑，然而，张敬达等人却似乎毫无办法，整个晋安寨就这样与外隔绝了。契丹主耶律德光将大帐移往柳林，其侦骑一直过了石会关，也未发现一个唐兵。

败讯传到洛阳，李从珂大为震恐，连忙调集各道军马：命彰圣都指挥使符彦饶率领洛阳兵三万屯守河阳；命范延光率领魏州兵二万由青山赶往榆次；命北平王赵德钧率幽州兵三万由飞狐出军，绕到契丹军之后；命耀州防御使潘环纠合西部各路戍兵共三万人由晋、绛出发，急速救援晋安寨。

李从珂意欲北上亲征，雍王李重美道："父皇眼疾尚未痊愈，不可远涉风沙，儿臣愿代父皇北行。"李从珂其实并不是真想亲征，一听此话，心中大感欣慰，便让李重美挂帅北征。

张延朗、刘延朗等人知道，李重美年纪太轻，众军必会不服，只好劝李从珂御驾亲征。李从珂无奈，只好率三万宿卫军离开了洛阳。路上，李从珂又以刘延朗为监军，督促符彦饶率军赶赴潞州，以为大军后援。自凤翔推戴李从珂以来，诸军皆骄狂不已，动不动就生事，符彦饶担心军乱，轻易不敢以军法约束，因而行军甚为缓慢。

李从珂行至河阳，畏惧之心陡增，竟不敢再继续北进了，只是召集宰相、枢密使商议进取方略。李专美明白李从珂的心意，说道："国家根本大半都在河南，胡兵来得快，走得也快，决不会久留的。晋安粮多兵众，晋安大寨可谓固若金汤，何况陛下已经发了三道救兵，晋安一时之间，尚可保无虞。河阳乃天下津要之地，车驾应当留在此地，以镇抚南北，主上只需遣近臣前往督战就可以了，若不能解围，车驾再北进也不算晚。"

李从珂问："哪位近臣可以代朕北上？"

张延朗想借此机会解除赵延寿的枢密要位，故而建议："延寿之父正率领幽州兵前往太原，可遣延寿前往会合。"

李从珂依言，当即遣赵延寿率兵二万前往潞州，并命翰林学士和凝一同前往。赵延寿一听，头脑就转开了：他太了解和凝了，此人不但文武双全，而且颇有智略。他此时已经另有心事，怕和凝会坏了他的大事，而翰林学士张砺却为人耿直，没有多少心机，且与自己交好，便主动要求让张砺陪同自己北上。李从珂并没多想，就答应了他。

赵延寿、张砺率军北去后，李从珂即率领群臣及剩下的一万多扈驾军士赶到了怀州。时为翰林学士的王仁裕献计道："陛下不妨立李赞华为契丹之主，令魏州、幽州二镇分兵护送，取道幽州赶往西楼。随后，朝廷即可趁机散布消息，到那时，契丹主必有内顾之忧，然后陛下再选精锐之军出击契丹军，必可解晋安之围。"李从珂深以为然，而众大臣却担心计策难成，患得患失，商议来商议去就是定不下来。

李从珂自此之后，整日里愁眉苦脸，没黑没白地酣饮悲歌，一听到大臣劝其北行，就说道："千万别再提此事了，石郎已经让我心胆坠地了！"

幽州卢龙节度使、北平王赵德钧之所以没有出兵拦阻契丹军南下，除了因为遵从朝命外，他自己也想乱中取利，趁机壮大自己的军力！

自打他得知契丹军围困晋安寨后，就一再请求出兵救援晋安寨，李从珂误以为他是忠心，便命其自飞狐南下，绕到契丹军之后，截断其归路，令契丹军不战自乱。赵德钧却请求率领"银鞍契丹直"三千骑，由土门路直接西进去救援晋安，李从珂不知其真正用意，便答应了他。

赵州刺史、北面行营都指挥使刘在明此时正率兵屯守易州，赵德钧路过易州时，便让刘在明率其所部数千军士跟随他一同西进，刘在明只得遵命。赵德钧到达镇州后，李从珂又以镇州节度使华温琪为赵德钧的副帅，赵德钧则趁机要求华温琪与他合兵。华温琪无奈，只好让其心腹爱将牙内指挥使秘琼留守镇州，自己率领镇州之军跟随赵德钧西进。

赵德钧此时仍不满足，又以兵少为借口，恳请与泽、潞之兵会合，李从珂仍未多想，也答应了他。于是，赵德钧又率大军从吴儿谷直奔潞州，不久，即抵达乱柳。

此时，范延光正遵从李从珂之命率二万魏博兵驻扎在辽州，赵德钧又请求与范延光的魏博军会合。范延光见赵德钧屡屡兼并诸军，心中就有些疑虑，连忙上表奏称魏博兵已入敌境，无法再南行数百里与赵德钧会合了，赵德钧这才没有得逞。

到了十一月，李从珂又调整了部署，以赵德钧为诸道行营都统，以赵延寿为河东道南面行营招讨使，以范延光为河东道东南面行营招讨使，以李周为副使。也就是说，以赵德钧为各路朝廷军的总统帅，赵延寿、范延光则分别为南、东路主帅。

赵延寿在西汤与赵德钧会合后，当即将其所率二万多朝廷精兵全都交给了赵德钧，赵德钧军力登时大增，步军有三万多人，骑军已接近二万！李从珂遣吕琦前往赵德钧军中犒军，并催促其速速发兵救援晋安之军，但赵德钧一再寻找借口，逗留不进。后来，李从珂连发三道加急金牌催其进军，赵德钧这才不慌不忙地率兵北进。然而，到达团柏谷口后，他又屯兵不走了。

耶律德光对石敬瑭道："我南下三千里前来助你，若不成功，怎会甘心？我看你气概、容貌、胆识、气量不同于常人，是真正的中原之主，我欲立你为中原天子，你看如何？"石敬瑭假意推辞。将吏们随后也跟着劝进，他这才半推半就地答应了。耶律德光大喜，当即命人制作册书，册封石敬瑭为大晋皇帝，并把自己的衣服、冠戴赠给了他，随后就在柳林建了一座即位坛。即位坛刚一落成，石敬瑭就举行了登基大典，即皇帝位，国号为大晋，史称晋高祖，改本年为天福元年。

石敬瑭终于当上了皇帝，对耶律德光自然是感恩戴德，这时也顾不得脸面了，竟当着众将吏的面称耶律德光为"父皇帝"，称自己为"儿臣"，并以晋国皇帝的名义正式签署了割让"燕云十六州"给契丹的协议书，而且许诺每年进贡布帛三十万匹。

石敬瑭既然当了皇帝，其旧属当然也都水涨船高了，掌书记桑维翰成了翰林学士、礼部侍郎、枢密使，节度判官赵莹成了翰林学士承旨、户部侍郎，河东副节度使杨彦询成了宣徽使，观察判官薛融成了侍御史，节度推官窦贞固成了翰林学士，军城都巡检使刘知远成了侍卫军都指挥使，客将景延广成了步军都指挥使，石敬瑭的夫人晋国长公主自然也就变成皇后了。

耶律德光如此急着立石敬瑭为皇帝，刘知远、桑维翰等人皆以为他是急着得到“燕云十六州”，但他们只猜对了一半！表面上看，耶律德光整日里趾高气扬，似乎胜券在握，但刘知远等人并不知道，自从耶律德光率领倾国之军进入中原的第一天起，他就整日提心吊胆。此时，赵德钧、范延光、符彦饶几路军马以及唐帝李从珂亲率的朝廷宿卫军，任何一路都让他心忧不已。契丹军作为一支历来被中原人视作胡虏的敌军，如今倾国南下，孤悬于距故国数千里的敌国之内，一旦有个闪失，契丹军就会有全军覆没的危险。到那时，整个契丹就会有亡国灭种之虞，他耶律德光也就成了契丹人的千古罪人。因此，耶律德光一面加紧促成石敬瑭登基称帝，好兑现石敬瑭割让“燕云十六州”的承诺，一面加紧备战，尽快剿灭晋安唐军。此时，他虽然屯军于柳林，但契丹家属、老弱妇孺及辎重却都放在了虎北口。耶律德光还吩咐他们，每天天一傍黑儿，就把所有的东西全都收拾整理好，以便随时北逃。

石敬瑭依靠契丹人做了皇帝，此事很快就让赵德钧听到了。一时之间，赵德钧的心里就如打翻了五味瓶一般，说不出是什么滋味。他此时已有五万多兵马，石敬瑭如何能与他相比？他心想，要做皇帝，也轮不到你石某人啊！既然你石某人会投靠契丹，难道我赵某人就不能投靠契丹吗？故而，赵德钧到达团柏后，一直按兵不战。团柏距晋安不过百里，赵德钧竟然自始至终不与晋安唐军联络。不仅如此，赵德钧还多次上表唐帝李从珂，奏请以赵延寿为镇州节度使，理由是：“臣今远征，幽州势孤，欲求延寿坐镇镇州，以便应接。”

李从珂初始以为赵德钧这是在借机为儿子争权，便遣使对其言道：“延寿正在击贼，哪里有空去镇州赴任？待贼寇平定之后，朕定当准你所请。”

然而，赵德钧却不依不饶，执意相求，看其架势，若是赵延寿当不上镇州节度使，他就不会出兵了！李从珂大怒道：“赵氏父子一定要得到镇州，这是什么意思？假使他能击退胡寇，他就是想代替朕，朕也心甘情愿；但若是他借胡寇而要挟君主，只怕是兔子和猎狗谁都活不了。”赵德钧闻听李从珂此言，不禁恼羞成怒。

大恶人

赵延寿眼见得李从珂与赵德钧君臣马上就要翻脸了，便故意将耶律德光赐给赵德钧的诏书、良马、宝甲、宝弓、宝剑遣人献给了李从珂，并诈称赵德钧已经遣使致书耶律德光，愿意替朝廷与契丹修好，赵德钧正在劝说耶律德光率契丹兵回国呢。然而，暗地里，赵延寿又密遣使者携带大量金银、布帛前去求见耶律德光，还带去了赵德钧给耶律德光的密书，书中言道："大皇帝若能立赵某为中原皇帝，赵某定将引领大皇帝发兵南下，一举平定洛阳，并愿与契丹结为兄弟之国。"赵德钧同时还许诺，事成之后，他将让石敬瑭长期镇守河东。

耶律德光看罢赵德钧的密书，心中不禁大动，便暗自盘算开了：此次自己以倾国之兵南下，已经深入敌国之境。晋安看来还一时难以攻下，范延光在其东侧随时都会发兵来攻，赵德钧兵势更加强劲。最可怕的还是山北诸州，随时都有可能截断其归路。到那时，契丹人就很难全军而退了。他原本认为，立石敬瑭为中原之主后，主要的对手就只有唐帝李从珂了，但万没想到，此时，又冒出一个赵德钧来，而且其势力远在石敬瑭之上，其威胁也不在李从珂之下。赵德钧不仅手握重兵，而且其人又在山北诸州中威信颇高，一旦与其翻脸，契丹人将进退维谷，只有死路一条了。耶律德光越想越怕，看来这个赵德钧是万万不能得罪的！几经思虑，耶律德光决定：答应赵德钧的请求，另立他为中原皇帝！

消息很快传到了太原，石敬瑭一听，本来就没有多少血色的一张黄脸，立时就变得如白纸一般，浑身哆嗦个不止，良久方才恢复常态。眼看着已经到手的帝位又要拱手让给别人，他怎能甘心？但他又有什么办法呢？大晋群臣此时也是唉声叹气，别无一策。桑维翰见状，自动请缨道："陛下勿忧，微臣这就去见契丹皇帝，拼死也要让他改变主意。"石敬瑭此时也只有死马当作活马医了，便让桑维翰去见契丹主。

桑维翰见到耶律德光后，苦劝道：“我家主公孤危之时，大皇帝举义兵前来救助，只一战就使南军土崩瓦解，使其退守于一栅之内，如今已是食尽力穷，败亡就在眼前了。赵北平父子不忠不信，畏惧贵国之强，且素有异志，故而一直按兵不动，作壁上观。以此来看，此人绝非以死殉国之人，何足可畏？以皇帝之圣明，难道也会相信其存亡之辞，贪图其毫末之利，而白白放弃垂成之功吗？晋国一旦得到天下，将会竭中原之财以供奉大国，怎会是眼前的些许小利所能比拟的呢？”

耶律德光低头用右手捏着自己的左手指，叹道：“先生你见过捕鼠者吗？稍不注意，不但捉不到老鼠，还会被老鼠咬伤手指，何况是如此大敌呢！”

桑维翰道：“如今贵国已扼住其喉咙，赵德钧这只老鼠还有什么本事能咬人手指呢？”

耶律德光双手一摊，无奈地说道：“我也不是不遵守约定，但我身为契丹皇帝，一举一动都关系到契丹种族的存亡，我能不多考虑一些吗？”

桑维翰听耶律德光如此说，不禁绝望至极，他抬起硕大的脸盘说道：“大皇帝以信义救人之急难，四海之人有目共睹。如今，大皇帝一旦反复，天下人将如何看待大皇帝？臣认为，大皇帝实在不该行此不信不义之事。事到如今，大皇帝要么履行前约，要么就把臣杀了！”说罢，即自行走到帐外，跪在了帐前，而且从早上一直跪到太阳落山。

此时已是深冬，天气极为寒冷，桑维翰却一整天粒米不进、滴水不喝。到了晚上，又突然下起了大雪，耶律德光怕把他冻死了，便让左右把他抱进帐内，不想，左右刚把他放下，他又挣扎着往帐外爬，口中哆哆嗦嗦地说道：“大皇帝若不改变主意，我主将必死无疑，大皇帝也定会落下个不信不义的千古骂名，臣活着还有什么意思，能让上天把我冻死，也算是一种恩赐了。”

耶律德光闻言，大为感动。他万没想到，这个五短身材、宽面短腿的文弱书生，竟有如此的忠心，又如此倔强！此时，他对中原人的“忠义”似乎又有了一些新的认识，再对比一下赵德钧，实在有天壤之别！他终于决定：听从桑维翰的！

次日，耶律德光即指着帐前的一块大石头对赵德钧的使者道：“我既然已经答应了石郎，那么，除非这块石头烂了，否则，本皇帝决不更改！”

李从珂在怀州彷徨无计，深悔不该听从薛文遇的。他此时甚至想，如今走到这个地步，罪魁祸首就是这个“再世诸葛”，他几次都想下诏把薛文遇杀了，但又怕众心不服，酿出新的乱子来，故而一直隐忍着。

翰林学士龙敏对前郑州防御使李懿道：“李公乃天子近亲，如今社稷危难，难道李公就不担心吗？”李懿说赵德钧必能破敌，不必忧虑。龙敏道：“龙某本是燕人，深知赵德钧之为人。此人胆小而无谋，坚守城池尚差强，若说攻袭，则是无勇无谋，兵势再强，也是无用。何况他内藏奸谋，又怎能仰仗他？我倒有一个大胆的计策，只担心圣上不肯采纳。”

李懿忙问道：“是何计策？”

龙敏屈指说道：“如今，张敬达等将陷于重围之中，因不知朝廷动向，故而不敢突围。若他们知道朝廷大军近在团柏，即使是铁障他们也定能冲出来，何况是胡虏骑军了！现今扈驾之兵尚有一万多人，战马有近五千匹，若从中选出一千精骑，让龙某和郎万金统领，沿着介休山路，趁着夜色冒充胡骑进入晋安寨，即便有一半进入，则大事也就成功了！”

李懿一听有理，连忙将龙敏之言告诉了李从珂，但李从珂叹道：“龙敏之志确实雄壮，可惜，太晚了！”

其实，龙敏此计并不算晚。晋安寨被围之后，高行周、符彦卿曾多次率骑兵出战，却因寡不敌众，皆无功而回，但损失一直不大，军力也保持得很好，只是粮草渐渐用完了，只好用风干的粪便喂马。战马经常因为饥饿而互相撕咬，马尾上的毛都秃了。不少战马被活活饿死，将士们只好靠分食马肉度日，天天巴望着朝廷援兵。但是，一天天过去了，朝廷援兵却一直没有踪影，甚至连一丁点消息都没有。到了闰十一月月底，晋安已整整被围了三个月，战马也被杀了近一万匹，将士们已经彻底无望了。

杨光远、安审琦眼看着众多士卒冻饿而死，实在是忍不住了，便劝张敬达立即率军突围，杨光远道：“冒死突围，至少也能有三四成逃出去，我们又何必坐困等死呢？”

张敬达眼望南方，满怀希望地说道：“再等等看，朝廷不会不管我们的，一定会派兵来救我们的。”

又过了十多天，杨光远又提起此事，但张敬达还是那句话。张敬达素来性格刚烈，人称“张生铁”，但值此生死关头，却如此犹豫不决，杨光远不禁大为失望，说道：“既然不能突围，干脆投降契丹人好了！”

杨光远此言一出，张敬达就生气了，说道：“我等受明宗及当今天子厚恩，身为主帅而被胡虏打败，其罪已经很大了，若再投降胡虏，我等还有何面目去见明宗皇帝，去见先人、祖宗？本帅坚信，朝廷援兵很快就会到达，我等还是耐心等待吧！若力尽势穷，你们只管把我这颗头颅砍下，带着它出降，以求生路。到那时，对诸公来说，也不算太晚。”

秃顶独臂的杨光远闻听此言，杀心顿起，用眼睛示意安审琦将张敬达杀了，但安审琦不忍心下手。

高行周知道杨光远欲杀张敬达后，便经常率领精壮骑士跟随在张敬达身后护卫。张敬达不明就里，对符彦卿道：“行周常常跟在我身后，不知是何用意？”高行周闻听此言，便再也不敢跟随护卫了。

按照惯例，诸将每天早上都要会集于招讨使大营商议军情。一天，高行周、符彦卿有事来晚了，杨光远见机不可失，竟趁着张敬达不备，举起他那只仅存的手，挥刀砍下了张敬达的首级。诸将虽然大惊，但谁都没有吭声。

杨光远随后即遣人带上张敬达的首级和降表去见契丹主。耶律德光自然大喜过望，当即准降。他素闻诸将之名，便亲往晋安寨中，慰劳安抚诸将，还每人奖赐了一顶裘帽。当他听说有一万匹战马被杀之后，竟哈哈大笑了起来，指着众降将道：“你等可真是大恶人啊！”

杨光远与众将不知他是什么意思，还以为是夸奖自己呢，连说：“不敢当，不敢当。”

耶律德光讥笑道：“你等连食盐、调料都不用，就把一万匹战马给吃了，这不是恶人是什么？军人爱马，甚于生命，你等却如此作为，实在是对不起这些战马啊！”杨光远等人大为羞惭，拜伏在地，不敢抬头。

耶律德光又问道：“你们惧怕我吗？”

众将皆道："非常惧怕。"

"怕什么？"

"怕皇帝带我们去契丹。"

耶律德光道："这倒不用，即便你们想去，我国也没有那么多土地、官爵给你们，你们只管效劳大晋皇帝就是。"

此言刚落，降将之中突然有一人口吐鲜血横倒在地。众人大惊，上前一看，原来是马军都指挥使康思立——他已经咬舌自尽了！

耶律德光看罢，赞道："此人倒还有点血性！可惜……"

耶律德光对张敬达心存敬意，命部下将他连同康思立一起厚葬，并亲自祭奠，对其部下及众降将言道："你等既为人臣，就应当学学张敬达、康思立。"

此时，晋安寨尚有战马五千匹，铠甲、兵器五万套，耶律德光吩咐将其全部运往西楼，所有投降的将卒则全都移交给了石敬瑭。

后人有歌叹道：

君臣窝囊将士蠢，羞闻胡酋说恶人。
只为一时求活意，贻害千年国沉沦。

儿皇帝

晋安唐军既已归降，石敬瑭当即遣使驰往诸州告知此事。本在坐持观望的各州，此时纷纷表态，愿意投顺石敬瑭。

耶律德光对石敬瑭道："桑维翰对你忠心耿耿，应当用为宰相。"石敬瑭点头称是，当即封拜赵莹为门下侍郎，桑维翰为中书侍郎，二人并为宰相，桑维翰仍权知枢密使事。石敬瑭又以杨光远为侍卫马步军都指挥使，刘知远则改任保义节度使、侍卫马步军都虞候。

秃头独臂的杨光远万没想到石敬瑭如此信重他，竟让他担任宿卫军的统帅，其职位犹在刘知远之上，当即发誓："定当誓死效忠大晋皇帝！"

刘知远听罢，心中很不是滋味。

耶律德光见太原已经安定，便对石敬瑭言道："晋安大军归附后，中原各地已人情不稳，你正可趁此良机率军南下，直捣洛阳，一鼓作气平定天下！"

石敬瑭何尝不想如此，只是耶律德光不说，他也不敢主动提及，一听耶律德光此言，他便脱口说道："父皇所言与儿臣所想一样，只是，必须留下一子坐守太原。此事事关根本，儿臣一时还没定下人选。"话一出口，他自己都觉得奇怪，过去一直不好意思说出口的"父皇"二字，现在竟如此顺口了。

耶律德光假装没注意到，哈哈笑道："这有何难？你把他们都叫来，让父皇替你选。"

石敬瑭遵命，当即把几个儿子叫了过来。不一会儿，石氏诸子相继进入大殿。耶律德光走下殿阶，背着双手挨个打量，最后停在一人跟前，说道："依我看，就是这个大眼儿了。"

石敬瑭一看，此子乃石敬瑭已经去世的兄长石敬儒之子石重贵，因其长相酷似石敬瑭，故而深得石敬瑭喜爱，并将其收为了养子。此时，他已二十五岁，长得浓眉大眼，气宇轩昂。

石敬瑭当即下诏，任命石重贵为北京留守、太原尹、河东节度使。

随后，耶律德光即任命契丹大将高谟翰为前锋，率领六千契丹骑军与晋安降兵一同先行。

高谟翰率先锋军行至团柏，正遇赵德钧、赵延寿父子所率领的数万唐兵，高谟翰大惧，连忙令契丹军列阵，准备迎敌。不想，赵德钧父子一见，竟慌忙下令撤退了。高谟翰犹自不信，直到斥候来报赵德钧已率大队唐军逃往潞州了，他才出了一口长气，率军继续南下。

符彦饶、刘延朗、刘在明闻听赵德钧父子后撤了，也相继后撤。一时间，河东境内到处都是溃乱的唐军士卒，皆自顾自地夺路逃窜，互相践踏而死者，数以万计。契丹军大喜，就像追逐羊群一般策马追击。就这样，十余万唐军，竟一箭未放就土崩瓦解了！

刘延朗、刘在明逃至怀州后，李从珂这才知道张敬达被杀、杨光远率晋安大军投降、石敬瑭称帝、契丹大军正在南下、赵德钧父子溃败等大事，不禁呆住了，等他回过神来，才明白了眼前的处境。此时他哪还顾得上责骂，连忙召集众大臣商议去处。众大臣皆道："魏州军尚无损失，契丹惧怕魏州军，一时还不敢与其为敌，车驾宜发往魏州。"

李从珂知道李崧一向与范延光交好，便想听听李崧的想法，忙召李崧来见，薛文遇不知，也跟了进来。李从珂早就对这位"大贤"厌恶至极了，一看是他，当时脸色就变了！李崧见状，偷偷地踩了一下薛文遇的脚后跟，示意他赶快离开，薛文遇这才怏怏地退了出去。李从珂道："我一看见这个蠢物，就气不打一处来，刚才，我真想拔剑杀了他。"

李崧道："文遇乃浅见小人，让他谋国本就有辱朝廷了，圣上若再杀了他，更是丑闻。"

李从珂将准备前往魏州的想法告诉了李崧，李崧却道："不可，眼下叛军气焰嚣张，天下人人不安，只有先回京城才是最稳妥的。"

李从珂依言，连忙率军南回洛阳。退至河阳时，张延朗又奏请车驾前往滑州，以便与魏博声势相连，李从珂一时犹豫不决。

石敬瑭任命高行周为潞州昭义节度使，令其先往潞州准备军粮。高行周领命，抵达潞州城下后，正看见赵德钧父子在城上四处张望，便高声叫道："行周与北平王本是同乡，请听行周一句忠告：潞州城中并不安宁，赵公父子不如尽早去迎接大晋皇帝车驾。"

赵德钧父子知道他说的是心里话，赶忙率队出城去迎接石敬瑭，行至高河，正遇着石敬瑭和耶律德光。父子二人连忙拜倒在石敬瑭马前，同声说道："陛下别来无恙？"石敬瑭却连看都不看，更不想与二人说话，登时就把头转向别处。

赵德钧父子一脸尴尬地跪在原地，耶律德光问道："听说你在幽州建置了'银鞍契丹直'，如今，他们在哪里啊？"

赵德钧指着一队人马道："那便是。"

耶律德光策马走到"银鞍契丹直"队前，说道："我就是契丹国的大皇帝，你们都是契丹人吗？"

"银鞍契丹直"兵士皆翻身下马，按照契丹礼仪对耶律德光行参拜大礼，高呼："大皇帝万岁、万万岁！"

耶律德光高声道："我真不明白，你们还活着干吗？难道是为了给汉人下拜、卖命吗？你们还叫什么'契丹直'，这对我们契丹人来说，简直是奇耻大辱！呸！呸！呸！"

耶律德光三口唾沫落地，随之就响起一片抽刀出鞘的声音，紧接着"嚓嚓"声响成一片，再看"银鞍契丹直"竟有一多半兵士自刎而死了！

耶律德光看着其他愣在当场的契丹兵士，连声冷笑道："懦夫！"转身对众亲骑说道，"去帮帮他们！"

众亲骑当即冲了过去，一刀一个，将活着的"银鞍契丹直"兵士全都杀死了！

就这样，三千契丹人全都死在了潞州西郊！

耶律德光随后即命人将赵德钧、赵延寿父子连同张砺、华温琪打入槛车，遣人押往契丹。

赵德钧父子一行被押到西楼的当日，述律太后就召见了他们。赵德钧将随身携带的所有财宝及房产、地契等都献给了述律太后，述律太后不屑地看着这些东西，问赵德钧道："谁让你赵大王率兵去太原的？"

赵德钧答道："奉唐主之命。"

述律太后以手指天道："上天不可欺！你不是向我儿子请求当皇帝吗？"然后又指着自己的心道，"此心也是不可欺的。"赵德钧面红耳赤，一句话也说不出来。

述律太后又说道："我儿子临行之际，我曾经叮嘱他：赵大王若率兵北上渝关，你须马上率军回国。我老婆子万万没想到，你赵大王竟然没有派出一兵一卒！你给我老婆子说说，你赵大王是怎么想的？也好让我老婆子长长见识。"

赵德钧羞愧难言，只好低头不语。

述律太后又道："你既然想当天子，为何不先把我儿子击退，再设法图取？你既为人臣，却背负君主；不能击敌，却想乘乱取利。如此所作所为，还有何面目活在人间呢？"

赵德钧的头低得更低了，仍是一言不发。

述律太后又问道："器玩在此，田宅何在？"

"在幽州。"

"幽州如今属于谁？"

"属于太后和契丹大皇帝。"

"既是我自家的东西，又何必要你来献？"

赵德钧更加羞惭，自此之后，整日里郁郁不安，吃不下饭，睡不着觉，没过多久就窝囊死了。

石敬瑭进驻潞州后，稍作休整就南下了。启程之日，耶律德光亲自出城相送，举酒对石敬瑭道："我为了信义远来相助，如今大事已成，我若再率军南下，黄河南边之人必会惊骇。你若独自率领汉兵南下，百姓定然不惧。我令太相温率五千骑护送你到黄河岸边，想要多少契丹人渡河，都随你意。我暂且留在此地，等待佳音。你若有危机，我定会马上下山来救。一旦洛阳平定，我即会马上北返，咱父子也就不再相见了。"

石敬瑭道："儿臣能有今日，全靠父皇恩赐！今日一别，不知何时相见，万望父皇保重圣体！"说着，眼泪已流了一脸。

耶律德光拉着石敬瑭的手道："你现在已为中原皇帝了，怎可像女人一样哭哭啼啼呢？"一边说着，一边脱下自己的白貂裘长袍，亲自为石敬瑭披上，继续说道，"我再赠送你二十匹宝马、一千二百匹战马。石郎啊，你可不要忘了今日今时啊！"

石敬瑭手指太行，信誓旦旦地说道："青山作证，儿臣定当牢记今日，永不相负！"

耶律德光又嘱咐道："刘知远、桑维翰、赵莹等人皆创业功臣，若无大错，千万不要相弃。"

石敬瑭俯首道："父皇之命儿臣将铭刻在心！"

玄武楼

符彦饶抵达河阳后，密对李从珂道：“现今契丹大军已经南下，黄河水位又浅，人心业已离散，此地绝不可守。”

李从珂闻言，当即诏命大军南下回京，命河阳节度使苌从简守护河阳南城。车驾临行之时，李从珂又特意留下刘在明，并嘱咐他待车驾过河后，立即拆毁黄河浮桥。苌从简、刘在明信誓旦旦地对李从珂说道：“陛下只管放心回京，臣等愿与河阳共存亡。”

这时，李从珂突然想起一事，对宦官秦继旻、皇城使李彦绅道：“朕走到如今地步，全都拜契丹胡虏所赐。李赞华本为契丹东丹王，他已熟知我中原之事，朕担心他会与契丹人联络。你二人立即前往郓州，将李赞华满门斩杀，不得漏过一人。”秦、李二人遵命，连夜前往郓州。没过几日，李赞华，也就是原契丹东丹王突欲，连同其家人、随从、仆役，总共二百多口人，就全都被斩杀了。

令李从珂万没想到的是，石敬瑭率军一到河阳，苌从简就打开了城门，并亲至城门迎接晋军入城，还准备好了过河的舟船。刘在明听说后，只好令人将自己绑缚起来，至石敬瑭跟前请罪称臣。石敬瑭亲自为其解开绳索，准其官复原职。

李从珂行至覃怀，突然看到有不少京师百姓跪在上东门外迎接他回京，口中皆高呼：“万岁、万万岁！”李从珂见此情景，眼眶不禁一热，忙下车扶起一位老者，哽咽道：“朕无能至极，让父老们失望了！”

老者道：“草民听说，大唐时中原也曾有难，帝王大多前往西蜀避难，然后再设法兴复。事到如今，陛下为何不去西川呢？”

李从珂道：“过去，两川节度使皆用文臣，所以玄宗、僖宗能够到成都避寇。现今孟氏已经称帝了，朕怎好再去呢？”说着，已泪如泉涌了，百姓们也唏嘘不已。不过，百姓们也奇怪：当年在黄河两岸骁勇无敌的

“拼命二十三郎”，如今怎么无一丝英豪之气了？

李从珂一回到宫中，即将马军都指挥使宋审虔、步军都指挥使符彦饶、前河阳节度使张彦琪、宣徽南院使刘延朗召来，令他们率领仅有的一千多骑军至白马阪扎营，以阻击晋军渡河。四使领命出宫，率领唐兵驰至白马阪后，正准备扎营，却有五十多骑唐兵突然离开了兵阵，竟北渡黄河去投靠晋军了。诸将见状，对宋审虔等四使道：“何处不可迎战，谁肯立于此地？我等担心，等不到明日天明，士卒们就会跑光了！”四使无奈，只好又怏怏地回到了京城。

李从珂见四使去而复还，大感奇怪，问他们为何不去迎敌，宋审虔随便找了个理由就应付过去了。李从珂随后又与四使商议如何收复河阳，四使心中皆暗暗好笑，他们知道，此时已有许多将校忙着迎接新皇帝呢！

石敬瑭率军渡过黄河后，即令契丹将太相温率领一千契丹骑兵先往渑池扼守，以防李从珂西逃。消息传到宫城，李从珂这才明白过来：看来大势已难挽回了！他含着眼泪对曹太后说道：“母后，石郎马上就要进京了！孩儿无能，这个皇帝没做好，连累您老了。”

曹太后道：“皇帝莫要伤心，皇帝跟普通人不一样，就连死法都不一样，皇帝想好了吗？咱怎么走啊？”

李从珂道：“母后能这样想，朕知道怎么办了。”

李从珂随即将王淑妃、刘皇后、李重美及宋审虔等人召在一起，对李重美道：“国家已破，父皇已难存命，宋公将护送你逃出京城，也好为朕留一线血脉！”

李重美道：“孩儿不走，孩儿不愿苟且偷生！”

宋审虔也道：“臣奉旨，殿下到哪里，臣跟随到哪里！”

刘皇后道：“既是如此，咱也不能便宜了石敬瑭，干脆把宫室全都烧了！”

李重美道：“石敬瑭到京后，是决不会露天而居的，事情既已如此，就不要再让百姓们出财出力为他另建宫殿了。我等死就死了，又何必再让无辜百姓增加负担，徒留怨言呢？”

李从珂叹道："皇儿所言不错！可惜啊……好吧，想随朕走的，你们看看还有什么未了之事赶快去办，今夜咱们就在玄武楼饮酒升天！"

退出之后，"花见羞"王淑妃连忙去找曹太后，对曹太后说道："大事危急，大家要在玄武楼自焚升天，我们赶快躲起来。"

曹太后叹道："我家子孙妇女到了如此地步，我自己活着还有什么意思？妹妹你就好自为之吧。"听了曹太后的话，王淑妃本想一起自焚，但又舍不得许王李从益，只好拉着李从益躲到了球场之中。

当晚，李从珂、曹太后、刘皇后、李重美、宋审虔等携带传国宝登上玄武楼，一直饮酒至亥时，酒醉之后即一同引火自焚了。李从珂时年五十二岁，史称李从珂为后唐末帝或后唐废帝。后人作歌叹道：

河中幸脱重诲笼，凤翔易弭弘昭兵。
本是平山百姓子，怎知阿三化真龙。
君臣始终有嫌隙，燕云从此无安宁。
玄武楼上谁举火，天津桥头问明宗。

几乎就在宫中火起之时，石敬瑭的大军浩浩荡荡地进入了洛阳。

唐帝李从珂自焚、石敬瑭兵不血刃地进入洛阳的消息很快就报到了潞州，契丹主耶律德光大喜，当日就志得意满地率领契丹大军离开潞州，北上回国了。

石敬瑭在太原之时，中书侍郎、同平章事、判三司张延朗为了不让太原多积钱粮，曾将河东留用在外的财赋全都收归了朝廷，因此，石敬瑭对他一直恨之入骨。百官拜见之时，石敬瑭皆善加抚慰，唯独将张延朗投入了监牢。次日，石敬瑭进入内宫，宣布大赦天下，就连马胤孙、房暠、李专美、韩昭胤、薛文遇等人都赦免了，唯有张延朗、刘延皓、刘延朗三人被处死了。

石敬瑭当初是在李崧的帮助下才得以前往太原的，故而，对其一直怀恩在心，但在接见百官时，他没有发现李崧，遂令兵士全城寻找。兵士们很快就找到了李崧，他与吕琦正藏匿在一户百姓家中。石敬瑭当即将李崧擢升为兵部侍郎，对吕琦也没有责备，仍以其为秘书监。不久，又升任李崧为宰相，并让他与桑维翰一同兼任枢密使。

王淑妃带着许王李从益拜见石敬瑭时，为求活命，自请出家为尼，石敬瑭非但没有答应，还将她迁到了至德宫。李皇后素来敬重她，自此之后，待之更如亲生之母一般，一直悉心奉养。

石敬瑭一直敬重冯道，便将其从同州召到了京城，拜为宰相。

朝中既已安定，石敬瑭遂亲至河阳，送太相温及契丹兵回国。

耶律德光踌躇满志地率大军北还契丹，路经云州时，云州大同节度使沙彦询对众将吏道："当今圣上乃契丹皇帝册立，于情于礼，本节度使都应该出城犒军。"

节度判官吴峦道："沙公所言极是，不过，契丹人毕竟是夷狄之族，沙公还当小心。"

沙彦询准备了好多牛酒，出城犒劳契丹大军。耶律德光见到沙彦询后，趾高气扬地问道："怎么只有牛酒，没有犒军钱呢?"

沙彦询道："云州小城，异常贫瘠，城内之军的军饷、用度，皆靠朝廷供给，实在无钱供给上国大军；再说，沙某并未接到朝廷诏命……"

"什么朝廷诏命？连你们家皇帝都是本皇帝册封的儿皇帝，你竟敢以此来搪塞!"耶律德光一边叫嚷，一边对左右道，"快把此人绑起来，看其他中原人还敢不敢不听本皇帝号令，中原人管这叫'杀鸡给猴看'。"

耶律德光又令左右对云州城内军民叫道："你们快快奉上十万犒军钱，否则定将你们统统杀光!"

留在城中的节度判官吴峦见沙彦询被扣，义愤填膺地对众将吏道："你们看到了吧，这就是夷狄！我乃礼义之邦，又怎可向如此反复无常的夷狄称臣呢?"

众将吏也极为气愤，共同拥推吴峦临时执掌军府。吴峦当即下令：立即关闭城门，拒绝接受契丹之命。耶律德光闻讯大怒，叫嚷道："云州蕞尔小城，百姓不过二万，兵士仅有三千，竟敢与我数十万大军对抗，简直就是找死！他们这样做，正好拿他们立威。你等只管杀，我要把云州夷为平地！”

耶律德光本想，云州这个弹丸小城还不是一鼓即破？不想，数十万契丹大军整整急攻了三天，不但未能破城，还损失了一千多契丹兵。耶律德光这时又想起阿保机时常对他说的话：“中原人善于守城，不到万不得已，不要轻易进攻中原之城。”此时，他还担心，一旦此事传出，会被其他中原军士看轻，万一北归路上再有中原之军拦阻，那就更麻烦了，遂传令全军，立即收军北归。

吴峦在城头上眺望着远去的契丹大军，心中禁不住波涛翻滚。他在想，云州三千兵士即能抵御契丹数十万大军，而晋安数万朝廷精兵却束手投降！而且，数十万朝廷军竟让契丹人在中原为所欲为、畅行无阻，是中原之军不能战呢？还是中原之军不敢战呢？抑或是中原之军不愿战？

应州马军都指挥使郭崇威此时只有二十出头，正是血气方刚的年龄，他一直以向契丹称臣为耻，故而，云州之事传到应州后，他当即率部离开应州，毅然南归了。

公元九三七年，后晋天福二年，吴天祚三年，南唐升元元年，后蜀明德四年，闽通文二年，南汉大有十年，契丹天显十二年

蛇龙

契丹大军行至新州，耶律德光向新州威塞节度使翟璋索要犒军钱十万缗，翟璋竭尽库藏也拿不出来，只好从百姓处搜刮，这才勉强凑够了十万缗。

耶律德光大为高兴，对翟璋道："我要让晋国皇帝为你升官，让你回南方去。"翟璋大喜，趁机说他想回洛阳为官，耶律德光说道："这个好办，我让晋国皇帝封你为朝官。"翟璋欣喜若狂，兴奋得一晚上都没有睡着。不想，第二天一早，耶律德光又对他说道："云州已经反了，本皇帝给你留下两千契丹兵，你率领他们还有你的兵士去围攻云州，只要你拿下了云州，本皇帝一定让你回洛阳。"翟璋无奈，只好率兵去围攻云州。

耶律德光继续北回契丹，眼看就要到西楼了，突然看到一队契丹骑兵正在追赶一个汉人，便让左右把那个汉人捉了过来。耶律德光一看，此人正是与赵德钧父子一同被押回契丹的翰林学士张砺。

耶律德光大怒，责问道："先生为何要离我而去？"

张砺昂着头高声叫道："我乃中原之人，饮食衣服皆与此地不同，我

在这里生不如死，你干脆把我杀了算了!”

耶律德光一听，反而不生气了，一边举起马鞭抽打随后追过来的通事高彦英，一边说道：“我经常叮嘱你们要善待此人，你们为何让他如此不满意？此人若失，你让我到哪里去找他这样的人？”

抽打了一会儿，耶律德光又亲自向张砺赔罪。张砺见状，不禁大为感慨，只好随耶律德光而去。自此，他便留在了契丹，对耶律德光也甚为忠诚，有话就直言相告，从不隐避，耶律德光对他也极为信重。

原镇州节度使华温琪极善聚财，每到一处都会大肆聚敛，家中财物有上百万之巨。华温琪被契丹人带往契丹后，他一手擢拔的牙内指挥使秘琼贪图其家财，竟然恩将仇报，不但将华温琪一家上百口悉数杀害，还将尸体拉到郊外，垒垛在一起，盖一些土就算了事，对外则说是盗贼所为。消息传到契丹，华温琪不禁又悔又痛，当晚就因哀痛而死了。

耶律德光回到西楼后，对华温琪之死大为同情，特意命人对其厚加安葬。

耶律德光此次中原之行，对中原又有了进一步的了解，而且非常羡慕中原的军政体制，不久，即仿照中原的体制，将国号改成大辽，改明年为会同元年。百官设置也全都效仿中原，并且大量任用中原之人：任命赵延寿为枢密使，兼政事令，也就是宰相；任命张砺为吏部尚书；任用沙彦询为步军教练使，并以西楼为上京，以幽州为南京。

秘琼暗害华温琪一家之事传到洛阳后，石敬瑭对秘琼大为不满，当即任命安重荣为镇州节度使，秘琼则改为齐州防御使。秘琼接到诏命后，本想抗命不遵，但不久又有消息传到镇州，说契丹大将赵思温正在率军回国，安重荣与其一同北上，两人之兵合在一起有近万人。秘琼一听，哪里还敢轻举妄动，只好乖乖地前往齐州赴任，当然还带着他从华温琪家中夺来的巨财。

之前，魏州节度使范延光曾遣心腹魏州元随左都押牙孙锐前往镇州，劝秘琼与其联手，趁着石敬瑭刚入洛阳立脚未稳之时，起兵为唐帝报仇，但秘琼一直支支吾吾，范延光因而大为恼恨。此时，一听说秘琼带着大量钱财从魏州境内经过，便密遣孙锐前去拦截。孙锐当即挑选了一百精骑，扮作盗贼模样，前往追赶。行至夏津，就追上了秘琼一家。孙锐一不做二不休，竟将秘琼一家及随从一百多人全都杀死了，秘琼所携带的巨量钱财、宝物以及美艳侍妾自然就归范延光了。

范延光想要起兵叛乱，名义上是为唐帝报仇，其实，他是另有想法的。范延光尚未显耀时，就有一位叫做张生的术士对他言道："先生将来必为将相。"后来，果然如其所言，范延光因而对这位张生一直极为信重。有一段时间，范延光经常梦到一条蛇从肚脐进入自己的腹中，便问张生此梦主何吉凶。张生言道："蛇者，龙也，此乃帝王之兆。"自此之后，范延光就有了当皇帝的想法。石敬瑭进入洛阳后，他虽然也上表称臣，心中却极不情愿。

范延光杀掉秘琼后，上表说夏津捕兵搜捕盗贼，不幸误杀了秘琼。石敬瑭一看表章，就知道范延光说谎，当时就想对其问罪，但转念一想，范延光此时不但坐镇雄藩，而且手握数万重兵，自己刚入洛阳，朝廷尚不安稳，又怎可惹恼此人呢？故而，非但没有责问他，反而以温语抚慰。如此一来，范延光反倒认为石敬瑭畏惧他，更增强了他起事的决心。

其实，不愿臣服石敬瑭的绝非范延光一人。大多藩镇皆认为石敬瑭这个皇帝是契丹人册立的，而且还是个用"燕云十六州"换来的"儿皇帝"，故而，皆以向他臣服为耻。即便是一些上表称臣的藩镇，也都在坐持观望。另外，大战之后，朝廷府库早已空虚，百姓也困穷至极，但契丹主耶律德光回契丹后，屡屡遣人催促贡献财物，因而，石敬瑭虽然如愿以偿地当了皇帝，却一点也高兴不起来，烦心事一件接着一件。

桑维翰见石敬瑭为难，特意为石敬瑭制定了三条策略：其一，对各藩镇推诚布公，放弃宿怨，厚加安抚，尽量不做大的调动；其二，卑辞厚礼供奉契丹，言明实情，让他们着眼于长远；其三，强军训以修武备，务农桑以实仓廪，通商贾以丰货财。石敬瑭大感宽慰，便将一应事务全都委托给了他。

魏州密报屡至，言称范延光招聚士卒，大举阅兵，并将巡辖之内所有刺史全都召集到了魏州。石敬瑭大惧，连忙召集众臣商议对策。桑维翰道："大梁北控燕、赵，南通江、淮，水陆交会要地，资粮富饶。如今，范延光反形已露，大梁距魏州不过十驿之程，魏州一旦起兵，正如当年明宗皇帝一般，大军可立达汴州，前车之鉴，不能不防，请车驾速往汴州。"

石敬瑭依计，当即下诏，以洛阳漕运有事为由，车驾东巡汴州，以前朔方节度使张从宾为东都巡检使，辅佐皇子石重乂留守洛阳。

石敬瑭到达汴州后，当即依照桑维翰之计，进封范延光为临清郡王，以安其心，同时加封宣武节度使杨光远兼侍中。

石敬瑭既然为契丹所立，两位曾经从契丹南归的节度使就非常为难了，一位是张希崇，一位是卢文进。

张希崇南归之后，明宗皇帝李嗣源起初授其为汝州防御使，两年后，又升其为灵州节度使。之前，运往灵州的兵粮经常被劫掠，张希崇到任后，即令军士自行屯田，不久军粮即能自给，再也不用朝廷运送军粮了。张希崇为人质朴淳厚，嗜书如命，军政之余，常常手不释卷。他不好酒乐，也不蓄姬妾奴仆，无论寒暑，都衣冠整齐，从不失礼。对其母亲更是极为孝顺，母亲用餐，他必侍立在侧，一直等到母亲漱洗完毕方才退下。张希崇虽然生性仁孝，却疾恶如仇，遇到奸恶之辈，也从不手软。因而，无论朝野，皆对其赞誉有加。前不久，唐末帝李从珂才将其升任为邠州节度使、开府仪同三司、检校太尉，加封清河郡公，食邑二千户，赐号"靖边奉国忠义功臣"。此时，石敬瑭担心契丹不会放过他，只好又将其改任为灵州节度使。张希崇叹道："看来，我是命中注定要老死于边城了。"此后，一直郁郁寡欢，不久就病逝了，卒年五十二岁。

卢文进自从南归中原后，先是为邓州节度使，后又入朝为上将军，长兴年间为潞州节度使，唐末帝李从珂即位后，又以其为安州节度使。卢文进因为自己曾为契丹效力多年，深以为耻，故而每到一镇，总是勤于政务，也颇有佳绩，将士、百姓都对其赞誉有加。石敬瑭入京后，卢文进担心受害，几经思量，最后决定投奔吴国，遂遣心腹前往金陵密见徐知诰。徐知诰久闻卢文进之名，一听说他要投奔淮南，自然大喜过望，当即遣天威都将祖全恩率兵北上迎接。临行之际，徐知诰叮嘱祖全恩道："你等此去安州，只为接人。进入北境后一定要严明军纪，万不可剽掠扰民。抵达安州后，更不要进入安州城，只需在城外列阵等候，等卢文进出城后，立即护卫南归，以免旁生枝节，损我国威。”

祖全恩领命，率军直达安州城郊。卢文进临行之际，带了数名亲骑至大营，与其裨将李藏机告别，将士们大都理解他，并设宴为其送行。行军司马冯知兆、节度副使杜重贵等人想把他杀了，以向朝廷邀功。李藏机知道后，却抢先动手，把二人给杀了。祖全恩率军抵达安州的当日，卢文进就率五百亲军护送着家眷进了祖全恩的营中。祖全恩按照徐知诰的吩咐，当即回军南下。每到一镇，卢文进必先拜访主将，将事情原委如实相告，各镇主将也都睁一只眼闭一只眼，故而，卢文进没费太多周折就进入了吴境，很快就抵达了金陵。徐知诰对他极为看重，封拜为天雄统军、宣州节度使。

丹阳宫

卢文进抵达金陵不久就意识到：中原的皇朝易姓了，吴国的天下也很快就要大变了。

卢文进所料确实不错，此时，徐知诰正在紧锣密鼓地为禅位做准备。他先是以齐王名义建置百官，随后又以金陵府为西都。徐知诰知道，自己要想做天子，就必须得到两个人的拥戴：一个是荆南节度使、太尉兼中书令李德诚；一个是德胜节度使兼中书令周本。此二人皆为吴国功勋宿将，不但位高权重，而且声望颇高。于是，他便命周宗前去试探二人的想法。李德诚起初不置可否，但在周宗一番祸福利害的劝说之后，终于答应了周宗，并表示愿意前往扬州，亲自劝说吴主禅位。

周宗大喜，又去见周本，不想，周本极力反对，言道：“我受先王大恩，自徐温父子用事以来，我常常恨自己不能救杨氏之危，今又让我做此等事情，于心何忍?”但是，周本之子周弘祚却极力赞同，并对周宗说道：

“我父之事，包在我身上，定会让齐王如意!”自此之后，周弘祚整日里在周本跟前劝说，甚至以自己的性命相逼。周本迫不得已，只好与李德诚率领诸将前往扬州，上表吴主，陈述徐知诰的功绩德业，请吴主行禅位之事，然后又前往金陵当面劝徐知诰进位。

宋齐丘对李德诚之子李建勋道：“尊公本为太祖元勋，今日之后，将名誉扫地了。”此话传到徐知诰的耳中，徐知诰大感不悦。

周宗知道吴主杨溥迷信鬼神，便遣人至吴主宫中作怪，致使吴宫之中经常有“鬼妖”出现，闹得沸沸扬扬。吴主杨溥道：“看来，大吴气数真的快尽了!”左右之人早就被周宗收买了，也都说道：“此乃天意，非人力可为。”

一日黄昏，一位出宫办差的太监回吴宫后禀告吴主杨溥，说近来扬州街市上发生了一件怪事：有一位头戴黄冠的疯癫道人，手持一竿，竿首悬挂着一个木刻的鲤鱼，整日里在闹市上边走边歌，其歌词每次都不一样，足有数十章，其中两首最为流行，就连许多扬州百姓都会唱了，其一为：

盟津鲤鱼肉为角，濠梁鲤鱼金刻鳞。
盟津鲤鱼死欲尽，濠梁鲤鱼始惊人。

其二为：

横排二十六条鳞，个个圆如紫磨真。
为甚竿头挑着走，世间难遇识鱼人。

此后，几乎每天都有太监来告诉吴主杨溥一些童谣怪事，什么“东海鲤鱼飞上天”，什么“石头之上李花开”……不一而足。总之，所有的童谣怪事都离不开“李”、“杨”二字，无非是“李盛杨衰”、“李兴杨落”的用意。杨溥知道，禅位之事已成定局，自己须及早为后事做些准备了，便让太子杨琏纳徐知诰之女为太子妃，冀望能保住杨家的一条命脉。

徐知诰则在金陵开始修建太庙、社稷，改金陵为江宁府，牙城改称宫城，厅堂改称殿，其夫人改称王后，左、右司马宋齐丘、徐玠也改称左、右丞相，判官周宗、周廷玉则改称内枢使。其余百官也如吴国朝廷之制，并建置了八军骑兵、九军步兵。

徐知诰欲立其长子徐景通为王太子，但徐景通坚辞不受。徐知诰又依宋齐丘之计，欲与契丹结好以牵制中原，特意遣使者携带美女、珍玩从海上前往契丹。契丹主耶律德光大喜，也遣使回报。

历阳公杨濛知道，他们杨家就要皇位不保了，甚至还有灭种的可能，便决定孤注一掷。他先是说服、买通了两位看守他的军士，二军士趁守卫军使王宏麻痹之时，突然动手，将其杀死。王宏之子闻讯，率兵来攻，杨濛一箭就把他射杀了，众兵士见状，一哄而散。

杨濛认为庐州德胜节度使周本乃吴国勋旧之臣，他一定会帮助自己的，便径往庐州投奔。杨濛奔至庐州城门口，便让守城兵士通告周本。周本一听，当即就要前去迎接，不想，周弘祚在府门口把他拦住了。周本怒道："我家郎君来了，你为何不让我去迎接？"周弘祚一面紧闭府门，不让周本出府，一面派人将杨濛拿获，送往扬州，同时又遣人前往金陵禀告给徐知诰。徐知诰立即遣使诈称奉吴主诏命，将杨濛杀死在采石矶。

杨溥得知杨濛的死讯后，只能暗自垂泪，又不敢违逆徐知诰，只好下诏将杨濛追废为悖逆庶人，从杨氏属籍中将其除掉。

吴国司徒、门下侍郎、同平章事、内枢使、忠武节度使王令谋又老又病，牙齿都掉光了，有人问他为何不致仕回家，安享晚年，王令谋道："齐王大事未毕，我何敢自安？"之后，他的病势更加严重，但仍念念不忘徐知诰受禅一事，一再催促杨溥下诏。吴主杨溥无奈，只得下诏，禅位于齐王徐知诰，王令谋这才咽气。

随后，李德诚等重臣又前往金陵率百官劝进。令徐知诰难以置信的是，劝进书上，满朝文武几乎都署上了姓名，就连周本都不例外，唯独没有宋齐丘的署名！而且他还听说，宋齐丘给李德诚、周本等人分别去了一封书函，劝他们不要劝进。徐知诰气恼不已，他实在不明白，这个曾经对自己忠心耿耿，可说是亦师亦友的宋齐丘，究竟打的什么主意。他为何三番五次地阻止自己当皇帝呢？

不过，宋齐丘一人此时已经无力左右大事了。吴主杨溥也知道自己拖不过去了，无奈之下，只得命江夏王杨璘将玉玺、绶册送往金陵。

徐知诰终于在金陵登上了皇帝之位，更名为璟，大赦，改元升元，国号为唐，史称南唐，以南京为都城，以扬州为东都，尊称吴主杨溥为“高尚思玄弘古让皇”，其宫室、乘舆、服御、宗庙、正朔、徽章、服色等一切如故。随后又立王后宋氏为皇后，长子徐景通晋爵吴王，为诸道副元帅、判六军诸卫事、太尉、尚书令，册封徐知证为江王，徐知谔为饶王，吴太子杨琏领平卢节度使，兼中书令，改封弘农公。

大典过后，徐知诰大宴群臣于天泉阁，但宋齐丘推说有病，没有赴宴。李德诚对徐知诰道：“陛下应天顺人，满朝文武都喜气洋洋，唯有宋齐丘好像不太乐意。”说罢，即拿出宋齐丘阻止他劝进的书函。徐知诰接过书函，却没有拆开，只是说道：“子嵩与我相交三十年，必不相负。”此言传到宋齐丘耳中后，他这才入宫向徐知诰称臣谢罪。

孙晟结结巴巴地奏道：“陛下既已受禅，俗话说，天无二主，让皇的宫殿就不宜再用原名了。”

徐知诰道：“朕已经许诺吴室宫殿一切如故，怎好出尔反尔呢?”

孙晟见徐知诰如此说，随后说话就顺溜多了：“臣听说，让皇醉心于神仙，多年来一直修道，陛下何不准许他依照仙经命名宫殿呢?”

孙晟此言倒是属实，杨溥继位以来，吴国大权皆在徐氏父子手中，杨溥整日里无所事事，久而久之就好上了道术，经常身穿羽衣，修炼辟谷之术。徐知诰便依孙晟之言，请吴让皇杨溥将东都宫殿按照仙经改名。

徐知诰知道，他能有今日，宋齐丘居功至伟，虽然他一再阻碍自己受禅，但说起来，也算是对吴主的忠心，很有可能他是想借此事沽名钓誉，再加上他名望素重，新朝之中绝对不可缺了他，遂下诏以宋齐丘、徐玠、张延翰、张居咏、李建勋并为宰相，还加封宋齐丘为大司徒。不过，徐知诰只是给了宋齐丘一些虚名而已，看似首相，其实什么实职都没有。宋齐丘何尝不知，心中不禁大为气恼，故而，当他一听到制词中有“朕与子嵩乃布衣之交”之句，便高声说道：“臣为布衣时，陛下为刺史；陛下今日既然已为天子，何必还要老臣呢?”徐知诰闻言，一语未发。不想，自此之后，宋齐丘就再也不上朝了，整日里呆在家中，足不出户。朝廷首相不上朝，这自然引起了很多人的不解，一时之间，朝野内外议论纷纷。徐知诰无奈，只好又亲颁诏书向其认错。

宋齐丘也不为已甚，当即借坡下驴又上朝了。这一次，他一反常态，一上朝就奏请将吴让皇迁出扬州，并让徐知诰疏远吴国太子杨琏，拒绝其婚姻。徐知诰虽然没有答允，仍将其女永兴公主嫁给了杨琏，他的内心却异常兴奋：看来，这个老臣终于向自己屈服了。

永兴公主自从嫁给杨琏后，心中一直郁郁不乐。一听到有人称她公主，她就伤心流涕，再不让人如此称呼她。周本也因自己无力存吴，愧恨而卒。

吴主禅位、南唐建国的消息传到大梁后，石敬瑭依照桑维翰的建议当即下诏，加封吴越王钱元瓘为天下兵马副元帅，进封吴越国王，加封马希范为江南诸道都统，制置武平、静江等军事，冀望二国牵制南唐。钱元瓘接诏后，即如同光年间一样建国，立其子弘僔为世子，以曹仲达、沈崧、皮光业为丞相，以镇海节度判官林鼎掌教令。

吴让皇杨溥禅位之后，整日里惴惴不安，屡次请求南唐主徐知诰准许他离开扬州旧宫，前往其他州郡。宋齐丘、李德诚等大臣也一再建议，应该尽早将吴让皇迁出扬州。徐知诰遂将润州牙城改为丹阳宫，以李建勋为迎奉让皇使，将吴让皇迁出了吴宫，护送至丹阳宫安居。

杨溥刚一迁入丹阳宫，孙晟就献给徐知诰一个毒酒方子。徐知诰假装不解地问道："有人犯我法律，自有正常刑律，何必用此?"孙晟大感羞惭。

群臣又建议府、寺、州、县凡名中有"吴"或者"杨"的，一律改名，留守判官杨嗣甚至请求将姓氏改为羊。周宗道："陛下即位为尊，乃应天顺人，绝非逆天而取，而谄佞之人却将心事放在诸如更改姓名的琐事上，陛下万不可答应。"徐知诰深以为然。

徐知诰称帝后，即将韩熙载从外州召回了金陵，授以秘书郎之职。徐知诰对韩熙载言道："卿虽然早登科场，却未经世事，所以命你任职于州县，今日重用卿，希望能善自修饬，辅佐我儿。"

韩熙载趁机建议道："陛下既已立国，就应当恢复李姓，建立唐室宗庙。”徐知诰大为动心。

不久，吴让皇杨溥即郁郁而终了，年仅三十八岁。

杨溥死后，韩熙载鼓动徐知证等人屡屡上表，奏请徐知诰恢复李姓，建立唐室宗庙。徐知诰假意推让了几次，最后还是同意了，改姓名为李昪，自称是唐明皇李隆基第十六子永王李璘的后裔，说是大唐天宝末年，安禄山连陷两京，唐明皇移幸西蜀之时，诏命李璘为山南、岭南、黔中、江南四道节度、采访等使，李璘到达扬州后，大募兵甲，有称霸江左之志，后被官军击败，死于大庾岭北。李璘生子李超，李超生李志，为徐州判司，李志生李荣，李荣即李昪之父。

建太庙之时，李昪命以唐高祖李渊为第一庙，唐太宗李世民为第二庙，义祖徐温为第三庙。群臣们大有看法，认为义祖徐温不过是一介诸侯，怎可与高祖、太宗同享太庙，应该在太庙正殿后，另外建庙以供祭祀。李昪却道：“我自幼托身于义祖，若不是义祖有功于吴国，朕又怎能开创这中兴之业呢?”群臣这才不再言语。

李昪本想立齐王李景通为太子，但李景通执意推辞，李昪只好改任他为诸道兵马大元帅、判六军诸卫，守太尉。

卖国者

孙锐本为范延光家仆，虽然年轻气盛，为人轻浮，却深得范延光信重，范延光甚至将一应军政事务都委托给了他。所谓小人得志，孙锐用事之后变得越来越专横跋扈，对魏府众幕僚更是趾高气扬，书文奏章稍不如意，就恶声呵斥，有时当着范延光的面就将文稿撕碎，扔到文吏的身上。

石敬瑭加封范延光临清郡王不久，范延光就生病了，而且病得很重，一连十几天，连府门都不能出。孙锐趁机暗地里将澶州刺史冯晖召至魏州，二人密谋了整整一夜，次日，即一同闯入范延光府中。范延光在病榻上一见冯晖，不禁大感诧异，问道：“谁让你离开澶州的？你这可是擅离之罪。”

冯晖道："闻听明公染病，特来看望。"

孙锐拍着自己的胸脯，高声说道："主公就不要怪罪冯将军了，是我让冯将军来的。"

范延光大惊道："你怎敢私自传命，难道你想造反吗？"

孙锐哈哈大笑道："主公说对了，我就是想造反！不过，我是要跟着主公一起造反！他石敬瑭一介病夫都能当皇帝，难道主公就不能做皇帝吗？论才德、功勋、军力，主公哪一点不胜过他？难道主公真的愿意久居其下跪地称臣吗？"

范延光说了一句"放肆"，就不吭声了。

冯晖见状，知道范延光已经心动了，也说道："孙公说得不错，请明公莫再犹豫了。当今主上依仗契丹即位，割让'燕云十六州'，自做儿皇帝，实乃我大汉亘古未有之大辱！天下人人痛心疾首。明公只要举起义旗，登高一呼，必会应者云集，何愁大事不成呢？"

范延光道："冯公所言也不是没有道理，只是石某已经名正，范某已为其臣下，若是举旗造反，免不了要落个背主逆臣的千古骂名。"

孙锐大声道："主公此言太过迂腐，他石敬瑭当初难道不是唐臣吗？所谓成王败寇，只要主公做了皇帝，'卖国逆贼'这个罪名，就是他石敬瑭的了，而主公就成了救国救民的汉人圣主。"

范延光大悟，一下子就从病榻上坐了起来，说道："好吧，中原多难，逆贼卖国，救华夏，驱鞑虏，除逆酋，收国土，此其时也！"

次日，孙锐即做了两面大旗，其上就绣着范延光所说的这十二个大字：救华夏，驱鞑虏，除逆酋，收国土。

范延光的病当时就全好了，随即传檄各镇，以冯晖为都部署，以孙锐为兵马都监，令二人率步骑军二万南下，直取大梁。

滑州节度使符彦饶闻听范延光已公然造反，连忙将这一消息奏告给了石敬瑭。石敬瑭接报大惊，慌忙命侍卫马军都指挥使白奉进率三千五百骑北上，令其屯守白马津；任命东都巡检使张从宾为魏府西南面都部署，率军二万北上；命杨光远率军一万进驻滑州，令其与符彦饶会兵；命护圣都指挥使杜重威率兵一万屯守卫州。杜重威，朔州人，其妻为石敬瑭之妹宋国长公主。

军校郭威原在刘知远麾下，此时却在杨光远军中，依照军命，他必须随杨光远北征，但他恳求刘知远把他留下来。刘知远问他为什么，郭威道：“杨公有奸诈之才，无英雄之气，得我何用？能用我者唯有刘公！”

刘知远低头思量了好久，最后还是答应了他。

杨光远接到诏命后，连家都没回，就点齐了军马，星夜率军离开了京城。

冯晖、孙锐率魏军抵达黎阳口后，正要率军渡河，突有探马来报，说杨光远之军已经抵达胡梁渡了。冯晖大惊，他万没料到杨光远会来得这么快，此时他哪里还敢渡河，只好在黎阳口扎营待机。

石敬瑭闻听杨光远已经守住了黄河渡口，心中这才安定了一些，随即下诏，任命杨光远为魏府四面都部署，也就是讨伐魏州的主帅，张从宾则改为副部署兼诸军都虞候，并令潞州昭义节度使高行周率军屯于相州，为魏府西面都部署，以刘审交为供馈使。

范延光一向与张从宾交好，当他听说张从宾为讨伐魏州的副帅之后，当即遣心腹范达去见张从宾。张从宾率军行至河阳，正遇见范达。范达对张从宾道：“张公和我家主公情如兄弟，如今为何也来讨伐魏州？”

张从宾胡须乱飞，仰天大笑道：“石敬瑭卖国，天下人皆有怨言，张某堂堂大丈夫，怎会与其同流？怎奈我势单力孤，又没有大藩做根据，故而忍辱偷生。如今范公起事，正合我意，我本打算到了魏州城下再与范公联络，既然贵使到此，就可省去这个麻烦了。”

范达一听，不禁大喜，连声说道：“将军深明大义，本使代我家主公谢过将军了。”

张从宾道：“既然如此，贵使且回魏州，待张某率军到达魏州后，再与范公合兵一处。”

范达道：“我家主公让我带话给张公，魏州城坚兵强，朝廷各军还奈何不了，张将军没有必要再去魏州。石某人眼下在大梁，洛阳必然无备，张公不如率军悄悄返回，奇袭洛阳，一旦成功，石某人根据顿失，大事也就指日可成了！”

张从宾大悟，连声赞道："范公不愧智者，此计甚高！待张某先拿下河阳，再直捣洛阳，一旦得手，石敬瑭就没有根据了。"说罢，即率两万军马直奔河阳。抵达河阳城下后，他先将大军安置在城外的一个密林中，然后率领一千亲军至河阳城下，说有机密要事与河阳节度使石重信商议。城门守将一看他是东都巡检使，又是石敬瑭新任命的伐魏副帅，当时就打开了城门。

张从宾入城之后，率亲军直奔河阳牙城。石敬瑭之子石重信万没想到张从宾会造反，正准备出城迎接呢，就被张从宾手起刀落给斩杀了。张从宾随后留下张全义之子、上将军张继祚守御河阳，他则率军悄悄地奔向洛阳。

果如范延光所料，洛阳果然无备，更没有人料到张从宾会造反，张从宾河阳之计再施，顺利地进入了宫城，又将皇子东都留守石重义斩杀了。

张从宾占领洛阳后，本想取些内库钱帛赏赐所部兵士，但留守判官李遐死活不给钥匙，乱兵大怒，当即将其杀掉。张从宾赏军之后，任命东都副留守、都巡检使张延播临时执掌河南军府之事，他则亲自率军东进，意图先占据汜水关，再逼围汴州。

石敬瑭听说两个不满二十岁的儿子都被张从宾杀了，心痛得差一点就晕过去，但他也明白，京城被叛军所占，情势已危殆万分，此时还不是他哀伤的时候，遂连忙召见奉国都指挥使侯益，说道："眼下社稷危殆，已是千钧一发，爱卿能为朕而死吗？"

侯益道："君忧臣死，古来如此，请陛下给臣锐卒五千人，臣定当破贼。"

石敬瑭遂以侯益为西面行营副都部署，率兵五千人西进，命其与杜重威会合后，共同讨伐张从宾。接着，他又命宣徽使刘处让从黎阳分兵，增援侯益、杜重威。

范延光、张从宾南北呼应，声势大振，一时间，各路羽书、檄文如雪片般飞抵大梁，报急军使来去匆匆，汴州大街之上，时时都有飞马奔驰的军使。随驾众臣既担心在洛阳的亲眷，又担心叛军来攻，因而人人神色慌张，面露怯意，唯有桑维翰神情自若，依然有条不紊地在指划军事，接待宾客，一如平时。众大臣见其如此，这才渐渐安定了下来。

不久，军报来报，张从宾已攻占了汜水关，巡检使宋廷浩被杀。石敬瑭一听，当时就惊呆了，连忙换上战袍，召集轻骑，准备逃奔太原。桑维翰闻讯，匆匆赶到，双手拉住石敬瑭的马缰，叩头苦谏道："贼人锋芒虽盛，但其势不会太久，陛下此时决不可轻动，臣恳请陛下再等等看。陛下此时若离开汴州，臣敢断言，陛下好不容易得到的天下，马上就会付诸东流！"石敬瑭只好又留了下来，不过，他却做好了随时逃往太原的准备。

范延光闻听张从宾先后占据了河阳、洛阳、汜水关，心头一阵狂喜，仰天长叹道："苍天有眼，大事成矣！"连忙分遣使者前往大梁及各藩镇，以蜡丸藏书，招诱曾经失职或者不得意的军将。这一招果然奏效，在大梁的右武卫上将军娄继英、右卫大将军尹晖，在许州的温韬之子温延浚、温延沼、温延衮，相继响应。范延光分遣使者令娄继英、尹晖袭取大梁，令温氏三兄弟袭取许州，娄、尹、温氏兄弟皆回书领命。

不想，娄继英、尹晖做事不密，被桑维翰觉察到了，二人只好逃离大梁。尹晖想投奔南唐，却被追兵所杀。娄继英无奈，只好前往许州，投靠了温氏兄弟。桑维翰劝石敬瑭此时当以稳定人心为要，石敬瑭依其所言，下旨道："范延光黔驴技穷，大施奸谋，诬蔑忠良，离间将士。自今日起，凡拿获范延光谍人者，重赏！"

许州节度使苌从简防范严密，温氏兄弟一直没有机会起事，温延浚便想杀了娄继英以自明，但温延沼不同意。温氏三兄弟只好与娄继英一道，前去投奔张从宾。不想，四人到汜水关后，娄继英一见张从宾，便说温氏兄弟乃朝廷奸细，张从宾竟信以为真，当即就将温氏三兄弟给杀了。原来，娄继英早就知道温延浚想要杀他了，一路上不动声色，心中却早就盘算好了。

"守信者"

所谓祸不单行，范延光、张从宾的叛乱已经让石敬瑭疲于应付了，就在这个当口儿，滑州又出事了。

白奉进在滑州捕获了五名夜间劫掠百姓的军士，其中三名为白奉进属下的宿卫军，另外两名则是符彦饶属下的滑州兵，白奉进竟将五人全都斩首了。符彦饶见白奉进事先连个招呼都不打，就把自己的士兵给杀了，不禁大为生气。天亮之后，白奉进率领两名亲骑亲自至滑州军营向符彦饶赔罪，但符彦饶不依不饶，怒气冲冲地责问道："军中各有所属，你为何擅自将我的军士斩首，难道你不懂得主客之道吗？"

白奉进认为，他亲来谢罪，已经很给符彦饶面子了，符彦饶却当着其属下如此不讲情面，便也有些生气了，说道："军士犯法，何分你我！白某已经谢罪了，符公却仍然含怒不解，难道也想与范延光一同谋反吗？"说罢，即拂衣而起，跨上战马，准备离去。符彦饶也不挽留，但是，符彦饶帐下的亲兵却不干了，竟然一拥而上将白奉进拉下马来，乱刀砍死了……

白奉进的两名亲骑趁乱逃出，一路吵嚷道："符彦饶把白将军杀了！符彦饶反了！符彦饶投靠范延光了！"

宿卫军一听，慌忙披挂上盔甲，手持兵器，吵嚷着要为白奉进报仇。奉国左厢都指挥使马万见状，心中惶惑，不知怎么办好，众步军军士拥推着他向滑州军营杀去，刚走到营门口，恰好遇着右厢都指挥使卢顺密。卢顺密高声对马万道："符公擅杀白公，肯定是与魏城通谋好了的。此地离行宫只有二百里，我等家属皆在大梁，你这不是自求灭族之祸吗？"

马万闻听此言，当时就冷汗淋漓了，张口结舌地问道："那，那，该，怎么办呢？"

卢顺密道："今日只好将符公擒拿了，送给天子，以立大功。军士从命者赏，违命者诛，万不可再犹豫了！"此时，马万之兵还有人在大声吵嚷，卢顺密当即手起刀落，将闹得最凶的几个人给杀了，众人这才安定下来。马万别无他法，只好率军跟在卢顺密身后，与奉国都虞候方太等联兵攻击滑州牙城。滑州军寡不敌众，牙城很快就被攻克了，符彦饶也被生擒，卢顺密当即让方太率兵将符彦饶押往大梁。

次日，方太即将符彦饶押至大梁，桑维翰当即以乱军之罪将符彦饶斩首于班荆馆，并奏请石敬瑭下诏公布其罪，并提醒道：“符氏兄弟大多掌兵，万不可因此而引起符氏兄弟骚乱。”石敬瑭深以为然，特意在诏书中声明，符彦饶其罪与符氏兄弟无关，也不问罪于符彦饶家属。

滑州军乱的消息传到杨光远军中后，士卒们见天下已经大乱，便也想推戴杨光远为天子。杨光远大笑道：“天子是什么？难道也是你们所能贩弄的吗？晋安之降是因为走投无路了，如今若再改图，那可真成反贼了！何况，自古以来，谁见过一条胳臂、满头秃疮的天子呢？”将士们闻听此言，这才作罢。

滑州之乱尚未完全平息，安州又突发变乱。安州威和指挥使王晖闻听范延光起兵，也趁机将安远节度使周瑰斩杀了。不过，王晖并没有打出反旗，他的打算是：若范延光胜，则归附范延光；若范延光败，则渡江投奔南唐。

此时，魏、孟、滑、安四镇相继叛乱，甚至连京城都被叛军占领，天下人情汹动，大梁更是震荡不安。石敬瑭问刘知远有何应对之策，刘知远答道：“帝者之兴，自有天命。陛下在太原之时，兵士仅有五千，存粮连五天都不够，却成就了大业。现今天下已定，内有数十万劲兵，北有强国为援，宵小鼠辈能有何作为？陛下只需以恩义安抚将相，臣则以威势约束士卒，如此恩威兼用，京城就可安定了。只要根本深固，伤损些枝叶又有什么要紧？”

石敬瑭大悟，准其严设禁律。禁律下达后，宿卫诸军皆凛然听命。就在这个当口儿，自小就跟随刘知远的亲军军士刘尧在市集上拿了小贩一文钱的东西，小贩也没有讨要，但刘尧被巡街兵士擒获了。刘知远当时就要依照禁律将刘尧斩首，左右将领皆为其说情：“不就是一文钱吗，打几板子都嫌处罚太重，若是杀了他，岂不冷了众军士的心？”

刘知远却威声说道：“朝廷既然颁布了禁令，我等就必须凛遵，我诛杀刘尧，只为了禁律本身，并不计较其价值。”最后，刘尧还是被斩首了！自此，众军士无不畏服，谁都不敢再冒险试法了。

石敬瑭随即调整了部署，以杨光远为魏府行营都招讨使，以高行周为河南尹、东京留守，以杜重威为昭义节度使，充侍卫马军都指挥使，以侯益为河阳节度使。

滑州之事，是马万上奏朝廷，因而，石敬瑭就将平乱之功全都记在了马万的头上，并擢升马万为滑州义成军节度使，方太为赵州刺史，卢顺密却仅得了个果州团练使的封赏。后来，石敬瑭才弄清滑州之事皆卢顺密之功，便又擢拔卢顺密为昭义留后。

此时，孙锐、冯晖率魏州军驻扎在六明镇。孙锐为人骄横，轻狂无谋，行军之时竟带着十几个妓女，张着华盖，摇着扇子，与妓女们打闹逗趣，淫声浪语，不堪入耳。而军士们酷热难耐，看着孙锐那个样子，暗地里皆骂个不停，互相抱怨道："要不是看在范公的面子上，咱们才不给他姓孙的卖命呢!"

此事很快就被杨光远探知了，他当时就心生一计，放言说他要去滑州安抚军士，假意撤离了胡梁渡。孙锐果然中计，当即下令魏军渡河，冯晖一再劝阻，但孙锐就是不听。魏州军刚刚渡至黄河中流，杨光远的伏军就大举而出，魏州军大败，大多军士中箭身亡或是溺水而死。冯晖、孙锐只好率残军退回了魏州，杨光远则趁机率各路大军渡过黄河，自后急追，一直追至魏州城下，并将魏州围了起来。

侯益率军至汜水关，张从宾见侯益兵少，便有了轻敌之心，竟亲自率军出关迎战。张从宾夹汜水而阵，想要一阵就将侯益之军全歼。侯益却亲自擂鼓，五千禁军个个奋勇，人人争先。两军对战之机，滑州符彦饶被杀、魏州孙锐军败的消息正好传到叛军军中，叛军士气登时大落，一小半弃械投降，其余的则纷纷溃散而去，而朝廷军却士气大增。仅用一个时辰，张从宾的近二万叛军就被俘斩殆尽了。

侯益率军大战之时，杜重威趁机攻占了汜水关。张从宾见大势已去，只好杀出战阵，牵着战马上了一条渡船，意欲渡过黄河，前往魏州。不想，渡船行至中流，一个急浪打来，竟把张从宾连人带马打入了河中……

侯益、杜重威乘胜挥军西进，直逼洛阳，张延播、张继祚闻听张从宾兵败身死，只得开城投降。张延播、张继祚、娄继英被押送至大梁后，石敬瑭当即下诏，将其全都灭族。史馆修撰李涛奏道，张全义有再造洛阳之功，恳请赦免其族，石敬瑭准奏，只将张继祚妻儿斩首，没有灭其全族。

汜水关张从宾兵败身死的消息一传到魏州，范延光顿觉大事不妙，便将孙锐满门抄斩，遣使上表说一切都是孙锐趁着自己生病擅自所为，自己愿意归顺朝廷。

表章到达大梁后，石敬瑭一看就知道范延光是拿孙锐做替罪羊，因而没有答应他。石敬瑭此时终于又恢复了常态，当他听说孙锐带着妓女上阵的情形后，笑对桑维翰等人道："朕虽然武略不济，但也曾跟从明宗皇帝夺取天下，攻坚破强多了。范延光尚且不是我的敌手，更何况孙锐等人如此儿戏了！"于是，石敬瑭又命杨光远将二百多封书信用箭射入魏州城中，书中称魏州军士尽可赦免，唯有范延光不赦，若有人能斩范延光，军校以下封刺史，军校以上连升三级。

范延光大惧，屡屡向杨光远请降，杨光远却不再理睬，也不向朝廷上报。范延光无奈，只好吩咐诸军全力固守魏州。

孙锐被杀之后，魏州军士立时就没有怨言了，皆向范延光表示：魏博将士誓死固守城池！因而，杨光远率朝廷大军连攻多日，始终不能破城，而朝廷军却死伤惨重。杨光远无奈，只好吩咐诸军继续围城。

石敬瑭不久又下诏，赦免张从宾、符彦饶、王晖之党，未被诛杀的，一律不再追问。随后即遣上将军李金全率一千骑兵前往安州巡检，临行之际，石敬瑭叮嘱李金全道："王晖之乱，罪莫大焉，但朕担心封疆不宁，百姓必受其弊，这才赦免了王晖。"说着话，他取了一支箭，一折两段，继续说道，"朕一向重信，如今已为天子，更须言出如山，既然朕已赦免了王晖之罪，并许诺其为唐州刺史，卿就必须凛遵。朕今折箭为誓，卿此行不得妄杀一人，卿可千万不要失了朕的信义啊！"李金全唯唯称是，信誓旦旦地保证决不妄杀一人。

范延光兵败的消息传到安州后，王晖当时就想归附南唐，在安州大肆劫掠后，正要动身南下，其部将胡进却带着数百名兵士冲到府中，把他斩杀了。李金全到达安州后，安州已然安定，他见王晖已经被杀，只好将参与王晖谋乱的指挥使武彦和等数百名将士抓捕起来，遣人押往大梁。

武彦和等人被押走之后，李金全偶然听说武彦和等人随身带有很多钱财，不禁大为后悔，竟又派出数十名心腹亲骑追赶上押解队伍，将武彦和等数十人押解到一个山谷之中全都斩杀了，并将他们随身携带的银两宝物尽数夺回。武彦和临死之前，高叫道："王晖首恶，天子尚且赦免；我等乃胁从，为何加罪?"

石敬瑭听说此事后，不但没有追究李金全，反而加封他为安远节度使。

李金全以亲吏胡汉筠为中门使，并将军府之事全都委托给了他。胡汉筠生性贪婪残忍，聚敛无厌，恶名早就在外。石敬瑭听说后，便遣廉吏贾仁沼去接替胡汉筠回大梁，想授胡汉筠其他官职，以保全功臣。胡汉筠心中有鬼，不敢前往大梁，竟然劝李金全举旗造反。李金全不敢公然抗旨，但又不愿放胡汉筠去大梁，只好上表奏称胡汉筠有病，暂时无法行走。

李金全故友庞令图屡屡劝道："贾仁沼当年在王宴球麾下，王宴球攻王都时，王都遣善射者登城射王宴球，恰好射中了王宴球的马兜，贾仁沼自王宴球身后张弓搭箭，一箭正中王都的射手。事后，王宴球寻找射箭之人，欲赐以厚赏，但贾仁沼始终不言。由此可见，此人堪称天下忠义之人。王都败后，王宴球遣贾仁沼献捷于京师，朝廷所赐甚厚，但他全都分给了故人、亲戚中的贫困者，因而，此人又是天下最为廉洁之士。贾公为人如此，一旦相助李公，其谋能不善吗?以其替代胡汉筠，将对李公有益无害。"但是，李金全根本听不进去，还把庞令图此话转告给了胡汉筠。胡汉筠怀恨在心，当天晚上就派几名壮士翻墙进入庞令图之家，将庞令图一家大小数十口全都杀害了。

贾仁沼到达安州后，胡汉筠竟趁其不备，在其食物中投放毒药，贾仁沼的舌头都被毒烂了。可怜一代忠直之士，就这样惨死了。

自此之后，胡汉筠与推官张纬狼狈为奸，以谄言蛊惑李金全，李金全却全然不觉，始终对二人宠爱有加。

公元九三八年，后晋天福三年，南唐升元二年，后蜀广政元年，闽通文三年，南汉大有十一年，辽会同元年

报恩

张从宾、王晖之乱终于平息了，范延光也已经成了困兽，朝廷大局已经稳定，石敬瑭内心终于安定了下来，热热闹闹地过了一个春节。

春节刚过，朝廷就接到了云州的表章，云州节度判官吴峦在表中言道："翟璋率领契丹、新州兵围攻云州已近一年了。眼下，云州困窘已极，请朝廷速速救援。"石敬瑭当即致书契丹主耶律德光，请他撤了云州之围。耶律德光见翟璋攻了这么久都没把云州攻下来，也乐得做个顺水人情，便命翟璋解了云州之围。

石敬瑭见吴峦区区一介书生，竟能坚守孤城近一年之久，不禁大为赞赏，特意召其南归，以其为徐州节度副使。而耶律德光则对翟璋大为不满，将他留在了新州，迟迟不准他南归。翟璋大为郁闷，不久就郁郁而终了。

耶律德光以汉将赵思温为其南京幽州留守，赵思温之子赵延照却在晋国为祁州刺史。赵思温遂密令赵延照表奏石敬瑭，说契丹人早晚会有变化，他愿举幽州归附晋国。刘知远等大喜，纷纷上表道："此乃

天赐良机，请陛下速遣重兵前往幽州，以收回幽燕之地。”石敬瑭却道：“朕乃天子，既然已经把幽州割让给大辽了，又岂可失信？”就没有答应赵思温父子，刘知远及朝中许多大臣皆称可惜，赵思温父子更是失望至极。

辽主对赵延寿之才极为赞赏，以其为范阳节度使。赵延寿对耶律德光则感恩戴德，殷勤效力，不久耶律德光又将他升为幽州节度使，加封燕王。石敬瑭听说后，为讨好赵延寿，特地遣人将赵延寿之妻兴平公主和赵延寿之子赵匡赞送到了幽州，耶律德光遂以赵匡赞为金吾将军、牙内都校。

石敬瑭见国内已经稳定，自认为他的帝位已经稳如泰山了，便欲遣兵部尚书王权出使辽国，为耶律德光上尊号“英武明义皇帝”。王权则认为自己出身名门，累世将相，怎可屈身为胡虏之主上尊号，故而深以为耻，对家人说道：“我偌大年纪，岂能向胡虏屈膝下跪？”便以年老有病为由，上表辞职，石敬瑭一怒之下就罢免了王权的所有职爵。冯道听说后，却主动要求前往契丹，石敬瑭大喜，说道：“冯公能去北国，朕自然是求之不得。不过，爱卿位高德重，朕又怎么忍心让你深入北荒呢？”

冯道答道：“陛下受北朝之恩，臣受陛下之恩，此行，对我君臣来说，皆是报恩，有何不可？”

石敬瑭大喜，遂以冯道为太后册礼使，左仆射刘煦为辽帝册礼使，带着石敬瑭给耶律德光的表章及卤簿、仪仗、车辂等，前往辽国行上尊号大礼。石敬瑭在表章中极为恭谨，自称“儿臣”，称耶律德光为“父皇帝”，并亲往都亭驿为冯、刘二宰相饯行，举杯说道：“为了朕的家国，劳烦两位耆德重臣远行出使，朕的心中实在难安。”说着，眼中竟还流出了眼泪。

冯道、刘煦皆道：“陛下莫要如此，此乃老臣分内之事。”宴罢，即手持双节动身上路了。一路上，百姓们皆闻讯出门，夹道相送。眼望着两位年近花甲的朝廷宰相，人们议论之余，大都摇头叹息：我堂堂华夏，何时曾有过朝廷宰相作使者出使夷狄的？

定乱

杨光远围困魏州已达一年之久，虽然未将魏州攻破，他自己却越来越骄横了，不但干预朝政，还屡次违抗朝命。石敬瑭为了讨好他，特意加封其子杨承祚为左威卫将军，并把自己的女儿长安公主下嫁给了杨承祚；杨光远的次子杨承信也被破格授官。一时间，杨家恩宠备至。

冯晖知道，范延光早晚会败，竟瞒着范延光率亲兵投降了杨光远，并对杨光远说，范延光已经粮尽兵困，快撑不住了。但是，杨光远不但未出兵急攻，还上报朝廷说，范延光兵精粮足，一时难以攻克。

石敬瑭原以为范延光的将领都如孙锐一样不堪一击，万没想到，范延光竟然坚持了一年多！眼看着朝廷大军已经师老粮匮，而杨光远似乎也有“养寇自重”之意，何况石敬瑭还要筹集供奉辽国的巨量金帛，根本就无力再向杨光远的大军供给粮饷了，只好授意宗正丞石帛上书请求赦免范延光。石帛会意，声称他愿意进入魏州去劝说范延光投降，石敬瑭自然准了他的奏请。

为了抚慰范延光，石敬瑭还特意下诏，不但赦免了冯晖之罪，还特意将其擢拔为滑州义成节度使，并许诺赦免所有的魏州谋乱之人，对于范延光，他更是许诺给他一座大藩镇，并让石帛带话给范延光道：“朗朗白日在上，你若投降，朕绝对不会杀你！朕若杀你，朕就不能享国！”

范延光对节度副使李式道：“主上言必称信，既然他说不让我死，那我就肯定死不了。”但是，他终究还是有些犹疑，心想：这可是谋叛大罪啊！他真的能饶我一条性命吗？石敬瑭自然知道他的顾虑，又遣宣徽南院使刘处让前往魏州，把其承诺说了一遍，并赠送给他一块免死铁券作为信物。范延光这才下了决心，先将两个儿子范守图、范守英送往大梁，之后又遣牙将奉表待罪。

石敬瑭的圣旨随后到达魏州，命刘处让暂时掌管魏州军府之事，范延光则改任郓州节度使，范延光的心腹将佐李式、孙汉威、薛霸等皆受防御使、团练使、刺史，其牙兵皆升为朝廷侍卫亲军，魏州节度使则由杨光远接任。

河阳行军司马李彦珣，邢州人，其父母皆在乡里，他却从未奉养过。后来，李彦珣跟随张从宾叛乱，张从宾败亡，他又前往魏州投靠了范延光，范延光以其为步军都监，让其登城守御。杨光远知道后，曾遣人将其母亲请到城下，劝说李彦珣投降。不想，李彦珣竟然丧心病狂，一箭将其亲生母亲射死了。范延光投降后，石敬瑭加封李彦珣为坊州刺史，后来听近臣说起李彦珣杀母之事，不禁大怒，说道："杀母之恶，罪不可赦！"但随后又说道，"不过，朕已经下了赦免令，已经无法再更改了。"故而，叛反杀母的李彦珣非但没被治罪，还白白捡了个刺史。

李崧对桑维翰道："治国固然不可无信，但是，李彦珣之恶，已经为三灵所不容了，主上虽然赦免了他的叛君之罪，但还可以治其杀母之罪啊！这难道也有损于信义吗?"桑维翰听罢，一言不发，只是苦笑。

石敬瑭认为，大梁乃水陆交会之地，遂将汴州改为都城、开封府，原来的都城洛阳则改为西京，原来的西都长安则改为了晋昌军，加封原太原留守石重贵为郑王，充开封尹。

自打郭崇韬死后，朝廷中已很少有宰相兼枢密使的了。石敬瑭即位后，桑维翰、李崧皆是宰相兼枢密使，宣徽使刘处让及众宦官对此一直颇有微词。

枢密使一职正式设于唐宪宗元和年间，当时，只不过是由宦官充任的内诸司使之一，也不设置司局，定制只有二人，此二人皆称枢密使。昭宗时，枢密使便从一个使职演变成一个长期固定的枢密院机构了。天祐元年，朱温为惩戒宦官专权之祸，以心腹朝士蒋玄晖为宣徽南院使兼枢密使，从此一改由宦官充任枢密使的旧制。朱温建国后设置崇政院，废除了枢密院，崇政院执掌表奏、出纳帝命，与唐枢密使之职基本相同。后唐庄宗李存勖建国伊始，重新设置了枢密院，以中门使郭崇韬、监军张居翰为枢密使，恢复了唐代两枢密使的建制。

杨光远围魏州之时，刘处让常常来往于朝廷与杨光远之间。杨光远经常有过分要求，石敬瑭因不敢得罪他，对其几乎是有求必应，但桑维翰屡屡坚持依照朝制办理，这自然引起了杨光远的忌恨，因而，范延光刚一投降，杨光远便上表指责执政大臣的过失，并说道："自梁太祖以来，军国大政天子多与崇政、枢密使商议，宰相不过受成命、行制敕、讲典故、治文事而已。明宗之世安重诲专横，就是由枢密使权位太重造成的，故而若让宰相再兼枢密使，其权位就更重了，陛下不可不察。"

石敬瑭明白他是针对桑维翰的。其实，他早就觉得桑维翰权柄太重了，只是碍于他之前对耶律德光的承诺，不好擅动桑维翰，杨光远既有此表，正好中了他的下怀，他便顺水推舟地下诏解除了桑维翰、李崧的枢密使兼职，并按照杨光远的意思，任命刘处让为枢密使，刘审交为三司使。

桑维翰却认为杨光远拥兵自重、跋扈难制，竟连天子任命重臣都敢干涉了，心中不免既忧且惧，遂奏请将杨光远调至洛阳，升其为太尉、西京留守兼河阳节度使，石敬瑭准奏。这一明显削弱杨光远军权的举措，自然让杨光远怨恨。他一气之下，竟瞒着石敬瑭送了大批财物给辽国，向耶律德光大诉其苦，而且私养了一千多兵士，隐隐有了谋反的念头。

桑维翰见魏州时常变乱，一直在想法根除其弊害。范延光刚一归顺，他便按照李从珂当时的策略，向石敬瑭建议将魏州一分为三，以魏州府为邺都；在相州建置彰德军，以澶、卫二州为其隶属；在贝州建置永清军，以博、冀二州为其隶属。石敬瑭也觉魏州乃多事之地，便采纳了他的建议，以河南尹高行周为魏州尹、邺都留守，以王处存之孙、贝州防御使王廷胤为相州彰德节度使，以右神武统军王周为贝州永清节度使。

范延光归顺后，心中一直惴惴不安，故而，屡屡上表奏请致仕。石敬瑭先是不同意，最后还是答应了他，让他以太子太师致仕，迁居大梁养老。

范延光到大梁后，仍然疑惧不安，深恐石敬瑭翻脸不认，故而整日里闭门不出，也不见宾客。石敬瑭知道他心有不安，便常常遣使问候，每有宴会也让他参加。一次，石敬瑭特意在便殿宴请范延光。宴会之上，范延光惴惴不安，抖着双手一直不敢出声。石敬瑭见状，笑道：“无忿疾以伤厥神，无忧思以劳厥衷。朕正在示信于四方，又怎会对范公食言呢？范公只管安心休养身体就是了。”范延光闻言，不禁大为感激，眼泪忍不住夺眶而出，“扑通”一声跪在了地上，呜咽不止。石敬瑭大为不忍，又说了一些抚慰的话，并一再保证不会为难他。自此之后，范延光才安下心来。

范延光总算被制服了，但魏州谋叛的另一位元从冯晖始终让桑维翰放心不下，而且，以其为滑州节度使实在太过，遂建议石敬瑭将冯晖改任为朔方节度使，令其戍守边疆，石敬瑭答应了他。

此时，朔方边城极不安定，自张希崇死后，羌、胡之人再无忌惮，经常四处劫掠，尤其是党项人，强悍难制。冯晖到达朔方后，党项酋长拓跋彦超以祝贺为名前往朔州，其实是想摸摸冯晖的虚实。冯晖对其厚加礼遇，并特地为其在城中修建了一处奢华的府第，还送给他不少珍玩、美女，但始终不放他回其部落。党项人投鼠忌器，就不敢再劫掠了，境内这才又安定下来。

自后唐长兴以来，朔方为购马买粮、招抚羌胡部族、犒赏军士，每年都要耗用朝廷金钱六千万缗。不仅如此，潼关以西的百姓为了向朔方转运供给，可说是苦不堪言，不少人因此而流离失所。在青冈、土桥之间，还经常有氐、羌之兵剽掠，商旅行走必须派兵护送，方可过境。冯晖到任后，先是对各部落以恩信抚慰，氐、羌部族之人感其恩德，就不再侵夺、劫掠了；然后又令兵士屯田以节省兵饷，修建了一千多座仓库、亭馆，并且对官吏增加俸钱，对百姓也不加收税赋，一时间，朔方大治。

石敬瑭听说后，大喜之余，也颇感意外：他万没料到，冯晖一介叛将，竟有如此大才，遂特地下诏予以褒奖。

公元九三九年，后晋天福四年，南唐升元三年，后蜀广政二年，闽永隆元年，南汉大有十二年，辽会同二年

卖官

冯道、刘煦进入辽国境内后，见契丹之人果与中原不同。辽人萧总管曾作《契丹风土歌》，道：

契丹家住云沙中，耆车如水马若龙。
春来草色一万里，芍药牡丹相间红。
大胡牵车小胡舞，弹胡琵琶调胡女。
一春浪荡不归家，自有穹庐障风雨。
平沙软草天鹅肥，胡儿千骑晓打围。
旗低昂扬围渐急，惊作羊角凌空飞。
海东健鹘健如许，鹰上风生看一举。
万里追奔未可知，划见纷纷落毛羽。
平章俊味天下无，年年海上驱群胡。
一鹅先得金百两，天使走送贤王庐。
天鹅之飞铁为翼，射生小儿空看得。

腹中惊怪有新姜，元是江南经宿食。

冯道一行走了两个多月，才抵达西楼。辽帝耶律德光久闻冯道之名，听说他亲自前来，不禁欣喜若狂，就想亲自出城迎接，赵延寿却道：“天子出迎宰相，自古没有此礼。”耶律德光这才作罢。

耶律德光见到冯道、刘煦后，厚礼相待，每人奖赐了一块牙笏和一条牛头鱼。按照辽国风俗，国主奖赐大臣牙笏或者牛头鱼，为最高礼仪。冯道还为此作了一首诗，诗中言道：“牛头偏得赐，象笏更容持。”耶律德光读罢，大为高兴，遂有意将二人留在辽国。冯道听说后，不置可否，只是模棱两可地对辽国主言道：“南朝为子，北朝为父，臣在两朝都是臣子，又有什么分别呢?”

自此之后，耶律德光经常赠送一些东西给冯道，冯道却将这些东西全都拿到集市上变卖，并用卖来的钱大肆购买柴火、木炭等。耶律德光大奇，问他为何如此，冯道答道：“北地苦寒，臣年纪大了，难以忍受寒冷，早点买些柴火、木炭，好过冬。”耶律德光便以为冯道已经打算在此长住了，心中不免有些过意不去，竟主动准许他和刘煦南归。冯道却连上三道表章，请求留下。他越是如此，耶律德光越是让他回去，冯道这才准备动身，但是又在驿馆中住了一个多月。

冯道、刘煦一行离开西楼后，每到一处城镇，都要逗留几天。刘煦不解，问道：“能从北土生还，刘某心中恨不得扎上翅膀，一天就飞回大梁去，冯公却为何如此缓行，难道您真的想留在辽国吗?”

冯道小声说道：“我们走得再快，能比辽人的马快吗?若是他们乘马来追，我们走得再远，他们一夜也就追上了，难道能走脱吗?我们越是缓行，契丹皇帝就越会认为我们不急着南回，也就不会来追了。所谓欲速则不达，正是此理。”刘煦大为心服。

二人就这样一直走了两个多月方才离开了辽国。

冯道、刘煦终于又回到了大梁，冯道感慨颇多，特意作诗以述北使之意，诗云：

去年今日奉皇华，只为朝廷不为家。
殿上一杯天子泣，门前双节国人嗟。
龙荒冬往时时雪，兔苑春归处处花。
上下一行如骨肉，几人身死掩风沙。

自此之后，辽主耶律德光允许石敬瑭不必称臣，称“儿皇帝”即可，就如家人之礼，也就是说，大辽不再将中原当作大辽的臣属国看了。石敬瑭大为感激，对耶律德光也就更加恭谨了。辽国每有使者到大梁，石敬瑭总是先在别殿行参拜大礼后，再到正殿行正式国礼；而晋国使者到辽国，辽人却骄狂倨傲，常常出言不逊，就如训斥儿孙一般。使者每每回朝，朝野之人皆认为是奇耻大辱，但石敬瑭丝毫不以为意。

礼仪上如此倒在其次，最让朝廷难以负担的是每年要向辽国运送金帛三十万，而且，每逢吉、凶之事，还必须另行前往庆贺、吊唁，逢年过节也必须赠送财物、珍玩，何况述律太后、元帅太子、伟王、南王、北王、韩延徽、赵延寿等大臣也需要馈赠，而此时朝廷的收入来源只有几个县的租赋，可想而知，京畿百姓是怎样艰困了！就连朝廷大臣、宿卫军士也常常得不到俸禄、饷银。即便如此，辽国仍不满足，稍不如意，即遣使责备，石敬瑭只能是卑辞谢罪、唯唯诺诺。

石敬瑭为牵制南唐，特意封闵王王昶为国王，准其建国，并以太常卿卢损为册礼使。王昶却不领石敬瑭的情，回说自己已经称帝，不需要晋国册封，更不需派遣使者。石敬瑭大为难堪，但并没有召回已经上路的卢损。

卢损到达福州后，王昶没有出面，只是让其弟王继恭代为召见，并遣中书舍人刘乙前往驿馆慰劳。刘乙去驿馆时，身着华丽的朝服，带着大队僮仆前往，场面甚是壮观。然而，过了没几天，卢损偶然在街上遇见刘乙，却见刘乙穿着布衣芒鞋，甚是寒酸。卢损大奇，问道：“阁下乃凤阁舍人，为何这般模样?”刘乙大感羞愧，一时无语应对，竟假装没有听见，双手掩面而去了。

卢损不知道，由于闽主王昶经常大兴土木，闽国朝廷用度严重不足，就连朝臣俸禄也经常拖欠，这才使得闽国朝臣生活拮据，甚至连购买衣粮的钱都没有了。王昶听说刘乙之事后，便认为卢损是在故意羞辱他的大臣，特意将其召至大殿，对他好一阵讥讽羞辱。

闽主如此不礼卢损，闽国朝野大有看法，士人林省邹密对卢损言道："我主不事其君，不爱其亲，不恤其民，不敬其神，不睦其邻，不礼其宾，如此焉能长久？"卢损虽也有同感，却未敢答话，匆匆告辞而去了。

卢损北返后，陈守元对王昶言道，螺峰常有白龙在夜间出没。王昶信以为真，竟特意命陈守元在螺峰修建白龙寺，陈守元则趁机大肆搜刮民财。

王昶见库藏空竭，入不敷出，大为烦恼，便问吏部侍郎、判三司侯官蔡守蒙道："听说有司任用官吏皆收受贿赂，可有此事？"

蔡守蒙以为他要追究此事，只好敷衍道："浮言不可全信。"

王昶道："此事朕早就知道了，你也不用隐瞒。既然他们拿着朕的官位敛财，为何朕不自己去做呢？怎可便宜了他们？朕想将此事全权委托爱卿，不过，爱卿应该尽量择贤授任，至于那些才能不足者、冒名顶替者，你也不要拒绝，可以让他们多缴些钱财，献于宫中。"

蔡守蒙一听此言，大为惊愕：这不是明着让他卖官吗？他素来廉洁，在福州颇有清名，怎可行此自毁名声之事呢？故而，连声说道："不可，不可，臣不敢遵旨。"

王昶勃然大怒，呵斥道："你难道想抗旨吗？你为了一己之名，就不考虑君父的难处了吗？既然如此，朕留你又有何用呢？"说罢，就要让刀斧手把他拉出去砍了。

蔡守蒙大惧，只好答应下来。自此，闽国任用官吏便仅以出钱多少而论了。王昶甚至还制作了一些空着姓名的堂牒，让医官陈究外出偷着去卖官，至于税收更是名目繁杂，就连水果、蔬菜、牛、羊、鸡、猪，都要重征税赋。如此一来，福建百姓就更加苦不堪言了。

王昶有两位叔父，一位是前建州刺史王延武，一位是户部尚书王延望，二人甚有才名，王昶对二人一直心怀疑忌。巫师林兴与王延武有仇，便假借鬼神之语对王昶说道："九天玄女昨晚给小人托梦，说延武、延望两位皇叔将会叛乱。"王昶闻听此言，也不遣人考察，即让林兴率领兵士将两位皇叔的府第围了起来。王延武、王延望糊里糊涂地就被杀掉了。二人之子也没逃过此劫，被林兴一并斩杀了。

王昶又依照陈守元之言，在宫中修建了一座三清殿，并动用数千斤黄金铸造宝皇大帝、天尊、老君塑像。三清殿建成后，王昶昼夜焚香祷祀，祈求神丹，大小政务则全都由林兴以宝皇的名义进行决断。林兴大权在握后，就有些忘乎所以了，甚至连王昶都敢欺瞒，王昶察觉后，便把他流放到了泉州。

王延钧为闽主时，曾以闽太祖王审知的元从亲兵为班底，建置了拱宸、控鹤两都宿卫军，王昶此时又招募了两千壮士作为自己的心腹，取名为宸卫都，其俸禄、奖赐比拱宸、控鹤二都优厚得多，因此便有人对王昶说拱宸、控鹤二都将士有怨言，可能会作乱。王昶大惧，就想将二都调往漳、泉二州，二都将士听说后，大为愤怒。拱宸、控鹤二都军使朱文进、连重遇更不让王昶放心，但二人虽然心中怨恨，表面上却小心翼翼、异常恭谨，王昶一时还真找不出理由处置二人。

王昶喜欢让宗室子弟、朝中大臣陪着他长夜宴饮，而且动不动就强迫群臣饮酒，还不准他们醉酒退席。因此，朝中大臣、王氏宗亲都怕入宫陪宴，有些大臣则整天带着醒酒药，没事就习练酒量。王昶的堂弟王继隆有次喝醉了，言语之间有些失礼，王昶竟当场将其斩杀了。

此事外人看上去是王昶借酒胡闹，其实，王昶是故意为之，因为他最为猜忌的就是王氏宗室亲属，生怕这些人会谋夺他的皇位，故而才制造借口诛杀其叔父、兄弟。他自认为，假借酒醉杀人简单可行，而且容易掩人耳目。王昶叔父王延曦不但官居左仆射、同平章事，而且颇有人望，这自然也让王昶放心不下，故而一直在寻机除掉他，但一直找不到机会。

王延曦很快就明白了自己的处境，为了避祸，他假装疯癫，在家养病，整日里足不出户。即便如此，王昶仍不放心，特地赐给王延曦一套道士服装，将他赶到了武夷山中。过了不久，王昶又改变主意，认为王延曦在外更不利于他，便又遣人把他召回了福州，软禁在家中。

背信

陈守元对王昶言道："宫中将有灾祸，陛下不宜居于宫中。"王昶虽然半信半疑，但还是听从了陈守元的，从北宫迁到了长春宫居住。说来也巧，王昶迁到长春宫的第三天，北宫就发生了大火，而且火势极为罕见，整整烧了两天两夜，整个北宫，数百座殿阁被焚烧殆尽。自此，王昶对陈守元就更加信重了，简直是奉若神明。

北宫失火之后，王昶一直怀疑是有人故意纵火，但查访了很长时间，也没查出纵火之人。王昶怀疑朱文进、连重遇与纵火有关，遂让二人率领拱宸、控鹤二都兵士进入北宫清理废墟，若到期不能完工，就要重治朱、连二将之罪。二将无奈，只好率领二都兵士昼夜赶工。然而，北宫实在太大了，单是搬运残墙焦土，就需要大量的人力物力，这些平日里养尊处优的禁军兵士，何曾做过如此又脏又苦的累活，一时间，人人咒骂不止，怨气冲天。

连重遇很快就从内学士陈郯口中知道了王昶想要借机除去他二人的用意，不禁大惧。几经思量，他终于下了决心，索性一不做二不休，趁着当夜入值的机会，率领拱宸、控鹤二都兵士放火烧了长春宫，想将闽主王昶烧死。

大火一直燃烧到三更方才熄灭，连重遇率领亲军找了半个时辰也没有找到王昶，连重遇便认为王昶已被烧死了，忙遣人将王延曦接到宫中。王延曦一到，连重遇即率众跪在遍地瓦砾之中，对其山呼万岁。

王延曦不明所以，大为惊惧，连重遇道："殿下勿忧，长春宫突然失火，陛下可能凶多吉少，故而请殿下前来主持大局。"王延曦将信将疑，连说："不可，不可……"恰在此时，突然有人高叫："连重遇，你这个弑主逆贼!"连重遇循声望去，正看见宸卫都簇拥着一人走了过来，定睛一看，此人正是闽主王昶!

连重遇不禁大惊。王昶借着火光又看到了王延曦，心中似乎什么都明白了，恨声说道："皇叔你好毒啊！看来，这一切都是你所为了？"

王延曦支吾道："陛下千万不要误会，这……这……"他这时才明白，他已经百口难辩了。

王昶气急败坏，大叫道："快把这些逆贼全都杀了！"

宸卫都一听，当即一拥而上。连重遇此时也冷静下来了，大叫道："护卫殿下！"拱宸、控鹤二都军士此时也明白了：不杀了王昶，他们谁都活不了，遂也高举白刃，和宸卫都战在了一起。然而，宸卫都每一名军士都是王昶亲自挑选的精卒，个个以一当十，拱宸、控鹤二都虽然人多，但很快就落了下风。连重遇见状，急令心腹前往外营召其他宿卫兵相助。不久，外营兵相继涌来，这些兵士也早就嫉恨宸卫都了，因而，一见到宸卫都兵士就杀了过去。宸卫都寡不敌众，只好保护着闽主王昶与李皇后、几位皇子拼力拒战。天亮时分，乱兵又放火烧了宸卫都军营，宸卫都近千人战死，剩下的一千多人只好保护着王昶、李春燕、诸皇子逃出了福州城。

此时，陈守元也在宫中，闻听变乱，连忙换上了兵士的衣服，想要逃出宫去，但被兵士认了出来，当场斩杀了。

宸卫都行至梧桐岭，不少兵士见大势已去，纷纷离队而去。王延曦此时已经明白，事已至此，自己没有退路了：王昶不死，自己绝无活路！遂令其兄之子、前汀州刺史王继业率兵追击王昶。

王继业领命，率领一队骑军急速追赶，追到一个村庄前，正看见闽主王昶立马于村口，手持弓箭，向追兵大声叫道："你们这些叛臣贼子还不速速退去！若再向前，朕可要发箭了！"

王继业此时，哪还管这些，立命兵士尽管向前。兵士们高声呐喊着，直奔王昶冲去。王昶此时神情反而镇定了下来，对着追兵就是一通猛射，竟然是一箭一个，箭无虚发，一连射杀了十几个追兵！

王昶每射杀一人，残余的宸卫都兵士便齐声高呼一声："万岁！"王继业这才知道，闽主王昶竟有如此神技！追兵们见状，不禁大为惧怕，纷纷后退。

不久，各路追兵云集而至，竟有数万人之多。王昶见状，知道自己大势已去，便将宝弓扔到了地上，对王继业喝道："你为我臣子，如此相逼，臣节何在?"

王继业朗声叫道："君无君德，臣安有臣节？新君，是我叔父；旧君，是我昆弟。你说说看，谁亲谁疏?"闽主王昶无言以对，遂跟着王继业一同回福州，残余的宸卫都兵士见其如此，只好逃奔吴越去了。

王继业行至陀庄，特地设宴请王昶饮酒。王昶此时已毫不在乎，来者不拒，故意喝得酩酊大醉，王继业趁机就把他勒死了，随后又将皇后李春燕、诸皇子全部斩杀。

王延曦遂自称威武节度使、闽国王，更名为曦，改元永隆，对外则宣称宸卫都兵士叛乱，弑杀了闽主，逃往了邻国，并追谥闽主王昶为圣神英睿文明广武应道大弘孝皇帝，庙号康宗。随后，王曦又遣商人间道奉表向晋国称臣，但在国内，仍然依照天子之制建置百官，以太子太傅李真为宰相，立李真之女为皇后。

王曦随后又遣使者前往泉州，将林兴诛杀了。

石敬瑭知道，他能够入主中原、平定各藩镇之乱，有一文一武两位功臣可以说是居功阙伟，文臣乃桑维翰，武臣自然就是刘知远了。然而对于刘知远的封赏却一直不尽如刘知远之意，直到范延光归附，他才被加封为宋州归德节度使、同平章事。按理说，刘知远将相一身，应该上表谢恩才是，不想，圣旨颁发后，刘知远非但没有上表谢恩，还一再上表请辞。

石敬瑭大为不解，就问赵莹是怎么回事。赵莹支支吾吾、拐弯抹角地说了好半天，最后才让石敬瑭弄明白：原来，石敬瑭下诏加封刘知远时，还同时加封了杜重威为许州忠武节度使、同平章事，而且，二人是在同一道圣旨上加封的！刘知远自认为有佐命之功，而杜重威既年轻，口碑又不好，只是因为他是驸马，才谋得如此高位，因而石敬瑭把他与自己放在同一道圣旨上加封，刘知远深以为耻。

石敬瑭不禁大怒，一着急就对赵莹说了实话："重威是朕的妹夫，朕身为皇帝，难道就不能施恩于皇亲吗？何况，平定张从宾之乱，他也是立了功的；知远虽然功大，但也不能动不动就抗旨请辞啊！他这样做，将置朕于何地？既然如此，不如解除了他的军权，让他回家休养算了！”

赵莹闻听此言，心中很不是滋味，一再劝道：“陛下当年在太原，兵不过五千，被十几万唐兵围攻，其危急恰如朝露，若不是刘知远心如铁石之坚，陛下又怎能成就今日的大业？如今，陛下怎可因小过而抛弃他呢？臣担心，一旦此语传到外面，必有人说陛下无人君之大量。”石敬瑭低头沉思半晌，心中之气才慢慢消散，吩咐赵莹又重新拟了一份加封刘知远的诏书，并命端明殿学士和凝亲往刘知远府第宣读，刘知远这才受命。

武臣刘知远终于安抚好了，但君臣之间从此有了隔阂，再也不像从前那样亲密无间了；至于文臣桑维翰，君臣之间似乎也开始有了嫌隙。之前，桑维翰作为石敬瑭最为倚重的大臣，几乎就是石敬瑭的主心骨，尤其是在范延光、张从宾、王晖等人叛乱之时，朝中群臣大多惊慌无计、举止失措，唯有桑维翰遇乱不惊，处置稳妥，调配有方，这才让朝廷转危为安。故而，朝野人士无不认为桑维翰是一位才具过人的扛鼎重臣。桑维翰自己也以天下为己任，整日里废寝忘食，事无巨细地打理着朝政。他认为天下屡经战乱，朝廷已十分拮据，百姓们更是苦不堪言，而且还要时时向契丹进贡巨量钱帛，故而决定大兴农桑，休养生息，并制定了一系列治政策略。近日，他向石敬瑭一再提议，朝廷应该尽量节省开支，尽快充实国库。石敬瑭虽然口中答应，心中却很不以为然。

桑维翰不知道，石敬瑭此时已经动了别的心思：自从冯道出使契丹回国后，石敬瑭对冯道就更加信重了，心中已动了让冯道接替桑维翰的想法，只是还没找到令人信服的借口罢了。辽主耶律德光当年那千万不要辜负刘知远、桑维翰等创业功臣的告诫，犹在耳边，他自认为是最讲信誉之人，没有合适的理由，他怎可违背当初的承诺？

想要解除桑维翰大权的人，其实还有一人，此人就是杨光远：杨光远自从改任西京留守后，一直对桑维翰耿耿于怀，必欲除之而后快。故而，他人虽在洛阳，却整日里遣人在大梁探查桑维翰的失误。终于，他找到了一个机会：桑维翰职高位重，一张大脸甚是威严，说话更是言简意赅。石敬瑭以户部侍郎、翰林学士承旨崔棁执掌贡举，秀才孔英素有丑行，臭名昭著。崔棁因公务去拜见桑维翰，桑维翰本想议论一下孔英其人，便对崔枳道："听说秀才孔英也来参加贡举了……"说了半句，忽然意识到自己身为执政大臣不该议论他人的长短，便住口不说了。崔枳却误认为桑维翰想替孔英说话，竟将孔英点中了进士。金榜一出，京城登时大哗。

杨光远遣人探清此事后，当即上表弹劾桑维翰干涉贡举、用人不公，并且诬奏桑维翰在洛阳、汴州营建旅馆、酒肆，与民争利，还在表中言道："如此所为，怎可执掌机枢?"

杨光远的上表，刚好给了石敬瑭一个借口，遂将桑维翰外放出京，以其为相州彰德节度使。

石敬瑭如此对待刘知远、桑维翰两位勋臣，却还标榜自己最守信义，甚至言必称"信"字，自然令朝野之人多有微词。

桑维翰刚刚离京，石敬瑭让冯道接替桑维翰的诏书就颁下了。自此，朝廷事无巨细，皆委托给冯道了。

铁鞭郎君

冯道此人最擅长的就是趋吉避凶、明哲保身，万事以安稳为上。能得到一人之下、万人之上的机枢要位，换作别人，自是求之不得，冯道却不然，整日里忧心忡忡，担心会招人嫉恨，甚至还萌生了急流勇退的想法。也是天遂人愿，诏书颁下没几天，冯道突然就生病了。冯道也知道自己只不过是头疼脑热的小恙，但他借题发挥，上表说自己年老体弱，又染上了重病，实在是无力上朝了，恳请石敬瑭准许他致仕养老。

冯道不知道，他的这一想法并没瞒过石敬瑭，因此，刚一接到冯道的表章，石敬瑭便遣郑王石重贵前往冯道府探望，并让石重贵带话给冯道："冯公明天若还不能出门，朕当亲自前来探望。"冯道无奈，只好出府视事。此事很快就传遍了朝野，朝野之人皆议论道："皇帝对冯道的宠信，群臣之中，无人能比。"

刘处让任枢密使后，其奏对经常不称石敬瑭之意，于是，石敬瑭便有了更换枢密使的想法，刚巧，刘处让逢母丧，奏请丁忧回家，石敬瑭便趁机下诏撤销了枢密院，将玺印交付给了中书省，枢密院的事务则全都委托宰相去处理，枢密院副使张从恩则改任宣徽使。

张从恩乃李存信之子，李嗣源因李存信的原因，对他极其厌恶，再加上他自己也是个无赖，故而李嗣源待其极薄，只授给他一个闲官。张从恩只好回到了太原，石敬瑭在太原之时，便让石重贵娶了张从恩之女。张从恩这才时来运转，石敬瑭一即位，就将其擢拔为了右金吾卫将军，不久，又改为贝州刺史。

范延光、张从宾之乱平定后，各藩镇似乎都颇为安定，然而，有一个人却让石敬瑭非常头疼，此人就是当初的“三安”之一——镇州节度使安重荣!

自梁、唐以来，藩镇节度使、刺史，多是按功勋大小授任的武将，这些人打仗可以，治政就是外行了，无奈之下，他们只好委托其属下或幕僚去办理州、郡事务。一些宵小之徒便经常瞒着节度使、刺史卖官鬻狱，盘剥百姓，致使这些节度使、刺史多有贪赃之名，其实，多半贿赂为其属下所得。安重荣虽然出身于行伍，满脸的络腮胡须，一副粗鲁状貌，却颇有智计，也懂得一些吏事，因而，其属下对他不敢有一丝一毫的欺瞒。不仅如此，安重荣还能自我约束，亲自治政。遇有讼事，他也经常亲自办理，至于仓库耗利，百姓科徭，也能亲自掌控，属下皆不敢觊觎。

一次，安重荣在镇州街市之上，被一对夫妇拦住，状告其子不孝。安重荣当即拔出佩剑来交给其父，让他把儿子杀了。其父手持佩剑颤抖不已，泣道：“我怎么忍心啊？算了吧，算了吧！就饶过这个孽子吧!”其妇却从身后骂其无能，一把夺过佩剑，挺剑就要去追杀儿子。安重荣见状，便问围观之人：“她不是这个孩子的亲生母亲吧?”围观之人皆道：“令公所言极是，这是孩子的继母。”安重荣闻言，一把从妇人手中夺过佩剑，呵斥道：“滚!”妇人大惧，连滚带爬地跑开了。安重荣看着她的背影，张弓搭箭，一箭就把她射死了……

石敬瑭对辽人奴颜婢膝、唯命是从，让安重荣越来越反感。他经常对左右言道：“早知主上对契丹人如此，安某真不该投奔他!”

石敬瑭即位后，为报答安重荣投效之功，特意授给他镇州这座雄藩大镇。就在安重荣动身去镇州接替秘琼之时，石敬瑭叮嘱他："秘琼若不愿替代，你千万不要硬取，朕会另外给你一座藩镇的。"安重荣当时虽然口中称是，心中却认为石敬瑭太过软弱，胆小怕事，因而屡屡对幕僚说道："秘琼不过一介匹夫，天子就畏之如虎狼；辽人之恶，乃百万只虎狼，他就更不敢得罪了。然而，为了他一己之安而让一国人蒙羞，这合适吗？"

自此之后，每次辽使路过镇州，他都会对辽使谩骂侮辱，有时还暗地里遣人暗杀辽使。耶律德光大怒，一再责备石敬瑭。到了后来，辽使只好绕道而走，说是不愿与一个臣子一般见识。

近来，安重荣时常上表，公然奏请不要向辽人进贡。石敬瑭大惧，连忙下诏安抚他，恳请他千万不要得罪辽人。

安重荣失望至极，便指派人打造了一根大铁鞭埋在地里，又故意让人假冒农夫挖出来献给他，诈称是上天所赐，扬言说："此鞭有神，用此鞭指夷狄，夷狄就会当即死亡。"为此，他还给自己起了个外号，叫做"铁鞭郎君"。每次出门，他都要让人抬着此鞭作为前驱。

辽主听说后，对他恨得牙齿发痒，扬言要替石敬瑭好好教训他。安重荣知道后，一面在幽、镇边境加强防御，一面暗自招兵买马。

此事很快就传到了石敬瑭的耳中，石敬瑭误认为他有造反之心，便开始暗暗提防了。石敬瑭知道，定州义武节度使皇甫遇与安重荣是亲家，若是镇、定联兵，麻烦就更大了，遂将皇甫遇改任为潞州昭义节度使。

皇甫遇离开定州后，定州节度使一职便空了下来。此事却让辽主耶律德光知道了，他认为这是一个机会，而且，他想到了一个人选，此人就是王处直之子王威。

当年，王威为避王都之难逃到了辽国，辽人对其一直照顾有加。耶律德光心想，若王威能成为定州义武节度使，易、定二州不就控制在辽国手中了吗？耶律德光连忙遣使者至大梁，说道："可让王威承袭其父亲的土地，就如我朝一样。"

石敬瑭自然知道耶律德光的心思，但又不敢公然回绝，只好遣使回言道："按照中原之法，任用官吏必须循序渐进，一定要依照刺史、团练使、防御使的阶级一步步升迁，然后才能任职节度使，请父皇帝遣王威南来，儿皇定将一步步升迁录用。”

耶律德光大怒，再次遣使来大梁。辽使当着满朝大臣对石敬瑭说道：“我家皇帝让我问陛下：你从节度使到天子，也有阶级可循吗?”满朝文武闻听此言，不禁大怒，纷纷呵斥辽使无礼，但石敬瑭担心事态扩大，便厚赠辽国礼物，请求以王处直侄孙、彰德节度使王廷胤为义武节度使。

耶律德光虽然不满，却无话可说，最终还是答应了。

石敬瑭误认为安重荣想造反，其实他想错了，真正想造反的另有其人——此人便是山南东道节度使、同平章事安从进。

安从进到襄州的第一天，就发现襄州地势险要，易守难攻，当时就有了举大事、学高季昌父子的念头。他心想，即便不能入主中原，单凭此地地势，也可割据一方，建国称王。故而，这些年来他一直在暗地里招募甲兵。此时，他认为时机已经成熟了，便想试试朝廷的反应，竟公然出兵劫掠了湖南供奉给大梁的贡品。不曾想，朝廷竟毫无反应！不仅如此，石敬瑭还遣使到襄州，说已将青州节度使王建立改任为潞州节度使了，问安从进愿不愿意到青州做节度使，并让使者带话给安从进：“朕虚青州以待爱卿，卿若有意，朕当即刻下诏。”

安从进心内大喜，暗道：朝廷竟然如此惧怕自己，便狂妄地回答道：“陛下若能将青州移至汉南，臣将即刻赴任。”

石敬瑭闻听此话，气得半天没有说出话来，但也无可奈何，故而没有下诏斥责他。如此一来，安从进就更加肆无忌惮了，并加紧了起事的准备。

安重荣、安从进已经够石敬瑭心烦的了，不想，安州节度使李金全也有了异动，不但屡屡抗旨，还与南唐暗通款曲。贾仁沼的两个儿子屡屡上书朝廷，言其父亲惨死之冤。石敬瑭无奈，只好任命前横海节度使马全节为安远节度使，命他前往安州去接替李金全。

诏书到达安州后，胡汉筠对李金全道：“进奏官遣人倍道送来消息，说是只要主公一离开安州，朝廷立马就会遣人来核查贾仁沼的死因。这明摆着就是冲着主公来的，请主公早作打算。”

李金全大惧，忙问胡汉筠有什么主意。胡汉筠眨巴着一双三角眼劝李金全道：“主公若是听命于朝廷，恐怕性命不保，为今之计，主公只有早日归附南唐了。”

李金全对胡汉筠一向言听计从，而且他也早就有这种打算了，当即决定归顺南唐。安州马步副都指挥使桑千、威和指挥使王万金、成彦温听说后，皆发誓说：“决不叛国投敌！”胡汉筠一怒之下，把三人都斩杀了。

公元九四〇年，后晋天福五年，南唐升元四年，后蜀广政三年，闽永隆二年，南汉大有十三年，辽会同三年

邻国

闽主王曦杀王昶自立之后，初始还算贤明，但没过多久，也骄狂起来，贪淫、苛虐，为所欲为。王曦之女出嫁，王曦竟令闽国朝臣皆上表称贺，而且必须奉送礼品，有些朝臣因为临时有事或是事先没得到消息没能送礼，不想，婚礼次日，王曦就把这些未到场送礼的朝官全都召到了大殿之上，先是劈头盖脸的一顿责骂，然后又挥鞭子一阵毒打。无论职爵高低，也不论年纪大小，无一幸免。

王曦自己以宗族身份被连重遇扶上了皇位，他便觉得所有的宗族子弟皆是自己的隐患，故而他对宗族子弟的猜忌，比之王昶，有过之而无不及。建州刺史王延政乃王曦同父同母的亲弟弟，多次上书好言劝他，让他一定要以王昶为戒，王曦不但不听，还回书对王延政一顿责骂，并因此对王延政生了疑心，竟遣心腹亲吏叶鹏前往建州监军，遣教练使杜汉崇往南镇监军。叶鹏、杜汉崇二人到任后，争相密告王延政的种种过失，致使王曦、王延政兄弟之间疑忌更深。

一日，叶鹏与王延政商议政事，二人意见不合，叶鹏竟然出口讥讽

道："你难道想造反吗？"

王延政大怒，骂道："都是你等小人鼓动唇舌，致使我兄弟之间嫌隙日深，依我看，你才真正是造反之人呢！"一边说着，一边拔出剑来要杀叶鹏，幸亏左右拦阻，叶鹏才逃了出来。

叶鹏逃到南镇后，王延政仍然怒气不解，竟然发兵攻打南镇。叶鹏、杜汉崇只好领兵迎战，却被建州军打了个大败，叶鹏、杜汉崇只好逃奔福州。

王曦见王延政擅自兴兵，不禁大怒，当即遣统军使潘师逵、吴行真率兵四万攻伐王延政。

潘、吴二人率军抵达建州城下，潘师逵屯军于建州城西，吴行真屯军于建州城南，两军皆临水安营，并将城外百姓房舍全部焚毁。王延政大恐，一边整军备战，一边遣使向吴越、南唐求救。

使者到达金陵后，南唐主李昪听罢来意，一时拿不定主意，只好召集众臣商议。翰林学士韩熙载奏道："福、建乃兄弟一体，我为其邻，兄弟相争，其邻只可劝解说和，不宜偏袒助战。"李昪也有同感，即遣客省使尚全恭前往闽国，为闽王王曦及王延政说和。

吴越王钱元瓘却不然，建州使者一到杭州，他即遣宁国节度使、同平章事仰仁诠、内都监使薛万忠率兵四万救援建州。丞相林鼎谏阻道："王氏兄弟自相残杀，我为邻国，只可出使劝解，怎可出兵助战？"但钱元瓘死活不听。

潘师逵遣都军使蔡弘裔率三千兵士攻袭建州，王延政遣其将林汉彻率军五千埋伏于茶山，蔡弘裔中伏，大败而归，被斩首一千多级。

王延政随后又招募了一千多敢死之士，在一个星月皆无的深夜，涉水而过，潜入潘师逵营中纵火，王延政则亲自在建州城上擂鼓助威。潘师逵的大军不明真相，当时就乱成一团，纷纷溃散而去。潘师逵正要出帐，迎面撞上建州战棹都头陈诲，被其一刀斩杀了。陈诲割下潘师逵的首级，高声喝道："潘师逵已死，降者免死。"福州军一见潘师逵血淋淋的首级，个个大惊失色，呼喝一声就溃散而去了。

次日，王延政亲自率军攻袭吴行真大营。此时，吴行真及其将士已经知道潘师逵被杀、西营福州军败的消息，故而，建州军尚未渡河，吴行真及其将士就弃营而走了。建州军一路追杀，福州军死伤一万多人。王延政乘胜进击，连取永平、顺昌二城。

自此，建州之兵便开始强盛起来了。

王延政凯旋不几天，仰仁诠率领着吴越军就抵达了建州。王延政连忙遣人送去许多酒肉、金银犒赏吴越军，并说福州兵已然败去，恳请仰仁诠班师回国。仰仁诠、薛万忠等无功而返，心中自然不甘，便以“福州军还有可能再来”为理由，在建州城西北安下了营寨。

王延政大惧，一时不知如何是好。陈诲道：“吴越大军兵临城下，他们是不会无功而返的。建州城军士不足万人，一旦吴越军攻袭建州，主公将何以守城?”

王延政愁容满面，说道：“将军所言不错，这也正是我所担心的。既是如此，将军可有良策?”

陈诲道：“卧榻之侧，岂容他人屯兵？为今之计，只好向福州谢罪赔礼，请求福州出兵援助。”

王延政道：“皇兄刚刚损兵折将，他又怎会前来救援?”

陈诲道：“主公与圣上乃至亲兄弟，兄弟之争乃家事，圣上又怎会容许外敌来犯呢?”

王延政此时也别无他法，只好遣使前往福州，向闽王王曦谢罪，并请求出兵救援。

正如陈诲所料，闽王王曦本不想出兵相救，但建州毕竟是他们王氏的，怎容他国相攻？遂以泉州刺史王继业为行营都统，率兵二万救援建州，并遣使致书吴越，责备吴越王钱元瓘擅自兴兵来犯，随后又遣轻兵占据要道，断绝了吴越军的粮道。

此时，恰逢连日大雨，吴越军军粮已尽，王延政突然亲自率兵攻袭吴越军寨，吴越军猝不及防，被杀了个大败，仰仁诠等拼死突围，率领着残军逃回了国内。

吴越不但平白地损失了不少人马，而且把福、建二州全得罪了，无端地多了个大敌，钱元瓘懊恼不已，深悔未听林鼎之言。自此，吴越与福建成为敌国。

南唐客省使尚全恭抵达闽国后，先去见王延政，然后又求见王曦，劝他兄弟二人息兵罢战，和好如初。王延政自然是求之不得，连忙遣陈诲及女奴莲花手持誓书及香炉前往福州。王曦虽然心中窝火，但碍于唐帝李昪之面，只好在尚全恭的斡旋下，让郑元弼代自己与陈诲盟誓于宣陵。兄弟二人这才重归于好，然而，私下里仍然相互猜忌。

闽王王曦又委托商人前往大梁上表，晋帝石敬瑭便以王曦为威武节度使，兼中书令，封闽国国王。

李金全叛晋投唐的消息报到大梁后，石敬瑭当即命马全节召集汴、洛、汝、郑、单、宋、陈、蔡、曹、濮、申、唐之兵讨伐李金全，以保大节度使安审晖为其副帅，以客省使李守贞为监军。这自然在李金全的预料之中，一听到消息，他便遣推官张纬前往金陵，上表请降于南唐。南唐主李昪大喜过望，当即遣鄂州屯营使李承裕、段处恭率兵一万北上，迎接李金全南下。

临行之际，李昪特意设宴为李承裕和段处恭送行，并嘱咐道："你等速速北上，到达安州后，接了李金全就速速回军，千万不可进城逗留。"

李承裕应允，当日就率军急速北进，只用三日，就到了安州城下。李金全大喜，当天晚上，他就率领麾下数百人护着众姬妾和全部家财进入了南唐军中。

李金全的姬妾个个美艳无比，李金全的金银财宝更是数不胜数，李承裕一见，眼都瞪圆了，当时就动了贪心，便让一部分亲军先行护着李金全等人前往金陵，其姬妾与财宝则由他亲自率军护送。

李金全刚一离开军营，他的众姬妾和全部家财就被李承裕霸占了。李承裕犹不知足，对心腹众将道："早就听说安州城内美女如云、巨财无数，此时安州就是空城一座，不去取来，难道还要留给他人吗？"

众将闻言，齐声叫好，唯有监军杜光业不同意，一再劝说道："我军临行，圣上一再嘱咐千万不要进入安州，我等怎可违抗圣命？"

众将七嘴八舌，皆道："所谓将在外，君命有所不受，军士们长途奔袭，也不能让他们空跑一趟啊！"

李承裕道："杜公不必担心，我军速进速出，不会有什么差池的。"

杜光业见众将如此，也就不好再说什么了。就这样，大队南唐军涌入了安州城。南唐兵进城后，无论富宅民居，也无论衙署店铺，见东西就抢，见房门就劫，整个安州城很快就被洗劫一空。一时间，鸡飞狗跳，烟火横起，安州百姓大受荼毒，皆骂道："该死的李金全，自己投敌卖国不算，还要招来敌国之人荼毒自己的家乡。"更有人诅咒南唐朝廷，南唐帝李昪一时名声大恶。

此时，马全节三万大军已经进至大化镇，截断了南唐军的归路。李承裕闻讯大惊，只好率军迎战于城南，但寡不敌众，大败而归。

李承裕率败军回到安州后，先在城中又一阵劫掠，然后才撤军出城绕道南走。马全节率军进入安州后，见城内到处都是哭泣诉冤的士民，不禁大怒，当即令安审晖率军继续追击南唐军。

财祸

安审晖领命，率军急追。此时的南唐兵人人带着大包小包的金银财宝，行军速度极为缓慢，晋军至黄花谷就追上了南唐兵。李承裕无奈，只好回军厮杀。此时两军虽然人数差不多，但南唐兵都发了横财，皆想着赶快回国，因此，两军刚一交战，南唐兵士就转身而逃了，李承裕、段处恭一见不好，连忙勒转马头准备逃命。安审晖见状，一箭将段处恭射下马来。李承裕耳中听得段处恭的惨叫，却不敢停下马来，只是率领残军拼命南奔。安审晖穷追不舍，又大败南唐兵于云梦泽。李承裕死命突围，却正好撞见安审晖，只三个回合，就被安审晖生擒了。

南唐军三战皆败，主将被擒，副将被杀，就连监军杜光业也被生擒了。

安审晖本想继续乘胜南追，但探马来报，说是南唐大将张建崇正率领着大军据守在云梦桥，他这才凯旋，回到安州。李承裕所劫掠的李金全家财及安州百姓之财，此时自然就归马全节和安审晖了。

马全节欲将李承裕押往大梁，但李承裕对马全节说道："我大掠城中，所得钱财有数百万之多，如今皆被将军取走了。将军若是把我送往大梁，我见到你家天子后，必会先将此事告诉他，到时候将军也讨不了好去。与其如此，将军不如放我回国，于将军于我，都无大害。"

马全节闻言大惧，索性一不做二不休，把李承裕及其部众一千五百人全都斩杀在了城下，只将监军杜光业等五百七十人押往大梁。

后人有歌讥讽李承裕道：

才夺金全财与色，又想安州宝与货。
不是全节兵马快，贪人怎过云梦泽。

杜光业等人被押到大梁后，石敬瑭道："两国交恶，士卒们又有何罪呢?"竟赠送了一些马匹、衣服、食物，放他们回国了。

消息传到金陵，南唐主李昪又惋惜又悔恨，杜光业率领降兵进入南唐境后，李昪恨他们违抗君命，竟然诏命不予接纳，又将他们赶回淮河以北，并致书石敬瑭道："边校贪功，乘便据垒。"又道，"军法朝章，彼此一样，请按败军之法惩处。"

石敬瑭见到李昪书函后，又遣使者命杜光业率降兵南回。就这样，杜光业率领着五百七十名南唐军卒，犹如丧家之犬般，被两国天子来回驱赶，心中既苦又辱，顿感苍茫大地无其立足之地，皆号啕大哭，就连晋国使者和护送兵士都有些不忍了。

晋使带着杜光业及南唐降兵好不容易又行至桐墟，正准备渡河，却见河上有数百艘南唐战舰拦截，不准他们渡江。晋使无奈，只好又带着他们回到了大梁。石敬瑭听罢晋使所言，一时不知如何处理，忙问冯道有何良策。冯道奏道："唐主如此不体恤自己的兵士，必遭天下人非议。圣上不妨将他们留下来，按照原职各授官职，如此一来，既彰显了圣上的恩义，又可笼络南唐军心，何乐而不为呢?"

石敬瑭大喜，当即下诏：将南唐士卒全都留在大梁，自成一都，取名显义都，以南唐旧将刘康为都将，监军杜光业则入宫为官。

韩熙载听说此事后，对左右言道："违抗君命的是主将，士卒们只是听从将令行事，何罪之有？既然晋国皇帝已经把他们送回来了，咱们就应该接受，即便全部斩首，也好过抛弃士卒，白白便宜了敌国啊！"

为了一个李金全，不但损失了李承裕等大将和五千将士，还落下了不义之名，李昪越想越窝囊，故而，当李金全与胡汉筠、张纬抵达金陵时，李昪对他们非常冷淡，只是给了李金全一个天威统军的虚衔。不久，李昪又找了个借口将胡汉筠、张纬二人斩杀了。

石敬瑭遣使至安州抚慰，对于马全节擅杀李承裕及南唐降兵之事，并没过问，还改任马全节为昭义节度使。

范延光致仕之后，石敬瑭虽然待他与群臣一样，但心中并不想让他在京师居住，更不想看见他，便命时为宣徽使的刘处让想办法。刘处让会意，当日晚上，即带着美酒来到范延光的府上，范延光自然设宴相待。酒酣之时，刘处让对范延光道："主上遣处让来探问范公时，恰好有辽国使者到来，带来了辽国皇帝的问话：'魏博反臣何在？朕担心晋国不能控制，可将其锁拿到北国来，以免为中原后患。'"

范延光听罢，当时就吓呆了，一时不知所措，只是不停地哭泣。良久，他才平静下来，恳请刘处让救他。刘处让道："为今之计，范公不如离开京城前往洛阳居住，以避开辽国使者。"

范延光担忧道："杨光远留守河南，他与我仇深似海，是决不会放过我的！我在河阳有田地、住宅，不知可否准我前往河阳偷生呢？"

刘处让道："只要离开大梁，主上就有借口回复辽主了，范公去哪里都可以。"

就这样，范延光带着大批钱财离开了大梁，这些巨财之中，当然也包括他从秘琼那里抢来的华温琪的家财。此时，西京留守杨光远兼领着河阳节度使，一听说范延光带着巨财要去河阳，当即上表奏道："范延光本是叛臣，为人反复无常，他不在汴州、洛阳安家，却要到外藩安家，臣担心他会逃往敌国，不是去北胡，就是去吴越，陛下应该尽早将此人除掉，以免后患!”石敬瑭以已经许诺不杀范延光为由拒绝了他。杨光远无奈，只好退而求其次，再次上表奏请命范延光在西京洛阳安家，石敬瑭这一次同意了。

范延光接到命他去洛阳定居的圣旨后，心中虽然无奈，但也不敢抗旨，只好前往洛阳。到洛阳后，他整日里小心翼翼，连门都不敢出。然而，即便这样，还是没有逃过杨光远的毒手。

范延光到洛阳还不到一个月，杨光远连理由都不找一个，就遣其子杨承贵率兵包围了范延光的府第，逼着范延光自杀。范延光道：“天子在上，赐我铁券，许以不死，你父子为何如此相逼?”

杨承贵却不问青红皂白，率领着几位壮士，人人手持钢刀，逼迫范延光立即上马，然后裹挟着他出了府门，又出了洛阳城，一直行至黄河浮桥，这才将他连人带马挤入了黄河的波涛之中……随后，杨光远上表说范延光已经投水自尽了。石敬瑭接到表章后只是长叹了一声，什么都没说，并为范延光辍朝三日，追赠其为太傅，以掩世人耳目。范延光的巨财自然也都归了杨光远，石敬瑭对此心知肚明，却忌惮杨光远的威势，一直不敢深究。

水运军使曹千在下游缪家滩发现了范延光的尸体，将其打捞上来后，葬在了相州。不想，范延光刚刚下葬，其坟墓就突然崩塌了，棺椁也已毁坏，打开一看，范延光的头颅竟然裂成了碎块！一时之间，人们对范延光的死因议论纷纷，皆认为是杨光远下的毒手，但石敬瑭充耳不闻。

杨光远如此跋扈，又占据着西都洛阳，石敬瑭大为不安，便想将杨光远迁移到其他藩镇去。但他知道，要动杨光远，必须从长计议，首要之事便是除去其羽翼。于是，石敬瑭趁着杨光远入朝的机会，对杨光远道：“围魏之战，爱卿左右皆有功绩，一直尚未封赏，如今，可让他们各领一州以荣耀宗族了。”遂将其数名将校升任为了刺史。对此，杨光远并未多想。

不久，石敬瑭又下诏，以杨光远为青州平卢节度使，封东平王。令石敬瑭想不到的是，圣旨颁下后，杨光远不但没有丝毫的不快，似乎还非常满意，竟高高兴兴地举家迁往青州赴任去了。

公元九四一年，后晋天福六年，南唐升元五年，后蜀广政四年，闽永隆三年，南汉大有十四年，辽会同四年

人中之宝

王延政一直觉得建州城太过狭小，城墙太过低矮，防御力太弱，故而，当他与闽主王曦“和好”之后，就开始大兴土木，增扩建州城，一下将建州城向四周扩展了二十多里。随后，他又奏请闽主王曦，准许以建州之军为威武军，自己为节度使。威武军的驻地本为福州，王曦自然不答应，但答应以建州军为镇安军，以王延政为镇安节度使，加封富沙王。王延政虽然没有异议，却将“镇安”二字改为了“镇武”。

闽主王曦本就对宗室子弟心存疑忌，建州之乱更让他感到了宗室子弟对他的威胁，他便以其子王亚澄为宰相，同时掌管六军，随后对宗室子弟展开了清洗。汀州刺史王延喜乃王曦、王延政同父同母的胞弟，却与王延政一向交好。王曦很不放心，便遣大将许仁钦率兵三千前往汀州，将王延喜带回了福州。

时为泉州刺史的王继业不但甚有文名，为政宽仁，人望甚高，而且颇有武略，这自然成了王曦的心病，必欲除之而后快。于是，王曦便以祭祀为名，遣人召其回福州。王继业认为他帮助王曦夺得了大位，还亲手弑杀

了王昶，且在平建州之乱中有大功，王曦决不会害他，故而，一接到王曦之命，就动身上路了。不曾想，他刚刚抵达福州郊外，就接到了王曦的王命，说他图谋不轨，赐其自尽……

这还不算，王曦又遣人至泉州，将王继业之子也杀了；紧接着，又将与王继业交往颇深的宰相杨沂丰灭了族。此时，杨沂丰已经八十多岁了，一向为国人所敬重，如此高龄竟被无辜冤死，国人既哀痛又怨愤。

王继业死后，王曦以王继严为泉州刺史。王继严宽仁爱民，治政有方，甚得民心。王曦听说后，又有些不安了，不久即将其免职，随后又把他鸩杀了。

自此之后，王曦的宗族子弟、勋旧大臣相继被杀，朝野内外，人心惶惶。谏议大夫黄峻见此情形，深以为忧，竟抬着棺材前往朝堂，拼死力谏。王曦却大骂道："老东西找死，我看你是疯了！"不过，黄峻德高望重，他也不敢冒大不韪杀了他，只好将他贬为了漳州司户。

王氏宗室子弟被贬的贬，杀的杀，王曦终于觉得再没有人能够对他构成威胁了，便开始放心地骄奢淫逸。然而，闽国历经变乱，本就没有多少积蓄，哪有多少钱供他挥霍？因而，国库常常是入不敷出、捉襟见肘。王曦只好让国计使陈匡范想办法，陈匡范大言道："只要陛下准许，臣定能日进万金。"王曦大为高兴，说道："只要你能日进万金，一切任你所为！"当即就将陈匡范擢升为了礼部侍郎。

陈匡范所谓的"好办法"，不外乎增收税赋、敲诈富豪百姓，尤其是对商贾，一下子就增加了好几倍税赋。起初几个月，果然见效，真正是财源滚滚、日进万金，令王曦兴奋不已。为此，王曦还特意大宴群臣，举杯对陈匡范道："明珠美玉，求之可得；像匡范这样的人中之宝，却是不可多得的。"然而，没过多久，境内的商贾就纷纷逃走了，不愿逃走的则弃商改行。如此一来，"财源"急剧减少，入宫的钱也就越来越少了。陈匡范大急，只好向各衙门借贷。时间一长，各衙署也都被他借空了，而且，各衙署官吏的俸禄也欠了好几个月，人人含愤，处处叫冤。陈匡范黔驴技穷，再也没办法找钱了，而王曦在上面日日催促，各衙门在下面天天逼债，陈匡范被逼得走投无路，竟然忧悸而死了！

王曦痛失“人中之宝”，不禁大为伤痛，特意下诏厚葬陈匡范，但是，葬礼还没结束，各衙署就把陈匡范的借条送到了宫中。王曦看罢，气得暴跳如雷，当即就将陈匡范的棺木砸碎，将其尸体斩成了数段，丢弃在水塘之中。

不久，晋国朝廷的诏书到了，加封王曦为武威节度使、闽国国王，但同时也加封王延政为建武节度使、富沙王。王曦心中很不舒服，为了显示自己比王延政位尊，竟自称“大闽皇”，兼任威武节度使。王延政不服，二人关系又逐渐恶化起来，没过多久，又刀兵相向了，而且，争斗规模日渐升级，福、建二州之间，天天有小斗，隔天有大战，致使福、建之间，烟尘不断，暴尸裸骨，随处可见，王审知在世时的人间乐园登时就演化成了人间炼狱。

王曦自称“大闽皇”后，觉得还不过瘾，便干脆登基做了皇帝，以其子王亚澄为威武节度使，兼中书令，晋爵长乐王。富沙王王延政听说后，也不甘示弱，竟自称兵马大元帅，并亲自率兵围攻汀州。王曦闻讯，先是命漳、泉二州之兵救援汀州，随后又命大将林守亮率兵进驻尤溪，命大明宫使黄敬忠率军屯于尤口，想要趁建州空虚，袭取建州，接着又命新任国计使黄绍颇率八千步军为二军声援。

王延政围攻汀州，前后四十二战，却一直无法破城，又听说黄敬忠将要攻袭建州，担心建州有失，只好撤军了，另命包洪实、陈望率水军去拦阻福州军。

包、陈二将率建州水军行至尤口，正与黄敬忠率领的福州军相遇。黄敬忠当时就要率军出击，不想，随军术士说时辰不利于厮杀，黄敬忠素来相信鬼神，竟真的收兵不动了，眼睁睁地看着包洪实率领着建州军登上了河岸。就这样，包洪实率领着已经上岸的军士，陈望则率领着在战船上的军士，水陆夹攻福州军，福州军大败，被斩首两千多级，黄敬忠和他的术士也被包洪实斩杀了。林守亮、黄绍颇闻听败讯，慌忙率军逃回了福州。

王曦大惊，连忙遣使者带着自己的手谕以及九百件金器、一万缗金钱、六百四十张官吏任用敕文，向富沙王王延政求和，但王延政一概不受。

王曦、王延政兄弟相争，致使福、建二州兵火不断，遍地焦土，闽国百姓更是处于水深火热之中，然而，与之相邻的吴越却是另外一种情景：境内祥和升平，百姓安康富足，真正是一片欣欣向荣的景象。吴越王钱元瓘自从袭位以来，一直牢记钱镠的嘱咐，对外尽力交好各国，尊奉中原朝廷；对内则勤于政事，大兴农桑。然而，天有不测风云，不知为何，吴越王宫突起大火，而且一连烧了两天两夜，不但宫室、府库被焚烧殆尽，就连不少宫女、太监也葬身在了火海之中，钱元瓘虽然侥幸保住了性命，却因惊吓过度，得了疯症。后来，钱元瓘心神虽然恢复正常，却一病不起了。

钱元瓘自知命不久长，其子又都还幼小，便想找一个能够托付后事之人。他见内都监章德安为人忠厚，能断大事，便故意对其言道："弘佐尚小，应该遴选一位年龄稍长且贤明有为的宗人嗣位。"

章德安却回道："弘佐虽然年幼，但群臣皆认为他资质英敏，必能承继大业，主上只管放心！"

钱元瓘这才说道："既然如此，我就将弘佐托付给章公了，请章公善加辅导，使我能闭目于九泉之下。"

没过几天，钱元瓘就薨逝了，享年五十五岁。章德安依照钱元瓘遗命，拥推钱弘佐继位为吴越王。此时，钱弘佐只有十四岁，章德安便将一切政务委托给丞相曹仲达掌理。

吴越宫大火、钱元瓘薨逝、钱弘佐继位的消息传到金陵后，南唐宣徽副使陈觉、常梦锡及翰林学士冯延巳、冯延鲁、魏岑、查文徽、孙晟等人争相进言，力劝南唐主李昪乘此良机征伐吴越，但李昪道："趁人大丧起兵，实为不义之举！"因而，他非但没有发兵，还遣使慰问，送粮送钱，资助吴越救灾。

陈觉等人又劝李昪趁着北方多难，出兵恢复疆土，李昪则道："我自幼生长在军旅之中，常见战争为百姓们带来的深重灾难，现在想来，都不忍再言。让别国百姓安宁，也就是让我唐国百姓安宁！若能如此，夫复何求？"

南汉主刘岩遣使者至金陵约请南唐出兵共取楚国，李昇不但没有答应，还劝他与楚国修好，息兵养民。

自黄巢占领长安以来，天下纷争不已，经过数十年的战火，天下已被分成了晋、唐、蜀、南汉、楚、吴越、闽、荆南诸国，各国都在自保疆土。自此之后，各国之间便很少再发生大的争斗了。

“逆子”

上苍似乎也体谅李昇的心意，数年之间，江淮再没有大的灾患。李昇大施宽仁之政，外少兵戈，内无酷法，江淮之间，连年丰收，国库甚为充盈。李昇自己却极为节俭，床上是蒲席弊褥，桌上是铁盆瓷碗，盛暑寝于青葛帷帐内，严寒则卧于粗棉被服中，左右服侍的也都是些又老又丑的宫女。他又分遣使者考察百姓田地，按田地肥沃程度来确定税收，百姓皆感公允。江淮调兵兴役及交纳税赋，皆以税钱为度量。此法后来一直沿用了上百年。

宋齐丘虽然是首相，李昇却一直不让他参与政事，这自然引起了宋齐丘的不满，他一再请求参政。李昇无奈，只好让他进入中书视事。然而，宋齐丘得寸进尺，不久又请求执掌尚书省，李昇也依了他，原先负责尚书省的寿王李景遂则调至中书、门下二省。不过，三省之事最后还是由齐王李景通决断。

宋齐丘执掌尚书省才几个月，其亲吏夏昌图即盗用官钱三千缗，按律应判死罪，宋齐丘却只判了个流放。李昇听说后，大为恼怒，当即就将夏昌图斩首了。不想，宋齐丘竟怨气冲天，自称有病请求辞职，李昇正巴不得呢，当即就答应了他的请求。

宋齐丘辞职之后，怨气更大，甚至连朝都不上了。李昇只得遣李景遂前往其府第探望，并许诺让他出任洪州节度使，宋齐丘这才又上朝理事。

李昇为了安慰宋齐丘，特意在宫中设宴宴请他。酒酣之际，宋齐丘趁着酒劲，抱怨道：“陛下能够中兴，皆是臣全力而为，陛下难道全都忘了吗?”

李昪一听，当时就生气了，说道：“子嵩你不过是淮南的一介游客，如今已位至三公，也当知足了。听说你常与人说朕为人如勾践一样，只可同苦难，难与共安乐，有这事吗?”

宋齐丘道：“臣确实这样说过。臣为游客之时，陛下不过是偏将副职，陛下今日已为天子，臣也没用了，陛下就把臣杀了吧，省得碍眼。”

李昪又问道：“你是否说过‘主上不过一介老农，能成什么大事?’”

宋齐丘头一昂，说道：“说过。”

李昪强颜笑道：“如此诋毁天子，你不觉得太过分了吗?”

宋齐丘高声道：“难道臣说错了吗?当今天下，江淮以南，诸国分割，各求偏安，中原天子朝唐暮晋，诸侯纷纷登场，叛乱日日不断。尤其是当今晋国天子，竟厚颜称臣于胡夷之邦，甚至自称‘儿皇帝’，我堂堂中原何曾如此屈辱?陛下若是雄才英主，正可一展抱负，成就不世之伟业！而陛下呢，却抱守先人之旧土，毫无进取之心，这与村野老农所为，又有何异?”

李昪道：“你只知其一，何知其他?所谓‘一将功成万骨枯’，江淮本为天下富裕之地，光启以来，兵连祸结，致使江淮之间一片焦土，饿殍遍地，百姓苦不堪言。天下乃百姓之天下，若是兵祸再起，百姓必受涂炭，我于心何忍?何况，所谓‘不世伟业’，也并非如你所想的那般容易：虽然我国连年大丰，稍有储备，但还称不上兵强粮足，也难以做到所向披靡。一旦兴兵，定会成僵持局面，各国必会趁机来攻，到那时，我国将四面受敌，疲于应付，这岂是朕愿看到的!”

当晚，君臣不欢而散。

次日一早，李昪又亲自写信给宋齐丘，向其道歉道：“朕性格偏激，子嵩是知道的。所谓少相亲，老相怨，咱们可不能这样做啊！咱们君臣能有今天不容易，万望子嵩能以大局为重，全了咱们君臣之义。”

宋齐丘看罢书信，不禁老泪纵横，连忙上表谢恩。随后，李昪即以宋齐丘为洪州镇南节度使，宋齐丘大喜。自此，君臣又和好如初。

中山之北有一地，名曰石门。此地建有一座大寨，其寨主就是吐谷浑首领白承福。

吐谷浑又称吐浑，据说其先祖乃西秦主乞伏乾归。吐谷浑之名最早见于中国是在后魏时期。当时，其部落居于青海之上。唐至德年间，吐谷浑为吐蕃所攻袭，大部分人逃到了河西，其大姓有慕容、拓跋、赫连等。后来，吐蕃又大举来犯，吐谷浑只好举族动迁，定居在银州阴山一带。唐懿宗时，吐谷浑首领赫连铎为阴山府都督，因征讨庞勋有功，被授为云州大同军节度使。后来，赫连铎被李克用击败，其部族就开始衰落了，大多散居在蔚州境内。后唐庄宗时，李存勖特意为其首领白承福建置了宁朔、奉化两府，并以白承福为都督，赐其姓名为李绍鲁。

石敬瑭将“燕云十六州”割让给辽国后，吐谷浑部落自然也就属辽国所有了，但是，契丹人对吐谷浑人不但不加抚慰，反而屡屡凌辱迫害，吐谷浑人实在忍受不下去了，便产生了回归中原的想法。镇州节度使安重荣听说后，心中暗喜，连忙密遣人去劝说白承福。白承福当即率领其部落一千余帐自五台山进入中原，散居在并州等地。辽帝耶律德光听说此事后，不禁大怒，遣使责骂石敬瑭不该招纳契丹“叛人”。

石敬瑭大惧，一面遣使辽国，对耶律德光坚称自己并不知情，乃白承福自作主张；一面遣供奉官张澄率兵两千搜寻逃往并、镇、忻、代四州山谷中的吐谷浑人，并将他们全都赶回了蔚州。不过，石敬瑭暗地里却遣使对白承福大加抚慰，讲明这是契丹皇帝的严命，晋国朝廷实在是没办法，否则晋国就会受到契丹人的讨伐。故而，吐谷浑人对辽人更加恨之入骨，对晋国却心存感激。

安重荣对石敬瑭是彻底失望了，雪耻之心也更加强烈，故而决定刻意制造事端，以激怒辽国起兵，逼迫朝廷抗击辽国。恰在此时，辽国使者拽剌路过镇州，安重荣便遣人去撩拨契丹人动手斗殴，然后又以扰乱治安之罪将拽剌投入监牢，随后又把他斩杀了。接着，他一面联络吐谷浑、突厥、沙陀等部落，一面遣骑军进入此时已经属于辽国的幽州南境，屯军于博野。随后，他又上表朝廷，其表章洋洋洒洒，有数千言之多，字里行间，都透着悲愤之意，暗斥天子认胡虏为父，竭尽中原之财以谄媚贪得无厌之虏，恳请朝廷能起兵北上征讨辽国。安重荣上表的同时，还致书朝中重臣及各藩镇节度使，称自己已经勒兵备战，并声称，无论朝廷准与不准，他都要与辽国进行决战。

石敬瑭接到表章后，不禁又怒又惧，当时就想下诏治罪安重荣，但又惧怕他手握强兵，难以制服。当然，更让他惧怕的还是辽帝耶律德光，生怕辽人会因此翻脸，起兵南下。石敬瑭越想越怕，整日里心惊肉跳，惶惶不可终日。

然而，奇怪的是，安重荣的骑军进入幽州一个多月后，辽人除了来使责备外，始终没有出兵的迹象。

石敬瑭不知道，耶律德光表面上为安重荣之事责骂石敬瑭，其实他心中也颇忌惮安重荣，故而不敢轻易对安重荣用兵。起初，曾有辽使路过镇州，安重荣与其并辔而行，这时恰好有一只飞鸟从二人头顶飞过，安重荣一箭就把飞鸟射落了，围观者有上万人之多，自然是欢声雷动。自那之后，安重荣就名震北方了。

耶律德光眼见得安重荣耀武扬威，其骑军公然进入幽州，若辽国再没有行动，势必让中原朝廷看轻了自己，到那时，一旦晋国合力对付辽国，辽国就更加危险了。但此时已近冬日，粮草匮乏，契丹骑军根本就无法南下。耶律德光知道，一日与南军对峙，辽人必败无疑！他一时左右为难，只好召韩延徽、赵延寿、张砺等人商量对策。韩延徽此时已经年高，再说他也不想让两国再起刀兵，故而一直低头不语；张砺也不想让辽人铁骑践踏故国，也没有言语；倒是赵延寿出奇地殷勤，献计道："大皇帝不如逼安重荣造反，让晋国皇帝自己起兵去讨伐安重荣。到那时，大皇帝即可坐观成败，最好是两败俱伤，随后大皇帝即可率兵南下，一举吞并中原。"

耶律德光闻言大喜："此计甚妙！燕王真乃奇人啊！"

石敬瑭对契丹畏如虎狼，又怎会想到辽人也会惧怕安重荣呢？他此时最怕的就是辽国会起兵南犯，只好遣时为安国节度使的杨彦询出使辽国，向耶律德光献礼、赔罪，同时让他察看一下辽人是否有起兵的打算。杨彦询到达辽国后，耶律德光果然责问他辽使拽剌被杀一事，杨彦询道："这都是安重荣胆大妄为！譬如说，百姓家中有作恶的儿子，父母管制不了，这能有什么办法呢?”

耶律德光不怀好意地笑道：“若是如此，定然是父母无能，才容许逆子如此猖狂生事！你回去告诉你家皇帝，既然邻家之子作恶，我不怪罪他的父母就是了，但他们得好好管教自己的孩子，若是管制不了，我可以帮他们管教。”

杨彦询也没多想，回到大梁后就把此话带给了石敬瑭，同时又告诉石敬瑭，契丹并没有任何向南用兵的迹象。石敬瑭这才长出了一口气，但对于安重荣，他却不知道该如何“管教”，甚至都不敢拒绝安重荣起兵对抗辽国的请求，以免他真的起兵造反。

毋战七条

此时，已改为兖州泰宁节度使的桑维翰深知安重荣所为、辽国所想，又担心朝廷会刺激安重荣做出不测之事来，连忙遣人上密疏道：

> 窃以防未萌之祸乱，立不拔之基扃，上系圣谋，动符天意，非臣浅陋，所可窥图。然臣逢世休明，致位通显，无功报国，省己愧心，其或事系安危，理关家国，苟犹缄默，实负君亲，是以区区之心，不能自已。
>
> 近者，相次得进奏院状报：吐浑首领白承福已下举众内附，镇州节度使安重荣上表请讨契丹。臣方遥隔朝阙，未测端倪。窃思陛下顷在并、汾，初罹屯难，师少粮匮，援绝计穷，势若缀旒，困同悬罄。契丹控弦玉塞，跃马龙城，直度阴山，径绝大漠，万里赴难，一战夷凶，救陛下累卵之危，成陛下覆盂之业。皇朝受命，于此六年，彼此通欢，亭障无事。虽卑辞降节，屈万乘之尊，而庇国息民，实数世之利。今者，安重荣表契丹之罪，方恃勇以请行；白承福畏契丹之强，

将假手以报怨。恐非远虑，有惑圣聪。

方今契丹未可与争者，有其七焉：契丹数年来最强盛，侵伐邻国，吞灭诸蕃，救援河东，功成师克。山后之名藩大郡，尽入封疆；中华之精甲利兵，悉归庐帐。即今土地广而人民众，戎器备而战马多，此未可与争者一也。契丹自告捷之后，锋锐气雄；南军因败衄已来，心沮胆怯。况今秋夏虽稔，而帑廪无余；黎庶虽安，而贫弊益甚；戈甲虽备，而锻砺未精；士马虽多，而训练未至，此未可与争者二也。契丹与国家，恩义非轻，信誓甚笃，虽多求取，未至侵凌，岂可先发衅端，自为戎首。纵使因兹大克，则后患仍存；其或偶失沈机，则追悔何及。兵者凶器也，战者危事也，苟议轻举，安得万全，此未可与争者三也。王者用兵，观衅而动，是以汉宣帝得志于匈奴，因单于之争立；唐太宗立功于突厥，由颉利之不道。方今契丹主抱雄武之量，有战伐之机，部族辑睦，蕃国畏伏，土地无灾，孳畜繁庶，蕃汉杂用，国无衅隙，此未可与争者四也。引弓之民，迁徙鸟举，行逐水草，军无馈运，居无灶幕，往无营栅，便苦涩，任劳役，不畏风霜，不顾饥渴，皆华人之所不能，此未可与争者五也。戎人皆骑士，利在坦途；中国用徒兵，喜于隘险。赵魏之北，燕蓟之南，千里之间，地平如砥，步骑之便，较然可知。国家若与契丹相持，则必屯兵边上。少则惧强敌之众，固须坚壁以自全；多则患飞挽之劳，必须逐寇而速返。我归而彼至，我出而彼回，则禁卫之骁雄，疲于奔命，镇、定之封境，略无遗民，此未可与争者六也。议者以陛下于契丹有所供亿，谓之耗蠹；有所卑逊，谓之屈辱。微臣所见，则曰不然。且以汉祖英雄，犹输货于冒顿；神尧武略，尚称臣于可汗。此谓达于权变，善于屈伸，所损者微，所利者大。必若因兹交构，遂成衅隙，自此则岁岁征发，日日转输，困天下之生灵，空国家之府藏，此为耗蠹，不亦甚乎！兵戈既起，将帅擅权，武吏武臣，过求姑息，边藩远郡，得以骄矜，外刚内柔，上凌下僭，此为屈辱，又非多乎！此未可与争者七也。

愿陛下思社稷之大计，采将相之善谋，勿听樊哙之空言，宜纳娄敌之逆耳。然后训抚士卒，养育黔黎，积谷聚人，劝农习战，以俟国有九年之积，兵有十倍之强，主无内忧，民有余力，便可以观彼之变，待彼之衰，用己之长，攻彼之短，举无不克，动必成功。此计之上者也，惟陛下熟思之。

臣又以邺都襟带山河，表里形胜，原田沃衍，户赋殷繁，乃河朔之名藩，实国家之巨屏。即今主帅赴阙，军府无人，臣窃思慢藏诲盗之言，恐非勇夫重闭之意，愿回深虑，免起奸谋。欲希陛下暂整和銮，略谋巡幸。虽栉风沐雨，上劳于圣躬；而杜渐防微，实资于睿略。省方展义，今也其时。臣受主恩深，忧国情切，智小谋大，理浅词繁，俯伏惟惧于僭逾，裨补或希于万一，谨冒死以闻。

石敬瑭看罢奏疏，顿觉眼前迷雾尽散，心中当时就清朗多了，遂让使者带话给桑维翰道："朕连日以来，心烦意乱，愁闷不堪，一直难以决断，今日一见爱卿奏章，真正是如醉方醒，愁云顿散。朕知道怎么做了，望桑公不必担忧。"

石敬瑭随即调整了部署，改任刘知远为北京太原留守、河东节度使，邺都魏州留守则由太原留守李德珫充任，郑王石重贵则改为东京大梁留守。刘知远接到圣旨后，当即离开了大梁，前往太原赴任。

刘知远小时候家贫，被人招赘为婿，靠替人牧马为生，放马时不小心践踏了一位僧人的田地，僧人将他捉住好一顿毒打。刘知远到太原后，第一个召见的就是这位僧人。僧人吓坏了，但又不敢抗命，只好胆战心惊地去见刘知远。不想，刘知远非但没有责罚他，反而对他厚加礼遇，并送给他不少东西。此事传出，太原百姓皆交口称赞。

刘知远一直鄙视杜重威，但冯道、李崧两位宰相屡屡在石敬瑭跟前夸赞杜重威有大才，可堪重用，石敬瑭遂以杜重威为都指挥使，充随驾御营使，并以其接替刘知远。刘知远听说后，对二位宰相大为忌恨。

刘知远如此鄙视杜重威，倒也不仅仅因为杜重威是皇亲国戚，更由于杜重威的所作所为实在让刘知远看不惯。杜重威不但无才无德，而且贪婪成性，每到一处都要大肆搜刮财物，百姓们畏之如虎。他每一到镇，百姓就如同躲避瘟疫一般，纷纷逃亡，杜重威因此还得了个“瘟侯”的绰号。

杜重威听说后却丝毫不以为意，在他任职许州节度使期间，一次他从许州街市上走过，见集市上熙熙攘攘，竟对左右之人道：“许多人说我是‘瘟侯’，百姓见了我就跑，这简直就是胡说八道！你们看看，集市上不是还有这么多人吗?”

冯道自从出使辽国后，石敬瑭对其越发信重，不但让他掌典中书，还加封他为司徒，兼侍中，晋爵鲁国公。安重荣屡屡上表请求朝廷出兵，石敬瑭便想听听冯道的看法，冯道回答道：“陛下历经艰难才创成大业，神武睿略，为天下人所知，讨伐叛逆之事须乾坤独断。臣本为书生，可为陛下在中书严守历代成规，决不敢有一毫之失。臣在明宗朝，明宗也曾以军事问臣，臣也是这样回答的。”石敬瑭见他所言实在，对他更加倚重了。

冯道为人平易，从不与人相争，更很少与人生气。一次，举子李导投帖拜见，冯道请其入府，一见面就戏道：“老夫之名为‘道’，由来已久了，又累居宰相之职，李秀才不能说不知道吧？但你居然以‘导’为名，这合乎礼节吗?”

李导高声说道：“宰相是无寸底‘道’字，小子是有寸底‘导’字，这怎么能算不合乎礼节呢?”

冯道竟丝毫不生气，而且笑道：“老夫不但名中无‘寸’，做事情也没有分‘寸’，秀才也算是知人了。”

石敬瑭依照桑维翰疏中所言，准备前往魏州。车驾离开大梁之际，和凝问道：“车驾北去后，安从进若反，该如何防备?”

石敬瑭道：“和公有何主意?”

和凝道：“请陛下留下十几份空名圣旨，交给留守郑王，一旦有变，郑王即可将诸将姓名填上，令其出兵平乱。”石敬瑭连称妙计，随后又对郑王石重贵交代了一番。

石敬瑭直到这时才正式给安重荣回书，道：“你身为国家大臣，不但不为君父分忧，而且处处与君父作对，这岂是忠臣所为？你家有老母，竟然不思报效，却让至亲为你担忧，这岂是孝子所为？朕因辽国而得天下，你因朕而得富贵，朕不敢忘记辽国之德，你却让朕恩将仇报，这又岂是义者所为？如今，朕以天下称臣辽国，你却想以一镇对抗辽国，如此不自量力，这难道是智者所为吗？有此不忠、不孝、不义、不智之举，你能成事吗？朕劝你三思而后行，不要到时候再后悔！”

安重荣看罢诏书，见石敬瑭竟然洋洋自得地称“朕以天下称臣辽国”，心中不禁失望至极，如此无耻之君，可说是亘古难见，他终于决定起兵造反。他早就听说安从进一直在准备起事，便暗遣使者前往襄州，请安从进一同起兵。

石敬瑭很快就探得了消息，不过，他对此早就有了准备，所以对安从进并不太担心，他担心的是安从进会联合荆南的高从诲一同造反，若是如此，南面的麻烦可就大了，遂依照和凝之计，遣谏议大夫王仁裕出使江陵，安抚高从诲。

王仁裕到江陵后，高从诲当即表示，决不会与朝廷为敌，请朝廷尽管放心。此时，王仁裕贤名播于海内，高从诲自小习文，对王仁裕自然是仰慕已久，故而，对他厚加款待，并特意在渚宫大摆酒宴宴请王仁裕。

渚宫位于府庭西北角，是高季昌花了两年多的时间兴建的，高从诲袭位后又进行了扩建，延袤十余里，亭榭鳞次栉比，满目尽是曲径流觞，修竹茂林，既宏伟壮丽，又不失幽静雅致。王仁裕看罢，连连击掌赞叹。

高从诲喜好音律，尤擅长胡琴，还特地蓄养了数十名乐妓，个个弹得一手好琴。他久闻王仁裕也擅长此道，便让十位美貌的乐妓怀抱胡琴齐奏《塞上曲》。奏罢，高从诲笑道：“王大夫可还听得过去？”

“堪称绝妙！”王仁裕击节赞道，“君侯真是雅人！如此，我也就不揣浅陋了，愿为此献诗两首！”

高从诲闻言大喜，忙命左右笔墨伺候。王仁裕也不思索，提笔立就，诗曰：

红妆齐抱紫檀槽，一抹朱弦四十条。

湘水凌波惭鼓瑟，秦楼明月罢吹箫。
寒敲白玉声偏婉，暖逼黄莺语自娇。
丹禁旧臣来侧耳，骨清神爽似闻韶。
玉纤挑落折冰声，散入秋空韵转清。
二五指中句塞雁，十三弦上啭春莺。
谱从陶室偷将妙，曲向秦楼写得成。
无限细腰宫里女，就中偏惬楚王情。

金刚煞

石敬瑭一到魏州，便遣使至太原，命刘知远设法安抚白承福，让吐谷浑不要依附安重荣。刘知远接诏后，遣亲将郭威前往石门，让他以朝廷的名义去劝说白承福不要与安重荣来往，并承诺授给他节度使节钺。

不久，郭威回到了太原，对刘知远道："胡虏就是胡虏，大都是唯利是图之辈，安重荣只是送给白承福一些袍子，他就听从安重荣的了。主公若是想让吐谷浑归附朝廷，还得多送给他们一些东西才行。"

刘知远依言而为，遣从事杨邠带着金银布帛去见白承福。白承福一见，果然喜笑颜开。杨邠趁机对白承福道："朝廷已经将你等割让给了辽国，你等就应该自安部落。安重荣忘恩负义，已经为天下所抛弃，败亡只在朝夕之间。你等若是归附安重荣，用不了多久，将南北皆无归路，酋长会后悔莫及的。"

白承福闻言大惧，当即率领其兵士投靠了刘知远。刘知远暗自窃喜，便将他们安置在太原东山及岚、石二州之间，并上表奏请让白承福领任大同节度使，石敬瑭准其所奏。不久，刘知远又遣郭威将吐谷浑精骑全都召到了自己麾下。

白承福投靠刘知远后，鞑靼、契苾也不敢再与安重荣来往了。如此一来，安重荣一下子就少了十几万援兵，他还屡屡接到探报，说石敬瑭正在魏州召集各路军马，随时都有可能向镇州扑来。安重荣虽然胆大，此时也不免有些担忧了。本来，他并没有太看重安从进，此时反倒对安从进寄予厚望了。

安重荣哪里知道，此时的安从进已经是进退维谷了。之前，他为了起事，曾经分遣使者前往荆南和西蜀，意图联合高从诲、孟昶共同起兵。不想，高从诲在回书中反倒劝他不要轻举妄动。安从进一怒之下，上奏朝廷，反诬高从诲谋反。王保义劝高从诲上奏朝廷，说明真相，并主动请求发兵讨伐安从进，高从诲依计而行。

安从进的使者到达成都后，请求蜀主孟昶出兵攻袭金、商二州，以为声援。孟昶连忙召群臣商议，众臣皆道："金、商二州地势险要，距我又远，出兵少了不足以制敌，出兵多了，粮运又是大问题。"孟昶深以为然，便遣使回绝了安从进。

正当安从进为难之时，安重荣的使者到了襄州，安从进似乎又看到了希望。他心想：襄州、镇州南北呼应，远比荆南、蜀国的声援强多了。

石敬瑭离开大梁北上魏州的消息传到襄州后，安从进以手拍额，连声叫道："天助我也！"遂决定立即起兵北上。

襄州牙将王令谦、潘知麟跟随安从进时日最久，深恐安从进起事不成，自取灭族之祸，故而一再出言谏阻。安从进大为生气，竟暗示其子安弘超将二人除掉。安弘超心领神会，便邀请二人一同登游南山，到了山顶，即与二人饮酒赏景。王令谦、潘知麟不知是计，喝得酩酊大醉，安弘超趁机将二人推下了山崖……

不几日，安从进即举兵二万，攻袭邓州。

留守大梁的郑王石重贵一接到唐州刺史武延翰的奏报，即在石敬瑭留下的空名圣旨上填上了诸将的姓名，命护圣都指挥使皇甫遇为先锋，率数千精骑先行，命宣徽南院使张从恩、武德使焦继勋、作坊使陈思让率朝廷宿卫兵跟进。诸将领命，在叶县与申州刺史李建崇之兵会合后，即起兵南下。随后，石重贵又以西京留守高行周为主帅，前同州节度使宋彦筠为副帅，率大军后进。

安从进率军抵达邓州后，邓州威胜节度使安审晖占据牙城，拼力拒守。安从进攻了两日，见邓州一时难以攻克，便不想在邓州耽误时间，第三日即解了邓州之围，取道花山继续北上。襄州军刚近花山，安从进突然接到探报，说有一支朝廷军正迎面而来。

安从进大为惊愕，他原本想天子北上魏州，使者来回禀报、调兵遣将总需要些时日的，万没想到，朝廷军来势会如此之快！

安从进无奈，只好命襄州军原地列阵待命，他自己则率数百亲骑前去察看朝廷军情。行至朝廷军前，安从进驻马观望，只见数千朝廷骑军已经列阵相候，一面“皇甫”大旗被山风吹得猎猎作响，旗下一员主将威风凛凛，单看那高大威猛的身材和一脸的络腮胡须，安从进就认了出来，此人正是皇甫遇。

皇甫遇原本是突厥人，曾经在安从进麾下为亲将，安从进一直待其甚厚。安从进知道，此人外号“金刚煞”，枪法精绝，骁勇过人，若论单打独斗，当世罕有敌手。

安从进率亲骑驰上一处高坡，此地距皇甫遇之阵只有数百步。安从进高声喝道：“皇甫遇！”

皇甫遇闻听喝叫，策马出阵数十步，抬眼一望，也认出了安从进，当即摘下金盔，侧身施礼，高声说道：“安公别来无恙？皇甫在此有礼了。”

安从进见状，拍马向前走了数十步，说道：“皇甫也别来无恙啊？我待你不薄，你怎么如此不知恩义，竟来与我厮杀？”

皇甫遇答道：“圣上一直看好安公，又有何事相负安公了？安公为何非要造反呢？安公过去确实有恩于皇甫，皇甫本不应该与安公交战的，不过，皇甫既食君禄，就当为君分忧。现在我就给安公一箭之地，安公只管回去，也算我报答昔日之恩。安公若不回去，皇甫的铁枪可就要说话了。”

安从进大怒，骂道：“狗奴才，就凭你这区区数千人就想阻我大事吗？”

皇甫遇道：“安公莫要生气，皇甫不知什么大事，只知道奉命平叛。”

安从进火冒三丈，宝剑一举，即命全军进击。皇甫遇见状，不退反进，挺枪策马，迎头杀了过去。皇甫遇“金刚煞”之名并非幸致，他舞动铁枪，纵马狂奔，就如一团黑旋风般在襄州军中呼啸而过，所过之处，襄州军皆成片成片地倒在了地上，断戈残臂四处横飞，殷红的鲜血到处喷溅。焦继勋见状，也率领朝廷军掩杀过去，襄州军大恐，纷纷夺路逃命。混战之中，皇甫遇当阵生擒了安弘超，襄州军被掩杀殆尽。

安从进率领数十骑好不容易才逃回了襄州。

不久，高行周率大军抵达襄州，将襄州城围了起来。

石敬瑭在魏州听到花山大捷的消息后，一直提着的心这才放了下来，他命高行周暂时执掌襄州军府之事，同时又命荆南、湖南出兵征讨襄州。高从诲接到诏命后，当即遣都指挥使李端率数千水军抵达南津；楚王马希范则遣张佶之子、天策都军使张少敌率一百五十艘战舰驶入汉江。高从诲、马希范还同时将粮饷源源不断地运往朝廷军中，如此一来，朝廷大军便无后顾之忧了。

安从进命其弟安从贵率兵迎击均州刺史蔡行遇，被焦继勋探得消息，将大军埋伏于要路，襄州军中伏大败，安从贵也被生擒，焦继勋将其双足折断，放回了襄州。

安从进元气大伤，只好固守襄州。高行周深知襄州城高壁坚，难以攻取，便命各军在襄州周围掘壕设堑，准备长期围困。石敬瑭却担心夜长梦多，命高行周尽快攻下襄州。高行周不敢违旨，只好下令攻城。然而，正如高行周所料，襄州城防甚是完备，城上矢下如雨，朝廷兵死伤惨重。皇甫遇冲在最前面，被射中了好几箭，幸好都不在要害，性命倒也无忧。

安从进对皇甫遇恨之入骨，必欲除之而后快，自己既然无法杀了他，便想让朝廷对其生疑，几经思量，终于想出了一条毒计。皇甫遇受伤的次日，安从进用金瓶装上好酒，用金盒盛上良药，用绳子吊到城下，然后命将士齐声高呼："皇甫遇！皇甫遇！"皇甫遇听到后，强忍伤痛驰到城下。城上人对皇甫遇说道："我家大王知道你身中毒箭，伤势很重，你虽然无情，但我家大王心中不忍，特地送给你金瓶美酒、金盒解药。"

皇甫遇高声说道："代皇甫遇谢谢安公！"说着竟真的驰马至城下将金瓶、金盒取走了。张从恩等人听说后，当时就对他生了疑心，并将此事奏告给了石敬瑭。石敬瑭念着皇甫遇有花山之功，不但没有对他加罪，反而擢升他为右神武统军。

安重荣闻听安从进举兵后，也决意先下手为强。他一面大举整军，一面将境内的饥民全都召集起来，让他们去魏州见天子，想以此绊住石敬瑭。

此计果然厉害，一时间，数万饥民扶老携幼、叫苦连天地向魏州涌去，人人都叫嚷着要拜见天子，让天子给他们一条活路。

石敬瑭大感头疼，他知道，这些饥民有一多半是假的，但他若不前去安抚，定会有损于自己爱民的名声；若是前往安抚，又怕饥民中藏着的叛军会对他不利。无奈，只好让和凝替自己前往安抚。和凝从魏州粮仓取了一些军粮，亲自发放给饥民，饥民们这才相继退去。

镇州指挥使贾章担心安重荣难以成事，连忙求见安重荣，对其苦苦相劝。安重荣大怒，当场就把他杀了。贾章有一女，刚过十岁，安重荣不忍杀害，想把她送给别人抚养，不想，贾女稚声说道："我家三十口都死于兵祸，就只剩下我和父亲了。现在，父亲既然已经被杀，我又怎能独生，请把我也杀了吧！也好让我们父女能在一起，到了阴间也好有个照应。"左右连劝带哄，但贾女就是坐在节度使衙前不走，安重荣无奈，只好将她也杀了。镇州人听说此事后，皆称贾女为烈女，对安重荣颇有微词。

石敬瑭命三十九位宿卫军指挥使各率其军讨伐安重荣，以郓州天平节度使杜重威为招讨使，安国节度使马全节为副使，前永清节度使王周为马步都虞候。

鬃上鞍

镇州掌书记杜英建议安重荣先攻取贝州，然后再伺机而动，安重荣却道："如今天子近在魏州，已经被饥民困住了，何不趁此良机早平魏州，一鼓作气而平定天下呢？"竟不听杜英之言，率大军沿着宗岭路直奔魏州杀去。

杜英私下里对排阵使赵彦之叹道："大事不妙啊！大王姓安，'鞍'置于'背'上才稳！如今放着贝州不取，却偏偏取宗岭，你想想看，'鞍'放在'鬃'上，能安稳吗？"赵彦之一听，心中也是一阵嘀咕。

当晚，杜英就逃出了镇州，躲到深山隐居起来。其后，一直不知所踪。

赵彦之，深州人，安重荣在朝廷宿卫军中任指挥使的时候，他也任指挥使，二人一向交好。安重荣为镇州节度使后，赵彦之特地自关西来投奔他。初始，安重荣待其甚厚，并命赵彦之为其招募亲党。然而不知何故，后来安重荣并没有重用赵彦之。赵彦之失望之余，对安重荣暗暗有了恨意……

杜重威率六万朝廷军从魏州出发，直扑镇州。将近宗城之时，杜重威令三十九位指挥使在宗城西南就地安营，准备次日与安重荣决战。他对众将道："朝廷之军已经全都集于此地，我等只要击败他们，天下也就在掌握之中了。望各位努力向前，成败在此一举！"众将皆摩拳擦掌，士气甚高。

次日一早，双方大军几乎是同时出动。安重荣见朝廷军势甚大，当即传令各军："列偃月阵迎敌！"

杜重威则令三十九路军一字排开，排成三十九路方阵，骑军在前，步军在后，然后一齐冲击。各军指挥使领命，率领各军一齐向前。一时间，朝廷之军就如三十九道洪流般激荡而出，杀声震天动地。镇州军凛遵安重荣号令，先是岿然不动，接着是万箭齐发，到了近前，则在厚厚的盾牌遮蔽下，用长枪连戳带捅；朝廷军人仰马翻，损失惨重。各路军使一看大事不妙，只好连呼"后撤"，率各军退回了本阵。

赵彦之见状，连忙驰马至安重荣身边，建议道："敌军已然受挫，安公何不趁此良机下令全军掩杀过去？"

安重荣道："敌军虽受小挫，但阵势尚算严整。杜重威纨绔国戚，又懂得什么军法战阵，他必会下令全军再来冲击我阵，我军只要守住阵形，他又能奈我何？彦之只管回阵，待杜重威全军后撤之时，我军再出军掩杀不迟。”

赵彦之心中很不以为然。

果如安重荣所料，朝廷军很快又发起了第二轮冲击。镇州军依然如故，还是箭弩射、长枪戳的招数，很快又将朝廷军挡了回去。如此三番，朝廷军已经在阵前丢下了数千具尸体，但镇州军依旧岿然不动。

杜重威大惧，当时就想后退，马全节却道：“两军相遇勇者胜，退军乃兵家之大忌，一旦退军，士气必会大泄，很有可能就会演变成大溃败。马某已看得仔细，安重荣摆的是偃月阵，精兵尽在中军，两翼则较为薄弱。请国舅以精锐之兵攻击其左、右两翼，马某率‘契丹直’冲击其中军，定能挫动其阵势。”

杜重威依计而行，镇州军阵果然被挫动，稍稍后退了一些。安重荣大急，高声呼喝：“稳住！稳住！保持阵形！”镇州军凛然听命，很快就又稳定了下来。此次镇州军虽然死伤了上千人，但最终还是将朝廷军挡了回去。

两军又成了对峙态势。此时已近正午，冬阳正高照着杀气弥漫的旷野。两军将士、兵卒皆屏息对望，谁都不敢高声喧哗，只是偶尔听到几声战马的嘶鸣声。就这样，十几万人手持兵器肃立着，但他们知道，此时此地，不知有多少死神正在这朗朗日光之下肆无忌惮地飘舞、冷笑着……

突然，“嗒嗒嗒嗒”的马蹄声自镇州军阵之前响了起来。两军将士大为惊异，皆循声望去，只见一匹白色快马犹如离弦之箭般驰出了镇州军阵，马上之人银盔银甲，正是镇州排阵使赵彦之！

安重荣大奇，高声喝问道：“彦之，你为何擅自出阵？”

赵彦之头也不回地答道：“安公好自为之，彦之去也！”

左右亲将对安重荣道：“看情形，赵彦之这是临阵投敌啊！主公乃神箭，请赶快发箭，射杀此贼！”

安重荣道：“我与他亲如兄弟，他不会负我而去的，他此去必是另有目的。”

不想，赵彦之驰近朝廷军阵之时，突然高呼：“投降！投降！”

安重荣这才大怒，当即从鞍桥上摘下弓箭，准备射杀赵彦之。

安重荣张弓搭箭，正准备拉弦发箭，突见杜重威身边涌出一群兵士，对着赵彦之举枪就戳。赵彦之连声惨叫，竟活活被乱枪戳死了！

原来，赵彦之的铠甲、马鞍、马缰皆是用白银装饰的，日光之下熠熠生辉，杜重威的亲军看在眼里，个个垂涎三尺，因而，赵彦之刚一驰至朝廷军前，杜重威的亲军就将他戳死了，他的铠甲、马鞍、马缰皆被抢夺而去。杜重威就在那里看着，自始至终没有出一言拦阻。

赵彦之的临阵叛降令镇军士卒沮丧不已，个个交头接耳，士气登时大落。安重荣见军心已乱，心中也有所恐惧，只好下令全军后退。马全节一见，怎肯错过良机，当即率领朝廷军大举杀了过去，镇州军大败，被斩首一万五千多级。安重荣只好收拾残众，退保宗城，马全节令朝廷军趁势围攻，镇州军斗志全失，纷纷弃械出降，天还没黑，宗城就被攻陷了。

安重荣带着十余骑好不容易逃回了镇州，准备据城坚守，不想，当晚天上突降大雪，镇州竟冻死了二万多人。镇州人心大乱，皆认为九月大雪是安重荣惹怒了上天，既是如此，能不亡吗？

不久，冀州刺史张建武等攻占了赵州。消息传到镇州，镇州军更加恐惧，镇州牙将李青竟自西郭水碾门打开城门，将朝廷军放入了城中。朝廷军入城之后，先是涌上城墙，将犹在防守的两万多军民全部杀死，随后即将节度使府团团围了起来。安重荣见大势已去，只好束手就擒。

杜重威一见安重荣，就阴声问道："安公起兵造反之时，可曾想到今日？"

安重荣道："安某本无造反之心，只恨辽狗辱我泱泱中华太甚，这才起兵北上，想替我汉家报仇雪耻。不想，辽人没有起兵，主上却先釜底抽薪，断绝了吐谷浑等族的外援，后又视安某为大敌，起兵自相征伐。安某无奈，这才被逼而反。"

杜重威狞笑道："逆贼还敢如此狡辩，真是死不改悔！杜某听说你这'铁鞭郎君'有一根指谁谁死的神鞭，如今神鞭安在？"

安重荣骂道："你这人见人恨的'瘟侯'！朝廷有你这种小人把持，还能有什么指望！安某既已如此，但求速死，休再侮辱！"

杜重威勃然大怒，立命左右推出去将其斩首。

马全节、王周见状，皆劝阻道：“安重荣乃谋逆大罪，须得圣上下旨，公示天下，方可问罪。”

杜重威仰天大笑，说道：“如此逆贼，人人得而诛之，又何必劳烦圣上呢？”竟不听二人谏阻，当场就把安重荣斩杀了。后有连青山居士作歌叹安重荣道：

怏怏中华事夷狄，儿皇丑名千古稀。
重荣神鞭今安在，清风明月有杀气。

杜重威杀掉安重荣后，又遣心腹假扮盗贼，趁夜摸进镇州牙将李青的家中，将李青杀死，次日一早，才遣人将安重荣的首级送往魏州，并上表奏称，镇州是朝廷军强攻破城的，至于李青开城一事，竟只字未提。

镇州大捷的消息报到魏州后，石敬瑭喜极而泣，第一件事就是将安重荣的首级装入匣中，遣人飞马送往辽国。

耶律德光见到安重荣首级后，心中这才安定下来，并用手指着安重荣的首级对赵延寿道：“若无燕王奇计除掉此人，我大辽怎会如此安宁？”

赵延寿讪笑道：“大辽福厚，上苍能不眷顾吗？”

耶律德光哈哈大笑，特意遣使令石敬瑭将镇州更名为恒州，将成德军改名为顺国军。石敬瑭不敢违命，并以杜重威为恒州顺国军节度使。杜重威则趁机将安重荣的家财全部占为己有。石敬瑭听说后，也没有过问。

公元九四二年，后晋天福七年，南唐升元六年，后蜀广政五年，闽永隆四年，南汉光天元年、应乾元年，辽会同五年

猫头鹰

泾州节度使、检校太保张彦泽，因其祖先为突厥人，长相大异于中原之人：高鼻浓须，身高背厚，尤其是一双眼睛，眼窝深陷，眼珠黄中带蓝，每到夜晚，便会发出像猫头鹰一样的寒光，故此他得了个“猫头鹰”的绰号。张彦泽世居太原，其祖、父皆为阴山府裨将。

张彦泽年少时力大无穷，又善于骑射，因而深得庄宗、明宗的喜爱，一直跟随在帐前征战四方，颇有战功。石敬瑭即位后，将其擢拔为曹州刺史。之后，他又跟随杨光远征伐范延光，因功被授为华州节度使，不久又改任泾州节度使。

张彦泽之子张从兴也在泾州任职，不知为何，张彦泽对这个亲生儿子总是看不顺眼，有事没事就鞭笞他，致使他满身都是鞭痕。张从兴实在忍受不了，便逃离了泾州，一直逃亡到齐州，不想，被齐州官府给抓住了。石敬瑭不明事由，看在他是张彦泽之子的面上，将其赦免，意欲遣人将他送回泾州。然而，张彦泽毫不领情，还上表言道，对于不肖之子决不能姑息，请求朝廷按律治罪。

泾州掌书记张式因与张彦泽同宗，不忍看着张彦泽父子相残，便为张从兴说情道："所谓虎毒不食子，天子既然已经赦免了郎君，明公又何必要坚持呢？父子天伦，明公如此对待郎君，就不怕天下人议论吗？"张彦泽不但不听，反而更加生气，甚至还举起弓箭要当场射杀张式，幸亏左右力劝、拦阻，张式才逃得性命。张彦泽却不罢休，一气之下竟将张式赶出了节度使衙署。

张式自从跟随张彦泽以来，张彦泽便将一应政务全都委托给了他，因此，张式难免得罪了一些人。此时，这些人都落井下石，威胁他道："书记若不离开泾州，必会遭到屠害。"张式无奈，只好以告病寻医为名，带着妻儿离开了泾州，准备投奔衍州。

张彦泽听说后，大怒不已，当即遣指挥使李兴率二十骑追赶，并对李兴说道："张式如不从命，即将其首级带回来。"

张式听说后，心中大惧，连忙去求助泾州刺史。泾州刺史对他非常同情，当即遣人将其护送到了汾州。汾州节度使李周将此事奏知朝廷，然而石敬瑭不但没治罪张彦泽，反而将张式流放到了商州。

张彦泽仍不肯罢手，竟遣行军司马郑元昭前往魏州，奏求朝廷将张式交给他处置。郑元昭面奏石敬瑭道："彦泽若得不到张式，恐有不测之事发生。"石敬瑭不得已，只好答应了他，让郑元昭将张式带回了泾州。

张式到泾州后，张彦泽不但丧心病狂地将张式割舌、挖心、斩断四肢，还将张式的妻子奸污。张式之父张铎见儿子如此惨死，异常悲愤，便一路乞讨地到达魏州，向朝廷诉冤。石敬瑭听后大怒，立命河阳节度使王周前往泾州将张彦泽替回朝廷。

王周到泾州不久，即上表朝廷，控告张彦泽在泾州的种种恶迹，竟有二十六条之多，诸如：擅自发兵攻击诸胡，致使全军覆没；擅自调用一千多匹民马充补败亡的战马；擅自将部将杨洪活活肢解，惨毒之至；在境内贪残不法，致使五千余户百姓逃亡……种种恶行真正是罄竹难书。

张彦泽到达魏州后，刑法官李涛等上表请求对其治罪，但张彦泽与杨光远是亲家，石敬瑭担心得罪杨光远，只好以其有军功为借口，对张彦泽姑息不理。

一时间，朝野大哗。右谏议大夫郑受益上表言道：“杨洪、张式之所以被残害而死，皆是由去年张彦泽赴任时陛下破例亲自相送造成的，他得志猖狂，才敢如此肆虐凶残，无所忌惮，使得闻者痛恨，见者切齿。陛下如今却丝毫不放在心上，对其置若罔闻，朝野之人皆认为陛下贤恶不分，赏罚不明，皆言陛下是因为接受了张彦泽所献的百匹宝马，才任其胡作非为的。臣认为陛下不可担此恶名，应该将张彦泽尽早正法，以明圣德。”石敬瑭看罢奏疏，竟留中不发。

石敬瑭即位以来，经常将大臣的奏疏留中不发，许多大臣对此颇有看法，但又不敢明言，此次，郑受益的奏疏又是如此，一些大臣便忍无可忍了，御史中丞杨昭俭上书奏道：

> 天子君临四海，日有万几，懋建诤臣，弥缝其阙。今则谏臣虽设，言路不通。药石之论，不达于圣聪，而邪佞之徒，取容于左右。御史台纪纲之府，弹纠之司，衔冤者固当昭雪，为蠹者难免放流。陛下临御以来，宽仁太甚，徒置两司，殆如虚器。遂令节使慢侮朝章，屠害幕吏，始诉冤于丹阙，反执送于本藩，苟安跋扈之心，莫恤冤抑之苦，愿回宸断，诛彦泽以谢军吏。

随后，李涛与刑部郎中张麟、员外郎麻麟、王禧等人在朝堂之上又极言张彦泽之罪，言语恳切之至。石敬瑭无奈，这才颁布诏书，将张彦泽的官阶降了一级，爵位削了一等，并追赠张式为尚书虞部郎中，张式之父张铎及其兄弟张守贞、儿子张希范皆授以官职，差人将张式的灵柩运回老家，将张式的家财全部归还。同时，还赐予泾州十万钱，削减泾州的徭赋。

诏书颁下后，朝野之间仍然议论纷纷，皆认为有失公允。李涛与两省及御史台各官员再次在朝堂之上奏称对张彦泽处罚太轻，坚请依照律法判罪。石敬瑭在朝堂上不置可否，散朝之后却将李涛单独留了下来，想对其当面劝解。李涛却手端朝笏，直至殿阶之下，用朝笏敲打着殿阶，高声论辩，以至于声色俱厉。石敬瑭大怒，连声呵斥，李涛却固执不退，仍然用朝笏敲打着殿阶，据理力争。

最后，石敬瑭竟要起了无赖，说道："朕已经许诺张彦泽不死了，朕一向重信，怎可失信于张彦泽？"

李涛却道："陛下与张彦泽不过私下立誓，就不忍食言了，那么，陛下赐予范延光免死铁券却是天下皆知，如今，范延光的免死铁券又在哪里？"石敬瑭恼羞成怒，拂衣而起，气哼哼地离开了大殿。

不过，石敬瑭最后还是下诏，将张彦泽降为左龙武大将军。

张彦泽恨恨不已，发誓道："此生不除李涛，誓不为人！"

孙皇帝

一波未平一波又起，辽帝耶律德光特地遣使者至魏州，责问晋国招纳吐谷浑一事，并声言要起兵问罪。石敬瑭忧心忡忡，不知如何应对，竟因此得了重病，而且病势日渐沉重，丝毫没有好转的迹象。

石敬瑭此时内忧外困，已是心力俱疲，他自知命不久长了，便将众权臣召至榻前，一把鼻涕一把眼泪地说道："这个天下，本来就是明宗的天下，朕窃取多年了，上天如今要召朕归天，朕还是把这个天下还给明宗吧。朕去后，你等就立许王为君吧！"

众臣一听此言，一时都有些转不过弯来，还是冯道反应快，很快就明白了石敬瑭之意，抢先说道："万万不可！所谓天下乃天下人之天下，唯有德有能者居之。陛下忍辱负重赖辽帝而得天下，怎可说是明宗之天下呢？再者说，许王也并非明宗嫡出，又怎可将大位传给他呢？"众大臣此时也都明白过来了，争先恐后地随声附和。

石敬瑭这才说道："既然如此，诸公就从诸皇子中遴选一人吧！"

当晚，石敬瑭将冯道独自召至病榻前，命幼子石重睿出来，向冯道参拜。冯道大惊，连忙回拜。石敬瑭又令太监把石重睿抱起放到冯道怀中，两眼殷殷顾盼。冯道明白，石敬瑭这是要他辅佐石重睿继位。

次日，石敬瑭又想召河东节度使刘知远入朝辅政，但齐王石重贵（石重贵后被封为齐王）坚决不同意，说道："太原乃国之重镇，刘公怎可轻离？何况，朝中重臣皆是陛下股肱之臣，又何必非要知远入朝呢？"

石重贵此言很快就传到了刘知远耳中，刘知远不禁对石重贵大为恼恨。

一个月后，石敬瑭驾崩，时年五十一岁。

后世有诗讥讽石敬瑭道：

割让幽云十六州，全身媚骨契丹求。
厚颜当了儿皇帝，面对臣民竟不羞。

石敬瑭归天后，冯道并没有如石敬瑭之意立石重睿为皇帝，而是在侍卫马步都虞候景延广的协助下，拥立了齐王石重贵为皇帝。他和景延广都认为，国家正值多难之时，必须立长为君，方能安定天下。当日，齐王石重贵在石敬瑭的灵柩前即皇帝位，史称后晋少帝。

石敬瑭生前最喜爱幼弟之子石重胤，并把他收为己子。石重胤为邺都留守时，娶副留守冯蒙的女儿为妻。不想，石重胤婚后不久即得了一场大病去世了，冯氏一直寡居在魏宫。石重贵在魏州时，与冯氏偶然相遇，马上被其美色吸引。当时，冯氏与石重贵一个寡居多年，一个精力气壮，恰如干柴烈火，很快就成就了好事。

石敬瑭驾崩后，灵柩尚在殡中，石重贵就把冯氏纳为了夫人。成亲当晚，石重贵对冯道等大臣道："皇太后有命，因先帝大丧，朕的大婚就不能与卿等同庆了。"

群臣退出后，石重贵与冯夫人酣饮了一阵，双方端着酒杯到了石敬瑭的灵柩前，将酒醴洒在地上跪告道："皇太后有命，皇儿的婚礼已无法与先帝同庆了。"左右之人闻言，无不失笑，石重贵也觉得自己有些荒唐，也忍俊不禁，回头对左右道，"我今日做新郎，是不是不妥啊？"

冯夫人与左右再也忍不住了，哄堂大笑。本来肃穆庄严的灵堂，竟荡漾着一片嬉笑之声，众太监顿觉诡异至极。太后听说此事后，心中虽然不满，但也无可奈何。

石重贵继位后，第一件事就是向辽国告丧，但在如何称谓一事上，众大臣看法不一。宰相李崧、赵莹等人皆认为新皇帝应该继续向辽国奉表称臣，但景延广早就对此有看法了，他一直认为以堂堂中原向辽国胡虏称臣太过耻辱，既然新皇即位，正应该趁此机会改正过来，坚持认为不应称“臣”，只可称“孙”。

李崧道：“屈身称臣只为社稷安宁，何耻之有？新皇若不如此，他日必会亲自身穿甲胄与辽国相战，到那时便后悔莫及了。”

景延广义愤填膺地高叫道：“泱泱大国，尊荣为要，为了子孙不落千古骂名，我等又何惧一战？大丈夫立于世间，尚且不畏强暴，何况我堂堂大国，怎可为屈辱求安而惧怕战争呢？再者说，自从冯公出使大辽以来，辽帝已同意先帝不必称臣了，新皇又何必急着向其献媚呢？”

宰相冯道、和凝则是两面相劝，没有明确的倾向。

石重贵毕竟年轻气盛，满腔热血，他对石敬瑭一味地屈服于辽国早有看法了，他也认为向契丹称臣是一种屈辱。这些年来，他一想起在太原之时，耶律德光颐指气使地指着他这位“大眼儿”让他留守太原的情景，就感到不舒服，因而也不愿向辽国称臣。

最后，石重贵不顾众大臣的反对，决定听从景延广之意，向辽帝只称孙，不称臣。

晋使到达辽国后，耶律德光大怒，特意遣使者至魏州问罪，甚至还说道：“大眼儿为何不先向我承禀就擅自登基即位了？”

景延广一脸怒气，斩钉截铁地对辽国使者道：“先皇帝乃北朝所立，自然可以称臣；当今天子则是中原人自己册立，天子可以家人之礼称孙，但决不可称臣！”

辽使回国后，耶律德光气急败坏，手指着南方，大骂石重贵、景延广背弃承诺，忘恩负义。

所谓父子承继，赵延寿虽然不是赵德钧亲生，却承继了赵德钧一心要做皇帝的野心。此时，身为辽幽州节度使的他见石敬瑭已经不在了，便萌生了借助辽国军力取石重贵而代之的想法，于是趁机火上浇油，遣使劝说耶律德光趁中原大丧之机，出兵征伐中原。耶律德光正有此意，并委托他着手准备出兵南下。

消息传到魏州，景延广当即遣使至襄州，命高行周尽早平定安从进，以便整军迎战契丹。

高行周率军围攻襄州已一年多了，襄州城中粮食早已用尽，已经疲困至极。高行周接到朝命后，当即召集众将商议攻城之事。奉国军都虞候王清对高行周道："安贼已危殆至极，我军也呈疲老之态，民力业已贫困，若不全力攻取，此后就更难攻取了。此时攻取，正宜其时！王某愿打头阵。"

高行周大喜，当即命王清与奉国都指挥使刘词率军急攻。果然，襄州城防备已大大削弱，只一鼓就被攻破了。刘词率先攻入城中，安从进走投无路，只得举族自焚。

此时，不但辽人欺凌中原朝廷，就连南汉主刘岩也不将中原朝廷放在眼里。刘岩常称自己为秦始皇后裔，称中原皇帝为"洛阳刺史"。

刘岩狂妄自大，骄奢淫逸，且用法极为残酷。宰相杨洞潜经常劝谏，他却根本不听。由于荒淫无度，五十四岁即染病而逝。长子刘弘度袭位，更名为玢，史称南汉殇帝，改元光天。刘玢即位后，更加荒淫无度，继位尚不到两年，就被其弟刘弘熙弑杀了，时年只有二十四岁。刘弘熙即皇帝位，更名为晟，改元应乾，史称南汉中宗。

公元九四三年，后晋天福八年，南唐保大元年，后蜀广政六年，闽永隆五年，殷天德元年，南汉乾和元年，辽会同六年

神药

南唐主李昪即位称帝已有六个年头了，即位以来，他一直坚持息兵养民、为政宽仁的国策，故而，境内政治清明、百姓安康，渐至民有余财、国有储积的小康之世。

李昪虽然精于诗词，却从不沉湎其中，也不喜游乐、奢侈。他自己因长年专权才有机会取代杨氏的吴国，如今自己坐了天下，自然不想让他人专权，尤其对一人之下、万人之上的首相，更不敢赋予他太多的权力，也不敢让一个人任职太久。右仆射兼中书侍郎、同平章事李建勋任首相三年，他就觉得太久了，随便找了个理由免了他的相位。如此一来，他事事都要亲力亲为，久而久之，身体就有些吃不消了，才五十多岁的年纪，头发就已全白，而且弓背塌腰、步履蹒跚，看上去就像七老八十似的。近两年来，他更是疾病缠身，身体虚弱至极，到了这个时候，为了保住他劳心费力创下的李氏江山，储君一事就不得不考虑了。

李昪有嫡子五人，次子李景迁早卒，其他四子分别为：长子齐王李景通、三子寿王李景遂、四子宣城王李景达、五子江顺王李景逷。四个儿子

虽然都是龙凤之姿、聪慧过人，但李昪最喜爱的是宣城王李景达。此子性格刚毅，为人豪爽，颇有大志，就连宋齐丘都对他赞赏不已，曾多次劝李昪道："宣城王有大才，若以其为储君，定可光大南唐大业。"但齐王李景通乃长子，不但颇有文才，且为人忠厚、仁善，在朝野之中颇有人望，故而实在找不出废长立幼的理由。此事传到李景通耳中，他虽然看上去若无其事，心中却对宋齐丘大为不满。

李昪幼子李景逷的母亲种氏，因年轻貌美，深得李昪宠爱，而齐王李景通的母亲宋氏虽然贵为皇后，却很少有机会见到李昪。一次，李昪见李景通正和一群文人吟咏唱和，还亲自拿着乐器调音，不禁大怒，一连几日对其呵斥讯问。种氏见状，便认为机会来了，趁机说了许多李景通的不是，并说李景逷虽是幼子，却聪慧过人，应当立为太子。李昪一听，当时就勃然大怒，呵斥道："儿子有错，父亲训导，这是常事。国家大计，你一介女流怎可妄自干涉？"当日就把她赶出了内宫，并命她改嫁他人，心中对李景逷也有些不满了。

李昪晚年时笃信道教，经常有方士、道士出入宫中。李昪一日午睡，梦见一条黄龙从大殿西面的窗户中飞出，然后停在空中，回头用一双巨目看着大殿，好像是要窥伺什么似的。李昪当时就惊醒了，暗暗遣左右出殿察看。不一会儿，左右回报说，殿外只有齐王一人，正倚在殿前的柱子上，两只眼睛一直看着大殿，正在等待召见。李昪这才下了决心，下诏册立李景通为太子。

李昪多病，常常巴望自己能尽早好起来，更希望能有灵丹妙药让自己精力充沛。所谓梦由心生，一日早上，他果真梦见自己吞服了灵丹。说来也巧，醒来后，恰有方士史守冲献上丹药，李昪便认为史守冲乃上天遣来送神药的使者，连忙服了下去，当时就感觉体内燥热，之后便觉得体力明显充沛了。自此之后，他便经常服用史守冲的丹药。

李昪自从服了丹药之后，一改往日温雅平和的性格，变得越来越急躁，脾气越来越大。太医及众臣都劝他不要再服用丹药了，他却听不进去，甚至还将此药赐给了李建勋。李建勋不久回道："臣只服用了几天，就觉得燥热难耐。臣认为，此药决不可多用！"但李昪仍然听不进去。

自此之后，李昪与群臣议事，动不动就暴怒不已。不过，若有人正色与他论辩，他倒也能及时醒悟，尽量克制自己。

齐王李景通自立为太子之后，虽然他自己仍如平时一样温和谦让，但齐王府众吏却私下里开始勾心斗角、争权夺利了，而且大多趾高气扬，不可一世。齐王府掌书记冯延巳虽有才学词名，但性格倾巧，心胸狭窄，此时就更加张狂无忌了，甚至连朝廷中书侍郎孙晟都不放在眼里，曾半开玩笑地对孙晟道："公有何能，竟然官居中书郎？"

孙晟也不是饶人的主，当时就结结巴巴地说道："我，不过是齐鲁一介寒儒，文章，不如公；诙谐，不如公；谄诈，不如公；至于，声色狗马，我，更加无法望公项背了。不过，主上让公与齐王相处，是想让公以仁义辅导齐王，像公这样的才能，只能为国家增祸，对齐王又有何益处呢?"

冯延巳知道，孙晟虽然口吃，却极善辩，一旦让他说开了，比正常人说话都流利，而且又快又急，他根本就辩不过，只好悻悻地离开了。

孙晟虽然嘴上占了便宜，心中却隐隐不安，暗自寻思道：一旦主上弃世、齐王继位，冯延巳等人必然把持朝政，到那时，自己恐怕就不妙了。自此之后，他一有机会，便向李昪上言："陈觉、冯延巳兄弟、魏岑、查文徽等皆是佞邪小人，不应侍奉东宫。"他又让给事中常梦锡、司门郎中判大理寺萧俨等上表，奏称陈觉、冯延巳等人奸邪乱政，不应重用。

朝廷重臣都在弹劾陈觉、冯延巳等人，李昪就不能不重视了，便遣人去调查齐王府众吏，想取得真凭实据后，再行处置。不料，他后背的疽疮突然发作。他担心群臣知道后，朝政会有变乱，只好秘而不宣，暗地里令太医吴廷裕加紧诊治。不想，仅仅过了两天，疽疮就恶化了。吴廷裕知道大事不好，忙遣亲信召太子李景通入宫。

李昪一见李景通，就嘱咐道："朕已经不行了，你继位之后凡事要亲力亲为，万不可放权于他人。近来，屡有重臣上奏，说陈觉、冯延巳等人品不端，弄权谋私，朕也不知实情，此事你须仔细查究，万不可掉以轻心。”李景通唯唯听命。

李昪临终，忍住剧痛，再次叮嘱李景通道：“我服用丹药，本想增寿，不想事与愿违，这些丹药竟然是催我性命的毒药，你千万要引以为戒啊!”

当晚，李昪就驾崩了，享年五十六岁。李景通遵照李昪遗嘱，秘不发丧，暂行监国。

次日一早，孙晟就听说了李昪驾崩的消息，连忙遣人将常梦锡及翰林学士李贻业召至府中，对二人说道：“主上驾崩，若是齐王嗣位，冯延巳等人必然用事。若是如此，朝中小人当道，主上竭尽心力创下的基业，必将付诸东流。”

常梦锡道：“先帝已立齐王为太子，齐王继位已成定局，我等又能如之奈何?”

孙晟道：“我等不如联合朝臣，去请太后临朝听政。”

常梦锡连连摇头，正色道：“先帝一再叮嘱：‘妇人干政，祸乱之本。’孙公怎可自生厉阶？这必定是近习奸人的诈谋，决不可听！何况，太子春秋已长，明德著闻，孙公怎可乱说亡国之言？如果孙公坚持这样做，我定会对百官言明此事。”

李贻业见孙晟面露尴尬之色，忙打圆场道：“此事还不知太后之意如何，依李某看，孙公可先去探探太后的口风，然后再作计较。”

孙晟一想也是，当即入宫求见宋太后。不想，当他支支吾吾地说出请太后临朝听政的意思后，宋太后就勃然生怒，数落道：“此武后故事，我岂可为之？公为朝廷重臣，怎可生此乱国之念?”孙晟大惧，此事只好作罢。

李昪驾崩三天后，李景通终于对外宣布了噩耗。

自从李昪服“神药”之后，性情大变，近要之臣常被责罚，陈觉便假装有病，已连续一个多月不上朝了。然而，遗诏刚一宣布，陈觉便早早地到了大殿之上。萧俨一见，心中大为不齿，当即弹劾道：“陈觉端居私室，以待天子升天，恳请监国问罪。”

李景通温言劝慰道：“先帝刚刚大行，朝野大事正多，众卿还是协力帮助我渡过眼前的难关吧。”

萧俨见状，虽然没有坚持己见，却将矛头对准了冯延巳兄弟，质问冯延巳道："听说冯公想要修改律法，允许民间买卖男女，可有此事?"

冯延巳微笑道："不错，此乃先帝遗诏!"

萧俨圆睁双目，高声斥道："一派胡言！国中谁人不知，自从先帝为吴国宰相以来，淮南境内便禁止买卖良家妇女。当年，冯延鲁为东都判官时，就有过这种请求，当时先帝就问臣的看法，臣当时说道：'陛下当年为吴国宰相时，见民间有卖儿卖女的，就从自己府上出钱赎来，然后放回家中，这才使得远近士民归心。如今即位了却反其道而行之，让穷人家的子女去做富人家中的奴仆，这合适吗?'先帝深以为然，当时就想治延鲁之罪。臣当时以为延鲁愚昧，没有必要责怪于他，在臣的一再劝说下，先帝这才没治延鲁之罪。"

萧俨说罢，又转头对李景通道："监国殿下，冯延巳兄弟早就想为自己买姬妾了，这必定是他们自己所为，绝非大行皇帝之命。"

冯延巳脸上挂不住了，竟一改往日笑容可掬的神态，声色俱厉地说道："殿下，此乃萧俨妄言！满朝之中，谁曾听先帝提起过此事，萧俨假借先帝圣命，实乃心怀叵测。"

萧俨从容说道："当年，萧某亲眼见先帝对冯延鲁的这份表章重重地斜抹了三笔，这道表章现在一定还在宫中，请殿下遣人取来，一看便知。"

李景通当即命宫内掌管史籍的宦官前往文库，不一会儿，宦官便将李昪留中的奏章全都取来了，竟有千余道之多。李景通当众翻看，见每道奏章上皆斜抹了一笔。萧俨上前，按照他所记的时间，很快就找到了冯延鲁的这道奏章，其上果然斜抹了三笔，而且又粗又重!

冯延巳见状，大为羞惭，李景通却笑道："罢了，罢了，此事既是先帝所定，你等就不可擅自更改了。眼下正值大丧，就不问你等之罪了。"

萧俨见李景通如此偏袒冯氏兄弟，心中不免愤恨。孙晟张了张嘴，想要说什么，但最后还是忍住了。

随后，齐王李景通就在南唐主李昪灵柩前即皇帝位，大赦天下，改元保大，更名为李璟，史称南唐元宗，也称中宗。

五鬼

李璟尚未听政，冯延巳便迫不及待地劝李璟惩处孙晟。李璟也对孙晟极为反感，不久即将其外放为舒州观察使。此后，冯延巳屡屡入宫奏事，每天都有四五次之多。李璟笑道："书记已有常职，何必如此劳烦?"冯延巳大窘，这才收敛了些。

李璟为人谦恭谨厚，刚刚即位，还不习惯直呼大臣之名。李建勋对人言道："当今主上宽仁大度，优于先帝，但是性情还未定型，若是身边没有忠正之人，我担心难以守住先帝之业。"

李璟虽然对宋齐丘不满，但因他和周宗都是先朝勋旧重臣，人望颇高，故而，仍将他留在了朝中，以其为太保兼中书令，以周宗为侍中，二人并为宰相。

李璟为齐王执掌政事之时，每有过失，常梦锡经常直言规正，李璟开始还有怨言，但是随后就谅解了，即位之后，便想以常梦锡为翰林学士。宋齐丘等人听说后，甚为疑忌，竟找了个小错，将常梦锡贬为了池州判官。

池州有许多外贬、外迁的官吏，节度使王彦俦对他们防范甚严，令他们连维持生计都很艰难，唯有对常梦锡厚礼相待，一如常梦锡在朝廷一样。

宋齐丘素来看重陈觉，李璟也认为陈觉有大才，遂将一应政务全都委托给了他，冯延巳、冯延鲁、魏岑、查文徽皆依附陈觉。国人对此五人颇有微词，私下里称其为"五鬼"。

冯延鲁虽然文辞逊于其兄，却极善于逢迎，因而颇得李璟宠爱，短短数月，即从礼部员外郎升迁至中书舍人、勤政殿学士。江州观察使杜昌业听说后，叹道："国家之所以能驾驭群臣，靠的就是官爵。若凭一言称旨，就跻身于通显高位，以后立功之人，又该如何封赏呢?"

不久，魏岑、查文徽也飞升至枢密副使。然而，魏岑得志后，竟对陈觉恩将仇报。陈觉用事不久，其母病逝，陈觉只得回家丁忧，魏岑趁机宣扬陈觉的过恶，意图排挤陈觉。

李璟依照李昪遗愿，加封李景遂为诸道兵马元帅，改封齐王；以李景达为副元帅，改封燕王。李璟还在列祖灵柩前盟誓：将兄弟相继袭位，随后又将此誓宣告中外。李景遂、李景达坚意推辞，李璟却始终没有答应。

李景遂暗自发誓，决不为嗣君，并更其字为“退身”，以明其意。李璟本想当时就立李景遂为太弟，但李景遂一再坚辞，李璟这才作罢。

李璟随后又立其长子李弘冀为南昌王，立其幼弟李景逿为保宁王。宋太后因怨恨种夫人，屡欲加害李景逿，幸亏李璟一直尽力保全，李景逿这才保住了性命。

宋齐丘对周宗一直心存怨恨，周宗自觉年老，又见宋齐丘对自己虎视眈眈，便整日里小心翼翼，恭谨自守。然而，宋齐丘仍然对其不放心，竟然广树朋党，收集周宗的过失，千方百计地要陷害他。周宗忍无可忍，只好向李璟哭诉。李璟本就不喜欢宋齐丘，自此之后，对他就更加疏远了。宋齐丘很是担心，便借着在华林园陪驾的机会，特意献羯鼓诗道：

切断牙床镂紫金，最宜平稳玉槽深。
因逢淑景开佳宴，为出花奴奏雅音。
掌底轻璁孤鹊噪，枝头干快乱蝉吟。
开元天子曾如此，今日将军好用心。

李璟假装不解，宋齐丘大为失望，只好又献了一首《凤凰台》，诗曰：

倒挂哭月猿，危立思天鹤。
凿池养蛟龙，栽桐栖鸑鷟。
梁间燕教雏，石罅蛇悬壳。
养花如养贤，去草如去恶。
日晚严城鼓，风来萧寺铎。

扫地驱尘埃，剪蒿除鸟雀。
金桃带叶摘，绿李和衣嚼。
贞竹无盛衰，媚柳先摇落。
尘飞景阳井，草合临春阁。
芙蓉如佳人，回首似调谑。

李璟见诗中隐隐有讽其跋扈之意，心中大为生气，便决定再次将他外放为镇海节度使。宋齐丘听说后，不禁恼羞成怒，他故伎重施，请求归隐九华山。李璟故作不知，宋齐丘只上了一表，就答应了他，并赐书道："今日之行，朕当年就曾许诺。朕深知宋公之意，故而不敢夺公之志。"并赐号"九华先生"，封青阳公，食一县租税。

宋齐丘大为后悔，但说什么都晚了，只好愤愤地离开了金陵。他心中有气，说是隐居，其实更加铺张了，衣食住行极尽豪侈，并在青阳建造了一座阔大的宅院，整日里身穿王公华服，对当地将吏颐指气使，俨然在朝堂一般。

这一年对中原来说，真是流年不利，内忧外患不说，还碰上一个百年不遇的大灾！春夏大旱，赤地千里，热浪遍地，五十多天竟滴雨未落！好不容易熬到了秋冬之交，又遭洪涝，倾盆大雨一连下了二十多天，沟满渠涨，满眼汪洋，致使黄河多处决口，山洪暴发。水灾刚过，又闹起了蝗灾，东自海边，西到陇原，南过江、湖，北抵幽、蓟，原野、山谷、城郭、庐舍，到处都是遮天蔽日的飞蝗，连草叶树叶都被吃光了，更不用说粮食、草料了。旱灾、水灾、蝗灾，天祸连降，致使黄河两岸，饿殍遍地，百姓死了几十万口，流亡百姓更是不可胜数。其景况之凄惨，可说是数十年所仅见。于是，上至节度使、留后，下至军校、书吏，纷纷贡献马匹、金银、布帛、粮草，以救国难。

天灾已经让中原之人度日如年了，但晋朝新皇帝揪心的还有人祸——自从石重贵继位以来，辽国人将要举兵入侵的军报，一日紧过一日！石重贵每天都如待宰的羔羊一般，惶惶不可终日。因而，继位大典一过，他就连忙离开邺都魏州，回到了东京大梁。

石重贵到大梁后，也许是离辽人远了一点，心中稍稍安定了一些。他明白，要想应付眼前的危境，尤其是面对将要发生的与辽人的大战，决不能指望冯道、李崧等平和之臣，必须得有桑维翰这样的强臣，因而，他一到大梁，便将桑维翰召回了朝廷。同时，他每月仍然派遣使者前往辽国问安赠礼，希望能缓解辽帝对自己的不满。

冯道认为，镇、定二州灾情最重，故而特地奏请免了此二州的当年赋税，石重贵本来已经答应了，然而，镇州节度使杜重威却称军粮不足，竟一再奏请照常征收赋税，石重贵无奈，只好让他酌情办理。诏书一到镇州，杜重威即令判官王绪将百姓的粮食全部收缴上来，统共得粮一百万斛，但杜重威只上报了三十万斛，其余粮食自然入了他自家的粮库。杜重威犹不满足，仍以军粮不足为由，硬是向百姓们又搜刮了一百万斛。他认为，到了来年春天，百姓必会无粮，到时候，他就可将这些粮食再高价卖给百姓了。他甚至还盘算，到时候，他至少可得钱二百万缗。他一人倒是富可敌国了，但镇州的百姓们可就遭殃了！别说等到来年春天了，刚一入冬，阖境百姓就没有粮食下锅了，只好以黏土、树皮充饥。

定州有些官吏也想学杜重威搜刮百姓囤积居奇，以得暴利，但时为义武节度使的马全节坚决不同意，并对众将吏说道："我为朝廷藩侯，本职就是要保家养民，岂能为了一己私利而残害百姓?"

此时，契丹将要起兵南下的消息已经传遍黄河南北，不但国人有大难临头之感，就连许多朝臣也惶惶不可终日，唯有景延广仍如平常一样镇定自若。景延广因拥立有功，石重贵特升任他为侍卫亲军都指挥使、同平章事，也就是说，朝廷军、政大权，几乎都在他一人手中，他的一举一动自然也就关乎着人心的安稳了。朝野见景延广镇静如常，便也渐渐安定了下来。

赵延寿当初被契丹人带往辽国之时，河阳牙将乔荣也跟着他一起到了辽国。后来，耶律德光就以乔荣为回图使，让他专门负责与晋国的贸易往来，还特地在大梁为他建造了一座官邸。此时，晋、辽关系日渐恶化，景延广对石重贵道："乔荣等辽人，名为经商，其实就是辽国的奸细。既然朝廷与辽人的争战已经不可避免，就不能再留着这些辽国商人了，以防他们传递消息。"石重贵深以为然，当即让景延广将乔荣抓了起来，将其官邸中的财货全部没收。景延广随后又奏请将在晋国做生意的辽国人全都杀掉，货物没收充公，众大臣却不同意，皆称辽国曾对晋国有大功，不可如此相负。石重贵也觉着不妥，没有答应景延广。

冯道一听说乔荣被抓，心中大恐，连忙求见石重贵，奏道："自古以来，两国争战，不斩来使，何况乔荣不过是一介商人！我国乃礼义大邦，若是怕辽国商人传递消息，把他们驱逐出境也就是了，又何必先失礼于辽国给辽人起兵的借口呢？"

石重贵想想也是，便下诏将乔荣释放了，并对他安慰了一番，还赐给他一些东西，命他带着所有的辽国商人归国。

横磨大剑

乔荣惧怕路上各地官吏会难为他，临行之前，特地又拜访了景延广。景延广趁机对他说道："我本想杀了你等，但我家天子仁慈。北朝皇帝也不要轻信赵延寿的诳语，轻侮我中原。中原的兵马，想必你也知道，请你家皇帝一定要三思而后行。我大晋有横磨大剑十万口，你家皇帝要战，只管前来，只是希望他将来不要后悔，以免被天下人耻笑！"

乔荣知道，若将此言带回，两国战争在所难免，他担心日后无以取信，便道："我只是一介使者，相公如此重言，我不敢口传，请相公把这些话写在纸上，以免我传错了话。"

景延广一想也是，当即令中书吏将其原话一字不漏地写在了纸上，交给了乔荣。乔荣当着景延广的面郑重其事地将其藏在了衣领之中。

乔荣一回到辽国，就把景延广之言一字不漏地转述给了辽帝耶律德光。耶律德光果然有些不信，待看到景延广让乔荣带回的亲笔字条后，这才信以为真，不禁怒不可遏，大骂道："景延广鼠辈，竟敢如此藐视我！好，好，我就看看他的十万口横磨大剑能把我怎么样！"自此，耶律德光南征中原的决心就更加坚定了，而且还打算亲自率军南伐。

自此之后，凡是前往辽国的晋国使者，一到幽州，就被囚禁了起来——赵延寿根本就不让他们北上西楼去见辽帝，以免动摇耶律德光南征的决心。

桑维翰认为，一旦辽兵南下，中原之兵根本就无法抵御，亡国的灾祸随时都会发生，故而，一再奏请石重贵尽快向辽国谢罪复好，但景延广坚决不同意，并对石重贵和满朝大臣说道："以我堂堂华夏大国去向胡虏称臣，实乃亘古未有之大辱！凡我有血性之男儿都应奋起抗争，即便战至一兵一夫，也在所不惜！何况我泱泱大国，披甲之人有百万之众，又何惧之有？"景延广的一席话，让石重贵和一些主战的大臣热血沸腾。

桑维翰却顾虑重重，说道："景公所言也确是至理，不过，两国交战，拼的是国力。近来，国家连逢大灾，生民本就处在水深火热之中，兵饷、军粮又从何处筹措呢？"

景延广道："桑公只知其一，不知其二。我国固然缺粮少钱，但辽国人一旦南下，就是在敌国作战了，他们的粮路、辎重定会越来越长。我国之民到时候定然视胡虏为大患，人皆为兵，众志成城，辽人军粮、马料、辎重、补给岂不是更困难吗？"

桑维翰一时语塞，一些一直反对与辽人翻脸的大臣，此时也觉得景延广之言有些道理，也就不再与其相争了。石重贵决心遂定，并当殿下诏，命景延广执掌全国军事，着手抗击辽国的准备；命桑维翰执掌政事，着手筹集粮饷、辎重。

消息传到太原，河东节度使刘知远对郭威说道："景延广所为，必会导致辽人入侵，我必须上表劝止。"

郭威阻止道："此事连桑公都无法阻止，可见主上已经打定了主意，明公若是上表劝阻，必会引起景延广及执政重臣的疑忌，这不是自找麻烦吗？再者说，我们不正为没有理由募兵而发愁吗？如今，防备辽兵不正是最正当的理由吗?”

刘知远大悟，当即令太原从事苏悦起草奏表，请求募兵，并奏请建置兴捷、武节等十余军，以防备辽国来犯。苏悦面有难色地说道：“朝廷最忌讳的就是藩镇自行募兵，此道奏表须得情理贴合，方能不引起朝廷误会。属下必须要好好斟酌一番，恳请主公让属下回府起草。”刘知远也知道此道奏表事关重大，就答应了他。

次日一早，苏悦就把起草好的奏表交给了刘知远。刘知远看罢，大为满意，拍手赞道：“好，好！此表不但入情入理，而且文辞简练，文采瞻然。苏先生之才，不亚于李袭吉呀！过去我怎么就没发现呢?”

苏悦闻言，满脸通红，连连摇头道：“惭愧，惭愧!”

刘知远说道：“苏先生何必过谦，太原的表章、奏记一直都是先生起草的，说实话，我一直都非常满意。这一份奏表堪称最佳。”

苏悦嗫嚅道：“主公，这道奏记……不是……不是苏某……起草的。”

刘知远大奇，起身问道：“那是谁起草的?”

“犬子……逢吉！之前的好多奏记都是他代为起草的，还请主公恕罪。”

刘知远闻言，沉默了一会儿，说道：“令公子既有如此大才，何不请来一见呢?”

苏悦如释重负，连忙告辞回府了。当日午后，苏悦就带着一个年轻人来到了帅府。刘知远定睛观看，只见此子神清气爽，外貌俊秀，真乃一翩翩公子也！刘知远不禁大为喜爱，便问起他的师承、所学以及对眼下时局的看法，苏逢吉不仅对答如流，而且言辞有矩，气清声朗。刘知远大喜，心中暗想：此子真乃大才也！当时就把他拜为节度判官。

果然，奏表到达大梁后，石重贵一一准奏。

石重贵即位不久，就立冯氏为皇后，其兄冯玉时任礼部郎中、盐铁判官，石重贵竟将他破格擢升为端明殿学士、户部侍郎。自此，冯玉便开始参议政事了。

景延广为了备战辽国，加紧在全国搜集战马。之前，石敬瑭曾借给青州节度使杨光远三百匹战马，景延广此时便遣人拿着圣旨去见杨光远，让他将这三百匹战马赶快归还朝廷。不想，杨光远不但不还，还对使者说道："朝廷让我归还战马，是不是对我有疑心了？"

使者刚一离开青州，杨光远就暗自遣人去见其子单州刺史杨承祚，并让他赶快回青州。杨承祚遂诈称其母有病，连夜奔回了青州。

石重贵闻报，大为惊心，本想问罪杨承祚，但转念一想，此时与辽国随时都有可能交兵，国内绝不能再有意外发生了，故而，非但没治杨承祚擅离之罪，还让左飞龙使何超权前往单州接替杨承祚之职，并特地遣宦官前往青州，赐给杨光远玉带、御马、金帛，以安其心。不过，杨光远反状已露，对他也不可不防，石重贵又遣侍卫步军都指挥使郭谨率兵戍守郓州，过了没几天，又遣左领军卫将军蔡行遇率兵前往郓州，以防备杨光远。

郓州两次增兵的消息传到青州后，杨光远当时就明白这是针对他而来的，当即遣轻骑进入淄州，将刺史翟进宗劫持到了青州。石重贵知道后，仍然没有责怪杨光远，而是将杨承祚改任为登州刺史。

杜重威与杨光远素来交好，听说他要谋反，便遣幕僚曹光裔前往青州去劝说杨光远，向其晓以利害祸福。杨光远将计就计，让曹光裔入朝奏明自己的忠心，并称："不肖子承祚擅自逃回，皆因其母有疾，思母心切。朝廷既然宽恕了他，如此厚恩，杨某定当以死相报，若有异心，岂非禽兽不如了。"

杨光远秃头独臂，其妻子又是个瘸腿，杨光远遂对曹光裔戏言道："有人说我想当天子，这真是天大的笑话！古往今来，有谁见过秃头天子、瘸腿皇后呢？也有人说，辽军是我招来的，这更是胡说！我这条胳膊就是辽人砍掉的，我与辽国人不共戴天，又怎会与他们相交呢？"

曹光裔把杨光远的这些话转述给石重贵后，石重贵仍是半信半疑，遣使者与曹光裔一道再往青州，对杨光远厚加抚慰。

杨光远不但不感激，反而以为朝廷心虚，不敢得罪他，借晋、辽交战谋夺天子之位的想法反倒更加强烈了，竟然密遣使者前往辽国，劝耶律德光道："晋主负德违盟，其罪不可不问。现今中原大饥，公私困竭，兵力极为虚弱，皇帝若乘此机会南下攻伐，晋兵必会闻风而溃，大皇帝可一举而取中原!”同时还许诺一旦辽兵南下，他将在青州举旗响应!

另一位想借辽人之兵夺取中原天子的汉人——赵延寿，此时也屡屡自幽州遣使，催促耶律德光发兵南下。

一南一北两位汉人如此催促耶律德光起兵，让耶律德光暗自窃喜。他原本对起兵南下顾虑重重——毕竟是两国之间的大战，决不能有一丝一毫的失误，但他从乔荣那里已经了解到，晋国确实如杨光远所说，大灾之后，国力贫困，兵力虚弱，而杨光远又能作为内应，实在是千载难逢的良机。他便将山后及幽州五万骑兵全都交给了赵延寿，命其作为前军先行南下，并对赵延寿许诺道：“若得中原，当立你为帝。”

耶律德光的这个许诺，赵延寿是深信不疑的，因为在此之前，耶律德光就曾多次指着赵延寿对在辽国的汉人说道：“燕王才是你等之主。”其实，这才是他对辽国如此尽心竭力的原因。

景延广闻报，连忙遣使前往北边，命各边城守军，征集近道之兵以防备辽国南侵。